1,-

Von der Autorin ist im Knaur Taschenbuch bereits erschienen:
Im Land der gefiederten Schlange

Über die Autorin:
Carmen Lobato ist Romanistin und hat sich zeitlebens für den lateinischen Teil Amerikas interessiert und entdeckte so ihre Passion für die faszinierende Vielfalt Mexikos. Carmen Lobato ist als Dozentin tätig und lebt mit ihrer Familie abwechselnd in verschiedenen europäischen Städten.

CARMEN LOBATO

Im Tal der träumenden Götter

Roman

KNAUR TASCHENBUCH VERLAG

Besuchen Sie uns im Internet:
www.knaur.de

Originalausgabe März 2013
Knaur Taschenbuch
© 2013 Knaur Taschenbuch
Ein Unternehmen der Droemerschen Verlagsanstalt
Th. Knaur Nachf. GmbH & Co. KG, München
Ein Projekt der AVA International GmbH
Autoren- und Verlagsagentur
www.ava-international.de
Alle Rechte vorbehalten. Das Werk darf – auch teilweise –
nur mit Genehmigung des Verlags wiedergegeben werden.
Redaktion: Dr. Gisela Menza
Umschlaggestaltung: ZERO Werbeagentur, München
Umschlagabbildung: Gettyimages/Frank Staub; FinePic®, München
Satz: Adobe InDesign im Verlag
Druck und Bindung: CPI – Clausen & Bosse, Leck
Printed in Germany
ISBN 978-3-426-50980-7

2 4 5 3 1

Meinen Eltern zur Goldenen Hochzeit
23. Mai 2013

»El amor es la más peligrosa y temida
forma de vivir el morir.«

»Die Liebe ist die gefährlichste, am meisten gefürchtete
Form, das Sterben zu leben.«

AGUSTIN YÁÑEZ, AL FILO DEL AGUA

PROLOG

Eisacktal, Kronland Tirol
März 1888

Sie starben beide in derselben Nacht.
Therese hätte damit rechnen müssen. Der Doktor hatte sie oft gewarnt, sie solle die Familie darauf vorbereiten, aber das war leichter gesagt als getan. Welche Familie sollte sie vorbereiten, wo doch die beiden, die in ihren Kammern vor sich hin starben, ihre ganze Familie waren? Neben ihnen gab es nur noch den Gustl, ihren verwitweten Schwager, der das arme Anndl geheiratet hatte, um an ihr Geld und an den Titel zu kommen. Letzten Endes würde er sein Ziel erreichen. Es war ja keiner mehr übrig, der ihm das Erbe streitig machen konnte.
Therese hatte nur sich selbst auf den Tod ihrer letzten Verwandten vorzubereiten. Sie war sechzig Jahre alt und würde demnächst allein in der Welt stehen. Ohne Veit. Sich darauf vorzubereiten war unmöglich, auch wenn sie seit Jahren wusste, dass der Junge ihr eines Tages genommen werden würde. Sie hatte sich an seinem bisschen Leben festgehalten wie ein Steiger am Seil. Solange Veit sie brauchte, hatte ihr

Leben einen Sinn. Ohne ihn würde die Stille im Haus so unerträglich werden wie die Leere in ihrem Herzen.
Es hatte keinen Sinn, sich etwas vorzumachen. Am Nachmittag hatte der Doktor geraten, nach dem Priester zu schicken und Veit mit den Sterbesakramenten versehen zu lassen. Das allein war noch kein Zeichen dafür, dass es diesmal wahrhaftig zu Ende ging, denn die Sterbesakramente hatte der arme Bub mit seinen noch nicht zwanzig Jahren gewiss ein Dutzend Mal erhalten. Diesmal jedoch hatte der Priester, der sonst ein herzloser Eiferer war, Therese beide Hände gedrückt, als wollte er ihr die Knochen brechen. »Gott steh Ihnen bei«, hatte er gemurmelt. Da wusste Therese, dass sie das bisschen Hoffnung, das in ihr noch flackerte, aufgeben musste.
Sie sagte Franziska, dem Mädchen, sie solle ihr eine Kanne Zimtwein und einen Teller Gebäck hinstellen und sich dann um Zenta kümmern. Anschließend schickte sie den Doktor nach Hause: »Sie können sich auf den Weg machen. Es bleibt ja nichts mehr zu tun.«
»Sind Sie sicher, dass Sie zurechtkommen?«, fragte der Doktor, dem die Geldgier aus den Augen blitzte. »Vielleicht sollten Sie sich das Ende nicht antun. Wenn Sie es wünschen, bleibe ich gern die Nacht über hier.«
Und ziehen uns noch mehr Geld aus der Tasche, fügte Therese im Stillen hinzu. Dabei war es albern, aufs Geld zu achten, um es nachher dem Gustl in den Rachen zu stopfen. »Veit ist mein Neffe«, erwiderte sie, »der einzige Nachkomme meiner Familie. Ich war hier, als der Junge in die Welt gekommen ist. Ich werde auch hier sein, wenn er sie wieder verlässt.«
»Wie beliebt«, erwiderte der Doktor verschnupft und zog ab. Kurz darauf brachte Franziska den Zimtwein und einen Teller mit Pinzen und Zuckerkipferln. Kindergebäck. Wie Veit es

geliebt hatte. Valentin hat es auch geliebt, durchfuhr es Therese. »Geh jetzt und sieh nach meiner Schwester«, herrschte sie das Mädchen an und ohrfeigte es, weil der Schmerz sich Luft verschaffen musste. Danach war Therese mit ihrem sterbenden Neffen allein.

Märzwind rüttelte am Fensterglas, dass es in der Stille klirrte. Dazu rasselten Veits schwere Atemzüge, doch sonst gab es in der Kammer kein Geräusch. Die rechte Hand des Jungen war verbunden, die linke lag knochig und wächsern auf dem Laken. Bei jedem anderen hätte Therese sich überwinden müssen, solche Totenklaue zu berühren, doch bei Veit fiel es ihr leicht. Sie wollte seine Hand noch einmal halten, wie sie seine kleine Kinderhand gehalten hatte.

Damals waren seine Gelenke noch nicht von der Krankheit verkrüppelt gewesen, und er war an ihrer Hand über die Wiesen gelaufen wie ein glückliches, gesundes Kind. Sie liebte ihn. Nach Valentins Tod hatte sie geglaubt nie wieder einen Menschen lieben zu können, aber in diesem Jungen war Valentin ihr noch einmal geschenkt worden. Knapp zwanzig Jahre lang. Sie waren zu Ende. Therese nahm Veits Hand in die ihre und weinte.

»Brauchst du noch etwas, mein Lieber?«, fragte sie mit krächzender Stimme. Dass keine Antwort kam, überraschte sie nicht. Sie hatte nur sichergehen wollen, dass es ihm an nichts fehlte. Ihr Bruder Valentin war ganz allein in der Fremde gestorben und lag in der Erde des Höllenlandes verscharrt. Ihr Neffe Veit sollte in der Todesstunde spüren, dass er geliebt worden war und dass sein Leben nicht spurlos verlosch.

Der Schweiß auf seiner Stirn war kalt. Behutsam rieb Therese sie trocken und deckte ihn noch fester zu. Sandte er ihr mit geschlossenen Augen ein Lächeln? Nein, auch dafür war er jetzt zu schwach. Er war immer schwach gewesen. Blutarm wie seine Mutter hieß es, ehe sie alle begreifen mussten, dass in Veits Körper ein Leiden wütete, das tausendmal tückischer war.

Er war ihnen so spät geboren worden. Sechs waren sie gewesen, fünf Schwestern und ein Bruder, und sie hatten nur dieses eine, kostbare Kind hervorgebracht. Valentins Tod hatte das Leben der Familie aus der Bahn geworfen. Zwei der Schwestern waren ihm ins Grab gefolgt, und das Anndl hatte den Gustl geheiratet, der sich mit Flittchen herumtrieb, statt seiner Frau ein lebensstarkes Kind zu machen. Die zwei bedauernswerten Bübchen, die sie bekam, waren innerhalb von Wochen regelrecht verkümmert und gestorben. Therese selbst hatte ihre Verlobung gelöst. Ihr Verlobter war Toni Mühlbach gewesen, Valentins Freund und Offizierskamerad, und sooft sie ihn ansah, drehte es ihr das Herz um. Als ihre Schwester Zenta den Toni an ihrer Stelle nahm, tat es ihr nicht einmal weh.

Und diese kränkliche Zenta hatte schließlich das ersehnte Kind geboren. Einen Jungen mit ebenmäßigen Zügen, grünen Augen und goldblondem Haar. Er sah aus wie ein kleiner wiedergeborener Valentin, und mit ihm kehrten Leben und Lachen ins Haus der Familie zurück.

Der Besitz, der Valentin hätte zufallen sollen, hatte nun wieder einen Erben. Es war kein großes, aber ein schönes, ertragreiches Stück Land, und es brachte einen Titel mit sich. Thereses Mutter hatte zwar einen Habenichts geheiratet, doch sie selbst war eine geborene von Tschiderer gewesen, und am Ende erbte sie das väterliche Gut. Ihr Sohn Valentin war sinnlos gestorben, doch ihr Enkel Veit sollte den Titel der Familie tragen.

Wie lange waren sie wunschlos glücklich gewesen? Ein paar Monate, ein Jahr? Der kleine Veit war schwächlich, doch so,

wie er gepäppelt wurde, würde er gewiss gedeihen. Als er sich am Finger verletzte und die Wunde nicht heilen wollte, machte niemand sich Sorgen. Auch nicht, als er laufen lernte und am ganzen Leib blaue Flecken davontrug. Seltsam war nur, dass die Blessuren nicht verblassten, sondern beständig dunkler und größer wurden – wie eine schwarze Wolke über ihrem Glück. Dann begannen seine Gelenke zu schwellen, und bald wimmerte er Tag und Nacht vor Schmerz. Sie ließen den Arzt kommen, der Weinsteinsäure zum Kühlen und Bittersalz zum Abführen von Giften verschrieb. Nichts davon half. Als der Arzt das nächste Mal kam, schüttelte er traurig den Kopf und sagte: »Es ist die Krankheit. Die Blutsucht. Machen Sie es dem Kleinen schön, denn er wird nicht lange leben.«
Therese sah auf das geliebte Gesicht hinunter. »Das habe ich versucht«, presste sie heraus. »Es dir schön zu machen. Es war der Sinn meines Lebens.« Sie beugte sich vor und küsste ihn auf die Stirn. Sein engelsgleiches Gesicht wirkte müde – ausgezehrt vom ständigen Schmerz. Das Glas des Fensters klirrte weiter, aber Veits Atemzüge rasselten nicht mehr. Er hatte sich auf den Weg gemacht. Dort, wo er hinging, würde nichts ihn mehr quälen.
Therese hielt seine Hand, bis die letzte Wärme daraus wich. Dann wischte sie sich das Gesicht ab. Keinen Atemzug später klopfte es so heftig, dass sie zusammenzuckte. »Herein.«
Franziska steckte den Kopf in den Türspalt. Sie war von liederlicher Abkunft, schlecht erzogen, weshalb sie wie ein Hottentotte auf die Tür einschlug. »Ihre Schwester!«, rief sie. »Sie möcht Sie sprechen. Und der Priester soll kommen. Sie sagt, es geht ans Sterben.«
Therese hasste sich dafür, doch das half nicht, sie war neidisch auf Zenta, und sie hatte ein Leben lang Grund dazu gehabt. Nicht sie, die sich wie eine Mutter um ihn gekümmert hatte,

war Valentins Lieblingsschwester gewesen, sondern Zenta, die meist krank im Bett lag. Nicht sie, die alles dafür gegeben hätte, hatte Veit zur Welt bringen dürfen, sondern Zenta, der für ein Kind die Kraft fehlte. Und jetzt durfte nicht sie, die ihn Tag und Nacht gepflegt hatte, Veit in den Tod folgen, sondern Zenta, die ihren sterbenskranken Sohn allein gelassen hatte. Schwerfällig, als trüge sie die Last von Jahren auf den Schultern, stand Therese auf. »Schick den Hausknecht nach dem Priester«, sagte sie zu Franziska und ohrfeigte sie leise, um dem armen Toten keinen Schrecken zu versetzen. Dann ging sie hinüber zur Kammer ihrer Schwester.
Was Zenta fehlte, hatte nie ein Arzt herausgefunden. Sie war einfach nicht stark genug gewesen, um dem Leben standzuhalten. Bettlägerig war sie, seit ihr Mann Toni vor sieben Jahren gestorben war. Ob sie jetzt wirklich auch starb? Therese schob die Tür auf. Das Gaslicht war heruntergedreht. Am Bett der Kranken brannte eine einzelne Kerze. Zenta wandte ihr nicht das Gesicht zu, doch sie flüsterte etwas, das Therese nicht verstand. Sie trat näher zu ihr heran. »Kommt der Priester?«, vernahm sie endlich das Wispern unter schleppenden Atemzügen.
»Der Hausknecht holt ihn.«
»Dann setz dich rasch, Resl. Uns bleibt kaum noch Zeit.«
Therese wollte ihr sagen, dass ihr Sohn gestorben war, aber Zenta gebot ihr mit schwacher Hand zu schweigen. »Lass mich sprechen. Mir geht die Kraft aus, und ich muss dies zu Ende bringen.«
»Was?«
»Resl ...« Die Worte erstickten unter einem Hustenanfall. Therese griff nach dem Becher und hielt ihn der Schwester an die Lippen, doch das Wasser rann ihr aus den Mundwinkeln. »Ich muss es dir sagen«, krächzte Zenta, sobald der Husten

verebbte. »Mein Toni hat es mir gesagt, und ich hab ihm versprochen, dass ich schweig. Aber jetzt kann ich doch nicht weiter schweigen. Wenn ich nicht mehr da bin und wenn auch der Veit nicht mehr da ist – dann wärst du allein auf der Welt.«

Thereses Herz begann seltsam spitz und hoch zu klopfen, ohne dass sie wusste, warum. »Sprich«, trieb sie die Schwester an, obwohl sie sah, wie die Kranke kämpfte.

»Der Valentin …«, begann Zenta und brach ab.

»Sprich!«, rief Therese und sprang auf.

»Der Valentin und der Toni, die waren ja wie Brüder … und der Toni hat's nicht ertragen, nicht zu wissen, wie der Valentin gestorben ist. Deshalb ist er damals nach Mexiko und hat versucht, es herauszufinden.«

»Herrgott Sakrament, das weiß ich alles!« Therese presste die Hände an die Schläfen, weil ihr zumute war, als würde ihr der Kopf platzen.

»Setz dich, Resl«, flüsterte Zenta und wartete, bis Therese ihr gehorchte. »Was der Toni damals erfahren hat, durfte ich dir nicht sagen, weil der Toni gemeint hat, dass die Menschen da drüben Kampf und Sorge genug hatten und Frieden verdient haben. Und uns täte es nur weh, alles aufzuwühlen.«

Zentas Stimme wurde schwächer. Angst erfasste Therese: Was, wenn die Schwester starb, ehe sie ihr von Veits Tod erzählen konnte? »Komm zum Ende«, fuhr sie sie an. »Was hat der Toni erfahren?«

»Der Valentin«, stieß Zenta heraus. »Der Valentin hat ein Kind in Mexiko.« Dann fiel ihr der Kopf aufs Kissen zurück. Im selben Augenblick stieß der Priester die Tür auf.

Therese erhob sich, trat beiseite und murmelte: »Machen Sie schnell.«

Keine Stunde später war Zenta tot. Sie hatte das Bewusstsein nicht wiedererlangt und nicht erfahren, dass ihr einziges Kind nicht mehr lebte. Aber sie war mit den Segnungen der Kirche gestorben, und Veit würde sie hinter der Himmelspforte empfangen. Würde die Familie dort wirklich wieder vereint sein, die Schwestern, der Toni, Veit – und Valentin? Und was ist mit mir?, durchfuhr es Therese. Sie legte ein Schultertuch um, weil sie plötzlich bemerkte, dass sie fror, und trat aus der Vordertür in den erwachten Tag.
Benommen sah sie sich um. Die Nebel, die in den Baumwipfeln gefangen waren, rissen sich frei, stiegen leuchtend gen Himmel und verflogen. Obwohl die Nacht vorbei war, hielt der Mond sich über der Bergkette und spann Fäden um ihre Gipfel. Das Pfeifen des Windes wurde zum Flüstern, das Therese in die Ohren säuselte: Valentin hat ein Kind. Valentin hat in Mexiko ein Kind …
Hier und da bedeckten noch Reste von Schnee das Land, das ihrer Familie gehörte. Es war ihre Heimat, im Schutz dieser Berge war sie aufgewachsen – wie konnte sie dieses Land dem Gustl überlassen? Valentin hat ein Kind, säuselte der frühlingshafte Wind in ihr Ohr. Therese wandte sich um, als müsste sie jemandem Antwort geben. »Wenn Valentin ein Kind hat, dann gehört ihm der Tschiderer-Hof«, sagte sie. »Wenn es dieses Kind wirklich gibt, dann fahre ich nach Mexiko und hole es nach Hause.«

ERSTER TEIL

*Querétaro, Santa María de Cleofás,
Rancho El Manzanal
August 1888*

»Welch gewaltige, welch prächtige Stadt!
In ihren Straßen und Palästen wimmelt es vor Menschen.
Kopflos eilen sie umher,
Einander stoßend, schlagend und prügelnd.«

Manuel Gutiérrez Nájera

I

Durch den Fensterspalt drang der Lärm eines glücklichen Tages.
Vicente und Enrique lieferten sich auf ihren Pferden ein Rennen, und Anavera schwang sich auf ihren ungesattelten Rappen und sprengte hinter ihnen her – im Herrensitz, wie sie von klein auf ritt. Ein paar Kaffeepflücker standen in der Sonne am Koppelzaun, brachen in Gelächter aus und applaudierten. Kurzerhand sprang Josefa auf und warf das Fenster zu. Schweiß troff ihr die Stirn hinunter, und ihre Kleider klebten ihr am Körper, doch die Hitze war leichter zu ertragen als die fröhlichen Stimmen, die sie auszuschließen schienen.
Wie lange war es ihr schon so ergangen? Bereits als Kind hatte sie hier oben am Fenster des Mädchenzimmers gesessen und gelauscht, wie die anderen draußen herumtollten, spielten, gelegentlich weinten, doch genauso schnell wieder lachten und weitertobten. Ab und zu war sie hinuntergelaufen, getrieben von Sehnsucht, sich dazuzugesellen, aber meistens war sie schnell wieder oben gewesen, im Schutz des Zimmers, wo niemand bemerken konnte, dass sie, Josefa, in Wahrheit nicht dazugehörte.
Was für ein Unsinn! Josefa schnaufte und beugte sich wieder über die Schreibmaschine. Es war eine Remington 2, das neueste Modell aus Nordamerika, das sein Farbband selbst transportierte und zwischen Groß- und Kleinschreibung unterscheiden konnte. Ihr Vater hatte ihr die Maschine aus der

Hauptstadt geschickt, ein vorgezogenes Geschenk zu ihrem morgigen Geburtstag. Auf dem Kasten, neben dem Markenzeichen, waren ihre Initialen eingeprägt, *J. M. A.*, Josefa Marta Alvarez, wie in dem schweren Goldreifen, den sie am Handgelenk trug. Ihr Vater hatte sie eigens für sie gravieren lassen, genau wie den Reifen, den er ihr zur Taufe geschenkt hatte. Sie war der Beweis dafür, dass er ihren Berufswunsch ernst nahm, und mehr noch: Die metallisch glänzende Schreibmaschine bewies, dass er sie liebte. Nicht weniger als seine anderen Kinder, denen er storchenbeinige Fohlen und Teleskope schenkte.

Sie hatte keinen Grund, sich ausgeschlossen zu fühlen. Solche Gedanken waren kindisch, und ab morgen war sie kein Kind mehr. Ihr Vater würde eigens aus der Hauptstadt kommen, um ihr ein Fest zu ihrem einundzwanzigsten Geburtstag zu geben. Die Einladungen waren lange verschickt, eine Firma aus der Stadt hatte Zelte, Tischschmuck und Girlanden geliefert, und eine Kapelle würde ihnen bis spät in die Nacht zum Tanz aufspielen. Es würde herrlich sein, einmal als Hauptperson im Mittelpunkt zu stehen – aber hundertmal wichtiger als all das war der Vater. Jeden Moment konnte er eintreffen, und dann würde er Josefa über der Schreibmaschine finden und mit funkelnden Augen lächeln, weil er stolz auf sie war.

Josefa beugte sich vor und las, was sie geschrieben hatte: »Schützt Mexikos Verfassung!«, stand als Schlagzeile über dem Artikel, und gleich darunter: »Warum ein gewählter Präsident halten muss, was er bei Amtsantritt versprochen hat«. Sie hatte die Tasten mehrmals angeschlagen, um die Überschrift hervorzuheben, weshalb die Schrift nicht scharf, sondern leicht verwischt war. Aber umso besser gelungen war der Text. Klar und mit einer Spur Ironie hatte sie dargelegt, warum Präsident Porfirio Diaz nicht noch einmal zur Wiederwahl kandidieren durfte. Die Verfassung verbot es, und Diaz selbst hatte seinen Vorgänger, den großen Juárez, bekämpft, weil dieser das Verbot umgangen hatte. Er musste sich an seine Forderung halten, oder er verspielte das Vertrauen der Bevölkerung. Das Johlen von draußen wurde so laut, dass die Scheibe es kaum noch dämpfte, aber Josefa störte es nicht länger. Sie hatte gute Arbeit geleistet. Sie würde den Artikel Miguel schicken, und mit etwas Glück würde der ihn drucken. In *El Siglo XIX,* jubelte sie innerlich. Sie würde Journalistin sein, gedruckt in der größten liberalen Zeitung Mexikos.

Ihr Vater hatte für *El Siglo* geschrieben, schon vor Josefas Geburt und sogar als die Zeitung verboten war. Er hatte Miguel, seinen Patensohn, dort untergebracht. Sobald er Josefas Artikel las, würde er wissen, dass sie nicht weniger Talent besaß und seine Hilfe ebenso verdiente, auch wenn sie als Frau einen steinigen Weg vor sich hatte. Er würde bald hier sein. Das Leben war schön, und die trüben Gedanken verflogen wie Schmetterlingsschwärme.

Vorsichtig zog sie den Bogen aus der Maschine. Schon oft war ihr dabei das Papier zerrissen, und sie hatte alles noch einmal tippen müssen. Diesmal gelang es. Ein gutes Zeichen. Sie wollte eben ein neues Blatt einspannen, als die Tür aufflog. Ohne den Kopf zu drehen, erkannte sie ihre Schwester Anavera – an den heftigen Atemzügen wie an dem Schwall Leben, das mit ihr ins Zimmer schwappte.

»Jo, Jo, stell dir vor, Tomás ist da!«

Langsam drehte Josefa sich um. Anavera vermochte wie üblich vor Aufregung nicht stillzustehen. Ihr schwarzes Haar fiel ihr in dicken Strähnen aus dem Knoten, und ihre Wangen glühten von dem wilden Ritt. Jeder, der sie kannte, betonte, dass Josefa die schönere der Schwestern sei, aber Josefa war

anderer Meinung. Mit ihren klaren Zügen, den scharfen Wangenknochen und den vor Wärme funkelnden fast schwarzen Augen war Anavera dem Vater wie aus dem Gesicht geschnitten. Und wenn man Josefa fragte, war ihr Vater der schönste Mann der Welt.
»Hast du nicht gehört? Tomás ist da! Los komm, beeil dich. Er wartet auf der Veranda.«
»Um mich zu sehen, ist er bestimmt nicht hier«, versetzte Josefa. Tomás war der Sohn von Martina und Felix, den engsten Freunden ihrer Eltern. Seine Familie lebte in der Hauptstadt, und dennoch war er beinahe wie ihr Bruder aufgewachsen. Ganze Sommer über hatte Martina ihren Sohn hierhergeschickt, damit er die Segnungen des Landlebens genießen konnte. »Du weißt gar nicht, wie gut du es hast«, pflegte sie zu Josefa zu sagen. »Nirgendwo kann ein Kind glücklicher aufwachsen als auf El Manzanal.«
Auf die meisten Kinder mochte das zutreffen. Für Vicente, Anavera und die Schar ihrer Verwandten schien El Manzanal, der Rancho, auf dem ihre Familie den kostbaren Arabica-Kaffee anbaute und rassige Pferde züchtete, dem irdischen Paradies gleichzukommen. Josefa aber, die den betäubenden Duft des Kaffees hasste und sich vor Pferden fürchtete, sehnte sich nach dem Leben, das in der lichtdurchfluteten Hauptstadt tobte. Jedes Mal, wenn der Vater sie dorthin mitgenommen hatte, hatte sie sich gewünscht, sie dürfe bleiben.
»Natürlich ist Tomás deinetwegen hier!«, empörte sich Anavera. »Warum wäre er wohl gekommen, wenn nicht, um deinen Geburtstag zu feiern?«
Um dich anzuhimmeln, dachte Josefa. Bei seinem Besuch im Frühling hatte Tomás sichtlich Gefühle für Anavera entdeckt, die alles andere als brüderlich waren. Wenn Anavera das entgangen war, so nur, weil sie völlig selbstvergessen war, frei

von jeder weiblichen Eitelkeit. Beneidenswert, dachte Josefa, und wieder einmal war sie zornig auf sich, weil sie an anderen so viel Beneidenswertes fand.
»Jo, was ist denn?«
»Nichts«, erwiderte Josefa schnell. »Es ist schön, dass Tomás da ist. Ist er mit Vater gekommen?«
Zwei Dinge geschahen gleichzeitig: Anaveras Gesichtsausdruck veränderte sich, und Schritte polterten die Treppe hinauf. Ehe Anavera antworten konnte, erschien über ihrer Schulter Tomás' vertrautes Gesicht. Als sogenannter Viertel-Mestize hatte er das helle Haar und die grauen Augen seines hanseatischen Vaters, aber die dunkle Haut und die markanten Züge seiner halbindianischen Mutter geerbt. »Hola, Geburtstagskind!«, rief er und legte wie selbstverständlich den Arm um Anaveras Taille. »Bist du nicht ein Glückspilz? Unsereiner muss sich mit einem popligen Namenstag begnügen, aber Josefa Alvarez, die Rose von Querétaro, lässt sich gleich zweimal im Jahr von ihren Bewunderern feiern.«
Josefa lachte mit. Tomás war wie seine Mutter, ihre Patin Martina – sorglos, warmherzig und von einer Lebensfreude, die ansteckend war. Er und Anavera würden ein vollkommenes Paar abgeben. »Es ist ja nur, weil ich einundzwanzig werde«, sagte sie. »Vater war der Meinung, das sei einen richtigen Ball wert. Deshalb kommt er ein paar Tage her, obwohl Diaz ihn noch bis Oktober in der Hauptstadt haben will. Ist er denn schon da, Tomás? Ist er mit dir gekommen?«
Mit Tomás' Gesicht geschah dasselbe wie zuvor mit dem von Anavera – alle Heiterkeit erlosch. Die beiden drehten die Köpfe zueinander und tauschten einen langen Blick, ehe sie sich wieder ihr zuwandten. »Josefa«, begannen sie wie aus einem Mund. Dann tauschten sie noch einen Blick, und endlich sprach Tomás weiter: »Dein Vater kann nicht kommen. Als

Trostpflaster schickt er mich und mein reizendes Mütterlein obendrein. Ich weiß, das ist nur ein mieser Ersatz, aber besser als gar nichts, oder?«
Sein Lächeln war aufgesetzt, und Josefa brachte kein Wort heraus.
»Bitte versuch es zu verstehen, Jo«, sagte Anavera. »Es ist etwas Schreckliches geschehen. Vater schickt dir ein unglaubliches Geschenk, aber er kann jetzt beim besten Willen nicht aus der Hauptstadt weg.«
»Nun mal halblang.« Bemerkenswert zärtlich strich Tomás über Anaveras Wange. »Etwas Schreckliches ist ein bisschen übertrieben, meinst du nicht? Bestimmt ist es nicht mehr als ein kurioser Irrtum, der sich in ein paar Tagen in Luft auflöst.«
»Zum Teufel, komm endlich zur Sache«, brach es aus Josefa heraus. In ihrem Kopf jagte ein Gedanke den anderen. Was konnte geschehen sein, dass der Vater sein so fest gegebenes Versprechen brach? Hatte sie ihm nicht oft genug geschrieben, wie viel ihr an seinem Kommen lag? Was war wieder einmal wichtiger als sie? Wäre es um Anaveras Geburtstag gegangen, hätte irgendein Ereignis auf der Welt ihn aufgehalten?
Anavera löste sich aus Tomás' Umarmung, trat vor und legte Josefa die Hand auf den Arm. »Du kannst ihm unmöglich böse sein, Jo. Es geht um Miguel.«
Miguel. Sein Patensohn, benannt nach seinem geliebten verstorbenen Bruder. Der Musterschüler, der seine juristischen Examen als Jahresbester abgelegt hatte und mit fünfunddreißig bereits leitender Redakteur von *El Siglo* war. Der Liebling, der in den Augen ihres Vaters nichts falsch machen konnte, dessen Schwächen übersehen und dessen Stärken über den grünen Klee gelobt wurden. Natürlich ging es um

ihn. Über dem Wunderknaben Miguel konnte man getrost vergessen, dass man eine bedeutungslose Tochter hatte, die morgen einundzwanzig wurde.
Josefa spürte einen Klumpen in der Kehle. Sie wusste, wie ungerecht sie war. Miguel konnte schließlich nichts dafür, dass der Vater ihn vergötterte. Er war immer nett zu ihr gewesen, unterstützte sie in ihrem Wunsch, Journalistin zu werden, und hatte ihr sogar angeboten, Artikel, die sie ihm schickte, zu prüfen. Miguel hatte keine Schuld, die Schuld trug allein ihr Vater, der sie nicht wie die anderen liebte, dem jeder Fremde wichtiger war als sie. Tränen raubten ihr die Sicht. Sicher sah sie erbärmlich aus – kein Wunder, dass sie ihrem Vater gleichgültig war. Als Anavera ihr den Arm streichelte, verlor sie die Beherrschung und schlug nach ihrer Hand. »Lasst mich in Ruhe. Ihr wartet doch sowieso nur darauf, dass ihr gehen und für euch allein sein könnt.« Ihre Stimme klang scheußlich – gequetscht und verheult.
Unschlüssig blieb Anavera stehen. Durch Tränenschleier sah Josefa, wie Tomás vortrat und ihre Schwester beim Arm nahm. »Komm, gehen wir, Armadillo. Wenn Jo einen Sündenbock braucht, müssen wir uns nicht freiwillig melden.« Ohne auf Anaveras Proteste zu achten, drängte er sie hinaus auf den Gang.
Ehe er ihr folgte, drehte er sich noch einmal nach Josefa um. »Für die Rolle der verzogenen Göre wirst du allmählich zu alt«, sagte er. »Dein Vater ist untröstlich, weil er morgen nicht bei dir sein kann, aber nicht einmal er ist in der Lage, für sein Prinzesschen die Welt anzuhalten. Miguel ist verhaftet worden. Findest du wirklich, dein Vater sollte ihn im Stich lassen und zu einer Geburtstags-Fiesta fahren?«

2

Bei Sonnenaufgang hatten die Frauen das Erdloch ausgehoben, den Boden der Grube mit Steinen gefüllt und darauf ein Holzfeuer entzündet. Sobald die Holzkohle kräftig glühte, mischten sie mit ihren Schaufeln Kohle und Steine und legten ein Gitter darüber. Auf das Gitter wurde eine Auffangschale aus Ton gestellt, in die die Frauen leuchtend buntes Gemüse schichteten: Tomatillos, Chilischoten, rotviolette Zwiebeln, Kürbisspalten und Süßkartoffeln. Darüber kam ein weiteres Gitter und darauf das Lamm, mit Sträußen von Cilantro gefüllt und in Agavenblätter gewickelt. Anschließend konnte man im würzigen Dampf der Barbacoa sitzen bleiben und sie ihre sieben bis acht Stunden köcheln lassen, bis der rauchige, kräftige Braten und die nahrhafte Suppe fertig waren.

Eine grandiose Köchin war Katharina nie gewesen, aber an Festtagen mit den anderen Frauen bei der Barbacoa zu wachen hatte ihr immer Spaß gemacht. Heute war es eine willkommene Ablenkung. *Außerdem kann ich so wenigstens etwas für Josefa tun*, fuhr es ihr durch den Kopf, auch wenn ihr klar war, dass die Tochter auf das Essen keinen Wert legen würde.

Ihre Freundin Martina saß mit einem Mörser im Schoß auf einem Klappstuhl und zerstieß mit verbissenem Eifer Pfefferkörner. Für gewöhnlich war das Carmens Aufgabe, die eine wahre Meisterschaft darin entwickelt hatte. Carmen aber hatte ihre Schwiegertochter Abelinda ins Haus bringen müssen, nachdem die junge Frau haltlos in Tränen ausgebrochen war.

»Leg sie aufs Bett, lass sie reichlich trinken und die Beine hochlegen«, hatte Martina ihr geraten. »Zur Not kann ich ihr etwas zur Beruhigung geben.«

Martina war Ärztin, und Abelinda war im sechsten Monat schwanger. Sie war ein zart gebautes Mädchen und kam vor Angst um ihren Mann fast um. Katharinas Gedanken flogen zurück zu ihrer Schwangerschaft mit Josefa. Jener Sommer war so heiß gewesen wie dieser, aber damals hatte die Regenzeit verlässlich die Felder bewässert, während in diesem Jahr drückende Trockenheit herrschte, die die Bauern um ihre Ernte fürchten ließ. Ihr Blick wanderte den Hang hinauf, an dem in langen Reihen sorgsam gestutzte Kaffeebäume standen und ihre Zweige voll blutroter Kirschen in den Himmel reckten. Zur Linken erstreckten sich endlose Koppeln, auf denen Pferde und rotgelockte Rinder grasten, und zur Rechten prangten die Apfelbäume, die ihr Vater ihnen zur Hochzeit geschenkt hatte, in voller Frucht.

Eine Woge von Dankbarkeit erfüllte Katharina. Mit seinem hochmodernen Bewässerungssystem konnte El Manzanal einen trockenen Sommer unbeschadet überstehen. Ohnehin war die Familie auf die Erträge des Ranchos kaum angewiesen, denn das, was ihr Mann als Gouverneur von Querétaro einnahm, war mehr als genug für sie alle. Ihre Kinder waren in sorglosem Wohlstand aufgewachsen und kannten weder Hunger noch Krieg.

Damals hatte es anders ausgesehen, und die rasende Furcht, die die junge Abelinda quälte, war Katharina nur allzu vertraut. Als sie in jenen Tagen begriffen hatte, dass sich in ihrem Leib neues Leben regte, hatte sie einsam und ohne einen Peso in einer belagerten Stadt gesessen, während der Vater ihres Kindes in einem sinnlosen Krieg sein Leben aufs Spiel setzte. Unwillkürlich fuhren ihre Hände auf ihren Leib so wie damals, vor einundzwanzig Jahren. Mit Josefa hatte sie es nie leicht gehabt wie mit ihren jüngeren Kindern. Während sie Anavera und Vicente einfach lieben und genießen konnte,

war ihre Beziehung zu ihrer Ältesten von Anfang an kompliziert gewesen. In diesem Augenblick aber verspürte sie nichts als den Wunsch, Josefa zu beschützen, genau wie in jenem Hotelzimmer in Santiago de Querétaro in den letzten Wochen des Krieges.
Ich liebe dich, mein Kleines, sagte sie stumm und feierlich vor sich hin. Ich war dir nicht immer die Mutter, die ich hätte sein wollen, aber ich wünsche dir ein wundervolles Leben als Frau. Dann musste sie lachen, obwohl die gestrige Hiobsbotschaft wenig Anlass dazu bot.
Martina hörte auf die Pfefferkörner zu zertrümmern und sah zu ihr hinüber. »Lass mich mitlachen, Süße.«
Ihre Blicke trafen sich. »Es ist eher peinlich als komisch«, sagte Katharina. »Ich habe nur bemerkt, dass ich schon jetzt vor Rührung blind wie ein Höhlenfisch bin. Wie soll das dann erst heute Abend werden?«
Martina grinste breit wie ein Mann. »Vermutlich vergießt du einen Sturzbach, der die Bewässerungsprobleme des Landes löst. Aber tröste dich, ich habe bei Tomás auch eine Überschwemmung verursacht, und Felix war kein bisschen besser.«
Katharina seufzte. »Wenigstens hattest du Felix bei dir.« Gleich darauf biss sie sich auf die Lippe. Sie hatte sich nicht beklagen wollen – gab es nicht andere, die weit mehr Grund dazu hatten? Sie lebte in ihrem Apfelgarten, in ihrem weißen Haus im Schatten des Brotfruchtbaums, ohne Sorgen und umgeben von den Menschen, die sie liebte. Sie hatte drei prachtvolle Kinder und einen Mann, um den sie auch heute noch Scharen von Frauen glühend beneideten. »Es tut mir leid«, murmelte sie. »Ich muss dir vorkommen wie die sprichwörtliche nörgelnde Ehefrau, die ihr bei all den Problemen in der Hauptstadt ganz gewiss nicht brauchen könnt.«

Ohne zu zögern, stellte Martina den Mörser beiseite, rückte mit dem Stuhl zu ihr und legte den Arm um sie. »Nein, so kommst du mir nicht vor. Ich würde verrückt werden, wenn Felix ständig derart lange von mir getrennt wäre. Außerdem würde ich ihm die Hölle heißmachen, weil ich mir lebhaft vorstellen kann, wie er sich einsame Abende mit einem possierlichen Aktmodell vertreibt.«
Katharina lächelte schwach. »Zumindest darum musste ich mir nie Sorgen machen.«
»Nein, wohl kaum.« Martina stieß ihr den Ellbogen in die Seite. »Dein Liebster ist noch immer jede Sünde zweimal wert, aber er betet stur wie ein Bettelmönch allein die heilige Katharina an.«
Katharina lachte mit. In ihrem Inneren breitete sich Wärme aus, und zugleich verspürte sie einen stechenden Schmerz, weil sie Benito nicht bei sich hatte, weil sie den Kopf nicht an seine Brust lehnen und ihm nicht sagen konnte, wie dankbar sie ihm war. Für ihr gemeinsames Leben. Für die Kinder. Für alles, was er für Josefa getan hatte. Vor allem aber wollte sie ihm sagen, dass ihr vor Sehnsucht nach ihm noch immer das Herz galoppierte wie vor vierzig Jahren. »Ich bete ihn auch an«, sagte sie leise.
»Ich seh's«, bemerkte Martina trocken. »Und sobald diese Sache mit Miguel geklärt ist, bekommst du ihn ja wieder. Dann feiert ihr das Fest noch einmal nach, bis euch der Schweiß aus den Poren quillt. Ist euer Leben nicht im Grunde ein einziges Fest?« Sie drehte sich zur Seite, doch Katharina entging nicht, dass sie sich bekreuzigte. Sie nannte sich mit Vergnügen eine Heidin, aber sooft die todesmutige Martina es mit der Angst zu tun bekam, floh sie in den Schutz ihres katholischen Kinderglaubens.
»Geht es dir nicht gut?«, fragte Katharina.

»Mir? Doch, natürlich«, erwiderte Martina in Gedanken versunken. »Mir geht es immer gut. Dazu bin ich auf der Welt.«
»Was liegt dir dann auf der Seele? Miguel?«
Martina gab keine Antwort.
»Ist es wirklich ein harmloser Irrtum?«, fragte Katharina weiter. »Oder hast du das vorhin nur gesagt, um Abelinda und Carmen nicht aufzuregen?«
»Sie regen sich ohnehin auf«, wich Martina ihr aus. »Und für die Kleine ist Aufregung Gift, das siehst du doch. Sie ist zu schwach für ein einziges Kind, aber ihr Leibesumfang sieht aus, als bekäme sie mindestens drei.«
»Wir sorgen uns alle um sie«, stimmte Katharina zu. »Aber jetzt kann sie uns ja nicht hören. Was ist mit Miguel, Martina? Weshalb ist er verhaftet worden?«
»Weil er trotz wiederholter Verwarnung einen zwölfspaltigen Artikel über die katastrophalen Zustände im Osten der Hauptstadt gedruckt hat«, sprudelte es aus Martina heraus. »Irgendeine ekelhafte Laus in einer geheimen Zensurbehörde hat ihn gemeldet. Der Junge weiß nicht, was Vorsicht bedeutet. Natürlich hat er völlig recht, es ist ein Unding, dass die Regierung mit wirtschaftlichem Wachstum prahlt, während die Bewohner der Slums in einem überfluteten Sumpf leben, wo ihnen ihre Kinder an verseuchtem Wasser krepieren. Aber indem er mit dem Kopf durch die Wand geht, hilft Miguel niemandem – Benito nicht, der wie ein Berglöwe um Verbesserungen kämpft, und sich selbst schon gar nicht.«
»Er hat nicht eure Erfahrung«, gab Katharina zu bedenken. Benito, Martina und Felix hatten während des zweiten Kaiserreichs für die Untergrundregierung gekämpft und dabei gelernt, im Verborgenen zu agieren. »Vergiss nicht, er ist mit der freien Presse aufgewachsen, unter Journalisten, die unverblümt ihre Meinung äußern. Dass Präsident Diaz dem wirk-

lich ein Ende setzen will, kann er vermutlich nicht glauben. Um ehrlich zu sein, ich kann es auch nicht.«

Martinas Lächeln wurde böse. »Porfirio Diaz ist ein Diktator, mein Herzchen. Er mag ein behutsam agierender Diktator mit einer glorreichen Vergangenheit als Befreiungskämpfer sein, aber das macht ihn nicht zu einem Demokraten. Zu alledem hat er Menschen mit zwei indianischen Eltern ungefähr so lieb wie Typhus und Cholera in einem. Das gilt für die kleinen Fische wie Miguel, doch für die großen, die sich mit Hirnschmalz und Charisma als Gouverneure halten, gilt es umso mehr.«

Katharina zuckte zusammen. »Benito ist sein Kriegskamerad!«

»Na und? Wann hätte das je einen Diktator gehindert, einen Mann zu hassen? Und welcher Diktator hätte sich je von Verbrüderung über der Feldlatrine abhalten lassen, einen verhassten Gegner einen Kopf kürzer zu machen?«

Katharina sprang auf. Ich halte das nicht aus, wollte sie rufen. Nicht noch einmal. Ich hatte ein Leben, das wild und bewegt war, voller Farbe, doch vor allem voller Verstörung, Einsamkeit und Furcht. In den zwanzig Jahren, die ich in Frieden hier lebe, habe ich mich davon kaum erholt. Ich kann nicht noch einmal Angst haben, meinen Mann zu verlieren, weil wir in einem Land geboren sind, das nicht zur Ruhe kommt.

Ohne dass sie es bemerkt hatte, war Martina aufgestanden. »He, he«, sagte sie und klopfte ihr den Arm. »Du kennst mich doch. Ich drücke mich immer drastischer aus, als für das Wohl meiner Zuhörer gut ist. Mach dir keine Sorgen, hörst du? Benito ist viel zu beliebt, als dass Diaz es wagen würde, ihm ein Haar zu krümmen, andernfalls hätte er ihn als Gouverneur längst abgesägt.«

»Er stellt ihm einen Militärkommandanten zur Seite«, hielt Katharina dagegen. »Einen erzkonservativen Cachupin aus der Hauptstadt, der von den Menschen hier in Querétaro keine Ahnung hat. Vielleicht ist das der erste Schritt, um Benito abzusägen?«

Martina lachte rauh auf und küsste Katharina auf die Wange. »Weißt du, dass es hinreißend ist, wie du Felipe Sanchez Torrija einen Cachupin schimpfst, als wärst du ein altes Nahua-Weib mit gelben Zähnen und Runzeln vom Keifen? Ich kann es deinem Benito nicht verdenken, dass er sich nach dir krank sehnt.«

Ein wenig gequält lachte Katharina mit. »Ich bin ein altes Nahua-Weib, und ich habe mehr Runzeln als verbleibende Lebensjahre«, sagte sie. »Meine Zähne sind nur deshalb nicht gelb, weil Stefan mir aus Europa Kalodont mitbringt, und ein Mann, der in Mexiko Geld scheffelt, um das Leben eines spanischen Grandes zu führen, ist für mich ein Cachupin, und wenn er hundertmal in diesem Land geboren ist. Das hier ist meine Heimat, Martina. Die Menschen, die ich liebe, sind Nahua – allen voran mein Mann und meine Kinder.«

Über Martinas Gesicht ging eine seltsame Regung. »Das porzellanhäutige, butterblonde Geschöpf, das heute Geburtstag hat, ist in der Tat eine Nahua, wie sie im Buche steht«, bemerkte sie trocken. »Hast du dich jetzt beruhigt? Oder sollten wir zwei Hübschen uns einen kleinen goldenen Tequila gönnen, um unsere Runzeln zu glätten?«

»Goldener Tequila klingt himmlisch«, bekannte Katharina. »Nur dass er genügt, um mich zu beruhigen, bezweifle ich.«

Martina ging in die Knie, zog die Tonflasche heran, aus der sie vorhin einige sorgsam bemessene Tropfen auf das Gemüse geschüttet hatte, und schenkte ihnen beiden einen fingerhohen Becher randvoll. Die beiden Frauen tauschten einen Blick. So hatten sie miteinander Tequila getrunken, als sie jung gewesen waren, auf Martinas Dachterrasse über dem Alameda-Park von Mexiko-Stadt, und der Scharfgebrannte aus dem Herzen der blauen Agave hatte sie nicht beruhigt, sondern das Feuer in ihnen noch angefacht. Martina lächelte. »Goldener Tequila, geh mir nach oben, nach unten, in die Mitte und ins Herz.« Sie vollführte die Bewegungen mit dem Becher, trank einen mannhaften Schluck und reichte das Gefäß an Katharina weiter.

Die Flüssigkeit brannte in der Kehle und war wie ein Versprechen: Was sich heute nicht lösen lässt, wird sich morgen schon von selber fügen. Katharina musste auch lächeln. Als Benito ihr zum ersten Mal Tequila gegeben hatte, war sie fünfzehn Jahre alt und fiebrig vor Liebe gewesen. »Kannst du eigentlich fassen, dass wir beide im Großmutteralter angekommen sind?«, fragte sie die Freundin.

»Schwerlich«, erwiderte Martina. »Aber wenn mich mein altersweiser Blick nicht täuscht, werden mein charmanter Sohn und deine entzückende Tochter es uns demnächst deutlich machen.«

»Ist das dein Ernst?«, rief Katharina. »Tomás und Josefa?« Martina ließ ein ungläubiges Schnauben hören und schnitt eine Grimasse. »Wo hast du eigentlich deine hübschen Augen? Für Josefa ist mein Tomás ungefähr so anziehend wie der Welpe eines Straßenköters, den man flüchtig tätschelt und gleich darauf vergisst. Um die kühle Schöne von El Manzanal aus der Reserve zu locken, muss schon ein anderes Kaliber aufmarschieren.«

»Was willst du damit sagen?«, fragte Katharina, die den Sohn ihrer Freundin von Herzen gern mochte und sich für Josefa keinen besseren Gefährten hätte wünschen können. Das unkomplizierte Wesen des jungen Malers hätte ihrer Ältesten womöglich geholfen, das Leben ab und an ein wenig leichtzunehmen.

»Ich will damit sagen, dass Josefa keinen gewöhnlichen Sterblichen sucht«, erklärte Martina, »sondern einen, der ihr so überlebensgroß und unerreichbar erscheint wie der Mann, den sie am meisten verehrt. Ihren Vater.«

»Aber Benito ist doch ...«

Martina winkte ab. »Benito ist sein Gewicht in Gold wert und der geborene Vater. Kein Mensch bestreitet das. Aber dass Josefas Beziehung zu ihm kompliziert ist, weißt du selbst am besten.«

»Er liebt sie, Martina. Er könnte keine andere Tochter auf der Welt so sehr lieben.«

»Mir ist das klar«, sagte Martina. »Das Elend ist nur, dass es Josefa nicht klar ist. Im Übrigen hatte ich deine süße Zweitgeborene im Sinn, als ich über baldige Großmutterfreuden spekulierte. Sollte dir entgangen sein, dass Anavera und Tomás sich bereits im zarten Alter von drei und sechs Jahren die ewige Treue versprachen, so darfst du in Kürze mit einer Erneuerung des Schwurs rechnen. Wo mein Sohn seine Augen hat, weiß ich jedenfalls. Und wenn sein neuestes Werk El Manzanal heißt, aber weder pralle Kaffeefrüchte noch blühende Agaven, sondern ein glutäugiges Mädchen mit schwarzen Zöpfen zeigt, dann sagt mir das genug.«

»Das ist ja großartig!« Katharina bemühte sich, alle beklommenen Gedanken an Josefa und alle Sorgen um Miguel und ihren Mann zu verdrängen und sich für Augenblicke der Freude hinzugeben. »O Martina, ich finde, die zwei sind füreinander geschaffen – und bekommen sie nicht ein reizendes Gespann von Schwiegermüttern?«

»In der Tat«, bemerkte Martina. »Unsere zwei Turteltauben sind zu gut, um wahr zu sein, und sie bekommen die wildes-

ten Schwiegermütter von ganz *Mexico lindo*. Was meinst du, Götterschwester, ist uns das noch einen goldenen Tequila wert?«
»Zwei, meine Temazcalteci, meine Göttin der heilenden Kräfte. Auf unsere prachtvollen Kinder – und wenn ich den zweiten getrunken habe, finde ich hoffentlich den Mut, dich zu fragen, was für Sorgen ich mir um Benito und Miguel machen muss.«
»Um Benito gar keine«, sagte Martina und gab diesmal den vollgeschenkten Becher Katharina zuerst. »Militärische Leiter, die den Gouverneuren auf die Finger sehen, setzt Diaz in allen Bundesstaaten ein, nicht nur in Querétaro. Ich gebe gern zu, dass Felipe Sanchez Torrija der schlimmste Schinder von allen ist, dass ich es hasse, seinen Pinkel von Sohn zum Nachbarn zu haben, und dass ich ebendiesen Sohn verdächtige, hinter der Verhaftung von Miguel zu stecken. Im Grunde aber sind diese Militärkommandanten überall gleich – Bleichgesichter mit manikürten Händen, die zu dem Land, das sie verwalten, keinerlei Verbindung haben. Diaz will damit die Selbstverwaltung der Staaten schwächen und mehr Macht auf sich selbst vereinen. Natürlich freut er sich über jeden Gouverneur, den er aus dem Amt drängen kann, aber er ist kein Dummkopf. Schon deshalb wird er sich hüten, sich in der Öffentlichkeit an einem Volkshelden wie Benito zu vergreifen.«
»Und im Verborgenen?« Katharina sog den Duft des Tequilas ein, um gegen die aufkommende Übelkeit zu kämpfen.
»Im Verborgenen mag er durchaus hoffen, ihn durch ständige Schläge auf das Rückgrat zu zermürben. Aber dein Liebster ist ihm zu zäh, und außerdem gibt es in der ganzen Regierung keinen Mann, der seine Familie so sehr liebt. Benito würde nichts tun, das euch gefährdet, und auch nichts, das ihn auf Dauer von euch trennt. Eher tritt er zurück.«

Katharina atmete auf. Die Wärme kehrte wieder, und aus der Grube stieg in dichten Schwaden der würzige Rauch der Barbacoa. Benito hatte es ihr geschworen. Sie hatte ihn angefleht, sie könne nicht noch einmal einen Mann ertragen, der für eine Sache starb, statt für sie und seine Kinder zu leben, sie hatte mit den Fäusten auf seine Brust eingetrommelt, und er hatte ihr geschworen, es könne niemals eine Sache geben, die ihm teurer wäre als ihr gemeinsames Leben. Weil sie ihn nicht umarmen konnte, schlang sie die Arme um ihre Knie. »Und was ist mit Miguel, Martina? Er sollte auch an seine Familie denken – seine Mutter hat nur den einen Sohn, und seine Frau erwartet sein Kind.«

Außerdem liebte Benito Miguel wie ein eigenes Kind. Der Junge hatte den Namen seines älteren Bruders erhalten, an dessen Tod er sich immer noch schuldig fühlte. Ebenso schuldig würde er sich fühlen, wenn Miguel, dem Jüngeren, etwas geschah.

Ohne Heiterkeit lachte Martina auf. »Wenn du mich fragst, ist Miguel kein Mann, von dem eine Frau sich ein Kind machen lassen sollte. Jedenfalls nicht, wenn sie Wert auf ihren Seelenfrieden legt. Er ist ein liebenswerter, begabter Bursche, aber er hat diese Art von Besessenheit an sich, die einen Mann zur Not in den Tod treibt – einerlei, wer seinen Kindern dann die Mäuler stopft und wer seine Witwe tröstet.«

»Zum Teufel, Martina, für ein paar unausgegorene Artikel kann ihm doch kein Todesurteil drohen!«

Martina trank Tequila und zuckte mit den Schultern. »Das wohl nicht. Aber die Deportation nach Yucatán durchaus. Inzwischen brauchen die Plantagenbesitzer für ihr Henequen und ihre Zuckerfelder so viele billige Arbeiter, dass sie sich um politische Häftlinge geradezu reißen. Und ob ich mich lieber von einem geübten Henker aufknüpfen oder von einem

menschenverachtenden Geldsack in mörderischer Hitze zu Tode peitschen lassen möchte, weiß ich nicht.«
»Das ist nicht dein Ernst!«
Über den Rand des Bechers hinweg sah die Freundin sie an.
»Nicht ganz«, sagte sie. »Ich denke, Miguel wird dank Benitos Fürsprache mit einem blauen Auge davonkommen. Aber wenn er in Zukunft nicht mehr Vernunft walten lässt, ist es das, was ihm droht: Die sengende Hitze von Yucatán und die Peitsche der Plantagenbesitzer, die dort unten niemand hindert, ihre Artgenossen schlimmer als Vieh zu behandeln. Und jetzt wechseln wir das Thema, einverstanden? Heute ist Josefas Tag, den sollten wir uns durch nichts verderben lassen. Ich denke, diese Barbacoa ist prächtig gelungen, selbst wenn ihr der Pfeffer fehlt. Was meinst du, machen wir Schwiegermütter uns auf den Weg und verwandeln uns für den Ball in zwei taufrische Rosen des Südens?«
Katharina lächelte ihr dankbar zu, nahm den Mörser und erhob sich. Auf der Veranda, wo Bar und Büfett aufgebaut werden sollten, hatten die jungen Frauen begonnen Girlanden aus Blumen in den Farben Mexikos aufzuhängen. Sie entdeckte Anavera, die ihrem Vater so ähnlich sah, dass es weh tat, und mit ihrer Base Elena in den hellen Tag lachte. Josefa sah sie nicht. Vermutlich saß sie noch immer im verschlossenen Zimmer der Mädchen und ließ niemanden zu sich. Schon als Kind hatte sie auf diese Weise manchmal für Tage geschmollt. Ich werde noch einmal versuchen mit ihr zu reden, beschloss Katharina. Für Miguel konnte sie jetzt nichts tun, aber Josefa würde sie vielleicht brauchen.
Außerdem wollte sie ihr an ihrem Geburtstag sagen, wie sehr sie sie liebte – notfalls sogar durch die geschlossene Zimmertür. Im Gehen drehte Katharina sich noch einmal vom Haus weg und nach dem Hang, über den ein Pfad in ihr Tal führte. Die

Sonne hatte das Gras darauf erbarmungslos zu Stroh gedörrt. Über diesen Hang wäre Benito gekommen, wenn Miguels Verhaftung ihn nicht aufgehalten hätte. Inzwischen verlief eine Eisenbahnlinie bis nach Santiago de Querétaro, doch von dort wäre er wie immer geritten, und Katharina hätte in der Senke gestanden und auf den Hufschlag seines Pferdes gewartet wie unzählige Male zuvor.
Gleich darauf, als hätte ihr Wunsch ihn beschworen, vernahm sie den ersehnten Hufschlag. »Benito«, entfuhr es ihr. Sie warf den Mörser zu Boden und sprang los, um wie ein Mädchen ihrem Liebsten entgegenzulaufen.
Martina erwischte ihren Arm und riss sie zurück. »Nur ein Briefbote, Süße«, murmelte sie und wies auf den Jungen mit der Schirmmütze, der auf einem kurzbeinigen Schecken über die Kuppe sprengte. Am Abhang zügelte er das Pferd und hob zum Gruß einen Brief in die Höhe. Katharina kam sich töricht vor.
Der war vermutlich ein Segenswunsch für Josefa von ihrer weitverzweigten Verwandtschaft, doch ihr Magen krampfte sich zusammen. Als der Junge sein Pferd vor ihnen zum Stillstand brachte, war es Martina, die ihm den Umschlag abnahm.
»Er ist für die Señora«, beteuerte er eilfertig und wies auf Katharina. »Er wurde aus Chapultepec nachgeschickt, war bald ein Vierteljahr unterwegs.«
Martina hielt Katharina den Umschlag hin. Er war groß, aus schwerem Papier gefertigt und mit Amtssiegeln und Schriftsätzen übersät. Chapultepec, hallte es in ihren Ohren. In dem idyllischen Vorort der Hauptstadt, einst einem heiligen Ort der Azteken, hatte sie vor Jahren gelebt. Es war vielleicht die einsamste Zeit ihres Lebens gewesen, und dort, im Schatten der jahrhundertealten Kapokbäume, hatte sie Josefa empfangen. Katharina drehte den Umschlag um und las die halb ver-

wischte Adresse. In den Zeilen erkannte sie nichts als einen einzigen Namen, aber der genügte. Ihr Herz begann ihr dumpf bis in die Kehle zu klopfen. Der Brief war ihr nicht nur aus Chapultepec nachgeschickt worden, sondern kam geradewegs aus ihrer Vergangenheit.
»Willst du ihn nicht aufmachen?«, fragte Martina. Sie gab dem Jungen einen Peso, und der wendete sein Pferd und ritt davon.
»Ich will nicht«, erwiderte Katharina mit fremder, tonloser Stimme. »Aber mir wird keine Wahl bleiben.«
»Von wem ist er denn?«
»Ich weiß nicht«, sagte Katharina und riss den Umschlag auf, ohne hinzusehen. »Und ich wünschte, ich bräuchte es nicht zu erfahren.«
Sie hatte es mit Josefa nie so leicht gehabt wie mit ihren anderen Kindern, sie hatte es nie geschafft, sich so tief und innig auf sie einzulassen, und jetzt erkannte sie den Grund dafür. In ihrem Inneren hatte sie sich beständig vor dem Tag gefürchtet, an dem jemand kommen würde, um ihr Josefa wegzunehmen. Sie hatte sich nicht umsonst gefürchtet. Der Tag war da.

3

Die meisten Gäste kamen aus der näheren Umgebung. Es waren Nachbarn von den umliegenden Ranchos, Freunde aus dem Dorf und ein paar Eltern von Kindern, die Anaveras Mutter unterrichtete. Denjenigen aber, die von weiter her, vor allem aus den Städten, angereist waren, verschlug das Schauspiel, das die Sonne vollführte, den Atem. Über dem Gipfel, der über die Kaffeebäume und die sich reckenden Agaven hinausragte, begann sie zu sinken und tauchte das Tal

in ein rotviolettes Licht von einer Zartheit, die nicht mehr wirklich und irdisch, sondern paradiesisch schien. Alle Gesichter bekamen einen verklärenden Schimmer, einen Zauber, der noch über der Veranda, dem Tanzplatz und den geschmückten Tischen und Stühlen hing, als das Licht schon verflogen war und die Männer der Familie herumgingen, um in den Bäumen Lampions anzuzünden, ehe es völlig dunkel wurde.
Die leisen sich wiegenden Takte der Kapelle erschienen wie ein Echo des entschwindenden Lichts. Anavera sah die offenen Münder und die vor Staunen geweiteten Augen und war wieder einmal nichts als dankbar, an einem solchen Ort geboren zu sein. Hätte ein prophetischer Geist ihr einen Wunsch für die Zukunft gewährt, so hätte sie, ohne zu zögern, gebeten: Lass mich, solange ich lebe, auf El Manzanal bleiben, in unserem weißen Haus mit den grün gestrichenen Türen.
Zwischen die Platten und Schüsseln mit den Speisen streute sie gelbe Blüten der Cempoalxochitl, dann trat sie einen Schritt zurück und betrachtete ihr Werk. Sie hätte zufrieden sein sollen. Das mit Blumen und Kerzen geschmückte Büfett wirkte festlich und einladend, und die Düfte, die sich in der Abendwärme mischten, überwältigten sie. Alles war in Fülle vorhanden, das geröstete Lamm der Barbacoa, die in seinem Rauch gegarte Suppe, Tortillas und Tamales aus goldenem Maismehl, die ihre Tante Xochitl in Stapeln gebacken hatte, Chilischoten in Walnusssauce, mit Epazote gewürzte Bohnen, Salat aus Kaktusblättern, gefüllte Chayotes, dreifarbiger Reis, Buñuelos mit Anis und klebrigem Sirup, kandierte Tamarinde und die köstliche Mole Poblano aus der dunkelsten Schokolade. Ihre Mutter hatte auftragen lassen, was der Rancho zu bieten hatte. Sie wusste, dass etliche ihrer Nachbarn am Nötigsten sparten, weil sie um ihre Ernte fürchten muss-

ten, und umso lieber lud sie sie an ihren reich gedeckten Tisch ein.

Doch so schön die vielfarbige Tafel im Licht der Kerzen auch wirkte und so lockend die Musik herüberdrang, konnte Anavera sich nicht recht daran freuen. Sie wusste, die bunt gewürfelten Speisen aus den Früchten ihres eigenen Landes waren nicht, was Josefa sich vorgestellt hatte. Bauerngerichte. Einfaches Essen, wie es die Nahua des bergigen Hinterlandes seit Jahrhunderten zubereiteten. Eine Schar Schüler ihrer Mutter, die froh waren, sich beim Servieren etwas Geld zu verdienen, füllten aus tönernen Kannen einheimischen Rotwein und Pulque, das schaumige Getränk aus dem Mark der Agave, das den Bauern ihren Alltag erleichterte, in Becher. Es gab keinen Champagner, keine erlesenen Weine aus Europa, und das einzige fremdländische Gericht war der misslungene Hamburger Apfelkuchen ihrer Mutter. Die Musiker, die ihre Geigen und Gitarren, die Trompete und das Akkordeon jetzt mit Verve ins Crescendo führten, spielten eine Weise aus Querétaro, die zum Klatschen, Springen und Johlen einlud, keinen vornehmen Gesellschaftstanz aus den Salons von Paris.

Anavera, die all das liebte, tat das Herz weh um ihre Schwester. Mit Feuereifer hatte die Familie eine Fiesta für das Kind wohlhabender Rancheros bereitet. Josefa aber, die viel zu zart und schön und kultiviert für die rauhen Bräuche des Landes war, träumte von einem Ball für die Tochter des Gouverneurs. Sie hatte schon die Enttäuschung wegen des Vaters zu verkraften, und das, was sie hier erwartete, würde ihrer Stimmung nicht aufhelfen. An der Traufe des Vordachs hing eine gigantische, mit Zuckerzeug gefüllte Piñata. Kinderkram, würde Josefa sagen. Und aus ihrer Sicht hatte sie damit natürlich recht.

Hinzu kam, dass die Heiterkeit der Familie gespielt war. Niemand wollte Josefa ihren Tag verderben, aber unterschwellig brodelte die Sorge um Miguel. Er war der Sohn ihrer Tante Carmen, das älteste der auf dem Rancho geborenen Kinder. Für Anavera, die sechzehn Jahre jünger war, war er eine Art großer Bruder, der sie Reiten und Fischen gelehrt hatte und an dessen Hand sie zum ersten Mal durch einen Tanz gestolpert war. Ihre Base Elena zupfte sie am Ärmel, als könnte sie Gedanken lesen. »Wir helfen Miguel nicht, wenn wir Trübsal blasen, Ana. Lass uns doch gehen – die anderen tanzen ja schon!«
Unter dem Rock des neuen Kleides war Elena anzusehen, wie ihr die Musik in den Beinen pulsierte. Ungeduldig trippelte sie von einem Fuß auf den anderen, und verblüfft bemerkte Anavera, dass es ihr nicht anders erging. Ja, sie wollte tanzen, wollte dieses Fest genießen, die Nacht, die sternenhell sein würde, und den verwirrenden Duft des Sommers. Aber war das gerecht? Miguel saß im Belem-Gefängnis, von dem Tomás erzählt hatte, dass die Zellen weder Licht noch Fenster hätten und die Häftlinge zu Dutzenden zwischen die schimmligen Wände eines einzigen Raums gepfercht würden. Und Josefa, die Hauptperson dieser Festnacht? Auf einem Tisch bei der Kapelle standen ihre Geschenke aufgebaut, doch die Schwester war nicht heruntergekommen. Das rote Kleid, das sie sich aus einem Pariser Modemagazin ausgesucht hatte, würde leer und schlaff vor ihrem Schrank hängen.
Wie konnte Anavera sich amüsieren, wenn es doch Josefas Fest war und Josefa sich die Seele aus dem Leib weinte?
»Wenn du nicht kommst, dann gehe ich ohne dich!«, rief Elena und wies auf die Tanzfläche, wo die Jugend der Gegend sich paarweise zum Kreis stellte, um einen Vals mexicano zu tanzen. Beinahe ein europäischer Tanz – und einer, dem selbst Josefa kaum je widerstand. Ein einzelner junger Mann drück-

te sich in der Reihe herum und winkte zu ihnen hinüber. Acalan, der schlaksige, schüchterne Sohn eines Pächters, an den Elena ihr Herz verloren hatte. Die Base warf Anavera einen sehnsüchtigen Blick zu. »Geh schon«, rief Anavera schnell. »Ich warte auf Josefa.«

»Willst du warten, bis du schwarz wirst?«, fragte Elena, mit einem Fuß bereits auf der Stufe der Veranda.

Anavera schüttelte den Kopf. »Sie wird schon kommen. Du lauf, lass dir den Vals nicht entgehen – und deinen Acalan erst recht nicht.«

Elena warf ihr einen dankbaren Blick zu, sprang die Stufe hinunter und eilte ihrem Liebsten entgegen. Der junge Mann, der aus ärmsten Verhältnissen stammte, wagte nicht, offen um die Nichte des Gouverneurs zu werben, und so blieben die Augenblicke, die Elena sich mit ihm stehlen konnte, seltene Kostbarkeiten. Mit einem machtvollen Schrammeln der Geigen und einem Trompetensignal begann der Tanz. Die jungen Leute, die die Becher mit Wein und Pulque gefüllt hatten, zogen mit ihren Tabletts los, um den Gästen Getränke anzubieten, und Anavera blieb allein auf der Veranda zurück. Jetzt komm schon herunter, beschwor sie Josefa stumm. Die Nacht ist so schön, und alle haben sich so viel Mühe gegeben. Warum gibst du uns eigentlich nie die Chance, dir zu zeigen, dass wir dich mehr als alles andere lieben?

Im tanzenden Licht der Lampions sah sie einen Schatten, der auf die Veranda zuschoss und sich geschmeidig wie ein Berglöwe über die hölzerne Balustrade schwang. Gleich darauf stand Tomás vor ihr, so dicht, dass sie spürte, wie sein Körper vor Erregung bebte. Sein goldbraunes Haar fiel ihm ins dunkle Gesicht, und als er es unwirsch in die Höhe blies, fiel es gleich wieder hinunter. So war Tomás. Immer berstend vor Leben. Er legte die Arme um sie.

»Weshalb will denn mein Armadillo nicht tanzen? Was ist ein Fest wert, wenn das süßeste Tierchen sich in seinem Bau verkriecht?«

Sie musste lachen. Er nannte sie Armadillo, seit sie Kinder waren. Damals war sie pummelig gewesen und hatte sich, zumindest behauptete er das, in der watschelnden Gangart eines Gürteltiers bewegt. »Ich will auf Josefa warten«, sagte sie und lehnte sich an seine Brust. »Meinst du nicht, es würde sie noch wütender machen, wenn ich mich auf ihrem Fest vergnüge, während sie es versäumt?«

Tomás küsste ihr den Scheitel. »Josefa zwingt aber niemand, ihr Fest zu versäumen«, entgegnete er. »Weißt du eigentlich, dass du von klein auf damit beschäftigt bist, Josefa vor irgendetwas zu bewahren, was sie sich selbst antut? Und dass du dafür auf alles Mögliche verzichtest? Es ist nicht deine Schuld, dass die Welt nicht nach Josefas Pfeife tanzt, Armadillo. Und sosehr ihr es euch wünscht, weder du noch dein Vater könnt die Welt dazu zwingen.«

»Aber es macht mir gar nichts aus, auf sie zu warten«, protestierte Anavera.

»Dir vielleicht nicht«, sagte er. »Mir hingegen schon. Ich will mit dir tanzen. Zählt das, was ich will, vielleicht nichts?«

»Doch natürlich«, rief sie und hob die Hand, um ihm das Haar aus dem Gesicht zu streichen. »Aber wir können doch noch hundert Jahre lang tanzen. Es kommt mir einfach so ungerecht vor – ich habe es immer leicht, und Josefa hat es immer schwer.«

»Schluss jetzt mit Josefa!« Um seine Mundwinkel verkroch sich ein Lachen, doch das Blitzen in seinen Augen war echt. »Sie hat es schwer, weil sie es sich schwermacht, und wenn mir heute Abend jemand leidtut, dann nicht sie, sondern mein Freund Miguel. Aber wäre er jetzt hier, so würde er sagen:

Heute Nacht kannst du nichts für mich tun, Compañero. Also trink auf mein Wohl einen Becher Wein und tanz mit deinem Armadillo.«
»Ja, du hast recht, das würde er wohl sagen. Er kommt doch bald wieder frei, nicht wahr?«
Sachte löste Tomás sich von ihr und füllte an der Bar zwei Becher mit Wein. »Dafür werden wir kämpfen«, meinte er dann. »Und dafür, dass die Freiheit der Presse gewahrt bleibt, wie unsere Verfassung es uns garantiert.«
»Wir, Tomás? Was hast denn du damit zu tun?«
»Nun, ich weiß, ich bin nur ein kleiner Kunststudent und kein gewichtiger Politiker«, erwiderte er in leicht gekränktem Ton, »aber meine Freunde und die Verfassung meines Landes kann ich trotzdem verteidigen, oder? Auf meine Weise habe auch ich mein Scherflein dazu beizutragen, dass Leuten wie diesem Sanchez Torrija das Handwerk gelegt wird, ehe sie zerstören, wofür unsere Eltern gekämpft haben.«
»Sanchez Torrija, wer ist das überhaupt?«, fragte Anavera. »Jeder redet von ihm und sagt, er wolle meinem Vater ans Leder, aber mehr als vages Gemunkel höre ich von niemandem.«
»Kein Wunder.« Tomás verzog den Mund und reichte ihr einen der Becher. »Wer weiß schon mehr als Gemunkel vom Teufel? Felipe Sanchez Torrija ist einer dieser märchenhaft reichen Großgrundbesitzer, auf deren Vermögen sich Diaz' Regierung stützt. Das Schlimme ist, dass es ihm nicht genügt, vor Geld zu stinken und auf seinen Plantagen in Yucatán überschuldete Maya zu schinden, sondern dass er obendrein politische Ambitionen hat. Er hat von Diaz ein militärisches Kommando gefordert, ohne je in der Armee gekämpft zu haben, und Diaz hat ihn nach Querétaro versetzt, um seinem Lieblingsfeind einen Hieb zu verpassen. Wenn er deinen Va-

ter schon nicht kaltstellen kann, will er ihm wenigstens einen Bluthund vor die Haustür setzen, der ihn in Schach hält.«
»Macht es dir Angst?«, fragte Anavera.
Tomás schüttelte den Kopf. »Es macht mir eine Wut im Bauch, von der mir übel wird. Und dass Don Felipe für sein Söhnchen das Palais neben unserem gekauft hat, macht es noch schlimmer, weil ich diesen arroganten Parasiten jeden Tag vor Augen habe. Wir vermuten, dass er es ist, der der geheimen Zensurbehörde vorsteht, und dass er Miguel wegen des Artikels angezeigt hat. Wenn ich daran denke, bekomme ich allerdings Angst – vor mir selbst. Einmal habe ich schon geträumt, ich hätte den verdammten Lagartijo erwürgt.«
Anavera stellte den Becher beiseite und umklammerte Tomás' Gelenke. »Erwürge ihn nicht, versprich mir das. Ich habe keine Ahnung, warum du ihn einen Lagartijo nennst, aber eine kleine Eidechse ist es nicht wert, dass du vor einem Erschießungskommando endest. Und Miguel kommt dadurch auch nicht frei.«
»Versprochen, ich erwürge ihn nicht«, beteuerte Tomás. »Aber ich muss morgen in die Hauptstadt zurück, um zur Stelle zu sein, wenn Miguel mich braucht. Er ist mein Freund, ich bin es ihm schuldig. Deshalb will ich heute Nacht von dir etwas anderes als Palaver über Politik. Etwas, das ich mitnehmen und bei mir tragen kann, wenn ich es nötig habe. Wirst du es mir geben, Armadillo?«
Anavera nickte. Eine seltsame Traurigkeit überfiel sie. Nur Josefa wurde heute erwachsen, aber ihr war zumute, als ginge ihrer aller Jugend mit einem Schlag zu Ende.
»Nimm den Becher«, sagte Tomás. »Sieh mir beim Trinken in die Augen und wisch dir die Lippen nicht ab.«
Sie tat, wie ihr geheißen, und er wischte sich die Lippen auch nicht ab, neigte leicht den Kopf und küsste sie. Er hatte sie oft

geküsst, doch noch nie auf den Mund. Der Kuss fühlte sich federweich an und so zärtlich wie nichts zuvor. Er sandte einen Schauder durch ihre Kehle, und er schmeckte nach dem fruchtigen Wein. Auf einmal hörte sie die Musik wieder, die schmeichelnden Bögen der Geigen und die Trompete, die nach ihr zu rufen schien.
»Ich will, dass du mit mir tanzt«, sagte Tomás mit rauher Stimme und schloss die Arme um sie.
Anavera wollte mit ihm tanzen. Sich ganz der Musik hingeben, der vertrauten Zärtlichkeit und dem Weingeschmack seiner Lippen.
»Ich will noch mehr, Armadillo«, murmelte er an ihrem Ohr, während er sie langsam in Richtung der Stufe dirigierte.
»Was?«
»Ich will, dass du mir sagst, ob du mich liebst.«
Ihr Herz vollführte einen Sprung. »Und wie!«, entfuhr es ihr, weil ihre Liebe im Schwall über sie herfiel. Sie hatte ihn ja immer geliebt, er war ihr so nah wie ihr Bruder Vicente, der mit einem Mädchen namens Chantico tanzte, aber er war nicht ihr Bruder, sondern jemand, nach dem sie sich in Nächten, die zu warm zum Schlafen waren, sehnen konnte. Er gehörte zu ihr. So wie ihr Vater, ihre Mutter, ihr Bruder und ihre Schwester, so wie die Freundinnen und Großmutter Ana, deren Tod im Winter ein Loch in ihr Leben gerissen hatte.
»Sag es mir, Armadillo. Sag: Tomás, ich liebe dich.«
»O ja!«, rief sie und warf die Arme um ihn. »Tomás, ich liebe dich so sehr!«
Er küsste sie noch einmal. Diesmal öffneten seine Lippen die ihren, und seine Zunge umspielte ihre Zähne und ihren Gaumen, was ein wenig kitzelte und hinreißend war. Als er sie freigab, trafen sich ihre Blicke. In seinem las sie, dass sie mit ihm glücklich sein würde, dass er sich nichts so sehr wünsch-

te, wie gut zu ihr zu sein. Er nahm ihre Hände, küsste sie und ließ sie nicht los, während er in die Knie ging. »Wenn ich wieder in die Hauptstadt komme, will ich deinen Vater fragen, ob ich dich heiraten darf, Anavera Armadillo Alvarez.«
Ihr Herz klopfte, vom Festplatz drang helles Lachen herüber, und die Musik hüllte alles ein. Anavera schloss die Augen, um den Moment, der ganz ihr gehörte, auszukosten. Sie war ein vom Glück begünstigtes Mädchen und hatte eine Zukunft voller Glück vor sich. Sie und Tomás würden an zwei Orten zu Hause sein, in dem herrlich lauten, vor Leben platzenden Stadtpalais seiner Eltern und auf El Manzanal, das er so liebte wie sie. Sie würden beide tun, was ihnen das Liebste war, er würde mit dem vom Vater ererbten Talent seine monumentalen Bilder malen, und sie würde junge Pferde ausbilden, sie würden Feste wie dieses feiern und Kinder haben, die so behütet aufwuchsen wie sie. Die Spur von Trauer war verflogen. Sie schlug die Augen auf, befreite ihre Hände und streichelte sein Haar.
»Muss ich armer Mann noch lange auf meine Antwort warten?«
»Nein«, rief Anavera. »Ich meine, ja. Ja, Tomás, ich will dich heiraten, und mein Vater wird vor Freude außer sich sein.«
»Und was ist mit deiner Mutter?«
Tomás sprang auf, und Anavera fuhr herum. Am Fuß der Stufe stand ihre Mutter. Ihre Stirn, die eben noch gefurcht gewesen war, glättete sich, und auf ihr Gesicht trat jenes Strahlen, das Menschen in Scharen für sie einnahm. »Tante Kathi«, stammelte Tomás.
»Und wenn ich deine Schwiegermutter bin? Bestehst du dann immer noch darauf, mich Tante zu nennen?« Resolut drängte ihre Mutter sich zwischen sie, umarmte erst Tomás und dann Anavera. »Ich freue mich wie verrückt für euch beide. Vorhin

ist ein Stern vom Himmel gefallen, und jetzt weiß ich, was ich mir gewünscht habe.« So fest, wie die Mutter sie an sich drückte, spürte Anavera, dass sie die Freudennachricht gebraucht hatte. In ihrer Kindheit war sie manchmal zu ihr gekommen, nachdem sie sich mit Josefa gestritten hatte. Instinktiv hatte Anavera dann die Arme um sie geschlungen und gesagt: »Sei nicht traurig, Mamita.« Und die Mutter hatte mit gepresster Stimme geantwortet: »Ich bin nicht traurig. Ich habe ja dich.« Und genauso fühlte es sich jetzt an. Ehe das Fest begann, hatte sie noch einmal versucht mit Josefa zu reden, doch die hatte durch die Tür geschrien, sie wolle niemanden sehen. Die Mutter musste nicht nur traurig, sondern tief verletzt sein. Sie hielt sich an Anavera fest, als wollte sie sagen: Ich will nicht traurig sein. Ich habe ja dich.

Als sie sich löste, schimmerte die Haut unter ihren Augen nass. »Es wird mir immer unheimlich bleiben, wie ähnlich du deinem Vater siehst«, sagte sie zu Anavera. »Seid froh, dass er nicht da ist. Er würde euch beide erdrücken.«

»Du hast dich als Ersatz nicht schlecht geschlagen«, bemerkte Anavera und rieb sich die Arme.

Das Lachen der Mutter klang gequält. »Ihr Lieben, wollen wir es nicht den Gästen sagen? Sie sind gekommen, um etwas zu feiern, und wissen jetzt nicht, wohin mit ihren Segenswünschen. Wir haben hinter dem Haus ein ziemlich fulminantes Feuerwerk aufgebaut, aber die, der es galt, scheint keinen Wert darauf zu legen. Was meint ihr, brennen wir es ab und geben dazu euch beide als Verlobte bekannt?«

Anavera wollte protestieren, sie könne nicht Josefa das Feuerwerk stehlen, doch Tomás schob einen Finger unter ihr Kinn und drehte ihr Gesicht zu sich. Seinen Blick verstand sie sofort. Sie durften der Mutter den Wunsch nicht abschlagen.

»Klingt großartig, Schwiegermutter Kathi«, sagte Tomás und

sandte ihrer Mutter ein Lächeln, für das Anavera ihn küssen wollte. »Aber zuerst lassen wir die hungrigen Massen auf diesen Berg von Köstlichkeiten los, nicht wahr?«
Er war wundervoll. Er schaffte es, Menschen ihre Sorgen zu erleichtern, weil jeder Einzelne ihm wichtig war. Vor allem das machte einen so begabten Maler aus ihm, sein waches Interesse an dem, was Menschen im Innersten beschäftigte. Auch bei der Mutter tat sein Charme seine Wirkung. Ihre Züge entspannten sich. »Recht hast du«, rief sie und fuhr ihm flüchtig durchs Haar. »Meine Gäste verhungern, und mein frisch verlobtes Paar hatte noch nicht einmal einen Tanz für sich. Auf, auf, macht, dass ihr wegkommt!« Mit beiden Händen vollführte sie die Bewegung, mit der man Tauben verscheucht.
Durch Anaveras Kopf schossen tausend Bedenken, doch sie vergaß sie, sobald sie mit Tomás auf der Tanzfläche stand. Gerade kündigte der Trompeter einen weiteren Vals an. Er passte so gut zu ihrer zusammengewürfelten Familie, dieser Tanz, der nicht ganz europäisch und nicht ganz mexikanisch war und doch den Pulsschlag von beidem in sich vereinte. Hinter Vicente und seiner Chantico stellten sie sich zur Promenade auf. Vicente drehte sich um und grinste ihr anerkennend zu. Er war siebzehn und größer als Tomás, doch für sie war er noch immer ihr kleiner Bruder, der häufiger in die Sterne als auf die profane Erde schaute. Dass er flirtend ein Mädchen in den Tanz führte, kam ihr unglaublich vor.
In dem Herzschlag, in dem die Musik einsetzte, warf Tomás ihr einen Blick zu. »Glücklich, Armadillo?«
»Ja!«, rief Anavera, und diesen einen Herzschlag lang war sie tatsächlich nichts anderes. Es war ein Herzschlag, um die Welt zu umarmen, einer, in dem es nur den Lichterglanz der Lampions gab, die Musik, die sie wiegte, und Tomás. Tanzen

war wie reiten – man konnte sich ganz verausgaben, dem Körper alles abverlangen, bis der Schweiß rann und der Atem schwer ging, man konnte spüren, wie die Muskeln erschlafften und doch im nächsten Takt sich wieder aufrafften und aus dem letzten Funken Kraft noch einmal eine lodernde Flamme machten, die weitertrug, in eine Drehung nach der anderen. Wenn sie nach der Promenade in Halbkreisen umeinandertanzten, folgte Tomás ihr mit den Augen, und wenn sie einander endlich halten durften, zog er sie an sich und berührte mit den Lippen ihre Stirn.

Josefa hätte nicht gefallen, wie sie sich in die Bewegungen warfen, wie sie die vorgeschriebenen Figuren vergaßen und sich einfach der Musik überließen, aber für sie beide war es ein himmlisches Vergnügen. Die Paare vor und hinter ihnen wechselten, Anavera und Tomás hingegen ließen keinen Tanz aus, bis die Musik mit einem letzten Tremolo verstummte. Die Jungen und Mädchen mit den Tabletts schwärmten von neuem aus, um Getränke und Knabbereien herumzureichen, und Anaveras Mutter sprang auf die Veranda, verscheuchte die Esser vom Büfett und beugte sich über die Balustrade. Anavera sah Köpfe, die sich drehten und nach Josefa Ausschau hielten. Spätestens jetzt hätte die Hauptperson der Nacht auf der Bildfläche erscheinen müssen, aber niemand kam.

»Liebe Freunde!«, rief die Mutter über den Tanzplatz hinweg. »Euch alle hierzuhaben ist ein Höhepunkt für sich. Aber es soll nicht der einzige bleiben. Heute Nacht fallen Sterne vom Himmel, um uns unsere Wünsche zu erfüllen. Lasst uns ein paar davon wieder hinauf in die Unendlichkeit senden.«

Kaum hatte sie fertig gesprochen, schlug der Musiker an der Huapanguera einen wilden Wirbel von Akkorden an. Gleich darauf ertönte ein Knall, und dann schoss die goldglänzende

Kaskade eines römischen Lichts über das Dach des Hauses hinweg und in den sternenübersäten Himmel. Liebespaare rückten enger zusammen, und Kinder sprangen johlend in die Höhe, als ließe sich einer der entfliehenden Funken fangen. Auch Tomás legte den Arm um Anavera und zog sie näher zu sich.
»Ich habe euch eine Nachricht zu überbringen, die mich unendlich glücklich macht«, rief die Mutter. War Anavera die Einzige, die bemerkte, dass ihre Stimme nicht ganz sicher klang? »In Vertretung für meinen Mann, euren Gouverneur, der heute nicht bei uns sein kann, gebe ich die Verlobung unserer Tochter Anavera mit Señor Tomás Hartmann bekannt.«
Dreimal hintereinander feuerte das römische Licht seinen Funkenregen in den Himmel. Applaus brandete auf. Glückwünsche hallten durch die Nacht, und dazwischen knallten Korken. Also gab es doch Champagner, bewahrt für den großen Auftritt des Geburtstagskindes und nun zweckentfremdet für dessen Schwester. In hohem Bogen, dem Feuerwerk ähnlich, schossen Fontänen des funkelnden Getränks aus den Flaschenhälsen. Die Mutter gestikulierte heftig, um Anavera und Tomás zu sich auf die Veranda zu winken, doch Anavera stand wie angewurzelt. Etwas hinderte sie, der Einladung Folge zu leisten, und erst auf Tomás' sanften Druck setzte sie sich in Bewegung. »Das ist unser Moment«, flüsterte er, sein Gesicht so nah bei ihrem, dass ihre Wangen sich berührten. »Vergiss ihn nicht. Noch wenn wir krumm und grau wie Spinnenaffen sind, wollen wir manchmal daran denken.«
Während weitere Feuerwerkskörper abgefeuert wurden, strebten Anavera und Tomás langsam auf die Veranda zu. Vor ihnen bildeten die Gäste eine Gasse und beklatschten jeden ihrer Schritte.

»Ich wollte, wir beide hätten denselben Grund zum Feiern«, hörte sie im Vorbeigehen Acalan seiner Elena zuwispern.
»Warum fasst du dir dann nicht endlich ein Herz und sprichst mit meinem Vater?«, rief Elena so unwirsch, dass klar war: Es hatte wieder Streit zwischen ihnen gegeben. Acalan hielt sich für unwürdig, um die Hand seiner Liebsten anzuhalten, und glaubte, er müsse sich ihrer Familie erst durch eine Großtat beweisen. Elena hingegen verlor allmählich die Geduld. Sie war überzeugt, dass ihre Eltern, die selbst in Armut aufgewachsen waren, den jungen Mann als Schwiegersohn begrüßen würden, doch Anavera war sich dessen nicht sicher. Ihr Onkel Xavier war über die Maßen stolz auf das, was die Familie sich geschaffen hatte, und hatte seine ältere Tochter Donata einem wohlhabenden Arzt aus der Stadt gegeben. Gut möglich, dass er dem Habenichts Acalan die Tür wies, fürchtete Anavera.
Zwischen Köpfen und Schultern sah sie Martina, die sich ihren Weg bahnte und dann mit einem Satz auf die Veranda sprang. Während sie strahlend ihre Gratulation in die Menge rief, breitete sie einen Arm um die Mutter, als müsste sie sie stützen. War es Martina wie Anavera ergangen, hatte auch sie bemerkt, dass die Stimme der Mutter schwankte und dass sie nicht ganz fest auf ihren Beinen stand? Ihr Vater hatte die Mutter oft zärtlich seine tapfere Pulque-Bäuerin genannt und darüber gelacht, dass sie mehr vertrug als er. Was immer sie heute getrunken hatte, vertrug sie jedoch offenbar nicht. Im Licht der bengalischen Fackeln, die von sechs Jungen auf den Tanzplatz getragen wurden, wirkte sie bleich und erschöpft.
»Kommt an unsere Herzen!«, rief Martina mit komischem Pathos, das die Schwäche ihrer Freundin überspielen sollte. Sie streckte Tomás und Anavera den freien Arm entgegen, alle vier umarmten einander, und die Gäste applaudierten. Die

Kapelle spielte einen weiteren Wirbel, und dann trugen Vicente und ihr Vetter Enrique einen Schemel auf die Veranda, auf dem sich eine riesige Torte türmte. Sie alle bekamen zu ihren Geburtstagen Torten, es war ein Brauch, der aus der deutschen Heimat ihrer Mutter stammte, doch diese war ohne Zweifel die größte, die Anavera je gesehen hatte. Sie bestand aus drei in Sahne gehüllten Stockwerken, auf denen rundherum Kerzen brannten. Bringt sie weg, wollte Anavera rufen, sie war nicht für mich gedacht, und ich will sie nicht haben. Ich habe Tomás, der mir gehört. Ich brauche mir nichts zu stehlen.
Tomás aber nahm das Messer, das die Mutter ihnen reichte, entgegen. »Ihr müsst die Kerzen zusammen ausblasen«, rief sie mit verwaschener Stimme. »Und wenn ihr die Torte anschneidet, müsst ihr euch etwas wünschen.«
Tomás hielt das Messer näher zu Anavera und nickte ihr zu. Ihr Inneres sträubte sich, doch sie wusste nicht, wie sie sich hätte weigern können, ohne die Mutter noch tiefer zu verletzen. Und all die Menschen, die es ihr Leben lang gut mit ihr meinten, blickten so erwartungsvoll zu ihr auf – selbst ihre Tante Carmen und deren Schwiegertochter, die schwangere Abelinda, waren gekommen, um ihr Glück zu feiern. Als Tomás zu blasen begann, blies sie mit, wenn auch so schwach, dass keine Kerze erlosch. Tomás schaffte es jedoch auch allein. Sacht führte er ihr die Hand und senkte die Messerklinge in das rahmige Weiß der Torte. »Wünsch dir etwas«, flüsterte er und küsste ihr Haar.
Anavera wusste nicht, was sie sich wünschen sollte. Nichts für mich selbst, dachte sie, denn ich habe ja schon alles. Dass Miguel freikommt und dass Josefa mir nicht böse ist, wenn man sich so etwas von einer Verlobungstorte wünschen darf. Als es knallte, glaubte sie zunächst, ein weiterer Feuerwerks-

körper sei gezündet worden. Aber es war die Tür zur Veranda, die zugeschlagen wurde, so heftig, dass sie in den Angeln zitterte. Davor stand Josefa, hoch aufgerichtet und in dem blutroten Kleid, das sie um jeden Preis hatte haben wollen. Es steht ihr nicht, durchzuckte es Anavera. Es ist für eine Frau mit schwarzem Haar gemacht.

»Wie reizend«, bemerkte sie und klang nicht mehr wie die Schwester, mit der Anavera Phantasiewelten erdacht, geheime Tagebücher geführt und ganze Nächte durchgeschwatzt hatte, sondern wie eine Fremde. »Auf meine Anwesenheit legt niemand Wert, wie ich sehe. Mein liebes Schwesterlein hat sich als willkommener Ersatz geboten. Mein liebes Schwesterlein, das doch sowieso viel herziger ist und euch allen schon immer viel mehr Freude bereitet hat als die Kratzbürste Josefa. Weshalb sollte man zu deren Geburtstag in den Hinterwald von Querétaro reisen? Aus der Art geschlagen ist die. Was will man von einer, die keinen Vater hat, auch erwarten?«
»Josefa!«, schrie die Mutter, stürzte auf die Schwester zu und versuchte sie zu umarmen. Josefa stieß sie von sich weg, dass sie gegen die Wand taumelte. Anavera wollte ihr zu Hilfe eilen, doch Tomás hielt sie zurück. »Natürlich hast du einen Vater«, stieß die Mutter mit schwerer Zunge heraus. »Du hast den besten Vater der Welt, und dass er heute nicht bei dir sein kann, ist nicht seine Schuld. Weißt du, wie schlecht er sich deswegen fühlt, weißt du, was er für dich getan hat?« Ehe jemand sie aufhalten konnte, rannte sie quer über den von Lampions und bengalischen Fackeln erhellten Platz zu dem Tisch mit den Geschenken, packte einen zur Rolle gebundenen Satz Dokumente und lief mit wehendem Rebozo wieder zurück. Dass sie nicht mehr gerade gehen konnte, hatte jeder sehen können, und Anavera tat das Herz um sie weh. Schwer atmend blieb sie vor Josefa stehen und löste mit fliegenden

Fingern die Kordel um die Papiere. »Mit deinem heutigen Geburtstag gibt dein Vater dein Erbe frei«, schrie sie und rang zwischen den Worten nach Luft. »Ein Drittel des Geldes, das er für seine Kinder angelegt hat, hat er auf ein Konto beim Banco de Londres y Mexico eingezahlt, über das du frei verfügen kannst. Und weil er weiß, wie gern du in der Hauptstadt bist, und weil ihm aber die Zimmer, die er dort seit Jahren bewohnt, für dich nicht gut genug sind, hat er dir eine Wohnung gekauft. Mit Blick auf die Alameda, einen Katzensprung von Martinas Palais entfernt.« Tomás pfiff durch die Zähne. Die Mutter drückte die Papiere Josefa in die Hand. »Das ist der Vater, den du nicht hast«, presste sie heraus, dann verstummte sie. Über ihr Gesicht rannen Tränen.
Wenn Josefa erschüttert war, ließ sie es sich nicht anmerken. Mit zermürbender Langsamkeit entrollte sie die Papiere und studierte sie. Eine schweigende Ewigkeit verging, ehe sie endlich die Hand mit den gesiegelten Bogen sinken ließ. »Das trifft sich nicht schlecht«, bemerkte sie nebenher. »Ich hatte nämlich ohnehin vor, in den nächsten Tagen in die Hauptstadt abzureisen. Hier habe ich Zeit genug vergeudet, und ihr habt ja die süße Anaverita und den wackeren Tomás.«
Wo sie stand, ließ sie die Papiere auf den Boden fallen, trat zur Seite und riss mit einem Ruck die Piñata von der Traufe des Vordachs. Der bunte Papierballon zerplatzte, und im Gras ergossen sich Pralinen, Zuckerstangen und kandierte Früchte. Josefa schoss auf dem Absatz herum, dass der Rock des roten Kleides wirbelte, und wollte ins Haus zurückgehen.
Mit einem zornigen Laut setzte Martina auf sie zu, musste aber innehalten und die Arme statt nach Josefa nach der Mutter strecken, die schwankte, als könnte sie sich nicht länger auf den Beinen halten. »Du bleibst hier, Señorita«, brüllte sie Josefa hinterher, die wutentbrannt wieder herumfuhr. Wie

zum Hohn feuerte jemand, der offenbar von dem Eklat nichts mitbekommen hatte, den letzten Feuerwerkskörper ab, der einen silbernen Funkenregen über das Haus hinweg in den Himmel sandte. Was immer die drei Frauen einander noch sagten, ging in dem Lärm, der darauf folgte, unter.

Anavera brauchte eine Weile, bis ihr klarwurde, dass das Geschrei nicht ihnen galt, sondern von vorn kam. Sie drehte sich um und sah eine Schar der jüngeren Gäste, die vom Festplatz auf den Hang zuliefen, wobei sie winkten und riefen. Der Grund war sofort ersichtlich. Über die Kuppe quälte sich ein Gefährt, ein eleganter blau lackierter Zweispänner mit der typischen Stadtanspannung, wie Anavera sie zuweilen in der Hauptstadt gesehen hatte. Über den Türen der Kabine waren zu beiden Seiten Laternen angebracht, die den Wagen in gelbes Licht tauchten. Zwei glänzend gestriegelte Braune zogen das Gefährt, das links und rechts von zwei Bewaffneten in engen Charro-Hosen und den Sombreros der Rurales flankiert wurden.

»Halt!«, rief nun auch Anavera und lief hinter den anderen her. Auf keinen Fall durfte der Kutscher versuchen sein Gespann weiterzutreiben. Der Hang war für die schwere Kutsche zu steil, das Gefährt würde unweigerlich hinunter in die Senke stürzen, und Kutscher wie Passagiere mochten sich die Hälse brechen. Zu ihrer Erleichterung erreichten Enrique und Vicente in diesem Augenblick die Kuppe und griffen den Pferden in den Zaum.

Der Kutscher war gezwungen anzuhalten, doch statt sich für seine Rettung zu bedanken, holte er mit der gewaltigen Bogenpeitsche aus. »Aus dem Weg, Pack!«

Enrique sprang zur Seite, doch Vicente blieb stehen und klopfte dem scheuenden Pferd den Hals. Wenn der Mann zuschlug, würde die Peitschenschnur ihrem Bruder das Gesicht

zerschneiden. »Sie müssen absteigen!«, brüllte Anavera aus Leibeskräften und hörte andere, die Ähnliches riefen. Was Vicente sagte, hörte sie nicht, sah aber, dass der Kutscher die Peitsche noch weiter ausschwang und bereit war, sie mit aller Wucht nach vorn zu schleudern. »Vicente«, schrie Anavera, »zur Seite!«
Vicente aber liebkoste ungerührt das Pferd. »Sie können dort nicht hinunterfahren«, sagte er höflich zu dem Kutscher. »Es ist zu steil, die Pferde brechen sich die Beine.«
Ohne Zweifel hätte die Peitschenschnur ihn getroffen, wäre nicht in diesem Moment der Schlag des Wagens aufgeschoben worden. Der Kutscher drehte sich um, und die beiden Rurales zielten mit ihren Gewehren auf Vicente, als würde er den Mann, der der Kabine entstieg, bedrohen. Es war ein hochgewachsener Mann in der weißen Galauniform eines Offiziers. Sein Haar war eisgrau und seine Haut so hell, wie man sie in dieser Gegend kaum je sah – die Haut von Menschen rein europäischer Abstammung.
Mit seinem Gehstock stieß der Mann nach Vicente. »Finger weg von meinem Pferd, Bursche.«
Anavera hastete den Hang hinauf und glaubte das Klicken zu hören, mit dem einer der Rurales seine Waffe entsicherte. Die Polizeitruppe, die Präsident Diaz verstärkt hatte, um auf dem Land für Ordnung zu sorgen, galt als brutal und skrupellos. Die meisten von ihnen hatten selbst den Banden von Banditen angehört, die sie jetzt verfolgen sollten. Es hieß, sie erpressten Schutzgelder von den verängstigten Bauern und hätten im Nachbardorf einen Jungen von zwölf Jahren erschossen, weil er ein Huhn gestohlen hatte.
Zu ihrer Linken schloss ihr Onkel Xavier zu Anavera auf. In Abwesenheit ihres Vaters war er als ältester Mann das Oberhaupt der Familie. »Lassen Sie den Jungen in Ruhe«, rief er

keuchend. »Vicente Alvarez ist der Sohn des Gouverneurs von Querétaro, und Sie befinden sich hier auf unserem Besitz.«

»Allerhand«, versetzte der Besucher und wischte sich mit dem Handrücken etwas von der Uniform. »Und was, meinst du, kratzt es mich, dass andere Leute ihre Söhne nicht ordentlich erziehen können? Im Übrigen ist mir das, was du mir da vorträgst, bekannt.« Dass er Xavier duzte, war ein Affront, wie ihn sich Weiße Indios gegenüber fortwährend herausnahmen. Xavier, der soeben die Kuppe erreichte, reagierte bemerkenswert beherrscht. Er schob seinen Sohn Enrique beiseite und stellte sich zwischen Vicente und den Offizier. »Ich nahm an, Sie sind fremd hier«, sagte er. »Mir zumindest sind Sie noch nicht begegnet, und ich lebe hier seit meiner Geburt.«

»Das habe ich befürchtet.« Der Fremde spitzte die Lippen und verdrehte die Augen. Anavera blieb in ein paar Schritten Entfernung stehen. Familienmitglieder und Gäste drängten nach und bildeten einen Halbkreis um die Kutsche. »Vermutlich bist du hier der Häuptling der Kuhhirten, und das sei dir gegönnt, aber ich bin gekommen, um deine Herrschaft zu sprechen. Sei jetzt also so gut und geh mir aus dem Weg.«

Zorn raubte Xavier die Stimme. Dass ihn jemand als Kuhhirten abtat, war dem stolzen Mann vermutlich nie zuvor geschehen. Er war der Mann von Vaters Schwester Xochitl und hatte vom ersten Tag an geholfen, aus einer schmalen Milpa den größten Besitz der Gegend zu machen. Wenn er auf seinen Beleidiger losging, würden die Rurales nicht zögern zu schießen. Anavera sah, wie er die Fäuste ballte, doch ehe etwas geschah, trat Tomás an seine Seite. »Sie sprechen bereits mit der Herrschaft«, sagte er zu dem Fremden. »Don Xavier ist Mitbesitzer von El Manzanal. Sie können sich also mit allem, was Sie umtreibt, an ihn wenden.«

»Allerhand.« Der Mann verzog den Mund zu einem hässlichen Lächeln. »Und wer bist du? Der Bastard des Dorfältesten?«

Tomás sprang vor wie von der Sehne geschnellt. Das Klicken der entsicherten Waffe hörte Anavera diesmal so laut, dass es ihr in den Ohren gellte. Der Mann würde schießen. Er würde Tomás töten, weil er als Einziger den Mut besessen hatte, ihrem Onkel zur Seite zu stehen.

»Einen Augenblick.« Aus dem Halbkreis löste sich eine weitere Gestalt. Eine Frau, die einen rötlich gemusterten Rebozo über einem hellen Kleid trug und der ihr prächtiges ergrautes Haar bis zur Taille fiel. Anaveras Mutter. Ihr Gang war sicher und ihr Rücken kerzengerade, als sie vor den Fremden trat. »Comandante Sanchez Torrija, nehme ich an? Ihr Einstand hier erscheint ein wenig misslungen, was an der Wahl des Zeitpunkts liegen mag. Dennoch heißen mein Schwager und ich Sie willkommen auf El Manzanal.« Ihre Stimme klang vollkommen nüchtern. Sie hielt ihm die Hand hin, die er kurz und ungläubig betrachtete. Ehe er sich entscheiden konnte, sie nicht zu küssen, zog sie sie zurück. »Darf ich fragen, was uns die Ehre verschafft, Comandante? Im Übrigen sollten Sie in unsere Senke mit diesem Wagen wirklich nicht hinunterfahren, es sei denn, Sie sind Ihres Lebens müde.«

Sanchez Torrija brauchte eine Weile, um sich zu fassen. Dann straffte er den Rücken. Die Mutter war eine hochgewachsene Frau, aber ihr Gegenüber überragte sie um bald einen Kopf. »Ich hielt es für meine Pflicht, mich zu überzeugen, was vor sich geht«, erklärte er schneidend.

»Wir feiern ein Fest«, erwiderte die Mutter. »Die Volljährigkeit unserer ältesten Tochter.«

»So wurde mir berichtet.« Sanchez Torrija nickte langsam. »Allerdings erschien es mir kaum möglich, denn zu einem

solchen Anlass im Haus des Gouverneurs hätte ich als Militärkommandant ja wohl eine Einladung erhalten müssen. Verstehen Sie mich nicht falsch, Señora. Ich lege durchaus wenig Wert darauf, mit den Fingern zu essen, zweifelhafte Getränke zu mir zu nehmen oder mich unter Gesindel zu mischen, das wir tagsüber durch bewaffnete Patrouillen in Schach halten müssen. Ich frage mich lediglich, ob der Gouverneur dieser gottverlassenen Wildnis es nicht für nötig hält, der schlichtesten Form zu genügen.«
»Querétaro ist nicht gottverlassen.« Die Stimme der Mutter blitzte wie eine Sense durch die Luft. »Und unsere Freunde braucht niemand in Schach zu halten. Mein Mann ist, wie Sie ja wohl wissen, in der Hauptstadt, um die Interessen seines Landes zu vertreten. Sollte uns ein Fauxpas unterlaufen sein, so trifft ihn daran keine Schuld.«
Insgeheim applaudierte Anavera der Mutter, weil sie sich nicht entschuldigte. Dieser Sanchez Torrija war noch viel widerlicher, als überall behauptet wurde. Sie verstand nur zu gut, dass Tomás von neuem vorsprang und ihm seinen Zorn entgegenschleudern wollte, aber sie war auch froh, dass die Mutter ihn zurückhielt. Tomás hatte ohnehin schon davon geträumt, den Sohn des Mannes zu erwürgen, und für diese eine Nacht war genug geschehen.
»Ich würde Sie gern auf ein Glas in mein Haus bitten, Comandante«, sagte die Mutter. »Aber da Sie auf unsere zweifelhaften Getränke keinen Wert legen, wünsche ich Ihnen eine angenehme Nacht.« Sie streckte ihm wiederum die Hand hin und ließ sie für Augenblicke in der Luft schweben. Dann wandte sie sich voller Würde ab. »Kommt, gehen wir nach Hause«, forderte sie die Versammelten auf und lief den Hang hinunter voran, dem Haus mit den grünen Türen entgegen.

Mit gesenktem Kopf trottete Tomás neben Anavera her. Sie tastete nach seiner Hand und konnte förmlich spüren, wie die Demütigung ihn quälte, doch zu sagen wusste sie nichts, und ihm schien es nicht anders zu gehen. In ihrem Rücken hörte sie Elena hinüber zu Acalan zischen: »Und wo war dein Mut, warum bist du Tomás gegen diesen Giftlurch nicht beigesprungen? Jetzt hättest du deine Chance gehabt, dich meiner Familie zu beweisen, aber dir ist ja das Herz in die Hose gerutscht.«

4

Jaime langweilte sich. Wahrscheinlich hätten die meisten Leute behauptet, es gebe Schlimmeres als Langeweile, aber was die meisten Leute behaupteten, ließ Jaime kalt. Was konnte schlimmer sein als Zeit, die sich endlos streckte, an tödlich langweiligen Orten unter tödlich langweiligen Menschen zu verbringen? Jaime stöhnte so vernehmlich, dass seinem Gegenüber der Kopf auf dem fetten Hals zurückzuckte.
»Ist Ihnen nicht wohl, Don Jaime?«
»Mir geht es bestens«, versetzte Jaime und hatte Mühe, nicht die Zähne zu blecken. Der Schwätzer, der seit einer geschlagenen Stunde damit beschäftigt war, ein Glas verdünnten Absinth zu ermorden und Jaime mit seinen Erlebnissen bei der Jagd auf Nacktaugentauben anzuöden, war Manuel Romero Rubio, Leiter des renommiertesten Clubs der Hauptstadt und Schwiegervater des Präsidenten. Dem pompösen Fettwanst ins Gesicht zu sagen, wie er ihn anwiderte, hätte Jaime zumindest zeitweise von der Langeweile erlöst, aber er besaß Hirn und Kinderstube genug, sich nicht durch Unbeherrschtheit einen Strick zu drehen.

Die meisten Menschen widerten Jaime an. Wenn er es recht überlegte, fiel ihm kaum jemand ein, der es nicht tat, und jene wenigen, die er hätte nennen können, befanden sich nicht auf dieser Seite des Ozeans.

Nicht auf dieser Seite von Leben und Tod.

Wieder nippte der Dicke mit seinem winzigen Mündchen an dem längst völlig besabberten Glas. »Don Porfirio wird womöglich gar nicht mehr herunterkommen«, mutmaßte er. »Es hat sicher länger gedauert mit diesen Eisenbahnern, und anschließend zieht es ihn dann gleich in den Club. Vielleicht sollten wir uns auf die Beine machen und ihm schon einmal voraustraben?«

»Ich denke, ich werde warten«, erwiderte Jaime nebenher und ließ den Blick durch den Saal schweifen. »Mein Anliegen bespricht sich besser hier.« Sie befanden sich in einem der Empfangsräume des Nationalpalastes, wo Präsident Diaz seine Heures vertes abhielt, die »grünen Stunden« der Wermutgetränke, wie sie in Paris beliebt waren. Mexiko ahmte blind alles nach, was in Europa als schick galt, weil es eine eigene Kultur, die diesen Namen verdiente, nicht besaß. Zur grünen Stunde konnte man sich bei laschen Cocktails zu Tode langweilen und auf den Präsidenten warten wie ein hirnloses Bauernweib auf die Wiederkehr des Erlösers.

»Sie machen mich neugierig«, behauptete Romero Rubio, dessen Neugier sich in Wahrheit einzig und allein auf seinen eigenen Nabel beschränkte. »Um was für ein Anliegen geht es denn?«

»Ich beantrage beim Präsidenten eine Genehmigung für Landkauf in Yucatán«, erwiderte Jaime. »Wir haben bereits eine Plantage dort und wünschen ihren Umfang zumindest zu verdoppeln.« Es war eine Formsache. Auch ohne Genehmigung konnte sein Vater in der Hölle von Yucatán so viel

Land aufkaufen, wie es ihm beliebte – schließlich lag dem Präsidenten daran, dass das Gebiet aus den Klauen von Barbaren in zivilisierte Hände gelangte. Und Jaime wollte Yucatán. Er würde es seinem Vater abtrotzen, was für Methoden auch immer dazu nötig waren. Yucatán, das Rattennest der barbarischen Rebellen, versprach ein Kräftemessen, das ihn zumindest länger als einen einzigen Abend unterhalten würde.
»Uuh, Yucatán.« Rubio Romero ließ einen schmatzenden Laut hören. »Sie haben Courage, was? Ich nenne selbst einen hübschen Besitz dort mein Eigen, aber so, wie es da zugeht, investiere ich lieber in friedliche Gefilde. Man hätte ja ständig diesen Rebellenstaat von Wilden und Heiden zum Nachbarn, und von dort bekommt man die haarsträubendsten Dinge zu hören. Es heißt, wenn diese Menschenfresser einen weißen Herrn erwischen, klopfen sie ihm in ihren Heidentempeln den Schädel platt und opfern ihn ihren dämonischen Götzen.«
Jaime verkniff sich mit Mühe eine Entgegnung. Das abergläubische Geschwätz der Mexikaner ekelte ihn, aber ihm blieb nichts übrig, als es zu schlucken wie den miserablen Absinth. Zur grünen Stunde erschien man, um gesehen zu werden und um nichts zu versäumen. Die Macht in diesem Möchtegernstaat wurde nicht in Sitzungsräumen ausgeteilt, sondern auf den ewigen Empfängen, am Spieltisch des Jockey Clubs und in den Cafés auf der Calle Plateros. Nicht umsonst drängten sich hier Politiker neben Großgrundbesitzern und Bankiers neben Industriellen. Sie alle warteten auf ihre Chance, sich mit den Fingern ihr Stück vom Kuchen zu greifen und ihre langen Zähne hineinzuschlagen.
Heute aber mochten sie vergeblich warten. Der Präsident befand sich mit einer Gruppe nordamerikanischer Investoren in Verhandlungen, die sich um eine Eisenbahnlinie nach Süden

drehten und offenbar länger dauerten als geplant. Vielleicht hatte der Fettwanst recht, und es war sinnvoll, in den Jockey Club vorauszugehen. Langweiliger als hier konnte es nicht einmal dort sein, und zumindest die Getränke waren weniger ungenießbar.
Leere, die er nur allzu gut kannte, breitete sich in Jaime aus. Die Stellung, die er tagsüber innehatte, der Vorsitz einer Aufsichtsbehörde, die es offiziell gar nicht gab, hatte Kurzweil versprochen, doch die lachhaften Kinderschuh-Umstürzler, deren Zeitungen er inspizierte, hatte er bald bis zur Halskrause satt. Und die Abende in der sogenannten Creme der Gesellschaft waren noch übler. Der Fettwanst nippte am beschlagenen Glas und schwatzte von längst verblichenen Triumphen. Aus sämtlichen Mündern fand das hohle Gerede Widerhall. Derzeit ereiferten sich die Herrschaften wie Schulmädchen über ein angebliches Gespenst, das nachts durch die Straßen um die Calle Plateros zog und Schmähbilder des Präsidenten an Häuserwände malte. Wenn am Morgen ein Polizist auftauchte, waren die Gemälde bis auf den letzten Pinselstrich verschwunden, doch das abergläubische Volk hielt unbeirrt an seinem Schauermärchen fest.
»Ach was!«, rief Jaime jäh und sprang auf. »Sie haben recht, gehen wir.«
Er ertrug es nicht länger. Wie so oft hatte er auch an diesem Tag die verschwindende Hoffnung gehegt, etwas möge geschehen, ein Skandal, ein Unglück, nur irgendetwas, das die Qual der Langeweile unterbrach. Jemand hatte gemunkelt, er bekäme auf dem Empfang den Gouverneur von Querétaro zu Gesicht, einen vernagelten Liberalen, der obendrein als reinblütiger Indio bekannt war. Jaimes Vater, der behauptete, nichts und niemanden zu fürchten, nannte diesen Mann seinen Todfeind. War er der Einzige, den er respektierte? Ob-

gleich er sich an dem Barbaren die Zähne ausbiss, war es ihm bisher nicht gelungen, ihn aus dem Weg zu räumen. Umso mehr Reiz besaß ein Kampf mit ihm für Jaime, und er hatte manches getan, um ihn herauszufordern. Der berüchtigte Barbar aber blieb ein Phantom. Viel Lärm um nichts, ein Gespenst wie der nächtliche Wandmaler. Missmutig strich Jaime sich den Rock glatt und wandte sich zum Gehen.
»Sehen Sie nur, Don Jaime, wir bekommen bezaubernden Zuwachs«, rief Romero Rubio und leckte sich die klebrigen Lippen. »Ich denke, wir schieben unseren Aufbruch in den Club noch ein Weilchen auf.«
Die Saaldiener hatten die Flügeltüren geöffnet, und herein strömte zwitschernd und gurrend eine Schar junger Mädchen und Mütter – Töchter und Gattinnen der anwesenden Herren, die vermutlich im Alameda-Park die klare Luft genossen hatten. Jaime entgingen die Blicke nicht, die durch den Raum flirrten und sich an ihm verfingen. Noch während sie pflichtschuldigst ihre Väter begrüßten, versuchten die Töchter der Landeselite seine Aufmerksamkeit zu erregen, zupften sich Ärmel und Kragen zurecht und brachten mit schnellen Griffen ihr Haar in Form. Seine Wirkung auf Frauen war ihm bewusst, und ab und an ein Herz zu brechen verschaffte ihm ein wenig Abwechslung. Allzu schnell aber war alles wieder schal und öde, und eine Kreatur, die eben noch die kühle Miss Rührmichnichtan gespielt hatte, salbaderte tränenreich von Heirat. Jaime gönnte sich ein weiteres Stöhnen. Und dann sah er das Mädchen im roten Kleid.
Ein so aufreizend geschnittenes Kleid in einer Farbe, die nichts kaschierte, hätten die meisten Frauen im Saal nicht tragen können, und um ihr Haar auf derart griechische Weise hochzustecken, musste eine Frau einen erlesenen Nacken besitzen. Das Mädchen, das sich aus einer Gruppe von Freun-

dinnen löste und sich Jaime zuwandte, besaß beides – die Figur für das Kleid und den Nacken für die Frisur. Statt schüchterner Schmachtblicke, die er bis obenhin satthatte, sandte sie ihm ein geradezu unverfrorenes Lächeln. Jaime wandte sich dem Fettwanst zu und deutete eine Verbeugung an. »Sie sagen es, Don Manuel. Schieben wir unseren Aufbruch noch ein wenig auf.« Einem Diener, der ihm ein Tablett mit den grässlichen Cocktails darbot, befahl er: »Bringen Sie Champagner. Immerhin sind Damen im Saal.« Gleich darauf nahm er zwei Kelche in Empfang, ohne sich zu bedanken. Die Schöne im roten Kleid lächelte noch immer, als er mit den Gläsern vor sie hintrat. »Eines davon müssen Sie mir abnehmen. Andernfalls ist es mir nicht möglich, Ihnen die Hand zu küssen.«
»Und Sie sind sicher, dass ich das möchte?«
»Aber ja«, erwiderte er kühl. Allzu viel Geziere war ermüdend. Sie nahm das Glas, er beugte den Rücken und streifte mit den Lippen ihren Handschuh. »Jaime Sanchez Torrija«, stellte er sich vor und prüfte im Aufrichten ihr Gesicht. Ihre Haut war rein, ohne den leisesten verdächtigen Olivton, und die Harmonie ihrer Züge kündete von einer Ahnenreihe ohne Makel, wie man sie in Mexiko kaum je fand.
»Tatsächlich?« Sie lachte. »Sie machen in der Stadt von sich reden. Man nennt Sie den schönen Andalusier, wussten Sie das?« Jaime war in Mexiko zur Welt gekommen, aber erzogen worden war er in der kultivierten Vornehmheit seiner mütterlichen Verwandten in Sevilla. Hätte es dort keinen erbberechtigten Vetter gegeben, wäre er nie und nimmer nach Mexiko zurückgekehrt. Über seine Schönheit war auch in Andalusien getuschelt und im Verborgenen geseufzt und geschmachtet worden. Hier aber, wo an schönen Menschen ein solcher Mangel herrschte, prasselten Komplimente wie Hagel auf ihn nieder.

»Gefällt es Ihnen nicht?« Wieder lachte sie. »Wäre es Ihnen lieber, man würde Sie für Ihre Klugheit oder Ihren Edelmut loben?«

»Gewiss nicht«, erwiderte er. »Mir wäre lieber, man würde nicht so viel unsäglichen Schwachsinn schwatzen.«

Beim Lachen blitzten ihre Augen. »Ay dios mio, was haben Sie für einen schlimmen Mund!« Mit ihrem Fächer, der in demselben Blutrot gefertigt war wie ihr Kleid, schlug sie ihm auf die Wange. Jaimes Schultern verkrampften sich. Es war nur ein Klaps, eine Art von neckender Liebkosung, aber ihn zu schlagen durfte niemand wagen. Ohne nachzudenken, fing er den Fächer auf und zerdrückte das fragile Holzgestell in der Faust. Wenn sie erschrak, verbarg sie es gut. »Allerhand«, bemerkte sie nur.

»Darf ich vielleicht erfahren, mit wem ich es zu tun habe?«, überspielte er seinen eigenen Schrecken.

»Aber gern. Eine schlichte Frage hätte übrigens genügt. Ich bin Dolores de Vivero.«

Die einzige Tochter des Conde del Valle de Orizaba, des bei weitem reichsten Mannes von Mexiko. Einer der wenigen, deren Stimme bei Porfirio Diaz Gewicht besaß, und damit eine Bekanntschaft, die politischen Nutzen versprach. »Sind Ihre Eltern auch hier?«, fragte er.

»O nein.« Sie schüttelte den Kopf und wies auf eine Gruppe schnatternden Volks, das sich vor der Front der vergitterten Fenster scharte. »Freunde haben mich mitgenommen. Wir wollten eigentlich zum Essen ins Feniz, doch dann kam uns die Idee, hier noch auf jemanden zu warten.«

»Gehen Sie jetzt zum Essen«, sagte Jaime. »Ins Concordia. Mit mir.«

Keine Dame von Stand hätte eine solche Einladung annehmen dürfen, doch die wenigsten waren imstande, ihr zu wi-

derstehen. Dies war Mexiko, sosehr sich die Elite auch bemühte, sich ein Leben wie in Europa vorzugaukeln. Anstand und Moral waren so versumpft wie die Straßen in den Slums im Osten, deren keine Polizeitruppe Herr wurde. Sie würde mit ihm gehen, und er würde einen Abend lang der Langeweile entkommen. Er senkte seinen Blick in ihren und ließ die Trümmer des Fächers fallen, um ihr seinen Arm zu bieten.
»Haben Sie mich nicht gehört?«, fragte sie und hob die zierlichen Brauen. »Ich sagte, ich bin hier, um auf jemanden zu warten.«
»Versetzen Sie ihn«, sagte Jamie. »Wer immer er ist.«
»Versetzen kann ich ihn nicht, denn ich habe ja keine Verabredung mit ihm.« Sie neigte den Kopf und senkte halb die Lider. »Ich wäre lediglich froh, ihn zu sehen.«
»Und wer ist der illustre Mensch, der es Ihnen wert ist, auf leeren Magen diesen erbärmlichen Champagner zu trinken?«
Ob sie ihm Antwort gegeben hätte, blieb offen, denn in diesem Augenblick entstand ein kleiner Tumult. Die Türen wurden neuerlich aufgezogen, und umringt von einem Schwarm Minister betrat der Präsident den Saal. Für einen halben Barbaren sah er höchst respektabel aus, das musste Jaime zugestehen. Die wachsende Machtfülle stand ihm, er trug den borstigen Schnurrbart inzwischen gestutzt, das weiße Haar an den Kopf gekämmt, und sein Rock war von ordentlichem Schnitt. Vor allem aber hatte er sich das Gesicht pudern lassen, um das verräterische Erbe seiner Mutter zu verbergen. Natürlich blieb sein indianischer Blutanteil sichtbar, doch er gab ein Signal in die richtige Richtung: Don Porfirios Lebensziel bestand darin, aus Mexiko einen modernen Staat nach europäischem Vorbild zu machen, und darin hatten drecksbraune Barbaren, die sich ihren Fraß mit den Fingern einstopften, keinen Platz.

Wie die Geier stürmten Männer auf den Präsidenten ein, um ihm ihre Anliegen vorzutragen. »Wie peinlich«, entfuhr es Dolores de Vivero.

Jaime musste ihr recht geben. Wenig ekelte ihn so sehr wie Menschen, die sich würdelos benahmen. Er selbst würde abwarten, bis der Präsident an ihm vorüberkam und von sich aus das Wort an ihn richtete. Anschließend wäre die streitbare Dolores gewiss nur allzu bereit, ihm an jeden Ort der Welt zu folgen.

Diaz wechselte Worte mit diesem und jenem, als stünde er unter Trinkkumpanen im verqualmten Schankraum einer Pulqueria. Die Leutseligkeit, die er gern an den Tag legte, war ein Überrest seiner niederen Herkunft. Wenn er sein Ziel erreichen wollte, würde er dieses anbiedernde Gehabe eines Bauern ablegen müssen. Jaime selbst wäre lieber gestorben, als wie ein Bettler um Gunst zu buhlen. Reglos blieb er stehen, bis der von einer Traube umringte Präsident sich ihm bis auf einen Schritt genähert hatte. Dolores de Vivero war in ihrem leuchtenden Kleid nicht zu übersehen, und Don Porfirio entdeckte sie sofort.

»Seien Sie mir willkommen, Doña Dolores«, rief er, ergriff ihre Hand und küsste sie. »Bitte empfehlen Sie mich daheim. Sehe ich Ihren Vater heute Abend im Club?«

»Ich nehme es an. Aber was wissen Töchter schon von ihren Vätern?«

»Mehr als umgekehrt!« Don Porfirio lachte, und Dolores stimmte lauter, als es sich ziemte, ein.

Jaime wartete ab, bis das Lachen verklang. »Guten Abend, Señor Presidente«, rang er sich dann ab.

Der Präsident umspannte seine Stirn mit der Hand. »Ja, ja, natürlich, guten Abend! Aber helfen Sie mir auf die Sprünge, mein Bester, Ihr Name will mir gerade partout nicht in den Kopf.«

Jaime fühlte seine Schultern im schmerzhaften Krampf erstarren. In seiner Mundhöhle sammelte sich Speichel, den er gern seinem Gegenüber ins Gesicht gespuckt hätte. »Ich bin Jaime Sanchez Torrija«, brachte er eisig hervor. »Sohn des Militärkommandanten von Querétaro. Was ich sonst noch bin, behalte ich hier vor aller Ohren wohl besser für mich.« Eines Tages, das schwor er sich, würde die Nennung seines Namens genügen, um einen Saal zum Schweigen zu bringen.
»Aber ja doch, aber ja doch, mein Bester«, fiel Don Porfirio ihm wie ein Kerl ohne Erziehung ins Wort. »Gott erhalte und schütze Querétaro, nicht wahr? Das ewige Querétaro.« Dazu patschte er ihm auf die verkrampfte Schulter. »Nehmen Sie doch noch einen vom Grünen, das macht die Sorgen leichter und die Frauen schöner.«
»Señor Presidente!« Diaz wollte weitergehen, doch Jaime vertrat ihm den Weg. »Meine Familie hat Ihre Wiederwahl unterstützt, wir finanzieren die Rurales in Querétaro, und ich denke, ich habe Ihnen auch sonst schon manchen Gefallen getan, selbst wenn wir darüber Stillschweigen wahren. Ich darf wohl erwarten, dass Sie mich zu Ende anhören, wie es schlichte Höflichkeit gebietet.«
»Selbstverständlich, selbstverständlich.« Die Stimme des Mestizen klang, als wäre er in Gedanken meilenweit weg. »Hätte es denn Zeit, oder muss die Sache hier und jetzt besprochen werden?«
»Hier und jetzt«, stellte Jaime klar. »Es geht um unsere Plantage in Yucatán, die der Vergrößerung bedarf. Wie Ihnen bekannt sein dürfte, gibt es dort unten Meilen um Meilen von Gemeindeland, die praktisch brachliegen, weil sie unkundig bewirtschaftet werden. Meine Familie wünscht eine Genehmigung, um dieses Land aufzukaufen und es im Sinne der Bodenreform zu nutzen.«

»Geschenkt, geschenkt.« Don Porfirio winkte ab. »Wenn Sie sich der grausamen Wildnis annehmen wollen und sich von den selbsternannten Kreuzrittern, die dort mit Klauen, Zähnen und Macheten auf ihrem steinzeitlichen Staat beharren, nicht schrecken lassen, nur zu! Dazu bedarf es doch keiner Frage, mein Bester.«

Jaime konnte sich nicht dazu durchringen, sich zu bedanken. Er hatte sein Ziel erreicht und fühlte sich dennoch abgekanzelt wie ein Barbar, ein nach Ziege stinkender indianischer Botenjunge.

Ins verlegene Schweigen fiel der Schlag der Türen. »Ich fürchte, jetzt müssen Sie mich entschuldigen«, murmelte der Präsident und wandte sich um. »Der König von Querétaro hat bereits angekündigt, dass es ihn nach meiner Gesellschaft verlangt, und wer lässt einen König schon gern warten? Ich empfehle mich – man sieht sich im Club.«

Alle Köpfe drehten sich. Alle auf einmal.

Der Mann, den er den König von Querétaro nannte, betrat lässig wie ein Spaziergänger den Saal und wirkte doch, als wäre er hier der Hausherr. Die Schlichtheit seines Anzugs war täuschend, und die rote Faja des Gouverneurs trug er ein wenig wie ein Matador. Vielleicht nur, weil er ungewöhnlich schlank war für einen betuchten Mann seines Alters. Vielleicht aber auch, weil er etwas an sich hatte, das an Menschen viel seltener war als an Tieren – Grazie. Sein Haar verriet noch, dass es einst schwärzer als schwarz gewesen war, und sein Gesicht war vollkommen glatt rasiert. Jemand hätte ihm verbieten müssen, sich den Bart zu scheren, damit dieses Gesicht bedeckt blieb, nicht nackt. Es war das Gesicht eines träumenden Heidengottes, eines Helden aus versunkenen Kriegerlegenden. Jemand hätte ihm verbieten müssen, ein solches Gesicht zu besitzen. Dass das Gesicht so schön war, machte seine Farbe geradezu obszön: Braun wie Erde. Braun wie Tabak. Braun wie Exkremente von Straßenkötern.

Dort, wo Jaime herkam, hätte kein Mann mit solcher Hautfarbe den Palast seines Präsidenten betreten dürfen. Hier aber betrugen sich die Gäste, als hätten sie den ganzen Abend lang auf keinen anderen gewartet. »Don Benito«, kreischte die überfütterte Gattin des Ministers für öffentliche Arbeit und breitete die Arme aus. »Ich dachte schon, Sie würden sich unserer Sehnsucht überhaupt nicht mehr erbarmen.«

Der Mann wandte den Kopf, und über sein Gesicht zog ein Lächeln. Jauchzend bewegte die Dicke sich auf ihn zu, doch ehe sie ihn sich einverleiben konnte, stürzte sich eine andere dazwischen – Dolores de Vivero. Sie rannte so haltlos, dass der griechische Knoten sich löste und ihr Haar sich über ihre Schultern ergoss. Von der begehrenswerten Sprödheit war nichts mehr übrig, als sie sich dem Mann an den Hals warf wie eine gewöhnliche Straßenschlampe. Aber auch die hätte in Sevilla Abstand von einem Barbaren gehalten, der nicht ihrer eigenen Rasse, sondern einem tierischen Volk entstammte. Jaimes Schultern waren vollkommen steif. Eben noch hatte er Dolores unterhaltsam gefunden. Jetzt ekelte sie ihn, und der Gedanke, dass er mit ihr zu Abend hatte essen wollen, ließ ihn schaudern.

Ohne Scham wisperte sie mit ihrem Geliebten, der zu allem gewiss doppelt so alt war wie sie. Das Verhalten des Barbaren war beherrschter, weniger degoutant als ihres, doch seine Hand, die über ihr Haar fuhr, verriet ihn. Jaime hatte den Mann längst erkannt, auch wenn er ihn nie zuvor gesehen hatte. Es war der, von dem sein Vater sprach, wie andere von Erdbeben, Seuchen und Überflutungen sprachen. Er selbst hatte einen läppischen Journalisten ins Gefängnis gebracht, um diesen Mann herauszufordern, und hatte sich in ihm einen ebenbürtigen Gegner erhofft. Vergeblich, wie es schien. Diaz

mochte ihn den König von Querétaro nennen, aber er war nicht mehr als ein in die Jahre gekommener Gassenjunge, der vor schwüler Liebe unter den Achseln schwitzte.
Dolores schmiegte den Kopf in seine Halsbeuge, derweil ihr Rücken zuckte, als würde sie weinen. Der Ring der Gaffer verharrte bemerkenswert schweigsam, während der Präsident sich zwischen Wänsten hindurchschob. Würde er seinen Gouverneur zur Ordnung rufen? Würde er ihn mit Verachtung strafen und ohne ein weiteres Wort in den Club aufbrechen? Porfirio Diaz tat nichts. Es war der andere, der ihn bemerkte und sich durch einen Blick mit ihm verständigte. Sachte umfasste er die Schultern des Mädchens, sprach ein paar leise Worte und löste sich aus ihrem Griff. Vermutlich hatte sie noch nicht einmal erfasst, wie ihr geschah, als die zwei Männer den Raum verließen.
Jaime war übel. Er würde sich den Abend im Club ersparen und nach Hause gehen, in sein abgedunkeltes Schlafzimmer über der Schatten spendenden Alameda. Vielleicht hatte das Volk, das behauptete, es gebe Schlimmeres als Langeweile, recht. An den Türen stand noch immer Dolores de Vivero, die so sieghaft gewirkt hatte, dass er ihr gern das Herz gebrochen hätte, und die jetzt, mit ihren verheulten Augen, nur noch elend und hässlich war. Jaime grüßte sie nicht einmal. Jede aus dem Leim gequollene Matrone im Saal wäre ihm lieber gewesen als sie.

5

»Setz dich hin«, sagte Porfirio Diaz, ließ sich selbst in einen der Sessel nieder und füllte sich ein Glas zu einem Viertel mit bronzefarbenem Cognac. »Gehe ich recht in der Annahme, dass du mich wie üblich beim Trinken allein lässt?«

»Nein«, erwiderte Benito.

»Nein was?«

»Nein, ich bleibe lieber stehen«, sagte er. »Und nein, wenn du es verkraften kannst, schließe ich mich dir beim Trinken an.«

»Hört, hört.« Porfirio runzelte die Stirn und füllte gut doppelt so viel Cognac in ein zweites Glas. »Hier. Betrink dich. Wenn es wegen des Schmierfinken ist, tust du gut daran, denn darüber ist mit mir nicht zu reden.«

»Betrinken von mir aus, aber nicht Selbstmord begehen«, sagte Benito, nahm dem Präsidenten sein Glas aus der Hand und schob ihm das übervolle dafür hin. »Und falls du mit dem Schmierfinken Miguel Ximenes meinst, ist überhaupt kein Reden nötig. Lass den Mann gehen. Du hast keine Handhabe gegen ihn, es sei denn, du willst ein Verfassungsrecht brechen.«

»Und wer sagt dir, dass ich das nicht will?«

»Du«, antwortete Benito. »Soweit ich weiß, schwingst du derzeit die Verfassung vor dir her wie früher deine blutbeschmierte Regimentsfahne.«

»Jetzt, da meine Wiederwahl gesichert ist, wird das nicht länger nötig sein«, entgegnete Porfirio und sah dem Cognac in seinem Glas beim Kreisen zu.

»Es war ohnehin nicht nötig«, sagte Benito. »Für Wahlbetrug braucht es kein hehres Gerede von Verfassungsrechten.«

Immerhin ging ein Zucken über das gepuderte Gesicht des Präsidenten. »Hab dich nicht so«, brummte er. »Wir beide sind Soldaten, keine Klosterschülerinnen. Willst du, dass dieses Land in dem Moder von Jahrhunderten steckenbleibt? Oder willst du, dass es endlich den Kopf erheben und sich als Schwester unter die zivilisierten Nationen der Welt gesellen darf? Willst du, dass Investoren aus Europa und den Vereinigten Staaten hier ihr Geld anlegen, dass Mexiko moderne Fabriken und Transportwege bekommt? Du hast die New Yorker gehört, die uns heute haben abblitzen lassen. Nach Yucatán will kein vernünftiger Mensch einen Schienenstrang legen. Nicht, weil der verfluchte Dschungel dort unten in drei Tagen alles wieder überwuchert, sondern weil jeder Investor fürchten muss, dass ihm Rebellen die Leute massakrieren und die Ausrüstung unter den Fingern wegstehlen.«

»Was für Rebellen meinst du? Die Cruzoob von Chan Santa Cruz? Dann sprichst du von einem zumindest durch Großbritannien anerkannten Staat, Porfirio.«

»Ha! Die Briten können anerkennen, was sie wollen, die haben schließlich nicht die Folgen zu tragen. Aber ich als Präsident dieses Landes – muss ich mir einen Staat von Aufrührern, Götzenanbetern und rückständigen Wilden auf dem Boden Mexikos vielleicht bieten lassen? Muss ich ertragen, dass mir ein New Yorker Großunternehmer ins Gesicht sagt, mein Land verfüge noch nicht über die Tischmanieren, um an die Tafel des Fortschritts geladen zu werden? Dieses Übel will ich mit der Wurzel ausreißen, das ist mein Lebenswerk, und dabei muss eben manches über die Klinge springen.«

»Die Pressefreiheit zum Beispiel«, bemerkte Benito.

»Heilige Jungfrau von Guadalupe, geh mir vom Leib mit deiner Pressefreiheit!« Der Präsident sprang auf und hob drohend das Cognacglas. »Ich will den Leuten Würde geben, hörst du? Würde, die ein Mann vor sich hertragen kann, ohne sich zu schämen.«

Benito wischte sich einen Speicheltropfen von der Wange, ging zum Kaminsims und entnahm der Mappe, die er dort abgelegt hatte, einen Stoß Papiere. »Und ich will ihnen trockene Wohnungen geben«, sagte er und schob die Papiere vor Porfirio auf den Tisch. »Wohnungen, in denen ein Mann seiner Frau ein Kind machen kann, ohne dass es ihm an Typhus verreckt.«

»Was ist das?« Porfirio ließ sich wieder in den Sessel fallen und blätterte die Bogen durch.

»Ein Entwurf für ein Entwässerungssystem«, antwortete Benito. »Die Slums im Osten dieser Stadt sind, wie du es so ansprechend ausdrückst, im Moder steckengeblieben. Du sperrst Männer ein, weil sie über das Elend ihrer Landsleute schreiben, über die Überflutungen, die ganze Viertel in Sümpfe verwandeln, über Abwässer, die ins Trinkwasser treiben, tote Kinder, Seuchen, vom Hunger aufgeblähte Bäuche – aber das alles geht davon, dass du Journalisten mundtot machst, nicht weg.«

Porfirio kniff die Augen zu Schlitzen und presste die Lippen aufeinander. »Weißt du, was ich gern täte, damit es weggeht? Ich würde gern Geld für ein paar gute Sprengsätze ausgeben und das ganze Indio-Gelump in die Luft jagen.«

»Ich weiß«, sagte Benito. »Schließlich würdest du mich mit dem Gelump gern mitjagen, und den Anteil von dir, den du dir wie ein Clown überpuderst, obendrein. Aber da du das zumindest derzeit nicht wagst, brauchen wir darüber nicht zu reden. Der Osten deiner Hauptstadt bleibt ein stinkendes Abwasserbecken, auch wenn du Miguel Ximenes verhaftet und die Auflage seiner Zeitung beschlagnahmt hast. Die Fakten aus dem strittigen Artikel verschwinden davon nicht.«

»Aber niemand kann sie mehr lesen«, zischte Porfirio wie ein störrisches Kind.

»Doch«, sagte Benito. »Wenn du den einen verhaftest, schreibt es eben der Nächste.«

»Und wer ist der?«

»Zur Not ich.«

»Eines Tages tue ich es«, sagte Porfirio. »Eines Tages werfe ich dich wie einen dreckigen Rebellen ins Belem, zu den Ratten, den Kröten und der Krätze, wo dich die Wärter mit ihren Rohrstöckchen streicheln und kein zuckriges Schnäuzchen wie Dolores de Vivero dich tröstet.«

»Ja«, erwiderte Benito, »eines Tages tust du das, aber bis dahin kannst du dich genauso gut um die Probleme auf der Hand kümmern. Du willst in die Geschichte eingehen. Der Conde de Vivero ist bereit, das Entwässerungsprojekt finanziell zu unterstützen. Leih dir das Geld, das noch fehlt, von englischen Banken und lass die englische Firma, die den Entwurf gemacht hat, diese Anlage bauen. In zwei Jahren weihst du sie dann mit Artilleriesalut und Glockenläuten ein und lässt dich als Retter der Armen feiern.«

»Die Armen ekeln mich«, bekannte Porfirio. »Ihre erdrückenden Sorgen, ihr erdrückendes, winzig kleines Leben – ich bekomme Alpträume, wenn ich mir das anhören muss.«

»Deine ausländischen Investoren ekeln sich auch«, entgegnete Benito, der in ebenso erdrückender Armut aufgewachsen war wie der Präsident. »Sie bekommen Alpträume von dem Gestank der Kloake, die du deine Hauptstadt nennst. Ernenne eine Kommission, die sich um dieses Wasserwerk kümmert, dann brauchst du selbst nichts weiter zu tun, als später den Ruhm zu ernten.«

»Was willst du jetzt eigentlich«, fragte Porfirio, »deinen kleinen Schmierfinken aus Querétaro oder Entwässerung für deine Slums?«

»Beides«, antwortete Benito.

»Du bist unverschämt.«

Benito war müde. »Das war ich schon immer«, sagte er.

Porfirio griff nach der Kristallkaraffe, schenkte sich nach und schwenkte das Gefäß in Benitos Richtung. Der hatte nicht einmal bemerkt, dass sein Glas leer war. Er wollte nichts mehr trinken. Ein einziger Cognac half manchmal gegen Furcht und Sehnsucht, aber ein zweiter machte alles schlimmer. »Wie beliebt.« Porfirio zuckte mit den Schultern. »Ich habe heute meinen großherzigen Tag, deshalb werde ich dir einen deiner Wünsche erfüllen. Entscheide dich. Für den studierten Bauernlümmel, den du vermutlich persönlich gezeugt hast, oder für deine englische Wunderanlage, mit der du einen Haufen Indio-Bälger vorm Ersaufen rettest.«

Einen Augenblick lang glaubte Benito, er habe sich verhört, weil der Vorschlag so brutal war. Im nächsten begriff er, dass er sich eben deshalb nicht verhört hatte. Porfirio wusste, dass er ihm in einem Punkt nachgeben musste, aber er wollte ihn wenigstens dafür bestrafen. Deshalb überließ er ihm die Wahl, auf das Entwässerungssystem, das Tausende vor einem elenden Tod bewahren würde, zu verzichten oder Miguel zu opfern.

Miguel. Carmens Sohn, den er nicht gezeugt hatte und dennoch wie seinen eigenen liebte. Carmen war das erste Mädchen gewesen, das er geküsst hatte. Er war vierzehn Jahre alt gewesen, und sie hatte jahrelang treulich zu ihm gehalten, so übel er sie auch behandelt hatte. Eine eigene Familie besaß sie nicht, doch sie gehörte wie eine Schwester zu seiner. Sie hatte ihren Mann früh verloren, und Miguel war ihr einziges Kind. Händeringend hatte sie Benito angefleht, in der großen Stadt auf ihren Jungen aufzupassen, und hätte er es getan, wäre Miguel niemals in die Lage geraten, in der er jetzt steckte.

Es hatte schon einmal einen Miguel gegeben, auf den er nicht aufgepasst hatte. Seinen älteren Bruder, den er nicht hatte abhalten können, in einen von Anfang an verlorenen Guerillakrieg zu ziehen und mit vierundzwanzig Jahren elend zu verrecken. Seine Mutter hatte ihm fünf Jahre lang nicht verziehen, und Benito verzieh sich nie. Wie konnte er jetzt dem jungen Miguel, seinem Patensohn, der sich auf ihn verließ, seine Hilfe entziehen? Dass nach Yucatán transportierte Häftlinge wie die Fliegen starben, war in der Stadt ein offenes Geheimnis.

Doch auf der anderen Seite – wie konnte er das Leben eines Einzelnen, den er liebte, schützen und ungezählte Massen dafür opfern? Auch die Kinder, die in den Slums dahinsiechten, hatten Mütter, denen sie die Welt bedeuteten. Ein paar Herzschläge lang verfluchte er die Tatsache, dass es Menschen wie Jaime Sanchez Torrija geben musste. Er hatte den Mann vorhin im Empfangssaal gesehen, einen auffallend gutaussehenden Spanier, dem zweifellos die Zukunft zu Füßen lag. Was hatte dieser in Luxus gebettete Kronsohn davon, eine Behörde von Denunzianten zu leiten und Idealisten wie Miguel ans Messer zu liefern? Hatte sein Vater ihn aufgehetzt, musste Miguel leiden, weil Felipe Sanchez Torrija damit seinen Rivalen um die Herrschaft in Querétaro treffen wollte?

Gleich darauf ermahnte er sich, dass ihm Hass auf Sanchez Torrija nichts nützte. Hätte Don Jaime Miguel nicht gemeldet, so hätte es über kurz oder lang ein anderer getan. In dem Staat, nach dem Porfirio strebte, hatten freie Rede und freie Presse keinen Platz mehr. Aus dem strahlenden Kämpfer für ein liberales Mexiko war ein Mann geworden, der nach dem Geschmack der Macht auf seiner Zunge süchtig war.

»Ich warte, Benito«, ließ Porfirio ihn wissen. »Spanne mich nicht auf die Folter, sonst könnte meine Großherzigkeit recht schnell ein Ende finden.«

»Du weißt selbst, dass du um die Entwässerungsanlage nicht herumkommst«, erwiderte Benito und hoffte, dass er nicht so hilflos klang, wie er sich fühlte.

»Dann steht deine Entscheidung also fest? Wir werfen den Engländern einen Haufen Geld, das wir nicht haben, in den

Rachen, und in zwei Jahren feiern wir mich als Helden der Menschheit. Und in der Zwischenzeit schicken wir den kleinen Nestbeschmutzer nach Yucatán, wo die Peitsche ihn lehren kann, was Arbeit heißt. Sei ehrlich, ihr Indios mögt von der Natur her Faulenzer sein, aber sobald eine Peitsche euch tüchtig eure abgestumpften Rücken und Hintern tätschelt, könnt ihr schuften wie Mulis. Was ist, wollen wir darauf nicht noch ein Gläschen trinken?«

»Zum Teufel, du kannst doch einen Mann nicht in eine Art von Sklaverei schicken, weil er die Wahrheit gesagt hat. Miguel Ximenes wird Vater, seine Familie braucht ihn.«

»Ach, wie reizend.« Porfirio verzog den Mund zu einem bösen Lächeln. »Und du, mein Hübscher, wirst Großväterchen? Gerade jetzt, wo ich schon befürchtete, die goldige Dolores de Vivero würde dich noch einmal zum Vater machen.«

Wenn du wüsstest, wie haarscharf du danebentriffst, durchfuhr es Benito, der sich mühsam einen Laut verbiss. »Lass die Kindereien«, sagte er. »Gib den Mann heraus, und du hast deine Ruhe vor mir.«

Porfirio stand auf, ging in die entlegene Ecke des Zimmers und lehnte sich gegen die Wand. »Warum verlegst du dich nicht aufs Betteln, Benito?«, fragte er und fixierte ihn.

»Würde das etwas nützen?«

»Es käme auf einen Versuch an.«

Benito seufzte. »Ich bitte dich, lass Miguel Ximenes gehen. Ich sorge dafür, dass er seine Tätigkeit bei *El Siglo* vorerst ruhen lässt und nach Hause zu seiner Familie fährt.«

»Um im wilden Querétaro den Aufstand zu proben?«

»Nein, zum Teufel! Um sein Kind zur Taufe zu tragen.«

Porfirio lächelte. »Macht ist das köstlichste Gesöff der Welt, hast du das wirklich nie gelernt? Sag noch einmal bitte, Benito. Sag: Bitte, mein verehrter Präsident.«

»Im Krieg hat mir einmal ein Coronel befohlen, vor ihm auf die Knie zu fallen«, erklärte Benito. »Wenn du das auch willst, kannst du es haben, auch wenn meine Knie mit den Jahren recht steif geworden sind. Zumindest ersparen wir uns dann diesen Zirkus, mein verehrter Präsident.«

»So weit würdest du tatsächlich gehen?« Der scharfe Zug um Porfirios Mundwinkel gab nach und wurde weich. »Ja, ja, im Krieg haben wir so manches getan, das wir nie für möglich gehalten hätten, nicht wahr? Ich werde es mir überlegen, mein Lieber, und als Lohn für deine Demut gebe ich dir mein Wort, dass dein Schützling zumindest vorerst keine Prügel bekommt. Frag mich morgen noch einmal, ob ich ihn laufenlasse, frag mich jeden Tag wieder und halte deine Knie geschmeidig. Für heute bin ich erschöpft und brauche Erholung im Club. Kommst du mit? Oder verschmachtet sich Dolores nach dir? Du solltest übrigens aufpassen – falls der Vater der Dame von der Sache Wind bekommt, versiegt nicht nur die sprudelnde Quelle für deinen Entwässerungsunsinn, dann geht es dir an deinen hübschen Kragen.«

»Nein, ich komme nicht mit«, antwortete Benito, dem klar war, dass er für Miguel heute nicht mehr tun konnte. Wenn Porfirio erschöpft war, dann fühlte er sich völlig ausgelaugt. So feige er sich dabei vorkam, würde er Dolores heute aus dem Weg gehen und auch Tomás, der ihn seit seiner Rückkehr um ein Treffen bat, noch einmal vertrösten. Er wollte nichts weiter als sich in seinem Zimmer an den Schreibtisch setzen und Josefa einen weiteren Brief schreiben, den entweder er nicht abschicken oder sie nicht beantworten würde. »Gute Nacht, Porfirio«, sagte er.

»Gute Nacht, Benito«, erwiderte Porfirio. »Von deiner Sippe hat keiner etwas mit diesen Schmierereien zu tun, die wie durch Geisterhand an Wänden erscheinen und wieder verschwinden, oder?«

»Natürlich nicht. Meine sogenannte Sippe ist nicht an allem schuld, was dir in diesem Land nicht passt. Schon gar nicht an den Ammenmärchen, an die du neuerdings glaubst.«

»Gemach, gemach, ich bin ja selbst der Meinung, dass es Ammenmärchen sind. Aber um letzte Zweifel zu beseitigen, gibst du mir dein Wort darauf, nicht wahr?«

»Von mir aus«, sagte Benito. »Wenn du das wirklich für nötig hältst, gebe ich dir mein Wort.«

»Danke, mein Lieber. In einem irrst du übrigens. Ich will dich nicht mit den verdammten Indio-Slums in die Luft jagen. Was meinst du, warum ich dich noch hier behalte, statt dich endlich in deinen Urwald heimzuschicken?«

»Weil du meinen Urwald gern ohne Gouverneur wissen möchtest. Und weil es dir Spaß macht, mir allabendlich eins auf den Pelz zu brennen«, erwiderte Benito.

»Ja, das auch«, gestand Porfirio ein. »Ein Mann mit einem Gewissen zuckt wenigstens zusammen, wenn man ihn ordentlich zwiebelt – der Rest der Meute hat längst die Haut von Gürteltieren. Aber das ist nicht alles. Manchmal genieße ich es einfach, mit dir zusammenzusitzen. Es erinnert mich an den Krieg, an die Jahre, in denen wir jung waren und voll feurigem Glauben an das Gute in der Welt. Außerdem schaffst du es noch immer, mir zu imponieren, wo ich die anderen nur noch verachte.«

»Und gerade deshalb würdest du mir gern den Hals umdrehen«, sagte Benito.

»Nein«, entgegnete Porfirio. »Auch wenn du mir nicht glaubst, es täte mir weh, dir ein Leid zuzufügen. Sei aber gewiss, wenn du mich dazu zwingst, werde ich es ohne ein Wimpernzucken tun.«

6

Ein letztes Mal streichelte Katharina über den schmiegsamen Stoff, ehe sie den kleinen Rebozo unter anderen Kleidern verbarg und eilig den Koffer schloss. Er passte Josefa schon lange nicht mehr, und sie hatte ihn ohnehin nie viel getragen, aber Katharina wollte, dass sie ihn bei sich hatte. Der Rebozo in leuchtenden Orange- und Gelbtönen war das einzige Stück, das sie jemals gewebt hatte. Sonnenfarben, hatte sie damals gedacht und sich von ihrer Schwiegermutter am Webstuhl anleiten lassen, weil sie so gern etwas für ihr neugeborenes Kind tun wollte. Mit ihrer Schwiegermutter hatte sie es nie leicht gehabt, und die Schwiegermutter hatte Josefa nie mit derselben Wärme überschüttet wie Anavera und Vicente, aber in diesen Tagen, während sie gemeinsam den Rebozo webten, waren sie einander nah gewesen.

Jetzt schmuggelte Katharina ihn der Tochter in den Koffer, weil sie wiederum so gern etwas für ihr Kind tun wollte und ihr sonst nichts blieb.

Die Zimmertür wurde aufgeworfen, und ihr Sohn Vicente steckte den Kopf herein. »Bist du fertig, Mamita? Kann ich die Koffer nach unten tragen?«

Er war so erwachsen geworden, ihr Jüngster. Und doch sah sie in dem Gesicht des jungen Mannes noch immer die rundlichen Züge ihres kleinen Jungen, der nachts zu ihnen ins Bett gekrochen war, weil Sternschnuppen fielen und er Angst hatte, am Himmel bliebe keiner seiner geliebten Sterne übrig. Spontan sprang sie auf und schlang die Arme um ihn. Gott sei Dank, dass mir dieses Kind, mein kleiner Sternengucker, noch bleibt, dachte sie und drückte ihn an sich, so fest sie konnte. »Ja, mein Liebling. Josefas Koffer sind fertig.«

Sie gab ihn frei, und er rieb sich verwundert die Stirn. »Ist alles in Ordnung mit dir?«
Am liebsten hätte sie laut gelacht. Dass gar nichts in Ordnung war, wenn ein Kind das Haus verließ und wenn es nicht im Frieden ging, sondern voller Zorn, würde er erst begreifen, wenn er selbst Kinder hatte. Wenigstens hatte Josefa sich überreden lassen, drei Wochen zu warten und mit Martina gemeinsam zu reisen, wenn auch nur, weil sie an ihr Konto hier nicht herankam und von der Mutter Reisegeld brauchte. Jetzt ging sie im Haus umher und nahm Abschied von den Familienmitgliedern. Dabei weigerte sie sich, mit ihrer Schwester ein Wort zu wechseln, und sprach mit Katharina nicht mehr als das Allernötigste.
»Ja, es ist alles in Ordnung«, sagte sie zu Vicente. »Ich bin nur ein bisschen sentimental heute Morgen. Ihr seid so unsäglich schnell groß geworden.«
»Ehrlich?«, kam es von Vicente. »Ich finde, es hat eine Ewigkeit gedauert.«
»War es so schlimm?«
Ihr Sohn küsste sie auf den Kopf. »Es war wundervoll«, sagte er und klang wie sein Vater. »Aber um Astronomie zu studieren, muss man erwachsen sein. Außerdem wollte ich als Dreikäsehoch immer an deinen Haaren riechen, und jetzt komme ich wenigstens dran.«
Unter Tränen lachte sie. »Ich liebe dich.«
»Und jetzt ist es genug mit dem Gesäusel, und der junge Mann bringt uns das Gepäck zum Wagen, denn sonst versäumen wir den Zug«, erhob sich Martinas Stimme hinter ihm im Flur. »Marsch, ab mit dir, Galileo. Ich will mich auch noch von deiner Mutter verabschieden, schließlich werde ich länger von ihr getrennt sein als du.«
Resolut schob sie Vicente, der gerade noch nach den Koffern greifen konnte, aus dem Zimmer und schloss hinter ihm die

Tür. Dann baute sie sich vor Katharina auf und stemmte die Hände in die Hüften. »Hast du den Verstand verloren?«, platzte sie heraus. »Josefa weiß nichts von dem Brief!«
Von welchem Brief?, hätte Katharina um ein Haar gefragt. So viel war in diesen Wochen auf sie eingestürmt, dass sie die Gedanken an den Umschlag, der wie eine Ladung Sprengstoff in ihrem Sekretär lag, erfolgreich verdrängt hatte. Jetzt aber rief er sich gewaltsam wieder in Erinnerung. »Du hast ihr doch wohl nichts gesagt«, fuhr sie erschrocken auf.
»Nein, ich habe ihr nichts gesagt«, erwiderte die Freundin. »Ich habe nur eine nebensächliche Bemerkung über Verwandte aus Tirol gemacht und dabei festgestellt, dass Josefa nicht die geringste Ahnung hatte, wovon ich sprach. Ich habe das Thema fallenlassen, aber du kannst das nicht tun. Josefa hat ein Recht darauf zu erfahren, dass diese Frau existiert und dass sie sie kennenlernen will.«
»Natürlich hat sie ein Recht darauf«, sagte Katharina lahm. »Aber jetzt ist wohl kaum der richtige Augenblick dazu.«
»Und wann soll der sein? Diese Therese Gruber hat dir geschrieben, dass sie vorhat, sich demnächst nach Veracruz einzuschiffen, und der Brief ist bald vier Monate alt. Sie muss längst in Mexiko sein, und über kurz oder lang steht sie vor deiner Tür.«
Katharina ließ sich auf das Bett fallen und starrte hinunter auf die kupferfarbene Seide der Überdecke. »Sie hat meine Adresse nicht«, murmelte sie. »Sie denkt, ich wohne noch immer in Chapultepec, und die meisten Europäer haben keine Vorstellung von der Größe Mexikos. Ich wüsste nicht, wie sie mich hier finden soll.«
»Das ist nicht dein Ernst.« Martina, der kaum etwas Menschliches fremd war, wirkte fassungslos. »Du lässt eine Frau, die vermutlich kein Wort Spanisch spricht, allein in der Gegend

herumzockeln und hoffst, dass sie irgendwann aufgibt und wieder verschwindet? Ich fürchte, da machst du die Rechnung ohne den Wirt. Vielleicht hast du Glück und sie stirbt am Gelbfieber oder fällt Banditen in die Hände, die ihr den Hals durchschneiden, aber aufgeben tut sie nicht. Nicht eine Frau, die sich aufmacht, quer durch die Welt zu reisen und ein Kind zu suchen, das sie in zwanzig Jahren nie gesehen hat.«
»Genau!«, fiel Katharina ihr ins Wort. »Mehr als zwanzig Jahre lang war mein Kind ihr gleichgültig. Mit welchem Recht taucht sie also jetzt auf und mischt sich in unser Leben ein?«
»Dios mio, sie wusste doch gar nicht, dass Josefa existiert!«
»Und warum muss sie es dann jetzt wissen?«
»Katharina.« Martina setzte sich neben sie auf das Bett, ergriff ihren Arm und zwang sie, sie anzusehen. »Kommt das wirklich von dir? Von der Frau, die um ein Haar daran zerbrochen wäre, dass man ihr verschwiegen hatte, wer ihre leiblichen Eltern waren? Meine Güte, mich kratzen doch nicht die Rechte dieser Therese Gruber – um Josefas Rechte geht es mir!«
»Wir haben Josefa nichts verschwiegen«, sprach Katharina gegen den Klumpen in ihrer Kehle an. »Sobald sie alt genug war, zu verstehen, haben wir ihr erklärt, wie es zu ihrer Geburt kam – so gut man so etwas eben einem Kind erklären kann. Es war viel schwieriger, als du mit deinem schnurgeraden Leben es dir vorstellen kannst, und es hat etwas kaputt gemacht, das wir nie mehr geflickt bekamen. Glaubst du, wenn es anders gewesen wäre, würde Josefa heute von hier fortgehen und nicht einmal wollen, dass ich sie zum Bahnhof begleite?«
Die Tränen übermannten sie, sosehr sie sich für ihre Schwäche schämte. Martina legte die Arme um sie. »Andere Eltern haben auch Kinder, die gegen sie rebellieren«, mahnte sie ungewohnt sacht. »Sogar solche mit einem schnurgeraden Le-

ben, wie du es nennst. Nur haben die vielleicht mehr Vertrauen darauf, dass ihre Kinder, wenn sie sich erst einmal selbst gefunden haben, zurückkehren und sich wieder erlauben, ihre Eltern zu lieben.«

Was immer Martina sagte, es schien Katharinas Tränenflut nur zu steigern. Die Freundin ließ sie weinen. Als Vicente den Kopf zur Tür hereinsteckte, rief sie ihm zu, er solle unten beim Wagen warten. »Ihr verpasst den Zug«, stammelte Katharina, die endlich wieder zu Atem kam.

»Dann fahren wir eben morgen. Die Hauptstadt schwimmt uns schon nicht weg, auch wenn vermutlich wieder der gesamte Osten überflutet ist.«

Katharina versuchte zu lächeln. »Ich heule doch hier und nicht in der Hauptstadt. Und bei uns trocknet den Bauern der Mais von den Stauden.«

Martina hob einen Zipfel der Überdecke und wischte ihr das Gesicht ab. »So ist es schon besser, Süße. Deine Josefa geht doch nicht ans Ende der Welt. Seit die Nordamerikaner uns die grandiose Eisenbahn gebaut haben, ist es nach Mexiko-Stadt der reinste Katzensprung.«

»Aber nach Tirol nicht«, hatte Katharina ausgesprochen, ehe sie sich hindern konnte.

»Aha, von daher weht der Wind. Du verschweigst Josefa, dass ihre Tante sie sucht, weil du Angst hast, sie könnte mit ihr nach Tirol gehen. Deshalb hast du ihrer Reise in die Hauptstadt auch so bereitwillig zugestimmt, nicht wahr? Es war das kleinere von zwei Übeln.«

»Ganz so ist es nicht«, widersprach Katharina. »Zum einen will ich nicht, dass du diese Frau ihre Tante nennst. Josefas Tanten sind Xochitl und Carmen, die sie geliebt und behütet haben, während sie aufgewachsen ist. Und was diese Reise betrifft, so hoffe ich, dass Benito ...«

»Dass Benito was?«, fragte Martina scharf. »Ich glaube, du solltest von Benito keine Wunder erwarten. Er dürfte so ungefähr der letzte Mensch sein, den Josefa im Augenblick sehen will.«
Katharina schüttelte den Kopf. »Darin irrst du dich. Für Josefa ist Benito noch immer heller als die Sonne, und so tief verletzt fühlt sie sich nur, weil sie überzeugt ist, in seinem Leben keinen Platz zu haben. Ich wollte, dass die beiden ihre Chance bekommen. Ich bin sicher, sie wird sich beruhigen, wenn er ihr beweist, dass er genauso ihr Vater ist wie der von Anavera und Vicente.«
»Das kann er nicht«, sagte Martina.
»Und warum nicht?«
»Weil er nicht genauso ihr Vater ist«, hielt Martina unverblümt fest. »Schaust du dir deine Familie manchmal an, mein Schatz? Den hinreißenden Aztekensohn, den du geheiratet hast, die zwei allerliebsten Äpfel, die nicht weit vom Stamm fallen, und das ätherische goldblonde Wesen, das aussieht, als hättet ihr es irgendwo gestohlen? Darüber zu schweigen macht es nicht besser, Kathi. Ihr tut so, als fiele euch dieser Unterschied nicht auf, und das ist ehrenwert, aber er fällt Josefa auf. Du magst hundertmal behaupten, sie schlüge nach deiner Seite, aber auch dein Haar war einmal schwarz wie die Nacht, und ihre meergrünen Nixenaugen hat deine Tochter nicht von dir. Ist es verwunderlich, dass Josefa sich wie ein Fremdkörper fühlt?«
»Aber das ist sie nicht!«, begehrte Katharina auf. »Glaub mir, wenn Benito überhaupt eins der Kinder mehr als die anderen liebt, dann ist es Josefa.«
»Das glaube ich dir unbesehen«, erwiderte Martina trocken.
»Aber Josefa wird es ihm nicht glauben, solange er ihr nicht als der begegnet, der er ist. Er darf ihren leiblichen Vater nicht

länger zum Tabu erklären, nur weil sein Stolz es noch immer nicht aushält, dass die Liebe seines Lebens einmal einen anderen liebte.«

Unter den Worten zog Katharinas Herz sich zusammen. Es tat so weh, dass ihr ein Laut entfuhr. »Ich halte es auch nicht aus«, sagte sie. »Und ich will nicht, dass Benito noch einmal daran rühren muss. Wäre es umgekehrt, Martina, hätte Benito jemals eine andere geliebt, ich hätte es nicht überlebt.«

»Das sagt sich so schnell«, bemerkte Martina. »Aber glaube einer Ärztin, wir überleben so einiges, das wir nicht für möglich halten.«

»Ich bin trotzdem heilfroh, dass Benito mir unser Leben lang treu war und ich diese Probe nie bestehen musste.«

Den Blick, den Martina ihr zuwarf, vermochte Katharina nicht zu deuten. »Du redest, als wäre euer Leben schon zu Ende«, sagte sie. »Aber wie auch immer, den Brief von Therese Gruber kannst du nicht in einer Schublade verwahren, bis er sich auf wundersame Weise darin auflöst. Schließen wir einen Pakt? Ich verspreche, ich halte Josefa gegenüber den Mund, und du versprichst, dass du dir schnellstmöglich überlegst, was du deswegen unternehmen willst. Einverstanden?«

Katharina nickte dankbar. »Ich will es nicht über Benitos Kopf hinweg entscheiden, aber ich spreche mit ihm, sobald er nach Hause kommt.«

»Schon mal erwogen zu schreiben, statt zu sprechen?«, schlug Martina vor. »Ihr zwei Turteltauben tauscht doch in einem fort Brieflein aus.«

»Ihm hängt so viel am Hals«, wich Katharina aus. »Ich will ihn jetzt nicht noch damit belasten. Wenn Miguel erst frei ist und Benito nach Hause kommt, wird es mir leichter fallen.« Dass Benito ihr seit Josefas Geburtstag nicht mehr geschrieben hatte, verschwieg sie. Es war noch nie vorgekommen. Sooft sie in ihrer Ehe getrennt gewesen waren, hatten sie einander jede Woche mindestens einen Brief geschickt. Die Lage in der Hauptstadt musste schwieriger sein, als sie hier in Querétaro ahnten.

»Tu, was du für richtig hältst, Liebes«, sagte Martina und wischte ihr noch einmal mit dem Zipfel der Überdecke über die Wange. »Wir hüten dir deine Josefa, so gut sich ein solcher Sack Flöhe eben hüten lässt. Und du gib acht auf deine Kaffeepflücker, deine Schulkinder und auf die arme Abelinda, die sich nach ihrem Miguel die Augen ausweint. Vor allem aber achte mir auf meine Schwiegertochter, die sich zwar tapfer hält, aber im Herzen auch weint und glaubt, sie sei an dieser ganzen Misere mit Josefa schuld. Deine Anavera ist ihr Gewicht in Gold wert wie dein Benito, weißt du das?«

»Ja«, antwortete Katharina stolz.

»Haltet euch fern von der Lanzenotter Sanchez Torrija«, fuhr Martina fort. »Solche Menschen sind nicht glücklich, solange sie nicht andere ins Unglück reißen können. Und wenn ihr zwei es gar nicht mehr aushaltet, setzt euch einfach in die famose Eisenbahn und kommt zu uns.«

»Brecht ihr denn jetzt auf?«, fragte Katharina verstört.

»Allerdings. Dein armer Sohn steht sich da draußen am Wagen die Beine in den Bauch.«

»Aber den Zug bekommt ihr doch nicht mehr!«

»Wir übernachten in der Stadt«, sagte Martina, küsste sie und erhob sich. »Es ist nicht gut, einen Abschied aufzuschieben, denn damit schiebt man auch das Wiedersehen auf.«

ZWEITER TEIL

Mexiko-Stadt
September 1888

»Meine kleine Herzogin, die mich anbetet,
Hat nicht die Lebensart einer großen Dame. […]
Meine kleine Herzogin hat keine Juwelen,
Aber so hübsch ist sie und so wunderschön.«

MANUEL GUTIÉRREZ NÁJERA

7

Wie die Macheten, die auf den Feldern ihrer Heimat durch den hohen Mais schlugen, erschien Josefa der Zug, der die Landschaft wie ein metallischer Blitz in zwei Hälften schnitt. Sie hatte diese Reise aus dem waldigen Bergland von Querétaro hinein in das hochgelegene Tal von Mexiko schon öfter unternommen, manchmal im Reisewagen ihrer Familie und manchmal mit der Bahn, doch so wie heute war es nie gewesen. Sie alle – der Vater, die Mutter, Anavera, Vicente und eine Anzahl weiterer Verwandter – hatten sich auf engstem Raum zusammengedrängt, gelacht, geschwatzt oder Karten gespielt, und ein wenig war es, als wären sie gar nicht weg von zu Hause, weil sie El Manzanal im Kleinen mitgenommen hatten.

Heute nahm sie es nicht mit, sondern ließ es hinter sich zurück. Sie und Martina saßen im Abteil unter Fremden, und statt zu den Essenszeiten einen von Carmen bis obenhin vollgestopften Picknickkorb auszupacken, gingen sie in den Speisewagen, der ein schlauchlanges Restaurant auf Rädern war. Es machte Spaß, mit Martina zusammen zu sein. Sie war immer gut aufgelegt, bedachte die Mitreisenden mit komischen Kommentaren und behandelte Josefa wie eine Erwachsene. Dennoch war ihr bewusst, dass Martina sie nur mitnahm, um der Mutter einen Gefallen zu tun, und dass sie Anavera lieber mochte als sie.

War Josefa ehrlich, so konnte sie Martina verstehen. Sie selbst hätte Anavera auch lieber gemocht. Anavera war herzlich,

voller Wärme und Lebensfreude, und sie war nicht im mindesten kompliziert. Ein Teil von Josefa vermisste sie. Seit jener grauenhaften Festnacht hatte sie kein Wort mehr mit ihr gesprochen, und Anaveras Versuche, die Kluft zu überbrücken, hatte sie zurückgewiesen.
Dabei hatte Josefa streng genommen nicht einmal Grund, ihr böse zu sein, denn Anavera hatte ihr ja nichts getan. Sie hatte ein Feuerwerk bestaunt, das Josefa nicht hatte sehen wollen, und eine Torte zerschnitten, die Josefa nicht angerührt hätte. Der Gedanke fachte ihren Groll noch an. Anavera tat niemandem etwas, sie war das Unschuldslamm, das in ihrer Brust keinen finsteren Gedanken hegte und des Nachts zur Heiligen Jungfrau betete. Josefa vermisste sie, aber zugleich wünschte sie ihr Übles an den Hals. Einerlei, was es war – nur ein Ereignis, das die tugendsame Jungfer straucheln und ein einziges Mal etwas Schlechtes tun ließ.
Nach dem schweren Essen rollte Martina sich in ihrem Sitz zusammen und schlief kurz darauf ein. Beim Atmen schnorchelte sie leise und strahlte einen Frieden aus, um den Josefa sie beneidete. In ihr selbst herrschte Aufruhr, tausend Fragen stürmten mit dem Geratter der Räder auf sie ein. Was würde sie tun, wenn sie in der Hauptstadt ankamen, wo würde sie heute Nacht schlafen, in Martinas Palais oder in der wildfremden Wohnung, die von Rechts wegen ihr gehörte? Wie würde Tomás sie empfangen, der ihr vor seiner Abreise unmissverständlich klargemacht hatte, was er von ihr und ihrem Auftritt hielt? Was wollte sie mit ihrem Leben anfangen, jetzt, da ihre Kindheit hinter ihr lag? Die paar kümmerlichen Artikel in ihrer Reisetasche – würde überhaupt ein Mensch auch nur einen Blick darauf werfen?
Vor allem aber und immer wieder: Würde es den Vater scheren, dass sie da war? Die Mutter hatte ihm gewiss von ihrem

Kommen geschrieben – würde er versuchen, sich mit ihr zu treffen, und wenn ja, wie sollte sie reagieren? Weshalb dachte sie ständig an ihn, obwohl sie beschlossen hatte, ihn bei einem Namen, der ihm nicht zukam, auch nicht mehr zu nennen? Er war nicht ihr Vater. Und letzten Endes hatte er ihr gezeigt, dass er trotz allen Geredes auch keinen Wert darauf legte, ihr Vater zu sein.

Wie von selbst glitt ihr Blick hinunter auf den Reifen um ihr Gelenk. In das schwere rote Gold waren Bildsymbole der aztekischen Schrift graviert, die von den spanischen Eroberern verboten worden war, noch ehe sie sich ganz entfalten konnte. Von den Codices, die in dieser Bilderschrift von der Geschichte des Mexica-Volkes erzählte, war nur eine Handvoll den Feuern der Kolonialherren entronnen. Ihr Vater hatte den Reifen aus Gold aus Monte Alban fertigen lassen, um ihre Taufe zu feiern, und ihn ihr übergestreift, sobald sie groß genug war, ihn zu tragen. Die Schrift gab einen Vers des aztekischen Dichters Netzahualcoyotl wieder:

»Ich hebe zu singen an.

Lass mein Lied aufsteigen zu Ihm, durch den alle leben.«

Die uralten Worte sollten den mexikanischen Teil ihres Erbes symbolisieren – aber hatte dieses Erbe mit ihr auch nur das Geringste zu tun?

Sie wollte sich mit der Frage nicht länger quälen, sondern zwang sich, aus dem Fenster zu schauen, vor dem die Landschaft vorüberflog. Die Weite des Landes war ihr auf früheren Reisen nicht aufgefallen. Schier endlos erstreckten sich Ebenen, in denen, so weit das Auge reichte, keine menschliche Behausung stand. Dann wieder schlängelte sich das Band der Gleise durch Täler wie Nadelöhre, an deren Hängen haushohe Feigenkakteen ihre stachligen Arme in den Himmel reckten. Ab und zu hielt der Zug an einer Hacienda, die ihre Verladestation direkt am Schienenweg aufgeschlagen hatte. Auch diese Stationen wirkten merkwürdig verlassen, allein auf weiter, leerer Flur. Ein paar Männer luden mächtige Holzfässer in einen der Güterwagen, und sogleich fuhr der Zug wieder an.

»Was wird hier verkauft?«, hatte Josefa vorhin Martina gefragt, weil sie sich wunderte, dass an allen Stationen dieselben Fässer aufgeladen wurden.

»Balsam der Wehmut«, hatte Martina mit einem verhangenen Lächeln geantwortet. »So nennt die Hauptstadt den Pulque, nach dem sie giert, um nicht an sich selbst zu verzweifeln. Solche rauhen Mengen, wie diese Stadt an Pulque braucht, können die Bauern im Umland kaum heranschaffen, selbst wenn sie auf allen Feldern Agaven ziehen und ihnen das weiße Herzblut aus den Adern suppen lassen.«

Auf einmal erschien Josefa die Einsamkeit, die sie wie die langsam wachsende Bergkette umfasste, bodenlos. Wie viele Stunden waren sie schon auf dem Weg, wie viele menschenleere Meilen schon von Querétaro entfernt? Das Land, in das sie einfuhren, war ohne Zweifel schön, seine Maisfelder leuchtend, seine Seen spiegelnd in glasklarer Luft und seine Berghänge silberblau, doch es war ein fremdes Land und wies Josefa ab. Als sie jäh die zwei Bergriesen an ihrer Seite aufragen sah, setzte ihr Herz einen Schlag lang aus. Wie durften Berge so hoch sein, dem Himmel und seinen ungelösten Rätseln so viel näher als der Erde und den winzig kleinen Menschen? Weiß glitzerten ihre Gipfel in furchterregender Höhe, doch ob es Nebel waren, die sie einhüllten, Wolken oder Rauch von magischen Riten, ließ sich mit Menschenaugen nicht erkennen. Den ganzen Tag über hatte Josefa im Abteil geschwitzt, aber jetzt ließ die Kälte sie schaudern. Die Sonne ging unter, als hätten die gigantischen Berge sie verschluckt.

Eine Erinnerung brach sich Bahn, drängte sich in ihre Verlassenheit. Als Kind war sie hier entlanggefahren, so viel langsamer als heute, und der Vater hatte sie auf seine Knie gehoben, damit sie aus dem hohen Fenster des Reisewagens schauen konnte. Er hatte ihr erzählt, dass die beiden Berge Popocatepetl und Iztaccihuatl hießen und Liebende waren, Zwillingsvulkane, der zur Rechten ein schlummerndes Mädchen und der zur Linken ein jugendlicher Held, der auf ewig Flammen in den Himmel spie, weil er vor Liebe zu seiner Schönen innerlich verbrannte. Warum tröstete sie die alte, kindische Geschichte? Josefa wusste es nicht, aber sie schloss die Augen und fühlte sich ein wenig leichter.
Als sie wieder zu sich kam, war auch Martina wach und hatte die Lampe angezündet, die das Abteil in gelbes Licht tauchte. Die übrigen Reisenden begannen ihr Gepäck aus der Ablage und hinaus auf den Gang zu zerren. Draußen war es nahezu dunkel, nur als Schemen erkennbar flogen Reihen von Gebäuden vorbei. Sie fuhren nicht länger durch endlose, unbewohnte Weite, sondern mitten durch menschliche Siedlungsgebiete. Josefa reckte sich und sah, dass in kurzer Entfernung Lichter wie Sterne durch die Nacht glänzten und dass dort, im Herzen der Stadt, noch hellwaches Leben pulsierte. »Wir sind da?«, sagte sie mit klopfendem Herzen zu Martina.
Die nickte und stopfte ein paar Sachen zurück in ihre Reisetasche. »Willkommen in Mexiko-Stadt, erbaut auf den Ruinen des mächtigen Tenochtitlán. Ist dir eigentlich klar, dass du genau im richtigen Moment in unsere Hauptstadt einmarschierst? Nirgendwo wird der Tag der Unabhängigkeit so verrückt gefeiert wie hier.«
Dass morgen der 16. September war, hatte Josefa völlig vergessen. Mein rotes Kleid, fiel es ihr siedend heiß ein. Wenn hier morgen ein Fest gefeiert wird, muss ich jemanden finden,

der mir mein rotes Kleid aufbügelt. Sie hatte es in ihren Koffer gestopft, weil es das schönste Kleid war, das sie je besessen hatte, im Grunde das einzige, das für die Hauptstadt taugte. Die Frau, die es auf der Abbildung des Schneidersalons trug, sah genauso aus, wie Josefa sich in ihren kühnsten Träumen selbst sah – eine Dame von Welt, faszinierend, geistreich und ein bisschen verrucht. Jetzt aber war das herrliche Kleid vermutlich nicht mehr als ein trauriges Bündel zerknitterter Seide. Wohin ging man, um in Mexiko-Stadt etwas bügeln zu lassen? Sie wusste gar nichts und kam sich weltfremd und verloren vor.

Die Stadt baute derweil ihre immer höheren, immer imposanteren Fassaden, ihre Türme und Kuppeln vor ihr auf. Ringsum glomm Licht, und auf den Straßen waren Trauben von Menschen unterwegs, die sich in den Schluchten zwischen den Riesenhäusern sichtlich zu Hause fühlten. Was hatte sie bewogen, hierherzukommen, in eine Stadt, der eine Landpflanze wie sie nicht gewachsen war? Als ob die Stadt sie verschlänge, so kam es ihr vor – nur um sie binnen kurzem wieder auszuspeien, weil der Bissen ihr zu klein und ohne Würze war.

Mit einem fauchenden Laut, der in den Ohren gellte, tauchte der Zug in einen gläsernen Tunnel. Jäh war es um sie taghell, und Menschen scharten sich vor den Fenstern, als wollten sie nach ihnen greifen. Noch einmal fauchte die große Lokomotive auf, dann kam der Wurm aus Wagengliedern mit einem Ruck zum Stehen. Sie waren am Ziel. *Ciudad de Mexico* verkündete ein weiß bemaltes Schild, und darüber hing Mexikos Fahne mit dem Kaktus, der Schlange und dem Adler schlaff am Mast. Josefa schlang die Arme um den Leib. Am liebsten hätte sie sich irgendwo versteckt, bis der Zug wieder angefahren wäre und sie zurück in die schwarzen Wälder von Querétaro gebracht hätte.

»He, Faulpelz, willst du mir nicht mit den Koffern helfen?«
Martina hatte bereits das Fenster heruntergeschoben und einen der Cargadores herangewinkt, dem sie das erste Gepäckstück zureichte. Das zaundürre Männlein, das aussah, als würde es unter der geringsten Last zusammenbrechen, trug ein hölzernes Joch über den Schultern, an dem es Martinas Koffer geschickt festknüpfte. Flugs wuchtete Martina das nächste Stück aus der Gepäckablage, während Josefa noch immer reglos stand und in die wogende Menge starrte. Menschen jeglicher Größe, Statur und Hautfarbe schienen auf diesem Bahnsteig versammelt, und auch jeder gesellschaftliche Stand war vertreten. Neben vornehmen bleichgesichtigen Herren mit Zylindern drängten sich barfüßige Jungen, die für einen Centavo auf die braune Hand ihre Dienste als Stadtführer anboten. Hier verschafften Tournüren üppiger Matronen sich Raum, während dort eine Greisin, nicht größer als ein Kind, einen kollernden Truthahn durch die Horden trieb.
Jeder, der sich in dieser quirligen Masse bewegte, schien zu wissen, wohin er gehörte, und jeder, der aus den Türen des Zugs herausquoll, hatte einen, der ihn erwartete. War Josefa die Einzige, die fremd war und es bleiben würde? Just in diesem Moment ragte ein Kopf aus der Menge, gefolgt von zwei Armen, die wie Dreschflegel winkten. Der junge Mann, der auf eine Kiste gestiegen war, hatte auffällig helles Haar zu brauner Haut, und seine Stimme war unverkennbar. »Hola, schönste Rose von Querétaro! Willkommen in unserer bescheidenen Stadt.«
Tomás. Über Köpfe hinweg warf er ihr eine Kusshand zu, sprang von der Kiste und bahnte sich seinen Weg zu ihrem Wagen.
Martina lachte. »Nun sieh dir das an, wir bekommen ein Empfangskomitee.«

Vor Erleichterung hätte Josefa singen wollen. Tomás war da, und er war ihr nicht mehr böse, sie war in der fremden Stadt nicht allein. Erst jetzt sah sie, dass ihm eine kleine Abordnung von Männern folgte. Onkel Felix, Martinas Mann, erkannte sie sofort, und gleich darauf den hageren Onkel Stefan, den ältesten Vetter ihrer Mutter, der die Casa Hartmann, das Handelshaus ihrer Familie, leitete. Als sie ihn das letzte Mal gesehen hatte, war im grauen Haar noch Blond gewesen, aber sein Lächeln war so jungenhaft schüchtern wie eh und je. Ihr Empfangskomitee, so fand Josefa, war das netteste des ganzen Bahnhofs.

Unter den zwei blassen Deutschen und dem fast blonden Tomás wirkte der vierte Mann wie aus einer anderen Welt. Oder noch eher wie aus versunkener Zeit, aus der von Mythen umwobenen Epoche, in der die Stadt Tenochtitlán geheißen und auf einer Insel im Tenoxo-See gestanden hatte, beherrscht vom kriegerischen Volk der Mexica, die die Eroberer Azteken nannten. Der dunkelhäutige Mann hatte etwas Ungezähmtes an sich, trotz der europäischen Eleganz, mit der er gekleidet war. Er war schon lange nicht mehr jung, aber er vergaß es. Mit einem Satz sprang er auf den Tritt unter dem Wagenfenster, riss sich den Hut herunter und steckte den Kopf ins Abteil. »Meine Josefa«, sagte er sehr leise, als müsste er sich erst vergewissern, dass er nicht träumte. »Huitzilli. Kleiner Vogel mit den tausend Flügelschlägen.« Er sprach Nahuatl, wie er es in ihrer Kindheit mit ihr gesprochen hatte. Martina kicherte wie ein Schulmädchen. »Sie benehmen sich schamlos, Señor Gobernador. Ihretwegen haben wir bereits die Aufmerksamkeit des gesamten Bahnhofs auf uns gezogen.«

Josefas Vater hob den Kopf und lächelte ihr mit seinen funkelnden Augen entgegen. »Umso besser. Siehst du hier vielleicht eine, die die Aufmerksamkeit mehr verdient?«

Martina trat vor das Fenster, nahm sein Gesicht in die Hände und küsste ihn ungehemmt auf den Mund. »Woher wusstet ihr denn, dass wir heute kommen?«
»Wir wussten gar nichts. Wir passen seit drei Tagen alle Züge aus Querétaro ab.«
»Hat dir in letzter Zeit mal jemand gesagt, dass du völlig verrückt bist, mein Süßer? Jetzt geh mir aus dem Weg, ich verliere diesen Cargador mit unserem Gepäck aus den Augen.«
»Um das Gepäck kümmert sich Tomás. Und aus dem Weg gehst du mir, damit ich meine Tochter bewundern kann.«
Martina klopfte ihm die Wange und trat beiseite. Der Vater verschränkte die Arme auf dem Sims, um sich auf dem Wagen zu halten, und sah Josefa geradewegs an. »Bitte verzeih mir«, sagte er. »Ich liebe dich.«
Durch das Abteil sprang Josefa zu ihm und klammerte sich an seinen Schultern fest. Der Vater, der keine Hand frei hatte, streichelte ihre Wange mit der seinen und flüsterte ihr die Flut von Nahuatl-Koseworten ins Ohr, mit der er sie als Kind getröstet hatte. Dann rollte er die Schultern, um sich zu befreien, ließ sich vom Wagen gleiten und streckte ihr die Arme entgegen. Josefa beugte sich vor, er packte sie unter den Achseln und hob sie aus dem Fenster. Applaus brandete auf, als er sie vor sich auf den Boden stellte und ihr mit einem Finger, der ein wenig zitterte, ein Kreuz auf die Stirn zeichnete.
Josefa lehnte sich gegen ihn und atmete den Zauber, der sie auffing, ein. Dieser Bahnhof roch nach dem Vanillemark und den Chilischoten, die Carmen auf dem Kohleofen im Hof kandierte, und ein wenig nach dem Ziegenstall, der gleich nebenan lag. Ins Gemisch der Sprachen und Stimmlagen schnitten das Pfeifen der Züge und das Geschrei verladener Tiere. Vorbeihastende Menschen rempelten gegen sie, doch sie fühl-

te sich in den Armen ihres Vaters beschützt. Felix und Martina redeten auf ihn ein, aber er hatte nur Augen für sie. »Ja, ich verzeihe dir«, sagte sie. Was geschehen war, kam ihr auf einmal so klein vor, so völlig bedeutungslos.
»Schicken wir das Gepäck nach Hause und gehen essen?«, fragte Martina. »Ich komme vor Hunger um. Dieses Geratter im Zug macht meinen Magen zum gefräßigen Tier.«
»Dein Magen ist ein gefräßiges Tier«, sagte Felix und bot ihr den Arm. »Was meint ihr, bekommen wir im Concordia noch einen Tisch?«
»Das Concordia übersteigt meine Verhältnisse«, wandte Onkel Stefan schüchtern ein. »Bei uns in der Calle Caldena ist eine nette Cantina, die ausgezeichneten Käse serviert.«
Felix patschte ihm auf den Rücken. »Erspare uns deine nette Käse-Cantina. Wir laden dich ein – Josefas Ankunft muss in großem Stil gefeiert werden.«
»Käse in der Calle Caldena klingt ziemlich paradiesisch«, murmelte der Vater sehnsüchtig. »Ich wünschte, ich könnte einen einzigen Abend verbringen, ohne den Herrschaften, die sich im Concordia sammeln, zu begegnen.« Die anderen aber hatten sich bereits in Bewegung gesetzt, und der Vater reichte Josefa seinen Arm und schloss sich an.
Es war ein Stück vom Himmel. Sie nahmen zwei grün lackierte, mit Rappen bespannte Wagen und schwebten durch die vor Leben blitzende Stadt. Das Concordia hatte mannshohe Fenster mit Blick auf die Calle Plateros, in der sich die Nachtschwärmer tummelten. Es steckte bis auf den letzten Platz voller Menschen, die den Vater begrüßten und ihn am Rock zupften, als wäre er ihr Eigentum. Er lächelte mehr, als er sprach, doch er stellte einem jeden Josefa vor: »Das ist meine Tochter, Josefa, meine Erstgeborene. Sie ist heute aus Querétaro gekommen.«

Die vielen Namen und Gesichter wirbelten durcheinander, und die Komplimente stiegen ihr zu Kopf. Jemand drückte ihr ein Glas in die Hand, füllte es fortwährend nach, und als endlich ein Tisch frei wurde und sie ihr Essen bestellen konnten, war sie satt vom Champagner. Die Übrigen redeten erregt von Miguel, der noch immer in dem berüchtigten Gefängnis Belem einsaß. Sooft jemand an den Tisch trat, senkten sie eilig die Stimmen. Josefa saß dabei, hörte zu und genoss. Sie war, wo sie immer hatte sein wollen, im Herzen des Geschehens, dort, wo das Blut ihres Landes pulsierte, und ihr Vater war bei ihr und würde ihr auf den Weg helfen.
»Was denkt ihr übrigens von diesen Wandgemälden?«, fragte Stefan zwischen zwei winzigen Bissen von den Kalbsmedaillons, die Felix ihm bestellt hatte. »Ich hoffe nur, dass die ganze Aufregung darum Señor Ximenes' Lage nicht noch heikler macht. Mein Kunde aus dem Finanzministerium hat mir heute erzählt, der Präsident wäre überzeugt, hinter den Malereien würden Leute von *El Siglo* stecken.«
»Was denn für Malereien?«, fragte Martina und warf ihrem Mann einen misstrauischen Blick zu.
Felix hob die Hände. »Ich bin unschuldig, meine Holde. Seit deiner Abreise habe ich meine Nächte brav in meinem Bett verbracht und den Spuk nicht einmal zu Gesicht bekommen. Angeblich zieht des Nachts ein kunstliebendes Gespenst durch die Gassen und malt Bilder des Totengottes Acolmiztli an Häuserwände. Dabei gibt er dem Acolmiztli, der mit gefletschten Zähnen sein Reich voller Leichen bewacht, wie üblich die Gestalt eines Pumas – aber das Gesicht ist unverkennbar das unseres geschätzten Präsidenten Porfirio Diaz.«
Bei der Nennung des Namens fiel die Gruppe in Schweigen. Josefa musste an die Artikel in ihrer Reisetasche denken. Sie mochten in die richtige Richtung weisen, mochten mutig mit

Missständen ins Gericht gehen, aber sie waren provinziell und enthielten nichts Sensationelles. Sie musste ganz von vorn anfangen. Hier würde sie die Informationen bekommen, die sie brauchte, um mit echtem Biss zu schreiben, hier hatte sie ihren Finger am Puls der Ereignisse und konnte lernen, ihn mit Worten einzufangen.

»Du gehörst also auch zu den Unzähligen, die von dieser Gespenstermalerei zwar gehört, aber nichts davon gesehen haben«, brach endlich ihr Vater das Schweigen. »Hat überhaupt irgendwer sie gesehen? Und wenn nicht, liegt es nicht nahe, dass es sich um eine Legende handelt, die irgendwer, dem sie nützt, in Umlauf gebracht hat?«

Felix fasste den Vater ins Auge. »Oh, gesehen haben sie eine ganze Menge Leute«, sagte er. »Sie sollen sogar gut sein – ansonsten hätte ich mich womöglich als Helfer angeboten. Nur sind sie eben jedes Mal wieder verschwunden, sobald ein Hüter des Gesetzes auf den Plan tritt.«

»Und daran glaubst du?«, fragte der Vater.

»Woran glaubst du denn?«, fragte Felix zurück.

»Ich bringe mich in des Teufels Küche, wenn dergleichen laut wird«, erwiderte der Vater und begann in Kreisen seine Schläfen zu massieren. »Aber ich bin überzeugt, dass jemand aus Don Porfirios Umkreis diese Geschichte verbreitet, um ein harsches Vorgehen gegen inhaftierte Rebellen zu rechtfertigen.«

Tomás setzte sein Glas so heftig auf, dass der Wein darin überschwappte. »Du meinst, die Malereien sind erfunden worden, um Miguel zu schaden?«

»Ja«, sagte der Vater. »Ich fürchte, das meine ich.«

»Da bin ich anderer Meinung«, begehrte Tomás auf. »Der Geist des Pinsels, wie die Leute ihn nennen, setzt ein leuchtendes Zeichen. Er macht deutlich, dass die Liberalen dieser

Stadt sich keine Angriffe auf ihre Freiheitsrechte mehr gefallen lassen. Dass man zwar Menschen verhaften kann, aber nicht ihre Gedanken. Sooft sie auch ausgelöscht werden, sie tauchen immer wieder auf.«
»Nicht so laut.« Martina klopfte ihrem Sohn auf den Rücken. »Du bist hier nicht in Stefans Käse-Cantina, sondern im Concordia. Schon vergessen?«
»Dem Lieblingsjagdgrund vom schönen Andalusier«, brummte Felix und rümpfte die Nase. »Wäre mein Gaumen dem Gott von einem Koch hier nicht verfallen, käme ich schon lange nicht mehr her. Der schöne Andalusier ist übrigens auch des Öfteren auf Bildern von unserem Nachtgespenst zu sehen. Sein eigener Spitzel will ein Porträt von ihm gesehen haben, am Portal der medizinischen Akademie – dargestellt als Chalciuhtotolin, der verbissen Zeitungen zerreißt.«
Martina prustete in ihr Glas. »Das passt wie die Faust aufs Auge.«
»Warum? Wer ist der denn«, entfuhr es Josefa, die sich unendlich töricht vorkam.
»Entschuldige, Liebes.« Martina bedeckte Josefas Hand mit der ihren. »Chalciuhtotolin ist der Gott, der Seuchen und Plagen über die Menschheit bringt. Lachen musste ich nur, weil sein Name ›prächtiger Truthahn der Nacht‹ bedeutet und weil das einfach grandios zum schönen Andalusier passt. Mangel an Humor kann man unserem Gespenst wahrhaftig nicht vorwerfen.«
»Ich weiß, wer Chalciuhtotolin ist«, entgegnete Josefa ein wenig gekränkt. Von den Mythen der Mexica hatte ihr Vater ihr erzählt, noch ehe sie die Namen der Götter hatte aussprechen können. »Nur wer der schöne Andalusier ist, weiß ich nicht.«
»Dann kannst du dich glücklich schätzen«, stieß Tomás angewidert heraus.

»Unser geschätzter Nachbar«, erwiderte sein Vater und verzog den Mund zu einem sardonischen Grinsen. »Ein aufgeblasener Grünschnabel, der so tut, als würde er als Sohn eines Latifundienbesitzers harmlos in den Tag hineinleben, während er in Wahrheit einer Behörde von Spitzeln vorsteht und jeden Journalisten denunziert, der seinem Präsidenten keinen Zucker zwischen die Hinterbacken bläst.«

Im Inneren zuckte Josefa zusammen, aber äußerlich ließ sie sich nichts anmerken. Das war eben der Ton, der in der Hauptstadt herrschte, gefährlich, unverblümt und wundervoll erregend. Ihre Artikel klangen dagegen wie Aufsätze von Schulmädchen.

»Obendrein ist er auch noch der Sohn der Laus, die Don Porfirio deinem Vater in den Pelz gesetzt hat«, fuhr Felix fort.

»Felipe Sanchez Torrija«, spuckte Tomás Silbe um Silbe heraus. »Bisher erging es den Indio-Bauern in Querétaro besser als im Rest des Landes, aber dieser Verbrecher wird alles tun, um dem ein Ende zu machen. Auf El Manzanal war ich kurz davor, ihm den Hals umzudrehen. Und wenn das überhaupt möglich ist, dann ist der Sohn noch widerlicher.«

»Wollen wir nicht über etwas Schöneres sprechen?«, wagte Onkel Stefan sich schüchtern vor. »Es ist Josefas erster Abend in der Stadt, und wir listen ihr alle Scheußlichkeiten auf, die man sich denken kann.«

»Zumindest haben wir ihr deine Käse-Cantina erspart, Muchacho.« Felix boxte ihn gegen den Arm und lachte. »Aber recht hast du. Besprechen wir lieber, wie wir Josefa morgen den Unabhängigkeitstag ihres Lebens bereiten. Du bist wohl kaum abkömmlich, habe ich recht, Benito? Vermutlich belegt dich wieder einmal von früh bis spät dein Präsident mit Beschlag.«

Der Vater nickte bedauernd. »Es tut mir leid, Huitzilli. Ich wünschte, ich könnte morgen mit dir feiern.«

»Das macht nichts«, rief Josefa eilig. Sie war entschlossen, Verständnis für seine Arbeit zu zeigen und sich nie wieder wie ein trotziges Kind zu betragen. »Ich werde schon zurechtkommen, und das, was du tust, ist wichtig für Mexiko.«
»Deine Großmutter, Josephine, Felice und ich würden dich gern einladen, den Feiertag mit uns zu verbringen«, murmelte Onkel Stefan. »Aber ich glaube kaum, dass das sonderlich unterhaltsam für dich wäre.«
»Damit dürftest du recht haben, alter Junge.« Felix grinste ihm zu. »Ich schlage vor, Josefa kommt euch ein andermal besuchen, wenn sie sich an der Stadt ein bisschen satt getrunken hat und beschauliche Ruhe zu schätzen weiß. Morgen aber nehmen wir sie mit auf den Zócalo, wo das Leben tobt.«
»Danke«, sagte ihr Vater leise. »Abends gibt es einen Ball im Casino Español. Wenn ihr wollt, besorge ich eine Einladung für euch alle.«
»Präsidentenball im Español.« Martina sog Luft ein und legte den Arm um Josefa. »Das ist ein Einstand, wie er der Prinzessin von El Manzanal gebührt.«
»Aber mein Kleid ist nicht gebügelt!«, platzte Josefa heraus. Tomás lachte, die Übrigen lachten mit, und Martina sagte: »Wenn wir sonst keine Probleme haben – ich glaube, diesem können wir abhelfen.« Josefa kam sich noch immer töricht vor, aber was machte das aus? Die anderen mochten sie trotzdem, und morgen nahm ihr Vater sie mit auf einen Ball.
»Ich habe noch eines, dem du abhelfen könntest«, sagte der Vater. »Darf mein kleiner Vogel heute Nacht in deinem Nest schlafen? Bei mir ist es eng und unbequem, und für die Wohnung in der Calle Sebastian müssen wir erst eine Lösung finden.«
»Eine Anstandsdame, meinst du wohl!« Martina lachte ihr dunkles Lachen und stieß den Vater in die Seite. »Selbstver-

ständlich wohnt Josefa bei uns, solange sie das möchte. Und jetzt, was meint ihr, Compañeros – hören wir uns an, wie unser Präsident auf dem Zócalo die Feiern eröffnet, oder erklären wir diesen himmlischen Tag zur Nacht? Ich für mein Teil kann auf Don Porfirios Geheuchel verzichten, und unser Gobernador sieht aus, als schliefe er im Sitzen ein.«
»Es tut mir leid«, murmelte der Vater noch einmal und sandte Josefa einen schuldbewussten Blick. »Diese elende Sitzung im Innenministerium hat mich völlig geschafft.«
»Das ist doch nicht deine Schuld«, rief Josefa, die die Schwere der Müdigkeit auf einmal selbst verspürte, und schlang ihm die Arme um den Hals. »Geh und leg dich schlafen, Tahtli – wir sehen uns ja morgen auf dem Ball!«

8

Wenn Josefa später an ihre Ankunft in der Hauptstadt zurückdachte, erschien sie ihr wie ein Augenblick, in dem die Zeit innehielt, ehe sie wahrhaftig Fahrt aufnahm. Ihr war, als hätte sie an jenem Abend schon wissen müssen, dass ihr Leben im Begriff stand, sich von Grund auf zu ändern, doch sie hatte gar nichts gewusst, nicht einmal etwas geahnt.
In Martinas Palais erhielt sie ein Schlafzimmer, in das drei Räume ihres Elternhauses gepasst hätten, und als sie in der Frühe ans Fenster des französischen Balkons lief, sah sie die Morgennebel über den Palmen, den Eukalyptusbäumen und Blütenstauden der Alameda verschwinden. Das erwachende Häusermeer lag in einem Licht, das ihr klar wie Glas vorkam und allen Farben einen rosigen Schimmer verlieh. Eine Verheißung lag in der Luft, die überwältigend war. Am liebsten hätte sie sich sofort an das zierliche Pult gesetzt und mit der

Arbeit an einem Artikel begonnen, doch ihre Schreibmaschine stand daheim auf El Manzanal, und das Schreiben mit der Hand schien in die Hauptstadt nicht zu passen. Wie verfluchte sie jetzt ihren Trotz, der ihr verboten hatte, das Geschenk des Vaters mitzunehmen. Wenigstens hatte sie ihren Armreifen nicht abgezogen, wie sie es in ihrem kindischen Zorn geplant hatte. Das dunkle Gold funkelte an ihrem Gelenk und fing Funken vom Licht des Morgens auf.

Zum Frühstücken blieb an diesem Tag keine Zeit. In der Sala, der Eingangshalle, an deren Wände Felix aztekische Götter in Lebensgröße gemalt hatte, wartete bereits eine bunt gewürfelte Schar von Freunden, um Martinas Familie zu den Feiern abzuholen. Einer von ihnen hatte eine Jarana und ein anderer eine Trommel mitgebracht, und während sie zu Fuß durch die geschmückte Allee zum Zócalo zogen, sangen sie aus vollem Halse Freiheitslieder. Josefa hatte nach langem Überlegen einen dunklen Rock zu einer hochgeschlossenen Bluse angezogen, die ihr jetzt provinziell und langweilig vorkamen. Aber schon bald vergaß sie ihre Kleidung, weil das Leben, das um sie toste, ganz von ihr Besitz ergriff.

Ein brandendes Meer von Geräuschen empfing sie. Den Grito de Dolores, den Ruf »Lang lebe Mexiko!« und das Geläut, das bei Nacht das Fest der Unabhängigkeit eröffnete, hatten sie verschlafen, doch die Glocken der Kathedrale läuteten den ganzen Tag weiter. Die gesamte Weite des Zócalo, des größten Platzes der Stadt, war ein einziges Menschengetümmel, das sang, schrie, lachte, schwatzte und tanzte. Militärkapellen spielten patriotische Märsche, zu denen Soldaten in Galauniformen auf und ab paradierten, Feuerschlucker, Jongleure und Stelzenläufer wetteiferten um die Gunst der Zuschauer, und dazwischen boten Händler mit Handkarren und Bauchläden ihre Waren feil. Von gefüllten Tamales und Bechern mit gesüßtem Atole über Halstücher, Sombreros und Nachttöpfe bis hin zu Käfigen mit lebendem Federvieh ließ sich alles erwerben, was das Herz begehrte.

Auf einem abgesteckten Feld in der Mitte vergnügten sich junge Männer bei einem Ballspiel, bei dem der Ball mit dem Gesäß durch einen steinernen Ring getrieben werden musste. Es war einem alten Spiel aus der Zeit vor der spanischen Eroberung nachempfunden, von dem niemand die Regeln kannte. Den Männern nicht auf die muskulösen, nur von ledernen Schurzen bedeckten Hinterbacken zu starren war schier unmöglich, und Josefa spürte, wie ihr die Hitze in die Wangen stieg.

Ihre Gruppe war zu groß, um beieinanderzubleiben. Schon nach wenigen Schritten wurden Josefa und Tomás im Gedränge von den Übrigen getrennt. »Davon lassen wir uns nicht stören«, befand Tomás und bot ihr seinen Arm, damit sie ihm nicht verlorenging. »Irgendwie, irgendwo finden wir uns schon wieder, spätestens heute Abend vor dem Ball.«

Weil sie es sich wünschte, ging er mit ihr in die Kathedrale, die einer gigantischen Markthalle glich. Was für eine Stadt ist das, und was für ein Volk sind wir?, durchfuhr es Josefa. Kann eine Nation überhaupt in Frieden leben, die durch solche Unterschiede gespalten wird? In den Bänken des Kirchenschiffs dösten elegante Herren mit Gehstock und Zylinder, derweil ihre Gattinnen in die Seitenkapellen zum Beten eilten, wo sie in der üppigen Pracht ihrer Roben kaum auf die Knie hinunterkamen. Am Portal stürzten sich Händler mit verknitterten Heiligenbildchen auf Kunden, und dahinter warteten missgebildete Bettler und schmutzverkrustete Kinder, die um Almosen flehten, während ihre Kumpane darauf lauerten, dem Spender die gezückte Börse aus den Fingern zu reißen. Fromme Novizinnen legten vor schreiend bunten Altären ihre Blu-

men nieder, und durch den Mittelgang trieb ein bloßfüßiger Bursche eine Horde gackernder Hühner.
Tomás ließ sie das Gewimmel in sich aufnehmen, bis sie sich erschöpft an eine der himmelhohen Säulen lehnte. »Na komm, kleine Rose«, sagte er, »Zeit, sich zu stärken.« Er führte sie wieder ins Freie, vorbei an einer Reihe Indio-Frauen, die auf ausgebreiteten Tüchern Blumen verkauften. Der Duft der frischen Blüten überlagerte für kurze Zeit die übrigen Gerüche, die in Schwaden über den Platz quollen. Tomás kaufte ihr eine Lobelie in tiefstem Königsblau und steckte sie ihr an ihr Schultertuch. »Ist die rote nicht schöner?«, fragte Josefa, dann kam sie sich undankbar vor und schüttelte eilig den Kopf.
Tomás lachte. »Ich bin Maler. Wenn es um Farben geht, darfst du mir vertrauen, und Blau ist wie für dich gemacht.«
An einem Stand teilten sie sich eine Schale Sorbet aus Limonen, und an einem anderen ließ Tomás sich ein schlankes Glas mit einer bräunlichen Flüssigkeit füllen. Es war Mittag und ein Tag in praller Sonne, also führte er Josefa in den Schatten der Arkaden hinter der Kathedrale, wo die Schreiber auf ihren Schemeln für die wartende Kundschaft Verträge, Warenlisten und Liebesbriefe aufsetzten. In einer Nische sang eine ungeheuer dicke Sopranistin eine Arie voller Koloraturen.
»Amüsierst du dich?«, fragte Tomás und gab ihr das Glas.
»Und wie!«, rief Josefa und trank von der braunen Flüssigkeit, die klebrig wie Honig war und nach Vanille schmeckte.
»Parfümierter Brandy«, erklärte Tomás. »Nicht salonfähig, aber Mädchen schmeckt er angeblich.«
Etwas Stärkeres als Wein hatte Josefa nie getrunken. Sie fand es himmlisch und wollte mehr davon.
»Es ist heiß, und du hast nichts Vernünftiges gegessen«, warnte Tomás. »Er steigt dir zu Kopf.«
»Das ist ja das Beste daran!«, rief Josefa.

»Womit du nicht unrecht hast«, gab er zu und ging, um ihr noch ein Glas zu holen. Als er wiederkam, ahmte er die Verrenkungen nach, die die dicke Sängerin mit ihren Kiefern vollführte. Josefa trank Brandy und hätte sich vor Lachen ausschütten wollen.

»Ist das Leben hier immer so schön?«, fragte sie und bemerkte, dass ihre Zunge ihr ungewohnt schwer im Mund lag.

»Schön?«, fragte Tomás zurück, und in seinen grauen Augen tanzten silbrige Sprenkel. »Ich mag es auch, ohne Zweifel – es ist so schreiend bunt, so brutal und aufdringlich, dass ich mich ihm als Maler nicht entziehen kann. Schön aber ist es mir immer auf El Manzanal vorgekommen. Es kennt kein Maß hier, keine Harmonie. Verstehst du, was ich meine?«

Josefa nickte, aber sie fand, sie habe für ihr Leben genug Maß und Harmonie gehabt. »Das hier ist echt«, sagte sie. »Es verfliegt nicht, wenn man danach greift. O Tomás, kannst du der beste Freund der Welt sein und mir noch ein Glas von diesem Vanillehonig holen? Mir wird davon so leicht im Kopf und so schwer im Mund, und alles schwankt hin und her wie auf einer Kinderschaukel.«

»Bist du dir sicher? Ich weiß nicht, ob meine Braut es mir dankt, wenn ich ihre einzige Schwester mit Brandy vergifte.«

»Deine Braut ist weit weg«, verwies ihn Josefa. Der letzte Mensch, an den sie jetzt denken wollte, war Anavera. Die dicke Sopranistin hatte angefangen einen Musette-Walzer zu singen, und wie von selbst wiegte Josefa sich im Takt. »Komm schon, Tomás. Ich verspreche, ich behalte es für mich.«

Er lachte auf. »Ich nehme dich beim Wort – ich habe nämlich Angst, dein Vater häutet mich bei lebendigem Leibe, wenn er davon Wind bekommt.« Damit verschwand er in der Menge, und Josefa, die im Takt des Walzers schwankte, sah ihm nach. Er ist so nett, dachte Josefa. Er hat diese fröhliche Art von

Martina, die ansteckt, und obendrein hat er sich zu einem bildhübschen Burschen ausgewachsen. Anavera hat Glück. So wie sie immer Glück hat.

Auf den einen Walzer folgte ein zweiter und dann eine Habanera, die so langsam war, als würde sie sich lasziv in der Sonne wälzen. Ein junger Mann, ein leicht ramponierter Weißer mit einer Nelke im Knopfloch, raunte Josefa zu, sie sei das reizendste Mädchen auf der ganzen Plaza und ob er ihr wohl im Café Santa Cruz einen Kaffee mit Zimtsahne kredenzen dürfe. Er rauchte eine Zigarette wie ein Kaffeepflücker und blies den Rauch Josefa ins Gesicht.

Zuerst gefiel es Josefa nicht übel, von einem Fremden auf der Straße Komplimente zu bekommen. Sie sagte höflich nein, sie warte auf ihren Verwandten, doch als er nicht lockerließ, sondern sich näher an sie heranschob, bemerkte sie, dass sie seinen Geruch nicht mochte, nicht nur den Zigarettenrauch, sondern auch die Mischung aus süßlichem Parfum und saurem Schweiß. Seine Haut war unrein, die Pusteln vom dünnen Bärtchen kaum verdeckt. »Ich bitte Sie, mich allein zu lassen«, sagte sie, doch er drängte sich nur noch näher, als hätte er nichts verstanden. Als er den Arm um sie legte, schrie sie erschrocken auf, aber kein Mensch achtete auf sie. Die dicke Sängerin und der Akkordeonist, der sie begleitet hatte, beendeten ihr Spiel und packten ihre Sachen zusammen. Erst jetzt fiel Josefa auf, dass Tomás schon ewig lange fort war.

In einer Mischung aus Furcht und Zorn hieb sie dem Mann die Fäuste vor die Brust, riss sich los und rannte blindlings in die Richtung, in die Tomás verschwunden war. Ohne den Schutz der Arkade traf die Sonne sie mit ganzer Wucht und schien den Alkohol in ihrem Kopf noch einmal aufzurühren. Der Lärm der Menschenmasse stürmte auf sie ein, und plötzlich wusste sie nicht mehr, wohin sie sich wenden musste. War

der Stand mit dem Brandy bei der Kathedrale gewesen oder auf der anderen Seite, wo die mit Fahnen behängte Fassade des Nationalpalastes aufragte? Verzweifelt kämpfte sie sich durchs Gemenge, musste einer Parade ausweichen und floh in eine Schneise, die sich jäh zu ihrer Rechten auftat. Eine Frau schrie auf, Josefa hörte den Hufschlag, doch ehe sie zurückweichen konnte, stolperte sie und schlug lang hin. Das Pferdewiehern und der entsetzte Ruf des Kutschers gellten ihr in den Ohren.
Für ein paar gnädige Augenblicke verlor sie das Bewusstsein. Gleich darauf aber schreckte sie aus der Schwärze, weil jemand ihr reichlich unsanft auf die Wangen klapste. Sie lag auf dem Pflaster, mit dem Oberkörper in den Armen eines Mannes, der, um sie mit seinen Klapsen zu sich zu bringen, seine Handschuhe nicht abgezogen hatte. »Sind Sie in Ordnung?«, fragte er alles andere als freundlich oder gar besorgt. »Können Sie aufstehen?«
Josefa war übel und schwindlig. Zwei Dinge gelangten dennoch durch die Nebel in ihrem Kopf und prägten sich ihr ein. Das eine war die Stimme des Mannes, vereint mit dem Wunsch, er möge trotz des rüden Tons weitersprechen, einfach nicht aufhören, einerlei, was er sagte. Seine Stimme war schön. Metallisch und glänzend, als ob man eine Stimme schleifen könnte. Sie musste wahrhaftig betrunken sein, um so absurden Unsinn zu denken.
Das andere war sein Geruch. Er war nicht der Mann, vor dem sie geflohen war, das erkannte sie, noch ehe sie die Augen aufschlug. Mit dessen widerlichem Geruch hatte er nichts gemein. Der Duft des Fremden ließ sie an frisch aufgeschnittene Limonen, an Minze, das Harz von Nadelbäumen und noch an etwas anderes denken, für das sie keinen Namen kannte. So wie sie nicht aufhören wollte, die Stimme zu hören, wollte sie

nicht aufhören, diesen betörenden, sauberen Duft einzusaugen.

»Falls Sie es nicht bemerkt haben – ich rede mit Ihnen«, herrschte der Mann sie an. »Ist Ihnen nicht wohl, brauchen Sie einen Arzt?«

Josefa musste mehrmals zwinkern, ehe sie endlich klar sah. Ihr Blick prallte geradezu in seinen, so dass sie erschrocken zurückfuhr. Seine Augen lagen unter dichten, aufgewölbten Wimpern und hatten die Farbe des Pinienhonigs, den Carmen im Herbst aus am Waldrand aufgestellten Waben presste. Josefa musste wirklich betrunken sein. Sie lag rücklings auf dem Pflaster eines öffentlichen Platzes, starrte einem fremden Mann in die Augen und glaubte dabei die Würze von Carmens Honig auf der Zunge zu schmecken.

»Hören Sie, meinen Kutscher trifft keine Schuld. Sie sind ihm geradewegs vor die Pferde gelaufen und können von Glück sagen, dass er so schnell reagiert hat.«

Endlich begriff sie, setzte die Teile zusammen. Der Mann mit den Honigaugen war der Besitzer der Kutsche, und er nahm an, sie werfe ihm etwas vor. »O nein, natürlich nicht«, stammelte sie hastig. »Es war allein meine Schuld.«

»Allerdings«, versetzte er.

»Es tut mir sehr leid. Haben Sie Dank, dass Sie mir geholfen haben.«

»Mir blieb ja kaum etwas anderes übrig.«

Josefa ertappte sich bei dem irrwitzigen Wunsch, dem Fremden den Hut abzunehmen, damit sie sein Haar im Ganzen betrachten konnte. Was sie davon sah, war schwarz, leicht gewellt, wie es bei Indios nie vorkommt, und so, als wäre es an diesem Morgen frisch geschnitten worden.

»Ich habe übrigens noch anderes vor, als hier zu hocken und mich zum Narren zu machen.«

Er machte sich nicht zum Narren. Dazu war er zu schön. Wer ihn ansah, musste stehen bleiben und denken: Ich beneide das Mädchen, das in seinen Armen auf dem Pflaster liegt.

»Es tut mir sehr leid«, wiederholte Josefa und versuchte sich aufzurappeln. Kaum stand sie auf ihren Beinen, begann die Welt um sie zu schwanken. Ihr Kopf schmerzte höllisch, und ihr fiel ein, dass sie nicht die geringste Ahnung hatte, wie sie nach Hause kommen sollte. »Bitte«, murmelte sie beinahe unhörbar, »wenn es Ihnen nicht allzu viel ausmacht ... könnten Sie mir vielleicht mit dem Weg behilflich sein?«

Der Fremde stöhnte und strich sich den Straßenstaub von seinem schönen Rock. »Nun sagen Sie schon, wo Sie hinmüssen, vergeuden wir nicht noch mehr Zeit.«

»Zum Alameda-Park«, rief Josefa erleichtert. »In die Calle Tacuba, es ist überhaupt nicht weit.«

Mit einem seltsamen Schnauben lachte der Fremde auf. »In der Tat, es ist überhaupt nicht weit. Also kommen Sie in drei Teufels Namen.« Er nannte dem Kutscher, der auf dem Bock gewartet hatte, Josefas Adresse, trieb ein paar Gaffer beiseite und öffnete ihr den Schlag. Dankbar stieg Josefa ein und ließ sich in das dicke Samtpolster fallen. »Ich sollte den Vorfall Ihrer Herrschaft melden«, sagte er. »Aber Sie haben Glück, mir ist meine Zeit dazu zu schade.« Und dann tat er etwas, auf das sie nicht im mindesten vorbereitet war. Er warf den Schlag wieder zu, drehte sich um und ging. Während Josefa versuchte sich zu fassen, fuhr die Kutsche an.

Tatsächlich fuhren sie nur die lange Allee hinunter, durch die sie vorhin gekommen waren, dann drehte der Kutscher sich um und fragte sie durch ein Fenster, bei welchem Haus sie aufsteigen wolle. Josefa hatte Mühe, sich zu besinnen und auf die weiße Fassade von Martinas Stadtpalais zu weisen. Es war nicht nur der Brandy, der ihr höllische Übelkeit bereitete,

sondern mehr noch das Wissen, dass sie den fremden Mann nicht wiedersehen würde. Sie hätte froh sein müssen, dass ihr die Peinlichkeit erspart blieb, doch stattdessen hatte sie das Gefühl, als hätte die festliche Stadt allen Glanz verloren.
Der Kutscher half ihr aus dem Wagen, und Martinas Mädchen, eine Nahua aus Orizaba, nahm sie voll Mitleid hinter der Tür in Empfang. »Sie armes Ding, sind neu in der Stadt, und jemand hat Ihnen böse Dinge zu trinken gegeben?«, schwatzte sie auf Josefa ein, die an nichts denken konnte als an das Gesicht des Mannes. »Nur nicht grämen, das geht niemandem anders. Am besten, Sie legen sich jetzt für zwei Stunden in Ihr schönes Bett, wir ziehen die Vorhänge zu, und bis zum Ball heute Abend ist alles wieder heil.«
Josefa wollte auf keinen Ball, aber um zu protestieren fühlte sie sich zu schwach. Mit schleppenden Schritten folgte sie der Frau nach oben, warf sich auf ihr Bett und lag kurz darauf in tiefem Schlaf.

9

Der Tag war die Hölle gewesen. Jaime hasste die mexikanische Art zu feiern, diesen schäumenden Topf, in den sich alles ohne Unterschied hineinwarf, aber heute quälte sie ihn mehr denn je. Er war todmüde, und ihm war zumute, als hätte er seit Tagen ohne Unterbrechung die verschwitzte Gegenwart von Menschen ertragen.
Vor einer Woche waren Gerüchte laut geworden, Don Porfirio werde zum Unabhängigkeitstag eine Amnestie gewähren und eine Handvoll politischer Häftlinge auf freien Fuß setzen – darunter Miguel Ximenes, den indianischen Zeitungsschmierer, den vermutlich Benito Alvarez abseits vom eheli-

chen Bett gezeugt hatte. Jaime hatte Tage und Nächte damit verbracht, dem Präsidenten wie ein Straßenköter hinterherzuhecheln und ihn davon abzubringen. »Wozu lasse ich mich und meinen guten Namen eigentlich für unlautere Zwecke missbrauchen?«, hatte er gestern Nacht, vor dem pathetischen Grito de Dolores, Don Porfirio ins Gesicht geworfen. »Wozu macht meine Behörde Staatsfeinde dingfest, wenn sie anderntags wieder losgelassen werden, um einem indianischen Kriegskumpan gefällig zu sein?«
Damit hatte er gewonnen. Das Indio-Blut in seinen Adern war Don Porfirios verletzliche Flanke, dabei ließ er sich packen und klemmte eiligst den Schwanz ein. Miguel Ximenes blieb in Haft, und statt seiner kam ein kleiner Hehler von der Plaza de Santo Domingo frei. Barabbas für Jesus, wenn man an derlei Vergleichen seinen Spaß hatte. Und die ganze Zeit über hatte Jaime sich gefragt, warum er sich derart verausgabte, warum er auf Miguel Ximenes nicht pfiff und in seinem kühlen, dunklen Zimmer schlafen ging.
Vielleicht, weil der Gedanke an Benito Alvarez der einzige war, der ihn nicht langweilte. Der Barbar hatte es gewagt, ihn zu demütigen. Dafür würde er bluten.
Sein Feind schien den Klamauk des Festes so wenig zu genießen wie er. Während die im Saal des Nationalpalastes versammelten Minister, Wirtschaftsgrößen und Schöngeister sich in Selbstbeweihräucherung die Schultern klopften, hielt er sich abseits und versprühte seinen animalischen Charme nur, wenn jemand sich ihm zugesellte. Vielleicht vermisste er sein Flittchen. Ein alternder Barbar, selbst einer mit Gouverneursschärpe, bekam schließlich nicht alle Tage die Tochter eines spanischstämmigen Adligen ins Bett.
Benito Alvarez aber sah aus, als würde er niemanden vermissen. Als wäre er so müde wie Jaime. Sie hatten beide einen

Schlag einstecken müssen – der indianische Barbar, weil er seinen Bastardsohn nicht frei bekam, und Jaime, weil die Aufstockung der Polizeitruppen, für die er sich verwendet hatte, abgelehnt worden war. Dafür sei kein Geld da, hatte der Präsident mit verlogenem Bedauern erklärt. Geld hatte er stattdessen für Benito Alvarez' Entwässerungsprojekt bewilligt, mit dem der seine Barbarensippen in den Slums vorm Ersaufen retten wollte. Vor dem Mittagessen hielt der Clown von einem Innenminister eine heuchlerische Rede, in der er dieses Projekt als Segen für die Hauptstadt und Don Porfirio als Retter der Menschheit pries.
Einzig José Limantour, der Finanzminister, wagte noch einmal, die Polizeitruppe ins Gespräch zu bringen. »In keiner Stadt der Welt geschehen so viele erbärmliche Verbrechen wie bei uns«, beklagte er sich. »Die Polizisten, die wir haben, werden dieser Plage nicht Herr.«
»Aber wir haben doch schon an jeder Straßenecke einen Mann sitzen!«, widersprach der Innenminister, und Jaime musste sich ein bitteres Lachen verbeißen. Die Männer, die an den Straßenecken hockten und bei Gefahr ihre roten Laternen schwenken sollten, um Kameraden zur Verstärkung herbeizurufen, trafen sich zum Kartenspielen oder schnarchten über ihren Pulque-Flaschen. Um ernsthaft für Ordnung in der Stadt zu sorgen, hätten sie die vierfache Anzahl und vor allem viel schärfere Leute gebraucht, wie sein Vater sie sich in Querétaro heranzüchtete.
»Wenn das genügen würde, wäre ja wohl dieser Geist des Pinsels längst gefasst worden«, konterte Limantour. »Und zudem würde es uns dann endlich gelingen, die Einwanderer aus Europa anzuwerben, die unser Volk dringend braucht, um das indianische Blut auszudünnen. Die Leute kommen her, um Geld zu machen, aber hier siedeln und Familien gründen

wollen sie nicht, weil unsere Stadt im Ruf eines Verbrechernestes steht. Einzig Chinesen könnten wir haben, Chinesen in Scharen – aber was soll schon herauskommen, wenn man einen Opiumraucher mit einem Pulquesäufer oder einen Rattenfresser mit einem Bohnenfresser kreuzt?«

Gelächter brandete auf. Jaime sah zu Benito Alvarez, den die Worte wie Ohrfeigen treffen mussten, doch das Gesicht des Barbaren blieb unbewegt. Er sah aus, als schliefe er mit weit geöffneten Augen. Don Porfirios blutjunge Frau eröffnete das Büfett, nicht ohne den Hinweis, es befinde sich weder eine Ratte noch eine Bohne darauf, sondern ausschließlich Spezialitäten der französischen Küche. Das war Mexikos Feier der Unabhängigkeit! Das herausgeputzte Pack stürzte sich auf Schüsseln und Platten wie Schweine auf Tröge, und Jaime hatte den Hals gestrichen voll. Er ließ seinem Kutscher ausrichten, er solle vorfahren, und bat irgendeinen Nächststehenden, ihn zu entschuldigen. Als er sich vor dem Aufbruch noch einmal im Saal umsah, war auch Benito Alvarez verschwunden.

Um in sein Haus an der Alameda zu gelangen, musste er sich quer über den vor Menschen wabernden Platz kutschieren lassen, und dass das schiefgehen würde, hätte er sich denken sollen. Statt ihn schnellstens nach Hause zu bringen, war sein Kutscher gezwungen, in vollem Trab die Pferde zu zügeln, weil ein betrunkenes Dienstmädchen ihnen geradewegs vor den Wagen fiel. Einen Augenblick lang wünschte Jaime, der Mann hätte zu spät reagiert und die Hufe seiner Hispano-Araber hätten das dumme Ding zu Tode getrampelt. Zumindest hätte er sich dann nicht auf das dreckverklebte Pflaster hocken müssen und das verschüchterte Gesäusel sowie die Schmachtblicke der Gestürzten ertragen. Zu allem Unglück war sie offenbar neu in der Stadt und wusste nicht, wie sie nach Hause kommen sollte – obwohl sie gleich um die Ecke, in der Calle Tacuba, im Dienst war, vermutlich bei Jaimes unsäglichen Nachbarn, die Kreaturen aller Art einstellten.

»Ich gehe zu Fuß«, sagte er zu seinem Kutscher und überließ ihr den Wagen. Den enttäuschten Blick, den sie ihm nachwarf, konnte er förmlich im Nacken spüren. Zweifellos hatte sie sich mit Absicht seiner Kutsche in den Weg geworfen. Das Wappen seiner mütterlichen Familie war ja deutlich sichtbar in die Türen geprägt, und solche Dirnen schreckten häufig vor keinem Mittel zurück.

Gern hätte er zumindest eine Stunde geschlafen, ehe er auf den verfluchten Ball musste, aber die Müdigkeit machte ihn überwach. Aus unerfindlichen Gründen spukte das Gesicht des Dienstmädchens ihm im Kopf herum. Auf der Plaza hatte er sich bemüht, so wenig wie möglich auf sie zu achten, jetzt aber wurde er ihr Bild nicht los. Hellblond war sie gewesen, und so weiße Haut fand man selbst unter Spaniern in Mexiko kaum. Aus ihren riesigen Augen hatte sie ihn angestarrt wie das Ziel ihrer Träume – Augen von einem eigenartigen Grün und einer Art von Unschuld, die beide nicht auf den Zócalo von Mexiko-Stadt passten.

Da er ohnehin keinen Schlaf fand, stand Jaime auf, zog den schweren Vorhang vor dem französischen Balkon ein Stück beiseite und sah hinaus auf die Palmen, die Eukalyptusbäume und Blütenstauden der Alameda. Er hasste diese Stadt, aber eines musste er ihr lassen, ihr Meer von architektonischen Scheußlichkeiten lag in erstaunlich klarer, geradezu glasiger Luft. Wenn man zum ersten Mal herkam und wenn man so jung war, wie Jaime es nie gewesen war, mochte darin eine Verheißung liegen, die überwältigend war.

Der Ball fand im großen Saal des Casino Espanol statt, der versuchte einen Prunksaal in Versailles nachzuahmen, aber erwartungsgemäß an diesem Ziel völlig vorbeischoss. Ein Geschäftspartner seines Vaters, ein kahlköpfiger Silberhändler mit fünf unverheirateten Töchtern, hatte darauf bestanden, Jaime an seinen Tisch zu bitten, weshalb ihm, noch ehe der Tanz begann, von fünfstimmigem Geschnatter die Ohren schmerzten. An die Damen waren Fächer in Nationalfarben ausgegeben worden, die als Tanzprogramme fungierten. Während des gesamten Essens wurden die fünf Töchter nicht müde, mit jenen Fächern auf die Tischkanten zu klopfen, um Jaime diskret an ihre noch leeren Programme zu erinnern. Er tat so, als würde er nichts bemerken. Dass all die Leute, die sich zu Mittag die Bäuche vollgeschlagen hatten, jetzt von neuem Berge von Essbarem in sich hineinstopften, steigerte seine Übelkeit.

»Sie haben sich noch nirgendwo eingetragen, Don Jaime«, bemerkte die älteste Silberhändler-Tochter, als die Musik begann. »Wenn Sie sich nicht beeilen, hat die Dame Ihrer Wahl womöglich ihr Programm schon gefüllt.«

»Das würde mir das Herz brechen«, versetzte Jaime. Sein triefender Sarkasmus entging der Kreatur, die neuerlich mit ihrem Fächer auf die Tischkante klopfte.

Eilig ließ er seinen Blick durch den Saal schweifen, auf der Suche nach irgendeiner, mit der der Tanz erträglich sein würde. Schon formierten sich Paare, Ballkleider rauschten und Absätze klickten auf das glatte Parkett. Quer durchs Geschehen flog eine Frau in einer Farbe, die an einem solchen Tag geradezu verboten war. Schwarz. Dolores de Vivero besaß die Präsenz dafür. Dass sie sich um gesellschaftliche Konventionen nicht scherte, hatte er bereits erlebt, dass sie aber so weit ging, verschlug ihm den Atem. Sie steuerte geradewegs auf

Benito Alvarez' Tisch zu, ergriff seine Hand und zog ihn mit sich auf die Tanzfläche. Jaime riss sich zusammen und zwang sich, eine der jüngeren Silberhändler-Töchter um den Tanz zu bitten. Wie selbstverständlich standen Dolores und der Barbar unter den wartenden Paaren. Sie war schlimmer als jede Dirne, doch sie war zweifellos die schönste Frau im Saal.
Die Musik setzte ein. Zumindest hatte man sich zu einem echten, keinem mexikanischen Walzer durchgerungen. Womöglich hätte Jaime am Tanzen Gefallen gefunden, wenn man es allein hätte tun dürfen, ohne einen Menschen zu berühren, noch dazu einen, der schwitzte, stolperte und in jedem Schritt schwatzte. »Sie tanzen wundervoll, Don Jaime«, sagte die Silberhändler-Tochter, und er hatte Mühe, sich ein »Sie nicht« zu verkneifen.
Und dann sah er die Blonde. Das Dienstmädchen. Lediglich seinem exzellenten Tanzlehrer hatte er es zu danken, dass er nicht vor Verblüffung aus dem Takt geriet.
Wäre er ein mitleidiger Mensch gewesen, so hätte sie ihm leidgetan. Falls irgendwer sie in Garderobenfragen beriet, hatte der sich einen bösen Scherz mit ihr erlaubt. Sie trug dasselbe leuchtend rote, tief ausgeschnittene Kleid, mit dem Dolores de Vivero auf der grünen Stunde aufgetaucht war. Was an einer vollblütigen brünetten Schönheit geradezu unwiderstehlich wirkte, sah an der zarten Blondine aus wie ein Kostüm zum Karneval. Sie tanzte mit dem Sohn seiner Nachbarn, einem schlecht erzogenen Flegel, der sich an der Kunstakademie herumtrieb. Sein Rock saß schlecht, und was er Tanzen nannte, war wirres Gefuchtel mit Armen und Beinen.
Also war sie doch kein Dienstmädchen, sondern vermutlich bei seinen Nachbarn zu Gast. Die unsägliche Frau des Nachbarn war die Tochter eines hanseatischen Barons, und die Blonde musste eine Verwandte von jener deutschen Seite sein,

was ihr kopfloses Verhalten erklärte. Auch jetzt wirkte sie seltsam schutzbedürftig in dem unmöglichen Kleid. Noch einmal stellte er nicht ohne Verwunderung fest: Wäre er ein mitleidiger Mensch gewesen, hätte sie ihm leidgetan.
Der letzte Takt des Walzers verklang. Mit einem Zwischenspiel gaben die Musiker den Paaren Zeit, sich neu zu formieren, und die Silberhändler-Tochter sah spitznasig wie ein Ameisenbär zu ihm auf. »Sie entschuldigen mich?«, sagte Jaime. »Ich brauche unbedingt eine Pause.«
»Aber Sie können doch von dem einen Tanz nicht erschöpft sein.«
Jaime sah ihr tief in die Augen und lächelte gehässig. »Es muss an Ihrem Temperament liegen«, raunte er und stieß sie dem nächstbesten Herrn, der vorbeikam, geradezu in die Arme, der sich erbarmte. Am Tisch hoffte eine ihrer Schwestern darauf, dass er sich ihrer erbarmte, doch er nahm neben ihrem Vater Platz und ließ sich von einem Diener Champagner bringen. Vom Tisch seiner Nachbarn drang unziemliches Gelächter herüber, während Junge wie Alte versuchten, sich zu neuen Paaren zu sortieren. Der ganze Haufen betrug sich wie auf einer der privaten Fiestas, die sie auf ihrer Dachterrasse abhielten. Jäh entdeckte er Benito Alvarez in ihrer Mitte, konnte aber Dolores nirgendwo ausmachen. Als das Knäuel sich endlich teilte, führte der Indio die Blonde auf die Tanzfläche.
Etwas, das so erschreckend falsch aussah, hatte er selten zu Gesicht bekommen. Es hätte ihm gleichgültig sein können, aber alles in ihm verlangte danach, die helle Elfe dem dunklen Dämon aus den Armen zu reißen und sie ihrer Familie zu übergeben, wer immer das war. In jedem Fall verdienten die, die für sie verantwortlich waren, eine scharfe Lektion darüber, wie man ein unbedarftes Mädchen hütete.

»Sie lassen diesen Tanz aus, Don Jaime?«, fragte der Silberhändler. »Das dürfte der Damenwelt eine herbe Enttäuschung bereiten.«

»Ich bin unpässlich«, knurrte Jaime, ohne den Blick von dem ungleichen Paar zu wenden. Zu seinem Erstaunen meisterte der Indio den Gesellschaftstanz blendend. Wer brachte einem Barbaren bei, sich auf jedem Parkett so verblüffend perfekt zu bewegen, als wäre solche Geschliffenheit seinem Blut nicht fremd? Jemand musste den Kerl über Jahre gnadenlos geschunden haben, ehe er ihn entließ, damit er sich in das Spiel um die Macht wagte.

»Erstaunlich, nicht wahr?«, platzte die Stimme des Silberhändlers in seine Gedanken.

»Ein fähiger Dompteur kann auch einen Affen zum Tanz dressieren«, blaffte Jaime.

»Ich gebe zu, der Sinn Ihrer Antwort entgeht mir«, konstatierte der Einfaltspinsel.

Entnervt wandte Jaime sich ihm zu. »Sie hielten es doch für nötig anzumerken, dass der Mann für einen Barbaren erstaunlich manierlich tanzt.«

Dem Silberhändler entfuhr ein verblüfftes Schnauben. »Benito Alvarez einen Barbaren zu nennen scheint ein wenig weit hergeholt, finden Sie nicht? Er ist ein Rechtsgelehrter, dessen Sachverstand auch seine Gegner anerkennen, und einer der wenigen Gouverneure der Juárez-Ära, die sich unter Don Porfirio halten. Ein Mann des Ausgleichs und der Vernunft. Ich denke, wir sollten froh sein, dass wir ihn haben.«

Jaime konnte nur den Barbaren anstarren, das dunkle, geradezu tierhafte Gesicht über dem porzellanhaft blassen des Mädchens.

»Erstaunlich fand ich übrigens nicht sein beneidenswert geschmeidiges Tanzbein, sondern den frappierenden Mangel an

Familienähnlichkeit«, fuhr der Silberhändler mit einer Spur von Biss in der Stimme fort. »Ich weiß, seine Gattin ist Deutsche, aber in der engelhaften Doña Josefa würde ja nun wirklich niemand eine Mestizin vermuten.«

»Wer ist Doña Josefa? Wessen Gattin ist Deutsche?« Jaimes Blick flog zwischen dem Gesicht des Silberhändlers und dem Paar auf der Tanzfläche vor und zurück.

»Die Familie von Doña Katharina, Don Benitos Gattin, stammt aus Hamburg, wussten Sie das nicht? Ich hatte vor Jahren das Vergnügen, sie kennenzulernen, aber natürlich, da waren Sie ja noch in Europa. Kein Wunder, dass Sie ihr nie begegnet sind. Die junge Dame ist jedenfalls die älteste Tochter. Dieser Abend ist sozusagen ihr Debüt bei uns.«

Jaimes Blick hing am Gesicht des Mädchens, das in den Armen des Barbaren durch die Drehungen schwebte. Jetzt sah er, was ihm vorhin im Magen rumort hatte. Der Mann tanzte nicht nur mit ihr, sondern hielt sie auf zärtliche Weise umfangen, und sie überließ sich ihm ebenso vertrauensvoll wie zuvor Dolores de Vivero. Jaime, der nicht wusste, wie und warum man liebte, erkannte das Gebaren der Liebe ohne jeden Zweifel. Die Blonde war die Tochter des Barbaren, und er liebte sie. Sein Feind, der bisher aufgetreten war, als pfiffe er sich ein Lied auf die Belange der Welt, hatte ihm seine verletzliche Flanke gezeigt. Er überreichte ihm auf dem Silbertablett eine Waffe, die so vernichtend war, dass selbst Jaime der Atem stockte.

Kaum verhallte der letzte Wirbel des Walzers, stand er auf und überquerte die Tanzfläche. Irgendein klappriger Narr vom Tisch seiner Nachbarn hüpfte vor das Mädchen hin und tippte albern auf ihren Fächer, auf dem vermutlich sein Name stand. Ohne Federlesens wischte Jaime ihn aus dem Weg und deutete eine Verbeugung an. »Sie erlauben, dass ich mich vorstelle, Señor Gobernador? Jaime Sanchez Torrija. Mein Vater dürfte Ihnen bekannt sein.« Zum ersten Mal stand er Auge in Auge mit dem Barbaren. Jeglicher Aberglaube, Humbug über schwarzmagische Kräfte in den Söhnen der Azteken, war ihm zuwider, und doch rann etwas ihm den Rücken hinunter. Die Augen des Mannes wichen seinen nicht aus – nachtschwarze Kohle, unter der unlöschbare Glut schwelte. Flüchtig war ihm zumute, als dringe der Blick des Mannes ihm in den Kopf. Seine Schultern verkrampften sich. »Ich möchte Ihre reizende Tochter bitten, mir den nächsten Tanz zu schenken«, sagte er, um den Unsinn abzuschütteln. »Leider hatte ich vorhin keine Gelegenheit, mich beizeiten um diese Gunst zu bewerben.«

Das Gesicht des Barbaren veränderte sich. Mit einem Lächeln, das sich in den Glutaugen spiegelte, wandte er sich der beiseitegedrängten Klappergestalt zu. »Dürfen wir Sie in diesem Fall um Verzicht bitten, Don José? Wo es um das zauberhafteste Mädchen des Abends geht, müssen wir alle lernen zu teilen.« Das Klappergespenst beeilte sich zuzustimmen, und Alvarez wandte sich wieder Jaime zu. »Wir bedanken uns für die Ehre«, sagte er mit einer stillen Art von Stolz und küsste die Hand seiner Tochter. »Kommen Sie, Don José. Trösten wir uns beim Wein.« Damit führte er das Gespenst von der Tanzfläche.

Ich werde dir weh tun, dachte Jaime hinter ihm her. Um ein Haar hätte er geglaubt, der Barbar habe etwas mit ihm selbst gemein – die Gefühllosigkeit, die unverwundbar machte –, aber ein Blick hatte ihn eines Besseren belehrt. Die vor Leben funkelnden Augen des Mannes waren ein lächerlich offenes Buch – Vaterliebe. Allein das Wort bereitete Jaime Übelkeit und sandte einen krampfenden Schmerz in seine Schultern. Aber der Barbar würde ihm dafür bezahlen – hundertfach.

Du selbst hast mir die Peitsche in die Hand gegeben, dachte Jaime, und von dem Schlag wirst du dich nicht mehr erholen. Dann stand er vor der rotgewandeten Blonden, und das Vorspiel des Walzers setzte ein. Etwas musste er zu ihr sagen, und es gab eine ganze Reihe von Phrasen, die sich zu solchem Anlass bewährt hatten. Er sah in ihr blasses, verschrecktes Gesicht, und statt des zurechtgelegten Satzes platzte er heraus: »Versprechen Sie mir eines, tragen Sie nie mehr Rot.«
»Aber ich ...«
Der Auftakt ertönte. Jaime fasste sie um die Taille, und mit der Präzision, mit der man einen kostbaren Gegenstand behandelt, neigte er sie in die Figur. Sie überraschte ihn, indem sie sofort Fuß fing. Er hatte es mit Damen aushalten müssen, die sich einen ganzen Walzer lang tolpatschig schleifen ließen. Die kleine Mestizin hingegen passte sich gewandt seiner Führung an und ging mit. Den Kopf hielt sie dabei aufrecht, wie es sich gehörte, und wandte den Blick keinen Herzschlag lang von seinem Gesicht.
»Aber ich«, begann sie noch einmal, dann schüttelte sie den Kopf.
»Was ich?«, fragte er.
Ihre Augen waren riesig. Aufgerissen wie bei einem Kind.
»Ich habe mir so sehr gewünscht, mit Ihnen zu tanzen«, sagte sie. »Ich weiß, es wird gleich vorbei sein, da will ich es mir nicht mit meinem Schwatzen ruinieren.«
»Es wird nicht gleich vorbei sein«, erwiderte Jaime. »Sie tanzen den ganzen Abend mit mir.«
Nah bei seinem spürte er ihren Herzschlag, wild und heftig wie ein gefangener Vogel. An ihrem Handgelenk glänzte ein Goldreif von fremder, seltener Schönheit.
»Aber ich«, begann sie noch einmal, brach jedoch wieder ab und sagte: »Es tut mir so leid.«

Er wollte ein Lächeln aufsetzen, das bei Frauen nie seine Wirkung verfehlte, aber das Lächeln verweigerte sich. »Was tut Ihnen leid?«

»Alles«, beteuerte sie. »Dass ich Ihnen Scherereien gemacht habe. Dass ich betrunken war. Dass ich ein Kleid trage, das Ihnen nicht gefällt, und dass ich gar kein anderes habe.«

»Ich lasse Ihnen eines schicken.« Blau, hatte er sagen wollen, solche Elfenwesen machten sich am besten in einem blassen Ton von Blau. Ihre Riesenaugen starrten ihm entgegen. »Ein grünes«, sagte er. »Versprechen Sie mir, dass Sie von heute an Grün tragen.«

Nach dem Tanz hätte er der Form halber den Barbaren fragen müssen, ob er weiter mit dessen Tochter tanzen durfte. Wenn unter den Idioten, die in ihrem Programm standen, Weiße waren, konnte er sich in dieser maßlosen Stadt sogar ein Duell an den Hals holen. Aber der Barbar war spurlos verschwunden, und alle anderen scherten ihn nicht. Er tanzte weiter mit ihr.

»Ich versprech's«, wisperte sie.

»Was?«

»Grün.« Beteuernd nickte sie auf ihr Kleid hinunter. Auch sie lächelte nicht.

10

»Mein herzallerliebster Armadillo,
eigentlich sollte es ein Vergnügen sein, an Dich zu
schreiben, und eigentlich wollte ich Dir von uns allen
alberne Zeichnungen beilegen, aber soll ich Dir etwas
sagen? Es ist kein Vergnügen, an Dich zu schreiben, und
zu albernen Zeichnungen fehlt mir ganz und gar der

Schwung, weil ich Dich so sehr vermisse und bei jedem Strich mit der Feder denke, dass er nicht ist, was ich will, nicht einmal ein Ersatz. Wie kann denn ein Strich mit der Feder einem Mann Ersatz sein, der sein lebendiges, zappeliges Mädchen in den Armen halten will?
Ach, mein Täubchen, ich kann Dir nicht sagen, wie sehr ich mir wünsche, Dich bei mir zu haben, und wie oft ich überlege, ob ich Dich nicht besuchen kommen könnte. Nur die Lage hier hält mich ab und mein Gewissen vor Miguel. Dabei kann ich anders als Dein Vater nicht einmal etwas tun, aber ich habe eben das Gefühl, ich müsse hier sein, für den Fall, dass er mich braucht. Habe ich Dir je erzählt, was Miguel mir bedeutet? Als er hierherkam und bei uns wohnte, war ich ein pickliger Steppke, überzeugt, dass meine Kritzeleien nichts taugten und man mich an der Akademie nur aus Respekt vor meinem Vater nehmen würde. Miguel war es, der mir geduldig beteuerte, ich hätte mein eigenes Talent, und der mir schließlich vorschlug, mich unter falschem Namen zu bewerben. Ohne Miguel hätte ich nie gewagt, mich Maler zu nennen, und in den Jahren darauf wurde er mein bester Freund.
Immer wieder sage ich mir, ich hätte als Freund mehr für Miguel da sein müssen. Jetzt höre ich Dich lachen, Armadillo, und natürlich, Miguel ist älter als ich und steht selbst seinen Mann, aber er ist weltfremd, weißt Du? Er schreibt einfach auf, was ihm im Innersten brennt, setzt es in seine Zeitung und denkt nicht an Gefahr. In der letzten Zeit, als er sich so sehr zurückzog und immer verschwiegener wurde, hätte ich aus ihm herausbringen müssen, was in ihm vorging. Ich habe nicht einmal gewusst, dass ihn das, was er in den Slums

erlebt hat, so sehr quält. Immer wieder denke ich: Hätte ich weniger an meine eigenen Siebensachen und an ein allerliebstes Tierchen namens Armadillo gedacht, dann säße Miguel jetzt nicht in diesem Gefängnis, in dem ein Cholera-Ausbruch auf den anderen folgt. Ach, mein Liebstes, ich habe alles so leichtgenommen und war sicher, in ein paar Tagen ist Miguel wieder frei, aber jetzt sind zwei Monate vergangen, und mit jedem Tag wächst die Angst. Nicht nur davor, dass Miguel krank werden und sterben könnte, sondern auch davor, dass sie ihn dort drinnen zerbrechen. Miguel ist ein wunderbarer Mensch, der empfindsamste, den ich kenne, aber das macht ihn zerbrechlich. Manchmal wünschte ich, ich könnte mich an seiner Stelle in diese Zelle stecken lassen. Wie geht es Abelinda? In etwa vier Wochen müsste das Kind kommen, richtig? Bitte schreib mir doch etwas von ihr – Dein Vater, der Miguel vertritt und wenigstens kleine Vergünstigungen für ihn herausschlägt, darf ihn manchmal sehen, und gewiss freut es ihn, wenn er dann von seiner Familie hört. Es kann ja für einen Mann keinen besseren Trost geben als seine Familie, die zu ihm hält. Ich weiß, man sagt uns Künstlern nach, wir wüssten nichts von Treue, und leider kenne ich etliche, die diesem Ruf alle Ehre machen, aber mir ist solches Denken fremd. Ich bin ein Mann wie Dein Vater, einer, der das eine Mädchen gefunden hat, das ihm alles schenkt. Wie könnte ich da noch nach anderen schauen? Ich wäre nicht nur ein Dummkopf, sondern ein Verräter. Übrigens habe ich Deinen Vater gebeten, uns keine lange Verlobungszeit aufzuerlegen, sondern die Hochzeit für den Frühling festzusetzen. Er hat gesagt, darüber muss die Familie entscheiden, aber ich habe doch gesehen, dass er sich freut, und er kann Freude derzeit gut gebrauchen.

Deinem Vater setzt die Sache mit Miguel so sehr zu wie mir, und hinzu kommt all das Elend, gegen das er kämpft wie gegen Windmühlenflügel. Er arbeitet sich krumm, wir bekommen ihn kaum noch zu Gesicht, und wenn, dann sieht er krank und todmüde aus. Meine Mutter sagt, Don Porfirio hat seinen Spaß daran, ihm zuzusetzen, und ich fürchte, damit trifft sie den Nagel auf den Kopf. Es wird ihm guttun, Miguel endlich frei zu wissen, nach Hause zu fahren und unsere Hochzeit zu planen. Und mir erst, mein Lieblingstierchen, und mir erst!

Um Dich für die fehlenden Zeichnungen zu entschädigen, lege ich einen kleinen Stich bei, den ein Hausgast gemacht hat. Ist die Karikatur nicht genial? Sie zeigt den verfluchten Lagartijo, von dem ich Dir erzählt habe, Jaime Sanchez Torrija, dem Miguel und so viele andere ihr Elend zu verdanken haben und den ich wirklich erwürgen würde, wenn ich Dir nicht versprochen hätte, es bleiben zu lassen. Sie nennen ihn hier den schönen Andalusier, aber heimlich auch den prächtigen Truthahn der Nacht. So wie Du ihn auf dem Stich siehst, musst Du ihn Dir vorstellen. Ein hübscher Totenschädel mit einem hackenden Schnabel, der gar nicht merkt, dass ihm vor Kälte sein Fleisch und sein Blut längst abgefroren sind und er nur noch als kahler Knochen in seinem prächtigen Anzug hängt. José Posada, der Künstler, ist übrigens ein famoser Kerl. Er ist ein früherer Schüler von Vater, der hergekommen ist, weil ihm in seiner Heimatstadt Leon Haus und Kunsthandlung überflutet sind und er völlig mittellos dasteht. Du musst

ihn einmal kennenlernen, und von seinen Karikaturen will ich Dir auch mehr zeigen, wenn es nicht mehr so gefährlich ist.
Jetzt habe ich Dir schon so viel geschrieben und noch nichts von Deiner Schwester erzählt, obwohl ich weiß, wie ungeduldig Du darauf wartest. Es ist ein bisschen schwierig. Versteh mich nicht falsch. Ich habe Josefa lieb, und wenn wir verheiratet sind, wird sie mir noch mehr eine Schwester sein, als sie es jetzt schon ist. Sie hat bis jetzt bei uns gewohnt, und es war nett, sie hier zu haben. Ich denke, es gefällt ihr in der großen Stadt, sie lebt sich gut ein, und ihre Wohnung, in die sie jetzt einzieht, ist ein Schmuckstück. Dir ist sie gewiss nicht mehr böse – warum auch? Wer könnte meinem Armadillo denn böse sein?
Aber es gibt eben auch etwas, das mir Sorgen macht, und immer öfter denke ich, es wäre besser, wenn sie bald nach El Manzanal zurückginge. Erinnerst Du Dich, dass ich geschrieben habe, Miguel sei weltfremd? Nun, Josefa ist es auch, viel mehr als Du in Deinem verwunschenen Apfelgarten, und das ist gefährlich, denn Mexiko-Stadt ist kein Pflaster, das einen falschen Schritt verzeiht. Aber von diesen Dingen will ich Dir gar nichts schreiben, weil das Ganze sicher im Sande verläuft und wir uns dann alle in Deinem Apfelgarten wiedersehen. Deshalb mache ich jetzt ein Ende und küsse meinen Armadillo heiß und feucht, damit er es spürt durch seine Armadillo-Haut. Pass auf Dich auf, mein liebstes Tierchen, und behalte mich lieb. Grüße meine süße Schwiegermutter und Vicente, Enrique, Elena, Abelinda und alle und jeden in unserem Paradies, und des Abends bete, dass Gott Deinen Tomás gesund erhalten und Miguel befreien und

Jaime Sanchez Torrija den Typhus schicken möge. Und die Cholera noch dazu, damit das Reptil nicht etwa davonkommt. In viel zu viel Liebe, Dein sich nach Dir verzehrender Bräutigam. Tomás.«

Anavera legte die Bogen des Briefes auf ihr Gesicht, ehe sie sie wieder in den Umschlag steckte. Sie bildete sich ein, den Duft von Martinas Palais wahrzunehmen, die Blüten der Zitrusbäume auf ihrem Dachgarten, und überließ sich für einen Augenblick der Sehnsucht. Wie schön wäre es, wenn sie zum Ende der Kaffeeernte alle wieder hier zusammenkämen. Drei Monate dauerte es, die Kirschen des Arabica-Kaffees zu pflücken, weil an keinem Zweig alle Früchte gleichzeitig reif waren, aber nur gleichmäßig reife Bohnen den Geschmack verliehen, den die ausländischen Kunden der Kaffeehändler liebten. Somit wimmelte es den ganzen Herbst über auf dem Rancho von Kaffeepflückern, die mit ihren Familien kamen und in einem Hüttendorf lebten. War die Ernte eingebracht, feierten sie, ehe die Pflücker weiterzogen, ein Fest mit ihnen. Es wäre schön, die wilden Tänze auf dem Kaffeepflückerfest mit Tomás zu tanzen.

In diesem Jahr gab es mehr Pflücker auf dem Rancho als in den Jahren zuvor. Nicht, weil sie mehr Kaffee hatten, sie produzierten noch immer dieselbe Zahl Säcke, sondern weil es so viel mehr Menschen gab, die Arbeit brauchten.

Anavera stand auf. Ihre Mutter erledigte Schriftverkehr in ihrem Büro im rechten Flügel des Hauses, wo die Schulräume lagen, und hatte sie gebeten, gleich herüberzukommen, wenn sie den Brief gelesen hatte. Sie wollte wissen, ob es Neues von Josefa gab. Gewiss schrieb der Vater ihr darüber, aber sie konnte nicht oft genug hören, dass es Josefa gutging. Anavera wünschte, die Schwester hätte selbst geschrieben. Sie hatte das Schweigen satt. Gab es nicht Probleme genug, die das Leben von Menschen zerstörten? Tomás' Hausgast, der seine gesamte Existenz bei einer Flut verloren hatte, die Kaffeepflücker, die Großgrundbesitzer von ihren Feldern verdrängten, Miguel, der in einem Gefängnis saß, in dem die Cholera grassierte – war es da nicht eine Schande, sich wegen einer Geburtstagstorte und eines ohnehin verpatzten Feuerwerks zu streiten?

Sie entschied sich, Tomás' Brief mit den merkwürdigen Andeutungen liegen zu lassen und der Mutter einfach zu erzählen, dass Josefa sich gut einlebte. Stattdessen würde sie den Stich mitnehmen, die Karikatur von dem zu Eis gefrorenen Skelett im Maßanzug. Mit Sanchez Torrija, dessen Rurales die Bauern schikanierten, geriet die Mutter ständig aneinander, und das scheußliche Zerrbild von dessen Sohn würde sie zum Lachen bringen.

Als sie in den Hof trat, sah sie Elena, die mit Abelinda zwischen den blühenden Kübelpflanzen langsam umherzog. Abelinda ging vornübergebeugt, hielt sich den aufgeblähten Leib und stöhnte bei jedem Schritt. »Ist es so weit?«, rief Anavera erschrocken. »Carmen hat gesagt, es dauert noch bis nach dem Ende der Kaffeeernte.«

»Sag Carmen nichts, ich bitte dich!«, rief Abelinda mit schwachem Stimmchen. »Sie ist gegangen, um für den Dia de los Muertos das Grab ihres Mannes zu schmücken. Sie kümmert sich doch schon Tag und Nacht um mich, ich will ihr nicht sogar das noch nehmen.«

»Wir bekommen das auch ohne sie hin«, versuchte Elena sie zu beruhigen und strich ihr das schweißfeuchte Haar aus der Stirn. »Abelinda hat nur ein paar Krämpfe, vielleicht, weil sie so lange still gelegen hat. Wir dachten, wir gehen hier draußen ein bisschen spazieren, dann kommt es schon wieder ins Lot.«

Anavera war sich dessen nicht so sicher. Sie hatte etlichen Stuten beigestanden, die ihre Fohlen auf die Welt brachten, und glaubte etwas in Abelindas Gang zu erkennen und etwas in der Art, wie sich ihr Leib verkrampfte. »Sollten wir nicht besser Donatas Mann aus der Stadt holen?«, fragte sie.

»Ach was, Kinder kriegen wir auch ohne Donatas Mann auf die Welt, und außerdem sind doch noch vier Wochen Zeit«, erwiderte Elena.

»Alle haben so viel zu tun«, fiel Abelinda ein. »Mit dem Kaffee und dem Dia de los Muertos und den Jährlingen, die verkauft werden sollen. Ich will nicht immer nur eine Last sein, Anavera. Wenn mein Miguel wüsste, wie ich euch allen hier das Leben schwermache, würde er bestimmt den Tag verfluchen, an dem er mich geheiratet hat.«

»Dummes Zeug«, befand Elena und gab ihr einen Klaps auf den Hinterkopf. »Dann hätte dein Miguel dir eben kein solches Riesenkind machen dürfen, sondern sich mit einem mickrigen bescheiden müssen.«

Die drei Mädchen lachten, auch wenn Abelinda dabei stöhnte.

»Aber ich will so gern stark für ihn sein«, fing sie noch einmal an. »Ein verzärteltes Püppchen kann er doch jetzt nicht gebrauchen.«

»Eine Unsinn schnatternde Pute erst recht nicht«, sagte Elena. »Jetzt lass uns noch ein Stückchen gehen, dann fühlst du dich besser und schreibst deinem Miguelito einen Brief voll flammender Liebe, einverstanden? Und du, Anaverita, würdest du mir einen Gefallen tun?«

»Wenn ich kann.«

»Acalan wartet auf mich beim Süßhülsenbaum. Könntest du wohl schnell hinüberlaufen und ihm sagen, dass ich nicht kommen kann?«

»Natürlich.«

Abelinda stöhnte. »Jetzt mache ich sogar dir und Acalan noch Probleme, dabei habt ihr auch ohne mich genug.«
»Ach, bei uns ist ohnehin alles für die Katz«, entgegnete Elena missmutig. »Ich liebe diesen dummen Kerl so sehr, dass ich zur Not mit ihm durchbrennen würde, aber er bringt ja den Mumm nicht auf, bei meinem Vater auch nur den Versuch zu wagen. Was soll es also noch, dass wir uns quälen?«
Anavera drückte sie kurz an sich. »Ich sage Acalan Bescheid. Und bestimmt findet sich ein Weg. Vielleicht ergibt sich ja etwas am Dia de los Muertos oder auf dem Kaffeepflückerfest.«
»Was hast du denn da?« Neugierig zupfte Elena ihr den kleinen Stich aus der Hand.
»Eine Karikatur von Sanchez Torrija«, antwortete Anavera. »Tomás hat sie mir aus der Hauptstadt geschickt.«
»Ha, der Bursche ist ein Künstler!«, rief Elena. »Getroffen wie die Faust aufs Auge. An diesem Abend, an dem ihr euch verlobt habt, habe ich ernsthaft geglaubt, dein Tomás stürmt los und dreht dem Widerling den Hals um.«
»Das hier ist der Sohn«, erklärte Anavera. »Und die Zeichnung stammt nicht von Tomás, sondern von einem Bekannten. Aber offenbar sind alle Mitglieder dieser Familie lebende Totenschädel, die nur herumlaufen, um anderen das Leben zu vergällen.« Dann wünschte sie den beiden Glück und lief hinüber zum Seitenflügel. Sie wollte der Mutter von Josefa erzählen, ehe sie sich um Acalan kümmern würde.
Um Acalan allerdings war kein Kümmern mehr nötig, denn der stand bereits im Büro ihrer Mutter, als Anavera dort eintraf. Erregte Stimmen schlugen ihr entgegen, und in dem engen Raum waren neben der Mutter und Acalan noch dessen Vater, sein Onkel und seine beiden Vettern versammelt. Der ältere, Teiuc, mit dem sie und Tomás als Kinder Staudämme in

den Bach gebaut hatten, blutete aus einer Wunde auf der Stirn. Vermutlich war die Familie des Onkels in Streit mit Nachbarn geraten. War der Vater zu Hause, so bestürmten die Bauern ihn mit ihren Sorgen, weil er ihr Gouverneur und dabei ihresgleichen war. Jetzt hätten sie ihre Anliegen in der Stadt, im Gouverneurspalast, vortragen können, aber die Stadt lag zwei Stunden weit weg und war eine fremde Welt. Sie kamen lieber zur Mutter. Sie war die Frau ihres Gouverneurs, sie unterrichtete ihre Kinder, und ihr vertrauten sie.

»Sie haben meinen Bruder aus seinem Haus getrieben«, rief Acalans Vater atemlos. »So wie damals uns! Die Rurales haben die Möbel zur Tür hinausgeworfen und alles zertrampelt, sie haben Teiuc geschlagen und mit dem Gewehr bedroht, weil er sich ihnen in den Weg gestellt hat. Einer aus der Stadt wird das Land aufkaufen, haben sie gesagt, es ist Gemeindeland, und das darf es nach den neuen Gesetzen nicht mehr geben. Aber es ist kein Gemeindeland. Es ist meines Bruders Milpa, die er sein Leben lang bestellt hat. So, wie es bei mir war. Es ist unser Land!«

Acalans Vater hatte wie sein Bruder auf seiner Milpa, einem Stück Land, das er nach Gewohnheitsrecht als sein Eigentum betrachtete, Bohnen, Mais und Amarant angebaut. Nach der Bodenreform des Präsidenten durfte es Landwirtschaft wie die seine nicht mehr geben. Großgrundbesitzer kauften den Gemeinden das Land ab und pflanzten statt Bohnen, Mais und Amarant Getreide, das sich für den Export eignete. Als die Milpa von Acalans Eltern verkauft worden war, hatte Anaveras Vater vorab Nachricht erhalten und war so in der Lage gewesen, der Familie ein Stück Land auf dem Rancho zur Pacht anzubieten.

Der Onkel hingegen war nicht einmal gewarnt worden. Rurales hatten den nichtsahnenden Mann bei der Arbeit überfallen und seine Familie aus ihrem Zuhause gejagt. Jetzt sah Anavera, dass zusammengedrängt in einer Zimmerecke auch seine Frau und seine beiden Töchter kauerten. Der Gedanke an das, was diesen Menschen angetan wurde, trieb ihr Tränen der Wut in die Augen. »Sie bleiben bei uns«, rief sie spontan. »Wir verpachten Ihnen Land, das besser ist als das, was Sie verloren haben, und wir helfen Ihnen auch, ein neues Haus zu bauen.«

Sie wollte zu den Frauen laufen, verspürte den Wunsch, sie in die Arme zu nehmen, doch ihre Mutter stand auf und hielt sie zurück. Im selben Moment vertrat Teiuc ihr den Weg. »Das ist großzügig von Ihnen, Señorita«, sagte er in seinem schweren, gebrochenen Spanisch. »Aber wir wollen keine Almosen, schon gar nicht von Frauen. Wir wollen unser Recht. Das Land hat unsere Familie mit ihren eigenen Händen urbar gemacht. Kein Fremder darf seinen Fuß darauf setzen, und niemand braucht uns ein Geschenk hinzuwerfen.«

Sein jüngerer Bruder Ollin, keine sechzehn Jahre alt, sprang ihm zur Seite. »Keiner von uns kann gut lesen, und wir haben keinen Wagen. Deshalb wollen wir die Señora Gobernador bitten, mit uns zum Haus des Kommandanten zu fahren und unser Land zurückzufordern. Mehr verlangen wir nicht. Wir tun unsere Arbeit und bringen auf, was wir zu zahlen haben. Wir sind Bauern, keine Bettler.«

Anavera fühlte sich von Scham wie von einer heißen Woge übergossen. Gewiss hatte ihr Vater all sein Feingefühl aufgewandt, um den Stolz von Acalans Vater zu schonen, als er ihm das Pachtland anbot. Sie dagegen war mit der Axt eines Holzfällers auf die Gefühle dieser Männer losgegangen. Betragen hatte sie sich wie das verwöhnte Töchterchen reicher Leute, dessen Würde nie verletzt worden war. »Es tut mir leid«, murmelte sie.

Die Männer achteten nicht länger auf sie. »Señora Gobernador«, sagte Acalans Onkel zur Mutter und breitete stolz die Arme um seine Söhne. »Sie werden mit uns fahren, nicht wahr? Sie werden es tun, weil Ihr Mann es täte, wenn der Präsident ihn nicht von hier weggeholt hätte, um uns unseren Schutz zu rauben.«
»Mein Mann ist kein Zauberer, Coatl«, erklärte ihre Mutter. »Gegen die Gesetzeslage ist er genauso machtlos wie Sie und ich. Und das Gesetz besagt nun einmal, dass die Gemeinden kein Land mehr halten dürfen, sondern alles verkaufen müssen. Allerdings müsste man Ihnen das Recht einräumen, das Land selbst zu kaufen. Wollen Sie es gern kaufen, Coatl?«
Der Mann krempelte die Taschen seiner Baumwollhosen um. Nicht ein Centavo fiel klimpernd zu Boden. »Wovon soll ich etwas kaufen, Señora? Was mein Land mir einbringt, genügt an den meisten Tagen, um meinen Kindern etwas auf den Tisch zu stellen, und dafür danke ich dem Herrgott und der Jungfrau. Übrig bleibt mir nichts.«
»Sie können es sich borgen«, sagte die Mutter und raffte Papiere auf dem Tisch zusammen. »Ja, kommen Sie, fahren wir in die Stadt und sehen, was sich tun lässt. Anavera, kannst du dich um das Tagegeld für die Pflücker kümmern?«
Sie wies auf die Anzahl lederner Beutel, in die sie allabendlich den Lohn für die Leute zählte. Anavera nickte. Als alle sich zum Gehen wandten, entdeckten sie Elena, die im Türrahmen stand.
»Kommt das Kind?«, fragte Anavera erschrocken.
Elena schüttelte den Kopf. »Abelinda hat sich ein bisschen auf die Bank gesetzt. Sie sagt, sie fühlt sich besser, und ich wollte sehen, warum hier so ein Geschrei herrscht. Es ist schon wieder dieser Sanchez Torrija, oder? Der Teufel.«

Acalans Onkel Coatl den Kopf. »Ja, es ist wieder der Teufel«, sagte er. »Der schwarze, rauchende Spiegel, der nicht ruhen wird, ehe er dieses ganze Land ins Verderben gestürzt hat.« Der schwarze, rauchende Spiegel war der Aztekengott Tezcatlipoca, der für Unheil, Kampf und Krieg unter den Geschöpfen der Erde sorgte. Dass Coatl in einem Satz seinem Herrgott und der Jungfrau dankte und im nächsten einen der alten Götter beschwor, verwunderte niemanden. Die Bauern in den Bergen taten es alle, wie sie vom Spanischen in ihr Nahuatl wechselten, ohne es zu bemerken. Es war, als schliefen die Götter vergangener Zeiten noch in den Felsen über dem Tal.
»Einer muss ein Ende mit ihm machen«, rief der junge Ollin und ballte die Faust. »Ehe er uns wie Kojoten die Kehlen durchschneidet, tun wir es mit ihm!«
»Ich gestatte keine solchen Reden in meinem Haus«, fiel ihm die Mutter ins Wort. »Wir sind zivilisierte Menschen, Ollin, und wir betragen uns wie solche. Lass uns jeden, der anderes behauptet, Lügen strafen.« Sie strich ihm über die Schulter. Dann ging sie den Männern voraus.
Acalans Vater, sein Onkel und seine Söhne drängten sich nahezu gleichzeitig aus der Tür, und Acalan wollte ihnen folgen, doch sein Vater drehte sich nach ihm um und sagte: »Du bleib hier, hilf deiner Mutter die Ziegen melken und gib deinen Basen zu trinken. In der Stadt, wenn es ernst wird, bekommst du Feigling doch sowieso den Mund nicht auf.«
Acalans Hand fuhr an seine Wange, obwohl der Vater ihn nicht berührt hatte. Er war ein Mann, kein Junge mehr, und kein Mann ließ sich von einem anderen ungestraft einen Feigling nennen. Vom eigenen Vater aber blieb ihm nichts übrig, als den Schlag einzustecken.
»Recht hat er, oder?«, fragte Elena hinter der Tür lauernd. »Wenn es ernst wird, bekommst du nirgendwo den Mund

auf, für deine Familie so wenig wie für mich.« Verletzt fuhr Acalan herum, aber Elena behielt recht, er bekam den Mund nicht auf. Jäh riss sie Anavera den Stich aus der Hand und hielt ihn ihm vors Gesicht. »Hier, schau dir das an, so gehen andere mit diesem Sanchez Torrija um – sie machen eine Witzfigur aus ihm!« Dass auf dem Bild nicht der Kommandant, sondern sein Sohn verspottet wurde, behielt sie für sich. »Du aber zitterst vor ihm wie ein Kind vor dem Erdenmonster, das aus einer Spalte stößt und dich verschlingt.«
Acalan, dem die Hand tatsächlich zitterte, griff nach dem Stich und starrte ihn an. »Das ist kein Witz«, stotterte er. »Der da bringt das Böse und den Tod, und es ist so, wie Ollin gesagt hat. Entweder wir machen ein Ende mit ihm, oder er macht ein Ende mit uns.«
Mit einem Schaudern nahm Anavera den Stich wieder an sich. Ganz unrecht konnte sie Acalan nicht geben. Der Totenschädel auf dem Bild reizte tatsächlich nicht zum Lachen. Der Blick des Skeletts mit dem Truthahnschnabel strahlte etwas durch und durch Böses und Bedrohliches aus. »Jetzt komm wieder zu dir«, sagte Elena, ging zu ihrem Liebsten und zog ihn in die Arme. »Es ist nur ein Bild, hörst du? Und zur Not wird meine Tante auch mit dem Erdenmonster fertig, das hat sie schließlich auf Anaveras Verlobung bewiesen. Geh und tu, was dein Vater dir gesagt hat. Ich muss nach Abelinda sehen, aber wenn es dunkel wird, warte ich auf dich beim Süßhülsenbaum.« Sie küsste ihn, schob ihn sanft aus der Tür und ging mit Anavera in die andere Richtung.
Das einzig Gute an diesem wirren, traurigen Abend schien, dass Abelinda sich besser fühlte. Sie kehrte in ihr Zimmer zurück, um an Miguel zu schreiben, und hoffte danach schlafen zu können und von ihm zu träumen. Anavera ging hinauf zu den Kaffeebäumen, um den Pflückern ihren Lohn auszuzah-

len, und schämte sich, weil die Leute samt ihrer unzähligen Kinder ihr so überschwenglich dankten. Dabei hatten sie für das bisschen Geld seit Sonnenaufgang in der Hitze geschuftet, während Anavera ihr langbeiniges, kaffeeschwarzes Pferd Aztatl genossen und in den Tag geträumt hatte.

Anavera war noch auf, als die Mutter kurz vor Mitternacht nach Hause kam. Sie war niedergeschlagen und wollte erst nicht reden.
»Ich mag mit alledem nicht auch noch dich belasten«, sagte sie. »Es ist etwas, das wir Erwachsenen lösen müssen, nicht es euch aufbürden.«
»Ich glaube, ich werde jetzt besser auch erwachsen«, sagte Anavera. »Ich bin zwanzig, Tomás will, dass wir im Frühling heiraten, und ich würde gern eines Tages so für die Leute von El Manzanal und seiner Umgebung sorgen, wie ihr es tut. Mit Vicente und Enrique und wer immer von den anderen hierbleibt. Ich möchte gern mehr sein als die nette Anavera, die wie ein Mann ein Hengstfohlen zureiten und ziemlich gut beim Coquian schummeln kann – so wie du auch mehr bist.«
Die Mutter lachte. »Ich bin vor allem müde. Und was die Hengstfohlen angeht, macht dir niemand etwas vor. Die Männer überlassen doch längst die harten Brocken dir und teilen die sanften unter sich auf. Aber recht hast du trotzdem.«
»Es war schlimm, nicht wahr?«
»Ja«, sagte die Mutter, »es war schlimm. Coatl kann das Land nicht kaufen, weil es bereits verkauft ist. Der ganze Gürtel hinter El Manzanal. All die Bauern, die von jeher als unsere Nachbarn dort leben, müssen fort. Ich habe angeboten, dass wir die Felder selbst kaufen, dass wir sie weit über Wert bezahlen und ausschließlich Kaffee und Exportgetreide pflanzen lassen, aber der neue Besitzer besteht darauf, sie zu behal-

ten. Er hat uns die Lizenz der Regierung präsentiert wie eine Kriegserklärung.«

»Wer? Der neue Besitzer? War er denn auf der Kommandantur?«

»Der neue Besitzer ist Comandante Sanchez Torrija«, sagte die Mutter und ließ sich ins Polster des Sessels fallen. »Nun weißt du, auf wen wir uns als Nachbarn zu freuen haben. Sag, könntest du ein Engel sein, Anavera, und mir vom Tisch einen kleinen Mezcal holen? Er braucht auch nicht ganz so klein zu sein. Ich weiß, ich trinke neuerdings zu viel, aber dein Vater fehlt mir. So stolz ich darauf bin, dass du deinen Mann stehen willst, und sosehr ich das auch wollte – heute Abend wünsche ich mir einfach, Benito wäre hier, würde mich in die Arme nehmen und mir sagen, ich soll mir keine Sorgen machen, weil er das alles schon wieder in Ordnung bringt.«

Anavera ging zu dem Beistelltisch, den Carmens Mann geschnitzt hatte, und schenkte Mezcal in ein Glas. Als sie es ihrer Mutter reichte, trafen sich ihre Augen, und Anavera begriff, dass sie nicht nur als Mutter und Kind hier saßen, sondern zum ersten Mal als zwei Frauen, die von der Liebe wussten.

Die Mutter lächelte schief. »Und dann wünsche ich mir noch, er würde mir sagen, dass ich keine müde, alte Frau bin, sondern noch immer sein schönstes Geheimnis, für das er auf nackten Sohlen durch Mexiko laufen würde, um vor mir auf die Knie zu fallen und seinen Kopf in meinen Schoß zu legen.« Sie lachte. »Du findest mich furchtbar albern, nicht wahr?«

»Nein«, erwiderte Anavera. Sie fand die Mutter schön.

»Das war so wundervoll mit deinem Vater. Immer. Dass er solche Dinge zu mir sagen konnte und dass wir dann beide lachen mussten, weil wir uns so albern fanden. Und trotzdem war es uns ernst.«

»Sprich nicht, als wäre es vorbei«, sagte Anavera und setzte sich zu ihr auf die Sessellehne. »Wenn erst Miguel frei ist, kommt der Vater wieder und sagt solche Dinge zu dir, weil sie alle wahr sind. Weißt du, dass ich keine zwei Menschen kenne, die sich so sehr lieben wie ihr? Und weißt du, wie glücklich ich bin, dass ich aus dieser Liebe entstanden bin?« Sie hatte nie darüber nachgedacht. Aber es war so, wie sie es gesagt hatte.

Ihre Mutter stellte das Glas mit dem Mezcal weg und zog sie in die Arme. Ein paar Augenblicke lang hielten sie einander so fest, wie sie konnten. »Danke«, flüsterte die Mutter an ihrem Ohr. »Weißt du, wie glücklich ich war, als ich deinem Vater sagen konnte, dass du in mir wächst?«

Sie drückten sich noch fester. Das Drücken half gegen das Schweigen, das entstand, weil sie beide dasselbe dachten und nicht aussprechen durften: Bei Josefa war es anders gewesen. Weit weg von solchem Glück.

Die Mutter fasste sich und küsste Anaveras Augen. »Zwanzig Jahre habe ich dich schon, und noch immer denke ich, es kann doch nicht sein, dass es diese unglaublichen Augen von meinem Benito noch einmal gibt.« Sie griff nach dem Glas und hielt es Anavera hin. »Willst du den mit mir teilen, damit deine alte Mutter sich nicht haltlos betrinkt?«

Anavera nickte ihr zu und trank von dem scharfen, bitteren Getränk.

»Danke, dass du mich heute Nacht ausgehalten hast«, sagte die Mutter. »Mich und meine Sentimentalität. Mir tut Coatl so furchtbar leid. Als er begriff, dass er seine Familie nicht schützen und seine Würde nicht bewahren kann, sah er aus, als verlöre er all seine Größe, wie eine Agave, die nach der

Blüte einfach zusammensinkt und stirbt. Felipe Sanchez Torrija zerstört ihm aus einer Laune heraus, wofür er gelebt hat – und auf einmal habe ich mich geschämt, weil es uns so gutgeht und wir unter diesem Dach so geborgen sind.«

»Ich auch«, gestand Anavera. »Wo ist Coatls Familie jetzt?«

»Bei seinem Bruder. Sie bleiben dort über Nacht. Wohin sie morgen gehen, weiß kein Mensch.« Noch einmal zog die Mutter sie an sich. »Ich bin so stolz auf dich wie Coatl auf seine Söhne. Und ich bin glücklich, dass es jetzt noch ein Paar gibt, das sich liebt wie dein Vater und ich – dich und deinen Tomás. Warum schreibst du ihm nicht, er soll zum Kaffeepflückerfest herkommen? Wenigstens auf drei Tage, mit der Eisenbahn ist er doch in Windeseile wieder zurück.«

»Das mache ich!«, rief Anavera geradezu erleichtert. »Und ich schreibe ihm, er soll den Vater mitbringen. Für drei Tage wird der Präsident ihn ja wohl entbehren können.«

»Ich fürchte nicht«, erwiderte die Mutter traurig. »Im Augenblick lässt er ihm nicht einmal Zeit, mir zu schreiben.«

»Dann schreibe ich ihm, dass du ihn brauchst«, sagte Anavera. »Dass wir alle ihn brauchen und dass Querétaro ihn braucht.«

Die Mutter trank den letzten Rest Mezcal und stemmte sich aus dem Sessel. »Du bist ein Segen, mein Fohlen. Was ist, versuchen wir zwei Nachtfalter ein bisschen zu schlafen? Wenn morgen früh über diesem Tal die Sonne aufgeht, hat die Welt ihr Leuchten wieder und uns fällt ein, wie wir Coatl helfen können.«

Aber am nächsten Tag hatte die Welt ihr Leuchten nicht wieder, und Coatl konnte niemand mehr helfen. In aller Frühe klopfte es an der Tür zum Seitenflügel, und auf der Schwelle stand seine älteste Tochter. Ihre beiden Brüder seien fort, sie seien auf den Weg in die Kommandantur, und wenn niemand sie aufhielte, würden sie Felipe Sanchez Torrija töten. Ihr Vater hatte sich in der Nacht im Stall bei seinen Ziegen aufgehängt.

11

Das Elysian Tivoli mit seinen Säulen und Erkern, dem Lichterglanz aus kristallenen Lüstern und einem Marmorboden, der in der Farbe von Rosenquarz schimmerte, konnte unmöglich ein Restaurant sein. Es war ein Palast. Eine Woche nach dem Ball hatte Jaime Sanchez Torrija Josefa das grüne Kleid geschickt, und am Abend hatte er sie mit dem Wagen abholen lassen. Den Abend und die Nacht unter dem glasklaren Sternenhimmel, der sich über der Stadt wölbte und ihren Zauber fing, würde sie nie vergessen.
Das Elysian Tivoli.
Das grüne Kleid.
Und Jaime.
Das Restaurant war ein Traum, das Kleid war aus purer, fließender Seide im Grün von Seerosenlaub, und Jaime war so, dass Josefa an nichts anderes mehr denken konnte. Jetzt saß sie an ihrem Schreibtisch und versuchte, einen scharfsinnigen, gewitzten Anfang für ihren Artikel über die Entwässerung der Slums zu finden, aber ihr Sinn ließ sich nicht fesseln, sondern schweifte ab wie ihr Blick. Aus dem Fenster ihres schönen in Weiß und Gold gehaltenen Salons zog er über die Dächer und Balkone der gegenüberliegenden Häuser. Dort, wo der Blick an seine Grenze stieß, wanderte der Sinn weiter – um die Straßenecke und in die Calle Tacuba, wo Jaime sein Haus hatte. War er jetzt dort?, fragte sich der Sinn. Saß er in seinem dunk-

len Zimmer und ließ die Hände über die Tasten seines Fortepianos gleiten, das er zu Schiff aus Spanien mitgebracht hatte? Schweifte ihm sein Sinn dabei manchmal ab und wanderte mit seinem Blick aus dem Fenster? Flog der Sinn dem Blick um die Straßenecke davon – flog er ein einziges Mal zu ihr?
Josefa war in seinem Haus nie gewesen. Das spanische Fortepiano und den durch Vorhänge abgedunkelten Raum kannte sie nur aus ihrer Vorstellung. Er hatte beides flüchtig erwähnt. »Warum alle Welt hier die Vorhänge aufreißt, verstehe ich nicht«, hatte er gesagt und: »Meines Großvaters Fortepiano habe ich mitgenommen, weil es schade gewesen wäre, es der Verwandtschaft in den Rachen zu werfen.« In ihrem Wunsch, die Räume, in denen er lebte, zu kennen, hatte sie sich alles bis ins Kleinste ausgemalt. Würde sie jetzt, da sie nicht länger unter der Aufsicht von Tomás und seiner Familie stand, Gelegenheit erhalten, die Zimmer, die seinen Geschmack verrieten und in denen sein Duft hing, kennenzulernen?
Er hatte sie eingeladen. Für den Nachmittag nach jenem Traum von einer Nacht. »Ich bin gezwungen, einige Leute in mein Haus zu einer grünen Stunde zu bitten«, hatte er gesagt. »Kommen Sie auch? Schon der Farbe wegen können Sie im Grunde ja nicht nein sagen.«
Sie wollte nicht nein sagen. Sie wollte ja, ja, ja schreien, auch wenn sie keine Ahnung hatte, was eine grüne Stunde war, und er es ihr – wie so vieles – mühsam erklären musste. »Nein, erzählen Sie mir nicht, Sie könnten nicht kommen, denn Sie hätten kein Kleid«, beendete er die Erklärung. »Ich lasse Ihnen wieder eines schicken. In der Kürze der Zeit kann es nicht mehr als Fertigware sein, aber für eine grüne Stunde dürfte es genügen.«
»Ich habe doch dieses!«, rief Josefa, die ihr grünes Kleid – das wundervolle Kleid, das er für sie ausgesucht hatte – liebte.

»Ich weiß, in Mexiko bleiben zahllose Verbrechen gegen den Stil ungesühnt«, erwiderte er, als täte etwas ihm im Innersten weh. »Aber dass eine Dame sich zweimal hintereinander im selben Kleid sehen lässt, ginge selbst in einem Krötenpfuhl zu weit.«

Ihre Wangen brannten, sooft er ihr auf solche Weise zeigte, wie unbedarft, wie ohne jede Kultur sie war. »Es tut mir leid«, sagte sie. »Wenn Sie mich zu Ihrem Fest einladen, würde ich sehr gern kommen.«

Er hob von neuem missbilligend eine Braue und erwiderte: »Eine grüne Stunde ist kein Fest. Eine grüne Stunde ist das Leichenbegängnis der zu Tode gelangweilten Zeit. Auch brauchen Sie nicht ständig zu beteuern, es tue Ihnen leid. Das bedarf keiner Erwähnung – in Ihren Kinderaugen steht es bereits wie mit Kreide auf der Schiefertafel.«

Josefa kamen die Tränen, so sehr schämte sie sich. Als sie sich wegdrehte, griff er ihr unters Kinn und drehte ihr Gesicht zu sich. Hinter einem Tränenschleier spiegelte sich das Licht der Kronleuchter in seinen goldbraunen Augen. Er sagte nichts. Als er den Kopf neigte und mit seinen Lippen ihre streifte, war sie sicher, ihr Herz, ihr Atem und der Fluss ihres Blutes setzten aus. Dann ließ er sie los.

»Ich glaube, Sie gehören ins Bett«, sagte er, aber seine herrliche Stimme klang nicht mehr so kalt. »Ich sage meinem Kutscher, er soll Sie nach Hause bringen.«

Vor der Tür des Restaurants, unter dem glasklaren Himmel, blieb er jedoch noch eine kleine Weile mit ihr stehen. Die Nächte hier waren kühler als in Querétaro, und als er sah, dass sie zitterte, zog er ihr die Mantilla zurecht und schloss ihr die Kordel am Hals.

»Wollen Sie mich wiedersehen, Señorita Alvarez?«, fragte er. In seinen Augen glitzerte alles Licht der belebten Straße. Ein junges Mädchen mit dem Familiennamen anzusprechen war nicht üblich. Josefa kam sich mit dem Namen fremd und erwachsen vor.

»Ja, das will ich!«, rief sie, und ehe sie nachdenken konnte, lagen ihre Hände auf seinen Schultern. Sie hätte ihm so viel sagen wollen, sich bei ihm bedanken, ihn wissen lassen, dass dies die schönste Nacht ihres Lebens war. Vor Angst, überzusprudeln, presste sie die Lippen fest aufeinander, doch ihre Hände entzogen sich ihrer Kontrolle. Sie fuhren seine schönen, geraden Schultern entlang, über den Kragen und bis hinauf auf den Streifen Haut am Hals. Dann erschrak sie und zog die Hände zurück. Was fiel ihr ein, einen fremden Mann zu berühren? Und berühren war keineswegs das richtige Wort. Sie hatte den fremden Mann, der vor ihr stand, liebkost.

Er nahm ihre Hände, die sie vor der Brust verschränkt hielt, zog sie behutsam auseinander und betrachtete die Handflächen. »Ist das das Barbarenblut?«, fragte er. »Dieser Mangel an Beherrschung – entspringt der dem Erbe eines Volkes ohne Zivilisation, von dem man Ihnen äußerlich nichts ansieht?«

War er ihr böse? Bereute er, mit ihr ausgegangen zu sein? Er hob ihre Handflächen ans Gesicht und küsste sie. Nicht so, wie Herren einer Dame, ohne sie wirklich zu berühren, einen Handkuss gaben, sondern so, dass sie seine festen, trockenen Lippen auf der Haut spürte. Ein Kribbeln jagte ihr hinauf bis in die Schultern. »Sie sollten, wenn Sie ausgehen, Handschuhe tragen«, sagte er. »Hier gibt es ja kein Amarantfeld, das Sie umgraben müssen.« Von neuem beschämt, wusste sie keine Erwiderung. Er aber fuhr mit der Fingerspitze die Gravur auf ihrem Armreif entlang. »Das hier hingegen zeugt von Geschmack. Hat es Ihnen ein Verehrer geschenkt?«

Hastig schüttelte sie den Kopf. »Mein Vater. Zu meiner Taufe.«

Rauh lachte er auf. »Das hätte ich mir denken sollen. Aber für Indio-Kunst ist es wirklich vortreffliche Arbeit. Gute Nacht, Doña Josefa Alvarez. Falls Sie der grünen Stunde morgen die Ehre erweisen wollen, verlaufen Sie sich nicht, mein Haus liegt gleich neben dem Ihrer Gastgeber.«

»Ich werde kommen!«, rief sie ihm noch aus dem Fenster der Kutsche zu, und erst, als sie ihn nicht mehr sehen konnte, fiel ihr ein, dass auch das vermutlich ein Verbrechen gegen den Stil war, das ihm im Innersten weh tat.

Sie kam am nächsten Tag nicht. Sie kam überhaupt nicht mehr, und das Kleid, das er ihr schickte, ließ Tomás an der Tür zurücksenden. Noch in der Nacht fielen sie alle über sie her – Martina, Felix, Tomás und der Haufen von Freunden, der ständig bei ihnen herumhing. »Ist das dein Ernst, dass du mit diesem Menschen ausgegangen bist und es morgen noch einmal tun willst?«, schrie Tomás auf sie ein. »Weißt du überhaupt, wer der verdammte Kerl ist?«

»Jaime Sanchez Torrija«, erwiderte Josefa. Gegen den Klang seines Namens verblasste alles, auch dass der liebenswürdige Tomás mit ihr sprach, als hätte er Lust, sie zu schlagen.

»Und was dessen Vater in Querétaro macht, hast du ja wohl miterlebt«, schrie Tomás weiter.

Josefa sprang auf. »Ist jemand schuld daran, wen er zum Vater hat?«, entfuhr es ihr.

Kurz war alles still. Betretene Blicke glitten langsam zu Boden. Was sie alle dachten, wusste Josefa. Als Tomás die Sprache wiederfand, hatte er aufgehört zu schreien, aber sein Ton war noch immer schneidend. »Der Sohn ist nicht besser als der Vater«, sagte er. »Er ist schlimmer. Der Vater ist ein brutaler Machtmensch, der jedoch weder raffiniert vorgeht noch sonderlich intelligent ist. Der Sohn hingegen ist hinterhältig wie eine Grubenotter und ebenso wenig zu fassen. Er ist es, der im Geheimen, wie ein Reptil in seiner Spalte, unsere Zeitungen zensiert – zuvorderst die großartige Zeitung, für die du angeblich schreiben willst! Damit hat er Miguel ins Gefängnis gebracht, ist dir das nicht klar? Miguel sitzt eingepfercht in einer schimmligen Zelle, wird geschlagen, getreten und kann darauf warten, dass er sich die Cholera zuzieht. Und du lässt dich von seinem Peiniger ins Elysian Tivoli führen und dir Trüffel und Champagner kredenzen.«

»Woher weißt du denn, dass Don Jaime etwas damit zu tun hat?«, fuhr Josefa auf und war wütend auf sich, weil ihr Tränen kamen. Zweifel hegte sie nicht: Was immer die anderen sagten, sie mussten sich irren. Jaime Sanchez Torrija konnte an Greueln wie Miguels Verhaftung keine Schuld tragen.

»Warum fragst du nicht deinen Vater, wenn du mir nicht glaubst?«, versetzte Tomás. »Den Mann, der Tag und Nacht darum kämpft, Miguel aus der Hölle zu befreien, in die dieser Teufel ihn gebracht hat?«

»Wie soll ich meinen Vater denn fragen, er hat für mich doch nie Zeit!«, platzte sie heraus und bereute es sofort. Der Vater hatte ihr aus dem Innenministerium eine Schreibmaschine geschickt. Er schrieb ihr täglich Billetts und entschuldigte sich, weil er die Zeit, die er sich für sie wünschte, nicht fand. Sie hatte ihm keinen Vorwurf machen wollen.

Ehe Tomás etwas sagen konnte, trat Martina zu ihr und legte den Arm um sie. »Es ist hart, nicht wahr? Jaime Sanchez Torrija ist ein Bild von einem Mann, und als ich in deinem Alter war, wäre mir bei seinem Anblick auch das Herz geschmolzen. Es ist kein Unrecht, sich in einen schönen Mann zu verlieben, Josefa, es ist das Natürlichste von der Welt, und wenn die Kerle glauben, uns wäre allein an ihren inneren Werten gelegen, dann sitzen sie einer bösen Täuschung auf. Aber der Mann, in den du dich verliebt hast, ist im Inneren hässlicher als eine Kanal-

ratte. Und gefährlich obendrein. In seinen Augen sind einzig Menschen von europäischer Herkunft wertvoll, und unter denen auch nur die von adligem Blut. Alle anderen verachtet er. Seiner Ansicht nach kann Mexiko nur vorankommen, wenn es sich von verdrecktem Pack wie uns befreit.«
Josefa fuhr zusammen. Wie Martina, die Alleinerbin eines hanseatischen Barons, sich als verdrecktes Pack bezeichnete, klang geradezu grotesk. Sie täuschen sich alle, dachte sie. Sie verurteilen Jaime, weil er einen brutalen Schinder zum Vater hat. Aber sie haben nie in seine Augen gesehen, sie haben nicht das gespürt, was hinter seiner kalten Fassade steckt. Die Einsamkeit, die Sehnsucht und den Schmerz. Sie wunderte sich über sich selbst. Und erst dann wunderte sie sich über das, was Martina gesagt hatte: »Es ist kein Unrecht, sich in einen schönen Mann zu verlieben.«
Martina hatte recht, sie war verliebt. Und der Mann, den sie liebte, daran hegte sie nicht den geringsten Zweifel, war außen wie innen schöner als irgendein Mensch auf der Welt.

In den folgenden Tagen fühlte sie sich wie in der Mitte zerrissen. Wie konnte sie diese Menschen, ihre Freunde, die sie liebten und sich um sie sorgten, vor den Kopf stoßen, indem sie zu Jaime Sanchez Torrija ging? Wie aber konnte sie es nicht tun? Sie war vor Sehnsucht krank, glaubte Fieber zu haben und konnte weder essen noch schlafen. Dass Tomás und die anderen glaubten, sie verbünde sich mit ihrem Feind, wollte sie nicht, doch noch weniger wollte sie, dass Jaime glaubte, ihr habe der wundervolle Abend nichts bedeutet.
In ihrer Not kam ihr Hilfe. Eines Abends stand ihr Vater in Martinas Sala, rief leise ihren Namen und schloss sie in die Arme. »Ich bin unmöglich, Huitzilli, ich weiß. Verzeihst du mir trotzdem? Gehst du mit mir essen?«

So wie jetzt war es schon gewesen, als sie ein kleines Mädchen war – er lächelte sie an, und ihre Welt stand nicht länger kopf. Er fragte sie, wo sie hingehen wollte, und weil sie nichts anderes kannte, wählte sie das Concordia. Ins Elysian Tivoli mit ihrem Vater zu gehen wäre ihr wie Verrat vorgekommen. Er führte sie in das Restaurant mit den hohen Fenstern, und es war noch schöner als das erste Mal, weil sie allein waren, weil er für niemanden da war als für sie. Er fragte sie nach ihren Erlebnissen und sah sie, während sie erzählte, unentwegt an. Schon immer hatte er die Gabe besessen, zuzuhören und ihr das Gefühl zu geben, jedes ihrer Worte sei klug und sie der wichtigste Mensch auf der Welt.
»Alles in Ordnung, Huitzilli?«, fragte er sie, und auch das hatte er sie schon als Kind gefragt. Abend für Abend, ehe er ihr die Decke bis ans Kinn zog und sie zur guten Nacht küsste.
Sie nickte, wie sie es damals getan hatte, sooft es keinen Grund gab, ihm ihr Herz auszuschütten.
»Wie kommst du mit deiner Arbeit voran?«
Josefas Herz vollführte einen Sprung, weil er ihr Schreiben Arbeit nannte. Um ihn zu beeindrucken, bauschte sie die Handvoll Zeilen, die sie seit ihrer Ankunft zusammengestoppelt hatte, zu Artikeln und Essays auf und behauptete, sie plane ein längeres Projekt, eine Art Denkschrift zur Lage des Landes. »Als Titel dachte ich mir ›Mexiko auf dem Weg unter die zivilisierten Nationen‹«, erklärte sie und war selbst verblüfft über ihren Einfall. Plötzlich brach sich die Begeisterung für das Schreiben wieder Bahn. Einmal in Schwung geredet, fuhr sie ohne Pause fort: »Ich würde gern mit einem Beispiel beginnen, an dem ich das Ganze aufziehen kann. Vielleicht weißt du ja etwas, das sich eignet, und vielleicht könntest du mir mit den Recherchen helfen?«

Ihr Vater stützte den Kopf in eine Hand, ohne den Blick von ihr zu wenden. »So etwas weiß ich in der Tat«, sagte er. »Das Entwässerungsprojekt für die Slums im Osten. Ich denke, trockene Häuser und Straßen sind ein großer Schritt auf dem Weg in die Zivilisation, du nicht?«

»Doch!«, rief sie mit Feuereifer. »Und du meinst, ich könnte mit Leuten sprechen, die dafür verantwortlich sind?«

Er lächelte. »Du sprichst mit einem. Aber natürlich gibt es jede Menge anderer Leute, die dir Interessanteres erzählen können als ich. Weshalb besuchst du nicht Onkel Stefan? Erinnerst du dich an seinen Bekannten George Temperley? Er vermittelt die Finanzierung durch die englischen Banken, und er ist ein brillanter Erzähler. Außerdem würde die Familie sich unendlich freuen, dich zu sehen.«

Im Kerzenlicht sah sie ihm zu, wie er sie mit seinem funkelnden, nie ganz zu deutenden Blick musterte und den Kopf in seine schlanke Hand stützte, die aus der blütenweißen Manschette ragte. Ihr fiel ein, was Don Jaime über das Erbe des Barbarenblutes gesagt hatte, und beinahe hätte sie aufgelacht. Ein Mensch, der beherrschter und zivilisierter auftrat als ihr Vater, war schwerlich vorstellbar. Er und Don Jaime würden einander verstehen, durchfuhr es sie. Im selben Moment war der Wunsch, die beiden zusammenzubringen, geboren. Der Vater hatte ihr nicht verboten, mit Don Jaime zu tanzen, er würde ihr auch nicht verbieten, ihn zu treffen, und er würde Tomás und den anderen erklären, dass sie mit ihrem Urteil falschlagen.

»Tahtli«, begann sie, brach aber ab, weil ihr nicht recht einfiel, wie sie ihm ihren Wunsch erklären sollte.

Er legte die Hand über ihre. »Huitzilli, es tut mir leid, dass ich mich nicht richtig um dich gekümmert habe. Es ist gerade ein bisschen verrückt hier, weißt du? Und ich kann dir nicht einmal versprechen, dass es in nächster Zeit besser wird …«

Sie unterbrach ihn: »Es ist wegen Miguel, nicht wahr? Tomás sagt, du bist der Einzige, der den Präsidenten dazu bringt, ihm die Haft ein wenig leichter zu machen. Und vor allem, ihm nichts Schlimmeres anzutun. Das ist wichtiger als alles andere, Tahtli. Ich verstehe dich. Wirklich.«

»Danke«, sagte er. »Aber mit deinem Projekt werde ich dir helfen, das verspreche ich dir. Und mein Herz, es ist im Augenblick nicht klug, sich allzu sichtbar in die Nähe von *El Siglo* zu stellen. Aber Eduardo Devera, der leitende Redakteur von *El Tiempo,* hat mir angeboten, sich deine Arbeiten anzusehen, wenn du möchtest. Er ist ein brillanter, äußerst erfahrener Journalist.«

El Tiempo war die Zeitung der Konservativen, die in ihrem Elternhaus stets als brav wie Bohnenstroh verspottet worden war. Wer etwas auf sich hielt, schrieb für *El Siglo,* der spritzig und provokativ daherkam und nie ein Blatt vor den Mund nahm. »Was meinst du denn damit, es ist nicht klug, sich in die Nähe von *El Siglo* zu stellen?«, fragte Josefa. »Stellst du dich etwa auch nicht mehr dorthin?«

»Ich schon«, erwiderte der Vater. »Aber ich habe jahrelang geübt, bei Steinschlag meinen Kopf zu schützen. Mein Kind würde ich derzeit lieber nicht dort sehen, und zudem ist fraglich, wie lange die Zeitung überhaupt noch erscheint.«

»Das ist doch nicht dein Ernst!«, rief sie. »Dieses Gerede von der geheimen Zensurbehörde, daran kann doch nichts sein, es wäre ja gegen die Verfassung!«

»Verfassungen sind aus Papier, Huitzilli«, sagte er mit einer Spur von Wehmut, nahm die Rechnung, die neben seinem Gedeck lag, und riss sie in der Mitte durch. »Tu mir den Gefallen und häng dich nicht allzu weit aus dem Fenster, ja? Vor allem sprich nicht darüber. Auch nicht mit deinem törichten Vater in einem öffentlichen Restaurant.«

Sein leises Lachen entschärfte die Worte nicht. Zweifel wurden wach, die Josefa verstörten. Mit jäher Wucht wünschte sie sich, Jaime zu sehen und wieder sicher zu sein – und mit der Wucht kam ihr ein Gedanke. »Tahtli«, sagte sie, »kannst du mir noch mit etwas anderem helfen? Es ist sehr schön bei Martina, sie sind alle so nett zu mir, aber ich komme dort so schlecht zum Schreiben, es ist immer so laut.«
Er lachte. »Ja, Martina erträgt keine Stille um sich. Sie sagt, wenn keiner lärmt, kommt sie sich vor wie im Sarg.« Er machte eine Pause. »Du willst in deine Wohnung ziehen, nicht wahr?«
Josefa nickte. »Wäre das möglich? Ich hätte so gern mein eigenes Reich.« Wenn sie nicht länger bei Martina wohnte, würde sie Jaime sehen können, ohne die anderen zu verletzen, ja, ohne dass sie überhaupt etwas davon mitbekamen. »Und ich müsste auch etwas einkaufen«, fuhr sie fort. »Hier in der Stadt zieht man sich doch anders an als bei uns in der Einöde.«
Unvermittelt beugte er sich vor und strich ihr Haar aus dem Gesicht. »Ich finde, du ziehst dich schön an«, sagte er. »Aber ich bin ja nur dein alter Vater und somit keiner, dem in dieser Frage eine Stimme gebührt. Die Papiere für dein Konto habe ich dir mitgebracht, und morgen stellen wir dich dem Direktor der Bank vor, damit du frei über dein Geld verfügen kannst.« Er nahm einen Stoß Dokumente aus einer Mappe und schob sie ihr über den Tisch. »Über die Wohnung habe ich mit Onkel Stefan gesprochen. Weißt du, Martina hat, als sie jung war, allein in diesem Palais gelebt, und wir alle kamen dort zusammen – es war dasselbe Bienenhaus wie heute. Das wollte ich für dich, daran habe ich gedacht, als ich die Wohnung gekauft habe. Aber es geht nicht, Kolibri. Du bist mein kleiner Vogel aus meinen tiefen Wäldern, und

ich kann dich nicht so leben lassen. Bitte versteh mich. Was man der Tochter eines Baron von Schweinitz durchgehen lässt, würde der Tochter eines indianischen Emporkömmlings den Ruf zerstören. Solche wie wir müssen auf der Hut sein. Die Regeln übertreten dürfen nur die, die sie gemacht haben.«
Josefa spürte nur die Wärme in seinen Worten, legte ihre Hand auf seine und nickte.
»Du brauchst jemanden, der dort mit dir wohnt«, sagte er.
»Ich würde es gern selbst tun, aber dann hättest du es schlimmer als bei Martina. Ich komme irgendwann in der Nacht nach Hause und stehe vor Sonnenuntergang wieder auf, du könntest nicht schlafen und hättest niemanden zur Gesellschaft. Stefan hat mich auf eine bessere Idee gebracht. Wie wäre es, wenn Felice zu dir zöge?«
Felice war die Tochter ihrer Tante Josephine, die fast zwanzig Jahre älter als Josefa war und nie geheiratet hatte. Josefa fühlte sich beschämt. Während sie geglaubt hatte, ihr Vater kümmere sich nicht um sie, hatte er all ihre Probleme gelöst. Die Idee mit Felice war brillant. Die verschüchterte Jungfer würde gewiss nicht wagen, ihr über ihr Kommen und Gehen Vorschriften zu machen. »Ich würde dir gern einen Kuss geben«, sagte sie und strahlte ihn an, »aber all diese Gläser und Kerzen sind im Weg.«
Er stand auf, kam um den Tisch herum und küsste sie auf den Kopf. Josefa schlang ihm die Arme um den Hals. Ich werde dich mit Jaime zusammenbringen, beschloss sie. Ihr werdet euch verstehen, weil ihr die wundervollsten, kultiviertesten Männer seid, die ich kenne. Und weil tief in euch derselbe seltsame Schmerz ist, der sich manchmal in euren Augen zeigt. In dieser Nacht hatte Josefa himmlische Träume.

Bis hierher war alles glänzend verlaufen. Ihre Wohnung, in einer noblen, stillen Querstraße der Calle Tacuba, war ein Traum mit vier weiten Zimmern und zwei Balkonen, und Felice verhielt sich genau so, wie sie es erwartet hatte, zurückhaltend und darauf bedacht, Josefa nicht zu stören. Tomás, Martina und Felix verstanden, dass sie ihr eigener Herr sein wollte, und Onkel Stefans Bekannter, George Temperley, schickte ihr Berge von Material über die Entwässerung der Slums. Der Besuch in der Wohnung über der Casa Hartmann, in der Onkel Stefan mit seiner Base Josephine und der achtzigjährigen Großmutter Marthe lebte, war ihr leichter gefallen als befürchtet. Als Kind war sie nie gern dort gewesen, weil die engen, mit dunklen Möbeln vollgestellten Räume ihr im Vergleich zu ihrem Leben auf El Manzanal so bedrückend und düster vorgekommen waren.

Das war diesmal nicht anders. Ich dürfte niemals Jaime hierherbringen, dachte sie, sobald sie in dem kleinen Salon in einem Sessel saß. Es würde ihn quälen, wie verstaubt und geschmacklos hier alles zusammengewürfelt war. Aber die Freudentränen, die der Großmutter aus den wässrigen Augen liefen, und die greisenhafte Hand, die ihre Wange streichelte, berührten sie. Großmutter Ana, die Mutter ihres Vaters, hatte Anavera und Vicente, nicht Josefa liebkost.

»Du bist so hübsch«, murmelte Großmutter Marthe und befühlte eine Strähne von Josefas Haar. »Keins von den Kindern dieser Familie ist so hübsch wie du. Nur meine Schwester Vera, der bist du aus dem Gesicht geschnitten. Möge der Herrgott auf dich, mein Liebchen, besser achten als auf sie.«

»Du würdest der alten Dame eine unbeschreibliche Freude machen, wenn du sie wieder besuchen kämest«, sagte Stefan, als er Josefa nach Hause brachte, und sie versprach es. Es fiel ihr nicht leicht, nach all den Jahren Deutsch zu sprechen, und die Atmosphäre in der Wohnung war belastend, aber es war schön, einem Menschen so wichtig zu sein. Wichtiger als Anavera und Vicente, nach denen die Großmutter nicht einmal gefragt hatte.

In der Tat, bis hierher war alles glänzend verlaufen. Wie aber sollte es weitergehen? Sie saß in ihrer schönen Wohnung, sie hatte Geld von ihrem Konto abgehoben und mit Martina einen Tag über Schnitten, Stoffproben und Accessoires verbracht, aber die wichtigste Frage blieb ohne Antwort: Wie sollte sie Jaime Sanchez Torrija wissen lassen, dass sie ihn nicht freiwillig brüskiert und sein Geschenk zurückgewiesen hatte? Wie sollte sie ihm sagen, dass sie nichts sehnlicher wünschte, als ihn wiederzusehen? Wäre er einer der jungen Männer um El Manzanal gewesen, einer wie Elenas Acalan, hätte sie an seine Tür geklopft oder ihren Bruder mit einer Nachricht geschickt. Jaime Sanchez Torrija aber war alles, nur kein Bauernbursche aus El Manzanal.

Was durfte ein Mädchen, das seinem Anspruch genügte, sich erlauben? Die Tage wurden zur Qual. Die Nächte waren schlimmer. Auf einmal vermisste sie Anavera, das Zimmer unter dem Dach, das sie geteilt hatten, die geflüsterten Gespräche in den Nächten. Anavera hätte sie fragen können, was sie tun sollte, und auch wenn die Schwester keine Lösung gewusst hätte, zusammen hätten sie sich eine ersponnen. Felice taugte dazu nicht. Die trug ihr dünnes Haar in einem Knäuel am Hinterkopf und hatte vermutlich in ihrem Leben keine einzige Nacht lang von einem Mann geträumt.

Als sie es in der Wohnung nicht mehr aushielt, zog sie los und lief zum Zócalo. Was Jaime für die Regierung tat, wusste sie nicht, aber gewiss würde sie ihn im Nationalpalast finden. Sie konnte so tun, als wäre sie dort, um ihren Vater zu besuchen. Wie albern der Plan war, begriff sie, als sie den Zócalo wieder-

sah, den weiten Platz voller geschäftiger Passanten, und die Fassade des Prachtbaus, die riesenhaft vor ihr aufragte. Menschen schrumpften zu Ameisen. Einen einzelnen zu finden, nach dem man sich krank sehnte, war völlig undenkbar. Sie hätte sich auf das Pflaster setzen und vor Hoffnungslosigkeit weinen wollen. Bewaffnete Soldaten ließen sie nicht einmal in die Nähe des Eingangs. Darüber, dass sie erklärte, sie sei die Tochter von Gouverneur Alvarez, lachten sie.
»Und ich bin der Sohn von Papst Leo dem Dreizehnten. Meine Mutter ist die Jungfrau von Guadelupe!«
Er fand sie trotzdem. Irgendeine Himmelsmacht kam ihnen zu Hilfe, und wie aus dem Boden gezaubert stand er hinter ihr. »Was fällt euch ein? Habt ihr Tagediebe nichts Besseres zu tun, als einer Dame lästig zu fallen? Kommen Sie, Doña Josefa. Ich bringe Sie zu Ihrem Vater.«
»Ich will ja gar nicht zu meinem Vater«, brach es aus ihr heraus.
»Und wohin dann?« Er zog eine Braue in die klare Stirn.
»Zu Ihnen«, antwortete Josefa und senkte verlegen den Kopf.
»Na, kommen Sie schon«, sagte er und hob mit zwei Fingern ihr Kinn. »Und sagen Sie nur nicht, es täte Ihnen leid.« Er bot ihr seinen Arm und führte sie durch die Menschenmenge. Im Gehen musterte er sie. Sie trug ein seidenes Tageskleid in einem Bronzeton, das ein Vermögen gekostet hatte. »Ich bin Ihnen böse«, sagte er.
»O bitte seien Sie mir nicht böse«, rief sie. »Ich wollte ja zu Ihrer grünen Stunde kommen, aber ...«
»Die grüne Stunde ist es nicht. Was habe ich Ihnen gesagt? Grüne Stunden sind Leichenbegängnisse, auf die Leute, die zu viel davon haben, ihre Zeit tragen. Ihr Kleid ist es. Sie hatten mir versprochen, Grün zu tragen. Hält man sich so in Querétaro an Versprechen?«

»Aber ich kann doch nicht immer Grün tragen«, widersprach Josefa verwirrt.

»Und warum nicht?«, fragte er. »Sie könnten die Königin der grünen Stunden werden. Aber Sie ziehen es vor, ein Mäuslein zu sein, das man sieht und wieder vergisst.«

Er ging mit ihr in ein Café hinter rosa gestrichenen Mauern, wurde von einem katzbuckelnden Kellner begrüßt und dezent an einen Tisch in einer Nische geführt. Ohne nach ihren Wünschen zu fragen, bestellte er ihr einen zerbrechlichen Teller mit ebenso zerbrechlichen Gebäckstücken, die er Petit Fours nannte, und einen süßen, sämigen Wein. Madeira, ließ er sie wissen. Für sich selbst wählte er lediglich einen blassen Fino Sherry, den er im Glas kreisen ließ, ohne ihn zu trinken. Ein Gespräch begann er nicht, sondern schien darauf zu warten, dass sie es tat.

»Wegen der grünen Stunde«, fing sie an, aber er hob die Hände.

»Nicht schon wieder, ich bitte Sie.«

»Ich langweile Sie, nicht wahr?«

»Ja«, erwiderte er. »Mich langweilen alle Menschen. Sie dreschen ihre immer gleichen, belanglosen Phrasen, fuchteln dabei auf immer gleiche, sinnlose Art mit Armen und Beinen und ergehen sich in haltlosen Stürmen verworrener Gefühle.«

»Es tut mir leid«, rief sie schnell, weil er klang, als würde er gequält.

»Da haben Sie's.« Er zog die Lippen von den Zähnen und lächelte kein bisschen amüsiert.

»Aber ich will Sie nicht langweilen«, sagte Josefa. »Ich tue, was Sie wollen, um Sie zu unterhalten. Sie müssen mir nur sagen, was Ihnen gefällt, was Ihnen Spaß macht. Ich bin so unerfahren, ich kenne mich mit gar nichts aus.«

»Spielen«, sagte er und senkte den Blick in den Sherry. »Spielen macht mir Spaß. Manchmal.«
»Conquian?«, fragte Josefa. Auf El Manzanal hatten sie sich halbe Nächte lang Turniere im Conquian geliefert. Vicente war der Beste, aber Anavera schummelte und trug am Ende den Sieg davon.
Don Jaimes Lachen klang vollkommen freudlos. Ich möchte ihn einmal dazu bringen, aus vollem Halse zu lachen, dachte Josefa. So, dass seine schönen Augen dabei leuchten und der seltsame Schmerz verlischt.
»Wollen Sie mit mir spielen, Josefa Alvarez?«, fragte er. »Nicht um Nussschalen, sondern um einen Einsatz, der sich lohnt? Einen, der weh tut, wenn Sie ihn verlieren?«
Josefa nickte. Es gab nur einen Einsatz, den sie nicht verlieren wollte, und das war er selbst. Seine Gegenwart.
»Gehen Sie nach Hause«, sagte er. »Ziehen Sie etwas anderes an, etwas für den Abend, dem man die Provinz nicht meilenweit ansieht, und lassen Sie sich um Himmels willen die Haare richten. Im ersten Stock des Tivoli gibt es ein Kasino. Sie werden Geld brauchen, Josefa Alvarez. Viel Geld. Haben Sie welches?«
Wieder nickte Josefa. Wenn sie etwas im Überfluss besaß, dann war es Geld. Die Summe auf ihrem Konto war höher, als ihre Vorstellung fasste, und es war nur eine Zahl, es hatte keinen Wert gegen das andere – er würde den Abend mit ihr verbringen. Von neuem würde eine glasklare Sternennacht sie mit ihm einhüllen, und dieses Mal würde sie sich das Glas nicht zerschlagen lassen, sondern es mit aller Kraft beschützen. Ich bin verliebt, dachte sie. Wie konnte ein einziges Gefühl so stark sein, als hätte sie nie ein anderes gehabt? Dass er etwas für sie empfand, war im Grunde nicht möglich, und doch musste es so sein. Warum sonst wäre er mit einem Mäd-

chen ausgegangen, das provinzielle Kleider trug, schlecht frisiert war und sprach wie eine dumme Gans?
»Und jetzt gehen wir«, sagte er und stand auf. »Dass Sie Ihre Petit Fours nicht gegessen haben, kann ich Ihnen nicht verdenken. Die Backkunst in diesem Land reicht über flaue Pfannenkuchen nicht hinaus.«

Daheim verbrachte Josefa eine verzweifelte halbe Stunde damit, ihre Haare vollends in ein Krähennest zu verwandeln. Wie erwartet, war Felice keine Hilfe, und in ihrer Not lief sie schließlich hinüber zu Martina. Statt des üblichen Lärms empfing sie eine seltsam gedrückte Stille. Josefa behauptete, George Temperley habe sie eingeladen, mit ein paar Leuten von der Bank auszugehen, und nun benötige sie einen Rat wegen ihrer Frisur. »Weißt du, dass schon deine Mutter diesen George Temperley als Ausrede benutzt hat?«, fragte Martina. »Nun, mich soll es nicht kratzen. Mein Friseur wird mir eine Szene machen, wenn ich ihn um diese Zeit holen lasse, aber wann machen Friseure keine Szenen?«
Der Friseur, ein langfingriger, nervöser Italiener, schuf ein turmhohes Gebilde auf Josefas Kopf, flocht Perlenschnüre ein und erging sich dabei in Begeisterung über ihr goldblondes Haar. Anschließend bearbeitete Martina ihr Gesicht mit Utensilien, die aus Felix' Malkasten stammen mochten, und zu guter Letzt hielt sie ihr einen Spiegel vor. Josefa entfuhr ein Laut. Die Frau, die ihr entgegenblickte, war kein Mädchen vom Lande, sondern eine fremde, kühle Hauptstädterin, unnahbar und ein wenig verrucht. Sie sah aus wie eine Frau, die sich an Jaime Sanchez Torrijas Seite sehen lassen durfte.
Erst an der Tür, als sie sich bei Martina bedankte, fiel Josefa die Stille im Haus wieder auf. »Ist etwas nicht in Ordnung? Ihr habt ja heute gar keinen Besuch.«

Hastig winkte Martina ab. »Sicher ist es nur ein Sturm im Wasserglas. Lass dir davon jetzt nicht deinen Abend verderben, wer immer der Glückliche ist, der ihn mit dir verbringt. Die Polizei hat José Posada abgeholt. Sie verdächtigen ihn, der Geist des Pinsels zu sein.«
José Posada war ein Gast von Felix, der sich mit Karikaturen auf dem Zócalo ein wenig Geld verdiente. »Aber diesen Geist des Pinsels gibt es doch gar nicht!«, rief Josefa.
»Eben«, erwiderte Martina. »Deshalb müssen sie José ja auch wieder laufenlassen. Du geh und genieß deinen Abend. Als wir jung waren, tobte vor unseren Türen der Krieg, und wir haben dennoch Nächte durchtanzt wie auf brennenden Vulkanen.«

12

Franzi Perger hatte immer nur eins gewollt – weg.
Weg aus dem engen Tal, in dem jeder jeden kannte und jeder wusste, dass die Pergerin, ihre Mutter, für ihr Kind keinen Vater hatte oder eher zu viele Väter, um einen einzelnen zu benennen. An den Türen etlicher Höfe, wo Franzi um Arbeit gebettelt hatte, hatten die Herrinnen sie abgewiesen: »Dass du schaffen kannst, glaub ich dir, Kindl. Aber die Tochter einer Hure hole ich mir nicht ins Haus, damit sie für den Meinigen die Haxen spreizt.«
Nur allzu gern hätte Franzi diese selbsternannten Damen wissen lassen, wie übel ihr beim Anblick ihrer »Meinigen« wurde, aber wenn sie in ihrem traurigen Leben eins gelernt hatte, dann, den Mund zu halten. Sich ihr Teil zu denken und auf eine Zeit zu hoffen, in der ihr sämtliche hochnäsigen Weiber samt ihrer »Meinigen« gestohlen bleiben konnten.

Die Therese Gruberin hatte sie schließlich trotzdem eingestellt. Weil sie die Hälfte von dem verlangte, was ein Mädchen von manierlicher Abkunft kostete, und weil die Gruberin keinen Meinigen hatte, sondern nur einen Schwager, und was der trieb, war ihr egal. Das Leben auf dem Tschiderer-Gut war besser als das in den Gassen von Brixen, denn sie hatte ein Dach über dem Kopf, trug saubere Schürzen, und kein Kerl langte sie an. Zum Ausgleich war die Arbeit hart, und das Haus stank nach Tod und Verwesung. Sooft der Gruberin die Last ihres Alltags über den Kopf wuchs, hielt sie sich schadlos, indem sie Franzi ohrfeigte. Franzi war Schläge gewohnt, aber die völlige Willkür ließ sie die Gruberin hassen. Mit jeder Ohrfeige wuchs der Hass und mit dem Hass der Wunsch, ihrem elenden Leben zu entkommen.
Im Frühling segnete der siechkranke junge Baron das Zeitliche, und der nach Verwesung stinkende Haushalt löste sich auf. Die Gruberin musste feststellen, dass ihr adelsstolzes Gebaren auf tönernen Füßen stand und bei der Prüfung der Testamentslage zusammenfiel. Vom Erbe des kleinen Barons war kein Hosenknopf mehr übrig, ihr Schwager hatte alles verlumpt und verhurt. »Zum Monatsletzten musst du gehen«, sagte sie zu Franzi und ohrfeigte sie. »Jetzt, wo mein Neffe und meine Schwester nicht mehr sind, habe ich keine Verwendung mehr für dich.«
In Franzis Ohr setzte ein schriller Ton ein, und in ihrem Hass hätte sie der Gruberin entgegenschleudern wollen: Kein Geld mehr hast du für mich, du Hexe. So wie jeder in diesem engen Tal weiß, dass meine Mutter eine Hure ist, so weiß jeder, dass dein verlumpter Schwager dich ruiniert hat und dass deine noble Familie ausgetilgt ist wie der Schnee vom vergangenen Jahr. Vielleicht hätte sie es getan. Was hatte sie schließlich noch zu verlieren? Dann aber fuhr die Gruberin fort: »Ich bleibe

ohnehin nicht hier. Ich reise zu meinem Neffen nach Mexiko.«
Du hast doch gar keinen Neffen, wollte Franzi höhnen, dein Neffe, das arme Skelett im Totenhemd, ist dort, wo er hingehört, fünf Fuß tief unter der Erde. Stattdessen hatte sie nur Ohren für das eine Wort: Mexiko. In Brixen, unter den Hungerleidern, wurde von der Neuen Welt geredet wie vom Garten Eden. Nur dass Eden Sündern wie Franzi verschlossen blieb, während in die Neue Welt jeder durfte, der eine Schiffspassage ergattern konnte. Sie brauchten dort drüben Leute aus Europa, die anpacken konnten und Mut und Pioniergeist besaßen. Um sie zu locken, gab man ihnen ein Stück Land, wie es hier nur Reiche besaßen. Gutes Land. »Wenn du in der Neuen Welt hinspuckst, schlägt die Spucke Wurzeln und trägt Früchte«, hatte Matti, der Bettelfürst, gesagt, der sich auskannte.
Natürlich gaben sie das Land nur Männern, nicht Mädchen, aber Mädchen konnten Männer, die Land bekamen, heiraten. Man fuhr einfach hinüber und schrieb sich vor Ort bei einer Agentur ein, die einem einen passenden Mann verschaffte. Frauen brauchten die Männer alle. Die Regierung half ihnen, sich auf ihr Land ein Haus zu bauen, und in ein Haus gehörte nun einmal eine Frau.
Das Letzte, was Franzi wollte, war ein Mann. Aber ein Haus wollte sie, sie hatte nie etwas sehnlicher gewollt als ein Haus, in dem sie sicher war. Wenn man in der Neuen Welt mit einem Mann ein Haus bekam, dann würde sie den Mann ertragen. Sie konnte schließlich Wein trinken, bevor er im Dunkeln unter ihre Decke kroch. Die Reichen – so wie die Gruberin – tranken immer Wein, sooft das Leben ihnen sauer aufstieß, und vielleicht hatte sie Glück und der Mann starb bald. Dann wäre sie allein und geborgen in ihrem Haus.

Das Tal, in dem sie hauste, war eng, und die Neue Welt war weit. So weit, sagte Matti, dass einem, wenn man versuchte zum Horizont zu schauen, der Blick unterwegs verlorenging. In der Neuen Welt wusste niemand, wer Franzi und schon gar nicht wer ihre Mutter war. Sie könnte sich neu erfinden. Die Nase rümpfen, die Brauen lupfen und »o mein Gott, o mein Gott« stöhnen, als gäbe es noch etwas, das sie erschüttern konnte.
Die Länder in der Neuen Welt hatten Namen wie Liebeslieder. Argentinien. Guatemala. Aber der schönste Name war Mexiko.
»Ich habe dir gesagt, pack dein Gelump und geh.« Die Hand der Gruberin landete klatschend auf ihrer Wange. Die Wucht des Schlags trieb ihr die Tränen in die Augen.
»Ich bitt um Vergebung«, rang sie sich ab. »Wenn Sie nach Mexiko fahren, werden Sie doch ein Mädchen brauchen. Eine vornehme Dame wie Sie kann doch nicht ohne Personal auf Reisen gehen, und ich verlang nicht mehr als die Schiffspassage und ein bisschen Grütze und Brot.«
Einen Tag lang zierte sich die Gruberin, dann nahm sie ihr Angebot an. Franzi begann von Mexiko zu träumen, wie sie in ihrem Leben nicht geträumt hatte. Es würde nie Winter sein in Mexiko. Nie so kalt wie in dem Februar, als sie sich einen Finger abgefroren hatte, und nie so dunkel wie in den Nächten im Schatten der Berge. Was immer es sie kosten mochte, sie würde in Mexiko ihr Glück machen. Den Kopf erhoben tragen und nie mehr ein Schrillen im Ohr hören, weil jemand sein eigenes Elend an ihr ausließ.
Es folgten schlimme Tage, an denen sie fürchten musste, die Reise würde abgesagt. »Ich bin arm wie eine Bettlerin, der Gustl hat mir keinen Groschen gelassen«, hörte sie die Gruberin stöhnen. Franzi hätte ihr sagen können, dass eine Bett-

lerin keine Seide am Leib trug, aus keinem handbemalten Porzellantässchen importierten Kaffee schlürfte und nicht mit Klunkern behängt war, doch wie es aussah, kam die Gruberin selbst darauf. Sie begann die Tässchen, die Klunker und einen guten Teil der Seide zu verkaufen, um das Geld für die Schiffspassagen aufzutreiben. »Und wenn es das Letzte ist, was ich tue, nach Mexiko werde ich fahren«, sagte sie. »Mein Bruder hat einen Sohn in diesem Höllenland. Die Wilden dort haben ihn ermordet und wie eine Ratte verscharrt, aber dass sie ihm auch noch den Sohn stehlen, lasse ich nicht zu. Mein Neffe wird heimkommen und sein Erbe antreten.«

Was für ein Erbe es denn noch anzutreten gebe, hätte Franzi fragen können, doch sie hielt den Mund. Die Gruberin fing an Briefe zu schreiben. Wie sich zeigte, wusste sie nicht einmal, wo dieser Sohn von ihrem Bruder lebte, und offenbar glaubte sie, Mexiko sei so überschaubar wie das Eisacktal. Franzi aber wusste, was Matti, der Bettlerfürst, ihr erzählt hatte: Mexiko war weit. Zwei, die sich dort verloren, fanden sich niemals wieder, und die Gruberin suchte keine Stecknadel im Heuhaufen, sondern einen Tropfen im Ozean.

Sie wandte sich an alle möglichen Leute, die damals mit ihrem Bruder in Mexiko gewesen waren. Mit jeder abschlägigen Antwort sank ihr Mut. Viele der Männer, die als Offiziere in Kaiser Maximilians Armee gedient hatten, waren längst tot, andere erinnerten sich an keinen Valentin Gruber, und wieder andere wollten von der schmählichen Niederlage nichts mehr wissen. Sie wird aufgeben, fürchtete Franzi. Dann aber kam der Brief von Elisabeth Lechner.

Ihr Vater sei unter Maximilian Hauptmann gewesen und in der Schlacht von Querétaro gefallen, schrieb die Frau. Oberleutnant Gruber habe zu seinen Freunden gehört, während sie in Chapultepec, in der Nähe des Kaiserpalastes, gewohnt hatten. Franzi fand den Brief auf der Anrichte, nachdem die Gruberin einer Ohnmacht nahe aus dem Salon gestürmt war. Sie hatte sich das Lesen selbst beigebracht und konnte nur einen Teil der Worte entziffern. Aus den Bruchstücken schloss sie, dass der Bruder der Gruberin mit einer Deutsch-Mexikanerin gelebt hatte – »mit einer Verführerin ohne Sitte und Moral, dafür mit nachtschwarzem Haar«. Wenn tatsächlich ein Sohn von ihm existierte, dann dürfte jene Katharina Lutenburg dessen Mutter sein, und es war gut möglich, dass sie noch immer in dem Sommerhaus in Chapultepec wohnte.

Chapultepec. Franzi übte es Silbe für Silbe. Es war ihr erstes mexikanisches Wort. Die Gruberin schrieb Katharina Lutenburg einen Brief und verkaufte den Trauring ihrer toten Schwester. Dann begann von neuem die quälende Zeit des Wartens, die sich über den gesamten Sommer hinstreckte. Gerichtsvollzieher erschienen und klebten Pfändungsmarken an Möbelstücke, und schließlich zog die Gruberin mit Franzi in eine winzige Wohnung über den Arkaden von Brixen. In schwarze Gedanken vergraben, lief sie in den engen Räumen wie ein gefangenes Tier auf und ab.

Es wurde Herbst, die Tage dunkler und kälter. Vor Angst um ihren Traum fand Franzi kaum noch Schlaf. Die Antwort von Katharina Lutenburg kam nie, aber eines Abends brach die Gruberin ihr Schweigen. »Ich ertrage es nicht länger«, stieß sie in einem Atemzug heraus. »Valentins Sohn irrt unter Barbaren in der Wildnis umher, und ich sitze hier und tue nichts. Morgen gehe ich ins Büro der Schifffahrtgesellschaft und buche die Passagen. Wir fahren nach Mexiko. Wenn diese Lutenburg glaubt, sie könne mir meinen Neffen vorenthalten, dann hat sie sich in Therese Gruberin getäuscht.«

Wir fahren nach Mexiko, sang es in Franzis Ohren. Irgendwo in der endlosen Weite zwischen der Hafenstadt Veracruz und dem beschworenen Chapultepec würde sie der Gruberin entwischen, eine Agentur aufsuchen und sich als Braut an einen frischgebackenen Hausherrn verkaufen.

Wenn Mexiko das Paradies war, dann war die Überfahrt das Fegefeuer. Die Härteprobe. Nach Tag und Nacht auf der Bahn erreichten sie Hamburg, wo sie an Bord gingen. Franzi hatte das Meer nie zuvor gesehen. Als ihr klarwurde, dass es weder einen sichtbaren Anfang noch ein sichtbares Ende besaß, war es bereits zu spät und sie den endlosen Wassermassen auf Gedeih und Verderb ausgeliefert.

Die Schifffahrtsgesellschaft hatte der Gruberin eine weitere alleinreisende Dame vermittelt, mit der sie sich eine Kabine in der zweiten Klasse teilte. Für Franzi genügte ein Schlafplatz im Zwischendeck, ein an die Schiffswand genageltes Brett in einem Verschlag, in dem sich insgesamt sechs solcher Schlafstellen befanden. Franzi hatte schon schlechter geschlafen, eingequetscht zwischen stinkende, röchelnde, rülpsende Leiber, unter Fetzen von Decken, in denen Ungeziefer umherkroch, in erstickender Hitze ebenso wie in einer Kälte, die Herz und Blut gefrieren ließ. Das Geschrei der Kinder, die Maden im Getreide, der Mangel an Wasser, das alles ließ sich ertragen, doch nach drei Tagen wurde sie in dem schwankenden Schiffsleib krank. Sie war immer eine Kämpferin gewesen, erfüllt von trotzigem Lebenswillen. Jetzt aber wünschte sie sich nichts mehr, als zu sterben.

Sie waren alle krank, Männer wie Frauen, Greise wie Kinder. In dem engen Verschlag spuckten sie sich die Seelen aus den Leibern, wälzten sich auf den Pritschen und hatten keine Kraft, um zum Scheißen nach draußen zu gehen. Seekrankheit sei harmlos, hatte Matti, der Bettlerfürst, behauptet. Zum ersten Mal kam Franzi der Gedanke, dass Matti ein schamloser Lügner war.

Dürr und struppig wie eine Wölfin war Franzi von Geburt an, doch als die Krankheit sich endlich zurückzog, war sie nur noch ein Schatten ihrer selbst. Auf ihre Herrin hatte sie in all den Tagen keinen Gedanken verschwendet, jetzt aber musste sie sich so weit herrichten, dass sie der Gruberin unter die Augen treten konnte. Über Mittag würden sich sämtliche Passagiere der ersten Klasse in den Speisesaal begeben, um sich von scharwenzelnden Kellnern verwöhnen zu lassen – das war die Gelegenheit, die Franzi beim Schopf packen würde.

Reisenden aus dem Zwischendeck war das Betreten der ersten Klasse verboten, aber Franzi konnte sich lautlos wie eine Katze bewegen, und der Steward pfiff vor sich hin und gab auf nichts und niemanden acht. Ohne Schwierigkeiten gelang es ihr, sich durch den Gang in eine Nische zu schleichen, in der ein Servierwagen abgestellt war. Sie quetschte sich dahinter und wartete ab, bis eine Dame mit Pelzstola ihre Kabine verließ, ohne hinter sich abzuschließen. Auf Zehenspitzen drückte sie sich an der Wand entlang, zog die Tür mit der Messingklinke auf und schlüpfte in die Kabine.

Die Pracht verschlug ihr den Atem. Der kleine Raum war ein schwimmender Miniaturpalast. All der Marmor, das rötlich schimmernde Holz und das Silber kündeten von einem Leben, das für sie keine Wirklichkeit besaß. Franzi war keine Phantastin. Dass nichts von alledem ihr je bestimmt sein würde, wusste sie, und ein einfaches trockenes Haus, das sich sauber halten und fest abschließen ließ, stellte für sie den Gipfel des Glücks dar. Für ein paar Augenblicke aber gab sie sich dem Zauber hin, warf sich auf das weiche Bett, fächelte sich mit dem Seidenfächer Luft zu und spielte Prinzessin, wie sie als Kind nie gespielt hatte. Dann beeilte sie sich. Aus dem Krug schüttete sie nach Rosen duftendes Wasser in die

Waschschüssel, bediente sich an der Seifenschale und wusch alles an sich so gründlich wie möglich, auch ihren Rock und ihr Haar.

Die silbernen Bürsten der Dame zu benutzen wagte sie nicht, doch sie streichelte andächtig über ihre Rücken. Mit dem Ärmel rieb sie den Waschtisch trocken und zupfte die Überdecke glatt, dann wandte sie sich zum Gehen. Stehlen wollte sie gewiss nichts. Im letzten Moment aber fiel ihr Blick auf das Buch. Die verschnörkelte Schrift war schwer zu entziffern, nur ein Wort sprang ihr ins Auge: Spanisch. Das war ihre größte Sorge gewesen, ehe die Krankheit alle Sorgen ausgelöscht hatte. In Mexiko sprachen die Leute Spanisch, und wenn sie kein Wort davon beherrschte, würde sie sich in der Agentur nicht verständigen können. Ehe sie nachdenken konnte, hatte sie das Buch unter ihre Bluse gestopft und flüchtete aus der Kabine.

Erst am Abend kam sie dazu, ihren Schatz genauer zu untersuchen. »Ehlers' Spanischer Sprachführer« lauteten die Worte auf dem Einband – genau das, was sie brauchte. Der Gruberin würde sie vorerst nicht fehlen, die siechte auf der Krankenstation vor sich hin, und Franzi blieben etliche Stunden am Tag, um den Sprachführer zu studieren. Sie setzte sich achtern zwischen die Rettungsboote, wohin die Matrosen zum Austreten gingen, und zerbrach sich über den Seiten des Buchs den Kopf.

Eine fremde Sprache zu lernen, wenn einem schon die eigene vor den Augen zu sinnlosen Zeichen zerrann, war so anstrengend, dass ihr der Schädel bis zum Platzen weh tat. Mehrmals feuerte sie das Buch in ihrer Wut gegen die Schiffswand. Dann aber lernte sie Pablo kennen, der auf einer Leiter an der Reling hinaufstieg, um ins Meer zu scheißen. Franzi duckte sich hinter eine Kiste, aber er hatte sie bereits entdeckt und sprang

von der Leiter, ohne sich die Hosen hochzuziehen. Ehe sie flüchten konnte, hatte er sie gepackt und an sich gedrückt. Sie schlug ihn mit den Fäusten, versuchte ihm das Knie zwischen die Beine zu rammen, musste jedoch erkennen, dass ihr Fliegengewicht gegen den stämmigen Burschen nichts ausrichten konnte. Also sackte sie in sich zusammen, schloss die Augen und hoffte, das Unvermeidliche werde schnell gehen. Es war schließlich nicht das erste Mal, und in Mexiko würde all dies vorbei sein. Wenigstens war ihr Magen zu leer, um sich zu übergeben.
Der Kerl ließ sie los. Verwundert wies er erst auf Franzi, dann auf sich und stellte eine Frage in der unverständlichen Sprache. »Drecksack«, herrschte Franzi ihn an. Er lachte und bückte sich nach dem Buch, das ihr aus der Hand gefallen war. Dabei bemerkte er, dass seine Hosen ihm noch immer in den Kniekehlen schlackerten. Franzi hatte es auch bemerkt, schwang ein Bein aus und trat ihm in den leuchtend weißen Hintern. Er drehte sich um, grinste und zog die Hosen hoch. Dann blätterte er in dem Buch, wies schließlich auf eine Tabelle mit Wörtern und winkte sie heran. Franzi hielt so weit wie möglich Abstand und las die Wörter vor. Er schüttelte den Kopf, wiederholte alles in der richtigen Aussprache und wies auf sie. Franzi probierte es noch einmal, und wieder verbesserte er sie, bis ihre Wörter beinahe wie seine klangen.
Von dem Tag an hatte sie zum ersten Mal in ihrem Leben einen Lehrer. Sooft er sich von der Arbeit fortstehlen konnte, kam der junge Matrose in ihr Versteck und übte mit ihr. Nach drei Tagen war sie so weit, dass er sich vorstellen konnte – »Pablo heiß ich« –, und nach einer Woche sagte er: »Du bist gut. Schnell wie ein Jaguar bist du. Du wirst dich überall durchschlagen.« Nach einer weiteren Woche erreichten sie Mexiko.

Kein Gerede von Matti hätte Franzi auf das vorbereiten können, was sie in der Bucht von Veracruz erwartete. Das Erste, was sie – noch vom Schiff aus – sah, war der Berg. Sie war am Fuß von Bergen aufgewachsen, doch der weiße Kegel, der aus dem umliegenden Gebirge herauswuchs, hatte mit den Gipfeln ihrer Heimat nichts zu tun. Er ragte bis in den Himmel und ließ nicht nur ein struppiges Mädchen, sondern die ganze Welt um sich schrumpfen. Vielleicht wohnte Gottvater dort oben, in der Weiße, die ins flimmernde Blau schnitt. Gewiss thronte er auf der Spitze des Gipfels, viel zu weit von der Erde entfernt, um sich um Menschengeschicke zu scheren.

Das Schiff glitt an einer Insel, auf der eine schwarz-gelb gemauerte Festung thronte, vorbei, verlor an Fahrt und verhielt schließlich, während jeglicher Wind erstarb. Franzi spürte, wie sich auf ihrer Haut ein Schweißfilm bildete und wie es gleich darauf feucht an ihr hinuntertroff. Die Hitze traf sie wie ein Hieb ins Genick. Sie schirmte die Augen gegen das blendende Licht ab und sah nach der Stadt, die sich umgeben von Sanddünen und unbebauter Weite hinter dem Saum des Meeres erhob.

Rot und weiß erschien sie ihr, ein Mosaik aus Kuppeln, Dächern, Türmen und Terrassen. Zwischen den Bauwerken wuchsen Bäume, deren Stämme höher als die Häuser ragten. Ganz oben trugen sie eine Krone aus schimmernd grünen Blättern. Franzi starrte die fremde Stadt an, und ihr war zumute, als sinke ihr Herz vor Veracruz auf die Knie. Sie hätte zu dem Gott auf dem weißen Gipfel, der sie sowieso nicht hörte, beten wollen. Ich gehe hier nie wieder weg, flüsterte eine Stimme in ihrem Inneren beharrlich. Nie wieder. Mit der Hitze würde sie zu leben lernen, und eines Tages würde sie hier begraben sein.

Dann kamen die Boote, die die Passagiere an Land holten, und Franzi musste der Gruberin helfen, die dürr wie ein Gerippe geworden war und auf der Strickleiter vor Furcht und Schwäche zitterte. Während sie in der Nussschale von Boot durch die kleinen Wellen schaukelten, fasste sie ihren Plan. Sie war frei. Kurz hatte sie erwogen, sich von Pablo zu verabschieden, aber sie war ihr Leben lang ohne Abschiede ausgekommen. Sobald sie das Land erreichten, würde sie auch die Gruberin ohne Abschied hinter sich lassen. Sie hatte keinen Groschen in der Tasche, doch daran war sie gewöhnt. Sie würde sich durchschlagen. Eine Agentur auftreiben und ihr Leben in der Neuen Welt beginnen, als hätte sie nie ein anderes gehabt.

Die Gelegenheit, das Alte hinter sich zu lassen, ergab sich, sobald sie am Kai von Bord kletterten. Männer in enggeschnittenen Uniformen trieben die Ankömmlinge mit Gewehrläufen zu einem Häuflein zusammen und machten sich daran, ein Gepäckstück nach dem anderen zu kontrollieren. Franzi erkannte ihre Chance blitzschnell. Sie ließ den Überseekoffer der Gruberin fallen, sprang einem der Beamten in den Weg und hielt ihm ihr schlaffes Bündel hin. »No hay«, rief sie ihm stolz in ihrem Spanisch entgegen. Ich habe nichts. In ihrem Rücken spürte sie die fassungslosen Blicke der Mitreisenden.

Das Gesicht des Mannes erschreckte sie. Es war braun wie das eines Affen und geschnitten, wie sie es bei einem Menschen nie gesehen hatte. Zum Ausgleich war der Affenmensch bereit, ihr kümmerliches Gepäck den anderen vorzuziehen. Er warf einen Blick in das Bündel, dann zerrte er Franzi am Arm aus dem Pulk und stieß sie hinaus auf den Kai. Franzi verstand, was die grobe Geste bedeutete: Willkommen in Mexiko. Lerne schwimmen oder geh unter. Sie war entschlossen, zu denen zu gehören, die schwimmen lernten.

Solange sie den Kai entlangging, lag Veracruz wie eine verwunschene Märchenstadt unter ihrer Glocke aus flimmerndem Glas. Beim ersten Schritt auf Mexikos Erde aber traf sie die Wolke des Geruchs. Es stank, als würde kistenweise Fisch in der drückenden Hitze verrotten. Auf einmal kehrte die Schwäche zurück, die grelle Sonne stach ihr in die Augen, und ihr Atem ging in schweren Stößen. Der Hafen bestand aus einer Reihe von Hütten und Verkaufsständen, zwischen denen es vor Mensch und Tier wimmelte. Wie sollte sie in diesem Getümmel jemanden finden, der ihr weiterhalf? Ihre Kehle wurde eng, und vor Hunger zog ihr Magen sich zusammen.

Franzi war immer allein gewesen. Sie hatte weder Eltern, die für sie gesorgt hätten, noch Freunde, die sich um ihr Schicksal scherten. Aber daheim, wo jeder jeden kannte, war man anders allein als in einem Strom fremder Menschen, die nicht einmal wie Artgenossen wirkten und auch nicht so sprachen. Sie wünschte, jemand käme und würde ihr auf die Schulter tippen, irgendwer, dem sie nicht völlig gleichgültig war und der am besten ein Stück Brot bei sich hatte. Der Fischgestank war ekelerregend, aber zugleich schürte er den Hunger.

Jemand kam und tippte ihr auf die Schulter. Franzi fuhr herum. Die Frau, die hinter ihr stand, war größer als sie und schleppte schwer an einem Koffer. Die Gruberin. »Wie kannst du mich denn alleine lassen, Franziska?«, fragte sie. »Ich kenne hier keinen einzigen Menschen.«

»Und ich vielleicht?«, entfuhr es Franzi in ihrem Schrecken.

»Nein, du auch nicht«, erwiderte die Gruberin. »Weshalb es das Beste sein wird, dass wir zusammenbleiben, bis wir Valentins Sohn gefunden haben. Danach magst du gehen, wohin in diesem Höllenland der Pfeffer wächst.«

13

In dem Kasino über dem Elysian Tivoli verspielte Josefa ein Vermögen. Die Bank hatte bereits geschlossen, aber der Tischcroupier in seinem Frack aus weinrotem Samt erlaubte ihr, Schecks auszuschreiben, so viel sie wollte. Im Tausch händigte er ihr die farbigen Jetons aus, die sie mit lässiger Hand auf das Tapis warf und liegen ließ, wo immer sie hinfielen. Dabei legte sie den Kopf in den Nacken, wie sie es sich bei anderen Damen abgeschaut hatte, und lachte, als würfe sie mit Kieselsteinen. Aus dem Augenwinkel sah sie, dass sie Jaime gefiel, und das berauschte sie mehr als der Champagner, der ihr ständig nachgeschenkt wurde, und mehr als das melodische Geklimper der Elfenbeinkugel, die im Rouletterad rollte und rollte.

Sie gewann kein einziges Mal. Bei jedem Berg Jetons, den der Saladier einstrich, lachte sie auf. So, wie sie jetzt war, so wollte sie sein – nicht langweilig, kindisch und provinziell, sondern erwachsen, verführerisch und ohne eine Sorge auf der Welt. Vom Zócalo hinüber drang der Glockenschlag der Kathedrale zur Mitternacht. Der Croupier kündigte das letzte Spiel an. Josefa bat ihn, ihr einen hohen Scheck einzulösen, und warf alle Jetons auf die Null. Alle sollten es sehen – sie war eine reiche, geheimnisvolle Schönheit, und Geld war null und nichtig für sie. Während die Elfenbeinkugel rollte, neigte sie sich Jaime zu und ließ ihr Glas gegen seines klirren. Ein wenig lächelte er. Seine schönen Augen glitzerten wie der Champagner.

Auf der Einundzwanzig kam die Kugel zum Stillstand. Der Saladier strich Josefas Jetons ein, und Josefa warf lachend den Kopf in den Nacken, bis die Härchen, die sich aus der Turmfrisur lösten, sie kitzelten. Ein Herr in ihres Vaters Alter, der nur ab und an ein Spiel gemacht hatte, trat auf sie zu, nahm ihre Hand und küsste sie. »Ihre Begleiterin ist voller Liebreiz«, sagte er zu Jaime. »Ich hoffe, Sie bringen sie uns bald wieder, Señor.«

»Bedanken Sie sich«, murmelte Jaime ihr zu, und als sie nicht reagierte, sagte er zu dem Herrn: »Die Dame ist schüchtern. Sie lässt Ihnen für das Kompliment danken.«

Josefa spürte brennende Hitze in den Wangen, aber der Herr sandte ihr ein geradezu liebevolles Lächeln, ehe er sich abwandte. Jaime ließ sich ihre Mantilla und sein Cape bringen und führte sie nach einem knappen Gruß in die Runde aus dem Saal. In der Tür setzte er seinen Hut auf. Übermütig vor Glück und Champagner riss Josefa ihm den eleganten Zylinder vom Kopf.

Er wandte sich ihr zu, sein schönes Gesicht eine einzige Frage.

»Verzeihung«, sagte Josefa verlegen, hielt an dem Hut aber fest. »Ich sehe Ihr Haar so gern an.«

Er zuckte eine Braue wie andere die Schultern, führte sie die Treppe hinunter und hinaus auf die Straße. Jetzt war Mexiko-Stadt, das nie zu schlafen schien, still. In der glasklaren Schwärze funkelten die Sterne wie am Himmel aufgesteckte Kostbarkeiten. Der Duft der Nacht machte Josefas Trunkenheit zum Rausch. Als Jaime stehen blieb, konnte sie nicht anders. Sie wirbelte herum und warf ihm die Arme um den Hals.

»Na, na«, sagte er rauh, löste ihre Hände voneinander und schob ihre Arme von sich, ohne den Blick seiner goldenen Augen von ihr abzuwenden. »Nur billige Weiber tun das. Flittchen wie Dolores de Vivero. Mädchen von Stand warten, bis der Mann es tut.«

Beschämt schlug Josefa den Blick zu Boden. Als sie sich verfluchte, weil ihr auch noch Tränen kamen und sie nichts bei sich hatte, um sich die ramponierte Schminke abzuwischen, spürte sie jäh seine Hände auf ihren Wangen. Er hob ihr Gesicht in die Höhe, ließ sie los und schloss die Arme um sie. Wie hundertfach verlangsamt erlebte sie alles mit – das Senken des Kopfes, das Schließen der Lider und endlich das Beben, als seine Lippen auf ihre trafen. Es war nicht nur ihr Körper, der bebte, sondern ebenso das Pflaster unter ihr, die Häuser der Stadt und die beiden Vulkane. Die Liebenden. Popocatepetl, der auf ewig brannte, weil seine Liebste, sein schlummerndes Mädchen Iztaccihuatl, ihm nicht nahe sein durfte.

Die zwei Vulkane brachen aus. Rot und golden schossen ihre Flammen aus der Tiefe und sandten Blitze durch die samtschwarze Nacht. Die Blitze formten Worte: Jaime Sanchez Torrija küsst mich. Josefa presste ihre Lippen auf seine, wollte ihm für einen Kuss hundert geben und sich tausend nehmen. Er hielt sie fest, dass sie die Muskeln seiner Schultern, den Schlag seines Herzens und das Pochen des Blutes an seinem Hals spürte, sie aber hielt ihn noch fester, so fest, dass nichts dazwischen passte, keine Fingerspitze und kein Gedanke, nur: Jaime Sanchez Torrija küsst mich. Die Welt drehte sich und riss sie mit, ließ sie kopfstehen und warf sie wieder auf die Füße. Als er sich von ihr löste, platzten mit dem Atemholen die Worte aus ihr heraus: »Ich liebe dich.«

»Na, na«, sagte er wie vorhin, nahm ihre Hand und strich wie am ersten Abend mit der Fingerspitze über die Gravur auf ihrem Armreif. »Eine, die sich so schnell verschleudert, gefällt den Männern nicht lange.«

»Ich will keinen Männern gefallen«, erwiderte Josefa trotzig. »Nur dir.«

»Mit mir bist du schlimmer dran als mit anderen«, sagte er, legte den Arm um ihre Taille und führte sie weiter durch die Stra-

ßen. »Das ist eine Warnung, Meisterin des Leichtsinns. Ich mag nach einem neuen Spielzeug zwar greifen, aber kaum halte ich es in den Händen, packt mich auch schon der Überdruss.«
»Mit mir wird es nicht so sein!«, rief Josefa. »Wenn du meiner überdrüssig wirst, denke ich mir etwas Neues aus, damit du wieder glücklich mit mir bist.« Woher ihr die Worte kamen, wusste sie nicht, aber sie meinte jedes so ernst wie einen Schwur.
Jaime stieß sein freudloses Lachen aus. »Du bist so wie die Clowns auf der verkommenen Plaza de Santo Domingo, was? Zwischen den Müllbergen vollführst du deine Kunststückchen, und wenn das Publikum es satthat, wie du dich selbst mit Messern bewirfst, dann schluckst du eben Feuer.«
»Ja, ja, ja!«, rief Josefa. Ihr war einerlei, was er sagte. Er hatte sie geküsst. Sie tanzte die dunkle Straße hinunter, und alle drei Schritte musste sie stehen bleiben, um ihn noch einmal zu küssen. Einmal ertappte sie, gerade als sie ihn losließ, ein Lächeln um seine Mundwinkel. »Woran hast du gedacht?«, bedrängte sie ihn. »Bitte sag's mir – woran hast du gerade gedacht?«
»Bist du sicher, dass du das wissen willst?«
»Ja, ich will es. Du musst es mir sagen!«
»Da du darauf bestehst – ich habe gedacht: Wenn ich ein Mensch wäre, den etwas rühren könnte, dann würde diese putzige Kreatur mich rühren.«
Die Worte erschlossen sich ihr nicht, aber der Ton tat es. Die Spur von Wärme in der schönen, kühlen Stimme, das eisern verriegelte Tor, das sich einen Spaltbreit öffnete. Eine Woge des Glücks überwältigte sie. Als sie entdeckte, wie nahe sie ihrem Haus in der Calle Sebastian schon waren, rief sie: »Lass uns noch nicht nach Hause gehen, Jaime. So schnell darf doch die Nacht nicht zu Ende sein.«

Er hob eine Braue. »Hast du noch nicht genug verspielt für eine Nacht?«
»Nein«, sagte Josefa und zog ihn in eine der Querstraßen. »Ich verspiele alles, wenn du es willst.«
»Und das meinst du ernst? Hast du auch nur die sanfteste Ahnung, was du da versprichst?«
Josefa lachte und schüttelte den Kopf, dass die Turmfrisur sich löste. »Nein, und es ist mir egal.«
Er nahm eine Strähne ihres Haars in die Hände und betrachtete sie. »Nicht zu glauben.«
»Was?«
»Du«, sagte er. »Du und der Mann, der dich gezeugt hat.« Mit einem Schlag schien er wie ausgewechselt und meilenweit von ihr entfernt. Er ließ ihr Haar los und ging ein paar Schritte voran. Die Gasse, in die sie inzwischen eingebogen waren, war schmal, holprig gepflastert und nur von einer einzigen Laterne beleuchtet. »Dein Vater hat einen blonden Engel zur Tochter bekommen, weil er so ein guter Mensch ist, was?« Er lachte. »All das Geld, das getaugt hätte, um aus diesem Rattennest eine Hauptstadt zu machen, wirft er den Tagedieben in den Slums hin, damit sie mit ihren halbnackten Hintern nicht länger im Wasser sitzen.«
Wie konnte ein Mensch, der so schön war und eine so herrliche Stimme hatte, so erfüllt von Hass sprechen? Josefa griff nach seinem Arm und schmiegte sich an ihn, um ihn zu sich zurückzuholen. »Sprichst du von dem Entwässerungssystem, Jaime? Das ist ein wunderbares Projekt. Ich bin sicher, es wird dich überzeugen, wenn es erst einmal fertig ist. Es wird Leben retten, unzählige Leben von Kindern, die Jahr für Jahr in der Regenzeit sterben, weil sie in den feuchten Hütten todkrank werden ...«
»Aha.« In der Dunkelheit traf sie sein Blick. »Und wer will das Leben dieser Bälger retten, verrätst du mir das auch?

Wem nützt es, wenn immer mehr davon überleben, wo ihre Eltern sich ohnehin wie die Ratten vermehren?« Er machte sich frei und ging weiter. Vor der Häuserecke aber erstarrte er mitten im Schritt. Josefa folgte ihm und wäre um ein Haar zurückgewichen. An der dunkel verputzten Mauer prangte ein Gemälde, dessen frisch aufgetragene Farben grell in der Finsternis glänzten. Das Bild war so scheußlich wie die Worte, die er in die Nacht hinausgestoßen hatte. Es zeigte Cipactli, das Ungeheuer, das die Erde zu verschlingen drohte, ehe Quetzalcoatl, der gefiederte Schlangengott, es tötete, um seine Geschöpfe zu retten. Sie kannte die Geschichte aus den Erzählungen ihres Vaters. Das Ungeheuer, in der Gestalt eines riesenhaften Reptils, war so gierig, dass jedes seiner Gliedmaßen ein eigenes Maul mit Reihen messerscharfer Zähne besaß.

Als Kind hatte sie sich vor dem Monster Cipactli gefürchtet, und um sie zu trösten, hatte ihr Vater ihr erzählt, wie Quetzalcoatl, der zärtliche Gott, der mit dem Wind den Regen brachte und den Morgenstern im Herzen trug, ihm den Garaus machte, weil er die Erde liebte.

Auf dem Wandbild gab es keinen liebevollen Schöpfergott, nur ein grauenerregendes Monstrum, das mit all seinen Mäulern Menschen verschlang. Die Menschen hielten Papiere in die Höhe, um sie vor den Zähnen des Monsters zu retten. Aber ihr verzweifelter Kampf war vergebens. Cipactli verschlang das leuchtende Weiß, auf dem »*El Siglo XIX*« und »Verfassung von Mexiko« stand, wie die Menschen selbst. Das Schlimmste aber war das Gesicht des Monsters. Es war überzeichnet und ins Hässliche verzerrt, und doch war es unverkennbar Jaimes Gesicht.

Er war bleich geworden. Unter der straff gespannten Haut seiner Wange zuckte ein Muskel. Als Josefa ihn dort berührte, wandte er sich ab. »Der Geist des Pinsels«, sagte er eisig. »Was für ein Künstler.«

Josefa wurde kalt. Beim Klang seiner Worte musste sie an die Bilder in Martinas Sala denken. Sie waren in denselben leuchtenden Farben, mit denselben gestochen scharfen Linien gemalt. »Komm doch weiter«, murmelte sie und griff nach seiner Hand. »Lass nicht zu, dass irgendein Schmierer uns unsere Nacht verdirbt.«

»Weiter?«, fragte er und entzog sich, als hätte sie etwas ganz und gar Widersinniges gesagt. »O nein, mein Engelchen, ich komme nicht weiter, nicht jetzt und die ganze Nacht nicht, die angeblich unser ist. Diesmal wird dieser Pinselspuk nicht wieder verschwinden, sobald ein Ordnungshüter sich bequemt, aus seinem Tiefschlaf zu schrecken. Diesmal werde nämlich ich mich nicht von der Stelle rühren, bis jemand sich zeigt.«

»Du willst warten, bis ein Polizist kommt?« Angst beschlich Josefa, kroch mit der Kälte ihren Rücken hinauf.

»Es kann sich nur um Stunden handeln.« Wieder lachte er sein hässliches Lachen. »Angeblich hockt ja ein Polizist an jeder Straßenecke, und angeblich reicht das völlig aus, so dass man das Geld für ein größeres Aufgebot den Indios in ihre Sickergruben werfen kann.«

Jedes Wort war ein Schlag. Was war mit dem Mann geschehen, der sie eben noch in seinen Armen gehalten, sie geküsst und zärtlich verspottet hatte? »Soll ich jemanden holen?«, fragte sie verzagt.

»Interessante Idee«, bemerkte er. »Ein Mädchen mit Anstand käme gewiss nicht auf den Gedanken, nachts allein in diesem Verbrechernest von Stadt herumzustreifen.«

Warum kränkte er sie? Was hatte sie ihm getan? Sie ging zwei Schritte weiter und spähte in die noch dunklere Seitenstraße.

Gebannt lauschte sie auf ein Geräusch, das durch die Finsternis hallte. Schritte, die zwar leise, aber hörbar näher kamen. Aus der Schwärze schälte sich eine Gestalt. »Jaime!«, rief Josefa. Dann erkannte sie den Mann, und im selben Augenblick erkannte er sie. Es war Tomás.
»Was tust du hier?«, fuhr er sie an, packte sie schmerzhaft bei den Armen und schüttelte sie.
»Bemerkenswerte Frage«, versetzte Jaime, der hinter sie trat. »Und was, wenn ich fragen darf, tun Sie hier?«
»Ich suche die Schwester meiner Verlobten«, fauchte Tomás. »Meine gesamte Familie sucht seit Stunden nach ihr.« Von neuem schüttelte er Josefa, die vergeblich versuchte sich zu befreien, und zwang sie, ihn anzusehen. »Du treibst dich wieder mit diesem Satan herum, ja? Miguels Gnadengesuch ist abgewiesen worden. Wenn dein Vater nicht noch einmal ein Wunder wirkt, schicken sie ihn nach Yucatán und foltern ihn dort langsam zu Tode. Und gestern früh haben sie auch noch José geholt, José, der nichts anderes verbrochen hat, als bettelarm und ein begnadeter Maler zu sein. Aber was kratzt das dich? Du wirfst dich dem Teufel, der deine Freunde tot sehen will, an den Hals und verschmachtest dich nach seinen schönen Augen.«
Seine schönen Augen, war alles, was Josefa denken konnte. Die schönen Augen glühten in der Schwärze der Nacht. Jaime hatte den Mund verzogen und sprach kein Wort.
»Weißt du, was ich täte, wenn ich dein Vater wäre? Ich würde dich nach Strich und Faden versohlen, bis du wieder klar denken kannst.« Erneut packte Tomás ihre Arme und schüttelte sie, dass ihr der Kopf flog. »Aber dein Vater glaubt ja von dir, du hättest das Herz einer Josefa Ortiz – und diesen Schlag versetzt du ihm ausgerechnet jetzt, wo er seine Familie am meisten braucht.«

»Mein Vater braucht seine Familie?« Schrill und fremd höhnte Josefas Stimme durch die Nacht. »Mein Vater hat in all den Wochen einen einzigen Abend Zeit für mich gehabt. Zeigt man so vielleicht seiner Tochter, dass man sie braucht?« Sie riss sich los, floh über die Straße und warf sich Jaime an die Brust. Statt die Arme zu öffnen, trat er einen Schritt zurück. Josefa taumelte und hatte Mühe, nicht zu stürzen.
Er nahm ihre Hand, hauchte einen Kuss darüber und verbeugte sich. »Es war mir ein Vergnügen, Señorita Alvarez. Wenn Ihnen der Sinn danach steht, noch weitere Spiele der Nacht zu erproben, stehe ich Ihnen gerne zur Verfügung. Wo Sie mich finden, wissen Sie ja.«
Ehe sie etwas sagen konnte, hatte er sich umgedreht und ging in die Finsternis davon. Das Bild an der Hauswand schien ihn nicht länger zu kümmern. »Jaime!«, rief sie seinem schwarzen Rücken hinterher. »Jaime, ich liebe dich!«
Er wandte den Kopf. Auf die Entfernung glaubte sie in seinem Lächeln einen Anflug von Wehmut zu erkennen. Er küsste seine Fingerspitzen, blies in ihre Richtung und ging weiter. Josefa stand wie angewurzelt und hob hilflos die Hände, wie um seinen Kuss aufzufangen.
»Du bildest dir ein, du liebst ihn? Du liebst diesen Verbrecher?« Tomás ergriff ihren Arm und riss sie harsch zu sich herum. »Du kennst ihn doch überhaupt nicht – und seine Opfer kennst du noch weniger. Weißt du was? Du bist ein dummes Gör, das keine Ahnung hat, was Liebe ist.«
»Was geht es dich an?«, rief Josefa, die verzweifelt versuchte sich zu befreien.
»Mehr, als du denkst«, erwiderte Tomás. »Mir selbst wäre von Herzen gleichgültig, was du treibst und wie du dich vor dem verfluchten Lagartijo zur Närrin machst. Aber deiner Schwester ist es nicht gleichgültig. Und deinem Vater erst recht nicht.

Auch wenn du für die beiden nichts als Vorwürfe hast, bewahrt sie das nicht davor, dich zu lieben. Glaub mir, täte mir um Anavera und Benito nicht das Herz weh, würde ich dich Sanchez Torrija zum Fraß vorwerfen, bis er dich satt bekommt und wieder ausspuckt.«
»Jaime bekommt mich nicht satt!«, rief Josefa tränenblind.
»So, so. Und warum nicht? Weil du die schönste Rose von Querétaro bist? Lass dir gesagt sein, da, wo dieser Kerl wildert, sind Querétaros Rosen Provinzpflanzen und ihm nicht mehr wert als Nesselminze. Er hat Frauen in Scharen verführt und weggeworfen. Weshalb glaubst du, dass ausgerechnet du die Ausnahme bist?«
Weil er mich liebt, wollte Josefa ihm ins Gesicht schleudern. Aber wie hätte sie ihm das glaubhaft machen sollen? Sie wusste ja selbst nicht, warum sie es so felsenfest glaubte. Jaime hatte nie ein Wort davon gesagt. Im Gegenteil, er hatte sie mehr als einmal verletzt und sie vor sich gewarnt. Tomás hatte recht, so zornig sie auch auf ihn war. Sie hatte sich benommen wie ein dummes Gör, das sich einem Mann an den Hals warf – und das, obwohl der Mann deutlich gemacht hatte, dass solches Verhalten ihn langweilte.
Weshalb sie es dennoch tat, wusste sie nicht. Nur, dass sie es wieder tun würde, dass sie gar nicht anders konnte. Vielleicht ist es eben so, wenn eine Frau und ein Mann einander lieben, dachte sie. Vielleicht erkennen sie einander im ersten Augenblick und sind sich fortan ihrer sicher, über jeden Zweifel erhaben, so dass sie sich getrost verschenken können. Auf ihrer Haut trockneten Tränen, ihr war kalt, und Müdigkeit überfiel sie. »Ich will nach Hause«, sagte sie zu Tomás. Morgen würde sie tun, was Jaime ihr gesagt hatte – zu ihm gehen und ihn wissen lassen, dass sie noch weitere Spiele der Nacht erproben wollte. Jedes Spiel. Solange er nur bei ihr war.

»Das kann ich mir denken. Aber nach Hause lasse ich dich jetzt nicht.« Grob stieß Tomás sie in den Rücken. »Nicht, bevor ich dir gezeigt habe, was für ein Leben dein Galan den Menschen zudenkt, die nicht seinen noblen Stammbaum vorzuweisen haben. Ich gebe rasch im Palais Bescheid, dass dem Prinzesschen nichts zugestoßen ist, damit die anderen sich endlich schlafen legen können. Dann aber sollst du sehen, was in dieser Stadt los ist – und was deinen Vater abhält, Tag und Nacht seinem Töchterlein zu Diensten zu sein.«

14

Coatls Tod setzte der Ausgelassenheit der Kaffeeernte ein Ende. Jeder bemühte sich zu helfen. Acalans Vater nahm die vaterlose Familie in sein Haus auf, Xavier und Anaveras Mutter sorgten dafür, dass sie ein weiteres Feld zur Pacht bekamen, und Vicente und Enrique schafften Holz herbei, um einen Schuppen hinter dem Haus zu einem zusätzlichen Schlafraum auszubauen. Kein noch so geschäftiges Bemühen aber konnte Coatls Frau und Kinder über den Verlust des Vaters und über die entsetzliche Sinnlosigkeit seines Todes hinwegtrösten. Der Dia de los Muertos, sonst ein vor Farbe schillernder Anlass, das Leben der Verstorbenen zu feiern, verlief in bedrückter Stille.

Anavera bemerkte, wie die Last, die ihre Nachbarn auf den Schultern trugen, auf sie und ihre Familie übergriff. Sie schrieb weiter an Tomás, freute sich über seine Antworten und versuchte Pläne für die Hochzeit zu schmieden, aber in allem lag ein schwerer, trauriger Ton. Ihm selbst schien es nicht anders zu gehen. Die liebevolle Heiterkeit seiner Briefe klang aufgesetzt, und über jedem Satz stand Miguel. Vielleicht sind wir einander so nah, dass der eine trotz der Entfernung spürt, wie dem anderen zumute ist, dachte Anavera. Sie vermisste ihn, doch als er seinen Besuch zum Kaffeepflückerfest absagte, war sie seltsam erleichtert. Es erschien ihr nicht recht, zu tanzen und ihren Liebsten in den Armen zu halten, während die eigenen Nachbarn ein Leid ertrugen, das sie sich nicht einmal ausmalen wollte.

Ihre Mutter hingegen nahm die Absage des Vaters schwer. »In all den Jahren ist das niemals vorgekommen«, sagte sie. »Einerlei, welcher Sturm in der Hauptstadt tobte, sobald der Kaffee eingebracht war, stand er vor der Tür. Und etwas wie das hier ist erst recht nie vorgekommen.« Sie reichte Anavera den Brief. Der schwere Bogen, sonst von Rand zu Rand in der steilen Schrift des Vaters beschrieben, enthielt nicht mehr als fünf Zeilen. Las man sonst seine Briefe, so bildete man sich ein, seine Stimme und das zärtliche Lachen darin zu hören. Las man hingegen die knappen Worte dieses Schreibens, so hörte man nichts.

»Und das ist der erste Brief, den er mir in zwei Monaten schreibt.« Das Lachen der Mutter klang nicht echt. »Josefa kommt gut zurecht – mehr hat er mir über unsere Tochter nicht zu berichten. Ginge es um einen anderen Mann, nicht um meinen, würde ich sagen, er hat sich in ein schönes junges Mädchen verliebt.«

»Du weißt, dass das Unsinn ist«, fuhr Anavera auf. »Er wird zu viel um die Ohren haben. Tomás schreibt auch, sie können an kaum etwas denken als an Miguel, und der Vater muss jeden Tag zum Präsidenten, um zumindest das Schlimmste zu verhindern.«

»Sicher hast du recht.« Die Mutter zog sie an sich. »Nun werden also wir dieses Fest allein auf die Beine stellen müssen, ohne Benito und ohne Josefa. Ach Liebes, ich wünschte, wir könnten es einfach absagen.«

»Können wir das denn nicht?«

Die Mutter schüttelte den Kopf. »In dem Vierteljahrhundert, in dem die Familie Alvarez hier Kaffee anbaut, hat es in jedem Herbst ein Fest für die Pflücker gegeben. Es abzusagen wäre, als würden wir vor Felipe Sanchez Torrija, der nebenan Gräben für sein Herrenhaus aushebt, unsere Kapitulation erklären. Außerdem wäre mir ein bisschen zumute, als würden wir damit die alten Götter erzürnen, die womöglich irgendwo in den Bergen lauern. Sie haben uns aufs Neue eine gute Ernte geschickt, und uns ist das nicht einmal ein Fest wert?«

»Kommt es dir auch manchmal so vor«, fragte Anavera, »als würden die alten Götter noch immer in den Bergen schlafen?«

Jetzt klang das Lachen der Mutter nicht mehr falsch, sondern voller Wärme. »Dein Vater hat einmal zu mir gesagt: Was soll mit den Göttern, an die keiner mehr glaubt, denn geschehen? Nach all dem Aufwand, der mit ihnen getrieben wurde, können sie doch nicht einfach verschwinden.«

Der Satz prägte sich Anavera ins Gedächtnis. Wenn sie in den klaren Nächten nicht schlafen konnte, setzte sie sich ans Fenster, sah hinauf zu den steinernen Gipfeln und dachte an die Götter, die dort von vergangener Größe träumten. Auch in der Nacht, die dem Kaffeepflückerfest vorausging. Auf einmal kamen ihr die Götter in den Felsen so machtvoll vor, dass sie sie gern gebeten hätte, über sie alle zu wachen. Über die Menschen von El Manzanal, deren vertraute Welt bedroht war, während nebenan ihr Feind sich sein Lager baute, und über die, die ihnen fehlten, über den Vater und Josefa, deren Schweigen sich so falsch anfühlte, über Tomás, dessen mitfühlendes Herz viel zu sehr unter alledem litt, und über Miguel, der Abelinda versprochen hatte, hier zu sein, wenn ihr Kind geboren wurde.

Als sie den Schrei hörte, der die Stille zerschnitt, wusste sie, dass Miguel sein Versprechen brechen würde. Das Kind kam in dieser Nacht, und sein Vater saß in einer Gefängniszelle und wusste nichts davon. Zu den Göttern, die in den Felsen hausten, ließ sich nicht beten wie zu dem christlichen Gott, mit dem Anavera aufgewachsen war. Diese Götter forderten das Blut ihrer Untertanen als Opfer, und jetzt, da sie keines mehr bekamen, mochte ihr Zorn unbezähmbar sein.

Der zweite Schrei zog sich in die Länge, bis er auf der Spitze zerbrach. Im Nu war Anavera aus dem Bett gesprungen und warf sich ihren Morgenrock über. Mit morbiden Grübeleien über Götter war Abelinda nicht geholfen. Unzählige Frauen hatten ihre Kinder ohne die Nähe ihrer Männer zur Welt gebracht, und Abelinda war schließlich nicht allein. Die Frauen von El Manzanal würden ihr beistehen. Und wenn Miguel aus der Hölle seiner Gefangenschaft heimkam, würden seine Frau und sein Kind ihn erwarten.

Auf bloßen Füßen, den Morgenrock um sich geschlungen, lief sie über den Hof zum Anbau, den die Männer für Miguels junge Familie errichtet hatten. Über die Schulter blickte sie zurück und musste flüchtig schmunzeln. Auf dem flachen Dach brannte noch eine Laterne, dort, wo ihr Bruder sein Teleskop in den Himmel richtete, um dessen nächtliche Geheimnisse zu ergründen. Solange sie denken konnte, war Vicente fasziniert von den Gestirnen. Würde er überhaupt hierbleiben oder nach Abschluss der Schule in eine der Städte gehen wollen, um bei bedeutenden Wissenschaftlern zu studieren? Wer würde noch hier sein, wenn sie selbst ihr erstes Kind zur Welt brachte? Etwas Heiliges lag um die Geburt eines Kindes, etwas von Weihnacht, auch wenn es erst Anfang November war und die Umstände anders als erwünscht.

Die Wärme, die der Gedanke ihr geschenkt hatte, war gleich darauf verflogen. Als sie die Tür zu Abelindas Schlafzimmer aufriss, sah sie als Erstes Carmen auf dem Bett sitzen, und als diese sich zu ihr umdrehte, wusste sie, dass nichts Heiliges um diese Geburt lag. Das Gesicht der Tante, die bereits so viel Leid ertragen und ihr Enkelkind innig ersehnt hatte, war grau. »Anavera«, sagte sie tonlos. »Das ist gut, dass du kommst.«

Von der Seite des Bettes erhob sich Xochitl, und Anavera sah, dass dahinter ihre Mutter kniete. Sie hielt den Korb für das Neugeborene im Schoß, und der Korb war nicht mehr leer. Beinahe unhörbar wimmerte Abelinda. Die beiden Frauen, Xochitl und die Mutter, wandten sich Anavera zu. »Wir brauchen meinen Schwiegersohn aus der Stadt«, sagte Xochitl. »Wir wissen nicht, ob du das schaffen kannst, aber wenn wir keinen Arzt bekommen, stirbt uns das Mädchen.«

»Anavera kann es schaffen«, sagte ihre Mutter. »Sie reitet wie der Teufel, und das Pferd, das Benito ihr geschenkt hat, ist wie der Wind, der den Regen bringt.«

Ein Schimmer von Hoffnung flog über Carmens graues Gesicht. »Bitte versuch es«, sagte sie. »Wir haben keine Zeit mehr zu verlieren.«

Anavera verlor keine Zeit. Wie in Trance trat sie vor Abelindas Schrank, zog den Morgenrock aus und warf sich irgendetwas über. Ohne noch einen Blick auf den Korb zu werfen, floh sie aus dem Raum und jagte kurz darauf bereits auf Aztatls Rücken aus dem Tal.

Die Nacht war schwarz trotz der Sterne. Wenn der junge Hengst strauchelte und stürzte, mochte Anavera sich den Hals brechen. Nie und nimmer hätten die Frauen ihr den Ritt gestattet, wäre es nicht um Leben oder Tod gegangen. Sie versuchte sich nur auf das zu konzentrieren, was in ihrer Macht lag: Zügel kurz halten, auf den jagenden Hufschlag lauschen, in den Sprüngen des Pferdes das Gleichgewicht halten. Der Weg, der vor ihr lag, war weit. Ein Bauernkarren brauchte zwei Stunden bis in die Vorstadt, in der Donata mit ihrem Mann und ihrer kleinen Tochter wohnte, doch ein trittsicheres Pferd, das sich geradewegs durch den Wald schlagen konnte, schaffte es womöglich in der Hälfte der Zeit. Aztatl war ein Galopper vor dem Herrn, für die Rennbahn, nicht für die Charreada geboren, aber er war ungestüm und jung, und die Ausdauer fehlte ihm. Anavera konnte nicht mehr tun, als sich leicht aus dem Sattel heben, um ihn zu entlasten, und über seinem Widerrist beten, dass er ihr alles gab, was in ihm steckte.

Der Aquädukt, der Santiago de Querétaro teilte, war auch in der Nacht beleuchtet. Als Anavera in der Ferne das Licht auf dem Stein glimmen sah, ließ sie die Zügel fahren und schlang die Arme um Aztatls Hals. Sie hatten aufgebracht, was sie an Kraft besaßen, und ein gutes Stück darüber hinaus. Was weiter geschah, lag nicht in ihrer Hand. Sie würde das Pferd, wenn sie es nicht völlig zuschanden reiten wollte, trockenführen müssen und dem Arzt später folgen, um vermutlich erst am Morgen zu erfahren, ob Abelinda die Nacht überlebt hatte. An all das – Abelinda, das tote Kind im Korb, Carmens graues Gesicht und Miguel, der nichts davon wusste – durfte sie nicht denken, ehe sie ihren Auftrag ausgeführt hatte. Das Haus des Arztes lag vorn an der Straße, seine Fenster in völligem Dunkel. Außer Atem, mit schmerzenden Lungen, rief Anavera seinen Namen.

Glücklicherweise war Ernesto, Donatas Mann, daran gewöhnt, aus dem Schlaf gerissen zu werden und blitzschnell zu reagieren. In null Komma nichts saß er auf seinem Pferd, um den Weg, den Anavera gekommen war, zurückzusprengen.

»Mach dir keine Sorgen, er ist als Reiter beinahe so grandios wie als Arzt«, sagte Donata, die älteste der Mädchen von El Manzanal, und breitete Anavera einen Rebozo um die Schultern. Die Nacht war nicht kalt, aber die körperliche Erschöpfung ließ sie frieren. »Soll unser Bursche dein schwarzes Storchenbein versorgen, damit du dich ausruhen kannst?«
Anavera schüttelte den Kopf. »Ich habe mich immer selbst um ihn gekümmert«, sagte sie. »Ich muss es jetzt, wo er für mich durchs Feuer gerast ist, erst recht tun. Außerdem erschrickt er sich leicht, wenn Fremde ihn handhaben, und dann ist er nicht ganz ungefährlich.«
»Nicht ganz ungefährlich ist die Untertreibung des Jahrhunderts«, bemerkte Donata. »Ich werde nie begreifen, wie dein Vater dir ein so tückisches Pferd schenken konnte.«
»Er hat ihn aus Spanien gekauft, um unseren Bestand aufzufrischen«, erklärte Anavera. Es tat gut, über Pferde zu sprechen, nichts wirkte so beruhigend auf sie. »Mir wollte er einen sanften Zweijährigen geben, aber ich wollte nur Aztatl. Tückisch ist er nicht im Geringsten, nur empfindlich und nicht immer einfach zu durchschauen.«
Trotz aller Sorge musste Donata lachen. »Du sprichst über Gäule wie andere Mädchen deines Alters über junge Männer. Na komm, dann verzärtle dein spanisches Storchenbein eben selbst.«
»Macht es dir etwas aus, aufzubleiben, während ich ihn trockenführe, Donata? Ich glaube, ich wäre jetzt nicht gern allein.«
Donata ging mit ihr in den Hof und sah aus sicherem Abstand zu, wie sie den schweißnassen Hengst mit Strohbündeln abrieb und ihn dann langsam hin und her gehen ließ. Sein Fell dampfte.

»Abelindas Kind ist tot«, murmelte Anavera. Sie hatte es Donata und Ernesto bereits erzählt, doch sie musste es sich noch einmal sagen, um es zu erfassen. »Sie hat sich so sehr darauf gefreut. Ich bin nur ein dummes Mädchen, hat sie gesagt, und Miguel ist so klug. Endlich gibt es etwas, das ich ihm schenken kann.«
»Lass uns beten, dass sie nicht auch noch stirbt«, sagte Donata. »Und wer weiß, manchmal überlebt das zweite Kind, auch wenn das erste schon tot im Leib liegt.«
»Das zweite?«
»Du hast meinen Bauch gesehen, ehe Galatea zur Welt kam, nicht wahr?«, fragte Donata. »Und du hast den Bauch von Abelinda gesehen. Ja, es gibt Kinder, die größer sind als andere, aber meine Galatea war ein mächtiger Brocken, und dennoch war Abelinda gut und gern doppelt so rund. Wenn du mich fragst, ist sie mit Zwillingen gegangen. Vielleicht ist das erste ja gestorben, um das zweite zu retten.«
An dieser Hoffnung hielt sich Anavera fest. Donata kochte ihr Schokolade und gab Chili hinein, um sie zu Kräften zu bringen, und danach waren Pferd und Reiter so weit erholt, dass sie den Rückweg antreten konnten.
»Ich komme euch in den nächsten Tagen besuchen«, versprach Donata. »Gib allen Küsse von mir und sag ihnen, sie sollen guten Mutes bleiben.«
Anavera ließ den Rappen sein eigenes Tempo finden und verlor sich in schläfrigen Gedanken. Ist es nicht seltsam, dachte sie, dass keine Nacht je so kalt ist wie die Stunde vor Morgengrauen? Zwischen den Hufschlägen auf der federnden Erde konnte man um diese Zeit noch hören, wie die Welt in tiefen Zügen Atem holte. Im nächsten Augenblick rief das Geschrei der Vögel den Tag herbei und hieb Risse ins Dunkel. Aus den tausend Schattierungen von Grün stiegen Nebelschwaden

wie Geister, die nachts durch Menschenträume tanzten, und um die Berggipfel, die als schützende Grenzpfeiler in den Himmel ragten, legte sich schmeichelnd das erste Gold.
Liebe zu dem Land, in dem sie lebte, überrollte Anavera und verlieh ihr Mut. Ja, sie machten eine harte Zeit durch, aber sie würden nicht daran zerbrechen, ihre Schar lag noch immer geborgen in der Hand einer liebenden Gottheit. Gewiss war es, wie Donata gesagt hatte: Abelinda hatte Zwillinge geboren, und ihr zweites Kind würde leben, um sie und Miguel über den Tod des ersten zu trösten. Miguel käme frei, und zu Weihnachten wären Josefa und der Vater zurück. Im Frühjahr würden sie und Tomás ihre Hochzeit feiern. An Coatls Familie und an Felipe Sanchez Torrija, der aus ihrem Tal nicht mehr zu vertreiben war, dachte sie nicht. Sie war zu müde dazu. In der Senke, getaucht in Morgensonne, stand der Brotfruchtbaum und darunter das weiße Haus, in dem sie geboren worden war.
Elena kam ihr mit den Nachrichten der Nacht entgegengelaufen. Donatas Mann war im buchstäblich letzten Moment eingetroffen und hatte das nahezu leblose Kind, einen kleinen Jungen, Abelinda aus dem Leib gezogen. »Ihr seid zu Helden geworden, du und dein spanischer Storch«, rief Elena übermütig und klopfte Aztatl den glänzenden Hals. »Die Nachtstürmer. Die Lebensretter.«
»Schön, dich lachen zu hören«, sagte Anavera. Seit Coatls Tod war Elena beständig mit bedrückter Miene herumgelaufen, versunken in düstere Gedanken. »Gibt es etwas Neues, hat Acalan etwa mit deinem Vater gesprochen?«
Elena schüttelte den Kopf. »Nein, es ist alles beim Alten, und um ehrlich zu sein, ich mache mir auch keine Hoffnung mehr. Acalan ist nun einmal kein Tomás. Ich werde damit leben müssen, dass ich einen Feigling liebe, und heute will ich nicht

daran denken. Es hat etwas Magisches, wenn ein Kind geboren wird, oder nicht? Und es wurde ja höchste Zeit, dass es auf El Manzanal endlich wieder so ein Wunderwesen gibt.«
»Allerdings.« Anavera lachte. »Seit wir hier herumgestrolcht sind und uns die Knie aufgeschlagen haben, sind zu viele Jahre vergangen.«
»Willst du gleich laufen und dir den Goldschatz anschauen? Fortunato heißt er, weil er ein solches Glück hatte. Der Cura war in der Nacht noch da, um ihn zu taufen.«
Anavera schwang sich aus dem Sattel und streichelte Aztatl die Stirn bis hinunter auf die Nüstern. »Nein, ich muss erst mein Windpferd versorgen, aber ich werde mich beeilen wie verrückt.«
Später wünschte sie sich, sie hätte dieses eine Mal den Rappen einem andern überlassen. Als sie drei Tage nach diesem an der kleinen Grube stand, die die Männer auf dem Friedhof von Santa María de Cleofás ausgehoben hatten, kam es ihr unendlich traurig vor, das verlorene Familienmitglied in seinem winzigen Leben nicht einmal gekannt zu haben.
An jenem Morgen war sie mit Jubel im Herzen ins Zimmer gestürzt, sobald Aztatl versorgt war. Im selben Augenblick hatten die Frauen zu schreien begonnen. Die tapfere Carmen, die Anavera im Leben noch nie hatte schreien hören, war die lauteste. Sie warf sich über das Kindchen auf dem Bett und heulte wie eine Kojotin. Xochitl, die an der Seite kniete, brach in haltloses Weinen aus, und die Mutter umklammerte Carmens Schultern, versuchte sie an sich zu ziehen und rief: »Komm doch zu dir, Carmencita, mi querida, dem armen kleinen Jungen hilfst du ja nicht mehr.«
Abelindas leises Weinen war unter alledem kaum zu hören. Ernesto bemühte sich um sie, beugte sich weit über das Bett und versuchte ihr einen Löffel voll dunkler Arznei einzuflö-

ßen. Abelinda aber drehte das Gesicht zur Seite und presste die Lippen aufeinander. Das Bild erstarrte Anavera vor den Augen wie die aztekischen Reliefs in Stein, die Tomás so bewunderte. Als wären die schlafenden Götter in den Felsen erwacht und hätten einen Schlag verübt, um die Menschen im Tal zu warnen. Mit dem Leben des Kindes verlosch die Illusion der Sicherheit, die der Ritt durch den Sonnenaufgang ihr vorgegaukelt hatte. Anavera hatte Mühe, gegen den jähen Ansturm von Furcht anzukämpfen.
Irgendwann gelang es dem Arzt, sowohl Abelinda als auch Carmen sein Mittel zur Beruhigung aufzudrängen. Abelinda kam gnädig die Erschöpfung zu Hilfe. Ehe ihr die Augen zufielen, nahm sie ihren letzten Rest Kraft zusammen, um eine Handvoll Worte herauszustoßen: »Sagt Miguel nichts davon. Um alles in der Welt, sagt Miguel davon kein Wort.« Dann durfte sie endlich schlafen und für ein paar Stunden vergessen, was aus ihrem Leben geworden war.
Xochitl führte Carmen, die gebeugt und willenlos an ihrem Arm ging, aus dem Zimmer.
»Da ist noch etwas«, sagte Ernesto zur Mutter und zu Anavera. »Ich wollte es nicht erwähnen, solange dieses arme Mädchen uns hörte, denn für den Moment wäre es mehr, als es ertragen könnte. Euch aber muss ich es sagen: Sie darf nie wieder ein Kind bekommen. Mir ist klar, wie hart das den jungen Miguel treffen muss. Ich bin selbst gerade Vater geworden und weiß, dass die Erfüllung eines Mannes in seinen Kindern liegt. Doch nicht allen Frauen ist es gegeben, ihren Männern diese Erfüllung zu schenken. Abelinda kann ihrem Schöpfer danken, wenn sie es diesmal überlebt. Ein zweites Mal wäre ihr sicherer Tod.«
Er bot an, sich um das tote Kind zu kümmern, doch die Mutter lehnte ab. Sie wusch den kalten kleinen Körper selbst und

zog ihm die weißen Kleider an, die Abelinda für ihn vorbereitet hatte. Anavera half ihr. Es war Balsam, dieses Letzte für das Kindchen tun zu können und dabei zu weinen. Als sie Fortunato in sein Körbchen gebettet hatten, sah er aus, wie Donatas Tochter nach ihrer Geburt ausgesehen hatte, selig und geborgen im Schlaf. Anavera fiel etwas ein. »Wo ist das Erstgeborene? Sollten wir es nicht zu seinem Geschwisterchen legen?«
Hastig schüttelte die Mutter den Kopf. »Xochitl hat es gleich zugedeckt und aus dem Zimmer gebracht, damit Carmen und Abelinda es nicht sehen. Was die beiden auszuhalten haben, ist auch so schon viel zu hart. In all den Jahren habe ich Carmen nie weinen sehen, weißt du das? Carmen, die Überstarke, unser Kapokbaum, an dem sich jeder festgehalten hat. Ist es nicht merkwürdig, dass ein Mensch erst in Not geraten muss, damit wir merken, wie sehr wir ihn brauchen? Ich will nicht, dass Carmen uns an der Trauer um ihre Enkel und an der Angst um ihren Sohn zerbricht.«
»Was ist mit dem erstgeborenen Kind?«, beharrte Anavera. »Warum hatte Xochitl solche Eile, es wegzubringen?«
»Es war missgestaltet.« Beinahe flüsterte die Mutter. »Vermutlich ist es schon vor vier Wochen in Abelindas Leib gestorben.«
Anavera musste an den Tag denken, an dem Felipe Sanchez Torrija Coatls Familie von ihrem Land vertrieben und Abelinda sich im Hof vor Schmerz gekrümmt hatte. »War es ein Sohn?«, fragte sie. »Oder eine Tochter?«
Ein wenig hilflos zuckte die Mutter mit den Schultern. »Keine von uns hat nachgeschaut. Das Kleine sah furchtbar aus, Liebes. Wir bekämen das Bild nicht mehr aus dem Kopf.«
»Aber wir sollen es doch auch gar nicht aus dem Kopf bekommen!«, rief Anavera empört. »Es ist ein Mitglied unserer

Familie, auch wenn es nicht mehr lebt – die zwei sind die einzigen Kinder, die Miguel und Abelinda je haben werden! Wo hat Xochitl es hingebracht? Wenn ihr es alle nicht ansehen mögt, dann richte ich es allein her. Ich will nicht, dass in diesem Haus ein Kind geboren wurde und kein Mensch hat es je in seinen Armen gewiegt.«
Sie war aufgesprungen. Als sie verstummte, stand ihre Mutter ebenfalls auf und berührte ihre Hand. »Du bist durch und durch das Kind deines Vaters«, sagte sie. »Wie soll ich es eigentlich meinem Schöpfer je danken, dass er mir einen so geraden, zu so viel Liebe fähigen Menschen noch ein zweites Mal geschenkt hat? Komm, holen wir Abelindas Erstgeborenes zu seinem Bruder. Ich werde dir helfen, es anzukleiden.«
Das tote Kindchen war viel weniger erschreckend, als Anavera befürchtet hatte. Das Körperchen sah aus, als hätte sein Bildhauer noch keine Zeit gehabt, es zu vollenden, nur eine Idee in rohem Ton, ein Traum, der nicht zu Ende geträumt werden würde. Das Gesicht glich einer dunklen, verrunzelten Frucht. Es war ein Mädchen, ein uraltes verrunzeltes Frauchen, das in eine Handfläche passte. Anavera und ihre Mutter knoteten ihm eine Windel wie einen Huipil um die Schultern und betteten es an die Seite seines Bruders, so dass das Gesicht halb im Kissen und halb unter dichtem Haar verborgen war. Sie würden darauf bestehen, dass die Geschwister in einem einzigen Sarg bei den Gräbern der Familie bestattet wurden.
»Was ist mit Abelindas Wunsch?«, fragte Anavera, nachdem sie das Körbchen auf das Bett in der Kinderstube gestellt und zu beiden Seiten Kerzen angezündet hatten. »Werden wir es Miguel verschweigen?«
Die Mutter nickte. »Es ist schlimm genug, dass er es erfahren muss, wenn er wieder hier ist. Aber dann ist er wenigstens bei

seiner Frau, und die beiden können einander ein Trost sein. Bitte schreib auch Tomás nichts – Tomás und Martina sind zwei der wundervollsten Menschen, die ich kenne, aber ein Geheimnis zu bewahren gehört nicht zu ihren Stärken.«
»Ja, du hast recht«, stimmte Anavera zu. »Tomás versucht gerade eine Besuchserlaubnis für Miguel zu erhalten, und vor seinem Freund Stillschweigen zu bewahren würde ihm schwerfallen.«
Die Mutter zog sie aus dem Zimmer und schloss sachte hinter ihnen die Tür. Still und traurig gingen sie hinüber ins Büro, wo die Mutter die Geldschatulle öffnete und zerstreut Münzen in die Lederbeutel der Kaffeepflücker zu zählen begann. Nach einer Weile konnte Anavera es nicht länger mit ansehen und nahm ihr Schatulle und Beutel weg. »Lass mich das machen, Mutter. Du geh und ruh dich aus.« Ehe die Mutter etwas erklären konnte, winkte sie ab. »Ich sage den Leuten, dass das Fest nicht stattfinden kann, und zahle ihnen zum Ersatz den doppelten Lohn aus.«
»Den dreifachen«, sagte die Mutter. »Es wird noch immer wirken wie ein Almosen, aber es soll wenigstens nicht kläglich sein.«
»Es ist nicht kläglich. Mach dir keine Sorgen, jeder wird es verstehen.«
»Danke.« Flüchtig zog die Mutter sie an sich. »Dann gehe ich in mein Zimmer und schreibe an Benito.«
»Wirst du ihm von Abelinda erzählen?«
»Ja«, antwortete die Mutter. »Er vertritt an Miguel die Vaterstelle, er muss davon wissen. Und außerdem fühle ich mich so verdammt gottverlassen, wenn ich nicht meine Sorgen mit ihm teilen kann, wie wir es unser Leben lang getan haben.«

15

Wenn Benito nach seinem Glas griff, musste er sich anstrengen, damit ihm die Hand nicht vor Erschöpfung zitterte. Die Nächte, in denen er kaum geschlafen hatte, konnte er nicht mehr zählen, und in der letzten hatte er kein Auge zugetan. Es war ein Uhr gewesen, als seine Wirtin an seine Tür gehämmert hatte. Eine Dame wolle ihn sprechen, sie sei völlig aufgelöst. »Du könntest dich im Schrank verstecken«, versuchte er einen hilflosen Witz, über den Dolores aber nicht lachen konnte, sondern in Tränen ausbrach. Schnell schloss er die Arme um sie und strich ihr beruhigend über das Haar. »Setz dich einfach in mein Arbeitszimmer und warte«, sagte er. »Ich sehe zu, dass ich das so schnell wie möglich regle, und dann bringe ich dich nach Hause.«
»Nein«, sagte sie und wischte sich resolut die Tränen von den Wangen. »Verzeih, dass ich mich wie eine hysterische Truthenne betrage. Ich nehme den Hinterausgang und gehe allein.«
»Das kommt nicht in Frage.«
»Warum nicht? Mit meinem Ruf ist ohnehin kein Staat mehr zu machen – wem ist geholfen, wenn wir deinen auch noch ruinieren?«
»Es geht nicht um deinen Ruf, sondern um deine Sicherheit«, beschied er sie. »Ich lasse kein Mädchen mitten in der Nacht durch eine Stadt voller hungriger Wölfe spazieren. Setz dich ans Fenster und warte. Bestimmt ist es nichts von Bedeutung.«
Dass es nichts von Bedeutung war, wenn ihn um ein Uhr in der Nacht eine Dame besuchte, glaubte er in seinen kühnsten Träumen nicht. Die Dame war Felice. Sie war außer sich. »Es tut mir so leid, Benito, es tut mir so entsetzlich leid! Aber ich

kann doch das Mädchen nicht im Haus einsperren, wenn sie mir sagt, sie geht mit diesen Leuten von der Bank zum Essen.«

»Mit welchen Leuten von der Bank?«, schrie Benito. Er hätte sie packen und aus ihr herausschütteln wollen, wo sein kleines Mädchen war, auf das sie hätte aufpassen sollen. Zähneknirschend beherrschte er sich.

»Sie hat gesagt, spätestens um elf bringen ihre Freunde sie nach Hause. Aber es war halb eins, als ich aus dem Schlaf geschreckt bin – und Josefa war nicht in ihrem Bett!«

Benito wollte nur eines, hinaus auf die Straße und Josefa suchen, bis er sie wiederhatte, heil und sicher in seinen Armen. Felice fing an zu weinen. »Ich weiß, ich bin schuld«, presste sie heraus.

»Unsinn«, rang er sich ab, obwohl er sich dessen alles andere als sicher war. Kurzerhand nahm er sie beim Arm und führte sie hinunter in die Loggia, wo seine Wirtin, eine alte Jungfer, die ihr graues Haar tintenschwarz färbte, im Morgenrock seiner harrte. »Ich bitte um Verzeihung, Doña Consuelo«, sagte er. »Und ich verspreche, ich mache es wieder gut. Dürfte meine Verwandte wohl kurz hier bei Ihnen warten, bis ich etwas erledigt habe?«

»Erledigt!« Sie schnaufte. »Entledigt meinen Sie wohl! Die eine soll hier warten, bis Sie sich der anderen entledigt haben. Und wenn eine von denen Ihre Verwandte ist, fresse ich meinen Besen. Was ist in Sie gefahren, Don Benito? Zwanzig Jahre lang habe ich Sie für einen Mann von Ehre gehalten, und wenn Sie hundertmal braun wie ein Brüllaffe sind. Weshalb fangen Sie in Ihrem Alter an und machen aus meiner Villa ein Hurenhaus?«

»Meine Tochter ist verschwunden«, rief Benito, weil er weder Zeit noch Kraft für Erklärungen hatte. »Felice, warte auf

mich.« Ihren Blick von der Seite konnte er förmlich spüren. Dessen ungeachtet rannte er die Treppe hinauf in sein Arbeitszimmer. Dolores wartete fertig angekleidet in der Tür. Ihre Wimpern waren noch nass, aber wie sie dort stand und ihren schönen Kopf aufrecht hielt, kündete alles an ihr von ihrem bemerkenswerten Mut. »Ich habe zugehört«, sagte sie. »Ich gehe allein, und du suchst dein Mädchen. Du hast um meinetwillen schon genug Scherereien.«
»Ich muss dich wenigstens in einen Wagen setzen.«
»Nein, musst du nicht. Aber wenn dein Gewissen dann ein wenig milder mit dir umgeht, tu's. Es ist ganz schön zermürbend, ein Ehrenmann zu sein, nicht wahr? Kein Wunder, dass die Gattung im Begriff steht auszusterben.«
Sie mussten beinahe bis zum Zócalo laufen, um einen Wagen aufzutreiben. Als er Dolores hineinhalf, fragte sich Benito: Steht ihr Vater auch mitten in der Nacht auf der Straße und hört sein Blut rauschen, weil er nicht weiß, wo sie ist? Ihr Vater, Teofilo de Vivero, Conde del Valle de Orizaba, war ein feiner Mann, der darauf bedacht war, keinem Menschen etwas zuleide zu tun. Er war womöglich der Einzige aus dem Umkreis der Regierung, für den eine Welt zerbrochen war, als er von Porfirios Wahlbetrug erfahren hatte. Dolores war sein einziges Kind, nach dem frühen Tod seiner Frau seine ganze Familie.
Ist das die Strafe?, durchfuhr es Benito, während er durch die Nacht zurück zu seinem Haus jagte. Seine Faust ballte sich, wie um sich drohend gegen eine Gottheit zu erheben. Nicht meine Josefa, wollte er brüllen. Nicht mein Kind, das für nichts etwas kann.
Aus Felice bekam er immerhin noch heraus, dass Josefa am frühen Abend zu Martina gegangen war, und im Portal zu deren Palais trafen sie auf Tomás. »Was machst du denn

hier?«, platzte er heraus, ehe Benito ihm dieselbe Frage stellen konnte. Mit ein paar Worten war die Lage erklärt, Tomás riss seine Eltern aus dem Schlaf, und dann teilten sie sich auf, um die Stadt abzusuchen. An die Stunden, bis Tomás mit Josefa im Schlepptau vor dem Palais auftauchte, gerade als er selbst einmal mehr mit leeren Händen zurückkehrte, wollte Benito für den Rest seines Lebens nicht mehr denken.
Josefa sah mitgenommen aus, das Kleid zerrissen, die Frisur zerrauft und das Gesicht verweint, aber zugleich war er sicher, sie nie so schön gesehen zu haben. »Josefa ist wohlauf«, sagte Tomás. Benito stieß ihn beiseite, drückte sie an sich und grub sein Gesicht in ihr Haar. Als Kind hatte sie sich ein unerklärliches Fieber zugezogen und fünf Tage lang auf Leben und Tod gelegen. So wie er sich nach ihrer Genesung gefühlt hatte, so fühlte er sich jetzt – als wäre es unmöglich, sie je wieder loszulassen. Sie klammerte sich an ihm fest. Die Kinder sind uns zu schnell groß geworden, dachte er. Wir sind nicht mit ihnen gewachsen, und das, was sie jetzt von uns brauchen, überfordert uns.
Seit Monaten versuchte er sich Gedanken an Katharina zu verbieten, weil sein Gewissen ihn würgte. Jetzt aber wünschte er sich, sie wäre hier. Der eine Mensch, der die Liebe zu ihren drei Kindern in ihrer ganzen Wucht mit ihm teilte. Sie würde ihm die Hölle heißmachen, weil er nicht auf ihr Mädchen aufgepasst hatte, und nichts anderes hatte er verdient. Aber das andere würde sie ihm auch geben – ihre Wärme, ihr Verständnis, ihre Lebensklugheit. Auf einmal sehnte er sich danach, Katharina all das, was ihm seit Monaten die Luft abdrückte, zu erzählen. Es endlich nicht mehr allein zu tragen.
Er küsste Josefa auf den Scheitel und glättete ihr zerzaustes Haar mit den Lippen. Draußen begann der Tag, die Aguadores füllten singend ihre Zuber, um sie in Viertel ohne eigene

Pumpen zu schleppen, und auf den Milchwagen schepperten die Kannen. Er würde zu spät zur Sitzung des Kongresses kommen und aussehen wie ein Bandido, aber es scherte ihn nicht. »Geht es dir wirklich gut, Huitzilli? Was ist dir denn zugestoßen, wo hast du gesteckt?«

»Das möchte Josefa jetzt nicht sagen.« Mit einem Ruck hatte Tomás ihm die Tochter aus den Armen gewunden. »Und ich sage auch nichts, solange sie sich an unsere Vereinbarung hält. Wir beide, Josefa und ich, haben noch etwas vor. Ihr solltet versuchen euch eine Stunde hinzulegen. Ich verspreche, ich bringe sie gesund zurück.«

»Josefa braucht ein Bad und ein Bett!«, protestierte Benito.

Tomás schüttelte den Kopf und ließ Josefas Arm nicht los. »Ich denke, Josefa braucht für ihr Betragen eine ziemlich saftige Ohrfeige, die sie von dir nicht bekommen wird.«

»Sie nicht, aber du, wenn du es wagst, sie anzurühren.« Ehe er sich's versah, stand Benito vor dem jungen Mann und holte aus.

Tomás wich nicht zurück. Es war Josefa, die ihn am Arm berührte, so dass er ihn sinken ließ. »Ich will mit Tomás gehen, Tahtli«, sagte sie. »Kannst du ... können wir heute Abend vielleicht zusammen essen?«

»Natürlich«, erwiderte er. »Jeden Abend. Josefa, es tut mir so leid, und ich hasse es, dass ich dir wieder nicht mehr zu sagen habe als diesen hohlen Satz. Du, Tomás, wirst dich hüten, sie für irgendetwas zu bestrafen, das beileibe nicht ihre Schuld ist.«

Ein wenig scheu hob Tomás die Hand und legte sie Benito auf den Arm. »Deine Schuld ist es noch weniger«, sagte er. »Ich verspreche, ich tue nichts, das Josefa schadet. Ich werde auf meine künftige Schwägerin achten, wie ich auf Anavera achten würde.«

Er ist ein feiner Kerl, dachte Benito, während Tomás mit Josefa, die ihm einen Kuss zuwarf, davonzog. Er besitzt Herz, Courage und Verstand, wie meine Anavera es verdient. Auf einmal ertappte er sich bei dem wahnwitzigen Wunsch, es möge umgekehrt sein, Tomás wäre Josefas, nicht Anaveras Bräutigam. Josefa war ihm immer als die zerbrechlichere seiner Töchter vorgekommen, und allzu gern hätte er sie bei einem Mann wie Tomás in Sicherheit gewusst. Obwohl er sich ungerecht schalt, erkannte er, dass er Anavera, die ihm innerlich stark und heil wie eine Priesterpalme vorkam, eine härtere Aufgabe zutraute – eine wie den jungen Rapphengst, den sie sich vertraut gemacht hatte, nachdem andere ihn für unreitbar erklärt hatten.

»Benito.« Martina klopfte ihm auf den Rücken. »Du solltest tun, was Tomás dir geraten hat. Leg dich oben eine Stunde hin. Du hast schon erheblich schöner ausgesehen.«

Er kämpfte sich ein Lächeln ab. »Das ist der Lauf der Welt, fürchte ich. Ich muss in den Kongress.«

»Unrasiert? Du?« Sie trat vor ihn und blickte ihm scharf in die Augen. »Was ist es? Josefa, Miguel, José? Das Entwässerungsprojekt? Querétaro? Die beiden Sanchez Torrija?«

»Alles zusammen«, sagte er.

»Aha. Und was noch?«

»Nichts.«

Martina runzelte die Stirn. »Hat dir schon mal jemand gesagt, dass du ein katastrophaler Lügner bist?«

»Ja«, gab er zu. »Du.«

»Na also. Und weil ich ein so kluges Köpfchen bin, sage ich dir gleich noch etwas: Erzähl deinem Don Perfidio, er soll sich gefälligst ein paar Tage lang einen anderen suchen, dem er seine feinen kleinen Hiebe verabreichen kann, und fahr nach Hause zu deiner Frau. Du siehst aus wie ein Mann, der drin-

gend eine lange Umarmung braucht, und wenn ich mich nicht irre, braucht meine Freundin Kathi dasselbe.«
»Kann ich mich in deinem Bad rasieren?«, wandte Benito sich an Felix.
»Sei mein Gast«, erwiderte Felix. »Aber dass Martina davon, dass du sie ignorierst, nicht aufhört, solltest du eigentlich wissen.«
Er bedankte sich bei den beiden dafür, dass sie versprachen, auf Josefa zu achten, bis er am Abend zurückkam, und dafür, dass sie waren, wie sie waren. Wären die Zwillingsvulkane ausgebrochen, hätte die Erde gebebt – gewiss wäre Martinas Palais das einzige Gebäude gewesen, das auf seinem Stück Boden unverrückbar stillstand.
Die Kongresssitzung war eine Qual und eine Farce dazu. Jeder wusste, dass nicht die angeblich frei gewählten Gremien das Land regierten, sondern der enge Kreis um den Präsidenten, der auf Empfängen, Cocktailstunden und Bällen, im Kasino und im Jockey Club mit Mexikos Geschicken Patolli spielte. Im Kongress kam und ging ein jeder, wie er wollte, manche lasen Zeitung, und andere schliefen über ihren Unterlagen ein. Dennoch ließ der Präsident es sich nicht nehmen, Benito vor der Versammlung abzukanzeln, weil er eine Viertelstunde zu spät kam. Die Predigt glitt von seinem Rücken ab wie von einem Entengefieder. Wenn Porfirio ihn nach der Sitzung nur gehen ließ, sollte er seinetwegen sein Mütchen an ihm kühlen.
Er ließ ihn nicht gehen. Nach dem Kongress berief er umgehend eine Sondersitzung seiner Berater ein. Die Angehörigen dieses Kreises, die die Bevölkerung los cientificos, die Wissenschaftler, nannte, wurden nach einem undurchsichtigen, womöglich völlig willkürlichen Verfahren ausgewählt und waren niemandem als dem Präsidenten Rechenschaft schul-

dig. Die Gruppe umfasste ein gutes Dutzend Männer, dessen Besetzung ständig wechselte. Vertraute Gesichter verschwanden, und neue tauchten auf. Teofilo de Vivero aber gehörte dem Kreis bereits seit Jahren an. Als Benito das Sitzungszimmer betrat, wandte der Conde sich ihm zu und ließ ihn nicht mehr aus den Augen. Benito hatte das Gefühl, in einem Haufen Ameisen zu sitzen, die ihm in Horden über Leib und Glieder krochen.

Wohl deshalb entging ihm zunächst, dass die Científicos wiederum ein neues Mitglied hatten. Er bemerkte es erst, als alle sich erhoben, weil der Präsident durch die Tür schritt. Die junge Aristokratin, die seine zweite Frau geworden war, hatte wahrhaftig einen Mann von Welt aus dem soldatischen Rauhbein gemacht. Sein Rock saß wie angegossen, das Gesicht war in einem sahnigen Beigeton gepudert, und er hatte offenbar geübt, mit gestrafften Schultern zu schreiten. Zoll für Zoll glich er jetzt dem würdevollen Landesvater, als den er sich so gern betrachtete. Benitos Blick stahl sich unter dem des Conde hinweg und glitt über die Reihen der Gesichter. Sie saßen zum Hufeisen geordnet. Auf dem Platz am Kopf, neben dem des Präsidenten, saß Jaime Sanchez Torrija.

Was der junge Mann tat, beobachtete Benito an ihm nicht zum ersten Mal: Er ließ den Leuten, die ihn arglos nickend begrüßten, mit seinem Blick das Lächeln auf dem Gesicht gefrieren. An was für einem Übel musste ein Mann leiden, der so viel Vergnügen daran fand, andere zu erschrecken, anderen Schmerz zuzufügen und ihnen das Leben zur Hölle zu machen? Was trieb einen Mann dazu, der auf der Sonnenseite des Lebens geboren worden war und den der Himmel überdies mit berührender Schönheit und bemerkenswerten Geistesgaben ausgestattet hatte? Jaime Sanchez Torrija glich einem Skorpion – einem wohlgestalteten, eleganten Tier, das in seiner Höhle darauf lauerte, sich auf sein ahnungsloses Opfer zu stürzen. Mit präziser Berechnung senkte er ihm seinen Stachel in den Leib und pumpte ihm Gift in die Venen, um es anschließend mit seinen Kieferklauen zu zermalmen. Männer, die sich Scharen von Feinden machten, gab es viele, aber dieser hier hatte keine Freunde, und das war es, was Benito beunruhigte.

Was er tat, wusste niemand genau, nur dass es geheim und gefährlich war wie die nächtliche Jagd des Skorpions. Benito erinnerte sich an den Unabhängigkeitstag, als der Andalusier gebeten hatte, mit Josefa tanzen zu dürfen. Er hatte ihn abweisen wollen. Wenn dieser schöne Heckenschütze die Wunderwaffe seines Vaters war, sollte er keine Gelegenheit erhalten, seinen Giftpfeil auf Josefa zu feuern. Etwas in dem verächtlichen Blick unter trägen Lidern sprach jedoch eine andere Sprache. Etwas Suchendes, tief Verstörtes. Dir könnte es guttun, mit einem warmblütigen Geschöpf wie Josefa zu tanzen, hatte Benito gedacht und José Posada um Verzicht gebeten. Wenn du es zulässt, kann sie dir helfen, deine vor Schmerz verkrampften Schultern zu entspannen.

Der Mann, der ihn jetzt ansah, suchte nach nichts und war nicht im mindesten verstört. Stattdessen glomm in seinen Augen eine Art von höhnischem Triumph.

»Meine Herren, ich habe die Ehre, Ihnen Don Jaime vorzustellen.« Mit einem Lächeln, das nicht frei von Tücke war, wies der Präsident auf seinen jungen Gefolgsmann. »Den Sohn des Militärkommandanten von Querétaro. Die meisten von Ihnen werden bereits zu gesellschaftlichen Anlässen das Vergnügen gehabt haben, Don Jaime kennenzulernen. Jetzt aber ist es an der Zeit, ihn in seiner offiziellen Eigenschaft einzuführen und zu würdigen, was er für diese Regierung tut – auch wenn der Anlass dazu kein erfreulicher ist.«

Von den Versammelten wagte niemand zu lachen, als Porfirio Jaime Sanchez Torrija zum Leiter einer neu gegründeten Presseaufsichtsbehörde ernannte. Dennoch wussten zweifellos alle, dass eine solche Behörde seit langem existierte. Alle bis auf den Conde de Vivero. »Ich fürchte, mir sind Sinn und Zweck dieser Einrichtung nicht verständlich geworden«, bekannte er. »Käme Aufsicht über unsere Presse nicht einer Zensur gleich? Und ist jegliche Zensur nicht ein Bruch unserer Verfassung?« Der Conde war gut siebzig Jahre alt und galt als Mexikos reichster Einwohner, doch er hatte sich eine geradezu jugendliche Naivität bewahrt, für die Benito ihm im Stillen Bewunderung zollte.
»Woher stammt nur diese Neigung, die Dinge bei hässlichen Namen zu nennen, mein lieber Conde?«, fragte der Präsident mit seinem jovialsten Lächeln. »Das Wort Zensur erscheint mir übertrieben. Don Jaime und ich sprachen ganz moderat von Aufsicht.«
In Wahrheit hatte Don Jaime kein Wort gesagt, sondern lediglich mit seinen Blicken Schüsse auf Stirnen abgefeuert.
»Zensur klingt nach Schneiden und Ausreißen«, fuhr der lächelnde Präsident fort. »Dass ein Garten beides nötig hat, um sich zu voller Blüte zu entfalten, will der kleine Mann nicht wahrhaben. Aufsicht hingegen klingt nach den liebevollen Händen und der Pflege des Gärtners. Dabei bleibt verschwiegen, dass derselbe Gärtner, um seinen Garten zu schützen, ihn von allerlei Gewürm, von Kröten, Echsen und Giftnattern befreien muss!« Mit diesen Worten erlosch Porfirios Lächeln. »Ich habe Don Jaime nicht ohne Anlass hergebeten, und dieser Anlass, das sagte ich bereits, ist kein erfreulicher.« Damit ließ er die Katze aus dem Sack. Ließ seinen Sekretär eine Zeichnung entrollen, die die Versammlung stumm schlug. Die Darstellung war ebenso scheußlich wie genial. Verzer-

rung menschlicher Schönheit. Das Wandbild, das als Vorlage gedient hatte, war in der vergangenen Nacht in einer Seitenstraße östlich des Zócalo gefunden und diesmal nicht beizeiten beseitigt worden.

»Das dürfte allen, die den Geist des Pinsels als Hirngespinst abgetan haben, eine Nuss zu knacken geben«, bemerkte Porfirio mit einem strafenden Blick auf Benito. »Und denen, die einfältig darauf beharren, die Presse in diesem Land bedürfe keiner Aufsicht, hoffentlich auch. Der Ruf nach der freien Stimme Mexikos mag ja hübsch in den Ohren klingen, aber wo eine Stimme sich allzu frei entfaltet, treibt sie abscheuliche Blüten. Ich weiß nicht, wie es um Sie steht, meine Freunde, ich aber schäme mich bei solchem Anblick, Mexikaner zu sein.«

Die Beratung, die diesem Auftakt folgte, war lang, zermürbend und ergebnislos. Was Porfirio beschlossen hatte, würde ohne Verzögerung umgesetzt werden, und den Científicos blieb es lediglich überlassen, die Zensurbehörde der Öffentlichkeit so geschickt wie möglich zu verkaufen.

»Dieser Verbrecher des Pinsels, wie er genannt werden sollte, wird gefasst und mit äußerster Härte verurteilt werden«, schloss der Präsident, nun wieder ganz der strahlende Landesvater. »Unsere Presse aber wird aus dem Feuer seines Scheiterhaufens wie ein Phönix aus der Asche hervorgehen. Ich habe Don Jaime mit der Gründung einer neuen Zeitung beauftragt: *El Imparcial* – die Unparteiische!«

Benito hatte keine Zeit, über die Folgen dieser Beschlüsse nachzudenken. Er wollte nichts als so schnell wie möglich ins Palais, wo gewiss Josefa längst vergeblich auf ihn wartete. Die Sonne sank, und er hatte seit dem vergangenen Abend weder gegessen noch geschlafen, doch einen Anfall von Schwäche schüttelte er ab.

In der Tür vertrat Porfirio ihm den Weg. »Nur keine Eile, mein König von Querétaro. Majestät wollten sich aus dem Staub machen? Ein lauschiges Abendessen in charmanter Gesellschaft? Wie bedauerlich, dass daraus nichts wird. Majestät speisen heute mit mir.«

»Ich beschwöre dich, Porfirio, kannst du deinen Kampfhahn ein andermal mit mir rupfen? Ich will auf kein lauschiges Abendessen. Ich will zu meiner Tochter.«

»Aber mein Bester, wer sagt dir denn, dass ich Geflügel mit dir zu rupfen habe? Vielleicht habe ich dir ja auch für deine langjährigen Verdienste ein Geschenk zu machen? Und dass du das Töchterchen erwähnst, trifft sich gut, denn über dieses Thema wollte ich heute Abend mit dir sprechen.« Widerstand war zwecklos. »Wir gehen ins Elysian«, bestimmte Porfirio. »Mein Wagen ist schon vorgefahren.«

In dem Restaurant ließ er sich in seine bevorzugte Nische führen und den Samtvorhang davor schließen, nachdem er einen edlen, schweren Wein von den weißen Kalkhängen Navarras bestellt hatte.

»Trink«, befahl er Benito.

»Nicht auf nüchternen Magen.«

»Spiel nicht den Weichling. Bist du Soldat oder nicht?«

»Ich bin Kaffeebauer in einem schönen Land, das Querétaro heißt«, erwiderte Benito, streckte aber die Hand nach dem Glas und stellte fest, dass sie zitterte. »Irgendwann würde ich übrigens ganz gern dorthin zurück.«

»Aber das steht dir doch frei! Ich bin sicher, ich finde für deinen Platz im Entwässerungskomitee einen würdigen Ersatz.«

»Und wer soll das sein? Jaime Sanchez Torrija?«

Porfirio lächelte. »Eine brillante Idee, mein Lieber. Ich habe Jaime bisher viel zu wenig beachtet. Um die Wahrheit zu gestehen, habe ich ihn für ein verwöhntes Vatersöhnchen gehalten und dabei völlig verkannt, was in dem Bürschlein steckt. Deinem Vorschlag komme ich mit Vergnügen nach. Kann ich sonst noch etwas für dich tun?«

»Das weißt du selbst. Gib Miguel Ximenes frei.«

»Ach ja.« Porfirio versuchte sich den Schnurrbart zu zwirbeln, der dazu nicht mehr lang genug war. »Ich habe dir ein Geschenk versprochen.«

Für den Bruchteil eines Herzschlags wagte Benito zu hoffen, dass der Kampf tatsächlich zu Ende war. Dann fing die Wirklichkeit ihn ein. »Deinen kleinen Schmierfinken muss ich behalten«, sagte Porfirio. »Schließlich ist der mein Pfand, der mir garantiert, dass du brav bleibst. Wenn du mich aber weiter hübsch demütig bittest, schicke ich ihn noch nicht nach Yucatán, sondern gönne ihm eine behagliche Nacht in einer trockenen Zelle. Und obendrein gebe ich dir den anderen, diesen Kleckser aus der Provinz, José Posada, wieder heraus. Der Geist des Pinsels kann der ja nun schließlich nicht gewesen sein.«

»Mich würde nicht wundern, wenn du selbst der Geist dieses Pinsels wärst«, erwiderte Benito müde. »Davor zurückschrecken würdest du jedenfalls nicht, solange es deinen Zielen dient.«

»Damit hast du recht.« Porfirio hörte zu lächeln auf. »Aber ich mag es nicht, wenn man sich über mich lustig macht. Verfluchen lasse ich mich von mir aus, aber auslachen niemals.«

Er bestellte seine Abendmahlzeit, drei reichliche Gänge und noch mehr Wein. Benito schnürte sich beim Gedanken an Essen der Magen zu. Er wollte zu Josefa. »Bitte lass mich jetzt gehen, Porfirio. Du hast gesagt, was du zu sagen hattest, ich klatsche dir gern auch noch Beifall für den Geniestreich mit deiner Zeitung, aber dann muss ich zu meiner Verabredung.«

»Mit deiner reizenden Tochter, du erwähntest es vorhin. Andere Männer haben auch Töchter, kommt dir das manchmal in den Sinn?«
»Worauf willst du hinaus?«
Porfirio schnitt sein Chateaubriand in schmale blutige Streifen. »Benito«, sagte er, »ich weiß, du hältst mich für einen herzlosen Höllenhund, der seine Leute nach Belieben über die Klinge springen lässt. Aber dem ist nicht so. Ich tue, was getan werden muss, auch wenn ich mir dabei die Hände schmutzig mache, doch meine Männer liegen mir am Herzen. Du mehr als andere. Ja, ich habe mein Vergnügen daran, dir ab und zu das Fell zu gerben, aber ich wünsche nicht, dass du ernsthaft zu Schaden kommst. Und dem Conde de Vivero wünsche ich das schon gar nicht, ganz abgesehen davon, dass ich auf seine finanzielle Unterstützung leider angewiesen bin und gewisse Rücksichten zu nehmen habe.«
»Was hat der Conde de Vivero ...«
»Heilige Jungfrau von Guadalupe, tu das nicht. Frag mich nicht, was der Conde de Vivero damit zu tun hat, denn das weißt du so gut wie ich, und ich habe dich schon einmal gewarnt. Erlaube mir, dir eine Frage zu stellen: Du willst doch so um jeden Preis zu deiner Tochter – was tätest du, wenn du nun jemanden bei ihr fändest, den du dort ganz und gar nicht sehen möchtest? Jaime Sanchez Torrija zum Beispiel. Nicht höflich plaudernd in der Sala, sondern kärglich bekleidet im Schlafgemach. In den Armen deiner Josefa. Na, was tätest du dann?«
»Ich würde ihn erwürgen«, antwortete Benito ehrlich.
»Hört, hört. Und warum? Weil dir seine politische Haltung nicht passt?«
»Nein«, sagte Benito, »sondern weil er die Tochter eines Amarant fressenden Indios als Mädchen vierter oder fünfter

Klasse betrachtet, dem er das Herz brechen, das er aber niemals heiraten würde.«

»Hört, hört«, bemerkte Porfirio noch einmal und kaute langsam sein Fleisch. »Weißt du was? Ich glaube, unser gemeinsamer Freund, der Conde de Vivero, denkt nicht viel anders. Darüber, dass du nicht eben aus Mexikos edelstem Stall stammst, würde er vermutlich hinwegsehen. Darüber, dass du mehr als doppelt so alt wie sein Augapfel von Tochter bist, ebenfalls, aber über eines kann ein Vater nicht hinwegsehen, nicht einmal ein so gutmütiger Einfaltspinsel wie unser Don Teofilo – über die Tatsache, dass du eine Frau und Kinder hast und damit seine Dolores nicht heiraten, sondern nur schänden und ruinieren kannst.«

Benitos Herz begann dumpf wie ein Glockenschlegel zu hämmern. Fetzen zu seiner Verteidigung schossen ihm durch den Kopf, doch jeden einzelnen verwarf er.

»Was ist denn nur in dich gefahren?« Porfirio beugte sich über den Teller hinweg und klang dieses eine Mal tatsächlich wie der besorgte Freund, als der er sich gab. »Mein Leben lang höre ich von allen Seiten das Loblied deiner Besonnenheit. Wir sind Flanke an Flanke fast sechzig Jahre alt geworden, und jetzt beträgst du dich auf einmal wie ein rotznäsiger Flegel, der ein gesalzenes Dutzend mit dem Riemen braucht, damit er seinen Schwanz einkneift? Mir wird nachgesagt, ich hätte keine Moral, aber so etwas tut man nicht. Wenn's einen juckt, geht man ins Bordell, doch man vergreift sich nicht an den Töchtern seiner Freunde.«

»Hast du das mit dem Riemen ausprobiert?«, fragte Benito und wünschte, er hätte sich nicht hinreißen lassen. »Bei deinen Söhnen, deinen Neffen? Es hilft nicht, Porfirio.«

»Ha! Und was hilft dann? Wenn dich der Conde zum Duell fordert, nimmt er keinen Riemen, sondern eine Pistole, mein Freund.«

»Sei nicht lächerlich. Nach weiß Gott was für Regeln, die in solchen Fällen Anwendung finden, wäre ich nicht einmal satisfaktionsfähig.« Sein Stolz brannte, während er den Satz zu Ende sprach, und er kam sich unglaublich lächerlich vor.
»Das sieht der Conde anders«, erwiderte Porfirio. »Er schätzt dich weit mehr, als dein Benehmen es verdient, hast du das nicht gewusst?«
Doch, dachte Benito. Und dass ich es weiß, macht alles hundertmal schlimmer.
»Ich gehe jetzt«, sagte Porfirio, wischte sich die Lippen mit dem Ärmel und schob die Schale mit seinem Dessert beiseite. »Meinen Platz überlasse ich dem Conde, der mich darum gebeten hat, mit dir sprechen zu dürfen. Sprechen, Benito, nicht schlagen oder schießen. Komm zur Besinnung, ehe es zu spät ist, ja?«
Benito hatte kaum Zeit, sich zu sammeln, da verließ Porfirio bereits die Nische. An seine Stelle trat der hochgewachsene, gebeugte Conde, zog seinen Hut und verneigte sich. »Guten Abend, Don Benito. Haben Sie Dank, dass Sie sich bei all Ihren Verpflichtungen Zeit für mich nehmen.«
Sprich nicht so mit mir, beschwor ihn Benito im Stillen. Nicht mit so viel Ehrerbietung. Schimpf mich einen dreckigen indianischen Skunk, aber beschäme mich nicht noch mehr, indem du mir Respekt erweist.
»Darf ich?« Der Conde wies auf Porfirios leeren Stuhl.
Benito bat den Kellner um ein weiteres Glas, ehe er den Vorhang hinter ihm schloss. Er schenkte den blutroten Wein ein und reichte dem Conde das Glas. »Sehr aufmerksam«, sagte dieser. »Aber es kommt mir nicht angemessen vor, wenn Sie mich bedienen.«
»Würden Sie mir erlauben, Ihnen Wein einzuschenken, wenn ich weiß wäre?«, fragte Benito und hasste sich dafür.

Der Conde setzte sich und hob das Glas. »Sie haben recht. Bitte entschuldigen Sie. Ich habe nicht im mindesten den Wunsch, Sie zu kränken.«
»Ich auch nicht«, erwiderte Benito aufrichtig. Ihre Blicke trafen sich.
»Ich glaube, das weiß ich«, sagte der Conde. »Andernfalls hätte ich wohl kaum den Mut, Sie um dieses Gespräch zu bitten. Nicht unter Politikern, sondern unter Vätern, Señor.«
Benito senkte den Blick auf sein Glas, das er mit beiden Händen umfasst hielt. »Ich möchte Sie bitten, das Gespräch zu verschieben«, sagte er. »Ich möchte Sie bitten zu warten und, wenn möglich, zu vertrauen, weil ich Ihnen jetzt nichts sagen kann. Aber das wäre grausam, nicht wahr?«
»Ja, das wäre es. Ich habe schon lange gewartet, Don Benito. Tag für Tag habe ich darauf gehofft, dass entweder das warmherzige Mädchen, das ich in meiner Tochter kenne, oder der Ehrenmann, den ich in Ihnen kenne, sich an mich wendet und mich ins Vertrauen zieht.«
»Ich kann Sie nicht einmal um Verzeihung bitten«, sagte Benito. »Das, was wir Ihnen antun, wiegt zu schwer dazu. Ich bitte Sie aber, es nicht Ihrer Tochter anzulasten. Was Sie auszuhalten hat, ist hart genug, und sie wird Sie ins Vertrauen ziehen, sobald die Lage es zulässt. Ihre Tochter ist eine großartige junge Frau, Don Teofilo.«
Der Conde nickte und trank von seinem Wein. »Und Sie sind ohne Zweifel ein großartiger Mann. Ich kann meiner Dolores nichts verdenken. Dass der Reiz des Andersartigen, der schöne, fremde Zauber auf ein unerfahrenes Mädchen seine Wirkung ausübt, ist nur allzu verständlich.«
Benito sprang auf. »Ist es das, was Sie glauben? Dass Dolores zu den gelangweilten höheren Töchtern gehört, die der Lockung eines exotischen Abenteuers verfallen, weil es ein we-

nig Kitzel in ihr Leben bringt? Kennen Sie Ihre Tochter so wenig? Dolores ist klug, Señor. Sie ist auch beispiellos mutig, aber sie würde nicht alles, was sie hat, aufs Spiel setzen, nur weil es sie zur Abwechslung nach braunem Fleisch gelüstet statt nach weißem.«

»Für Ihren letzten Satz sollte ich Sie ohrfeigen, finden Sie nicht?«

»Ja«, gab Benito zu, wohl wissend, was das bedeutete. Eine Ohrfeige war mehr als ein entwürdigender Schlag ins Gesicht. Sie war eine Forderung. Auf Leben und Tod. »Ich entschuldige mich«, sagte er und setzte sich wieder. »Glauben Sie mir bitte, dass ich Ihrer Tochter ein Kompliment machen wollte, nicht sie beleidigen. Dolores ist nicht viel älter als meine Josefa, und sie wollen beide dasselbe – sich in einer Welt erproben, die wir Männer ihnen verweigert haben. Ihre Klugheit, ihren Witz, ihre Findigkeit beweisen und sich den Platz im Leben erobern, den sie sich gewählt haben. Mein Sohn will Physik studieren und astronomische Forschungen anstellen. Ich bin darauf stolz. Warum sollten wir weniger stolz darauf sein, dass unsere Töchter die Weltläufe studieren, journalistisch schreiben oder sich ins politische Geschäft mischen wollen?«

»Und Sie glauben, das alles weiß ich nicht?«, brach es aus dem Conde heraus. »Dolores ist siebenundzwanzig, sie ist schön wie der Sonnenuntergang, und sie hat bisher jeden Bewerber abgewiesen, weil sie ihr alle zu dumm waren. Statt sie zu zwingen, habe ich ihr freie Hand gelassen, und wissen Sie, was das Schlimmste ist? Dass ich froh war, als sie begann in Ihren Kreisen zu verkehren, Ihre Schriften zu lesen und von Ihnen zu schwärmen. Ich habe gedacht: Der Weg, den sie einschlägt, ist nicht einfach, schon gar nicht in diesen Zeiten, aber sie zeigt, dass sie fähig ist, ihre Wahl zu treffen, dass sie das Herz und den Verstand dazu besitzt. Das Schlimmste ist, dass ich sie Ihnen geben würde, wenn Sie mit ehrbaren Absichten kämen. Dolores wäre nicht die Erste, die einen Mann heiratet, der ihr Vater sein könnte, und zumindest hätte sie jemanden an ihrer Seite, der ihr das Wasser reichen kann. Dass Sie meiner Tochter jedoch die Ehre rauben, ohne es aufrichtig mit ihr zu meinen, schmerzt mich so sehr, dass es mir den Atem nimmt.«

Entsetzt sah Benito die Träne, die ihm die Wange hinabrann und eine feuchte Spur hinterließ. Es kostete ihn all seine Kraft, sitzen zu bleiben und zu schweigen.

»Was tun Sie, wenn ich Sie ohrfeige?«, fragte der Conde mühsam. »Nehmen Sie die Forderung an?«

»Ich bin nicht satisfaktionsfähig«, sagte Benito.

»O doch, das sind Sie. Es ist feige und Ihrer nicht würdig, sich auf diese Behauptung zurückzuziehen.«

Benito unterdrückte ein Stöhnen. »Nein, ich nehme Ihre Forderung nicht an«, sagte er. »Weder könnte ich auf Sie schießen noch mich von Ihnen erschießen lassen. Ich bitte Sie, nehmen wir die Dinge hin, wie sie sind, und versuchen mit so viel Anstand wie möglich damit weiterzuleben. Gewünscht hat sie sich keiner von uns, und einander umzubringen löst höchst selten Probleme.«

»Haben Sie ein Recht, mir Moral zu predigen?«

»Ich predige Ihnen nicht Moral«, erwiderte Benito. »Ich sage Ihnen nur das, was ich jeden Tag mir selbst sage. Dass es nicht viel hilft, ist mir bewusst.«

»Und wenn es umgekehrt wäre?« Der Ton des Conde bekam etwas Lauerndes. »Wenn es nicht um meine Tochter ginge, sondern um Ihre? Jaime Sanchez Torrija, der tückisch schöne Andalusier, zerstört bei Tage Mexikos Verfassung, und bei Nacht verdirbt er Mexikos Mädchen. Was würden Sie tun, wenn eines von diesen Mädchen Ihre Tochter wäre? Würden Sie ihn nicht umbringen wollen?«

Er war der Zweite, der ihn das innerhalb eines einzigen Abends fragte. »Doch, wahrscheinlich«, antwortete Benito müde. »Auch damit haben Sie recht. Können Sie mir wenigstens glauben, dass Dolores nicht eines von diesen Mädchen ist?«

Der Blick des Conde hielt den seinen fest. »Lieben Sie sie?«

Es war die Frage, die Benito am meisten gefürchtet hatte. Er wusste, er würde nicht umhinkommen, sie zu beantworten. »Ja«, sagte er.

Ohne seinen Blick loszulassen, berührte der Conde flüchtig seine Hand. »Ich will Sie nicht umbringen«, sagte er. »Ich will, dass Sie Dolores aufgeben. Es erleichtert mich, dass es nicht nur ihr, sondern auch Ihnen Schmerz bereiten wird, dass mein Mädchen nicht mir nichts, dir nichts weggeworfen wird. Aber es muss ein Ende sein. Wenn Sie Dolores lieben, werden Sie das verstehen.«

Kopf und Nacken erschienen Benito bleischwer, als er nickte. »Geben Sie mir Zeit«, bat er. »Lassen Sie es mich langsam tun, nicht auf einen Schlag.«

»Und Sie geben mir Ihr Wort darauf, dass Sie Dolores in dieser Zeit nicht mehr anrühren? Dass Sie nur mit ihr sprechen, um es ihr leichter zu machen, aber sich nie mehr vergessen und sich an ihr vergreifen?«

Es war die Ohrfeige, die der Conde ihm angedroht hatte. Die Schärfe des Schmerzes überraschte ihn, obgleich er sich dagegen gewappnet hatte. »Ja«, brachte er endlich heraus, »darauf gebe ich Ihnen mein Wort.«

Sie erhoben sich gleichzeitig. Der Conde nahm Benitos Hand. »Ich verlasse mich auf Sie. Was ich von Ihnen halte, sollten Sie wissen, einerlei, was für Verbrechen Ihr Vater beging und welche Farbe Ihre Haut hat. Wäre ich nicht der Ansicht, dass Männer wie Sie für Mexiko ein Segen sind, würde ich Ihrem Entwässerungsprojekt nicht finanziellen Rückhalt geben. Einen Rückhalt, den ich ihm auch jetzt nicht entziehe, weil ich Ihnen vertraue. Sollten Sie eines Tages meinen, Sie könnten mich um Verzeihung bitten, dann tun Sie's. Ich werde es Ihnen nicht abschlagen.«

Vermutlich bemühte sich nur selten ein Mann darum, einem anderen derart rückhaltlos seine Achtung zu erklären. Benito aber war es, als schlüge der andere ihm in rascher Folge ins Gesicht. Sein Dank geriet zum Gemurmel. Kaum aus der Tür, begann er zu rennen, ohne sich darum zu scheren, was die Nachtschwärmer von ihm dachten. Über eine Lösung für sein Dilemma wollte er jetzt nicht nachdenken, sondern nur zu Josefa. Während er rannte, dass ihm die Lungen brannten, betete er mit jedem Schritt: Gott, bestrafe nicht Josefa für das, was ich diesem anderen Vater antun muss. Gott, lass Josefa bei Martina auf mich warten, lass sie an Leib und Seele unversehrt sein.

16

Warum war sie mit ihm gegangen? Ihr Vater hatte sie beschützen wollen, er hätte ihr das verfluchte grüne Kleid ausgezogen und sie ins Bett gebracht wie als Kind. Sie hatte sich unendlich danach gesehnt, und doch hatte sie dem Vater gesagt, sie wolle mit Tomás gehen. Als hätte der junge Mann darauf ein Recht.

Tomás zerrte sie im Laufschritt hinter sich her. Sie stolperte mit, trotz schmerzhafter Stiche in der Seite, trotz dumpfer Kopfschmerzen und bleierner Müdigkeit. Sie liefen in Rich-

tung Zócalo, in einem Bogen um den Platz herum und in Richtung Osten über den Blumenmarkt, der gerade zum Leben erwachte. Die Frauen, die ihre leuchtende Blütenpracht auf wacklige Tische oder ausgebreitete Decken häuften, waren sämtlich indianischer Herkunft. Zwischen den glanzvollen Fassaden der Häuser nahmen sich ihre zusammengestoppelten Kleider und die barfüßigen, verdreckten Kinder, die sie bei sich hatten, merkwürdig aus. Josefa hatte Mühe, Tomás' Zickzacklauf zu folgen und im Gewimmel niemanden anzurempeln. Der Duft des scharf gebratenen Schweinefleischs, das die Straßenverkäufer in ihre Tortillas füllten, ließ sie spüren, wie leer ihr Magen war.
»Wohin gehen wir?«, rief sie Tomás hinterher, als sie aus der breiten Avenue mit dem Markt in eine schmale Seitengasse einbogen.
»Nach Osten«, erwiderte er grimmig. »Nur immer weiter nach Osten, sonst nichts.«
»Und was tun wir dort?«
Er drehte sich im Laufen um. »Nichts. Wir sehen es uns nur an. Eines Tages lässt Jaime Sanchez Torrija vermutlich Sprengstoff in all diese Viertel karren und sie in einem einzigen Knall in Rauch aufgehen, damit sie ihm nicht länger die Luft verpesten. Dann weißt du wenigstens, dass sie existiert haben.«
Während die Gassen, die sie durchquerten, enger wurden, verlangsamte Tomás seinen Schritt. Es war, als laste auf einmal Gewicht auf ihnen und zwinge sie, sich zu schleppen, statt zu eilen, ganz wie die Menschen, die hier lebten. Die weißen Herrenhäuser, die vornehmen Hotels und Restaurants und die im prunkvollen Kolonialstil erbauten Regierungsgebäude waren anderen Bauten gewichen. Die Wohnhäuser wirkten verfallen, selbst farbig verputzte Fassaden grau vom Schmutz. Aus zerschlagenen Fenstern hingen Leinen mit zerlumpter

Wäsche, und auf dem schadhaften Pflaster holperten Karren, gezogen von erbärmlich klapprigen Maultieren.

An einer Ecke lungerte ein Mann im Türstock seines Eckladens, den Strohhut tief ins Gesicht gezogen und offensichtlich im Stehen eingeschlafen. Vor dem Geschäft standen zwei Klappstühle um einen wackligen Tisch, auf dessen Tischplatte sich Schwärme grünlicher Fliegen an klebrigen Flecken gütlich taten. Die Scheibe vor der Auslage war so verdreckt, dass Josefa Mühe hatte hindurchzusehen. Ein paar Ringe Trockenwürste hingen über einem Stapel Zuckerpakete und einem einzigen Ball gelben Käses. So wenig appetitlich die Auswahl auch anmutete, Josefas Magen zog sich zusammen. »Ich habe Hunger, Tomás.«

»Und hast du das schon einmal gehabt, Hunger? Ohne dass sogleich jemand aufsprang, um dem Prinzesschen das Frühstück zu richten?«

»Warum bist du eigentlich so selbstgefällig?«, fragte sie. »Deine Eltern dürften noch reicher sein als meine, und du bist ihr gehätschelter Augapfel. Wenn du mich hierhergeschleppt hast, um mich mit der Armut in der Stadt zu erschrecken, dann muss ich dich enttäuschen. Ich mag aus der Provinz stammen, aber das Gesicht der Armut kenne ich. Ich habe darüber geschrieben. Die Kinder, die meine Mutter unterrichtet, besitzen kein einziges Paar Schuhe, und wenn meine Mutter ihnen Capulin-Kirschen hinstellt, verderben sie sich den Magen, weil sie vor Hunger schlingen.«

»Deine Mutter ist eine prachtvolle Frau«, sagte Tomás und klang nicht mehr so überheblich. »Ich frage mich, was sie zu dem Mann sagen würde, dem du hinterherläufst. Zu einem Mann, der ihr nur zu gern verbieten würde, räudige Indio-Blagen zu unterrichten und ihnen Capulin-Kirschen zu schenken, weil es ihm nämlich das Liebste wäre, wenn diese Blagen möglichst schnell und ohne Aufwand krepieren.«

»Ich laufe ihm nicht hinterher«, fauchte Josefa. »Und was meine Mutter von ihm oder von mir hält, ist mir einerlei. Meine Mutter hat ja schließlich ein braves zweites Töchterlein, an dem sie sich ergötzen kann.«
»Das glaubst du von Anavera? Dass sie ein braves Töchterlein zum Ergötzen ist?« Verblüfft blieb Tomás stehen. »Anavera ist so viel mehr. Hast du nie gespürt, wie viel Kraft in ihr steckt? Anavera reitet Hengstfohlen zu, flickt Dachbalken und zerrt einer Kuh das Kalb aus dem Leib, wenn es nötig ist. Aber vor allem hat sie ein Herz, das stark genug ist, um dich und mich auf den Schultern zu tragen.«
Seine Augen glänzten, dass Josefa übel wurde. »Spar dir das Gesäusel für deine Braut auf«, herrschte sie ihn an. »Dass Anavera Gottes herrlichstes Geschenk an die Menschheit ist, bekomme ich zu hören, solange ich denken kann. Auf Deutsch, auf Nahuatl, auf Spanisch – alle Sprachen der Welt singen Anaveras Loblied, aber mir hängt es zum Hals heraus. Hat diese Schwester von mir eigentlich jemals etwas richtig Schlechtes getan?«
Tomás überlegte. »Vielleicht hätte sie es gern versucht«, sagte er schließlich. »Vielleicht hast du ihr ja nie Zeit und Raum dazu gelassen?«
»Du meinst, ich war ein solcher Ausbund an Schlechtigkeit, dass ihr nur noch die Rolle des Goldkindes blieb?«
Er lachte. »Ja, so etwas in der Art meine ich. Jetzt komm weiter, du Ausbund an Schlechtigkeit. Wir haben noch nicht einmal über den Rand des Abgrunds gesehen, über den ich dich heute noch stürzen will.«
Ihr Trotz verbot ihr, ihren Hunger noch einmal zu erwähnen, ehe sie schweigend hinter ihm herstapfte. Mit einem Abgrund hatte er ihr gedroht, und einen Abgrund sollte sie bekommen. Solange er sie durch die Barrios Guerrero und Santa María

führte, blieb die Armut erträglich. Sie ließ sich in Worte fassen, und manches hatte sogar etwas Malerisches. Eine alte Frau, umringt von Familienmitgliedern, kochte über einem Häuflein Kohle eine Art Eintopf, in den jeder warf, was er irgendwo aufgetrieben hatte. Drei Jungen spielten Fußball mit einem Rattenkadaver, was ein wenig widerlich war, aber niemandem weh tat. Männer saßen an Straßenecken und spielten um ein paar Münzen Karten.

Je tiefer Tomás und Josefa jedoch in den Osten der Stadt vordrangen, desto unbewohnbarer erschienen die Behausungen, in denen sich mehr und mehr Menschen drängten, und desto höher wuchsen die Berge von Unrat in den ungepflasterten Straßen. Mütter und Kinder, zottige Köter und zerrupfte Tauben wühlten nach Überresten, die sich aufessen, anderswie gebrauchen oder gar verkaufen ließen. Irgendwann bemerkte Josefa, dass sie keinen Hunger mehr hatte, weil der Gestank nach Fäulnis und Moder, nach verdorbenem Fisch, nach Kot und Urin ihr Übelkeit bereitete. Aus den Pulquerias, Bretterbuden, die schon am Morgen geöffnet hatten, torkelten Männer jeden Alters, abgefüllt mit dem Balsam der Wehmut, schlugen lang hin und blieben im Dreck der Straßengräben liegen. Auf festem Boden gingen Josefa und Tomás schon längst nicht mehr, sondern wateten bis zu den Knöcheln im Schlamm. Die Armut hatte aufgehört erträglich zu sein.

Josefas grünes Seerosenkleid war auf alle Zeit verdorben. Der sumpfige Schlick, in dem es schleifte, stank so sehr, dass es ihr die Tränen in die Augen trieb. Solide gezimmerte Häuser wichen verfallenen Geisterruinen zwischen Hütten aus Lehmziegeln, Hütten aus morschen Brettern und Hütten aus gesammelten Abfallteilen. Straßen gab es nicht, höchstens halbwegs trockene Inseln zwischen Prielen und Tümpeln, in denen Tierkadaver schwammen, verbeulte Töpfe, zerfetzte Körbe und Hüte, Reste von Schuhen ohne Senkel und manch anderes, von dem Josefa lieber nicht wusste, was es einmal gewesen war.

Am Schlimmsten war, dass in alledem immer noch Kinder spielten. Zu Skeletten abgemagerte Kinder desselben schönen Menschenschlags, dem ihr Vater, ihre Schwester und ihr Bruder angehörten, Kinder mit aufgequollenen Bäuchen, eitrig entzündeten Augen und grindigen, von Insekten umschwirrten Köpfen. Kein Erwachsener schien sich für ihr Schicksal verantwortlich zu fühlen. Männer in schmutzigen, ehemals weißen Baumwollhosen, die mehr entblößten, als sie verdeckten, lehnten an Schuppen, rauchten und reichten Pulque in Krügen herum. Sobald ein Kind sich ihnen näherte, verscheuchten sie es mit Flüchen und Fußtritten. Im Eingang eines halb im Schlammboden versunkenen Hauses saß eine schwangere Frau und spuckte Blut.

Tomás sagte nichts mehr. Mit gesenktem Kopf ging er vor Josefa her und sah weder nach links noch nach rechts. Ein Haufen Kinder, nackt bis auf ein paar Fetzen, sprang ihnen in den Weg. Josefa sah Hände wie Klauen, die sich ihr an dürren Armen entgegenstreckten, und Gesichter, die nicht bittend, sondern gierig wirkten, nicht unterwürfig, sondern zu allem bereit, weil sie nichts zu verlieren hatten. Sie hatte nichts bei sich, keine Tasche, in der sich eine einzige Münze hätte finden lassen. Hilfesuchend sah sie nach Tomás, doch der schob die Kinder resolut beiseite und bahnte ihnen einen Weg.

»Kannst du ihnen nichts geben?«, fragte Josefa, der sich die Blicke der Kinder ins Hirn brannten.

Tomás schüttelte den Kopf. »Wenn ich dem Ersten etwas gebe, habe ich sie zu Hunderten um mich, und wem helfe ich damit? Es ist keine Lösung, Kinder zu Bettlern zu dressieren, statt ihren Eltern ordentlich bezahlte Arbeit zu verschaffen und das bisschen, das sie zum Leben brauchen, erschwinglich zu machen.«

Sie kämpften sich weiter. Vor dem, was sie in ihrer greifbaren Nähe sah und hörte, spürte und roch, hätte Josefa am liebsten alle Sinne verschlossen. Kinder mit verformten Gliedmaßen, offene Wunden in Gesichtern, Münder, in denen kein einziger Zahn mehr steckte, Elend, das keine Pause machte, sondern in seiner ganzen Wucht auf sie einstürmte. Aber ihre Augen blieben offen, und sie hielt sich weder Ohren noch Nase zu.

»Tomás«, fragte sie nach einer Weile, als sie sicher war, mehr nicht auszuhalten, »warum hat keiner dieser Leute ordentlich bezahlte Arbeit? Warum ist das, was sie zum Leben brauchen, für sie unerschwinglich?«

»Das weißt du, oder?« Er hatte noch immer kein Erbarmen und drehte sich nicht nach ihr um. »Weil Männer wie dein Lagartijo, dein prächtiger Truthahn der Nacht, es so wollen. Weil sie den Leuten ihr Land wegnehmen, damit sie in Horden in die Stadt strömen. Wer hier ankommt und mitten im Sumpf sein Lager aufschlägt, ist am Ende und stellt keine Forderungen, sondern nimmt jeden Hungerlohn, den er kriegen kann. Er will nicht mehr als einen Topf voll Mais und Bohnen, um seine Familie zu ernähren, aber Mais und Bohnen, das Billigste, was dieses Land hervorbringt, kann er von seinen paar Centavos nicht mehr bezahlen, weil der Präsident das Ausland beliefern will, nicht nutzlose Indiobrut vor dem Hungertod bewahren. Und die Hacendados auf ihren Riesenländereien reiben sich die Hände über ihren Exportgewinnen, dein Lagartijo und sein Vater allen voran. Gerade haben die beiden Land in Yucatán, an der Grenze zu Chan Santa Cruz, aufgekauft, auf dem vermutlich ein ganzes Dorf satt werden könnte.«

»Und dessen bist du sicher?«, fragte sie verzweifelt. »Vielleicht steckt hinter diesem Landkauf doch allein der Vater, und Jaime hat nichts damit zu tun.«
»Ja, dessen bin ich sicher«, erwiderte Tomás kalt. »Wenn du mir nicht glaubst, frag deinen Vater. Hat er dir je erzählt, dass er in einem Slum wie diesem aufgewachsen ist, wenn auch nicht hier, sondern in Veracruz, wo es zu allem heiß ist und das Gelbfieber schneller als eine Sense um sich schlägt? Dein Vater hat sein Leben lang dagegen gekämpft, dass Menschen das eine Leben, das ihnen geschenkt ist, in solchem Elend zubringen müssen.«
»Das Entwässerungsprojekt«, stammelte Josefa. »Wird es helfen, Tomás?«
»Das Entwässerungsprojekt ist großartig. Über die Einzelheiten weißt du mehr als ich – über die Staumauern und Kanäle, die verhindern, dass die Überflutungen der Seeufer sich Jahr für Jahr hier fangen. Wenn es so, wie die genialen Ingenieure es entworfen haben, zu Ende geführt wird, beschert es Tausenden von Menschen trockene Häuser und ein gesünderes Leben. Aber Jaime Sanchez Torrija sammelt ja an jeder Ecke Verbündete, die gegen die hohen Kosten protestieren und den Abbruch der Arbeiten fordern. Von dem Geld könnte man ein prachtvolles neues Rathaus und ein Postamt bauen und obendrein so viel Polizei bezahlen, dass jeder, der vor Hunger stiehlt, auf der Stelle totgeprügelt werden kann.«
Ich will nichts mehr hören, schrie es in Josefa. Sie sah den Saal vor sich, in dem sie gestern Nacht ein Vermögen verspielt hatte, den Glanz der Kronleuchter, das perlende Gold des Champagners und Jaimes spöttisches Lächeln, das sich um ein Haar gestattete, zärtlich zu sein. Bei jedem Blick auf ihre Umgebung kam ihr das, was sie getan, was sie begehrt und ersehnt hatte, mehr wie ein Verbrechen vor.

Tomás wartete kurz ab, doch als von ihr nichts mehr kam, ging er weiter. Eine Gruppe gebeugter, ächzender Männer schleppte einen Sarg über einen Platz mit einer Kirche. Ihnen folgte eine Schar heruntergekommener Frauen und Kinder, versunken in ihre monotone Klage. Auf den Stufen vor der Kirchentür lag ein Mann im Schlamm und schlief. Josefa zwang sich, noch bis in den Schatten der Kirche zu waten, dann lehnte sie sich restlos erschöpft an deren kühle Mauer. Ihr Inneres kam ihr vor wie ausgebrannt.

Aus dem Leichenzug löste sich eine kleine Gestalt. Einer der mageren Jungen hatte Josefa entdeckt und lief mit ausgestreckter Hand auf sie zu. Die braune Haut schlackerte um den Knochen seines Arms wie bei einem Greis, und auch der Ausdruck des Gesichts – wenngleich straff und glatt – schien in seiner Härte alt. Josefa tastete sinnlos in den Falten ihres Rocks herum und wünschte sich eine einzige Münze, die sie ihm hätte zuwerfen können, damit er nicht näher kam. Aber er kam näher. »Es tut mir leid«, murmelte Josefa, »ich habe kein Geld bei mir.« Als wäre sie ihm einen Beweis schuldig, hielt sie ihm die leeren Hände entgegen.

Blitzschnell streckte der Junge die Hand nach ihr. Wie Fangzähne schlossen sich die Finger seiner Rechten um ihren Arm, bohrten sich die Nägel in ihr Fleisch, dass der Schmerz für Augenblicke das Glied lähmte. Die freie Linke langte nach dem goldenen Armreif. Mit einer einzigen Bewegung streifte er ihn ihr vom Gelenk, ließ sie los und rannte davon.

Josefa entfuhr ein entsetzter Laut, Tomás wirbelte herum und erwischte den Dieb am Hemdzipfel. Dem gelang es, sich loszureißen, doch inzwischen waren zwei Polizisten mit trägen Schritten auf den Platz geschlurft. So verschlafen sie wirkten, reagierte der eine in Windeseile, zog seine Waffe aus dem Gurt und feuerte. Der Schuss zerfetzte die schwere Luft.

Durch den Rauch sah Josefa den Jungen stürzen, schrie auf und rannte blindlings auf ihn zu. Aber er hatte sich nur niedergeworfen, um der Kugel zu entgehen, die ein Stück weiter in den Boden schlug und eine braune Fontäne aufspritzen ließ.

Noch ehe Josefa ihn erreichte, waren die beiden Polizisten bei dem Jungen. Der eine zerrte ihn am Ohr ein Stück in die Höhe, der andere holte mit seinem Schlagstock aus und drosch zu. Die beiden Geräusche waren entsetzlich – das Holz, das auf den kleinen Körper traf, und der wimmernde Schrei des Getroffenen, der noch eben wie ein abgebrühter Alter gewirkt hatte, jetzt aber nur noch ein Kind war, das sich vor Angst und Schmerzen krümmte.

Josefa sah auf Tomás, der hilflos vor Entsetzen dastand, und dann wieder auf den Jungen, der seinen Kopf mit den Armen schützte, ehe ihn der nächste Hieb traf. »Sind Sie von Sinnen?«, brüllte sie, sprang hinzu und schlug dem Polizisten den Stock, mit dem er von neuem ausholte, zur Seite. »Sie schießen ziellos auf ein Kind, und wenn Sie es nicht treffen, prügeln Sie ihm stattdessen die Seele aus dem Leib? Und das alles in einem Beerdigungszug. Glauben Sie, nur weil jemand sich keinen Leichenwagen leisten kann, verdient sein Tod keinen Respekt?«

Der Polizist glotzte sie an, als hätte er ein Gespenst vor sich. Sein Kumpan ließ den Jungen los, der auf dem Boden zusammensackte, sich das Ohr hielt und jämmerlich weinte. Aus dem Zug lösten sich Frauen in schwarzen Rebozos, näherten sich erst scheu, dann forscher, und endlich warf sich eine vor dem Jungen auf die Knie. Sie schlang die Arme um ihn und stimmte in sein Weinen ein. »Die Jungfrau von Guadelupe soll Sie und Ihr gutes Herz segnen, Señorita linda«, sagte eine andere in brüchigem Spanisch zu Josefa, reckte sich und

zeichnete ihr mit ihrem schmierigen Finger ein Kreuz auf die Stirn.
Der Polizist hob den Stock, um die Frauen zu verjagen, doch ein Blick von Josefa ließ ihn innehalten. »Aber das Ungeziefer hat Sie doch bestohlen!«, rief er entrüstet, bückte sich nach dem Jungen und förderte triumphierend Josefas Armreif zutage. »Prügeln sollte man das Diebsgesindel, dass es bis ans Lebensende auf allen vieren kraucht. Und Sie, Señorita, sollten sich von Ihrem Begleiter nach Hause bringen lassen. Das hier ist keine Gegend für ein Mädchen von guten weißen Eltern. Sie verderben sich nicht nur Ihr hübsches Kleid dabei.«
»Ihre Weisheiten können Sie für sich behalten!«, rief Josefa. »Auf den Rat von Menschen, die Kinder zu Krüppeln prügeln, verzichte ich. Und den Goldschmuck geben sie dem Jungen besser zurück, sonst sind nämlich Sie der Dieb. Der Junge hat mir einen Dienst erwiesen, und weil ich kein Geld bei mir hatte, habe ich ihn mit dem Schmuckstück bezahlt.« Sie nahm ihm den Reifen, in dem ihre Initialen und der aztekische Segen zu ihrer Taufe standen, weg und legte ihn der Frau, die sie ungläubig anstarrte, in die Hand.
Der Polizist wollte protestieren, aber Tomás trat hinzu und gebot ihm Schweigen. »Sie haben gehört, was die Dame gesagt hat. Und jetzt ziehen Sie Leine, wenn Sie nicht wollen, dass wir uns über Sie beschweren.« Er ging in die Hocke und half dem Jungen und seiner Mutter auf die Füße. Der Junge blutete aus einer Schürfwunde an der Schläfe, schien sonst aber nicht verletzt. Übel wurde Josefa trotzdem. Als Kind hatte sie sich, sobald sie Blut auch nur roch, übergeben.
Tomás nahm der anderen Frau den Armreifen aus der Hand und schob ihn ihr in die Rockfalten. »Verbergen Sie das gut, und verkaufen Sie es, ehe man es Ihnen abnimmt«, sagte er auf Nahuatl zu ihr. »Auf dem La Merced Markt bekommen Sie

Geld genug für ein trockenes Zimmer in einer Vecindada dafür.«
Knicksend und Kreuze schlagend gingen die Frauen rückwärts, bis sie wieder in den Zug eintauchten. Die Polizisten murrten zwar vor sich hin, zogen aber ebenfalls ab. Erst jetzt bemerkte Josefa, wie schwach ihr im Magen war und wie die Knie ihr zitterten. Sie schwankte, und hätte Tomás sie nicht gestützt, wäre sie gestürzt.
»Weißt du was?«, fragte er und strich ihr behutsam eine Haarsträhne aus dem Gesicht. »Nicht nur deine Mutter ist eine prachtvolle Frau. Du bist auch eine. Eine Frau wie du ist tausendmal zu schade für ein Scheusal wie Jaime Sanchez Torrija.«
»O Tomás, wie können sie denn das nur tun? Sie haben auf diesen Jungen geschossen!«
»Sie tun das, weil es ihnen so beigebracht wird«, sagte Tomás, aber seine Stimme klang jetzt kein bisschen grob, und er hörte nicht auf, sie zu streicheln. »Jaime Sanchez Torrija verlangt überall nach einer Verschärfung der polizeilichen Überwachung. Wer beim Stehlen erwischt wird, soll ohne Federlesens niedergeschossen werden.«
Sie wollte auffahren, das dürfe nicht wahr sein, doch sein Blick versicherte ihr, dass es so war, wie er sagte. Tränen traten ihr in die Augen und verschleierten die Sicht auf den hässlichen Platz, den Zug mit dem Sarg und auf Tomás' Gesicht. Er streichelte sie noch einmal, dann nahm er sie fest beim Arm. »Komm nach Hause, Josefita. Du hast genug durchgestanden, und du hast dich wie eine Berglöwin geschlagen.«

Wie sie den Weg zurück in das helle, saubere, sichere Palais schaffte, wusste sie nicht. »Ich verspreche es«, sagte sie zu Tomás, als der Duft des frisch gewässerten Laubes und des

Eukalyptus aus der Alameda den erstickenden Gestank in ihr auslöschte. »Ich werde Jaime Sanchez Torrija nie mehr treffen.« Sie meinte, was sie sagte. Sie würde dem Mann nie wieder in die goldenen Augen sehen können, ohne dass alles vor ihr aufstieg, was sie an diesem Tag erlebt hatte.
»Das weiß ich«, erwiderte Tomás liebevoll. »Du bist keine, die über Leid hinwegsieht und mit denen paktiert, die es verursachen. Du bist alles andere als das.«
»Aber ich habe doch ...«
»Scht«, machte Tomás und legte den Arm um ihre Schultern. »Ich vertraue dir, ich weiß, dass du ein für alle Mal von diesem Kerl geheilt bist. Willst du, dass ich es dir beweise?«
Josefa nickte.
»Der Geist des Pinsels – soll ich dir sagen, wer das ist? Niemand weiß es, aber du sollst es wissen, damit du mir glaubst, dass ich dir vertraue. Ich bin es, Josefa. Hätte ich dir das gesagt, wenn ich befürchten müsste, dass du damit zu Sanchez Torrija läufst?«
Sie wusste nichts zu antworten. Seine Mitteilung war so überwältigend und zog so vieles nach sich, dass sie sie, ausgelaugt, wie sie war, kaum erfassen konnte. Nur dass er sich in ihre Hände gab, begriff sie. Und dass sie ein solches Vertrauen nicht verdiente. Erleichtert sah sie, wie zwischen den hohen Palmen der Alameda die Fassade des Palais hindurchschimmerte. Sie hätte rennen wollen, aber ihre Beine fanden nicht die Kraft dazu.
Im Palais war Martina, ihr beruhigendes Gesäusel, jede Menge warmes, nach Orangenöl duftendes Wasser, flauschige Decken und irgendein bitteres Getränk aus heiß gemachtem Mezcal. Josefa fror, als würde ihr im Leben nicht mehr warm, und sie weinte, als könnte sie nicht mehr damit aufhören. Irgendwann war alles wund, Augen, Nase und Kehle. Sie woll-

te schlafen, war aber überwach und hätte es nicht ertragen, allein zu sein. Martina und Tomás blieben bei ihr, bis es Nacht wurde und ihr Vater kam, abgehetzt und zerzaust, als wäre er den ganzen Weg gerannt. Er schloss sie in die Arme, und die gewaltige Woge des Weinens bäumte sich noch einmal auf. Von den hastigen Worten, in denen Tomás ihm erzählte, was geschehen war, verstand sie kaum eines.
»Ich habe meinen Armreif nicht mehr«, schluchzte sie, sobald die Tränenflut es ihr erlaubte. »Den Goldreif, Tahtli, den du mir zur Taufe geschenkt hast.«
»Das weiß ich«, sagte er und streichelte ihr verweintes Gesicht. »Ich kaufe dir einen neuen, einen viel schöneren, weil ich vor Stolz auf dich platze.«
»Ich schäme mich so«, brach es aus ihr heraus. »Tomás hat mir immer wieder gesagt, dass dieser Mann ein Ungeheuer ist – und ich habe mit ihm getanzt und geredet und getrunken. Ich habe ihn geküsst, Tahtli, ich habe ein Ungeheuer geküsst!« Sie hatte es niemals jemandem sagen wollen, schon gar nicht ihrem Vater, dem sie so gern imponiert hätte, aber jetzt, da es heraus war, fiel in großen Brocken Gewicht von ihr ab.
Zart hob er ihr Kinn und sah ihr in die Augen. »Ungeheuer sind erstaunlich selten«, sagte er. »Die meisten Menschen, die anderen übel mitspielen, tun das, weil es ihnen selbst so übel ergeht. Ja, es macht mir Angst, dass du Jaime Sanchez Torrija getroffen hast, und ich will, dass du es nicht wieder tust, denn er würde dich verletzen. Aber Grund, sich zu schämen, hast nicht du, sondern ich. Ich habe dich allein gelassen. Ich habe dir wieder und wieder versprochen, mich um dich zu kümmern, und ich habe es nicht getan.«
Sie lehnte sich an ihn, und die Müdigkeit schloss sie wie eine Daunendecke ein. Es würde alles gut werden. Sie hatte einen

falschen Weg eingeschlagen, aber jetzt war sie wieder auf dem richtigen, und ihr Vater war da, um ihr zu helfen.
»Alles in Ordnung, Huitzilli?«
Sie nickte. »Ich will schlafen, Tahtli. Und von morgen an will ich schreiben.«

17

Anfang Dezember prangte Querétaro in seiner vollen, betörenden Schönheit. Die letzten samtroten Zinnien blühten zwischen blauen Passionsblumen und Büscheln des buttergelben Pericon. Langstielige Dahlien reckten ihre Köpfe bis an die Kronen der Bäume, und die Luft war nicht mehr glasig vor Hitze, sondern ließ die Tausendfaltigkeit der Grüntöne auf den Hängen und das Silberblau der Gipfel wie frisch gewaschen leuchten. Anavera und ihre Mutter, die sich im ersten Morgenlicht auf den Weg in die Stadt machten, glichen zwei Verschwörerinnen mit einem köstlichen Geheimnis.
Sie waren früh aufgebrochen, weil sie nicht allzu schnell vorankommen würden und den Zug auf keinen Fall verpassen wollten. Die Mutter lenkte den Ponykarren, der Platz für Josefa, Tomás und das Gepäck bot, und Anavera nahm Citlali, den Hengst ihres Vaters, der an der Führleine tänzelte, als Handpferd. Der Vater liebte es, von der Stadt bis nach El Manzanal zu reiten. Dafür verzichtete Anavera gern auf Aztatl und ritt Vicentes Wallach, damit die zwei Hengste unterwegs nicht ins Raufen kamen.
So viel Schweres hatte über ihrem Tal gelegen und den Himmel verdunkelt, doch an diesem Morgen herrschte nichts als Freude. Anavera sah ihre Mutter hochaufgerichtet auf dem Bock des Karrens sitzen, ihr langes Haar hob sich im leichten

Wind, und sie war so schön wie das Land um sie und wirkte so glücklich wie seit Monaten nicht mehr. Sie sah nicht länger aus wie eine Mutter erwachsener Kinder, fand Anavera, sondern wie ein Mädchen, das seinem Liebsten entgegeneilte. Die Sehnsucht, mit der sie auf ihn gewartet hatte, war in jedem ihrer Atemzüge, im Zittern ihrer Hände und im Scharren ihrer Füße zu spüren.

In der Stadt kamen sie an der Statue der Josefa Ortiz vorbei, der Heldin der Befreiungskriege, nach der Josefa benannt worden war. Flüchtig bemerkte Anavera, wie ihre Muskeln sich spannten. Wie würde die Schwester ihr begegnen? Würde sie ihr endlich verzeihen oder würde zwischen ihnen noch immer das Schweigen herrschen, das Anavera mit jedem Tag sinnloser erschien? Sie jedenfalls war fest entschlossen, alles zu tun, um Josefa, die sie schrecklich vermisste, zurückzugewinnen.

Vor dem Bahnhof ließen sie Pferde und Karren zurück, um die Ankömmlinge am Gleis zu empfangen. Sie würden einen Monat lang bleiben, ehe sie im neuen Jahr zurück in die Hauptstadt mussten, aber im Augenblick fühlte sich der Monat, der sich vor ihnen erstreckte, endlos und voller Versprechungen an. Wider alle Vernunft kam es Anavera vor, als müsste sich für alles eine Lösung finden, wenn sie erst wieder zusammen waren, die ganze Familie und Tomás, der bald dazugehören würde. Natürlich war das Unsinn. Die Ankunft der drei machte Abelindas Kinder nicht lebendig und riss die junge Frau nicht aus ihrer tiefen dunklen Trauer. Sie gab Coatls Familie nicht den Vater zurück, und sie vertrieb Felipe Sanchez Torrija nicht von dem Land, das von alters her den Bauern von Querétaro gehörte. Zusammen aber würden sie sich ihre Insel zurückerobern, auf der das Leben heil war und auf die sie sich zurückziehen konnten, um Kraft zu schöpfen.

»Mein Gewissen plagt mich noch immer«, sagte die Mutter, als sie sich zwischen die Reihen der Abholer vor das Gleis drängten. »Ich hätte Benito mit diesem Wissen über Miguels Kinder nicht allein lassen dürfen.«
»Aber was hättest du denn sonst tun sollen?«, fragte Anavera.
»Abelinda dazu bringen, ihrem Mann zu schreiben«, erwiderte die Mutter. »Miguel ist doch kein Dummkopf. Er kann rechnen. Wenn sein Kind vor vier Wochen zur Welt kommen sollte und ihm Abelinda nicht schreibt, wird er Benito mit Fragen bedrängen. Und Benito wird keine Wahl haben, als ihm zu sagen, was nicht seine Aufgabe gewesen wäre.«
»Ich glaube, er tut es gern für uns«, erwiderte Anavera. »Wenn Abelinda oder Carmen es jetzt nicht können, nimmt er es ihnen eben ab.«
»Gewiss«, sagte die Mutter. »Aber wir dürfen ihm nicht alles aufbürden, nur weil er ständig die Schultern hinhält. Auch seine Kraft ist nicht endlos.«
Anavera sagte nichts mehr, weil das Rauschen des einfahrenden Zugs alle Worte verschluckt hätte, aber bei sich dachte sie: Der Vater wird tun, was getan werden muss, und dass wir ihm verschweigen, wenn wir ihn brauchen, will er nicht. Sie war sicher, dass der Vater so empfand, weil sie selbst so empfunden hätte. Weiter dachte sie nicht, denn im nächsten Augenblick kam dampfend und fauchend der Zug zum Stillstand. Über den Bahnhof toste ein Meer aus jubelnden Begrüßungsrufen und Gelächter.
In der Menge der Gesichter ein einziges, geliebtes zu erkennen war wundervoll. Tomás stand schon auf dem Trittbrett und warf sein Bündel über den Rücken. Sobald er sie entdeckte, sprang er ab und schnitt durch die Menschenmassen, ihr so schnurgerade entgegen, als zöge ein Magnet ihn an.
»Mein Armadillo! Mein weltallerliebstes Tierchen!«

Die Leute um sie sprangen gerade noch rechtzeitig aus dem Weg, bevor er sie packte und mit mehr Feuer als Körperkraft um sich wirbelte. Sie wehrte sich, zwang ihn, sie abzusetzen, und umarmte ihn. Nahm seinen vertrauten Duft nach dem Öl seiner Farben in sich auf und war ein paar Herzschläge lang nichts als glücklich. Dann hob sie den Kopf: »Wo stecken denn Vater und Josefa?«
»Armadillo …«
»Sie sind nicht mitgekommen«, begriff Anavera sofort. »Was ist geschehen, Tomás?«
»Nichts. Jedenfalls nichts Neues. Bitte beruhige dich.«
»Weshalb soll ich mich beruhigen? Ich rege mich ja nicht auf«, versetzte Anavera. »Aber ich muss meine Mutter finden, ehe sie vergeblich diesen ganzen Zug entlangläuft.«
Ihre Mutter stand direkt hinter ihr. Auf ihrem schönen Gesicht war der Glanz erloschen. »Sag mir, was mit meinem Mann und meiner Tochter ist«, forderte sie Tomás tonlos auf.
»Sie haben in der Hauptstadt bleiben müssen«, begann Tomás so bedrückt, dass Anavera Mitleid überfiel.
»Mamita, Tomás kann doch nichts dafür«, rief sie.
»Nein, natürlich nicht«, erwiderte die Mutter noch immer ohne Ausdruck in der Stimme. »Ist es Miguel?«
Tomás nickte und drückte dankbar Anaveras Hand. »Wir alle glauben, dass der Präsident Benito regelrecht erpresst. Solange dein Mann in der Hauptstadt bleibt und ihn täglich darum bittet, schickt er Miguel nicht nach Yucatán, sondern gewährt ihm sogar ab und an Erleichterungen. Aber wenn Benito abreist – wer weiß, was Don Perfidio dann plötzlich in den Sinn kommt?«
»Lass das niemanden hören«, fiel ihm die Mutter ins Wort.
»Was soll ich niemanden hören lassen?«, fragte Tomás verdutzt.

»Don Perfidio. Du bist nicht allein hier, und Querétaro ist nicht mehr das Land, das du kennst. Der Militärkommandant hat seine Leute überall.«
»So schlimm?«
Die Mutter nickte. »Sprich weiter.«
»Außerdem hat der Präsident vier Planungssitzungen für das Entwässerungskomitee angesetzt«, fuhr Tomás fort. »Wenn Benito die versäumt, stellt er Jaime Sanchez Torrija auf seinen Platz, der das ganze Projekt kippen will.«
»Ich kann diesen Namen nicht mehr hören«, murmelte die Mutter. »Steht und fällt denn alles in diesem Land nach dem Willen zweier Männer ohne Gewissen?«
»Es sieht so aus«, antwortete Tomás düster. »Aber mit mir darf man über die Sanchez Torrijas nicht reden. Allmählich fürchte ich wahrhaftig, ich bringe einen von den beiden um.«
Zwei Männer, die Käfige mit wild flatternden, Federn lassenden Guajolote-Hennen aus dem Zug luden, hielten in der Arbeit inne und drehten sich nach Tomás um. »Du bist schlimmer als deine Mutter«, wies Anaveras Mutter ihn zurecht. »Genügt es dir nicht, dass einer von uns im Gefängnis sitzt? Hier sind die Zellen übrigens überfüllt – deshalb fackeln die Rurales nicht lange, sondern erschießen dich lieber gleich.«
»Kommt weg von diesem Bahnhof«, bestimmte Anavera. »Wenn wir auf niemanden mehr zu warten haben, können wir genauso gut nach Hause gehen, wo wir ohne Maulkörbe sprechen dürfen.«
Tomás nickte und nahm sein Bündel vom Boden. »Benito kommt zu Weihnachten«, versuchte er die Mutter zu versöhnen. »Nur für fünf Tage, aber er kommt, das hat er geschworen. Und Josefa auch. Wir haben sie bestürmt, sie solle mit

mir fahren, aber sie wollte auf ihren Vater warten und das Projekt, an dem sie arbeitet, beenden. Josefa ist großartig.« Seine Miene hellte sich auf. »Sie macht ihrer Familie alle Ehre.«
Über das Gesicht der Mutter glitt ein Funken Freude, der jedoch gleich wieder verlosch. »Ich wünschte, Benito würde sich die Schwüre sparen«, sagte sie. »Er leidet schließlich darunter, wenn er sie bricht.«
Damit Anavera Citlali nicht zurückführen musste, bot Tomás an, ihn zu reiten. Im Grunde war er als Reiter nicht geübt genug, um den nervösen Grauschimmel, dessen Fell wie mit Sternenstaub bestreut schimmerte, zu beherrschen, aber Anavera mochte es ihm nicht abschlagen. Sie wies ihn an, den Hengst am kurzen Zügel zu lenken, und sie kamen noch langsamer voran als auf dem Hinweg. Die Schönheit der Landschaft, ihre Fülle und Weite, riss Tomás, der sie mit Maleraugen sah, zu Stürmen der Begeisterung hin und vertrieb die Wolken der Missstimmung. »Es ist jedes Mal, als käme man unverdient ins Paradies«, sagte er zu Anavera. »Weißt du, dass ich mich daraus von keiner Schlange und von keinem Flammenschwert vertreiben lasse?«
Anavera lachte. »Pass lieber auf, dass du dir nicht den Hals brichst. Du musst die Hände ruhiger halten. Wenn du Citlali derart im Maul reißt, ist es kein Wunder, dass er tänzelt und den Kopf wirft.«
»Bist du sicher, dass er ein Pferd ist?«, beschwerte sich Tomás. »Ich glaube, er ist die Feuerschlange des Huitzilopochtli und wird gleich aus der Deckung schießen, um mir den Garaus zu machen wie der Sonnengott seinen Geschwistern.«
»Was aus der Deckung schießt, ist deine Phantasie«, konterte Anavera. »Er ist nur ein Hengst in den besten Jahren, der seinen Herrn vermisst und zu wenig Bewegung bekommt.«

»So ähnlich wie ich«, säuselte Tomás und beugte sich gefährlich weit zu ihr hinüber. »Nur dass ich eine Herrin zu vermissen hatte.«

Sie drohte ihm lachend mit dem Zügelende. »Wenn du glaubst, dass du so einen Kuss von mir bekommst, dann hast du dich geschnitten. Schlechte Reiterei wird von mir nicht noch belohnt.«

»Eine höchst grausame Herrin«, bemerkte Tomás.

Durch die vergoldeten Täler und die frisch duftenden Wälder zu reiten und mit ihm zu flachsen tat so wohl, dass Mitleid mit der Mutter sie packte. Auf dem Bock des Karrens, den sie für die Heimkehrer geschmückt hatte, saß sie wie von aller Welt verlassen.

Und dann war auch für Anavera und Tomás das Idyll mit einem Schlag vorbei.

»Was ist das?« Tomás wies auf die eisernen Pfeiler, mit denen Felipe Sanchez Torrija seinen neuen Besitz hatte abstecken lassen. Dahinter stand kein Mais mehr, und im Schatten der hohen Stauden würden sich keine Bohnen ranken. Sanchez Torrija wollte hier Henequen-Agaven anbauen, wie sie in Yucatán standen, um Seile und Füllstoffe für den Export nach Nordamerika zu produzieren. Dass Henequen keine Menschen ernährte, kümmerte ihn nicht. »Warum hast du mir nichts davon geschrieben?«, fragte Tomás, der sich seine Antwort wohl selbst gegeben hatte. »Wer hat das Land gekauft? Es unterstand doch immer der Gemeinde.«

»Und du weißt, dass es kein Gemeindeland mehr geben darf.«

»Natürlich weiß ich das. Aber in Querétaro …«

»Don Porfirio hat offenbar seine Gründe, den Gouverneur von Querétaro von seinem Bundesstaat fernzuhalten.«

»Zum Teufel, damit hast du recht. Und wem gehört jetzt das Land?«

Schweigend wies Anavera auf das neuerrichtete Tor, in das ein spanisches Adelswappen eingelassen war.
»Felipe Sanchez Torrija.«
Anavera nickte
Tomás riss den Hengst so scharf im Maul, dass dieser sich bäumte, doch es gelang ihm, sich im Sattel zu halten und das Tier zum Stehen zu bringen. »Was hast du mir noch verschwiegen? Was ist mit Miguels Kind – ist es geboren?«
Um ein Haar hätte sie traurig aufgelacht. »Solche Frage kann vermutlich nur ein Mann stellen. Natürlich ist es geboren, Kinder bleiben ja nicht auf ewig im Mutterleib. Es war ein Zwillingspaar, ein Junge und ein Mädchen. Sie sind beide gestorben, und Abelinda darf keine Kinder mehr bekommen. Sie ist am Ende, Tomás. Und sie wollte, dass wir es Miguel verschweigen, weil sie glaubt, er verlässt sie, wenn er es erfährt.«
»Was für dummes Zeug«, murmelte Tomás betroffen. »Miguel hat sie geheiratet, weil sie sein kleines Mädchen aus den tiefen Wäldern ist, das er über alles liebt.«
»Und weil er mit ihr Kinder haben wollte«, fügte Anavera hinzu. »Sie war sein gesundes, einfaches Mädchen aus den Wäldern, das ihm gesunde Kinder und ein einfaches Glück schenken würde. Jetzt aber ist nur noch das unbedeutende Mädchen übrig, die Köhlerstochter, die glaubt, sie habe dem Erstgeborenen von El Manzanal, dem hochbegabten, studierten Journalisten, nichts mehr zu bieten.«
»Aber das ist doch …«, begann Tomás noch einmal.
Doch Anavera schüttelte den Kopf. »So sehen die Dinge aus Abelindas Sicht nun einmal aus. Sie sagt, er kann in der Stadt an jeder Ecke eine andere Frau finden, die seiner würdig ist. Und Miguel ist nicht hier, um ihr zu versichern, dass er für keine Frau auf der Erde Augen hat, nur für sie – auch ohne Kinder.«

Weit vorn auf dem Weg hielt die Mutter den Karren an und drehte sich nach ihnen um. »Was ist? Kommt ihr nicht weiter?«

»Doch«, antworteten Anavera und Tomás wie aus einem Mund und trieben ihre Pferde in Schritt. Sie hatten den Hang, der in ihre Senke führte, schon fast erreicht, als ein Knall und gleich darauf ein Schrei durch die Stille hallten. Der Schrei ließ sich nicht missdeuten – es war der Laut eines Menschen, den Schmerz schier zerriss. Unwillkürlich schloss Anavera die Schenkel um den Leib ihres Pferdes, und Citlali fiel mit ihm in Trab. Im Nu schlossen sie zu dem Karren auf, der sein Tempo ebenfalls beschleunigt hatte. Woher die Geräusche kamen, wagte keiner von ihnen die anderen zu fragen.

Zur Linken, hinter den mannshohen Pfählen, lag das Land, auf dem Sanchez Torrija sein Haus bauen ließ. Da die vertriebenen Bauern in Scharen um Arbeit nachsuchten, brauchte er ihnen nicht mehr als ein Almosen zu bieten. Das Geld, das sie dringend benötigten, um zumindest Unterschlupf für ihre Familien zu finden, borgte er ihnen, wohl wissend, dass sie die Beträge von ihrem Lohn im Leben nicht zurückzahlen konnten. In Yucatán waren derlei Methoden gang und gäbe, so dass die Landarbeiter dort in regelrechter Sklaverei lebten, aber hier verfuhr allein Sanchez Torrija danach. Von Elena hatte Anavera gehört, dass auch Acalans Vettern sich auf solch demütigende Weise verdingten, um ihre Schwestern zu versorgen. »Acalan sagt, es ist besser, dass Coatl tot ist«, hatte Elena erzählt. »Zu erleben, wie sein ganzer Stolz, seine Söhne, sich als Sklaven verkaufen, hätte er nicht ertragen.«

Zahllose Männer und halbwüchsige Jungen arbeiteten den weißen Aufsehern zu, schleppten Ziegel, rührten Mörtel an, hackten Balken zurecht und hobelten sie glatt. Sie alle trugen

nicht mehr als ihre weißen Baumwollhosen, und auf ihren Rücken glänzte der Schweiß.
Ein weiterer Junge stand mit entblößtem Oberkörper vor einem Süßhülsenbaum, aber auf seinem Rücken glänzte nicht nur Schweiß. Anavera sah, dass seine Hände zusammengebunden und über seinem Kopf an einen toten Ast des Baums geknotet worden waren. Von den Schultern bis hinunter in die Taille prangten blutige Striemen wie eine höhnische Verzierung. Sein Peiniger stand drei Schritte hinter ihm, ein Mann in der schneidigen Kluft der Rurales, in den Händen eine Bogenpeitsche wie die aus jener Alptraumnacht im Sommer. Sein Herr, Felipe Sanchez Torrija, stand mit vollendeter Grandezza ein Stück abseits und sah der Züchtigung zu.
Jetzt erkannte Anavera auch den Jungen, der kraftlos in den Stricken hing. Es war Teiuc, ihr Spielgefährte, Coatls stolzer Sohn, dem toten Vater wie aus dem Gesicht geschnitten. Der Rurale schüttelte die Schnur der Peitsche aus und schwang sie hinter seinen Kopf, wobei er sein Gewicht in den Rücken legte, um dem Schlag Wucht und Schärfe zu geben.
Anaveras Mutter schrie wie ein wildes Tier und sprang vom Bock. Während sie zwischen den Pfeilern der Absperrung hindurch auf den Baum zulief, tat Tomás etwas, das blankem Wahnsinn gleichkam. Er hieb Citlali die Hacken in die Flanken und ließ ihm die Zügel schießen, wie kein erfahrener Reiter es tat. Aus dem Stand schoss der Hengst in Galopp. Im selben Augenblick grub die Peitsche sich schnalzend in Teiucs Rücken, dieser schrie auf, und der Schimmelhengst scheute. Dafür, dass Tomás, der seinen Hals umklammerte, nicht stürzte, musste Anavera ihm sogar noch Bewunderung zollen.
Sie kam sich herzlos vor, als sie aus dem Sattel sprang und die Ponys einfing, während vor ihren Augen etwas derart Unaus-

sprechliches geschah. Damit, dass die Tiere mit dem Karren davonstoben und sich die Beine brachen, war jedoch niemandem geholfen. Sorgfältig band sie alle drei Pferde an den Pfeilern fest, ehe sie Tomás und ihrer Mutter folgte.

Citlali galoppierte noch immer ungezügelt auf die Szene zu. Kurz fürchtete Anavera, er werde in Teiuc hineinrasen, da erhielt dieser einen weiteren Hieb, stieß einen gellenden Schrei aus, und der silbergraue Hengst bäumte sich steil auf. Bei solchem Sturz hatten sich schon Männer den Hals gebrochen, aber Tomás hatte Glück. Er fiel zur Seite, nicht nach hinten, und schaffte es, sich zur Kugel zu krümmen und mit geschütztem Kopf abzurollen. Citlali vollführte ein paar Bocksprünge, dann galoppierte er den nahen Hang hinauf, wo er außer Reichweite der Männer stehen blieb.

Der Rurale wollte ausholen, um Teiuc den nächsten Schlag zu versetzen, aber Sanchez Torrija winkte ihn hinüber zu Tomás, der sich stöhnend aufrappelte. Mit der Peitschenschnur in einer Hand blieb der Rurale vor ihm stehen. Sanchez Torrija selbst trat nur lässig einen Schritt vor.

»Sieh an, wen haben wir denn da? Tun die Kerle hier draußen eigentlich auch noch etwas anderes als Bastarde zeugen?«

Tomás sprang auf und hatte im nächsten Moment die Hände an Sanchez Torrijas Hals. Ehe er zudrücken konnte, hatte die Mutter die Gruppe erreicht. Mit einem Satz war sie bei Tomás und riss ihn zurück. »Komm zu dir«, schrie sie ihn an, und es half. Tomás ließ die Arme sinken und trat einen Schritt zurück.

Der Rurale zuckte mit den Schultern, ging wieder in Stellung und wollte mit der Auspeitschung fortfahren.

»Halt!«, rief die Mutter, trat zwischen Teiuc und seinen Peiniger und sah Sanchez Torrija ins Gesicht. »Dieser Mann wird nicht mehr geschlagen. Kein Mann wird hier mehr geschlagen. Sklaverei ist in Mexiko verboten, und als Ihre Arbeiter haben die Männer das Recht darauf, als Menschen behandelt zu werden. Sie mit der Peitsche zu schlagen untersagt das Gesetz, an das auch Sie sich zu halten haben, Señor!«

»Interessant. Und dabei wissen wir doch alle, dass diese Indios nicht mit den Ohren, sondern mit dem Rücken hören. Wer verbietet mir eigentlich, auf meinem Grund und Boden mit meinen Leuten zu verfahren, wie ich es für richtig halte?«

»Ich«, erwiderte die Mutter. »Querétaro ist nicht Yucatán, wo offenbar niemand den Menschenschindern Einhalt gebietet. Querétaro hat einen Gouverneur, und in dessen Namen verwarne ich Sie. Sollte mir noch einmal zu Ohren kommen, dass Sie auf Ihrem Grund Ihre Arbeiter misshandeln, lasse ich Sie zur Rechenschaft ziehen.«

Felipe Sanchez Torrija warf den Kopf auf, als wollte er lachen. »Allerhand. Und womit wollen Sie mich belangen? Dieser Mann kann schließlich kommen und gehen, wie er will, er lebt in einem freien Land. Einer Bestrafung mit der Peitsche hat er freiwillig zugestimmt. Die sind doch Prügel gewohnt, die Kerle. Stumpf, wie die sind, stecken die die paar Hiebe schon weg.«

»Was für ein Unsinn«, versetzte die Mutter schneidend. »Kein Mexikaner lässt sich freiwillig schlagen, und das wissen Sie.«

»Wenn es ihm in meinem Dienst nicht passt, kann er gern seine Sachen packen. Er muss mir nur zuvor die Kleinigkeit zurückzahlen, die er sich leichten Herzens von mir geliehen hat.«

»Ich bezahle«, sagte die Mutter, trat zu Teiuc und berührte behutsam seinen Arm. »Sie zahlen es uns zurück, Teiuc. Wir haben Arbeit genug für Männer wie Sie, und Sie hätten gleich zu uns kommen sollen.« Ebenso behutsam begann sie die Fesseln um seine wundgescheuerten Gelenke aufzuknoten.

»Vergessen Sie nicht, Ihre Menagerie einzusammeln«, höhnte Sanchez Torrija. »Den Gaul dort hinten behalte ich meinethalben hier, aber den Halbaffen, der friedlichen Bürgern an die Kehle geht, nehmen Sie um Himmels willen wieder mit.«
Noch einmal schoss Tomás zu ihm herum, doch Anavera machte ihm hastig ein Zeichen, das ihn zur Besinnung brachte. In diesem Bruchteil eines Herzschlags hatte jedoch auch Sanchez Torrija seinem Rurale ein Zeichen gegeben. Der holte blitzschnell aus und ließ die Peitschenschnur auf Tomás niedersausen. Anavera sprang hinzu, um ihn beiseitezureißen, doch es genügte nicht. Die pfeifende Schnur traf ihn an der Schläfe und schnitt blutrot durch seine Wange. Tomás taumelte zur Seite. Geistesgegenwärtig fing Anavera ihn ab, ehe er fiel, und presste den Ärmel ihres Kleides auf die Wunde.
»Tomás, oh, Tomás!«
Sanchez Torrija spreizte die Hände. »Was blieb mir übrig? Sie haben ja alle gesehen, dass der Bursche mir jetzt schon zum zweiten Mal ans Leben wollte.«
Sie hätte aufheulen wollen oder sich übergeben wie Josefa, der vom Anblick von Blut übel wurde. Stattdessen presste sie noch immer den Arm mit aller Kraft auf die Wunde. Die Mutter kam mit Teiuc, den sie stützen musste. »Nein, Tomás«, sagte sie, als dieser zornbebend auf Sanchez Torrija lospreschen wollte. »Wir gehen nach Hause, ehe noch mehr geschieht. Teiuc braucht dringend Hilfe, und du brauchst sie auch. Anavera, kannst du Vaters Pferd einfangen? Ich gehe mit den Männern zum Wagen.«
Tomás wollte sich nicht fügen, aber Anavera schlang die Arme um ihn und beschwor ihn: »Wir richten doch hier nichts mehr aus, wir machen nur alles noch schlimmer.«
»Ich will kein Feigling sein«, brachte er heiser heraus.

»Du bist doch kein Feigling!« Sie legte eine Hand an seine unverletzte Wange und musste gegen Tränen kämpfen, weil es ihr weh tat, sein blutüberströmtes Gesicht anzusehen. »Du bist mutig und aufrecht, und ich liebe dich, ich liebe dich, ich liebe dich!« Dreimal rief sie es gegen all die Abscheulichkeit, die sie bedrohte, an. Er streichelte mit bebenden Fingern ihre Wange, senkte den Kopf und ging mit ihrer Mutter und Teiuc.
Citlali einzufangen war leicht. Er kam von selbst, sobald sie seinen Namen rief, weil er von ihr nur Gutes gewohnt war. Anders als Aztatl war er als Jungpferd brutal gebrochen worden, doch die Jahre unter den behutsamen Händen ihres Vaters hatten ihn Vertrauen gelehrt. Sie führte ihn den Hang hinunter und durch die Gasse, die die Arbeiter bildeten. An deren Ende, kurz vor den Pfeilern, entdeckte sie Teiucs Bruder.
»Ollin!«, rief sie. »Komm mit uns, bleib nicht hier.« Ollin aber wandte sich hastig ab, als würde er sie nicht kennen, und nahm seine Arbeit wieder auf.
»Er schämt sich«, sagte ihre Mutter, die hinter den Pfeilern auf sie wartete. »Nimm es ihm nicht übel.«
»Aber warum denn? Wenn einer Grund hätte, sich zu schämen, dann wäre es Sanchez Torrija, und der tut es nicht!«
»Komm«, sagte ihre Mutter nur und ging ihr voraus zum Karren. Anavera bemerkte, dass sie das Wort kaum herausbekam.
Daheim bemühte sie sich, den üblichen Begrüßungswirbel abzuwehren, erklärte Vicente, Enrique und Elena, was geschehen war, und gab der Mutter damit Zeit, sich um Teiuc zu kümmern. Bestürzt überhäuften die anderen sie mit Fragen. Acalan stand schweigend am Rand, während über die neuerliche Kränkung seiner Familie debattiert wurde, und ging

schließlich fort. Anavera wünschte, Elena wäre ihm gefolgt und hätte ihm beigestanden.
Als sie endlich ins Haus trat, dämmerte es. Xochitl hatte dafür gesorgt, dass alle zu essen bekamen, aber Tomás wollte nicht hinunterkommen, und die Mutter fehlte auch. Anavera füllte Tortillas, Käse und gewürztes Truthahnfleisch in eine Schüssel und trug sie Tomás in die Kammer, in der er schon als Kind auf El Manzanal geschlafen hatte.
Er saß auf dem Bett, die Ellbogen auf die Knie und das Kinn in eine Hand gestützt. Die Wunde in seinem Gesicht war mit weißem Verbandszeug verklebt worden. Vermutlich konnte er von Glück sagen, dass die Peitsche nicht sein Auge getroffen hatte, und doch wirkte er so gequält und verletzlich, dass ihr Herz sich zusammenzog. Tomás, der mit der Zunge so schnell war wie der Cura mit der Absolution, schwieg still oder gab einsilbig Antwort. Essen wollte er nichts. »Warum legst du dich nicht schlafen?«, fragte er sie. »Du bist doch sicher erschöpft.«
»Kann ich denn nichts mehr für dich tun?«
Ein wenig steif schüttelte er den Kopf. »Ich bin in Ordnung. Mach dir keine Sorgen.«
Mit Vorsicht, als wäre sein ganzes Gesicht verletzt, küsste sie ihn auf die Stirn, wünschte ihm gute Nacht und ging. Auf dem Gang traf sie ihre Mutter, die aus dem Zimmer kam, in das sie Teiuc einquartiert hatte, und leise die Tür schloss.
»Schläft er?«, fragte sie.
Die Mutter nickte. »Carmen hat mir ihre Salbe gegen Entzündungen gegeben. Solche Peitschen schlagen tiefe Wunden, und wenn eine davon sich infiziert, kann ein Mann im Nu daran sterben. Zur Sicherheit lasse ich morgen Ernesto holen und nach ihm sehen.« Als sie aufblickte, sah Anavera, dass ihr Gesicht nass und angespannt war.

»Mamita.« Sie ging zu ihr und nahm ihre Hand, die schlaff hinunterhing. »Sollen wir wieder zusammen Mezcal trinken und noch ein bisschen reden? Ich glaube, schlafen kann ich noch nicht.«

Die Mutter lächelte schwach. »Mezcal nicht, obwohl ich der Versuchung vorhin fast erlegen wäre. Ich denke, ich fände es ein wenig würdelos, jetzt zu trinken, und ich möchte nicht ausgerechnet heute würdelos sein. Aber reden wäre schön.«

Sie gingen ins Büro, wo kein Mitglied der Familie sie stören würde.

»Danke«, sagte die Mutter, die Stimme gequält wie vorhin, nachdem sie Teiuc befreit hatte. »Nur eine kleine Weile, ja? Dann musst du zurück zu deinem Tomás, der dich heute mehr braucht als ich.«

»Tomás braucht mich nicht«, widersprach Anavera. »Er hat gesagt, ich soll schlafen gehen.«

»Hör nicht auf ihn«, sagte die Mutter, der die Stimme zum Krächzen schrumpfte. »Er kann es dir jetzt nicht eingestehen, aber er hat dich noch nie so gebraucht.«

»Mamita, was ist denn mit dir?«, fiel Anavera ihr ins Wort. »Du kannst ja kaum sprechen. Ist es wegen Sanchez Torrija und Teiuc? Oder wegen Vater und Josefa?«

»Es ist alles zusammen«, flüsterte die Mutter. »Die Erinnerung ist es. All die Bilder, an die ich nie mehr denken wollte.«

»Was für Bilder?«

Die Mutter zögerte. Dann schloss sie die Augen und sprach. »Ich habe deinen Vater so gesehen. So wie Teiuc. An den toten Ast eines Baums gefesselt, dass es ihm die Schultern aus den Gelenkpfannen zerrte, der Rücken nackt, den Schlägen der Peitsche wie den Blicken der Gaffer ausgeliefert. Ich habe gesehen, wie das Leder ihm die Haut zerfetzte, über den Schulterblättern, die ich so sehr liebte. Die Geräusche be-

komme ich nie mehr aus den Ohren – das entsetzliche, pfeifende Schnalzen, das Klatschen und die erstickten Laute, mit denen er sich die Schreie verbiss. Hundert Schläge, jeder einzelne höhnisch gezählt. Am Ende war sein Rücken eine blutige Masse, von der ich wusste, dass sie nie mehr heilen würde. Die Striemen im Fleisch nicht und erst recht nicht die in seinem Stolz. Sooft ich ihn in den Armen hielt, habe ich mir gewünscht, ich könnte diese Striemen heil lieben. Dein Vater ist stärker als alle Männer, die ich jemals kannte. Er hat sich nicht zerbrechen lassen, und er hat sich nicht hinreißen lassen, eine Wahnsinnstat zu begehen. Das ist es nämlich, was sie erreichen wollen, wenn sie unseren Männern das antun – sie wollen ihren Stolz brechen oder sie dazu treiben, sich an den Galgen zu bringen.«
Anavera stellte keine Frage. Sie wusste auch so, wovon die Mutter sprach.
»Lass Tomás nicht allein damit«, sagte sie. »Wenn du heute Nacht bei ihm schlafen willst, werde ich dich nicht hindern. Im Frühjahr heiratet ihr ohnehin, und es gibt Augenblicke, da muss Zärtlichkeit schwerer wiegen als Moral.«
Anavera lauschte dem Klang des Satzes nach. »Ich habe Angst«, erklärte sie dann. »Angst, dass Tomás nicht so stark ist wie Vater. Dass er die Entwürdigung nicht einstecken kann und Sanchez Torrija erwürgt.«
»Bleib heute Nacht bei ihm«, erwiderte die Mutter. »Gib ihm, was Ollin seinem Bruder nicht geben konnte – zeig ihm, dass du dich nicht für ihn schämst, sondern stolz auf ihn bist. Wenn er das von dir bekommt, besitzt Sanchez Torrija nicht die Macht, ihm seine Würde zu nehmen.«
Sie umarmten sich, ehe sich Anavera auf den Weg machte. »Es tut mir so leid, dass Vater nicht bei dir sein kann«, sagte sie. »Du musst ihm furchtbar fehlen.«

»Das will ich hoffen, denn er fehlt mir noch viel furchtbarer.« Die Mutter gewann ihre Fassung zurück. »Mir tut es auch leid, mein Liebes. Wir haben gedacht, wir schicken euch in eine Welt, die gesund ist und es euch erlaubt, das Leben leichtzunehmen. Und jetzt bekommt ihr eine, in der es vor lauter Nebel schwer ist, sich zurechtzufinden. Aber ihr nehmt es mit ihr auf, mit eurer Welt, nicht wahr? Ihr habt einander, und wenn ihr uns Alte noch braucht – ich hoffe, dann habt ihr auch uns.«

»Da haben wir Glück«, sagte Anavera im Gehen. »Ihr habt es uns so lange leichtgemacht, dass es jetzt ruhig einmal schwer sein darf.«

Tomás lag rücklings auf dem Bett und starrte an die Decke, als Anavera ins Zimmer trat. Er hatte kein Licht gemacht. Sie verriegelte hinter sich die Tür. Sich neben ihn zu legen, ihn in die Arme zu nehmen und sich an ihn zu schmiegen war das Selbstverständlichste von der Welt. Als hätte alles, seit sie als pummelige Kinder zwischen Maisstauden nach Gusano-Würmern gegraben hatten, darauf hingeführt. Tomás stöhnte, als sie ihm den Hemdkragen öffnete und über die warme Haut seiner Brust strich.

»Was machst du da?«

»Dich lieben«, antwortete sie schlicht. »Dir zeigen, dass du nicht Felipe Sanchez Torrija umbringen musst, um ein Mann zu sein.«

»Doch, Armadillo.« Er stöhnte von neuem auf und zog sie an sich. »Ich glaube, das muss ich. Ich habe das Gefühl, hier ist nur noch Platz für einen, für Sanchez Torrija oder für mich – und dabei kann ich den Kerl förmlich lachen hören, weil ich mich zu wichtig nehme.«

»Ich finde, du nimmst ihn zu wichtig«, sagte Anavera. Wenigstens nannte er sie wieder Armadillo und gab Antwort auf ihre Liebkosungen. »Du hast deine Verlobte in den Armen, die gekommen ist, um mit dir die Liebe zu erlernen. Was soll der Popanz Sanchez Torrija dabei – schaffen wir beide das nicht allein?«

»Aber du kannst doch nicht ...«

Sie verschloss ihm den Mund. »Doch, Tomás. Mit dir zusammen kann ich. Wenn ich meinen Mann bei mir habe, kann ich alles, was ich will.«

Es war so, wie es sein sollte, und es gab nichts zu erlernen. Der Mond schien ins Fenster, das Bett war weich und vertraut und beschützte die Scheu ihrer Körper. Er war der Mann, der von Anfang an für sie gedacht war, und sie war das Mädchen, das von Anfang an für ihn gedacht war. Es tat ein bisschen weh, aber das war auch so, wie es sein sollte, und er küsste jeden Zoll ihrer Haut, um sie dafür zu entschädigen. Er wickelte sich ihr Haar um die Brust und sagte ihr, sie sei so schön, dass er das Malen aufgeben müsse, weil jedes Bild vor ihr verblasse. Mit schier blindem Instinkt griff sie im rechten Augenblick zu und schob ihn aus sich heraus, ehe er sich auf ihrem flachen Bauch ergoss.

»Wo hast du denn das gelernt?«, fragte Tomás verblüfft, als sich sein Atem beruhigte.

»Ich bin vom Land«, erwiderte Anavera ruhig.

Er küsste sie hinters Ohr. »Aber wenn wir verheiratet sind, dann willst du doch ein Kind, oder nicht?«

»Und wenn ich wie Abelinda keines bekomme?«

»Dann bin ich dein Kind und du meines. Du wirst immer mein Armadillo sein, meine Liebste. Es gibt nichts, das dich von mir trennt.« Er zog sie an sich, und sie schliefen einer in den Armen des anderen ein. Am Morgen bedankte er sich: »Du hast mich gestern gerettet. Ich dachte, er lässt mir keine Wahl, als ihn umzubringen, aber so viel Macht werde ich ihm nie mehr geben.« Sie konnten wieder vernünftig über alles sprechen, auch über Felipe Sanchez Torrija und dessen Sohn in der Hauptstadt. Tomás vertraute ihr an, was er ihr verschwiegen hatte – dass Josefa sich in diesen Mann verliebt hatte und dass er auch ihn am liebsten hätte töten wollen. »Inzwischen ist sie aber geheilt«, sagte er. »Und ich bin es auch. Ich wünsche diesen beiden noch immer alles Übel der Welt an den Hals, aber ich muss meinen Mut nicht mehr beweisen, indem ich unser Leben aufs Spiel setze.«

18

Josefa arbeitete in jeder wachen Stunde. Sie stellte Recherchen zusammen, schrieb Entwürfe nieder, verwarf alles wieder und fing von vorne an. Mit der Arbeit versuchte sie sich von den quälenden Gedanken und Gefühlen abzulenken. Nur wenn sie abends zu Tode erschöpft in ihr Bett sank, gelang es ihr, Schlaf zu finden, und selbst dann entging sie den Träumen nicht.

Sie träumte nie von dem Schrecklichen, das sie gesehen und erlebt hatte und über das sie sich zu schreiben bemühte. Sie träumte auch nie von den Menschen, die sich um sie bemühten – Martina und Tomás, die ständig vorbeischauten, Felice, die versuchte zu verbergen, dass sie sie bewachte, Onkel Stefan, der ihr Material schickte, und ihr Vater, der noch immer keine Zeit für sie fand, der aber versprochen hatte, ihre Schrift, wenn sie fertig war, seinem Bekannten von *El Tiempo* vorzustellen. Von den Menschen daheim, auf El Manzanal, träumte sie ebenfalls nie. Sie träumte nur von einem. Von Jaime Sanchez Torrija. Nicht von den abscheulichen Worten, die aus seinem Mund gekommen waren wie ein Giftschwall, sondern von seinen Augen, den tausend goldenen Funken. Nicht von den Greueln im Osten, für die er verantwortlich war, sondern von seinem halben Lächeln und der seltsamen Wehmut und Verletzlichkeit. Nicht von dem Mann, der ihr ins Gesicht gesagt hatte, er werde ihrer bald überdrüssig werden, sondern von dem Mann, der sie brauchte, sosehr er darum kämpfte, es zu leugnen.

Sie war entschlossen, ihn nicht wiederzusehen, aber sie hatte nicht geahnt, dass es ihr so schwerfallen würde. Bei Tage hasste sie ihn, weil man einen Menschen wie ihn nur hassen konnte. Bei Nacht löschten die Träume den Hass aus, und nur die Sehnsucht blieb übrig. Es kostete sie Mühe, ihre Wohnung zu verlassen, weil sie vor jedem hochgewachsenen Weißen mit schwarzem Haar erschrak und floh. Wenn sie sich dann verstohlen umdrehte, musste sie vor Enttäuschung nach Luft schnappen, weil der Mann dem, den sie vergessen wollte, nicht einmal im Entferntesten ähnlich sah.

Niemand sah ihm ähnlich. Seine Schönheit war ohne Vergleich. Auch wenn sie sich hundertmal sagte, dass kein Wesen, das voller Bosheit und Zerstörung steckte, wirklich schön sein konnte, kam sie nicht daran vorbei, dass seine Schönheit sie berührt hatte. Die Heftigkeit, mit der sie sich nach ihm sehnte, machte sie krank. Sie konnte sich kaum zwingen zu essen und magerte zusehends ab. Wenn die anderen sie fragten, sagte sie, es gehe ihr gut, sie habe nur mit ihrer Arbeit zu kämpfen. Mit der Zeit würde es besser werden, versicherte sie sich. Jeden Tag ein Stück. Aber es wurde nicht besser.

Ein wenig Hoffnung setzte sie auf die Reise nach Querétaro. Vielleicht würde der Abstand, das weite Land zwischen ihr und dem Mann, den sie vergessen wollte, Abhilfe schaffen, und in einem Monat konnte viel geschehen. Dann aber musste Tomás ihr sagen, dass ihr Vater die Reise nicht antreten konnte. »Er kommt für die Weihnachtstage nach, aber jetzt kann er einfach nicht von Miguel und seiner Arbeit hier fort. Versteh das, Josefa.«

Versteh das, Josefa, versteh, versteh, versteh. Es war der Refrain eines Liedes, das ihr zu den Ohren herauskam. Sie hatte nie mehr wütend auf ihn sein wollen und war es doch. Hätte er ihr die Hiobsbotschaft nicht wenigstens selbst überbringen können? Aber nein, er hatte ja Miguel, um den er sich kümmern musste. Miguel, Miguel, Miguel. Versteh das, Josefa. Nur bewahrte Verständnis nicht vor Schmerz.

Sie sagte Tomás, sie müsse ihren Vater um jeden Preis sprechen, und er kam. Drei Tage später, auf eine halbe Stunde vor dem nächsten Termin. »Ich sage nicht wieder, es tut mir leid«, meinte er und zog sie schüchtern in die Arme. »Ich kann mich selbst und meine ewigen Floskeln nicht mehr hören.«

Er sah so erschöpft aus, so abgezehrt. Ihr Zorn schmolz. Sie wollte nicht, dass er sich Vorwürfe machte, wollte die Tochter sein, die mit ihm an einem Strang zog. Kämpften sie nicht gemeinsam um das Entwässerungsprojekt – er in den Sitzungssälen und sie hinter ihrem Schreibtisch? Der Gedanke, ohne ihn nach Querétaro zu fahren, sich unter all die Menschen zu mischen, die von der Hauptstadt keine Ahnung hatten, und zuzusehen, wie Tomás und Anavera turtelten, erschien ihr auf einmal unerträglich. »Ich bleibe auch hier«, sagte sie. »So lange, bis du fährst. Vielleicht können wir uns ja wenigstens ab und zu sehen, falls ich Fragen zu meiner Schrift habe. Ich denke, wenn ich hierbleibe, kann ich das Manuskript bis Weihnachten fertig haben.«

Er versuchte es ihr auszureden, aber sie stellte sich stur und glaubte zu bemerken, dass er sich insgeheim freute. Die Qual begann von neuem, aber ein wenig half es, wenn sie all die Qual in das Manuskript legte, ihren Schmerz und ihr Elend nutzte,

um über den Schmerz und das Elend von Menschen zu schreiben. Es wurde mehr als eine Schrift. Es wurde ein kleines Buch. Zum ersten Mal gefiel ihr, was sie zustande brachte. Es wuchs über ihre kindischen Entwürfe und unbeholfenen Artikel hinaus und gewann Farbe und Kraft. Ich kann das wirklich, stellte sie verwundert fest. Ich kann schreiben. Sie konnte es nicht erwarten, dem Vater ihren Text zu zeigen.
Zweimal verabredete sie sich mit ihm zum Essen, und zweimal tauchte er kurz auf, um abzusagen. Es tat jedes Mal weh, doch zum Ausgleich vertraute er sich ihr an. Sie, Josefa, war die Gefährtin, mit der er seine Sorgen teilte. Das Projekt sei gefährdet, berichtete er. Seine Gegner blockierten immer wieder Anträge auf finanzielle Mittel. Jaime Sanchez Torrijas Name fiel nicht, doch Josefa wusste trotzdem, von wem die Rede war. Am meisten aber quälte den Vater das Schicksal Miguels. »Ich fühle mich schuldig, Huitzilli. Ich habe auf Miguel nicht aufgepasst, wie ich es Carmen versprochen hatte. Ich kann ihn jetzt nicht im Stich lassen. Wenn der Präsident will, dass ich täglich bei ihm deswegen vorspreche, dann muss ich es tun, so wahnwitzig und sinnlos es erscheint.«
»Ich verstehe dich«, sagte Josefa und war stolz auf jedes Wort. »Aber in der letzten Woche, ehe wir nach Querétaro fahren, essen wir doch zusammen, oder? Bis dahin ist meine Schrift fertig. Ich bin so gespannt, was du davon hältst.«
»Nicht halb so gespannt wie ich«, erwiderte er und versprach, sich den Abend unter allen Umständen freizuhalten.
Sie bestellten einen Tisch in einem Restaurant kurz vor Chapultepec, wo er es schöner fand als in der lärmenden Innenstadt, inmitten der Clique des Präsidenten. Josefa lebte darauf hin. Sie träumte noch immer von Jaime Sanchez Torrija, aber die Tage brachte sie tapfer herum, indem sie sich ganz und gar in ihre Arbeit grub. Je tiefer sie vordrang, desto mehr wollte

sie wissen: Wie war es zu den Verhältnissen, in denen sie lebten, gekommen? Wie war es möglich, dass ein Volk sein Land an ein anderes verlor und noch nach Hunderten von Jahren unter der Knute der Eroberer lebte? Sie bat Onkel Stefan in einem Brief um Material zur Geschichte Mexikos, und er kam persönlich und brachte ihr einen hohen Stapel Bücher.
In ihrer Begeisterung ließ sie ihn ein paar Seiten ihres Textes lesen, von dem er ehrlich beeindruckt schien. »Nicht dass ich viel davon verstehe«, sagte er, »aber mir scheint, du hast echtes Talent.«
»Glaubst du das wirklich?«, bestürmte sie ihn. »Meinst du, es wird meinem Vater gefallen?«
Nachdenklich musterte er sie, bis er nach einer Weile lächelte. »Es ist nicht ganz leicht mit deinem Vater, nicht wahr? Als ich jung war, habe ich mich in seiner Nähe immer ein bisschen kleinlaut gefühlt, weil er so überragend war. Ich habe gedacht: Der Mann muss aus Stahl sein, er steckt alles weg, was wir ihm antun, ohne seine erstaunliche Würde zu verlieren. Er ist viel klüger als wir, macht nie schlapp, und am Ende besitzt er auch noch die Großmut, uns zu verzeihen. Um ehrlich zu sein, mir geht es manchmal heute noch so.«
»Mir auch«, entfuhr es Josefa. »Ich wünschte, ich könnte einmal etwas tun, das gut genug für ihn ist.«
»Das tust du unentwegt«, erwiderte Stefan. »Dein Vater kann nichts dafür, dass wir ihn auf einen Sockel stellen. Er sieht sich nicht so, und er fühlt sich nicht wohl dort oben. Und dich bewundert er mehr als du ihn.«
Es fiel Josefa zwar schwer, das zu glauben, aber ihre Hoffnung, ihr Text könne dem Vater imponieren, wuchs. Sie dankte Onkel Stefan für die Bücher.
»Ich bin froh, dass du dich dafür interessierst«, sagte er. »Dass du dieses Land samt seiner Geschichte als deines betrachtest.«

»Wie sollte ich das denn nicht tun?«, fragte Josefa verwirrt. »Ich bin hier geboren worden, und meine Eltern sind Mexikaner.«
»Ja, natürlich«, beschwichtigte er. »Es ist nur so, dass es mir und Josephine nie ganz gelungen ist, uns in Mexiko zugehörig zu fühlen, auch wenn wir wie du hier geboren sind. Aber das ist ja Unsinn – deine Mutter und Felix haben es geschafft, und für dich ist es völlig selbstverständlich.«
Als sie ihn zur Tür brachte, gingen sie an dem goldgerahmten Spiegel vorbei. Ihr Blick fiel auf ihre beiden Gesichter, und erschrocken stellte sie fest, wie ähnlich sie sich sahen. Nicht im Schnitt der Züge oder im Ausdruck, wohl aber in der zarten Helligkeit, die man in Mexiko so gut wie nie zu sehen bekam. Wie oft hatte Josefa sich als Kind gewünscht, so auszusehen wie ihre Geschwister, ihre Vettern und Basen. Sie glaubte zu begreifen, was ihr Onkel gemeint hatte, doch sie schüttelte es ab. Sie war ihres Vaters Tochter. Er liebte sie, und sie, nicht die leiblichen Kinder, hatte sein Talent geerbt.
Der Text wuchs. Täglich füllte sie mehrere Seiten, und eines Nachmittags, drei Tage vor dem Treffen mit ihrem Vater und fünf Tage vor der Abreise nach Querétaro, schrieb sie einen klingenden, prägnanten Satz und stellte fest, dass es der letzte war. Das Gefühl war überwältigend. Am liebsten wäre sie auf der Stelle in den Nationalpalast gelaufen und hätte den wundervollen Moment mit dem Vater geteilt. Flüchtig erwog sie, Felice herüberzurufen, die von ihrer Arbeit, die sie irgendwo in der Stadt verrichtete, schon zurück war, aber Felice würde kein Wort von alledem verstehen. Ihr blieb nichts übrig, als sich zu gedulden – und umso schöner würde es in drei Tagen sein.
Eine Idee kam ihr. Weshalb sollte sie die Schrift, die knapp hundert Seiten umfasste, nicht dem Vater widmen und sie ihm als verfrühtes Weihnachtsgeschenk überreichen? Allein, ohne

Martinas Hilfe, fand sie eine Buchbinderei und ließ sich ihren Text in feines sandfarbenes Leinen binden. Auf die Widmungsseite schrieb sie in ihrer schönsten Handschrift: »*In Liebe. Deine Tochter Josefa.*«

Weil sie in Stimmung war, kaufte sie sich in einem der vornehmen Warenhäuser am Paseo de la Reforma ein neues Kleid für den Abend. Dass Jaime Sanchez Torrija gesagt hatte, nur Frauen ohne Stil ließen ihre Kleider nicht maßschneidern, sollte ihr egal sein, und das neue Kleid durfte jedwede Farbe haben, nur nicht Grün. Sie hielt sich an Tomás' Rat, entschied sich für ein tiefes königliches Blau und erntete ein Kompliment des Verkäufers: »Für dieses Kleid muss ein Mädchen strahlen, und sie muss die Haltung einer Fürstin haben. Bei Ihnen trifft beides zu.«

In der Nacht vor dem großen Tag träumte sie nicht von Jaime Sanchez Torrija. Von Martinas Friseur ließ sie sich das Haar richten, legte ein wenig Schminke auf, und als Felice von der Arbeit kam, blieb sie staunend in der Tür stehen. »Du bist sehr schön, Josefa«, sagte sie mit ihrer verhuschten Stimme. »Gehst du aus? Sollten wir nicht besser deinen Vater fragen, ob es recht ist?«

»Ich gehe ja mit meinem Vater aus!«, jubelte Josefa, packte die altjüngferliche Base um die Taille und schwang sich mit ihr durch die Sala. Über Felices Gezappel musste sie lachen. »Wenn wir aus Querétaro zurückkommen, müssen wir dich ausführen, Feli. Du darfst uns doch nicht hier in der Wohnung versauern.«

»Keine Sorge«, bekundete Felice, »das tue ich schon nicht.« Dann hob sie ihre abgewetzte Tasche vom Boden und zog sich in ihr Schlafzimmer zurück. Josefa setzte sich fertig angekleidet auf ihren Balkon, wo sie den Wagen des Vaters sehen würde, sobald er in ihre Straße einbog.

Der Vater kam eine halbe Stunde zu spät. Er sprang noch in der Fahrt aus dem Wagen und stürmte zu ihrem Haus. Ein Mann seines Alters sollte eine distinguiertere Gangart wählen, nicht in Gehrock und Gouverneursschärpe rennen wie ein Laufbursche, aber ihr gefiel es. Sie ging, um ihn an der Tür zu empfangen. Er nahm drei Stufen auf einmal, als hätte er den Abend herbeigesehnt wie sie.
»Josefa.«
»Tahtli.«
Sie lächelte ihm entgegen, doch beim Blick auf sein Gesicht spürte sie, wie das Lächeln ihr erstarb.
»Josefa, ich kann ...«
Schlagartig wusste sie, was er ihr sagen wollte, aber sie machte es ihm nicht leichter.
»Ich kann nicht bleiben«, sagte er endlich, blieb auf dem Treppenabsatz stehen und senkte den Kopf.
»Du hast es mir versprochen«, presste sie gegen Tränen heraus und kam sich erbärmlich vor. »Du hast gesagt, es gibt nichts, das du dir dazwischenkommen lässt.«
»Es gibt doch etwas«, sagte er. »Der Präsident hat einen Bekannten wissen lassen, dass Miguels Deportation beschlossen ist. Wenn ich nicht heute versuche, noch einmal Aufschub zu erreichen, ist er morgen früh auf dem Weg nach Yucatán.«
»Was ist das eigentlich, dieses Yucatán?« Josefas Stimme klang unnatürlich schrill. »Ich dachte, es sei irgendeine Halbinsel im Süden, wo es immer heiß ist und in Massen Henequen und Zucker wachsen. Aber wenn man dir und Tomás zuhört, könnte man meinen, es wäre eine Vorhölle.«
»Ich glaube, Yucatán war als Paradies gedacht«, sagte ihr Vater, »aber die Vorhölle haben wir daraus gemacht. Dorthin schicken wir Häftlinge, die wir nicht auf Staatsbefehl morden, sondern lieber an Hunger und Misshandlung verrecken sehen

wollen. Das taugt auch zur Abschreckung. Yucatán ist der einzige Teil Mexikos, in dem ein Indio-Volk sich behauptet und einen unabhängigen Staat gegründet hat – Chan Santa Cruz. Das ermutigt die Rebellen im Grenzgebiet, aber wenn dieses Pack erst zu sehen bekommt, wie wir unsere Umstürzler bewusstlos peitschen und am Wundfieber sterben lassen, kommt es womöglich zur Vernunft.«

Sie hatte ihren Vater nie zuvor zynisch erlebt. Es war so einschneidend, dass es ihr die Sprache verschlug.

»Verzeih mir«, sagte er nach einer Weile des Schweigens. »Ich wollte dich nicht in Schrecken versetzen.«

»Doch, das wolltest du«, erwiderte sie mühsam. »Du wolltest mir klarmachen, dass ich wieder verzichten muss, weil mein lächerliches Abendessen und mein lächerlicher Text zu nichts verpuffen vor dem furchtbaren Schicksal, das Miguel bedroht.«

»Dein Text ist nicht lächerlich, Josefa ...«

»Doch, das ist er!« Sie schrie jetzt. »Er ist dir keinen einzigen Abend wert, und überhaupt, manchmal glaube ich, Miguel ist dein Kind, nicht ich.«

Ehe er die Arme nach ihr streckte, sprang sie in die Wohnung zurück und schlug die Tür vor seinem Gesicht ins Schloss. Als könnte er sie von außen aufdrücken, lehnte sie sich dagegen, und als er ihren Namen zu rufen und mit den Fäusten ans Holz zu hämmern begann, presste sie sich die Hände auf die Ohren.

Felice kam aus ihrem Zimmer gestürmt und rief: »Was ist denn los, Josefa? Was um Himmels willen ist denn los?«

»Lass mir meine Ruhe!«, schrie Josefa. »Das hier ist meine Wohnung, und was ich hier tue, geht dich nichts an!«

Sie schrie noch, als Felice sich längst wie eine Maus zurückgezogen hatte. Irgendwann ging ihr die Kraft aus, und zugleich hörte ihr Vater auf, mit den Fäusten an die Tür zu hämmern.

»Ich gehe jetzt in den Nationalpalast«, sagte er. »Willst du, dass ich nachher noch einmal wiederkomme, auch wenn es spät wird?«

»Nein, ich will nicht, dass du wiederkommst«, fauchte sie. »Geh, wohin es dir passt, mir ist es einerlei.«

»Ich liebe dich«, sagte er.

Sie entgegnete nichts darauf und hörte die leisen Schritte nicht, mit denen er sich entfernte. Hinter der Tür, auf dem blanken Marmor, blieb sie sitzen und weinte die grenzenlose Enttäuschung aus sich hinaus. Es dauerte lange. Als die Tränenflut endlich versiegte, fühlte ihre Kehle sich rauh an, ihre Augen waren wund, und sie kam zur Besinnung.

Sie hatte sich wieder benommen, wie sie sich nie mehr hatte benehmen wollen. Wie das undankbare Trotzkind, das mit dem Fuß aufstampfte und sich vor Zorn auf den Boden warf, weil alle um sie sich liebten und perfekt zusammenpassten, während sie zu niemandem gehörte und zu niemandem passte. Sie hasste dieses Kind. Es war eine Plage, ein würdeloses Balg, das niemand lieben konnte. Jetzt war sie einundzwanzig und wollte als Journalistin ernst genommen werden, aber in ihr steckte noch immer die stampfende, plärrende Göre, für die ihre Eltern sich schämen mussten.

Welche Wahl hätte der Vater gehabt? Hätte er Miguel deportieren lassen sollen, um mit seiner Tochter zu Abend zu essen? Sie sah an sich hinunter, sah die gebundene Schrift auf dem Marmor, und ihr wurde übel vor Scham.

Er hatte angeboten, nachher zu ihr zu kommen, aber sie hatte ihn abgewiesen. Wie schwer würde ihm das Herz sein, jetzt, wo er beim Präsidenten saß und alle Kraft darauf konzentrieren musste, Miguel zu retten? Sie wollte ihn sprechen, ihm sagen, dass sie ihren Auftritt bereute und dass er an nichts denken sollte, nur an Miguel. Ein Gedanke durchfuhr sie. Sie würde hingehen, noch einmal zum Nationalpalast, aber diesmal würde sie nicht versuchen Einlass zu erhalten, sondern draußen bei den Wagen auf ihren Vater warten. Einerlei, wie lange es dauerte – wenn er erschöpft aus dem Palast kam, würde seine Tochter auf ihn warten und ihn bitten, ihr zu verzeihen.

Der Abend war klar und schön, und auf dem Zócalo tobte das Leben. Es roch nach schmelzendem Zucker und Vanille, nach den Lilien der Blumenhändler und dem Chili und Koriander der Tortilla-Bäcker. Zur Linken des Palastes, wo eine Reihe hoher Platanen den Zócalo von der Straße trennte, war ein Viereck für die Wagen der Regierungsmitglieder abgesperrt. Hier war es stiller als vorn im Getümmel. Ein paar Kutscher dösten auf ihren Böcken oder lehnten an den Kabinen und rauchten. Zwei spielten auf einer umgedrehten Kiste Conquian. Sonst geschah nichts.

Den Wagen ihres Vaters hatte Josefa rasch erspäht, doch seinen Kutscher konnte sie nirgends entdecken. Da die Pferde angepflockt waren, nahm sie an, der Vater habe ihm für den Rest des Abends freigegeben. Er war wie Anavera, er liebte Pferde und lenkte sie gern selbst. Aber er ist auch wie ich, dachte Josefa, setzte sich auf das Trittbrett des Wagens und fuhr mit zwei Fingern über den Einband ihres Textes. Anavera hat kein Talent zum Schreiben.

Es wurde kühl, und sie wünschte, sie hätte ihre Mantilla mitgenommen. Einer der Conquian-Spieler wurde von seinem Herrn gerufen, und das Getuschel, das das Spiel begleitet hatte, verstummte. Der Lärm des Platzes drang als stetes Murmeln an ihr Ohr, und in ihrem Rücken ließ leichter Wind das Laub der Bäume rascheln. Josefa lauschte. Auf einmal vermeinte sie unter dem Rascheln Stimmen auszumachen, und kurz war es ihr, als würde eine der Stimmen ihrem Vater ge-

hören. Dann verschluckten die übrigen Geräusche die Stimmen, und Josefa war sicher, sie müsse sich geirrt haben.
Gleich darauf geschah dasselbe noch einmal, und als es das dritte Mal geschah, war sie sich sicher. Es war ihr Vater, der gesprochen hatte. Sie sprang vom Trittbrett, ging ein paar Schritte in Richtung der Bäume und lauschte angestrengt ins Dunkel. Jetzt sprach die andere Stimme, die schwächer und schlechter zu verstehen war. Eine Frauenstimme. Einen Augenblick lang kam es Josefa vor, als würde die Sprechende gegen Tränen kämpfen. Sie ging noch ein paar Schritte, und dann sah sie hinter den Stämmen den Umriss eines weiteren Wagens, eines geschlossenen Einspänners ohne Bock.
Etwas in ihr rief ihr eine Warnung zu: Geh nicht weiter. Dreh dich um und mach, dass du nach Hause kommst. Sie hörte nicht hin und ging zwischen den Bäumen hindurch auf den fremden Wagen zu. In der Kabine saß eine Dame, die Josefa schon einmal gesehen hatte – auf dem Ball am Unabhängigkeitstag. Sie war irgendjemandes Tochter, hatte mit ihrem Vater getanzt, und Josefa hatte ihre Schönheit im schwarzen Ballkleid atemberaubend und einschüchternd gefunden. Jetzt trug sie ein rotes und war nicht weniger atemberaubend, auch wenn ihre Frisur sich löste und Tränen ihr Gesicht hinunterliefen. Der Mann, der neben ihr auf dem Sitz saß, hatte den Arm um sie gelegt und rieb ihr mit der freien Hand die Tränen von den Wangen.
In der Geste lag eine Zärtlichkeit, die über alle Worte hinausging. Josefa hatte sie selbst unzählige Male gespürt. Ihr Herz raste, als wollte es ihren Brustkorb sprengen. Von irgendwoher nahm sie die Kraft, nicht zu stürzen, sondern sich umzudrehen und davonzulaufen, blind und wirr und außer sich.
Auf dem Platz mit den Wagen musste sie innehalten und sich an eine der Kabinen lehnen. Durch ihren Kopf hallte die un-

geheuerliche Wahrheit: Ihr Vater hatte eine Geliebte. Er sagte ihre Verabredungen ab und erzählte ihr Greuelmärchen über Miguel und Yucatán, während er sich in Wirklichkeit mit seiner Geliebten traf. Mit seiner Geliebten, die nicht viel älter, aber hundertmal schöner, weltläufiger und klüger war als seine linkische Tochter Josefa.

Die Liebe zwischen ihren Eltern gehörte zu den Legenden von El Manzanal. Sie war ein Lied, das die Alten über ihren Kochfeuern wisperten und dem die Jungen im Tanz neue Strophen dichteten. Die Liebe zwischen der behüteten Hamburger Kaufmannstochter und ihrem indianischen Pferdeknecht war ein Wunder, an dem sich die Menschen um den Rancho festhielten und in dessen Geborgenheit drei Kinder aufgewachsen waren. Sie war noch etwas – eine Lüge. Ihr Vater hatte eine Geliebte.

Bei der Absperrung war ein Mann im Begriff, in seinen Wagen zu steigen. Ein Geräusch, das Josefa machte, ließ ihn den Kopf wenden. »Diesmal wollten Sie aber nicht zu mir, oder etwa doch? Ich rate Ihnen, bleiben Sie bei Ihrem Entschluss, kleine Josefa Alvarez. Geben Sie sich mit dem heimtückischen Dämon nicht ab – Ihr klecksender Verehrer wäre Ihnen mächtig böse.«

Sein Kutscher hatte die Laterne über der Tür schon entzündet, und seine Augen schimmerten im gelben Licht. Josefa dachte nicht nach. Eine andere schien für sie zu handeln und über die Kraft zu verfügen, die ihr fehlte. Sie richtete sich auf und straffte die Schultern, ließ ihren Text fallen und stellte einen Fuß auf die Seite, die der Wind aufblätterte. »*In Liebe*«, stand darauf. »*Deine Tochter Josefa.*«

»Doch. Ich wollte zu Ihnen«, sagte sie. »Der klecksende Verehrer ist mein künftiger Schwager, der sich um seinen eigenen Dreck kümmern soll.«

»Und dessen sind Sie sicher, Josefa? Sie spielen nicht wieder ein Spiel mit mir und bleiben hinterher wochenlang fort?«
Er brauchte sie. Er hatte sich nach ihr verzehrt, wie sie sich nach ihm. Mit dem zweiten Fuß zerfetzte Josefa den sandgelben Einband, lief auf Jaime zu und stand vor ihm still. »Ich bleibe nie mehr fort«, sagte sie. »Wenn Sie mich noch wollen, können Sie mich haben.«

DRITTER TEIL

◇◇◇◇◇◇◇◇◇◇◇◇◇◇◇◇◇◇◇◇

*Querétaro, Santa María de Cleofás,
Rancho El Manzanal
Weihnacht 1888*

»Was für prächtige Paläste, was für fabelhafte Lichter!
Und die Gebäude, wie hoch sie hinaufragen!
Ich aber bin allein, ich kenne keinen Menschen.
Ich höre sie sprechen, aber ich weiß nicht, worüber.
Wenn ich frage, zucken sie die Schultern – und gehen weiter.«

Manuel Gutiérrez Nájera

19

Katharina trat in die kleine Sala, die sie in ihrem Flügel des Hauses für ihre Familie eingerichtet hatte. Für gewöhnlich schmückte sie ihre Räume mit Palmzweigen, frischen Blumen und dem deutschen Weihnachtsschmuck ihrer Mutter, in diesem Jahr aber hatte sie aus Rücksicht auf Abelinda und Carmen darauf verzichtet. Sie hatte den Tag auf dem Grundamt in der Stadt verbracht, um den Pachtvertrag für Acalans Familie zu erweitern, hatte sich mit zahlreichen Stolpersteinen herumschlagen müssen und hatte den ganzen Kampf von Herzen satt.

Anschließend hätte sie zum Bahnhof gehen und ihren Mann abholen können, aber etwas in ihr hatte sich gesträubt. Sie war fast sechzig. In ihrem Alter konnte man höchstens einmal mit klopfendem Jungmädchen-Herzen an einem Bahngleis stehen und enttäuscht von dannen trotten, ein zweites Mal hätte ihrer Selbstachtung den Rest gegeben.

Stattdessen war sie mit Teiuc und Ollin ins Dorf gefahren, um an der Posada teilzunehmen, dem traditionellen Umzug, der an den neun Tagen bis zur Heiligen Nacht in den Gassen von Santa María de Cleofás stattfand. Jeder der Tage stand für einen der neun Monate, in denen die Heilige Jungfrau das Gotteskind in ihrem Leib getragen hatte. In leuchtend bunten Kostümen zogen die Kinder von Haus zu Haus, um die Herbergssuche des heiligen Paares nachzustellen, gefolgt vom Cura und den Messdienern, die die Madonnenstatue aus der

Kapelle trugen, und schließlich von sämtlichen Bewohnern des Ortes.

Katharina war protestantisch aufgewachsen, doch der farbenprächtige, dramatische Katholizismus der Leute in den Bergen, in den sich Reste des alten Götterglaubens mischten, hatte sie von jeher gefesselt. Nach dem Umzug wurde in den Straßen getanzt. Frauen verteilten die runden Polverones, ein Gebäck aus Nüssen, und würzig gefüllte Molletes, Kinder zerschlugen Piñatas und balgten sich um Früchte und Naschwerk, und Männer ließen Pulque-Krüge kreisen. Das Fest war eine gute Gelegenheit, sich für kurze Zeit Frieden vorzugaukeln, und eine noch bessere, erst nach Einbruch der Dunkelheit nach Hause zu kommen.

Dass Josefa nicht gekommen war, wusste sie. Benito hatte ihr ein Telegramm geschickt. Wenn er seinen Schwur gebrochen hatte und selbst in der Hauptstadt geblieben war, würde sie es früh genug erfahren. Und wenn er gekommen war? Sie wusste es nicht, zog es nur vor, ihm nicht sofort zu begegnen. Vielleicht brauchte sie Zeit. Es war schwer, von jemandem enttäuscht zu werden, der nicht einmal die Schuld daran trug.

Wie still es jetzt war nach dem Lärm in den Gassen. Einzig die Tischlampe brannte in dem behaglichen Raum. Katharina trat ein und sah ihren Mann. Er saß in einem der Korbsessel, die er ihr aus Veracruz hatte schicken lassen, weil Veracruz die Stadt ihrer Liebe war. Alle Welt beneidet mich um ihn, weil er ein so vernünftiger Mann ist, fuhr es ihr durch den Kopf. Ich aber liebe ihn, weil er ein so verrückter Mann sein kann und immer geblieben ist. Er musste sich hergesetzt haben, um auf sie zu warten, doch die Müdigkeit hatte ihn übermannt. Ohne sich des eleganten Rocks zu entledigen, hatte er seinen geschmeidigen Körper in die Form des Sessels geschmiegt und den Kopf nach vorn fallen lassen, das dichte Haar über Stirn und Augen.

Sie hatte nicht gewusst, ob sie nicht eigentlich ein Hühnchen mit ihm zu rupfen hatte. Jetzt sah sie ihn an, ihren schönen, todmüden Mann, und wusste, dass alle Hühner der Welt ihr gestohlen bleiben konnten. Verdammt, ich habe dich vermisst, Benito, dachte sie. Glaubt einer Frau von fast sechzig noch jemand, dass Vermissen nicht allein im Kopf, sondern ebenso unter den Rippen stattfindet – und am wildesten zwischen den Schenkeln? Sie ging zu ihm, setzte sich auf die Sessellehne und beugte sich über sein Gesicht. Ehe sie ihn küsste, erwachte er, und in seine Augen sprang ein Lächeln.
»Ichtaca.«
Das Wort bedeutete Geheimnis. Solange sie sich kannten, hatte er sie bei diesem Namen gerufen, und aus seinem Mund klang es noch immer, als hätte er gerade erst entdeckt, dass sie das Geheimnis seines Lebens war.
Sie hielt ein wenig Abstand und fuhr mit einem Finger seine Braue nach.
»Hast du dich anders entschieden?«, fragte er. »Ist dir dein alter Mann jetzt endgültig zu sehr zum schrumpeligen Waldgeist geworden?«
»Was meinst du?«
»Eben hat dein Mund noch ausgesehen, als wolltest du mich küssen.«
»Das will ich noch immer«, gestand Katharina nachdenklich. »Aber ein Teil von mir fragt sich, ob es nicht angebrachter wäre, dir die Leviten zu lesen.«
»Tu beides«, sagte er, nahm sie in die Arme und küsste sie. Den ersten Kuss hatte sie ihm abgetrotzt, als sie vierzehn Jahre alt gewesen war. Sie hatte ihn sich gestohlen, weil sie seinen Mund immerfort hatte anstarren müssen und um jeden Preis wissen wollte, wie er schmeckte. Solange sie lebte, würde sie sich nie an ihm sattschmecken. Er küsste noch im-

mer mit einem verhaltenen Feuer, das ausstehende Wunder versprach, und mit einer stolzen, sich zügelnden Scheu. Und noch immer fand sie es seltsam falsch, dass er etliche Orden bekommen hatte, weil er Brücken sprengen und feindliche Linien durchbrechen konnte, aber keinen, weil er hinreißend küsste.

»Jetzt bin ich dagegen gewappnet«, sagte er und ließ sie mit Sehnsucht in den Augen los. »Lies mir die Leviten, Liebste, aber bitte lies schnell und sei nicht ganz so streng.«

»Ich habe keinen Grund dazu, oder? Du kannst nichts dafür, dass du mich ein Dreivierteljahr lang mit dem gesamten Schlamassel alleingelassen hast. Und erst recht nichts dafür, dass von dem kleinen Rest Zeit, der uns miteinander noch bleibt, ein ganzer Sommer und ein Herbst verloren sind.«

»Doch«, sagte er, »ich kann etwas dafür. Ich hätte mich gegen Miguel und die Entwässerung der Slums und für dich und meine Familie entscheiden müssen, wie ich es dir versprochen habe, damit du mich heiratest.«

Sie hatte nichts anderes erwartet, denn feige war er nie gewesen. »Ja, das hast du mir versprochen. Und ich habe dir gesagt, ich ertrage es nicht, wenn du das Versprechen brichst – wenn noch einmal einem Mann sein Kaiser, sein Juárez oder meinetwegen sein Porfirio Diaz wichtiger ist als seine Frau und sein Kind. Es hat weh getan. Es hat sich angefühlt, als hätte ich für dich auf einmal an Wert verloren, und das ist kein gutes Gefühl für eine Frau, die mit keiner jugendlichen Schönheit mehr auftrumpfen kann.«

Er stöhnte auf. »Wie kannst du denn so denken?«

»Weißt du wirklich nicht, wie ich das kann?«

»Doch.« Er senkte den Kopf, jeder Zoll seiner Haltung spiegelte Schmerz und Scham. »Ich messe die Schönheit der Welt an dir, Katharina. In fünfundvierzig Jahren habe ich nichts

gefunden, das dir das Wasser reicht. Ich habe mein Versprechen gebrochen, und ich werde es weiter tun, weil ich keinen anderen Weg weiß. Wenn du mir deshalb nicht mehr glaubst, habe ich es nicht besser verdient. Aber du hast nicht verdient, dass du deshalb an dir zweifelst.«
Es war genug. Sie hatte ihm ein wenig weh tun wollen, nicht weil er es verdiente, sondern um den eigentümlichen Groll in sich zu löschen. Von dem Groll war keine Spur mehr übrig. Sie legte ihm die Hand in den Nacken und schob die Finger unter den Hemdkragen. »Willst du Buße tun, Liebling?«
Er blickte auf. »Wenn ich kann.«
Sie strich ihm alles Haar von den Schläfen und küsste die schmalen Adern, in denen sein Blut klopfte. »Du wirst deine alte Frau lieben müssen, als wären wir höchstens fünfundzwanzig. Ist das zu anstrengend für dich?«
Sein Lachen war erlöst und dunkel und ein bisschen unverschämt. »Für was hältst du mich? Für einen Greis?« Er sprang blitzschnell auf, umschlang sie und hob sie in die Höhe. Auf der Chaiselongue legte er sie nieder, beugte sich über sie und küsste sie.
»Komm ins Bett, Liebster«, lockte sie.
»Bis ins Bett hätte ich es mit fünfundzwanzig niemals geschafft«, erwiderte er ungerührt und zog die Schleife an ihrem Kragen auf, um ihren Hals zu küssen.
»Und wenn jemand hereinkommt?«
»Daran hätte ich mit fünfundzwanzig nicht gedacht.« Er schob den Stoff ihrer Bluse zur Seite und küsste den Ansatz ihrer Brüste.
»Aber diese Korbmöbel drücken im Rücken.«
»Mit fünfundzwanzig waren wir hart wie Stahl.«
»Na schön, dann liegst du eben unten.«
»Aber mit fünfundzwanzig ...«

Glücklich auflachend gab sie ihm einen Klaps und drehte sich mit ihm um. Er liebte sie so, wie er sie küsste, voll verhaltenem Feuer, das nur einen Höhepunkt lang ganz aus sich herausbrach und alles in ihr zum Singen brachte. Dass sie einander so lieben konnten, war ihr schönstes Geheimnis, ihr Wunder und ihr Lebenselixier, und sie hatten es immer gehabt, vom ersten Tag an. Als er sich schließlich doch von ihr zum Umzug ins Bett überreden ließ, hatte sich das Muster der Korbliege tief in seinen Rücken eingegraben.

Sie liebten sich noch einmal in den Kissen, dann meinte sie: »Bist du zu müde, oder können wir noch reden?«, und er holte ihnen einen Krug Wein. »Wie geht es Miguel?«, fragte sie, weil es ein wenig leichter war, als zu fragen, wie es Josefa ging.

»Nicht gut«, antwortete er.

»Du hast ihm das von den Kindern erzählt, nicht wahr?«

»Mir blieb keine Wahl. Ich kann einem Mann nicht verschweigen, dass seine Kinder gestorben sind.«

»Was hat er gesagt?«

Benito schüttelte den Kopf. »Bitte frag mich nicht. Es käme mir nicht recht vor, davon zu sprechen.«

»Nein, natürlich nicht. Ich mache mir nur solche Sorgen um Abelinda. Ich würde ihr gern irgendetwas sagen, um ihr ein wenig Mut zu machen. Besteht denn keine Hoffnung, dass er bald frei und nach Hause kommt?«

»Hoffnung besteht durchaus«, erwiderte Benito. »Es hängt ganz davon ab, wie Porfirio gelaunt ist. In einem Augenblick verkündet er, er werde zu Weihnachten eine Amnestie erlassen, denn jetzt, da die Zeitungen auf Linie gebracht seien und der Geist des Pinsels nicht länger sein Unwesen treibe, könne er ja Gnade vor Recht ergehen lassen, und eine Stunde später wirft er mir knapp hin, Jaime Sanchez Torrija werde demnächst seine Ländereien in Yucatán inspizieren und alle politischen Häftlinge für den Arbeitsdienst mitnehmen. Er hat zumindest versprochen, Miguel nichts anzutun, bis ich zurück bin, aber sicher sein kann man sich bei ihm nie.«

»Er demütigt dich, nicht wahr?« Katharina strich ihm über die Schulter, über die tiefe Narbe, die sich bis auf sein Schlüsselbein zog. »Er weiß, was Miguel dir bedeutet, und vermutlich weiß er auch, dass dich der Tod deines Bruders bis heute verfolgt. Er treibt dieses Spiel mit Miguel und deinen Schuldgefühlen, um dich dafür zu bestrafen, dass du ihm in allem überlegen bist.«

Benitos Muskel spannte sich unter ihrer Liebkosung. »Mir tut er doch nichts«, sagte er gepresst. »Er wirft mich in keine Gefängniszelle, lässt mich weder hungern noch frieren, verpasst mir keine Prügel und bedroht mich nicht mit dem sicheren Tod. Es ist Miguel, der darunter leiden muss, dass zwei alte Männer ihre längst verjährten Händel ausfechten. Miguel, Carmens Sohn, der mit Anfang dreißig aussieht wie ein steinalter Mann, dem beim Sprechen die Zähne klappern und in jeder Bewegung die Glieder zittern.«

Die Qual in seiner Stimme schnitt ihr ins Herz. »Aber dafür kannst du doch nichts!«, rief sie kämpferisch. »Du bist daran genauso wenig schuld wie daran, dass dein Bruder sich so verzweifelt wünschte, ein Held zu sein.«

»Hätte ich ihm nicht beibringen können, dass er einer war?« Die Traurigkeit in seinen Augen würde nie ganz verlöschen, und auch dafür liebte sie ihn. »Und hätte ich nicht Miguel beibringen können, dass man seinen Kopf in keine Schlinge hängen muss, um seine Gesinnung zu beweisen? Außerdem ist es doch sein Zorn auf mich, den Porfirio an Miguel auslässt. Deshalb erlaubt er mir ja auch ständig, ihn in Belem zu besuchen – damit mir von dem, was er Miguel antut, nichts entgeht. Überlegen bin ich ihm übrigens ganz und gar nicht. Er ist ein politi-

sches Genie, und diesen Thron der absoluten Macht, von dem er träumt, den wird er sich zu Ende bauen. Wir anderen sind kleine Lichter dagegen, die höchstens versuchen können, ihm ein paar Tropfen auf heiße Steine abzuschwatzen.«
Sein Gewissen war immer gnadenlos gewesen. Und Katharina hatte nie ertragen, wenn es ihm derart brutale Schläge versetzte. Seinen Bruder hatte er nicht beschützen können und auch nicht das leichtsinnige Mädchen, das der Bruder ihm anvertraut hatte. Wie sollte er es aushalten, seinen Patensohn in solcher Lage allein zu lassen? »Ist es hart für dich, hier zu sein, Benito?«, fragte sie sacht. »Glaubst du, du lässt Miguel im Stich und hast kein Recht, in meinen Armen zu liegen und dir den Nacken, der dir weh tut, streicheln zu lassen?«
Wie sie es von ihm kannte, senkte er den Kopf und schwieg.
Sie zog seinen Kopf an ihre Brust. »Sei ein unerschrockener Aztekenkrieger und liebe mich die ganze Nacht«, sagte sie. »Sprich auch mit mir, weil ich so viel auf dem Herzen habe, das ich nur mit dir teilen kann. Und dann nimm morgen früh deine Tasche und fahr zurück nach Mexiko-Stadt.«
Vor Unglauben fuhr er in ihren Armen zusammen.
»Ich liebe dich, weil du noch immer mein Mann bist, den ich so sehr vermisse, dass ich ihn schallend ohrfeigen möchte, wenn er mir einfach keine Briefe schreibt. Und ebenso weil du noch immer der Mann bist, den sein Gewissen zwingt, mir dieses Mal sein Versprechen zu brechen. Tu, was du tun musst, Benito, und fühl dich nicht länger, als würden zwei Kräfte dich in der Mitte zerreißen. Ich brauche dich, die Familie braucht dich, und Querétaro braucht dich. Aber wir müssen eben darauf vertrauen, dass du so schnell zu uns zurückkommst, wie du kannst.«
Sie hörte ihn aus der Tiefe Atem holen, die Lungen blähen und wieder entleeren. »Ichtaca, wie kann ich …«

»Gar nicht. Du brauchst mir nicht zu danken. Nur auf mein Kind gib mir acht.«
»Das habe ich auch nicht getan.« Er stöhnte. »Josefa spricht nicht mehr mit mir, weil ich nie Zeit für sie habe und sie ständig enttäusche.«
»Das darfst du nicht!«, rief sie erschrocken und ließ ihn los. »Du kannst doch Josefa nicht im Stich lassen, sie ist fremd in der Stadt, und sie ist doch deine ...« Sie stockte und brach ab. Siedend heiß fiel ihr auf einmal der Brief in ihrer Schublade ein.
»Ich weiß«, sagte Benito. »Was ich an ihr versäumt habe, ist unentschuldbar.«
Lauernd, von der Seite, sah Katharina ihm ins Gesicht. »Hättest du es auch versäumt, wenn es Anavera gewesen wäre?«
Der Schlag war hart und präzise gezielt. In seiner Wange zuckte ein Muskel. »Die Frage habe ich mir wohl verdient«, bekannte er bitter. »Und auch, dass du jetzt von mir denkst, ich hätte Josefa, mein süßes, vollkommenes erstgeborenes Kind, weniger lieb als das zweite, weil es nicht meinen kostbaren Lenden entspringt.«
»Nein!« Katharina warf die Arme wieder um ihn und presste die Hände auf die erkaltende Haut. »Nein, das denke ich nicht von dir, und das hast du nicht um uns verdient. Was ich gesagt habe, war Unsinn. Ich weiß selbst nur zu gut, wie schwer es ist, auf Josefa achtzugeben und durch ihre Mauer zu dringen. Du konntest es immer besser als ich, und wenn du es auch nicht mehr kannst, bekomme ich entsetzliche Angst um sie. Wäre es Anavera, wäre es leichter, weil Anavera so stark ist und so bewundernswert mit dem Leben zurechtkommt. Außerdem hat sie ihren Tomás, auch wenn der ein Heißsporn ist, um den ich mir manchmal Sorgen mache. Anavera wird ihn schon zu zügeln wissen. Aber Josefa? Sie kommt

mir immer so verletzlich und allein vor, so als hätte sie niemanden, der zu ihr gehört.«

Er umarmte sie und küsste ihr Haar. »Vielleicht findet sie jetzt jemanden«, sagte er. »Sie wollte in der Stadt bleiben, um Weihnachten mit ihrer Großmutter zu feiern, mit ihrer deutschen Familie. Sie spricht oft mit Stefan, und deine Felice wohnt bei ihr. Vielleicht fühlt sie sich dort in der Calle Caldena zugehörig, und vielleicht erlaubt sie dann auch uns wieder, zu ihr zu gehören.«

»Ach, Benito«, flüsterte sie an seinem Ohr. »Wie soll ich eigentlich ohne dich zurechtkommen?«

»Überhaupt nicht«, sagte er. »Sonst wäre es ungerecht. Ich komme nämlich ganz und gar nicht ohne dich zurecht. Ich begehe einen Fehler nach dem anderen, betrage mich wie ein Idiot und manövriere mich in Zwickmühlen, aus denen ich mich nicht mehr herauswinden kann. Ich glaube, ich brauche jemanden, der auf mich aufpasst, dringender als Josefa, die sich nämlich prächtig schlägt und auf die wir stolz sein können.«

»Ich bin auch auf dich stolz«, sagte Katharina. »Und ich würde liebend gern mitkommen und auf dich aufpassen, aber dies alles hier allein zu lassen, wage ich nicht. Es sind nicht nur Abelinda und Carmen. Es sind Ollin und Teiuc, der junge Acalan, der heimlich und sterblich in Elena verliebt ist, all unsere Leute hier – und Felipe Sanchez Torrija, der nicht nur sie, sondern auch uns von unserem Land vertreiben will.«

»Ich weiß«, sagte Benito. »Das wollen Sanchez Torrija und sein Sohn – dass Leute wie wir unsere Zelte abbrechen und auf bloßen Füßen von dannen ziehen. Nicht nur fort aus Querétaro, sondern aus ganz Mexiko. Aber unsere Zelte sind Häuser, Ichtaca. Und unsere Füße haben Wurzeln.«

Sie schmiegte sich an ihn, so eng sie konnte, und erzählte ihm alles, was sie seit Monaten bedrückte, besprach es mit ihm und fühlte sich ruhiger, nicht mehr so machtlos. Er würde in der Hauptstadt bleiben, bis Miguel frei und sein Entwässerungsprojekt sicher auf dem Weg war. Danach würde er nach Hause kommen, sie würden gemeinsam gegen Sanchez Torrijas Machenschaften kämpfen, und zu Ostern würden sie die Hochzeit ihrer Tochter feiern. Nur von dem Brief in ihrem Sekretär erzählte sie ihm nichts. Vielleicht hätte sie den Mut dazu gefunden, hätte sie ihn nicht zuvor mit ihrer Frage nach Anavera verletzt. Sie wollte nicht noch einmal etwas zwischen sie bringen, keinen Augenblick der kostbaren Nacht mehr vergeuden. Vielleicht war die Angelegenheit mit dem Brief ja auch längst erledigt. Die fremde Frau, die mit ihrer Tochter und mit ihrem Leben nichts zu tun hatte, mochte bleiben, wo sie hingehörte, und ihren Plan vergessen.

Sie lagen tatsächlich die ganze Nacht hindurch wach. Ein wenig kam es Katharina vor wie in ihrer Jugend, als ihre Eltern gedroht hatten, Benito totzuschlagen, wenn er ihr noch einmal nahekäme. Heimlich hatten sie sich getroffen und versucht eine Überfülle in knappe gestohlene Stunden zu pressen, alle Zärtlichkeit, alles Begehren, alle Schwüre und Liebeslieder, aber auch jeden Streit, jedes Lachen und Weinen und Gespräche ohne Atempause. So wie damals fühlte sie sich am Morgen, todmüde und gestärkt zugleich.

Sie hatte es immer geliebt, ihm zuzusehen, wenn er sich anzog. Die Sorgfalt seiner Handgriffe rief ihr schmerzlich in Erinnerung, wie hart er sich den gesellschaftlichen Aufstieg hatte erkämpfen müssen. Ein Mann wie er durfte sich keinen Fehler, kein Stäubchen am Revers, keinen schief sitzenden Kragen erlauben, denn den größten, den unauslöschlichen Fehler trug er nach Ansicht seiner Gegner im Gesicht. Den Schnitt seiner Züge und den tiefen Bronzeton seiner Haut.

»Pass auch auf dich auf, mein Liebling«, sagte sie. »Lass nicht jede zweite Mahlzeit aus, an dir ist furchtbar wenig Fleisch. Und jedem, der dich kränkt, kannst du sagen, dass mein Zorn über ihn herfallen und ihn der gefiederten Schlange zum Opfer darbringen wird.«

Ein wenig verloren lächelte er. »Ich will vor allem nicht dich kränken. Diese Sache wegen der Briefe ...«

Sie ging zu ihm und nahm sein Gesicht in die Hände. »Vergiss es. Dieses Mal kommst du mir ungeschoren davon. Aber ich warne dich, tu es nicht wieder, oder dir blüht Fürchterliches.«

»Das ist es ja. Ich bin sicher, ich werde es wieder tun. Ich kann dir nicht schreiben, wie sehr ich dich liebe, wenn mein Gewissen dir gegenüber pechschwarz ist. Ich komme mir wie ein Heuchler vor. Aber ohne dir zu schreiben, wie sehr ich dich liebe, kann ich dir überhaupt nicht schreiben, und am liebsten würde ich dich bitten, mir das Fürchterliche schon jetzt zu verpassen, damit, wenn ich zurückkomme, alles abgegolten ist und du mich wieder liebst.«

Sie lehnte sich gegen seine Brust und drückte ihn noch einmal an sich. »Nicht zu fassen, was du für einen Unsinn schwatzen kannst. Und das Schlimmste ist, du meinst das auch noch ernst, nicht wahr?«

Er küsste ihr Haar. »Verzeih mir, Ichtaca. Bitte verzeih mir.«

»Aber ich habe dir doch gar nichts zu verzeihen, du Dummkopf. Reib dich nicht so auf, Benito. Du bist mein Liebster, den ich für das, was er tut, bewundere, auch wenn ich mich nach ihm krank sehne. Dein Gewissen soll den Mund halten und dich schreiben lassen, was du willst.«

Sie warf ihren Morgenrock über, und eng umschlungen gingen sie hinaus auf die Veranda, wo sie über ihr Tal blicken konnten, auf das Grün, das noch unter Nebeln schlief, doch

sich allmählich die Nacht aus den Augen rieb und seine tausend Glieder dem Tag entgegenreckte. Frühstücken wollte keiner von ihnen, und zu sagen fiel ihnen nichts mehr ein, weil es eine dieser Stunden war, in denen kein Wort genügte. Sie rührte Zimt und Schokolade in ihren Kaffee, er trank den seinen bitter und schwarz. Dann stand er auf, und sie begleitete ihn bis zum Stall.
»Nicht einmal ein Jüngling würde im Reiseanzug zwei Stunden lang reiten. Du bist unverbesserlich, weißt du das?«
»Ich fürchte, ja. Ich lasse Citlali im Mietstall, ist das in Ordnung?«
»Natürlich. Anavera oder Vicente holen ihn ab.«
»Bitte küss beide von mir und sag ihnen …«
Sie küsste ihn. »Ich weiß schon.«
»Auf Wiedersehen, meine Liebste.«
»Auf Wiedersehen, mein Geliebter.«
Mit jäher Heftigkeit wünschte sie, sie hätte ihm doch von dem Brief erzählt, sie müsste ihn jetzt nicht gehen lassen und allein damit zurückbleiben. Gleich darauf erkannte sie in seinen Augen, dass er ebenfalls wünschte, er hätte ihr etwas erzählt. Beide zugleich öffneten sie den Mund, zögerten kurz und schlossen ihn wieder.
»Was wolltest du sagen?«, fragte er.
»Nichts«, stotterte sie. »Nur, vergiss meine dumme Frage von gestern. Josefa könnte keinen besseren Vater haben als dich.«
»Danke. Auch wenn es nicht wahr ist.«
»Es ist wahr. Und was wolltest du mir sagen?«
Er biss sich hart auf die Lippe. »Auch nichts«, sagte er dann. »Nur dass ich nicht weiß, ob Miguel, falls er freigelassen wird, gleich nach Hause kommt. Versprich Abelinda nichts. Vielleicht will er noch bleiben und seine Angelegenheiten regeln.«
»Wegen seiner Zeitung, meinst du? Aber um alles in der Welt,

seine Frau braucht ihn doch jetzt viel mehr. Sie glaubt, sie hat seine Liebe verloren, weil sie keine Kinder bekommen kann, Benito.«
Er zuckte mit den Schultern. »Ich weiß es doch auch nicht.«
Sie ließ ihn ziehen, weil er ja schließlich nicht an allem und jedem etwas ändern konnte. Doch während sie ihm den Hang hinauf hinterhersah, wurde sie das Gefühl nicht los, dass das, was er ihr hatte sagen wollen, mit Miguel viel weniger zu tun hatte als mit ihm selbst.

20

Bei Onkel Stefan entschuldigte sie sich, sie habe über eine Menge Dinge nachzudenken und wolle Weihnachten allein verbringen. Wäre Felice nicht gewesen, von der sie sich ständig bespitzelt fühlte, hätte sie gar nichts gesagt und wäre der Feier einfach ferngeblieben.
Zu Jaime sagte sie: »Mein Vater ist abgereist. Ich bin nicht mitgefahren und habe niemanden, um Weihnachten zu feiern. Nur Sie.«
»Und wer sagt Ihnen, dass ich mit Ihnen Weihnachten feiern will?«
»Niemand«, erwiderte Josefa. »Wenn Sie es nicht tun, muss ich alleine bleiben.«
»Arme Josefa Alvarez. Halten Sie das wahrhaftig durch? Laufen Sie nicht im letzten Augenblick zu den Eltern des kleksenden Verehrers, um an einer heidnischen Opferfeier auf dem Dach teilzunehmen?«
Tatsächlich hatten Martina und Felix, die Tomás vermissten, sie eingeladen, aber Josefa hatte abgelehnt. Sie schüttelte den Kopf. »Ich will bei Ihnen sein oder allein.«

»Nun, dann werden Sie wohl allein bleiben müssen«, erklärte er. »Schließlich haben Sie eine Strafe dafür verdient, dass Sie mich wochenlang wie einen Aussätzigen geschnitten haben, finden Sie nicht auch?«
Sie konnte nur nicken.
»Halten Sie tapfer durch«, sagte er und hauchte einen Kuss auf ihren Handrücken, »dann habe ich womöglich nach Weihnachten eine Überraschung für Sie.«
Josefa hielt durch, auch wenn die Weihnacht eine Folter war, und sie bekam ihre Überraschung dafür. Am Morgen nach dem Weihnachtstag erhielt sie eine Schachtel in dem goldroten Muster von La Esmeralda, dem berühmten Juwelierhaus in der Calle Plateros. In der Schachtel lag ein Collier aus verschlungenen Weißgoldranken, eine herrliche Goldschmiedearbeit, an der Tropfen aus tiefgrüner Jade hingen. Das Schmuckstück war von so ungewöhnlicher, berührender Schönheit, dass Josefa den Atem anhielt. Ihr war gleichgültig, was irgendwer über Jaime Sanchez Torrija redete. Wenn sie noch einen Beweis dafür brauchte, dass in ihm ein einzigartiger, gefühlvoller Mensch steckte, dann hielt sie ihn hier in den Händen. Sie würde das Collier immer tragen, es auf der Haut spüren wie die Erinnerung an seine Hände.
Auf dem beigefügten Billett stand, er werde sie um sieben Uhr abholen. »In Abendgarderobe. Kein Rot, keine befremdlichen Schlammfarben und kein Blau. J. S. T.«
Ihr grünes Seerosenkleid war verdorben, und ein blasseres, das sie sich selbst gekauft hatte, erschien ihr zu schlicht. Es harmonierte jedoch wunderbar mit dem dunkleren Ton der Jade, und es würde genügen müssen, ebenso wie ihre selbstgesteckte Frisur. Am Tag nach Weihnachten blieben sämtliche Läden geschlossen, und sie hatte niemanden mehr, den sie um

Hilfe bitten konnte, keine Martina und nicht einmal Felice, die bis Neujahr in der Calle Caldena blieb.

Er ging mit ihr ins Teatro Nacional, führte die kleine Provinzlerin unter die prachtvollen Roben, die hochgetürmten Frisuren, das Kristall der Kronleuchter und das Samtrot und Gold der Logen in Mexikos formidabelstem Theater. Gespielt wurde eine italienische Oper, *La Traviata,* und auf den Gängen flog der Name der europäischen Sopranistin – Adelina Patti – wie ein Raunen von Mund zu Mund. »Man muss sie in seinem Leben gehört haben«, sagte eine der königlich herausstaffierten Damen zur anderen. »Für jeden, der nur einmal mit ihr gestorben ist, verliert der eigene Tod seinen Schrecken.«

Josefa konnte sich nicht erinnern, je eine Oper gehört zu haben, und wusste nicht, ob sie es mochte. Aber allein mit Jaime in einer Loge zu sitzen, in der sechs Menschen Platz gefunden hätten, mochte sie so sehr, dass ihr die Aufführung einerlei war. »Werden die anderen Besucher noch kommen?«, fragte sie mit bangem Blick auf das vollbesetzte Parkett und dann auf die leeren Stühle neben ihren.

»Nein«, sagte Jaime. »Ich habe alle Plätze gekauft. Wenn ich mich in ein Theater setze, will ich nicht Volk neben mir haben, das hustet, keucht und seufzt, als ginge es ans Verrecken, oder in seine Taschentücher rotzt.«

Tomás hatte ihr erzählt, dass ein Platz in diesem Theater mehr kostete als die dreißig Pesos, die ein Arbeiter in der Seifenfabrik in einem Jahr für seine Familie verdiente. Was aber gingen sie die Arbeiter in der Seifenfabrik, was ging sie Tomás, was ging die ganze Welt sie an? Jaime ließ Champagner bringen. Das grandiose Licht der Lüster wurde langsam gedämpft, und ehe es ganz verlosch, sah er ihr noch einmal in die Augen. Dann hob sich der Vorhang über einer Zauberwelt.

Wie hatte sie sich fragen können, ob sie die Oper mögen würde? *La Traviata,* die Geschichte des Mädchens Violetta, das einen Fehltritt beging und dafür die Liebe ihres Lebens verlor, war das Schönste, Herzzerreißendste, was sie je erlebt hatte, und die Stimme der Sopranistin war von einer Süße, die unmöglich der Erde entspringen konnte. Wenn Jaime neben sich keine Menschen haben wollte, die seufzten und in Taschentücher rotzten, hatte er seine Begleitung schlecht gewählt. Josefa wollte sich beherrschen, sie wollte alles tun, um ihm zu gefallen, aber im Rausch der betörenden Melodien war es um ihre Willenskraft geschehen. Als die arme Violetta sterben musste, als die Schwindsucht ihr den Atem raubte und die Kraft ihrer Liebe erstickte, weinte Josefa in Sturzbächen, durchnässte erst ihr Taschentuch, dann das von Jaime und schluchzte zum Gotterbarmen.

Als die Lichter aufflammten, konnte sie kaum glauben, dass sie unter lauter sorglosen, gesunden Menschen in einem Theater saß und nicht selbst gestorben war. Der Applaus hatte die Gewalt von Gewitterdonner. Einzig Jaime hielt die Arme vor der Brust verschränkt und klatschte nicht.

»Ich bedaure, dass Sie das derart aus der Fassung gebracht hat«, sagte er. »Hätte ich gewusst, dass Sie so leicht zu erschüttern sind, wäre ich mit Ihnen ins Puppenspiel gegangen.«

Wie konnte er das von ihr denken? Sie war ihm unendlich dankbar dafür, dass er ihr dieses Geschenk gemacht hatte, und er glaubte, es habe ihr nicht gefallen. Sie beugte sich über die Lehne und warf die Arme um ihn. »Es war wundervoll, es war das Schönste, das mir in meinem ganzen Leben je geschehen wird.«

»Wie bedauerlich«, sagte er, hob spöttisch eine Braue und befreite sich aus ihren Armen, aber er war dabei weder grob

noch brüsk. »Dann haben Sie also das Schönste in ihrem Leben schon hinter sich, und alles, was jetzt noch kommt, ist ein schaler Abglanz. Sie werden diesen Abend verfluchen, Doña.«
»Das werde ich ganz bestimmt nicht«, erwiderte sie. »Ich werde ihn immer aufbewahren, so wie mein Collier, und mich daran erinnern, wie wundervoll das Leben sein kann.«
Er lachte leise, doch wie stets wirkte er dabei nicht froh. Josefa war ihm verfallen, er besaß alle Macht der Welt über sie, und dennoch überfiel sie eine Woge von Mitleid, die sich nur schwer erklären ließ. In diesem Augenblick wünschte sie sich nichts mehr, als ihm ein einziges Mal ein freudiges Lachen oder ein Lächeln, das frei von Schmerz war, zu entlocken.
»Ich danke Ihnen«, sagte sie und ballte die Fäuste, um ihn nicht noch einmal gegen seinen Willen zu berühren.
Die Sopranistin kam zurück auf die Bühne, trug ein weißes, über den Boden schleppendes Kleid, einen Strauß weißer Kamelien und einen Zierkäfig mit einer weißen Taube. Sie werde noch ein Lied singen, verkündete sie, zum Dank an ihr wunderbares mexikanisches Publikum, ein Lied, das vor bald einem Vierteljahrhundert in diesem Theater uraufgeführt worden sei. Sie öffnete den Käfig, ließ die Taube in den Zuschauerraum flattern und sang *La Paloma,* die Habanera von der Seele des getöteten Soldaten, die sich in eine Taube verwandelt und an das Fenster seiner Liebsten fliegt.
Josefa kannte das Lied nur zu gut. Ihre Mutter hatte ihr die Geschichte viele Male erzählt. Während der Uraufführung war ihr Vater, der gegen die Besatzungsmacht kämpfte, verhaftet und zum Tode verurteilt worden, und die Mutter hatte nicht mehr als die Länge des Liedes Zeit gehabt, um sein Leben zu retten. Etwas bei der Geschichte ließ sie immer weg. Josefa hatte nie erfahren, wie es ihr schließlich gelungen war, den Vater vor dem Galgen zu bewahren, aber jetzt wollte sie

es auch nicht mehr wissen. Sie wollte das Lied nicht schön finden, und vor allem wollte sie nicht, dass die Mutter und der Vater sich in diesen Abend drängten, der ihr gehörte – ihr und Jaime.
Seine Stimme ließ sie zusammenfahren. »Sie ist gut«, raunte er mit einer Kopfbewegung in Richtung der Patti. »Aber wenn sie sich an diesen schwülstigen mexikanischen Rührstücken versucht, ist sie genauso abgeschmackt wie alle anderen.«
Josefa sagte nichts.
»Jetzt behaupten Sie nicht, Ihnen gefällt dieser Schmachtfetzen.«
Heftig schüttelte sie den Kopf.
»Wollen wir gehen?«
Sie nickte, obwohl sie nicht wollte, dass der Abend endete. Er wies den Logenschließer an, ihre Mäntel zu bringen, legte ihr die Mantilla um die Schulter und führte sie aus der Loge, ehe der letzte Ton des Liedes verklang. Noch ein paar Herzschläge lang hatten sie den Gang für sich allein, dann strömten aus allen Türen Besucher, und das Gesumm der Stimmen verwandelte das Theater in ein Bienenhaus. Im unteren Foyer war eine ganz in Glas und Goldbeschlägen gehaltene Bar errichtet worden, die ausschließlich Champagner ausschenkte.
»Bitte«, wagte Josefa sich vor, ehe es zu spät war, »können wir noch ein einziges Glas zusammen trinken?«
Er musterte sie lange, als hätte sie etwas Doppeldeutiges gesagt. Dann winkte er dem Kellner, der sie an einen der gläsernen Tische geleitete und gleich darauf einen gläsernen Kühler mit einer Flasche brachte. Josefa wollte eben aufatmen, weil er sie noch nicht verließ, da hörte sie, wie jemand nach ihr rief. »Señorita Alvarez?« Sie fuhr herum. Vor ihr stand eine Frau in einem schwarzen Kleid, die ihr prächtiges Haar mit goldenen Kämmen zurückgesteckt trug. Eine jener Frauen,

die von ihrem aristokratischen Profil bis hinunter auf die graziösen Fußspitzen jederzeit perfekt wirkten. »Das sind doch Sie?«, fragte sie ein wenig atemlos und voller Wärme. »Sie sind Benito Alvarez' Tochter, richtig?«
Es war die Frau aus dem Wagen am Nationalpalast. Die Geliebte ihres Vaters.
»Hören Sie, könnten Sie mir wohl helfen?«, sprach die Frau weiter. »Ich möchte Ihnen nicht lästig fallen, aber es wäre sehr dringend. Ich muss unbedingt Ihrem Vater eine Nachricht nach Querétaro zustellen lassen, und als ich Sie eben sah, da hoffte ich, Sie könnten es für mich tun.«
»Guten Abend auch Ihnen, Doña Dolores«, fiel Jaime messerscharf ein. »Ihre Ungezwungenheit in allen Ehren, aber ich muss Sie dennoch bitten, die Dame nicht länger zu behelligen. Señorita Alvarez befindet sich in meiner Begleitung, und ich wünsche nicht, dass ihr der Abend verdorben wird, weil Sie sie mit Ihren schwülen Vertraulichkeiten in Verlegenheit bringen. Falls es Ihrem Wunsch entsprach, dass die ganze Stadt über Sie und den Gouverneur von Querétaro spricht, so haben Sie Ihr Ziel ohnehin längst erreicht.«
So beschämt sich Josefa vom Verhalten der Frau fühlte, so selig war sie über Jaime. Er stand für sie ein. Obwohl er um ihretwillen in eine blamable Szene gezogen wurde, bekannte er sich zu ihr und beschützte sie.
Das Gesicht der Frau verdunkelte sich. »Wie können Sie es wagen?«, rief sie. »Wenn Sie mich mit Dreck bewerfen, weil ich die Einzige bin, die Ihrem abartigen Charme nicht erliegt, haben Sie meinethalben Ihr Vergnügen daran, aber Benito Alvarez lassen Sie aus Ihrem widerlichen Spiel. Was ein anständiger Mann ist, können Sie doch überhaupt nicht begreifen – das ist, als wollte man einen Felsen lehren, warum ein Herz schlägt!«

An allen Tischen drehten sich Köpfe. Ein saftiger Skandal in der Parkettbar war offensichtlich nicht minder fesselnd als auf der Opernbühne. In den Augen der Frau glänzten Tränen. Jäh packte sie Jaimes Champagnerglas und schüttete ihm den Inhalt ins Gesicht. Alles geschah in Windeseile, und doch prägte sich Josefa jede Einzelheit ein. Hoch aufgerichtet stand die Frau vor Jaime und ließ das leere Glas auf dem Boden zerschellen. In ihrem Rücken wurde verhaltenes Gelächter laut, das sich nach allen Seiten fortsetzte und sich wie eine Schlinge um sie schloss. Was ihr ins Herz schnitt, war Jaimes Gesicht. Vollkommen außer sich, nicht fähig, die erlittene Beleidigung zu parieren, starrte er die Frau an. Seine Lider flatterten, und Tropfen vom Champagner rannen ihm wie Tränen über die Wangen.

Wie konnte diese Frau, das Flittchen ihres Vaters, es wagen, einen Mann wie Jaime Sanchez Torrija derart zu demütigen? Der Zorn hob Josefa über sich hinaus. Sie packte ihr eigenes Glas, das bis zum Rand voll war, und schüttete den perlenden Wein ins Gesicht der Frau. Die musste die Augen zukneifen, und ein Rinnsal troff in ihr Dekolleté. Ungläubig sah Josefa, wie Jaime reagierte. Er erwachte aus seiner Starre, sah erst sie und gleich darauf wieder die Frau an, und dann tat er, was sie sich so innig gewünscht hatte – er legte seinen schönen Kopf in den Nacken und lachte aus vollem Hals.

Übermut packte Josefa. Sie warf ihr Glas ebenfalls auf den Boden, hörte das Gelächter der Umstehenden und fühlte sich schwindlig vor Triumph. Beflissen hastete ein Kellner herbei, stellte zwei neue Gläser neben ihren Kühler und füllte sie.

Recht schnell hatte die Frau sich gefasst. Sie strich sich ein wenig Nässe unter den Augen weg, ließ den Rest laufen und wandte sich Josefa zu. »Sie sind ein sehr törichtes Mädchen, wissen Sie das? Dass Ihr kluger Vater eine so törichte Tochter

hat, tut mir für Sie noch mehr leid als für ihn. Ich bedaure, Sie belästigt zu haben, und werde Sie um Ihre Hilfe nicht mehr bitten. Nehmen Sie meine Karte dennoch. Falls dieser Herr irgendwann sein wahres Gesicht zeigt und Sie in Nöten sind, können Sie sich gern an mich wenden.« Sie legte eine weiße Visitenkarte auf den Tisch, drehte sich um und ging.
Josefa sah ihr nach. Sie hatte sich geirrt. Die Frau war nicht perfekt. Jetzt, da ihre Grandezza verpufft war, hatte ihr Gang geradezu etwas Plumpes an sich, und ihre Mitte wirkte ein wenig ausladend, als trüge sie ein schlecht geschnürtes Korsett. Jaime schob ihr ein Glas hin. »Wollen Sie das noch trinken? Ansonsten würde ich gern gehen.«
»Ich will das, was Sie wollen«, antwortete sie. Ohne ihr den Arm zu bieten, ging er ihr voran durch den Saal. Mit jedem Schritt schwoll das Getuschel, und Josefa war froh, als sie endlich draußen in der samtigen Nachtluft standen. Beim Blick in den Sternenhimmel fiel ihr die Musik wieder ein, die herzzerreißende Süße. Warum nur hatte dieser traumhafte Abend so enden müssen?
»Nun kommen Sie schon«, sagte er und wies mit dem Stock auf seinen Wagen. »Ich bringe Sie nach Hause.«
Sie folgte ihm mit hängendem Kopf. Unter der Kutscherlaterne blieb er stehen und drehte sich nach ihr um. Rasch streckte sie die Hand nach seinem Arm, wagte aber nicht, ihn zu berühren. »Es tut mir so leid«, sagte sie. »Hat sie ... hat sie Ihnen weh getan?«
Seine Miene verschloss sich. »Mir tut niemand weh. Aber Menschen ohne Erziehung, die sich wie Barbaren benehmen, ekeln mich an.«
»Ich auch?« Betroffen blickte sie zu Boden.
Er hob ihr Kinn und sah sie an. Um seine Mundwinkel spielte die Spur eines Lächelns. »Nicht so sehr«, sagte er.

»Ich habe mit dieser Frau nichts zu schaffen!«, rief Josefa leidenschaftlich. »Ich will sie nie wiedersehen, nie, nie, nie!«
»Ihre Karte haben Sie aber eingesteckt.«
Josefa suchte in ihrer Abendhandtasche nach der Karte, fand sie aber nicht. »Das muss ich aus Versehen getan haben, und Sie müssen mir glauben, dass das alles nicht meine Schuld war. Ich kenne sie gar nicht, ich habe sie nur einmal gesehen, und das war die schlimmste Nacht meines Lebens!«
»Na, na.« Er griff nach einer Haarsträhne, die sich aus ihrer Frisur gelöst hatte, wickelte sie sich um den Finger und strich sie dann hinter ihr Ohr.
»So war es wirklich«, beteuerte Josefa. »Sie hat in diesem Wagen gesessen, und …«
»Scht.« Er legte ihr einen Finger auf die Lippen. »Über die Widerwärtigkeiten des eigenen Vaters spricht man nicht, denn damit entwürdigt man sich nur noch mehr. Beruhigen Sie sich. Ich glaube Ihnen ja, dass Sie mit der Mätresse Ihres Vaters nichts zu tun haben wollen.«
Er ist nicht mein Vater, wollte Josefa herausstoßen. Im letzten Augenblick schluckte sie es hinunter, ohne genau zu wissen, warum. »Glauben Sie mir wirklich?«
»Ja.«
»Bitte«, sagte sie, »fahren Sie mich noch nicht nach Hause. Der Abend war so unvergleichlich – können wir nicht noch irgendetwas tun, damit er einen schönen Abschluss hat?«
»Was möchten Sie denn tun? Zu Abend essen? Mir ist der Appetit offen gestanden vergangen, und auf einen Gang ins Kasino verzichte ich ebenfalls. Unser kleiner Zwischenfall hat in dieser Stadt der Klatschbasen ohne Zweifel schneller die Runde gemacht als die Feuerwache.«
So nah, wie er bei ihr stand, konnte sie seinen Duft wahrnehmen. Das Verlangen, ihn zu berühren, verlieh ihr Mut. »Ha-

ben Sie nicht gesagt, Sie könnten mich noch weitere Spiele der Nacht lehren? Von Ihnen würde ich jedes lernen wollen – jedes, das Ihnen gefällt.«

Er hob ihr Gesicht in die Höhe und sah ihr geradewegs in die Augen. »Dolores hat recht, Sie sind wirklich ein törichtes Mädchen. Sind Sie sich dessen, was Sie da sagen, überhaupt bewusst?«

»Ja!«, rief sie und reckte sich ihm entgegen, aber er küsste sie nur auf die Stirn.

»Also kommen Sie, törichte Josefa Alvarez. Von Ihrem Vater haben Sie vermutlich nichts Besseres gelernt.«

Er half ihr in seine Kutsche, zog den Vorhang vor und fuhr schweigend mit ihr das kurze Stück durch die Nacht. Sein Haus war schmaler und höher als das von Martina und blendend weiß verputzt. Ein Diener öffnete ihnen, den Jaime sofort mit einem Auftrag seines Weges schickte. Josefa hätte sich gern umgesehen, alle Räume seines Hauses in sich aufgenommen, er aber führte sie die Treppe hinauf bis in das höchste Stockwerk. Was sie auf dem Weg sah, beeindruckte sie dennoch tief. Jeder Gegenstand wirkte erlesen und kostbar, ohne protzig zu sein, und trotz der glanzvollen Einrichtung hatte das Haus nichts von seiner luftigen Geräumigkeit verloren. Jedes Ding stand an genau dem Platz, an den es zu gehören schien, und alles passte perfekt zueinander – ein krasser Gegensatz zu dem zusammengewürfelten Wirrwarr, der sowohl auf El Manzanal als auch in Martinas Palais herrschte.

Hinter der Tür, die er öffnete, lag der Raum, den Josefa sich ausgemalt hatte – ein Salon mit hohen, durch Vorhänge abgedunkelten Fenstern, an dessen linker Wand ein Fortepiano stand. Die übrigen Möbel – ein Tagesbett, ein Teetisch mit einem eingelassenen Jademosaik und zwei Stühle – waren auch hier so angeordnet, dass dem betrachtenden Blick viel Platz blieb. Jade fand sich überall: als Beschwerer für Dokumente,

als Schirm über Lampen, auf dem Sims über dem Kamin. Jaime entzündete von den Jadelampen nur die kleinste über dem Instrument. Dort blieb er stehen, drehte sich nach ihr um und hob fragend eine Braue. Josefa wollte nicht länger gegen ihr innerstes Verlangen ankämpfen – weshalb sollte sie? Sie wollte sich alles nehmen, was sie bekommen konnte, das Verbotene wie das Verruchte, alles Glück, jeden seligen Rausch. Quer durch das Zimmer lief sie und warf sich in seine Arme.
»So schnell?«, fragte er.
Sie nickte und küsste ihn.
Als sein Diener anklopfte, ging er, um ihm das Tablett mit Wein abzunehmen. Danach verschloss er die Tür und kam zu ihr zurück. Ihn zu küssen machte süchtig, weckte Gier nach einer Flut ohne Dämme. Sie wollte ihn ganz. All den Stoff von seinem herrlichen Körper reißen und ihn an ihrem spüren, sich in seinem Duft aalen, ihm auf jeden Streifen Haut Küsse geben. Als sie an seinem Kragen nesteln wollte, schob er sie zurück, löste ihn selbst und zog sich langsam das Hemd vom Leib. Josefa hielt den Atem an und nahm in schweigsamer Ehrfurcht seine durch und durch männliche Schönheit in sich auf. Dann hielt sie es nicht länger aus. Sie musste ihn wieder umarmen und die neu entdeckte Haut küssen, die breite Brust, die geraden Schultern, die kleine Grube am Hals.
»Einmal frage ich dich noch: Ist dir bewusst, was du tust?«
»Ich liebe dich«, sagte sie. »Du hast es mir damals auf der Straße nicht geglaubt, nicht wahr? Jetzt beweise ich es dir.«
Silbrig lachte er auf. »Dann tu also, was du nicht lassen kannst, Josefa Alvarez. Jetzt, da der Geist des Pinsels uns verlassen hat, kommt der Stadt ein neuer Skandal wie gerufen. Aber sag hinterher nicht, ich hätte dich nicht gewarnt.«
Während er sie zum Tagesbett führte, öffnete er ihr das Kleid, und sie warf es fort.

21

Dass sie es bis hierher geschafft hatten, dass sie nicht untergegangen waren, sondern sich behauptet hatten, kam für Franzi einem Wunder gleich. Ihr Mut und ihre Entschlossenheit waren ihre Waffen, doch als der Mut ihr sank und die Entschlossenheit bröckelte, hatte sie dennoch nicht schlappgemacht.

Sie würde sich auch jetzt, da ihr Traum zerplatzt war, nicht unterkriegen lassen. Warum sie am Leben hing, hatte sie nie gewusst. Vielleicht, weil sie nichts anderes als dieses nackte Leben besaß. Sie würde tun, was sie immer getan hatte, die Hände in ihr nacktes Leben krallen und nicht loslassen, egal, was geschah.

Wenn die Hölle einen Namen hatte, dann wusste Franzi ihn zu nennen. Er lautete Veracruz. Die Stadt, die ihr vom Schiff aus wie ein Zauberreich aus dem Märchen erschienen war, starrte vor Dreck, stank nach Fisch, nach Fäulnis und Tod und war ein Schlangennest voller tödlicher Fallen. Die schwüle, feuchte Hitze war genug, um einem Menschen alle Kraft auszusaugen. Fette Insekten schwirrten in Schwärmen um das verdorbene Fleisch auf den Markttischen und um die Tierkadaver in den Straßengräben. Wer an der mörderischen Hitze nicht krepierte, dem machte ein messerstechender Bandit den Garaus, und wer dem entwischte, der holte sich ein Fieber wie die Gruberin.

Kaum war es Franzi gelungen, mit Hilfe ihres kläglichen Spanisch ein Haus aufzutreiben, in dem man ihnen zu einem Wucherpreis ein verdrecktes Zimmer vermietete, da legte die Gruberin sich ins Bett, wie um nie wieder aufzustehen. Ihr verschrumpelter Leib glühte, als würde ein Feuer darin brennen, sie schwitzte sich die Seele aus dem Leib und kotzte schwarzen Schleim auf die schmutzigen Bodenkacheln.

Schier unwiderstehlich war die Versuchung, ihre Koffer zu durchwühlen, alles Geld einzustecken und sich von dannen zu machen, auf dass die alte Hexe allein in ihrer schwarzen Kotze verreckte. Dass sie es nicht tat, war weniger christlicher Nächstenliebe geschuldet als vielmehr einer geradezu abergläubischen Furcht, dafür bestraft zu werden. Franzi schloss einen Pakt mit der göttlichen Allmacht, die sich um sie nie geschert hatte. Sie würde die Gruberin pflegen. Wenn sie starb, war sie frei, wenn sie lebte, würde Franzi dafür sorgen, dass sie nach Chapultepec kam, wo ihr verdammter Neffe wohnte. Danach hatte sie ihre Schuldigkeit getan und konnte reinen Gewissens ihrer Wege ziehen.
War ihr Leben in der Heimat hart gewesen, so war in der Fremde jede kleinste Verrichtung ein Kampf. Allein um ein wenig Brot und Wasser einzukaufen, brauchte sie einen vollen Tag und kam am Ende mit merkwürdigen Pfannkuchen statt des Brotes zurück und mit einer Kanne Wasser, das zu trübe war, um es der Kranken einzuflößen. Sie musste ihren Vermieter anschreien, damit er ihnen etwas zum Trinken und halbwegs saubere Tücher besorgte, sie musste in eine Kirche gehen und betteln, damit man ihr den Weg zu einem Arzt wies, und mit alledem war sie so beschäftigt, dass sie gar nicht merkte, wie sich mehrere erstaunliche Dinge auf einmal vollzogen. Das Fieber der Gruberin begann zu sinken, und ihr Spanisch wuchs so schnell, dass ihr nach drei Wochen kaum noch auffiel, was sie sprach.
Es dauerte ewig, bis die Alte wieder auf den Beinen war, und bis dahin schrumpfte ihr Geldvorrat, den die Gruberin in einem Brokatbeutel aufbewahrte. Alles kostete Unsummen – die Lebensmittel, das Zimmer, der Arzt und die sirupartige Arznei, die er verschrieb. Das Erste, was Franzi verriet, dass die Gruberin tatsächlich dem Totengräber von der Schaufel

gesprungen war, war die Ohrfeige, die sie bekam, als sie mit Einkäufen vom Markt zurückkehrte. »Du hast mein Geld verschwendet!«, kreischte sie und verpasste ihr, wohl um etwas nachzuholen, gleich noch eine zweite auf dieselbe Wange. »Das Geld, das ich brauche, um meinen Neffen nach Hause zu bringen – hast du Hurenbalg dir gedacht, du kannst damit auf meinem Grab tanzen? Ich kann ja noch von Glück sagen, dass du nicht obendrein die Passagen verhökert hast.«
Das nächste Mal lasse ich dich krepieren, schwor sich Franzi. Und ihre Passage würde sie in der Tat verhökern, sobald sie ihrer habhaft wurde. Die Gruberin konnte sowieso nichts damit anfangen, denn trotz allem war Franzi noch immer entschlossen, nicht mit ihr zurückzureisen. Mexiko mochte zum Gotterbarmen heiß sein, es mochte ein Hort des Drecks, der Verbrechen und Seuchen sein, aber es war der einzige Ort auf der Welt, an dem sie an ihr Haus kommen konnte. In den Nächten malte sie sich aus, wie sie in ihrem Haus die Tür verschloss, so dass niemand eindringen und ihr unverdient Ohrfeigen geben oder viel Schlimmeres mit ihr tun konnte. Dafür – für den Traum von Sicherheit und Würde in ihrem Haus – würde sie alles andere aushalten.
Die Gruberin war dem Leben in Veracruz auch gesund nicht gewachsen. Sie setzte kaum je einen Fuß vor die Tür, sondern lag auf dem Bett und erging sich in Verzweiflung über das Schicksal ihres Neffen, der in diesem gottlosen Land dahinvegetieren musste. Franzi war klar, dass sie, wenn sie sich je von ihr befreien wollte, auf eigene Faust den vermaledeiten Neffen finden musste, und dazu hatte sie keinen anderen Anhaltspunkt als den Namen eines Ortes – Chapultepec.
Wie sie sich durchgefragt hatte, wie sie an die nötigen Informationen und schließlich an zwei Fahrkarten für die Eisenbahn gelangt war, wollte Franzi wie so vieles vergessen. Nicht

vergessen konnte sie hingegen die Fahrt durch das Land, während die Hitze anfangs unmerklich, dann aber spürbar nachließ und die erdrückende Schwüle einer glasklaren Luft wich, die sämtliche Farben zum Leuchten brachte. Nicht noch einmal wollte sie sich von einem ersten Blick in eine trügerische Begeisterung locken lassen, doch auf dieser Fahrt fand sie die endlose Weite, die Matti, der Bettlerfürst, ihr versprochen hatte, die Ebenen, die trotz der Jahreszeit blühten oder in voller Frucht standen, und eine Stille und Menschenleere, die ihr den Atem nahmen. Alles schien größer in Mexiko, der Himmel höher, die Berge darunter gewaltiger, die Schluchten tiefer und die Wälder grenzenloser, als Franzis kleiner Geist es sich je hätte vorstellen können.

Sie wollte sich keiner Illusion mehr hingeben, aber sie konnte nicht verhindern, dass der Anblick des weiten, leeren Landes von Horizont zu Horizont ihre Hoffnungen von neuem weckte. Irgendwo in diesem unbewohnten Land ohne Grenzen musste auch Platz für eine zerzauste Hurentochter aus Tirol sein, die sich nichts wünschte als ihr kleines Stück Frieden.

Chapultepec war wahrhaftig das Paradies, ein schattiger Blütengarten unter Riesenbäumen, weiße Herrenhäuser um einen dunkel glitzernden See und ein Palast auf einem sanften Hügel. Das Paradies aber war Franzi Pergerin nicht bestimmt, und so gab es in dem ganzen Vorort kein Zimmer, das für sie erschwinglich war. An der Art, wie man ihnen Auskunft gab, war leicht abzulesen, dass man auf dieser Insel der Reichen und Schönen auf Mieter ihres Schlags keinen Wert legte. Man schickte sie ihres Weges mit nicht mehr als dem Rat, in den Ostbezirken von Mexiko-Stadt um Quartier nachzusuchen.

Anfangs weigerte sich die Gruberin, das verwunschene Idyll am Seeufer zu verlassen. Sie erklärte, sie fühle sich hier ihrem

Neffen nahe, und betrug sich, als würde sie diesem Jungen, den sie nie gesehen hatte, jeden Augenblick über den Weg laufen. Dass man sie in Chapultepec nicht haben wollte, schien ihr Fassungsvermögen zu übersteigen. In ihren Augen gehörte sie noch immer derselben Klasse an wie die Herrschaften, die sich hinter ihren Mauern, Säuleneingängen und vergitterten Fenstern verschanzten und ihre Diener vorschickten, um die Gruberin abzuwimmeln. Ja, sie fühlte sich ihnen sogar überlegen, weil sie dem europäischen Adel entstammte, während die Aristokraten der Neuen Welt von zweifelhafter Herkunft waren.

Als Franzi sie endlich davon überzeugt hatte, dass sie für die Nacht ohne Unterschlupf wären, wenn sie sich nicht auf den Weg machten, gab es keinen Reisewagen mehr, der sie in die Stadt bringen konnte, und sie mussten sich zu Fuß auf den endlosen Weg in die beginnende Dunkelheit machen.

Das aber war erst der Anfang. Auch die Nächte im Freien und das, was nötig war, um an ein Zimmer in einem Viertel namens Tepito zu gelangen, wollte Franzi vergessen. Mexikos Hauptstadt musste ohne Frage die größte Stadt der Welt sein, und sie besaß einen Kern, der nur aus Palästen bestand, aus hohen Häusern mit Türmen und Balkonen, die im saftigen Grün und der Blütenpracht ihrer Gärten in die Tage träumten. Hier waren die Straßen breit, die Kutschen vergoldet, die Kaufhäuser groß wie Kathedralen und ihre Auslagen gefüllt mit allem, was sich ein Menschenherz ersehnen konnte.

Sobald man den Kern jedoch verließ, schwang das Elend seine Geißel, schlimmer als in Veracruz, nur dass es hier nicht so heiß war und der Gestank nicht in Blasen hochkochte. Ihr Zimmer war ein Loch, in dem die Nässe die Wände hochstieg und den fensterlosen Raum mit Geruch nach Moder erfüllte. Vor der Tür trieben ersoffene Katzen in Straßengräben, und vor San Lázaro, der nahen Kirche, verkauften sich Kinder für einen Korb mit drei Eiern. Unter der wunderbar klaren, wie gefilterten Luft siechte eine Geisterstadt der Trostlosigkeit vor sich hin, in der man nur lebte, weil Sterben nicht billiger war.

Hinzu kam, dass das Geld, das die Gruberin ihr zähneknirschend zuteilte, knapp für die horrende Miete reichte, sie damit aber noch immer nichts zu essen hatten. Und alles Essbare kostete in der Hauptstadt gut und gern das Doppelte wie in Veracruz. »Kannst du nicht arbeiten gehen?«, wollte die Gruberin wissen.

»Und als was?«, fragte Franzi zurück. »Ist in diesem Slum voller arbeitsloser Männer vielleicht eine Stellung als Kaiserin von Mexiko frei?«

Die erwartete Ohrfeige klatschte ihr auf die Wange, aber diesmal hatte sie sie wenigstens verdient, und außerdem waren die Ohrfeigen der Gruberin schlaff geworden. Franzi setzte das Elend zu, wie es ihr ein Leben lang zugesetzt hatte, aber es machte sie nicht handlungsunfähig. Der Gruberin hingegen raubte es die Reste ihrer Lebenskraft. »Wäre es nicht für meinen Neffen, würde ich mich niederlegen und sterben«, sagte sie. »Dieses heillose Land ist mehr, als meine Seele, die seit langem krank ist, tragen kann. Dass mein armer Bruder hier bis ins Mark zerstört wurde und mit blühenden dreißig Jahren sein Leben lassen musste, beginne ich jetzt zu begreifen.«

Warum stirbst du dann nicht?, dachte Franzi. Durch den Kopf jagten ihr all die Schwierigkeiten, die sie durch den Tod der Gruberin auf einen Schlag los wäre. Sie hätte zwei, nicht nur eine Schiffspassage zu verkaufen, wenn die Gruberin nicht sogar schon eine für den Neffen erworben hatte, sie hätte den Rest des Geldes und obendrein die vornehmen Kleider ihrer Herrin, aus denen sich leicht etwas für sie selbst schneidern ließe. Sie würde die feinste Agentur aufsuchen und unter den Männern die Wahl haben. Einen, der alt war, wollte sie, möglichst gebrechlich, so dass er keine Frauen mehr mochte, und einen ohne Kinder. Einen, der recht bald starb und sie mit ihrem Haus zurückließ. Allein. Mit dem Geld der Gruberin würde sie sich für ihr Haus kaufen können, was immer ihr in den Sinn kam. Eine riesige Daunendecke, wie die Gruberin sie auf dem Tschiderer-Hof gehabt hatte. Ein Vorhängeschloss. Ein großes Bett, um sich hineinzuringeln und sich vor aller Welt beschützt zu fühlen.

Aber die Gruberin starb nicht. »Wenn du mehr Geld willst, dann tu etwas dafür«, sagte sie zu Franzi. »Ich gehe hier nicht fort, ehe ich nicht Valentins Sohn gefunden habe, und da du ohnehin nur auf der faulen Haut liegst, kannst du genauso gut bei der Suche helfen. Du treibst dich doch dauernd in diesen Müllhalden von Straßen herum. Warum versuchst du nicht jemanden aufzutreiben, der eine menschliche Sprache versteht und uns Rat geben kann, denn anders kommen wir nicht weiter.«

Dass die Gruberin mit der menschlichen Sprache Deutsch meinte, war Franzi klar. Sie war versucht der Alten zu sagen, sie solle sich um ihren Dreck alleine scheren, aber das bisschen Geld, das sie anbot, brauchten sie beide, um zu überleben. Außerdem wollte sie ja selbst, dass der Neffe so schnell wie möglich gefunden wurde, damit sie frei war, ihr Leben zu beginnen. Also versprach sie, nach jemandem zu suchen, der in den Slums von Mexikos Hauptstadt Deutsch sprach, auch wenn eine Nadel im Heuhaufen vermutlich leichter zu finden war.

Sie war bereits seit Tagen mit diesem Auftrag unterwegs, als ihr der Gedanke kam. Da sie sowieso unentwegt durch den Schlamm waten und Leute dazu bringen musste, ihr wahnwitzige Auskünfte zu geben, weshalb fragte sie nicht gleichzeitig danach, ob jemand eine Agentur für heiratswillige Auswanderer kannte? Wie gut sie mit der Sprache zurechtkam, verblüffte sie selbst. Sogar hier, wo die meisten Leute der fast schwarzen Affenrasse angehörten und ein unaussprechliches Kauderwelsch sprachen, gelang es ihr, sich mit ihren spanischen Brocken, die sie mit Händen, Füßen und Grimassen untermalte, verständlich zu machen.

Einer der Männer, der vor der Kirche Kinder verkaufte, hielt sich den Bauch vor Lachen und erklärte, in Tepito werde nicht geheiratet, in Tepito liebe jeder die, mit der er in der Nacht ins Bett gefallen sei, und fülle ihr den Bauch mit Bälgern. Aber danach sagte er, Franzi sei azucarada, süß wie gezuckert, und so etwas hatte noch nie ein Mensch zu ihr gesagt. Weil sie so süß sei, wolle er ihr helfen, und auch wenn sie nicht daran glaubte, fragte er unter seinen Kumpanen herum und kam am nächsten Tag mit einem Namen zurück. Antonio, dieser Bekannte von ihm, kenne jemanden, der jemanden kenne, und der kenne womöglich einen anderen, der in Franzis Angelegenheit weiterwüsste.

Franzi fragte sich von einem Antonio zum nächsten durch und schöpfte mit jeder Adresse neue Hoffnung, auch wenn es Tage dauern konnte, in einer Gegend ohne Hausnamen und Schilder eine Straße namens Rattenpfad, einen Fieberwinkel oder eine Gasse der Totengräber zu finden. Unterbrechen musste sie ihre Suche, weil es Weihnachten wurde und die Gruberin darauf bestand, dass Franzi eine Kirche fand, in die sie ihren Fuß setzen konnte. In San Lázaro stand ein bepacktes Maultier während der Austeilung des Sakraments vor dem Altar, und es gab zu wenig Weihrauch, um den Geruch nach Stall und Kot zu übertünchen. Die Glocke war zersprungen, so dass das Geläut wie das Nahen einer Lawine klang, aber in der Not würde die Gruberin ebenso Fliegen fressen müssen wie der Teufel.

Für Franzi waren die Tage der Weihnacht von klein auf die traurigsten des Jahres gewesen. Weihnacht, das war eine Geschichte von Leuten, die kein Haus hatten, an allen Türen abgewiesen wurden und dankbar sein mussten, weil sie beim Vieh schlafen durften. Für einen, der selbst kein Haus und kein Recht auf Sicherheit und Würde hatte, war das Weihnachtsfest ein Spottlied auf das eigene Leid. Die Gruberin aber hatte Weihnachten immer geliebt und erlebte das traurigste Fest ihres Lebens.

Sie hatte keinen grünen Zweig in ihrem Zimmer, keine geschnitzte Krippenfigur und nicht einmal das ärmlichste Talglicht, um, wie es Brauch war, die Stube auszuräuchern und von bösen Geistern zu befreien. »Als ich jung war, fand ich, das Räuchern sei ein Humbug«, erzählte sie Franzi. »Ich und der Valentin, wir lachten darüber, wir wollten Größeres, Klareres vom Leben. Aber wenn man so weit weg von seiner Heimat ist, dass man nicht einmal spürt, ob sie noch irgendwo wartet, dann wünscht man sich nichts als einen Funken des Vertrauten. Das hat Valentin mir in seinem letzten Brief geschrieben, und jetzt begreife ich, was er damit meinte.« Die Gruberin hatte auch keine Nockerlsuppe, weder ihre ewigen Pinzen noch den geliebten Zimtwein. Aber darüber klagte sie nicht. »Ich beklage gar nichts«, sagte sie, »nur meine Einsamkeit. Welchen Sinn hat ein Leben, wenn einem kein Mensch mehr bleibt, den man lieben kann? Weißt du, wie unnatürlich es ist, die Generation, die die Fackel des eigenen Lebens weitertragen sollte, zu begraben? Ich wünschte, ich hätte eine Weihnacht ohne Veit nie erleben müssen. Nur dass es Valentins Sohn gibt, irgendwo da draußen in der Wildnis, und dass ich für ihn da sein muss, hält mich im Leben fest.«

Franzi hatte nie jemanden gehabt, den sie lieben konnte, und es war das Letzte, was sie sich wünschte. Sie würde ihr Haus lieben. In ihr Haus würde sie zur Weihnacht grüne Zweige tragen, sie würde ihr Zimmer ausräuchern und hinter verschlossener Tür Zimtwein trinken. Heuer hingegen konnte sie es nicht erwarten, die Feiertage hinter sich zu bringen und sich wieder auf die Jagd zu begeben. In der Sache mit dem Neffen der Gruberin machte sie keine Fortschritte, weil sie immer wieder vergaß, sich darum zu kümmern, doch was sie selbst betraf, so kam sie Ende Januar ihrem Ziel zum Greifen nah. Zumindest glaubte sie das. Einer der zahllosen Antonios bot ihr für gewisse Dienste die entscheidende Adresse. Franzi ließ sich nicht für dumm verkaufen und verlangte erst die Adresse, ehe sie den Dienst entrichten würde. Der Kerl war ein Idiot. Er rückte die gedruckte Karte heraus, Franzi schnappte sie sich und nahm die Beine in die Hand.

Anderntags kaufte sie vom Geld der Gruberin einen ganzen Schlauch Wasser, um Haare und Kleider zu waschen, und sobald sie notdürftig trocken war, trat sie den langen Weg ins Viertel San Sebastian an, um bei der Agentur vorstellig zu werden. Deren Büro lag im obersten Stockwerk eines Hauses, das sichtlich aus den besten Tagen des Bezirks stammte, inzwischen aber reichlich verkommen war. Für den Mann, der sie empfing, galt dasselbe, auch wenn er wie ein König hinter seinem Schreibtisch thronte. Als Franzi sich auf einen Stuhl ihm gegenüber setzte, herrschte er sie an, sie solle gefälligst stehen bleiben. Dann hörte er sich gelangweilt drei, vier Sätze ihres Anliegens an, ehe er ihr ins Wort fiel. »Du hast kein Geld, richtig?«

»No hay«, bestätigte Franzi.

»Verschwinde, Schätzchen«, sagte der Mann und erhob sich zu bedrohlicher Größe. »Du suchst keinen Heiratsvermittler, sondern ein Bordell. Und zwar eins von der dreckigsten Sorte, denn anderswo fassen die dich nicht mal mit der Kohlenzange an. Ich weiß nicht, wer dir das Märchen von den deutschen Bäuerchen, die hier mit Land beschenkt werden, erzählt hat, aber du kannst mir glauben, es ist so viel Wahrheit dran wie am Ergebnis der Präsidentschaftswahl – kein kleines Fetzchen. Wenn du mich fragst, such dir einen Kuppler, der jeden Dreck verkauft. Leicht wird's nicht werden. Gerupfte Hühner wie dich gibt's wie Sand am Meer, und für den guten Rat ziehst du jetzt Leine und lässt dich hier nicht mehr blicken.«

Ihr Traum war zu groß gewesen, um ihn kampflos aufzugeben. Ein paar Tage lang fuhr Franzi fort, jeden, der ihr in die Quere kam, mit Fragen zu bestürmen, doch letzten Endes musste sie einsehen, dass Matti, der Bettlerfürst, nicht nur ein Lügner, sondern vor allem ein Dummkopf war, der von der Neuen Welt nicht mehr verstanden hatte als sie selbst. In der Neuen Welt war es wie überall. Die einen standen in der Sonne und die anderen im Finstern, und die in der Sonne errichteten steinerne Mauern, die Schatten warfen, damit die anderen im Finstern blieben. Es gab keine landbesitzenden Einwanderer, die eine wie Franzi in ihr Haus genommen hätten. Zu der bodenlosen Enttäuschung kam die Scham, eine solche Idiotin gewesen zu sein und diesen an den Haaren herbeigezogenen Wahnwitz auch nur für möglich gehalten zu haben. An dem Tag, an dem sie endgültig aufgab, empfing die Gruberin sie mit Ohrfeigen, und diesmal dachte sie grimmig: Jede einzelne davon geschieht mir recht. Wer zu dumm war, verdiente es nicht besser. »Du verschleuderst Geld, und mit der Suche nach meinen Neffen kommst du keinen Schritt weiter!«, schrie die Gruberin. »Ich kann nicht mehr schlafen, weißt du das? Ich sehe den Jungen in einem Loch wie diesem, ich sehe ihn an einer dieser scheußlichen Krankheiten sein Leben aushauchen, und ich bin nicht bei ihm, um ihm zu helfen. Und dann sehe ich dich, die sich herumtreibt und amüsiert, während der Sohn meines Bruders, das Letzte, was ich habe, mir stirbt.«

Franzi hatte sich nicht amüsiert, aber sie brachte dennoch so etwas wie Verständnis für die Gruberin auf. Auch ihr war das Letzte, das sie hatte, gestorben – der Traum von ihrem Haus. »Ich bin auf einer Spur«, hörte sie sich sagen, nicht, um der nächsten Ohrfeige zu entgehen, sondern weil gleich zwei Menschen, die alle Hoffnung verloren hatten, in der düsteren Enge zu viel waren. »Ein Weilchen dauert es noch«, beschwichtigte sie die Gruberin. »Aber ich werde jemanden finden, der uns hilft.«

Die Gruberin ließ die Hand sinken. »Lügst du mich auch nicht an? Ich weiß, deinesgleichen hat kein Gewissen, aber kannst du es auf deine Seele nehmen, mich ums Leben zu bringen? Denn das tust du, Franziska, wenn du mir jetzt eine Lüge erzählst. Du bringst eine alte Frau, die keine Kraft für einen weiteren Verlust hat, um ihr Leben.«

Die dramatischen Übertreibungen der Alten kannte Franzi zur Genüge, und dennoch beeilte sie sich, ihr zu versichern: »Ich hab nicht gelogen. Ich treibe einen auf, der Sie zu diesem Neffen bringt.«

Und wenn sie es wirklich täte? Wenn der Neffe der Sohn vom Bruder der Gruberin war – vielleicht hatte er ja Geld und würde sich erkenntlich zeigen, wenn Franzi ihn mit seiner verlorenen Tante vereinte? Menschen betrugen sich oft so, sie waren verrückt nach Familien, auch wenn Franzi ein Rätsel war, warum. Und obwohl ihr Plan wenig aussichtsreich klang, sie brauchte etwas, an dem sie sich festhalten konnte, andernfalls wäre sie untergegangen. Unermüdlich strich sie durch

die Straßen von Tepido auf der Suche nach jemandem, der Deutsch sprach und ihr sagen konnte, wie sich die Spur eines österreichischen Offiziers verfolgen ließ, der vor mehr als zwanzig Jahren in einem Ort namens Querétaro gefallen war. Rechnete sie wirklich mit Erfolg unter den Tausenden von Menschen in der uferlosen Stadt? Im Grunde wusste sie, dass es mit dem Teufel zugehen musste. Aber der Teufel hatte zuweilen ein offeneres Ohr als die Gottheit, wohl weil er nicht auf himmelsfernen Gipfeln thronte, sondern dicht unter den menschlichen Sohlen unter der Erde sein Unwesen trieb. Und weil er womöglich nichts Besseres zu tun hatte, als sich um die verrückten Anliegen von Franzi Pergerin zu kümmern.
Wie so oft lungerte sie vor der Kirche San Lázaro herum und fing die Frauen ab, die vom Beten oder Beichten kamen. Sie hockte gern auf den Kirchenstufen, weil sie hier nur selten an Männer geriet, doch ihre Ausbeute war kläglich. Manche der Frauen schlurften vorüber, ohne auf sie zu achten, andere schlugen nach ihr wie nach den bettelnden Kindern und Fliegen, und andere riefen: »Nein, nein, nein, ich weiß nichts«, ehe sie eilig weiterhuschten.
Die Frau, die sie an jenem Tag ansprach, als sie mit einem Säugling und einer Horde weiterer Blagen aus der Kirche kam, blieb jedoch stehen. In einem schwerfällig fließenden Spanisch sagte sie: »Eine Person, die deine Sprache spricht, weiß ich. Gibt es dafür einen kleinen Lohn für leere Mägen von Kindern?« Sie streckte ihre braune Klaue aus, und Franzi legte ihr die Münze hinein, für die sie Tortillas hätte kaufen sollen. »Gibt hier eine gute Dame«, fuhr die Frau fort, »eine reiche Señora aus dem feinen Westen, die kommt her und leitet die Kirchenschule. Bringt unseren Kindern bei, wie man liest, wie man rechnet und wie man richtig spricht, wenn man im Leben eine Hoffnung haben will. Kostet keinen Centavo.

Jeder, der mag, darf sein Kind bringen. Kannst mit ihr sprechen, wenn du willst, sie ist so blass wie du und sagt, ihre Familie ist vor vielen Jahren aus Deutschland gekommen.«

Drei Tage später wartete Franzi vor der schäbigen Küsterei auf die Frau, die sie sofort auf Deutsch ansprach. »Sie sind die junge Dame, die Hilfe bei der Suche nach einem Verwandten braucht, ja?«

Franzi entfuhr ein Lachen. »Eine Dame bin ich wohl kaum. Und der Verwandte, den ich such, ist nicht meiner.«

»Aber es geht um jemanden, der aus Hamburg stammt?«, fragte die Frau, deren Stimme so dünn erschien wie ihr fast weißes Haar. Dass sie im Sinne der Gruberin nicht reich war, sah Franzi ihren unscheinbaren Kleidern an, doch sie wirkte sauber und gepflegt, und gemessen an ihren eigenen Verhältnissen mochte sie geradezu vermögend sein.

»Nein, aus Hamburg ist der nicht«, antwortete Franzi.

»Dann werde ich Ihnen wohl kaum helfen können, denn meine Familie hat Hamburger Wurzeln. Aber ich könnte im Deutschen Haus für Sie fragen. Dort treffen die deutschen Einwohner von Mexiko-Stadt regelmäßig zusammen.«

»Die österreichischen Einwohner auch?«, fragte Franzi hoffnungsvoll.

Bedauernd schüttelte die Frau den Kopf. »Im Deutschen Haus darf nur Mitglied werden, wer deutsche Herkunft nachweisen kann oder mit einem Deutschen verheiratet ist. Wollen Sie mir Ihren Fall trotzdem schildern? Mein Onkel betreibt ein Warenhaus mit Gütern aus Europa. Dort verkehren alle möglichen Einwanderer. Nicht ausgeschlossen, dass einer von ihnen helfen kann.«

Die Hilfsbereitschaft der Fremden war Franzi ein Rätsel. Weshalb scheuchte sie eine lästige Bittstellerin nicht einfach weg? Aber sie unterrichtete ja auch die Kinder der Affenmenschen ohne Bezahlung und war vermutlich eine von denen, die hofften, durch ihre guten Taten ins Himmelreich zu gelangen. Sie vereinbarten, dass Franzi in der nächsten Woche mit der Gruberin wiederkommen würde. Diese sollte dann der Frau berichten, was immer sie über den verlorenen Neffen wusste.

In ihr verschimmeltes Domizil konnten sie sie nicht einladen, also würden sie wieder auf den Stufen vor der Küsterei mit ihr sprechen müssen. Die Gruberin kleidete sich dafür an, als ginge sie auf einen fürstbischöflichen Empfang. Ihren Hut, ihre Handschuhe, all die spitzenbesetzten Niedlichkeiten, die sie für die Begegnung mit dem Neffen aufbewahrt hatte, holte sie jetzt aus Hüllen und Schachteln. Wie sie in ihren eleganten Schühchen durch den Schlamm trippelte und ihr Hütchen festhielt, erweckte beinahe Mitleid in Franzi.

Die weißblonde Frau sprach, als ginge es ihr genauso. »Sie sind die Dame, die Ihren Verwandten sucht?«, fragte sie herzlich und reichte der Gruberin die Hand. »Wollen Sie ins Schulzimmer kommen? Es kann nicht angenehm sein, mitten auf der Straße von so schwerem Kummer zu sprechen.«

Das Schulzimmer roch nach Moder wie das ganze Viertel, aber die wackligen Tische und Bänke waren sauber poliert. »Ich bin Felice Hartmann«, sagte die Frau. »Darf ich Sie nach Ihrem Namen fragen?«

»Therese Gruber aus dem Kronland Tirol. Meine Mutter war eine geborene von Tschiderer.«

»Gruber?«, fragte Felice Hartmann, und ihr Gesicht veränderte sich.

»Therese Gruber-von Tschiderer«, wiederholte die Gruberin.

»Und es ist Ihr Bruder, den Sie suchen?«

»Mein Neffe«, verbesserte die Gruberin, und dann brach die ganze angestaute Geschichte aus ihr heraus. Sie erzählte der

fremden Frau vom größten Schmerz ihres Lebens, dem Entschluss ihres vergötterten Bruders, als Offizier nach Mexiko zu gehen und dort für Kaiser Maximilian zu kämpfen. »Valentin war ein Bild von einem Mann und gesegnet mit jeder Tugend, die man sich bei einem jungen Adelsherrn nur wünschen kann. Er war verlobt mit der einzigen Tochter eines Barons und hatte eine Zukunft voller Verheißungen vor sich.« Die Gruberin brach ab, weil ihr die Stimme versagte.
»Es tut mir leid«, murmelte Felice Hartmann. »Liebe Frau Gruber, es tut mir um Sie und Ihren Bruder unendlich leid. Dieser Krieg hat auf beiden Seiten so viel Schmerz und Verwirrung gebracht, und durch die Trümmer, die er hinterlassen hat, kämpfen wir uns noch heute.«
Dankbar blickte die Gruberin auf, sammelte Kraft und erzählte den traurigen Rest der Geschichte. Der verheißungsvolle Bruder hatte sich totschießen lassen für einen größenwahnsinnigen Traum von einem Habsburger Kaiser in Mexiko. Was hatte jenen Maximilian auf die Idee gebracht, all diese braunen Affenmenschen hätten gern einen Österreicher zum Kaiser? »Valentin hat sein Leben für das Haus Habsburg gegeben«, schloss die Gruberin. »Aber hielt das Haus Habsburg es für nötig, wenigstens dem Toten Ehre zu erweisen und ihn zurück in die Heimat zu geleiten? Weit gefehlt. Wie ein Vieh verscharrt worden ist er in diesem abscheulichen, sittenlosen Land.«
Felice Hartmann legte ihre Hand auf die der Gruberin. »Vielleicht tröstet es Sie, Querétaro ist kein abscheuliches Land, sondern das schönste Land, das ich kenne. Ich war dort, als der Krieg damals endete und Maximilian von Habsburg füsiliert wurde. Verrohung gab es ohne Frage, wie überall, wo Kriege gegen das Fundament der Menschlichkeit wüten. Etliche Tote, die ihr Leben auf dem Schlachtfeld verloren, sind

dennoch von christlichen Menschen christlich bestattet worden. Ich bin sicher, Ihr Bruder war einer von ihnen.«
Ungläubig starrte die Gruberin Felice Hartmann an. »Sie waren dort? In diesem Ort, wo mein Bruder starb? Aber dann haben Sie ja vielleicht von meinem Neffen gehört! Nach allem, was Valentins Kamerad Anton Mühlbach in Erfahrung gebracht hat, muss der Knabe nicht lange nach Valentins Tod geboren worden sein. Ich habe dieser Weibsperson, dieser Katharina Lutenburg, an ihre letzte mir bekannte Adresse geschrieben. Ich habe ein Vermögen für die Weiterleitung meines Briefes gezahlt, aber auf dem Postamt konnte man mir nur mitteilen, dass sich die Spur des Briefes irgendwo in Mexiko verliert, und eine Antwort von der Lutenburg habe ich nie erhalten.«
»Katharina Lutenburg«, wiederholte Felice Hartmann tief in Gedanken versunken. »Gewiss hat sie Ihren Brief nie erhalten, weil sie geheiratet hat und einen anderen Namen führt.«
»Wer soll die denn geheiratet haben?«, fuhr die Gruberin auf. »Eine Frau mit einem in Schande geborenen Kind?« Wieder schossen ihr Tränen in die Augen. »Das ist der schlimmste Gedanke von allen. Dass mein Neffe, Valentins einziges Kind, in Schande aufwachsen musste, nicht besser als meine Magd Franziska hier, das Balg einer Lotterin, dessen ich mich erbarmt habe. Valentins Sohn hat den Schutz einer Familie und die Gnade einer vornehmen Erziehung nie erfahren dürfen, und ich habe keinen Wunsch mehr, als es an ihm gutzumachen. Seine Passage habe ich bereits gebucht. Sobald ich ihn gefunden habe, werde ich mit ihm heim nach Tirol reisen und dafür sorgen, dass er alles, was ihm zusteht, auch bekommt.«
Die Hände der Gruberin zitterten. Als Felice Hartmann ihre Hand zurückzog, sah Franzi, dass auch die ihre nicht ganz

ruhig war. »Gestatten Sie mir eine Frage«, sagte sie. »Was macht Sie so sicher, dass Sie einen Neffen haben?«
»Der Toni Mühlbach hat es doch zweifelsfrei herausgebracht!«, rief die Gruberin. »Und jene Offiziersgattin, Elisabeth Lechner, hat die fehlenden Teile ergänzt. Valentin hatte sich von einer Deutsch-Mexikanerin namens Katharina Lutenburg verführen lassen, wie es einem Mann in der Fremde eben geschieht. In der Nacht, in der er sterben musste, hat er seinen Offizierskameraden anvertraut, dass die Lutenburg ein Kind von ihm bekommt. Folglich muss sein Sohn kurz darauf geboren worden sein, und folglich habe ich einen Neffen, das ist ja wohl nachzuvollziehen, oder nicht?«
»Nicht ganz«, erwiderte Felice Hartmann und wartete, bis die Gruberin sie ansah. »Sie haben recht«, fuhr sie endlich fort, »das Kind Ihres Bruders ist nicht lange nach seinem Tod geboren worden. Dass es überlebte, grenzt an ein Wunder, denn in der belagerten Stadt wäre die schwangere Mutter verloren gewesen, hätte nicht ein Offizier der Gegenseite sie unter Einsatz seines Lebens befreit.« Noch einmal machte die Frau eine Pause, ehe sie langsam die letzten Worte hinzufügte: »Von Ihrer Vorstellung werden Sie sich allerdings trotzdem trennen müssen. Sie haben keinen Neffen, Frau Gruber, Sie haben eine Nichte.«

22

Oft, wenn Jaime tief in der Nacht von einer gesellschaftlichen Verpflichtung kam, fand er sie schlafend in seinem Bett. Sie schlief wie ein Kind. Zusammengerollt, den Kopf in der Kugel geborgen. Sobald er sich näherte, erwachte sie und streckte selig lächelnd die Arme nach ihm aus.

Wo immer er war, auf Empfängen, Bällen, grünen Stunden, begegnete er Frauen, die besaßen, was ihr fehlte – Stil, Kultur, Weltgewandtheit und eine Schönheit, die nicht völlig provinziell war. Immer häufiger dachte er, dass er ihrer längst überdrüssig war. Er hatte unzählige Frauen gehabt, die ihm hündisch ergeben waren, er hatte jede von ihnen verachtet, und sie war die Hündischste von allen. Sie hatte ihn nicht einmal gereizt, als er beschlossen hatte, sie zu nehmen, obwohl sie zart und hübsch war und er ihretwegen neidische Blicke erntete. Gereizt hatte ihn der Vernichtungsschlag, den er ihrem Vater versetzen wollte – das Mädchen benutzen und wegwerfen, wie man es niemals mit den Töchtern von Gouverneuren, wohl aber mit den Bälgern indianischer Pferdeknechte tat.
Bei einem anderen Vater hätte er mit einer Forderung rechnen müssen. Dem Barbaren aber war der Gedanke, dass ein Mann die Ehre seiner Tochter mit der Waffe zu verteidigen hatte, zweifellos völlig fremd. In Jaimes Augen war er ohnehin nicht satisfaktionsfähig.
Er wollte diesen Mann betteln sehen. Wenn er tatenlos hinnehmen musste, dass sein geliebtes Töchterchen wie jede beliebige Indio-Hure geschändet wurde, würde er sich entmannt und entwürdigt fühlen, wie es ihm zukam. Er würde nicht noch einmal wagen, bei der Erbin eines Conde seine Hosen herunterzulassen. Und wenn ihm diese eigentümlich stolze, unantastbare Haltung zerplatzte, was war dann von dem Mann noch übrig? Ein Indio mit ein paar verblichenen Triumphen aus einer Zeit ohne Zivilisation. Es würde ein Leichtes sein, ihn vor dem Präsidenten und den Científicos der Lächerlichkeit preiszugeben und sein verfluchtes Entwässerungsprojekt zu kippen. Jaime würde seinem Vater schreiben, noch ehe man diesem verkündete, dass er sich mit dem streitbaren Gouverneur nicht länger herumzuplagen hatte.

Ich weiß nicht, warum du es als so schwierig betrachtet hast, dich des Indios zu entledigen, würde er schreiben. Mir erschien es eher wie ein Problem, das sich im Vorbeigehen, quasi von alleine, lösen ließ.

Die Aufsicht über die Plantage in Yucatán, die sein Vater ihm bisher verweigert hatte, würde dieser ihm danach mit Kusshand überreichen. Nicht Jaime würde noch einmal wie ein Speichellecker darum bitten, sondern der Vater selbst käme angekrochen, um bei ihm den Bittsteller zu spielen. Yucatán, das Rebellennest, wo Wilde die Stirn besaßen, weiße Männer zu ihren Sklaven zu machen, mochte die neue Herausforderung sein, die er brauchte, wenn der Barbar besiegt war. Was hielt ihn zurück, weshalb verschaffte er sich nicht endlich den Triumph, der ihn auf Tage aus der öden Leere retten würde? Was war der Grund für sein Zögern?

Sie war es. Die unglaubliche kleine Kreatur, ihre Treuherzigkeit und ihr Ungestüm, das keine Erziehung gebändigt hatte. Wenn er in sein Haus kam und sah, wie dieses einfältige, völlig vernunftlose Mädchen ihm die Arme entgegenstreckte, weichte seine Entschlusskraft auf. »Mein armer Liebster, haben sie dich nicht gehen lassen? Du musst ja furchtbar erschöpft sein.« Kam er nicht zu ihr, sprang sie nackt bis auf das Jade-Collier aus dem Bett und umschlang ihn, drückte ihn an ihre blanke, warme Haut und übersäte sein Gesicht mit Küssen.

Er mochte es nicht einmal. Wie jeder gesunde Mann verspürte er fleischliche Begierde, die aber nach schneller Befriedigung und häufigem Wechsel verlangte. Darüber hinaus war es ihm verhasst, wenn Menschen nach seinem Körper langten, als hätten sie ein Recht darauf. Ihre überschwengliche Zärtlichkeit bereitete ihm keinen Genuss, und im Geschlechtsakt war sie wie jedes Mädchen ohne Erfahrung – unbeholfen und viel

zu sanft. Was ihn zögern ließ, sie zu verlassen, war noch immer derselbe sonderbare Gedanke: Wenn ich ein Mensch wäre, den etwas rühren könnte, dann würde diese putzige Kreatur mich rühren.
Sie zog ihn ins Bett. Manchmal musste er sie regelrecht wegstoßen, um seine Kleider allein abzulegen. Den Champagner schenkte sie ihm in eine Flöte und setzte sie ihm an die Lippen, als wollte sie ihn wie eine Mutter füttern. Sie ärgerte ihn maßlos. Aber zugleich machte sie ihn lachen, und das verwirrte ihn. Nichts machte ihn lachen, wenn er es nicht wollte – warum dann dieses dumme kleine Ding?
Er hatte doch dumme Dinger ohne Zahl gehabt, er hatte die dummen Dinger längst satt.
Aber etwas an dieser war anders. Auch ohne ihren Vater. Sie war, was Jaime in solchem Ausmaß nie erlebt hatte – durch und durch echt. Den ganzen Unsinn, der mit verblüffender Kraft und ohne jede Hemmung aus ihr heraussprudelte, meinte sie so, wie sie ihn sagte.
»Ach Liebster, mein Liebster. Wenn ich mir vorstelle, wie du dort auf diesen Empfängen herumläufst, dann sehe ich vor mir, wie all die Leute ihre Gespräche unterbrechen, sobald du den Raum betrittst, wie dem Präsidenten seine Rede im Hals steckenbleibt und wie die dicke Señora Romero Rubio sich an ihrer achten Meringue verschluckt.«
»Offenbar hat sich wirklich niemand je die Mühe gemacht, dich zu erziehen«, bemerkte er und kämpfte gegen den unzähmbaren Drang zu lachen. »Hast du für derlei Reden wahrhaftig nie eine Tracht Prügel bezogen?«
»Nein«, sagte sie ehrlich erstaunt und sah ihn aus ihren riesenhaften Kinderaugen an.
»Und warum sollen deiner Meinung nach all diese Leute in Verlegenheit geraten, wenn ich einen Raum betrete?«

»Weil du so schön bist«, erwiderte sie feierlich. »Ich könnte nicht weiterreden, wenn ich der Präsident wäre, und nicht weiter Essen in mich hineinstopfen, wenn ich die Señora Romero Rubio wäre – ich müsste dich anstarren und schweigen.«
Sie tat es. Starrte ihn an und schwieg, bis plötzlich eine Art Blitz durch ihren Leib zuckte, sie sich über ihn stürzte und ihn von neuem mit ihren Küssen überhäufte. »Du bist das Schönste, was Gott je geschaffen hat. Ich glaube, er musste, als er dich fertig vor sich sah, selbst für einen Augenblick aufhören allmächtig zu sein und dich anstarren und schweigen.« Seine Lage, auf dem Rücken hingestreckt und ihrem Kusshagel ausgeliefert, hatte etwas Unangenehmes, aber lachen musste er trotzdem. Er hatte von Frauen so viele Komplimente bekommen, dass sie ihm samt und sonders zum Hals heraushingen, aber für ihr Geschwätz, das den Himmel aus den Angeln hob, war etwas in ihm empfänglich. Wäre er ein Mensch gewesen, der an faulen Zauber glaubte, vielleicht hätte er geglaubt, ihre tollkühne Rückhaltlosigkeit verzaubere ein wenig auch ihn.
Ja, er wollte ihr das Herz brechen, aber er würde es in seinem eigenen Zeitrahmen tun. Allmählich, in winzigen Dosen, die er weidlich auskosten konnte. Nebenbei gab es andere Dinge, die er vorantreiben würde, um seinen Triumph und die Niederlage seines Gegners vollkommen zu machen.

In der Frühe schickte er sie unerbittlich in ihre eigene Wohnung zurück. Selbst wenn es nur ein paar Schritte um eine Straßenecke waren, beauftragte er seinen Fahrer. Immer bestürmte sie ihn, mit ihr zu fahren, nur um diese winzige Spanne Zeit zu gewinnen und sich noch nicht von ihm trennen zu müssen. Manchmal kamen ihr dabei die Tränen, und manchmal gab er ihr nach, doch um sie dafür bezahlen zu lassen, quälte er sie auf dem Weg.

»Wenn du schon in Tränen ausbrichst, weil ich auf dieser albernen Fahrt nicht bei dir bin, was willst du dann erst anfangen, wenn ich überhaupt nicht mehr bei dir bin?«
»Das darf nie geschehen, Liebster. Auf alles andere kann ich verzichten, aber ohne dich kann ich nicht leben. Du musst immer bei mir sein.«
»Ich werde aber nicht immer bei dir sein«, sagte er und verspürte einen winzigen Stich. Ihr weh zu tun war ein Vergnügen, eine kleine Abwechslung in der endlosen Leere, aber ihr schreckstarrer Blick traf einen Teil von ihm, der noch nicht völlig unverwundbar war. »Ich habe dich gewarnt: Wenn ich deiner überdrüssig bin, lasse ich dich fallen. Du lernst also besser beizeiten, ohne mich fertig zu werden.«
»Dann darfst du meiner einfach nie überdrüssig werden!« Sie küsste ihn, dass es schnalzte. »Weißt du nicht mehr? Ich mache es wie die Clowns auf der Plaza de Santo Domingo. Ich vollführe jedes Kunststück, nach dem dir der Sinn steht, und wenn du es satthast, wie ich mich selbst mit Messern bewerfe, dann schlucke ich eben Feuer.«
»Jedes Kunststück?«, fragte er, und der Teufel ritt ihn. »Dann geh und sag deiner vertrockneten Hausmaus, dass du es satthast, dich von ihr begaffen zu lassen.« Er wies auf ihre lachhafte Anstandsdame, die sich hinter einem der Fenster duckte und mit ihren kurzsichtigen Augen die Straße absuchte. »Ich komme mit dir, wenn du willst.« Bisher hatte er es abgelehnt, ihre Wohnung zu betreten.
»Du willst mit mir nach oben zu Felice gehen? Aber du hast doch gesagt, du magst mit den Leuten aus meinen Kreisen nichts zu tun haben!«
»Es ist ein neues Kunststück«, meinte er und zuckte mit den Schultern, in denen er heute kaum Schmerzen von Verkrampfungen spürte. »Du hast gesagt, wenn ich das alte satt bekom-

me, führst du mir ein neues vor. Willst du jetzt etwa kneifen?«

Sie war alles Mögliche, das ihm missfiel, aber feige war sie nicht. Ohne zu warten, dass er den Schlag für sie öffnete, sprang sie aus der Kutsche. Er reichte ihr den Arm, und gemeinsam stiegen sie die Treppe hinauf.

»Josefa!« Die graue Maus von einer Anstandsdame kam ihnen entgegengefegt. Sie war bleich wie ausgespuckt, ihr kümmerliches Haar entbehrte jeder Form. »Gott im Himmel, Kind, wo hast du denn gesteckt?«

»Und was geht das dich an?«, versetzte das sogenannte Kind zu Jaimes Amüsement. »Ich habe genug davon, dass du mich ständig verfolgst und bespitzelst, Felice. Diese Wohnung gehört mir, die Urkunde ist auf meinen Namen ausgestellt, und überhaupt will ich nicht länger, dass du hier bei mir wohnst.«

Die Maus zwang ihren Rücken zu erstaunlicher Straffheit und reckte das Kinn. »Dein Vater will aber, dass ich hier wohne«, sagte sie dünnlippig. »Dein Vater, der die ganze Nacht hier gesessen und gewartet hat, weil er dich unbedingt sehen wollte. Weil er mit dir sprechen und dich in die Arme nehmen wollte.«

»Mein Vater soll mir gestohlen bleiben!«, barst es aus ihr heraus. Ihr Gesicht war gerötet, die Augen aufgerissen, der Atem heftig vor Erregung. »Du kannst ihm ausrichten, die Zeiten, in denen ich mit ihm sprechen wollte, sind vorbei. Er soll mir nur ja nicht nahekommen – ich schäme mich dafür, dass er mein Vater ist.«

Das dürre Mäuslein zuckte wie geschlagen zusammen. »Und womit hat er das verdient, dein Vater, der sich solche Sorgen um dich macht? Was hat er dir getan?«

»Ich schäme mich für ihn!«, schrie Josefa noch einmal. Tränen verschleierten ihr die Augen. »Er kann von Glück sagen, dass ich den Grund für mich behalte, anstatt ihn dir und all den anderen, die ihn in den Himmel heben, zu erzählen.«

Unwillkürlich legte Jaime ihr die Hand auf den Rücken und spürte die Kraft, mit der sie zitterte.

»Gewiss macht er manches falsch«, hörte er die Anstandsdame sagen. »So wie alle Väter. So wie alle Menschen. Ich habe nie einen Vater gekannt. Wohl deshalb stelle ich es mir noch immer wundervoll vor, jemanden zu haben, der mich so sehr liebt, dass er sich um meinetwillen Nächte um die Ohren schlägt und wie ein Jaguar von einer Zimmerecke in die andere stampft. Einen, der mir verzeiht, was immer über mich geredet wird, und sich sogar von mir in seiner Ehre kränken lässt.«

»Hör doch endlich auf, Felice!«, schrie Josefa, deren Rücken sich unter Jaimes Hand zum Bersten spannte. »Was ist Benito Alvarez für dich? Ein Gott? Die wandelnde Unfehlbarkeit? Glaubst du, wir haben auf El Manzanal nicht alle gewusst, dass du heimlich in ihn verliebt und am Boden zerstört warst, weil er deine liebste Patin geheiratet hat? Verschone mich mit deinen Lobeshymnen, hörst du? Wenn du mich nicht zwingst, werde ich dir deinen Götzen nicht zerstören, aber du lass gefälligst deine Finger aus meinen Angelegenheiten. Sonst flüstere ich dir ins Ohr, warum dein angebeteter Benito Alvarez überhaupt keine Ehre hat, in der ihn jemand kränken kann.«

Sie konnte nicht mehr. Heftig hob und senkte sich ihr Rücken, während sie nach Luft schnappte. Die Anstandsdame glotzte jeder Fassung beraubt vor sich hin und klappte ihre Kiefer auf und wieder zu.

»Ich denke, Sie haben Doña Josefa verstanden«, sagte Jaime und strich Josefa den Rücken hinunter. Für ihre Tapferkeit verdiente sie ihr Stück Zucker wie sein Gespann von Hispano-Arabern, wenn es an den Wagen von Krethi und Plethi

vorbeigaloppierte. »Es wäre wohl angebracht, dass Sie Ihre Sachen packen und sich eine andere Unterkunft suchen, Señorita. Doña Josefa wird Ihnen dazu selbstverständlich eine angemessene Frist lassen, wie es unter zivilisierten Menschen üblich ist. So lange werde ich mir erlauben, sie als meinen Gast zu beherbergen.«
Ihr verweintes Gesicht fuhr zu ihm herum. »Meinst du das ernst? Ich darf bei dir bleiben?«
»Josefa!«, kreischte die Anstandsdame, aber Josefa hatte nur Augen für Jaime.
»Gehen wir«, sagte er, drehte sich mit ihr um und führte sie die Treppe hinunter.
»Josefa!«, rief die Spitzmaus noch einmal. »Ich selbst habe dir auch etwas zu sagen, etwas wirklich Dringendes. Bitte hör mich nur einen Moment lang unter vier Augen an, ehe du dich ins Unglück stürzt!«
»Erzähl's deinem Götzen!«, rief Josefa über seine Schulter, klammerte sich an Jaime fest und ging mit ihm weiter. Im Vorgarten blieb sie schwer atmend stehen. »Mein Liebster. Ach mein Liebster. Wie soll ich dir denn jemals danken?« Sie lehnte ihren Kopf an seine Schulter und wischte sich hastig die Wange trocken.
»Würdest du das deinem Vater ins Gesicht sagen?«, fragte Jaime.
»Was?«
»Dass er dir gestohlen bleiben kann. Dass du dich für ihn schämst und dass er keine Ehre hat.«
Sie zögerte.
»Ein neues Kunststück«, sagte er. »Du hast dich in diesem nicht übel geschlagen, aber wenn ich es satt bekomme, führst du mir dann das andere vor? Sagst du ihm vor allen Leuten ins Gesicht, dass du dich schämst, weil er dein Vater ist?«

Sie zögerte noch immer. Er befreite sich aus ihrem klammernden Griff und schob sie von sich weg. »Dein Vater, der deine Mutter mit einer schamlosen Kokotte betrügt und sich den Teufel darum schert, wie es dir geht – und dem willst du nicht ins Gesicht sagen, was du von ihm hältst? Erzählst du mir jetzt etwa, dass du einen solchen Mann liebst?«
Josefa hob den Kopf. »Ich sage ihm ins Gesicht, was immer du verlangst«, presste sie zwischen bebenden Lippen heraus. »Ich liebe dich, nicht ihn. Und er ist nicht mein Vater.«

23

Drei Frauen – ihre Mutter, Xochitl und Carmen – nähten, stickten und webten an Anaveras Hochzeitsausstattung. Es war Tradition, dass die älteren Frauen des Haushalts diese Arbeiten verrichteten und dass die jüngeren sich dazugesellten, mit dem Garnhalten und dem Einfädeln halfen und sich Lektionen über das Leben als Ehefrau anhörten. Tatsächlich kam Donata eigens dafür aus der Stadt. Soledad, ein Mädchen, um das Enrique anhalten wollte, fand sich ein, und Angela, eine Waise, die die Familie aufgezogen hatte, reiste aus Orizaba an. Elena setzte sich in den Kreis, um ihre Mutter friedlich zu stimmen, entfloh aber, sobald sich eine Gelegenheit ergab. Abelinda blieb ganz fern. Und Anavera, um die sich all der Trubel drehte, entschuldigte sich ständig: Sie müsse Briefe an ihren Verlobten schreiben, erklärte sie, und die anderen lachten und ließen sie gehen.

»Geliebter Tomás« – dreimal hatte Anavera den Brief angefangen, und dreimal hatte sie ihn in ihrer Faust zerknüllt und war aufgesprungen, weil es anderes zu tun gab. Einmal hatte sie Elena beruhigt, die unter dem Fenster nach ihr pfiff. Das zweite Mal war sie hinüber in Miguels Anbau gelaufen und hatte Abelinda, die teilnahmslos auf ihrem Bett lag, in die Arme gezogen. »Bitte komm doch zu uns zurück«, hatte sie zu ihr gesagt. »Du fehlst uns. Wir haben dich alle so lieb, du bist ein Teil von unserer Familie. Es ist, als ob du uns immerfort wegstößt, wenn du sagst, du wärst für niemanden mehr etwas wert. Und was ist mit Miguel? Mit deinem Miguel, der noch immer gefangen ist und der eure Kinder genauso verloren hat wie du – soll er denn auch noch dich verlieren?«

Das dritte Mal war sie nur hinaus auf die Koppel zu Aztatl gegangen, um ihm einen der süßen Winteräpfel zwischen die samtigen Lippen zu schieben. »Es ist so schwer«, raunte sie ihm in sein gespitztes Ohr. »Verstehst wenigstens du mich? Die anderen geben sich alle Mühe der Welt, um mich glücklich zu machen. Sie hätten wenigstens verdient, dass ich glücklich bin. Aber wie kann ich denn glücklich sein, wenn die anderen es so ganz und gar nicht sind und auch keinen Grund dazu haben?«

Abelinda weinte um ihre Kinder, und ihr Mann, der Einzige, der ihren Schmerz hätte teilen können, durfte nicht bei ihr sein.

Carmen weinte um ihre Enkel und musste doch eine tapfere Miene aufsetzen, um ihrer Schwiegertochter ein wenig Halt zu geben. Vor allem aber durfte sie niemandem zeigen, welche Angst sie um ihren Sohn ausstand.

Elena weinte auch, obgleich sie sich Mühe gab, die Unerschütterliche zu spielen. Da Acalan aufgrund der Lage immer mutloser wurde, hatte sie sich ein Herz gefasst und selbst bei ihrem Vater vorgetastet. Ihr Vater, dessen verwöhntes jüngstes Kind sie war, hatte sie angeschrien. Er werde seiner Tochter im Leben nicht erlauben, einen Mann zu heiraten, der ihr keine Sicherheit bieten könne, und Sicherheit gebe es nicht mehr für die Bauern in Querétaro, seit Felipe Sanchez Torrija unter ihnen wüte. Erwische er sie noch einmal in Acalans Nähe, so bestrafe er sie mit Schlägen und sperre sie in ihr Zimmer ein. Für Elena war es nun noch schwieriger geworden, ihren Liebsten zu treffen, und ihre Zukunft sah finster aus.

Acalan aber hatte es nicht leichter. Im Stillen warf Elena ihm vor, dass ihm der Mumm fehlte, an ihrer Situation etwas zu ändern. Und warfen ihm sein Vater und seine Vettern nicht dasselbe vor? Teiuc hatte die Schmach einer Auspeitschung erlitten, aber immerhin hatte er sich gegen Sanchez Torrija zur Wehr gesetzt, der jüngere Ollin war kaum im Zaum zu halten, Acalan hingegen zog den Kopf ein und duldete schweigend vor sich hin.

Noch weniger nach Glück zumute war Anavera, wenn sie an ihre Mutter dachte. Sie saß mit den anderen in der Wohnküche und tat so, als würde sie sich auf die Hochzeit freuen, doch in Wahrheit fraßen ihre Sorgen sie auf. Sie war in diesen Wochen, in denen sie verzweifelt darum kämpfte, ihre Heimat vor Sanchez Torrija zu schützen, um Jahre gealtert, und ihre Augen hatten ihren Glanz verloren. Das Elend der Vertriebenen, das sie täglich erlebte, die Angst vor der Zukunft und der Zorn auf den Kommandanten raubten ihr die Kraft. Dass der Vater ihr kaum je schrieb, machte nichts besser. Anavera hatte sich ihrem Vater im Denken immer verwandt gefühlt, aber jetzt verstand sie ihn nicht. Warum ließ er die Mutter so alleine? Selbst wenn er Tag und Nacht beschäftigt war, eine einzige Zeile voller Liebe, wie Tomás sie ihr ständig sandte, hätte der Mutter neuen Mut verliehen.

»Dein Vater lässt keinen von uns an sich heran«, hatte Tomás ihr geschrieben. »Meine Mutter sagt, er schämt sich, weil er

sich nicht nur an der Lage von Miguel, sondern nun auch noch an der Sache mit Josefa die Schuld gibt.«
Und das war das Schlimmste. Die Sache mit Josefa. Ihre Schwester hatte der gesamten Familie – ihrem Vater, Felice und sogar Felix, Tomás und Martina – erklärt, sie wolle mit ihnen nichts mehr zu tun haben. Versuche, sie abzufangen und mit ihr zu sprechen, vereitelte sie, Briefe blieben ohne Antwort, und Geschenke schickte sie ungeöffnet zurück. Ihre Wohnung hatte sie verlassen und war mit einem Mann in dessen Haus gezogen. Über den Skandal zerriss die Stadt sich die Mäuler, aber das war bei weitem nicht der Gipfel. Der Gipfel war der Mann. Nicht irgendeiner, sondern Jaime Sanchez Torrija.
Die Mutter war außer sich. Jedes Gespräch darüber lehnte sie jedoch ab. »Du bist unentwegt damit beschäftigt, dir über einen von uns den Kopf zu zerbrechen«, sagte sie zu Anavera. »Dabei bleibt dir überhaupt kein Raum mehr, um jung zu sein, und das will ich nicht. Felipe Sanchez Torrija ist unser Problem, nicht deines, und obgleich ich weiß, wie sehr es dich quält, auch Josefa ist unser Problem. Ich lasse nicht zu, dass dir jetzt auch noch deine Hochzeit verdorben wird. Einerlei, was als Nächstes geschieht, dieses eine Mal werden wir nur an dich denken, Liebes, an dich und deinen Tomás.«
Anavera hatte versucht, stattdessen mit ihrem Bruder zu sprechen, der in seiner Dachkammer neben dem Teleskop über verstreuten Zeitschriften lag. Wie immer war es nicht einfach, Vicente aus der Welt, in die er gerade abgetaucht war, aufzuscheuchen. »Hast du davon gehört?«, fragte er begeistert und hielt eine der Zeitschriften in die Höhe. »In Yucatán haben irgendwelche Geistlichen zum Vergnügen angefangen, riesenhafte Ruinen aus dem Urwald freizuschälen, und jetzt kommen in Scharen Archäologen aus Europa, um an diesen Stät-

ten weiterzugraben und die Hochkultur ihrer einstigen Bewohner zu erforschen.«

»Was für Ruinen, Vicente?«

»Tempel und Paläste der Maya!«, rief ihr Bruder. »Sieh dir das an – das ist Chichén Itzá, eine versunkene Wunderstadt mitten im Dschungel. Sie steckt voller Geheimnisse und astronomischer Rätsel, die erst noch gelöst werden müssen. Der Mann, der diese Zeichnungen anfertigt, ist ein Österreicher, Teobald Maler. Auf Monate hat er dort im Urwald seine Zelte aufgeschlagen, um sich ganz der Erforschung dieser Stätten zu widmen.« Er schob Anavera das Heft hin, das bei der Zeichnung einer vollkommen ebenmäßigen, in Stufen erbauten Pyramide aufgeschlagen war. »Ist das nicht erstaunlich? Für die Weißen hier steht seit Urzeiten fest, dass Indios tumbe, stumpfsinnige Hohlköpfe sind, die den Affen näher als den Menschen stehen und von kulturlosen Wilden abstammen – und jetzt reisen europäische Wissenschaftler über das Weltmeer, um die Kultur der sogenannten Wilden zu untersuchen.«

»Woher hast du denn diese Hefte?«, fragte Anavera und betrachtete die Zeichnung. Das Magazin war von der astronomischen Gesellschaft in Mexiko-Stadt herausgegeben worden.

»Vater hat sie mir geschickt«, antwortete Vicente. »Er dachte, sie würden mich interessieren, weil in diesen Bauten eben astronomische Rätsel verborgen sind. So besteht die Pyramide aus vier Seiten mit je einundneunzig Stufen, zusammen dreihundertvierundsechzig. Rechnet man die Plattform dazu, erhält man exakt die Zahl der Tage, die die Erde für einen Umlauf der Sonne braucht. Man vermutet, dass die Maya in Yucatán den Himmel beobachtet und studiert haben, wie wir es erst heute tun. Sie sollen regelrechte Observatorien erbaut

haben. Funde deuten darauf hin, dass sie aus dem Lauf der Sonne, des Mondes und der Planeten einen Kalender entwickelt haben, der präziser und weitreichender als der unsere ist.«
Vicentes Leidenschaft für astronomische Forschungen war ansteckend, aber heute hatte Anavera dafür keinen Sinn. »Der Vater findet Zeit, um für dich einen Stapel astronomischer Magazine zu besorgen, aber der Mutter kann er keine fünf liebevollen Zeilen schreiben?«, fragte sie.
Verständnislos sah Vicente sie an und zuckte schließlich mit den Schultern. Als eindeutig männliches Wesen vermochte er offenbar nicht zu erkennen, worin zwischen beidem der Zusammenhang bestand.
Anavera ließ es auf sich beruhen und bemühte sich, ihm ihr Problem zu schildern. »Kannst du mir sagen, wie ich hier vergnügt herumspringen und Hochzeit halten soll?«, fragte sie. »Um mich herum findet sich kaum noch einer, der sich nicht vor dem nächsten Morgen fürchtet, Felipe Sanchez Torrija zerstört das Leben meiner Freunde, meine Schwester hat sich ausgerechnet in dessen Sohn verliebt, und meine Mutter weiß vor Sorgen weder ein noch aus. Und um all das soll ich mich nicht kümmern und mich auf meine Hochzeit freuen?«
Vicente wischte die Zeitschriften beiseite und klopfte einladend auf die Dielen neben sich. Dankbar setzte Anavera sich zu ihm. »Ich kann dir nur sagen, was ich tun würde«, erklärte er.
»Sag's mir.«
»Wenn es meine Hochzeit mit Chantico wäre, würde mich gewiss nichts und niemand auf der Welt davon abbringen, mich darauf zu freuen.«
Chantico, Vicentes Liebste, war die Tochter einer Bauernfamilie, die ebenfalls von der Vertreibung bedroht war. Noch

waren Sanchez Torrijas Rurales nicht bis auf ihre hochgelegene Milpa vorgedrungen, doch früher oder später würde man auch sie wie Ungeziefer aus ihrem Zuhause jagen. Das Mädchen war die beste Schülerin ihrer Mutter gewesen und hatte ein Stipendium für die Konventschule in Santiago de Querétaro bekommen, so dass ihr für die Zukunft immerhin Hoffnung blieb.

»Und wenn Chantico sich nicht freuen würde«, fragte Anavera lauernd, »weil ihr Vater vor ihren Augen entwürdigt wird und ihre Mutter nicht weiß, wie sie die kleinen Geschwister füttern soll? Oder noch weiter gefragt: Was wäre, wenn Vater dir verbieten würde, Chantico zu heiraten, so wie Onkel Xavier bei Elena und Acalan?«

Wie zuvor sah Vicente sie an, als bliebe ihm der Zusammenhang verborgen. »Was soll denn das dumme Gerede?«, fragte er. »Vater würde mir nie im Leben verbieten, das Mädchen, das ich liebe, zu einer ehrbaren Frau zu machen. Er selbst hat nichts anderes getan, oder?«

Er hatte recht. Und Anavera fiel siedend heiß etwas ein. »Das gilt dann allerdings auch für den Sohn von Felipe Sanchez Torrija«, murmelte sie. »Vater wird Josefa nicht verbieten, ihn zu heiraten.«

»Das ist etwas anderes!« Mit einem Schlag verschwand der träumerische, noch kindliche Zug aus Vicentes Gesicht. »Nie im Leben dürfte ein Mann der Familie Josefa erlauben, diesen Mann zu heiraten. Er hat sie in einen Skandal gezogen, und einer von uns wird ihn dafür zum Duell fordern müssen.«

»Zum Duell? Hast du den Verstand verloren?«

»Davon verstehst du nichts«, verwies sie ihr kleiner Bruder. »Aber darum musst du dich nicht sorgen. Um diese Angelegenheit kümmern sich die Männer. Der Vater, ich oder Tomás, der jetzt ja auch zur Familie gehört.«

»Tomás fordert niemanden dazu heraus, sich gegenseitig totzuschießen!«, rief Anavera. »Außerdem ist er Maler und kann überhaupt nicht mit Schusswaffen umgehen – genauso wenig wie du.«
Vicentes Miene verschloss sich. »Halt dich da heraus, Anavera. Solche Dinge gehen Männer an, nicht Frauen. Vater ist Gouverneur von Querétaro – soll er sich gefallen lassen, dass man seine Tochter behandelt, wie die Weißen Nahua-Mädchen seit Jahrhunderten behandelt haben?«
»Nahua-Mädchen wie Chantico?«, höhnte Anavera. »Sind Mädchen wie Chantico also weniger wert als Gouverneurstöchter wie Josefa und ich? Ich kann nicht glauben, dass du so sprichst, Vicente.«
»Und du weißt, dass ich es so nicht gemeint habe«, versetzte er. »Natürlich würde ich für Chantico dasselbe tun. Wir alle, unser ganzes Volk, muss darum kämpfen, dass unser Stolz und die Ehre unserer Frauen nicht länger ungestraft verletzt werden.«
»Stolz«, sprach Anavera vor sich hin. »Ehre. Vermutlich hast du recht und Männer verstehen von diesen Dingen wirklich mehr als wir. Aber was ist mit Liebe, Vicente? Verstehen davon nicht Frauen das meiste? Tomás sagt, dieser Sohn von Sanchez Torrija ist der Teufel und schlimmer als sein Vater – aber wenn er Josefa liebt, kann er eigentlich kein Teufel sein, oder? Und wenn Josefa ihn liebt, hat sie dann nicht dasselbe Recht darauf, ihn zu heiraten, wie ich Tomás und du deine Chantico?«
»Ich verbiete dir, noch einmal einen solchen Vergleich anzustellen«, fuhr Vicente sie an. »Damit beleidigst du Chantico, Tomás und auch dich und mich.«
Sein Versuch, sich in seiner achtzehn Jahre alten Männlichkeit vor ihr aufzuplustern, hatte etwas Rührendes. Aber das Gespräch mit ihm brachte sie nicht weiter.

»Jetzt vergiss das alles und freu dich auf deine Hochzeit«, sagte er versöhnlich. »Tomás ist ein Prachtkerl, und ich bin mächtig froh, ihn zum Schwager zu bekommen.«
»Und wenn Josefa gar nicht zu meiner Hochzeit kommt?«, fragte Anavera.
»Sie kommt«, versuchte Vicente sie zu beruhigen. »Wenn nicht freiwillig, dann muss Vater sie eben zwingen.«
»Und wie soll er das machen? Sie an den Haaren in den Zug schleifen?«
»Zuerst einmal sollte er ihr eine Tracht Prügel verabreichen«, grollte Vicente. »Wenn du mich fragst, hätte er das bei Josefa längst tun sollen, dann hätte sie uns vielleicht nicht alle in diese Lage gebracht.«
»Und das findest du gerecht?«, entgegnete Anavera nachdenklich. »Wenn Vater dir verbieten würde, Chantico zu heiraten, könntest du einfach warten, bis du volljährig bist und es dann trotzdem tun. Josefa ist volljährig. Aber den Mann, den sie will, darf sie trotzdem nicht heiraten. Stattdessen bekommt sie eine Tracht Prügel – zwei Dutzend mit dem Stock, was hältst du davon? Das zumindest hat Onkel Xavier Elena angedroht, wenn sie ihren Liebsten noch einmal in die Arme nimmt. Josefa aber bekommt noch etwas obendrauf: Hat sie die Schläge hinter sich, dann schießen ihr Liebster und ihr Vater sich gegenseitig tot.«
»Anavera, ich habe dir doch verboten …«
»Vielleicht solltest du Vater raten, mir auch eine Tracht Prügel zu verabreichen«, fiel sie ihm ins Wort. »Schließlich dürft ihr Männer euch ja nicht gefallen lassen, dass eure Frauen den Aufstand proben und von euch Helden gar nicht verteidigt werden wollen.« Blind vor Zorn stand sie auf und stürmte aus der Kammer. Gleich darauf tat es ihr leid. Vicente war in vieler Hinsicht noch ein Kind, das um jeden Preis ein Mann sein

wollte. Sie hätte ihn so nicht abfertigen dürfen. Aber das, was zwischen ihnen gesagt worden war, hatte sie zutiefst verwirrt, und am meisten das, was sie selbst gesagt hatte.
Wie konnte sie fordern, ihre Schwester müsse die Erlaubnis erhalten, den teuflischen Sohn von Sanchez Torrija zu heiraten? Natürlich durfte sie ihn nie im Leben heiraten – und wie konnte Josefa überhaupt einen solchen Menschen lieben? Auf einmal vermisste sie die Schwester mit so viel wilder Heftigkeit, dass ihr das Herz weh tat. Warum bist du nicht hier, Josefa, wollte sie sie anschreien. Warum beantwortest du uns all die verdammten Fragen nicht selbst?
Sie waren so verschieden, wie Schwestern nur sein konnten, sie hatten sich gezankt, gebalgt und an den Haaren gezogen. Aber sie hatten auch von klein auf ein Zimmer geteilt, nächtelang geschwatzt und gealbert und ihre tiefsten Geheimnisse ausgetauscht. Als kleines Mädchen hatte Anavera allabendlich zugesehen, wie Josefa sich die goldblonden Haare ausbürstete, und war vor Stolz fast geplatzt, weil dieses elfenhaft schöne Geschöpf ihre Schwester war. Keine der anderen, nicht einmal Elena, stand ihr so nah wie Josefa. Jäh wurde Anavera bewusst, dass ihr die ganze Zeit, seit die Schwester sie mit Schweigen strafte, zumute gewesen war, als ob ein Teil von ihr fehlen würde. Dass Josefa einen zutiefst bösartigen Menschen, einen Feind ihrer Familie, liebte, war erschreckend. Aber noch erschreckender war, dass sie überhaupt jemanden liebte und Anavera nichts davon erzählt hatte.
Vicente hat recht, Josefa, dachte sie. Du solltest wirklich Prügel bekommen, denn es ist einfach schäbig, die Menschen, die dich lieben, anzuschweigen, weil sie einen Fehler gemacht haben. Mir tut leid, was ich damals angerichtet habe, als ich meine dumme Verlobung ausgerechnet an deinem Geburtstag feiern musste. Aber gibst du mir Gelegenheit, dich dafür um

Verzeihung zu bitten? Machst du mir wenigstens Vorwürfe, auf die ich antworten und mich erklären könnte? Nichts von allem. Stattdessen schweigst du, was höchst bequem für dich ist, aber ich erlaube es dir nicht länger. Wenn du zu meiner Hochzeit nicht kommen magst, kann ich das verstehen, aber ich will es von dir erfahren, von niemandem sonst. Und wenn du dich in einen Mann verliebst, und sei er der gehörnte Bocksfuß in Person, dann will ich es auch von dir erfahren. Von dir allein.

Sie schob den Briefbogen, auf dem noch immer nichts als »Geliebter Tomás« stand, beiseite. Was sie zu tun hatte, wusste sie jetzt: Nicht mit der Mutter, nicht mit Vicente, sondern allein mit Tomás konnte sie über das, was sie bedrückte, sprechen. Aber zuvor würde sie alles, was sie bis eben nur gedacht hatte, an Josefa schreiben. »Ich bin Deine Schwester«, schrieb sie, »und wie Du weißt, bin ich nicht so leicht zu erschrecken. Wenn Du meine Hilfe brauchst, werde ich zu Dir halten, auch gegen die Männer, die sich aufblasen und mit Duellpistolen fuchteln. Aber Du musst mit mir sprechen. Bald acht Monate habe ich nicht mehr gehört, wie Du mich eine trottelige Pomeranze geschimpft hast. Es fehlt mir, Jo!«

Erst als der Brief in seinem Umschlag steckte, nahm sie sich den an Tomás wieder vor, und auf einmal konnte sie ihn ohne Unterbrechung fertigstellen.

»Geliebter Tomás. Als Erstes muss ich Dir schreiben, dass ich Dich liebe, weil Du ein so feiner und sanfter Mann bist. Weil Du nicht auf die Idee kämst, Familien ihr Zuhause wegzunehmen, Arbeiter mit der Peitsche zu schlagen, Gegner totzuschießen, ungehorsamen Mädchen Prügel anzudrohen oder sie an den Haaren auf Hochzeiten zu schleifen. Ich liebe Dich, weil Du Deinen

Mut nicht beweisen musst, indem Du unser Leben aufs Spiel setzt, weil vor Dir niemand Angst hat und weil ich Dir alles sagen kann, was in mir vorgeht.
Und eben deshalb muss ich Dir jetzt dieses hier sagen, mein Tomás: Ich will, dass wir die Hochzeit verschieben. Ich weiß, wie sehr es Dich enttäuschen wird, und mich enttäuscht es auch, aber auf meiner Hochzeit mit Dir will ich tanzen und glücklich sein und an gar nichts denken als an Dich und mich.
Das kann ich jetzt nicht. Deshalb will ich, dass wir warten – bis Miguel wieder bei seiner Frau ist, bis mein Vater zurückkommen kann, bis sich irgendwie die Sache mit Josefa regelt und bis uns etwas einfällt, um dieses Tal, in dem die alten Götter träumen, von Felipe Sanchez Torrija zu befreien. Von einem anderen würde ich ein solches Opfer nicht verlangen. Aber von Dir tue ich es, weil ich weiß, dass Du mich verstehst. Ich liebe Dich, ich vermisse Dich, und ich bin stolz darauf, die Verlobte eines so feinen Mannes zu sein. Dein Armadillo.«

Ein Brief in die Hauptstadt benötigte für gewöhnlich drei Tage, und da Tomás sie nicht warten lassen würde, durfte sie in sechs Tagen mit seiner Antwort rechnen. Josefa würde sie etwas länger Zeit lassen, doch wenn sie in drei Wochen noch keinen Brief von ihr hatte, würde sie sich etwas Neues überlegen. Am Morgen des sechsten Tages kam der Briefbote, aber er brachte ihr keine Antwort von Tomás. Stattdessen stand am Abend Tomás in Fleisch und Blut vor der Tür. Sein Atem ging so schnell, als wäre er nicht Eisenbahn gefahren, sondern gerannt, seine Augen glänzten, und ohne ein Wort der Begrüßung schloss er sie in die Arme. Von seiner Schläfe bis hinunter auf den Kiefer zog sich die Narbe des Peitschenhiebs.

»Das eine sage ich dir«, raunte er mit erstickter Stimme an ihrem Ohr, »ich werde drei Tage lang alles tun, um dich zu überreden, mich wie geplant zu Ostern zu heiraten. Wenn du dann immer noch darauf beharrst, werden wir in Gottes Namen die Hochzeit verschieben, und ich werde dir bestimmt keine Prügel androhen und dich noch weniger an den Haaren schleifen. Dass ich allerdings nicht hingehe und den verfluchten Sanchez Torrija erwürge, das verspreche ich dir nicht.«

24

Das Haus in der Callejón de la Condesa war Benitos Lieblingshaus in ganz Mexiko-Stadt. Es hatte nichts Protziges, nichts Überladenes, und es gab nicht vor, etwas zu sein, was es nicht war. Zwischen den übrigen Häusern, die sich gegenseitig an Größe und Zierrat zu übertrumpfen suchten, stand es gelassen an seiner Straßenecke und war nichts als schön. Es besaß nur zwei Stockwerke und hieß Casa de los Azulejos, Haus der Kacheln, denn seine gesamte Fassade war mit blau-weißen Kacheln aus Puebla bedeckt. Manchmal wünschte sich Benito, Mexikos Schönheit könnte etwas mehr von diesem Haus besitzen – mehr still lächelnde Zufriedenheit mit sich selbst. An diesem Abend aber wünschte er sich nur, er müsse sein zerstörerisches Anliegen nicht in den Frieden dieses Hauses tragen.
Der Hausdiener bat ihn in die Sala, aber Benito gab ihm seine Karte und erklärte, er wolle lieber draußen warten. Der Diener verschwand, und Benito vernahm sein Herz. Er verachtete sich. In der Wohnung in Guerrero, die er gemietet hatte, hatte Dolores ihm die Hände auf die Schultern gelegt und gesagt: »Dass du das auf dich nimmst, ist zu viel, um auch nur

danke zu sagen. Das ist das einzig Beruhigende in diesem Wahn – dass ich tatsächlich einem Mann begegnet bin, der Mut besitzt.«
Würdest du jetzt erleben, wie der Mann, der angeblich Mut besitzt, sich fast die Hosen nass macht, würde dich nichts mehr beruhigen, dachte er.
Von drinnen ertönte ein Poltern, dann wurde die angelehnte Tür erneut aufgezogen, und Teofilo de Vivero stand vor ihm. Benito hatte erwartet, zunächst den Hausdiener wiederzusehen, und musste sich zwingen, keinen Schritt zurückzuweichen. Der Conde war grau im Gesicht, als wäre er todkrank. Ich bin der Letzte auf der Welt, dem du das glaubst, dachte Benito, aber wenn ein Mann weiß, wie es in dir aussieht, dann ich, denn in mir sieht es nicht anders aus.
»Meine Tochter ist verschwunden«, stieß der Conde heraus.
»Es geht ihr gut«, sagte Benito. Das war das Wichtigste. Die Last, die dem Conde von der Seele fiel, war beinahe spürbar. Mit der Erleichterung kam der Zorn. »Wo ist sie?«, schrie der Conde, packte Benito bei den Armen und begann ihn mit der Wucht seiner Verzweiflung zu schütteln. »Wo ist meine Dolores, will ich wissen, wo ist mein Kind?«
Einst hatte Benito sich geschworen, sich im Leben nie wieder gegen seinen Willen antasten, sich von keinem Menschen mehr schlagen, beuteln, stoßen oder treten zu lassen. Jahre hatte er darauf verwandt, sich im Ringen und im Faustkampf zu üben, fechten und schießen zu lernen, um keine Misshandlung mehr einzustecken, ohne sich zu wehren. Jetzt hing er widerstandslos in den Händen des Conde, ließ sich von ihm schütteln, dass er Mühe hatte, den Kopf stillzuhalten, und nahm mehrere Faustschläge gegen Brust und Schultern hin, ehe dem anderen die Kräfte erlahmten und er die Hände sinken ließ.

»Dolores ist in einer Wohnung in Guerrero«, sagte er.
»In einem Slum?«
»Guerrero ist kein Slum, sondern ein Handwerkerviertel. Es ist trocken dort, die Wohnung ist sauber, und Dolores hat sie sich selbst ausgesucht. Sie braucht eine Zeitlang Ruhe, Don Teofilo. Sie möchte, dass wir beide das Gerücht streuen, sie sei zu meiner Familie nach Querétaro gefahren, um sich dort zu erholen.«
»Zu Ihrer Familie«, wiederholte der Conde, ohne den Sinn der drei Wörter zu erfassen. Dann schrie er wiederum los: »Sind Sie jetzt völlig verrückt geworden? Was erzählen Sie mir hier eigentlich?«
»Ich möchte Sie nicht bitten, mich in Ihr Haus zu lassen«, sagte Benito. »Könnten wir dennoch irgendwo hingehen, wo uns nicht jeder auf der Straße hört?«
»Wohin denn vielleicht? In den Stall?«
»Ich wäre Ihnen dankbar.«
Durch die weite, von zwei Galerien umrundete Sala des Hauses gingen sie in den blühenden Hof und von dort in den Stall, in dem die Kutschpferde des Conde standen. Der Geruch nach Heu und die dampfende Wärme von Pferdeleibern hatten Benito sein Leben lang beruhigt. Er war auch in dem Pferdestall, in dem er als Sechsjähriger zu arbeiten begonnen hatte, gedemütigt und mit dem Steigbügelriemen verprügelt worden, aber er hatte sich dabei nie von aller Welt verlassen gefühlt. Am liebsten hätte er sich auf einen der geschnürten Strohballen gesetzt, wie er es Hunderte von Malen mit Katharina getan hatte. Stattdessen blieben sie stehen.
»Sprechen Sie«, forderte der Conde ihn auf. »Hören Sie endlich auf, mich mit Ihrem Schweigen zu foltern.«
Wie konnte man aufhören einen Mann zu foltern, wenn man ihm stattdessen einen Todesstoß versetzen musste? »Ihre

Tochter bekommt ein Kind«, sagte Benito. Er senkte den Blick und starrte auf die verstreuten Halme am Boden, um nicht noch dabei zuzusehen, wie dem anderen seine schöne blau-weiß gekachelte Welt zerbrach.
»Meine Dolores«, stammelte der Conde stimmlos. »Meine Dolorita, lindissima chica, mein winziges Liebchen – bekommt von Ihnen ein Kind?«
Benito schluckte. Seine Kehle war trocken wie Sandpapier. »Ja«, sagte er. Noch immer starrte er auf den Boden und wünschte, er hätte sich auch die Ohren zuhalten dürfen. Er hatte kein Recht, das Luftschnappen, Stöhnen und endlich das trockene Aufschluchzen anzuhören, mit dem der andere um den letzten Rest seiner Haltung kämpfte.
»Sieh mich an«, schrie der Conde endlich. Von Achtung und Ehrerbietung war keine Spur mehr übrig. »Du verdammter geiler Indio-Köter, sieh mich wenigstens an.«
Benito hob den Kopf. Der Conde holte weit hinter sich aus, legte sein Gewicht in den Arm und schlug ihm über die Wange. Für Augenblicke sah Benito nichts als Funken und Schwärze, und Schmerz und Schwindel übermannten ihn. Mit äußerster Beherrschung zwang er sich zu Sinnen zu kommen und so lange geradeaus zu starren, bis er wieder halbwegs klar sehen konnte. Als er Blut schmeckte, wischte er es sich von den Lippen. Dann schüttelte er den Kopf und sagte: »Nein.«
»Was soll das heißen, nein?«, schrie der Conde.
»Ich nehme Ihre Forderung nicht an«, erwiderte Benito.
»Das ist nicht dein Ernst, du Dreck!« Der Conde holte von neuem aus. »Nicht einmal Verbrecherbrut ohne Erziehung kann so ehrlos sein.«
Benito hob die Hände. »Einen Augenblick. Wenn es Ihnen hilft, dann schlagen Sie mich. Ich kann Ihnen nicht versprechen, dass ich es mir lange gefallen lasse, doch eine Weile ver-

suche ich mein Bestes. Ihre Forderung aber nehme ich trotzdem nicht an, Señor Conde.« Er griff in seinen Bund und förderte die Perkussionspistole zutage, die er seit dem ersten Krieg besaß und seit dem Ende des zweiten nicht mehr benötigt hatte. Auf der flachen Hand hielt er sie dem anderen hin. »Was immer Sie tun, Sie werden mich nicht dazu bringen, auf Sie zu schießen. Wenn Sie selbst hingegen bereit sind, eine Waffe auf einen wehrlosen Mann abzufeuern, brauchen wir dazu auf keinen Campo de Honor zu gehen. Sie können es hier und jetzt tun.«
»Und mich zum Mörder machen?« Der Conde nahm die Pistole und betrachtete sie.
»Da Sie meine Waffe benutzen, wird es aussehen, als hätten Sie sich Ihrer Haut gewehrt. Außerdem wird jeder Verständnis dafür zeigen, dass Sie den Indio-Köter, der Ihre Tochter geschändet hat, über den Haufen geschossen haben. Es wird kein Aufhebens geben.«
Der Conde drehte die Pistole in den Händen. Dann brachte er sich und die Waffe in Stellung, und mit einem Klicklaut entsicherte er sie. Um nicht vor Angst den Verstand zu verlieren, versuchte Benito einen Herzschlag lang sich vorzustellen, er wäre an der Stelle des anderen und vor ihm stünde Jaime Sanchez Torrija. Ich würde nicht schießen, hallte es in seinem Kopf. Ich würde mit bloßen Fäusten auf ihn einschlagen, aber nicht auf einen Mann ohne Waffe schießen.
Der Conde ließ die Pistole sinken. »Warum?«, flüsterte er. »Warum?«
»Ich gebe Ihnen darauf keine Antwort. Es klingt alles nach Ausflucht und schal.«
»Was soll denn aus meiner Dolores werden?« Der Conde weinte. »Sie hatte doch alles, und was hat sie jetzt noch? Weniger als nichts.«

»Dolores ist so stark, wie sie klug ist«, sagte Benito. »Sie wird haben, was immer sie entscheidet, wenn das Kind erst geboren ist. Solange wir beide uns verhalten, als gäben wir nichts auf das Gerede und hätten keinen Grund zur Sorge, kann Gras darüber wachsen, und Dolores kehrt in die Gesellschaft zurück. Ihr Ruf wird nicht mehr fleckenlos sein, aber einer Frau von derart exquisiter Herkunft wird man verzeihen. Und eine Frau, die über so viel Schönheit, so viel Herz und eine so hohe Mitgift verfügt, wird dennoch heiraten können, wen sie will.«
»Und das Kind?«
»Ich könnte es zu meiner Familie nach Querétaro bringen und dort aufziehen. Es ist ein Haus voller Indio-Köter, aber es ist schön und gesund, und Kinder werden dort bis kurz vor dem Ersticken geliebt.«
»Ha.« Das Auflachen des Conde war gallebitter. »Vor allem Ihre Frau wird es lieben, nicht wahr? So wie jede Frau den Bastard ihres Mannes innig und mit der Hundepeitsche liebt.«
In den letzten Wochen hatte Benito zu beten begonnen, dass Katharina nicht die Geduld verlor und in der Hauptstadt auftauchte. Gegen den abartigen Wunsch, sie jetzt bei sich zu haben, war er trotzdem nicht gefeit. »Sie kennen meine Frau«, sagte er. »Sie schlägt höchstens Geschöpfe, die ihr körperlich überlegen sind, und wenn sie mich bestrafen will, braucht sie gewiss kein Kind als Sündenbock dazu. Sie dürfen mich beleidigen, Señor Conde, aufgrund der außergewöhnlichen Lage erlaube ich Ihnen sogar, meine Familie und mein Volk zu beleidigen, meine Frau aber werden Sie nicht noch einmal beleidigen, oder ich schlage zurück.«
Der Conde zwinkerte, rieb sich ein Auge und sah ihn wieder an. »Haben denn Sie nicht Ihre Frau am schlimmsten beleidigt?«, fragte er viel eher verstört als hasserfüllt. »Ihre Doña Catalina, die ihre Herkunft und ihre Familie geopfert hat, um

zu Ihnen zu halten. Was kann eine Frau mehr kränken als das, was Sie ihr zugefügt haben?«
»Nichts«, sagte Benito. »Aber dafür zieht mich meine Frau zur Rechenschaft, niemand sonst.«
»Und das Kind? Es wird einfach so auf Ihrem Besitz in Querétaro aufwachsen können?«
»Wenn Sie und Dolores das wollen, ja. Dafür bürge ich.«
»Und wenn ich es nicht will?«
»Dann gibt es andere Wege. Es ist Ihr Enkel. Sie könnten es hier in Ihrem Haus aufziehen, als das Kind einer verstorbenen Verwandten. Es ist ein halber Indio-Köter, ich weiß, aber Sie könnten behaupten, der geile Indio ohne Erziehung habe Ihrer Verwandten Gewalt angetan, und weder Mutter noch Kind könnten etwas dafür.«
»Wie selbstgerecht Sie sind.« Der Conde biss sich auf die Lippe. »Weil Ihr Volk von meinem misshandelt worden ist, denken Sie, Sie haben das Recht, meine Tochter zu misshandeln?«
»Nein«, entfuhr es Benito. »Ich denke, Ihrer Tochter ist himmelschreiendes Unrecht geschehen. Dennoch bitte ich Sie, mir zu glauben, dass der Täter selbst darüber entsetzt ist und dass er Dolores alles, aber nichts Böses wollte. Außerdem bitte ich Sie, wenn Sie ausholen, um mich zu bestrafen, nicht Dolores zu treffen.«
Der Conde kniff die Augen zu Schlitzen. »Ich hasse Sie so sehr«, sagte er. »Wissen Sie, was für große Stücke ich auf Sie gehalten habe? Ich habe Ihnen Ihre düstere Herkunft nie zugerechnet, sondern bewundert, was Sie daraus gemacht haben, und darin zu erkennen geglaubt, was aus diesem Land einmal werden kann. Mich hat nie ein Mensch, nicht einmal Porfirio Diaz, so tief enttäuscht wie Sie. In mir hämmert immerfort, mit jedem Pulsschlag, dieselbe Frage: Meine Tochter und ich, was haben wir Ihnen getan?«

»Nichts«, sagte Benito.
»Und um der Grausamkeit eine Krone aufzusetzen, machen Sie mir klar, dass ich Ihnen nichts anhaben kann, ohne Dolores noch mehr zu schaden. Ich muss schweigen und Sie mit heiler Haut davonkommen lassen, damit zumindest die Möglichkeit besteht, den schlimmsten Skandal abzuwenden.«
»Ja«, erwiderte Benito und schluckte an einem Laut, weil ihm die heile Haut, mit der er davonkam, so sehr brannte.
Der Conde weinte erneut. Dann riss er sich wie unter einem Hieb zusammen. »Ich werde Sie bestrafen«, sagte er. »Dort, wo es Ihnen weh tut und ohne meine Tochter zu treffen. Ich werde Ihrem Projekt meine Unterstützung entziehen. Ihr Volk in den Slums lasse ich kalten Herzens in seinem Dreckwasser ersaufen, und bei jedem Kind, das stirbt, werden Sie wissen: Ihr Schuldkonto ist es, auf das dieser Tod geht.«
»Ich habe befürchtet, dass Ihnen dieser Gedanke kommen würde«, sagte Benito und bohrte die Nägel in die Handflächen, um die Beherrschung zu bewahren. »Aber Sie sind ein feiner Mensch. Ich hoffe noch immer darauf, dass Ihr Anstand Ihnen verbieten wird, Kinder sterben zu lassen, um einem gewissenlosen Bastard seine Strafe zu erteilen.«
Jetzt war der Conde endgültig über seine Grenzen getrieben und musste sich an der Tür der Pferdebox festhalten, um nicht zu stürzen. »Macht Ihnen das Freude?«, stammelte er.
»Nein«, sagte Benito. »Aber dass Sie mir das nicht glauben, verstehe ich.«
»Eine höhere Macht bestraft Sie«, presste der Conde gegen den Wall der Tränen hinaus. »Ich werde Tag und Nacht darum beten, dass Jaime Sanchez Torrija Ihrer Tochter antut, was Sie der meinen angetan haben. Und dass dann Sie so völlig würdelos vor ihm kauern und betteln wie jetzt ich.«

»Sie kauern nicht«, rang Benito sich mit letzter Kraft ab, gab seinem Inneren einen Stoß und ging in die Knie. »Sie betteln nicht, und Sie sind kein bisschen würdelos. Meine Tochter will mit mir nichts mehr zu tun haben. Sie hat gesagt, sie schämt sich, die Tochter eines Mannes ohne Ehre zu sein. Ihre Tochter hat keinen Grund, sich für ihren Vater zu schämen. Sie liebt Sie und ist stolz auf Sie.«

Die Geste war fehl am Platz. Es war die Ergebenheitsgeste eines Mannes, der einen Gleichgestellten um die Hand seiner Tochter bittet, aber sie war alles, was er dem Conde geben konnte. In der Stille hörte er ihn heftig atmen. Irgendwann warf er die Pistole weg.

»Sie haben gesagt, wenn ich es kann, soll ich Sie um Verzeihung bitten«, sagte Benito. »Sie können mir unmöglich verzeihen. Aber ich bitte Sie trotzdem.«

Lange weinte der Conde schweigend. Benito schwieg auch, starrte blicklos den Boden an und wünschte, er hätte auch weinen dürfen. Als das Blut von neuem begann aus seiner aufgeplatzten Lippe zu sickern, wischte er es sich nicht noch einmal ab, sondern ließ es laufen.

Irgendwann sagte der Conde: »Ich wünschte, Sie hätten das nicht getan, Don Benito.«

»Ich auch, Don Teofilo.«

»Diese Stadt hat Sie verehrt. Ungeachtet Ihrer Hautfarbe und Ihrer Abkunft waren Sie für sie ein Held. Jetzt wird sie Sie ächten.«

»Ja«, sagte Benito, der geglaubt hatte, auf dieser Flanke gegen Schmerzen abgestumpft zu sein, und sich geirrt hatte. »Ich fürchte, der Rolle des Helden bin ich nie gerecht geworden. Als Geächteter habe ich wenigstens Übung.«

»Kann ich Dolores sehen?«

»Ich werde sie fragen. Ich bin sicher, sie wird sich freuen.«

25

Aus der Calle Tacuba, dem Haus neben Martinas Palais, zog Josefa aus, weil all die Leute, die immerfort an die Türen hämmerten, ihr und vor allem Jaime lästig fielen. Martina, Felix, Tomás, Felice, Onkel Stefan und wieder und wieder ihr Vater. Jaime mietete eine Wohnung in einer Seitenstraße des Paseo de la Reforma, näher an Chapultepec als an dem brodelnden Kessel um den Zócalo. Die Wohnung lag unter dem Dach und war so lichtdurchflutet, dass eine Dienerin schwarze Samtvorhänge für alle Fenster besorgen musste, ehe Jaime sie ertrug. Josefa selbst tat ihr Bestes, um ihm die Wohnung, den Hort ihrer Liebe, behaglich zu gestalten. Sie stellte duftende Wachskerzen in schwere bronzene Leuchter, damit die Gasbeleuchtung ausbleiben konnte, und bestürmte ihn, das Fortepiano seines Großvaters herzuholen. Als er es nicht tat, hob sie Geld von ihrem Konto ab und kaufte ihm ein neues.

Sie wollte das Beste, Schönste, Teuerste, denn nichts anderes war in ihren Augen gut genug für ihn. Tagelang ließ sie sich beraten, und kaufte endlich ein Tafelklavier von Henry Steinway, von dem der Händler ihr versicherte, es sei das Einzige in ganz Mexiko. Das Instrument war grazil und wohlgeformt wie eine Ballerina und hatte einen Klang, der Josefa an *La Traviata* erinnerte, an die überwältigende Süße von Liebe und Tod. Dass der Preis doppelt so hoch wie die abgehobene Summe war, befriedigte sie. Jaime gab ihr alles. Wenn sie ihm einen Bruchteil geben konnte, war es pure Seligkeit für sie.

Jaime sah das Instrument kaum an und legte nie die Hände darauf.

»Gefällt es dir nicht?«

»Es ist ein Steinway, oder?«, erwiderte Jaime. »Ich müsste ein Banause sein, damit mir ein Steinway nicht gefällt.«
»Aber du spielst nie darauf.«
Er wandte sich ihr zu und sah sie unter halb geschlossenen Lidern an. »Und was bringt dich auf die Idee, ich könnte auf einem Fortepiano spielen wollen?«
»Du hast es doch übers Meer gebracht«, rief Josefa. »Das Fortepiano von deinem Großvater, du hast es mit aufs Schiff genommen, um dich nicht davon zu trennen.«
»Um es keinem Banausen zu lassen«, erwiderte er, und seine Stimme wie sein Gesicht wurden kalt.
»Was für einem Banausen?«, fragte Josefa hilflos.
Jaime lächelte tückisch. »Meinem Vetter. Dem ist ohnehin die ganze Pracht in seinen fetten Schoß gefallen. Aber dass er dem albernen Klimperkasten nachgreinte, hat mir Vergnügen gemacht.«
Dass er ihr sündhaft teures Geschenk mit Missachtung strafte, mochte sie verletzen, aber das andere schnitt ihr ins Herz – der Ausdruck auf seinen Zügen, der Hass in seinen Augen, der eine Maske war, um den Schmerz zu verhüllen. An den Schmerz ließ er sie nicht heran. Sie streichelte ihm die Schultern, die sich unter ihren zärtlichen Händen wie zu Stein verhärteten. »Bitte erzähl es mir, Liebster.«
»Was?«
»Das von deinem Vetter. Das, was dir so weh tut.«
»Nichts. Mir tut niemand weh.«
Sie streichelte ihn weiter, bis er sie unwirsch abschüttelte.
»Ich liebe dich.«
»Das erzählst du mir von früh bis spät wie eine Betschwester über ihrem Rosenkranz. Soll ich über die Litanei noch in Jubel ausbrechen? Wofür hältst du mich? Für einen Bettelmönch?«

Dass es ihn so sehr danach verlangte, sie zu kränken, traf sie hart, aber in den Nächten, wenn sie ihn in den Armen hielt, war alles wieder heil. Sie würde es aushalten. Wir sind zwei Verletzte, dachte sie, wundgeschlagen, voller Angst, berührt zu werden. Er ist der Einzige, dem ich vertraue, und eines Tages wird meine Zärtlichkeit ihn lehren, auch mir zu vertrauen. Wenn er schlief, liebkoste sie ihn ohne Ende. Irgendwann, das war ihr inniger Wunsch, würde er sich ebenso entspannt und furchtlos von ihr liebkosen lassen, während er hellwach war und ihr mit zärtlichen Blicken zusah.

Dass ihre Schwester zu Ostern heiraten würde, war ihr bekannt. All den Schriftverkehr, der ihr deswegen aus ihrer Wohnung nachgesandt wurde – die gedruckte Einladungskarte, die Billetts von Martina, die Briefe ihrer Mutter –, warf sie ungeöffnet in den Papierkorb. Die Briefe ihres Vaters ließ sie ins Feuer gleiten und sah zu, wie sie sich erst wölbten, dann verkohlten und endlich zu Staub zerfielen. Zu Anaveras gottverfluchter Jubelfeier würde sie ohnehin nicht reisen.

Von Anavera selbst kam auch ein Brief. Den in den Papierkorb zu werfen brachte sie aus unerfindlichen Gründen nicht fertig. Verschlossen legte sie ihn in das Tagebuch, das sie als junge Mädchen gemeinsam geführt hatten, und schob es hinter andere Bücher auf ihr Bord.

Auch einen Brief von Onkel Stefan warf sie nicht sofort weg. Sie öffnete ihn sogar, vielleicht, weil sie Jaime seit drei Tagen nicht gesehen hatte und sich allein fühlte, vielleicht, weil etwas daran rührend war, dass der schüchterne Onkel Stefan ihr schrieb. Was in dem Brief stand, brachte ihr um ein Haar das Herz zum Stocken. Stefan bat sie, die Familie zu besuchen, es sei sehr dringend und gehe um Valentin Gruber. Wie sie vermutlich wisse, sei Valentin Gruber Offizier Maximilian von Habsburgs und Sohn einer Tiroler Baronentochter gewesen.

Aus seiner Familie seien noch Verwandte am Leben, und über diese müsse man unbedingt mit Josefa sprechen.
Wie erschlagen ließ Josefa den Brief sinken. Sie hatte von alledem nichts gewusst, denn ihre Eltern hatten ihr nie ein Wort davon erzählt. Einzig dass ihre Mutter ein Verhältnis mit einem Österreicher namens Valentin Gruber gehabt hatte, der bei Querétaro gefallen sei, hatte sie erfahren dürfen. »Er war ein bildschöner Mann«, hatte ihr Vater gesagt, »galant, bestens erzogen und voller Mut.« Daran erinnerte sie sich, obwohl sie höchstens sechs Jahre alt gewesen sein konnte. Ihre Mutter hatte ihr lediglich erzählt, dass sie Benito Alvarez von klein auf geliebt, verloren und schließlich wiedergefunden hatte, als der Krieg zu Ende war. Sie hätten geheiratet, und Josefa sei als ihr Kind zur Welt gekommen. Als ihr Kind würden sie sie beide für immer lieben, und daraufhin waren all die anderen Lügen gefolgt, von denen Josefa kein Wort mehr hören wollte. Wer Valentin Gruber gewesen war, war nie erörtert, sondern totgeschwiegen worden.
Was sollte sie jetzt tun? Stefans Brief beantworten? Von der Straße her hörte sie einen Wagen, sprang wie gestochen ans Fenster und sah, dass es Jaime war, der aus der Kabine stieg und dem Diener seinen Zylinder übergab. Drei Tage lang hatte sie sich nach ihm krankgesehnt, und jetzt stand er dort unten auf der Straße, und die Sonne zeichnete Lichter auf sein Ebenholzhaar. Kurzerhand riss sie Stefans Brief in zwei Teile und warf sie in den Papierkorb. Hatte sie nicht genug von Verwandten, von all dem Lügen und Heucheln? Brauchte sie das? Hatte sie nicht Jaime? Sie zog den Vorhang wieder vor und lief die Treppe hinunter, um sich ihrem Liebsten in die Arme zu werfen.
Wenig später, an einem warmen Abend, etwa drei Wochen vor Ostern, saß sie mit Jaime hinter den verdunkelten Fenstern beim Essen. Die Kerzen in den Leuchtern brannten, ver-

breiteten gelbes Licht und den Duft nach schmelzendem Wachs, der sich mit dem Bukett des Weins in ihren Gläsern mischte. Josefa hatte sich angewöhnt, viel zu trinken. Champagner am Vormittag, Absinth-Cocktails zu den grünen Stunden, zum Essen den schweren Wein, den Jaime aus Spanien kaufte, und hinterher zu Käse und Mandeln Amontillado. Wenn sie allein war, half Trinken, Dämonen zu vertreiben – so wie die Bauern in ihrer Heimat in den Wald hineinriefen, ehe sie ihn rodeten, um die Geister, die dort hausten, zu besänftigen. War sie mit Jaime zusammen, half ihr das Trinken, auf all die spritzigen, geistreichen Bemerkungen zu kommen, mit denen sie ihn unterhalten wollte, es half, Ängste zu zerstreuen und sich dem Strom ihrer Liebe hinzugeben. Über den Rand ihres Glases hinweg sah sie ihn an und war wie so oft von seinem Bild berauscht.

Dass er ein schöner Mann war, hätte selbst eine Blinde bemerkt. Ganz Mexiko-Stadt lag ihm zu Füßen und nannte ihn den schönen Andalusier. Josefa aber war sicher, dass das Schönste an ihm nur sie, die Liebende, bemerkte, weil es allen anderen verborgen blieb. Die schwere Ader, die an seiner Stirn heraustrat, wenn er sich wieder einmal übernahm oder etwas ihn wütend machte. Die Brauen über seinen Honigaugen, von denen er immer nur die rechte hob. Über dem linken Auge hing das Lid mit den langen Wimpern ein wenig tiefer, was die seltsame Wehmut noch verstärkte. Seine Lippen waren vollkommen geschwungen und hatten dennoch nichts mit der Fülle von Mädchenlippen gemein. Im linken Mundwinkel formte sich in den seltenen Augenblicken, in denen er ohne seine eiserne Beherrschung lächelte, eine Kerbe, und die, fand Josefa, war das Verborgenste, Schönste an ihm.

»Habe ich mich mit der Espagnole beschmiert, oder warum starrst du mich so an?«

Er beschmierte sich nie, weder mit der sämigen spanischen Sauce noch mit sonst etwas. Er hatte die geschliffensten Tischmanieren, die sie je erlebt hatte, und ihm gegenüber kamen ihre eigenen ihr plump und bäurisch vor. »Ich sehe dich an, weil du schön bist, Liebster. Du kannst unmöglich wissen, wie schön du bist.«
»Ich habe ja auch nicht den ganzen Tag Zeit, mich zu begaffen«, sagte er. »Aber wenn man dieses Gesäusel ohne Unterlass zu hören bekommt, kann man sich durchaus gelegentlich wünschen, hässlich wie ein indianischer Gnom zu sein.«
»Liebster, du könntest nie ...«
Heftiges Klopfen schnitt ihr das Kompliment, das sie ihm machen wollte, ab. Jaime und Josefa erwarteten, dass der Diener einen Gast hereinführen würde, doch niemand erschien. Das Klopfen, das immer noch lautstark durch die Stille hallte, kam nicht von der Tür der Wohnung, sondern vom Portal des Hauses. »Darf ich den Vorhang aufziehen und nachsehen?«, fragte Josefa.
»Herrgott, sieh schon nach. Dieser Geistesgestörte gibt ohnehin keine Ruhe und du auch nicht.«
Josefa schob den Vorhang um ein winziges Stück beiseite und sah im Licht der Straßenlaterne Martina, die wie von Sinnen an die Haustür hämmerte. Gerade als Josefa das Gesicht an die Scheibe hielt, bückte sie sich, hob eine der nussgroßen Früchte des Kirschmyrtenbaums auf und schleuderte sie mit bemerkenswerter Wurfkraft nach oben ans Fenster. Die Scheibe zerbrach nicht, doch Josefa sprang erschrocken zurück.
»Jetzt reicht es.«
Auf seiner Seite des Tisches zog Jaime das Fenster auf und beugte sich hinaus. »Sie machen, dass Sie verschwinden, oder ich lasse Sie von meinem Diener entfernen.«

Martina gab ihm nicht einmal Antwort. Sie hatte inzwischen Josefa, die sich wieder zum Fenster vorgewagt hatte, entdeckt und winkte ihr wild mit beiden Armen zu. »Guten Abend, Josefa! Kommst du kurz herunter? Ich würde gern mit dir sprechen.«
Josefa hörte Jaimes unterdrückten Fluch und rief zurück: »Bitte geh, Martina. Lasst mir meinen Frieden. Ich mische mich nicht in das, was mein Vater tut, und er soll sich gefälligst nicht in das mischen, was ich tue.«
»Ich komme nicht von deinem Vater«, rief Martina zurück. »Glaub mir, ich könnte ihn in der Luft zerreißen und jeden Fetzen einzeln windelweich prügeln. In jedem Fall spreche ich kein Wort mehr mit ihm, dessen kannst du sicher sein. Ich bin auch nicht hier, um dich zu überreden, zur Hochzeit zu kommen, denn die Hochzeit ist sowieso abgesagt. Ich komme als Freundin, Josefa. Seine Freunde lässt man nicht vor der Tür stehen und sich die Lungen aus dem Leib brüllen.«
Jaime warf sein Fenster zu, dass es klirrte, und verließ das Zimmer.
»Ich habe dich nicht um deinen Besuch gebeten«, schrie Josefa zornig, weil Martina ihr den Abend mit Jaime und die zärtliche Stimmung zerstört hatte. Dann aber hielt sie inne. Neugier siegte. »Weshalb ist die Hochzeit abgesagt? Und weshalb sprichst du nicht mehr mit meinem Vater?«
»Anavera will kein Freudenfest feiern, wenn in ihrer Familie niemand Grund zur Freude hat«, rief Martina. »Und das andere kannst du dir denken, oder? Dein Vater war dreißig Jahre lang mein engster Freund, wir haben im Krieg einander das Leben gerettet, und ich bin kein Moralapostel, aber deine Mutter ist meine Freundin, und wer meiner Freundin so etwas antut, der soll sich hüten, mir unter die Finger zu kommen.«

Ein Gefühl des Triumphes erfüllte Josefa. Die Hochzeit des braven Töchterchens war geplatzt, und ihrem Vater schwammen die Felle samt seiner ewigen Bewunderer davon. Das Glück aber währte nicht lange, dann fiel ihr Blick auf Jaimes leeren Stuhl. »Geh, Martina!«, rief sie noch einmal in die Tiefe. »Ich weiß nicht, wie du mich gefunden hast, und ich will es auch nicht wissen. Alles, was ich will, ist, mein Leben zu leben, ohne dass einer von euch es mir verpfuscht.«
»Habe ich dir das verboten? Josefa, hör mir zu, ich bitte dich. Deine Mutter war einmal in einer ähnlichen Lage wie du. Ich war wütend auf sie, weil ich fand, sie habe ihre Freunde verraten. Tödlich beleidigt, wie ich mich fühlte, habe ich ihr nicht gesagt, dass wir, ihre Freunde, ihr trotzdem helfen würden, wenn sie in Not geriete. Sie ist in Not geraten, sie hatte niemanden, an den sie sich wenden konnte, und wenn der verdammte Benito, der Teufel soll ihn holen, nicht gekommen wäre, wärt ihr beide, du und deine Mutter, vielleicht nicht mehr am Leben. Ich hätte nicht gedacht, dass ich das über die ganze verdammte Straße brüllen muss, aber wenn es anders nicht geht, soll es eben so sein: Wir sind deine Freunde, Josefa. Bitte scheu dich nicht, zu uns zu kommen, wann immer du uns brauchst.«
»Ich brauche euch nicht«, schrie Josefa. »Ich habe Jaime, und sonst brauche ich keinen Menschen auf der Welt.«
»Dein Benehmen ist peinlich.«
Josefa fuhr herum und sah Jaime in der Tür stehen. Hastig warf sie das Fenster zu und lief zu ihm. Martina warf noch ein paar Kirschmyrtenfrüchte an die Scheibe, doch Josefa kümmerte sich nicht mehr darum. »Bitte sei mir nicht böse, Liebster. Es tut mir so leid.«
Sie streckte die Arme nach ihm aus, aber er trat wie pikiert zur Seite. »Das ist auch eine deiner Betschwester-Litaneien.

Hast du nie in Erwägung gezogen zu denken, ehe du handelst? Vielleicht müsste dir dann nicht so häufig alles und jedes leidtun.«
»Liebster ...«
Er drehte sich brüsk um und ging in den Vorraum. Von der Garderobe nahm er seinen Hut und sein Cape. Als sein Diener ihm zu Hilfe eilen wollte, scheuchte er ihn mit einer Handbewegung zurück in seine Kammer.
Josefa rannte, umarmte ihn, hängte sich an seinen Hals. »Geh nicht weg, Liebster, tu mit mir, was du möchtest, aber geh nicht weg.«
Er wollte sie abstreifen, doch sie hielt ihn mit aller Kraft fest. »Was soll ich denn sonst tun?«
»Alles, was du willst.«
»Ich will gar nichts«, sagte er müde. »Nur in mein Haus fahren, mich in mein Bett legen und dieses ordinäre Getöse vergessen.«
Sie schmiegte die Wange an seine feste, gerade Schulter. »Lass mich mit dir kommen, Liebster. Schau, ich kann doch nichts dafür, dass Martina überall ihre Spitzel hat, die jede Adresse für sie aufstöbern. Ich habe dir geschworen, ich will mit diesen Leuten nichts mehr zu tun haben. Bitte bestraf doch nicht mich für das, was sie tun.«
»Ich bestrafe dich nicht«, sagte Jaime. »Ich bin nur müde und habe deinen ganzen Zirkus bis obenhin satt.«
»Dann denke ich mir eben etwas Neues für dich aus!«, rief sie, küsste ihn auf die Wange und in die Grube zwischen Kiefer und Ohr.
Kurz hatte es den Anschein, als müsste er lächeln, doch die Hoffnung erlosch gleich wieder. »Hast du mich nicht gehört? Deinen ganzen Zirkus, habe ich gesagt. Nicht nur ein einzelnes Kunststück.«

»Ich zeige dir eines, das du noch nie gesehen hast«, rief sie wirr vor Angst. »Eines, das dich nicht langweilt, das dich glücklich macht.«
»Und was sollte das sein?«
Sie versuchte ihm das Cape von den Schultern zu zerren und gab ihm noch mehr Küsse. »Komm ins Schlafzimmer, und ich zeige es dir.«
Er zerrte das Cape wieder an Ort und Stelle und sah sie an. »Nein, mein Herzchen«, sagte er. »Das Kunststück kenne ich in jeder erdenklichen Variation. Du zwitscherst mir so lange ins Ohr, bis ich mich gottergeben aufs Bett fallen lasse, und dann wirfst du dich über mich und verzärtelst mir jedes Stück Haut meines Körpers, bis ich glaube, aus dieser verfluchten Kautschukmasse zu bestehen und kein Mann mehr zu sein, sondern ein Spielzeug für Wickelkinder.«
Dass er mit einer Flut von Beleidigungen über sie herfiel, war nichts Neues für sie. Er tat es nicht, um sie zu kränken, sondern weil er selbst gekränkt worden war und sich an irgendwem auslassen musste, um nicht vor Schmerz zu schreien. Neu war, dass er Herzchen zu ihr sagte. Nie zuvor hatte er sie bei einem Kosenamen genannt. »Ich liebe dich«, sagte sie.
»Ach, das hatte ich noch vergessen. Nebenbei wirst du mir noch wie einer dieser Automaten wieder und wieder erzählen, dass du mich liebst, als wäre ich entweder taub oder debil. Vermutlich ist das gut gemeint, Herzchen, aber es macht nichts besser.«
»Ich weiß«, erwiderte Josefa tapfer. »Sag mir, was für ein Kunststück du dir von mir wünschst, und ich vollführe es für dich.«
In seinem Mundwinkel erahnte sie eine Spur der Kerbe. »Und einfach gehen lassen willst du mich nicht?«
»Niemals, Liebster.«

»Aber wenn du dein letztes Kunststück aufgeboten hast, gehe ich ohnehin. Weshalb es also aufschieben?«
Sie lehnte sich an ihn. »Weil du dann nicht mehr gehen willst, Liebster, sondern bleiben.« Sie würde ihn heiraten. Was ihre Familie davon dachte, war ihr einerlei.
Er schien ihre Gedanken zu lesen. »Gesetzt den Fall, dass ich das wirklich wollte – was täten wir dann?«
Sie brachte es nicht über die Lippen. Er sollte derjenige sein, der es ausspruch. »Das, was Mann und Frau immer tun, wenn sie einander lieben und ihr Leben teilen wollen.«
»Aha.« Er räusperte sich und musterte sie mit verstörendem Interesse. »Wer ich bin, weißt du aber?«, fragte er sie dann.
»Du bist mein Liebster!«, rief sie. »Du bist der wundervollste Mann auf …«
»Schluss jetzt mit den Rosenkränzen!«, fiel er ihr ins Wort. »Ich bin der einzige Sohn von Felipe Sanchez Torrija, der zwar auf beiden Elternseiten nur ein geschmackloser Kreole ist, aber eines der größten Vermögen in ganz Mexiko besitzt. Eine Familie wie die meines Vaters heiratet in den Himmel, nicht in den Schlamm. Aber das wäre noch nicht einmal das erheblichste Hindernis, denn zumindest mit seinen Flittchen war mein Vater nie wählerisch, und was ich tue, kümmert ihn nicht. Möchtest du dagegen gern wissen, wer meine Mutter war, mein Herzchen?«
Tapfer nickte Josefa.
Jaime verzog den Mund. »Meine Mutter war die Tochter eines spanischen Grandes erster Klasse. Glaubst du wirklich, der Enkel des Marquesado de Canena y La Loma könnte die Tochter eines indianischen Pferdeburschen heiraten? Nicht einmal du kannst so einfältig sein, dass du das glaubst.«
Nur ein einziges Mal in ihrem Leben hatte Josefa eine Ohrfeige erhalten, von der Großmutter Ana, und den brennenden

Schmerz würde sie nie vergessen. Nicht auf der Wange, sondern wühlend und tief in ihrem Inneren. Sie hatte zu ihrem Vater laufen, sich in seine Arme werfen und sich bitter beklagen wollen, doch ihr Stolz hatte es ihr verboten. Derselbe Schmerz durchfuhr sie jetzt. Ohne nachzudenken, ließ sie Jaime los und richtete sich auf, den Rücken kerzengerade und die Schultern straff. »Ich habe dir gesagt, der indianische Pferdebursche ist nicht mein Vater«, begann sie, wobei sie jede Silbe durch eine zu enge Kehle quetschen musste. »Ich bin die Tochter einer Hamburger Kaufmannserbin und eines Tiroler Offiziers und Barons.« Ein Augenblick der Verblüffung strich über sein Gesicht und erlöste sie von dem brennenden Schmerz. »Sehe ich vielleicht aus wie die Tochter eines Barbaren?«, setzte sie nach. »Ich weiß, man merkt mir an, dass mich ein Knecht ohne Manieren erzogen hat, und in deinen Kreisen würde ich dich damit blamieren. Aber kann ich nicht lernen, was mir entgangen ist? Was mir von der Vaterseite zugestanden hätte?«

Jaime tat etwas, zu dem er sich kaum je hinreißen ließ. Er legte leicht einen Arm um sie und küsste sie ohne ihr Zutun auf den Mund. »Sag, lässt der sich auffinden, der Tiroler Baron?«, raunte er, und seine Stimme klang so sinnlich, als lägen sie drüben unter ihrem Betthimmel.

»Ich finde ihn!«, rief Josefa, und einen Herzschlag lang wünschte sie, sie könnte es wirklich tun – den Tiroler Baron finden, der Jaimes Anspruch genügen und sie, Josefa, über alles lieben würde, ohne Lüge, Heuchelei und Verrat, weil er ihr wirklicher Vater war. Dann stürzte sie auf den Boden zurück. »Er ist tot«, sagte sie. »Gefallen.«

»Hat der indianische Barbar ihn getötet?«

Kurz wusste sie nicht einmal, von wem er sprach. »Nein, natürlich nicht«, antwortete sie dann.

»Und dessen bist du dir sicher?«
Ihre Blicke trafen sich. Etwas Eisiges ballte sich in Josefas Brust. Jaime schloss auch den zweiten Arm noch um sie und gab ihr einen zarten Kuss auf die Stirn. »Quäl dich nicht. Wie solltest du denn davon wissen, der Barbar hat es dir gewiss nicht erzählt.«
Sie lehnte sich an ihn und wollte nur, dass er sie festhielt, damit sie nicht fiel, weil der Schrecken so gewaltig war.
Er wiegte sie und küsste ihr Haar. »Ist es nicht ein Jammer, dass nur du allein weißt, wer in Wahrheit dein Vater ist?«
»Du weißt es jetzt auch.«
»Ja, ich weiß es auch. Aber für die gute Gesellschaft dieses Landes giltst du weiterhin als Mestizin. Als Tochter eines barbarischen Pferdeknechts, der eine Grafentochter entehrt hat.«
Von neuem erschrocken, blickte sie auf. »Aber was soll ich denn tun?«
Er küsste sie. »Sag es ihm.« Die nächsten Küsse trafen ihren Hals und den Ansatz ihrer Brust. »Morgen Abend muss ich auf den Empfang des amerikanischen Botschafters. Wer in dieser Stadt Rang und Namen hat, wird dort sein. Der Indio auch. Er liebt es, sich unter Menschen zu tummeln, denen er früher nicht einmal das Wasser hätte reichen dürfen. Komm mit mir und sag es ihm. Sag ihm vor allen Leuten, dass er nicht dein Vater ist.«
Etwas in ihr sträubte sich, so widersinnig das war. »Genügt es nicht, dass ich ihm gesagt habe, ich schäme mich für ihn und will nie wieder mit ihm zu tun haben?«
Jaime küsste ihr die Augen. »Er hat dir deinen Vater weggenommen, ob er ihn nun selbst getötet hat oder nicht. Er steht zwischen dir und mir. Er betrügt deine Mutter und macht sie zum Gespött der Stadt. Und du willst ihn trotzdem schonen?«

Sie wollte ihn nicht schonen. Sie hatte ihm das Härteste ins Gesicht geschleudert, was sie je einem Menschen gesagt hatte, und ungerührt zugesehen, wie er vor Schmerz die Schultern nach vorn krümmte. Es hätte ihr Freude bereiten sollen, doch die Erinnerung genügte, um sie schaudern zu machen.

»Ein Mann, dem die eigene Tochter davonläuft, ist ein Männchen«, raunte Jaime. »Aber ein Mann, der sich das Kind eines anderen unterschieben lässt, ist noch weniger. Ein Nichts ohne Schwanz. Eine Witzfigur.«

Eine Weile schwiegen sie beide. Dann ließ er sie sachte, geradezu behutsam los. »Ich glaube, ich sollte jetzt gehen«, meinte er.

Sie hob den Kopf. »Bleib bei mir«, sagte sie. »Ich komme morgen mit dir auf den Empfang.«

26

Nie war es Anavera so schwergefallen, Tomás nach Santiago de Querétaro zu begleiten und ihn auf dem Bahnhof zu verabschieden. Dieses Mal verzichtete sie sogar auf den Ritt auf Aztatl und fuhr mit Tomás auf dem Karren, weil er sie darum bat. Sie mussten in aller Herrgottsfrühe aufbrechen, um den Zug nicht zu verpassen. Es war der Mittwoch der Karwoche, und dieser war der letzte Zug, der vor den Hohen Feiertagen fuhr.

Es hatte gutgetan, Tomás bei sich zu haben. Mit jemandem reden zu können in diesen schweren Tagen. Coatls Beispiel hatte Schule gemacht. Auch Abelinda hatte in ihrem Leben keinen Sinn mehr gesehen und versucht, es sich mit einem der Tranchiermesser aus der Schlachterei zu nehmen. Durch einen Glücksfall war Ernesto zur Stelle gewesen und hatte sie

gerettet. Sie habe es unbeholfen getan, hatte er gesagt, wohl eher, um voll Selbsthass auf sich einzuhacken, als um wirklich zu sterben. Aber für die arme Carmen, die sie in ihrem blutbespritzten Bett gefunden hatte, war das nicht der geringste Trost.
Von Josefa kamen schlimme Nachrichten, der Vater schrieb nicht, und die Mutter hatte kaum noch Kraft. Felipe Sanchez Torrija hatte einen Pfahl errichten lassen, um seine Arbeiter daran auszupeitschen, so nah am Grenzzaun, dass der Wind die Schreie nach El Manzanal trug. In geballtem Zorn liefen sie immer wieder hinüber, um ihm Einhalt zu gebieten, doch sie rannten gegen Mauern. Es war jedes Mal derselbe gespenstische Ablauf: Sanchez Torrija band den Gepeinigten los, die Mutter bezahlte seine Schulden, und er konnte gehen, wohin er wollte. Nur hatte er nichts, wohin er gehen konnte, und im Strom der Vertriebenen fand Sanchez Torrija schnell Ersatz. Am nächsten Morgen begann er mit der grausamen Prozedur von vorn.
»Er will, dass wir fortgehen«, hatte Anavera zu Tomás gesagt. »Er will, dass wir unsere Sachen packen wie die Leute von den Milpas und El Manzanal verlassen.«
»Aber das werden wir nicht tun«, hatte Tomás heiser vor Wut erwidert und sie an sich gedrückt. Er konnte nichts ausrichten, um ihr zu helfen, aber es erfüllte sie mit Wärme, dass er es sich mit so viel Leidenschaft wünschte. Dennoch beschlossen sie schweren Herzens, dass er zu Ostern zurück in die Hauptstadt fahren sollte. Er hatte auch dort Grund genug zur Sorge. Seine Mutter schrieb merkwürdige Briefe, von José Posada und anderen Freunden befürchtete er, dass sie verhaftet worden waren, und nicht zuletzt war da die immerwährende Angst um Miguel. »Sobald ich halbwegs weiß, dass die Welt noch steht, komme ich zurück«, versprach er ihr.

»Das geht doch nicht, Tomás. Was ist mit deinem Studium?«
»Nun, wenn wir geheiratet hätten ...«
»Wenn wir geheiratet hätten, hättest du auch weiterstudieren müssen«, beschied sie ihn mit einem Kuss. »Es ist schon in Ordnung so. Schließlich läuft uns die Zeit nicht davon, sondern wir haben noch ein ganzes Leben vor uns.«
»Das stimmt. Aber kommt ihr hier zurecht?«
Ein wenig bemüht lachte sie auf. »Wir sind ja keine hauchzarten Weibchen, die beim ersten Windstoß umfallen. Armadillos haben eine dicke Haut.«
Er beugte sich zu ihr und küsste ihre Schulter. »Mir kommt deine Haut gar nicht dick vor, Armadillo. Du bist mein hauchzartes Mädchen, und kannst du mir sagen, warum mir zumute ist, als hätten wir kein ganzes Leben vor uns, sondern müssten auf diesem blöden Bahnhof Abschied für immer nehmen?«
Sie konnte es ihm nicht sagen, aber ihr war genauso zumute. Etwas lief ihr den Rücken hinunter, und in der Morgenkälte zitterte sie. Verloren sie allmählich alle miteinander den Verstand? Sicher half es ihren Nerven nicht auf, dass sie seit Wochen kaum noch Schlaf fanden, sondern die Nächte angespannt und gejagt von Hirngespinsten verbrachten – sie selbst und Tomás nicht anders als die Mutter, die des Nachts wie eine Berglöwin über die Gänge tigerte. In der letzten Nacht war Anavera vor Übermüdung in einen fast ohnmächtigen Schlaf gefallen und hatte Tomás all die Dinge nicht mehr sagen können, für die es jetzt zu spät war.
Noch einmal drückten sie einander fest. »Pass auf dich auf«, sagte Anavera. »Lass dich von niemandem reizen, und bring dich nicht in Gefahr. Da fällt mir ein, hat sich eigentlich je herausgestellt, wer dieser Geist des Pinsels war?«
Sie sah, wie er kurz die Lippen aufeinanderpresste. »Der Geist des Pinsels ist verschwunden«, antwortete er dann merkwür-

dig steif. »Vermutlich war es irgendein Heißsporn, der etwas gut gemeint, aber nicht gut gemacht hat. Manche glauben auch, es sei Don Perfidio selbst gewesen, um den Liberalen etwas anzuhängen und den Científicos diesen Coup mit seiner Zeitung zu verkaufen ...«
»Scht«, machte Anavera und legte ihm zärtlich einen Finger auf die Lippen. »Don Porfirio, hörst du? Versprich mir, dass du das andere in der Öffentlichkeit nie mehr sagst.«
Widerstrebend nickte er. »Es ist so ekelhaft, alles schlucken zu müssen und nicht einmal den Mund aufzutun.«
Dann pfiff der Zug, und er musste laufen, um noch rechtzeitig aufzuspringen.
Anavera lenkte das Fuhrwerk langsam und tief in Gedanken zurück. Auf El Manzanal, wo der Tag mit ganzer Kraft erwachte, empfing sie ein sonderbarer, geradezu idyllischer Frieden. Ehe zum Gedenken an Kreuzestod und Auferstehung des Herrn alle Arbeit vier Tage lang ruhen würde, summte der Rancho an diesem sonnigen Morgen noch einmal vor Geschäftigkeit. Die Vaqueros trieben die Rinder aus den Unterständen und ließen sie brüllend vor Lust ihrer Freiheit entgegenstampfen, Xavier brach mit einer Gruppe Arbeiter zum Waldrand auf, um Land für ein Feld abzuholzen, und Elena saß wie das brave Mädchen, das sie nie gewesen war, mit ihrer Mutter auf der Veranda und webte. Was war anders? Warum wirkte das Land so befreit?
Sie ging in den Stall, um Aztatl für einen langen Ritt zu satteln, denn der junge Hengst brauchte Bewegung, und ihr Kopf brauchte Luft für einen Entschluss. Die drei Wochen, die sie Josefa für ihre Antwort Zeit gegeben hatte, waren lange verstrichen. Wenn sie ihr noch einmal schreiben wollte, würde sie es heute tun müssen, denn über die Feiertage wurde keine Post transportiert. Aber hatte es denn Sinn, las Josefa

überhaupt, was Anavera ihr schrieb? Die Kluft war offenbar viel tiefer, als sie sie eingeschätzt hatte. Auf ihr Drängen hatte Tomás erzählt, Josefa habe ihrem Vater in aller Öffentlichkeit ins Gesicht geworfen, sie schäme sich für ihn. »Welchen Grund kann irgendein Mensch haben, sich für meinen Vater zu schämen?«, hatte Anavera ihn ungläubig gefragt, doch Tomás hatte darauf wohl auch keine Antwort gewusst und nur mit den Schultern gezuckt.

Apropos Tomás – war es richtig, dass sie nicht versucht hatte, ihn hierzuhalten? Er hatte so bedrückt gewirkt, von seiner üblichen flachsenden Zuversicht meilenweit entfernt. Nur wegen der verschobenen Hochzeit? Einmal, als sie ihn danach gefragt hatte, hatte er die Fäuste geballt und geantwortet: »Natürlich nicht. Die Welt geht ja wirklich nicht unter, wenn wir erst am Ende des Sommers heiraten. Aber ich komme einfach nicht gegen dieses verdammte Gefühl an, uns breche alles ringsum zusammen, seit diese Sanchez-Torrija-Teufel aufgetaucht sind. Sie haben die Macht, uns alles, was schön war, umzustoßen – und jetzt sogar noch unseren Hochzeitstermin.«

Anavera lenkte Aztatl auf unbebautes Feld in der Senke, um Platz für einen ordentlichen Galopp zu haben. Gründlich in Schweiß reiten wollte sie sich, ehe all diese Gedanken sich in ihrem Kopf zu einem Knäuel verwirrten. Sie gab Aztatl das Maul frei, richtete sich in den Steigbügeln auf und jagte eine köstliche kleine Weile ohne Halt und Bürde dahin. Erst als sie den Hengst schließlich zügelte, weil sein Atem schwer ging, kehrten auch die Gedanken zurück.

Sie war weiter geritten als geplant und befand sich bereits auf der Höhe von Felipe Sanchez Torrijas Besitz. Mit einem Mal wurde ihr auch klar, warum El Manzanal an diesem Morgen so friedlich gewirkt hatte, so anders als seit Wochen. Von San-

chez Torrijas Land war kein Baulärm herübergedrungen, keine gebrüllten Befehle, kein Peitschenschnalzen und vor allem kein Schmerzensschrei.
War es möglich, dass ihrem Widersacher zumindest die Karwoche, die Leidenszeit des Herrn, heilig war?
Anavera wendete ihr Pferd und ließ es im Schritt am langen Zügel gehen, damit es seine Muskeln entspannte und sich auf dem Weg trocken lief. Sie selbst entspannte sich nicht. Wie der Strang einer Steinschleuder fühlte sie sich, straff gezogen und bereit, jeden Augenblick nach vorn zu schießen. Wegen Josefa war sie einer Entscheidung keinen Schritt nähergekommen, und ihr Ritt hatte sie nicht wie sonst gelöst und befreit.
Da sie Aztatl seinen Willen ließ, kam sie ein gutes Stück in westliche Richtung vom Weg ab und sah hinter einer Bodenwelle das Dach von Sanchez Torrijas Vorderhaus auftauchen. Es war gerade erst gedeckt worden, so dass nun ein kleiner Teil der imposanten Casa Principal halbwegs bewohnbar war. Obwohl es am Komfort, den der Kommandant gewohnt war, zweifellos noch an allen Ecken und Enden fehlte, war Sanchez Torrija schon eingezogen, und dem Gemunkel nach hatte er mehrere Geliebte bei sich. Um seinen Terror in der Umgegend zu verbreiten, nahm er die Unbequemlichkeit offenbar gern in Kauf.
Weshalb ließ er heute nicht bauen, weshalb ließ er heute nicht peitschen? Wirklich aus Achtung vor den heiligen Tagen?
Anavera sann noch darüber nach, als über die Bodenwelle zwei Gestalten auf sie zustürmten. Rasch erkannte sie, dass es sich um zwei von Sanchez Torrijas Arbeitern handelte, einen Mann und einen Jungen, der nicht älter als zehn Jahre sein konnte. Wie üblich trugen sie keine Schuhe und nichts als ihre Baumwollhosen am Leib. »Señorita, Doña Anavera!«, riefen sie zu ihr herüber. »Bitte warten!«

Anavera nahm die Zügel auf und brachte ihr Pferd zum Stehen. Abgehetzt trafen Vater und Sohn bei ihr ein und blieben in sicherem Abstand vor dem großen spanischen Rappen stehen. Anavera kannte beide, sie gehörten zu einer der kürzlich vertriebenen Familien.
»Bitte helfen Sie«, stieß der Mann heraus. »Wir wissen nicht, was tun.«
»Was ist denn geschehen?«, fragte Anavera.
»Wir sind zur Arbeit gekommen, Señorita. Aber el Comandante – er ist nicht gekommen! Wir sollen von sieben Uhr an Arbeit tun, aber wie, wenn er nicht da ist und schließt Schuppen auf?«
»Sprechen Sie Nahuatl«, sagte Anavera. Vielen der Menschen aus dem Bergland versagte ihr Spanisch, sobald sie in Erregung gerieten.
»Wir wissen nicht, wo Kommandant Sanchez Torrija ist«, leistete der Mann ihrer Aufforderung dankbar Folge. »Und ohne ihn wissen wir nicht, wie wir an unser Werkzeug kommen sollen, denn die Schlüssel für den Schuppen bewahrt immer er allein auf. Auch hat uns niemand Anweisung gegeben, was den Tag über zu tun ist. Das macht er immer am Morgen, niemand darf ohne seinen Befehl etwas tun. Die Vorarbeiter genießen den Tag und verspotten uns, weil wir uns um die Arbeit reißen. Aber Sie wissen doch, wie er ist, der Kommandant – wenn er kommt und die Arbeit ist nicht getan, muss einer von uns dran glauben.«
Anavera sah, wie das Kind sich ängstlich duckte, und schüttelte sich vor Wut. »Machen Sie sich keine Sorgen«, sagte sie und schwang sich vom Pferd. »Ich komme mit Ihnen und sehe nach, was los ist.« Sie wollte es nicht, ihr Körper schien sich regelrecht dagegen zu sträuben, einen Fuß auf Sanchez Torrijas Land zu setzen, und die unerklärliche Furcht, die den

ganzen Morgen über in ihrem Hinterkopf gelauert hatte, brach sich jetzt Bahn. Aber den Mann und den Jungen, die ihr in beschämender Dankbarkeit folgten, würde sie nicht ohne Hilfe lassen. Die beiden vertrauten ihr, als könnte sie Wunder wirken, weil sie die Tochter ihres Gouverneurs war.

Das zu einem Viertel fertige Haus in seinem Nest schattenspendender Bäume wirkte geradezu gespenstisch zwischen den Balken und Streben der erst begonnenen Flügel. So still lag es dort, dass Anavera die Erkenntnis durchzuckte: In diesem Haus ist kein Mensch. Jedenfalls keiner mit einer so lauten Präsenz wie Felipe Sanchez Torrija. Sie hatte vermutet, der Mann habe sich in seinen Räumen verschanzt und mache sich ein Vergnügen daraus, dem verstörten Arbeiter zuzusehen, wie ein Kind, das in ein Ameisennest sticht, um sich an der Angst der Tiere zu weiden. Sie hatte sich ausgemalt, wie sie ihn wütend herausklopfen und anweisen würde, sich um seine Leute zu kümmern. Jetzt aber war sie sicher: In diesem Haus befand sich niemand, der lebte.

»Haben Sie jemanden aus dem Haus kommen sehen?«, fragte sie den Mann.

»Ich nicht«, erwiderte er, »aber ein paar von uns haben gesehen, wie im Morgengrauen die beiden Frauen, die er da drinnen hat, aus dem Haus geflüchtet sind.«

»Haben sie mit ihnen gesprochen?«

Der Mann schüttelte den Kopf. »Sie sind davongerannt. Wollten mit niemandem sprechen.«

Anavera klopfte an die frisch eingehängte schiefe Tür, weil ihr nichts einfiel, das sie sonst hätte tun können. Wie erwartet erfolgte keine Antwort. »Hat er kein Personal hier draußen?«, fragte sie in die Traube der Arbeiter, die sie umringte.

»Nur Pablo, seinen Diener«, erwiderte der Mann, der sie geholt hatte, und wies auf einen Mann in Livree, der an einem

Holzstapel lehnte und rauchte. »Er geht abends heim nach Santa María de Cleofás und kommt am Morgen wieder.«
»Und heute Morgen ist er auch wiedergekommen, aber niemand hat ihn eingelassen?«
Mehrere Männer nickten.
»Aber keiner von euch hat versucht, die Tür zu öffnen und zu sehen, ob der Kommandant vielleicht krank ist?«
Schweigend schüttelten die Männer die Köpfe. Nie hatte Anavera deutlicher begriffen, wie tief Sanchez Torrija diese Menschen mit seiner Gewaltherrschaft eingeschüchtert hatte – so tief, dass sie nicht mehr wagten zu tun, was ihnen selbstverständlich war. Leicht drückte sie gegen die Tür, und diese gab sofort nach. Im selben Atemzug fiel ihr auf: Eine so schlampige Arbeit hätte Sanchez Torrija niemals durchgehen lassen. Die Tür war nicht frisch eingehängt, sondern aus den Angeln gerissen und notdürftig wieder darauf befestigt worden.
Mit bis zum Bersten klopfendem Herzen schob Anavera die Tür weiter auf, bis sie den Blick in die gekachelte Sala freigab. Flüchtig erfasste sie die in Kübeln aufgestellten Palmen und die elegant gepolsterten Sitzmöbel, dann schrie der Mann neben ihr auf und bekreuzigte sich. Gleich darauf sah Anavera den Toten. In Abelindas Zimmer waren sogar die Wände mit Blut bespritzt gewesen, hier aber gab es keinen einzigen Tropfen. Der Mann lag halb über den Boden ausgestreckt. Er war aus einem der zierlichen Sessel geglitten, und das Gesicht hing zur Seite gedreht auf dem Polster. Dem Gesicht aber war wenig Menschliches geblieben. Es war bläulich angeschwollen, und die fast schwarze Zunge hing zwischen den Lippen heraus. Breite blaurote Male entstellten den Hals. Der Mann war erwürgt worden.
Anavera schrie nicht. Ihr wurde nur kalt. Und ihr war zumute, als hätte sie es die ganze Zeit gewusst.

Sie hatte den Diener Pablo und zwei der Vorarbeiter gebeten, sich vor dem Haus aufzustellen und niemanden hineinzulassen. Den Rest der Männer hatte sie nach Hause geschickt. »Gehen Sie nicht auf die Wache nach Santa María de Cleofás«, beschwor sie sie. »Holen Sie nicht die Rurales. Ich sorge selbst dafür, dass die Guardia in der Stadt verständigt wird.« Die Männer fügten sich dem nur zu gern und zogen sich still zurück.

Als sie nach Hause kam und rasch das erschöpfte Pferd versorgen wollte, lief ihre Mutter ihr entgegen. Sie schwenkte einen Brief und sah so elend aus, als wäre sie es, die gerade einen Toten gefunden hatte. »Anavera, ich halte es nicht mehr aus«, sagte sie. »Ich kann nicht länger tatenlos hier sitzen, während in dieser Hauptstadt Dinge vor sich gehen, die mein Begriffsvermögen übersteigen.«

»Josefa?«, fragte Anavera.

Die Mutter schüttelte den Kopf, und Anavera sah, dass sie geweint hatte. »Martina schreibt, sie hätte sie besucht und sie sei wenigstens gesund. Ansonsten aber ist dieser ganze Brief verrückt.«

»Tomás hat dasselbe erzählt«, sagte Anavera. »Meine Mutter schreibt neuerdings verrückte Briefe, hat er gesagt.«

»Und obendrein verliert auch noch mein behäbiger Vetter Stefan den Kopf und schreibt mir, er müsse mir dringendst etwas mitteilen. Aber außer ein paar Andeutungen rückt er mit der Sprache so wenig heraus wie Martina. Anavera, ich glaube, es ist nicht Josefa, um die ich am meisten Angst haben muss ...« Die Mutter schluckte, dann sagte sie heiser: »Es ist Benito.«

Anavera griff nach ihrer Hand. »Was ist geschehen?«

»Wenn ich das wüsste«, sagte die Mutter. »Ich kann mir auf nichts von alledem einen Reim machen, aber eines weiß ich

sicher: Mein Mann braucht mich, und ich habe ihn lange genug allein gelassen. Ich werde mit dem nächsten Zug in die Hauptstadt fahren.«
Anavera ließ Aztatl laufen und umarmte sie. »Ich halte es auch nicht mehr aus«, sagte sie. »Ich komme mit dir. Aber der nächste Zug fährt erst nach Ostern, und sofort können wir ohnehin nicht weg.«
Die Mutter stockte und suchte ihren Blick.
»Wir müssen in die Stadt«, sagte Anavera. »Auf die Polizei. Felipe Sanchez Torrija ist gestern Nacht in seinem Haus ermordet worden.«

27

Die Nacht nach dem Empfang in der amerikanischen Botschaft war die schönste in Josefas Leben gewesen. Sie hatte das oft gedacht, seit Jaime bei ihr war, und jedes Mal war eine noch schönere gekommen. In dieser Nacht aber wusste sie: Etwas, das schöner ist, kann nicht mehr kommen, oder mir zerspringt das Herz.
Sie hatte getan, was er sich von ihr gewünscht hatte. Es war schwer gewesen, sie hatte Champagner wie Wasser trinken müssen und ihn vor Angst kaum im Magen behalten können. Kurz war sie in Versuchung, Jaime zu fragen, ob er nicht verzichten, ihr die Prüfung nicht erlassen könne. Dann aber hatte sie gesehen, wie er sie beobachtete, wie dieser vornehme, vollendet erzogene Mann mit geradezu jungenhafter Gier darauf wartete, dass sie ihm seinen Wunsch erfüllte, und sie hatte es nicht übers Herz gebracht, ihn zu enttäuschen. Hat dir nie jemand Wünsche erfüllt?, hatte sie gedacht und wäre gern zu ihm gegangen, um ihm vor allen Leuten über die ge-

furchte Stirn zu streicheln. Er hielt sie für töricht, was kein Wunder war, denn sie hatte sich oft genug töricht benommen. Mit der Zeit aber würde sie ihn auf sanfte Art lehren, dass sie klug genug war, um auf den Grund seines Herzens zu sehen, um seine Schmerzen zu begreifen und darüber zu schweigen.

Sie waren alle da gewesen, die Minister, Botschafter, Científicos, die dicke Señora, der Meringue-Krümel an den Lippen klebten, und ihr Mann, der auf ein hilfloses Opfer nach dem anderen einschwatzte. Nur Dolores de Vivero fehlte. Josefa hatte angenommen, sie würde mit ihrem Vater kommen, aber stattdessen erschien der Vater in Begleitung des Präsidenten. Vom unteren Empfangssaal des Botschaftsgebäudes führte eine breite Marmortreppe, auf der Gäste sich tummelten, zu einer höher gelegenen Plattform. Auf der obersten Stufe stand Josefa, allein, wie Jaime es verlangte, und sah die beiden vor den Fuß der Treppe treten. Sie leerte ihr Glas so hastig, dass sie sich verschluckte und husten musste.

Hätte sie das nicht getan, hätte er sie womöglich nicht bemerkt. So aber reckte er sich über die Traube hinweg, die sich um den Präsidenten gebildet hatte, und entdeckte sie. Als Kinder hatten sie auf Streifzügen durch die Wälder sein erstaunliches Gehör bewundert, das den Ruf jedes Vogels und den Schritt jedes Tieres erkannte. Auch das Husten seiner Tochter. Das Husten der Tochter, die er einem anderen gestohlen und als die seine aufgezogen hatte.

Was mit seinem Gesicht geschah, musste sie Tausende von Malen beobachtet haben. Er sah sie, und seine Miene hellte sich auf. Falls man derlei von einem Mann mit so dunkler Haut überhaupt sagen konnte. Jaime hatte ihr erklärt, ihr Vater habe ein so sprechendes Gesicht, weil er einer Rasse entstammte, die der wirklichen, zivilisierten Sprache kaum mächtig war. Sie solle nichts darauf geben. Ein Saaldiener kam

und brachte ihr ein frisch gefülltes Glas. Ihr Vater – der Mann, der sich ihr Vater nannte – sah zu, wie sie trank.
Jaime hatte recht, er hatte etwas Tierhaftes an sich, die eigenartige Scheu, mit der er sich aus der Gruppe löste und einen Schritt auf die unterste Stufe setzte, die Lautlosigkeit, mit der er sich bewegte, auch die fast schwarzen, schillernden Augen. Josefa trank, und der Mann, der nicht ihr Vater war, kam Stufe für Stufe auf sie zu. Halte dich fern, wollte sie ihn beschwören, erspare es uns beiden. Dann aber fiel ihr Jaimes Blick ein, seine Sehnsucht, ein Mensch möge ihn so sehr lieben, dass er ihm den verstiegensten Wunsch erfüllte. Wenn sie ihn jetzt enttäuschte, würde er sich ihr niemals öffnen, sich ihr nie anvertrauen, damit sie ihn trösten konnte. Er durfte sie nicht heiraten, wenn sie die Welt nicht wissen ließ, wer sie in Wahrheit war. Sie richtete sich hoheitsvoll auf, trank Champagner und sah dem Mann, der nicht ihr Vater war, entgegen.
Etliche Stufen unter ihr blieb er stehen. Er sieht elend aus, durchfuhr es sie. »Josefa«, sagte er leise, und das Lächeln wagte sich nur in seine Stimme. »Huitzilli.«
»Sprich in zivilisierter Sprache mit mir«, befahl ihm Josefa. »Was willst du?«
»Dich sehen. Wissen, ob es dir gutgeht.«
»Das geht dich nichts an«, erwiderte Josefa. »Jetzt nicht und nie mehr. Ich habe dir gesagt, ich habe mit dir nichts zu schaffen. Halte dich in Zukunft von mir fern, oder ich werde dafür sorgen, dass man dich dazu zwingt.«
Sag es, beschwor sie ihn stumm. Sag, ich bin doch dein Vater, dann sage ich, nein, du bist es nicht, und dann haben wir es beide hinter uns.
»Das kann ich nicht, Josefa«, entgegnete er. »Ich kann mir Mühe geben, dir so wenig wie möglich lästig zu fallen, aber an dir vorüberzugehen, ohne dich zu fragen, ob alles in Ordnung

ist, das bringe ich nicht fertig.« In seinen Augen stand funkelnde Wärme, und eine Spur des Lächelns erreichte seine Lippen.
Mach dich nicht so angreifbar, wollte sie schreien, liefere dich mir nicht aus, mach dich nicht völlig würdelos. Ihr Glas war leer getrunken. Das Gesumm der Gespräche verstummte. Alle Welt sah ihnen zu.
»Ich liebe dich«, sagte er.
»Dazu hast du kein Recht«, schrie sie, und das Glas glitt ihr aus der Hand. »Du bist nicht mein Vater, du hattest kein Recht, mir meinen Vater zu stehlen. Deinetwegen bleibt mir die Stellung, die mir gebührt, verwehrt, deinetwegen habe ich nie die Erziehung genossen, die meinem Stand entspricht. Für die Welt bin ich irgendein Bauerntrampel, die Tochter eines Barbaren, eines Pferdeknechts. Aber ich bin eine Weiße, eine Europäerin auf beiden Elternseiten. Mein Vater war ein Tiroler Baron, und hättest du ihn mir nicht geraubt, hätte ich kein so elend falsches Leben geführt.«
Es musste genügen. Sie hatte ihre Kraft bis auf den letzten Rest verbraucht. Die Augen hatte sie zugekniffen, weil sie nicht sehen wollte, wohin ihre Schläge ihn trafen. Jetzt spürte sie, wie ihr Tränen durch die fest geschlossenen Wimpern strömten. Warum war er nur nicht da, ihr verlorener Vater, warum konnte er sie nicht ein einziges Mal in die Arme nehmen und ihr sagen, dass er sie liebte? Sie hatte sich vor aller Augen zu ihm bekannt, aber er war unerreichbar. Tot und begraben. Sie würde ein Kind ohne Vater bleiben.
Doch statt seiner war Jaime da. Lebendig und vor aller Augen. Schützend und zärtlich glitten seine Hände über ihren Rücken und hinauf in ihren Nacken, dann spürte sie seinen Atem kitzelnd an ihrem Ohr. »Jetzt bist du erlöst, mein Herzchen«, flüsterte er. »Du hast deine Sache gut gemacht. Ap-

plaus, meine kleine Kreatur.« Er lobte sie! Er nannte sie bei Kosenamen und war zufrieden mit ihr. Das war alles wert. Sie brauchte keine Väter. Nur Jaime. »Wollen wir gehen?«
»Ja, Liebster. Ja!«
Die Nacht, die folgte, war die schönste ihres Lebens. Ihr Bett war ihr Himmel, in dem sie sich wie schwerelos umschlungen hielten. Er war ihr Mann. Er würde es für immer sein. Sie hatten jetzt ihr Geheimnis miteinander, das sie wie mit Ketten aneinanderschmiedete: Er wusste, was sie für ihn getan hatte. Sie hatte alle Taue gekappt, alle Brücken abgebrochen und sich mit Haut und Haar in seine Hand begeben. Das war in Wahrheit sein Wunsch gewesen, und dafür, dass sie ihn erfüllt hatte, belohnte er sie ohne Ende. Nie hätte sie sich träumen lassen, dass ein so harter Mann so zärtlich sein konnte, dass ein so beherrschter Mann so viel Leidenschaft in seinem Inneren barg. Wenn sie bisher nicht gewusst hatte, ob er sie liebte, dann wusste sie es jetzt. Auch wenn sie sich sehnlichst wünschte, er möge einmal seine Schranken überwinden und es ihr in Worten sagen.
Sie sagte es ihm immerzu.
Am Morgen, hinter den schwarzen Vorhängen, als sie wundgeliebt und übernächtigt einander in den Armen lagen, sagte er: »Ich muss jetzt gehen, kleine Josefa Alvarez. Du schlaf dich aus. Ich sage Elvira, sie soll keinen Lärm machen und dein Frühstück richten, wann immer dir danach ist.« Um seine Lippen spielte frei von Bitterkeit ein Lächeln. Sie beugte sich vor und küsste ihm die kleine Kerbe im Mundwinkel.
»Du bleibst nicht lange weg, nicht wahr? Du kommst früh am Abend wieder?«
»Das weiß ich noch nicht«, antwortete er. »Der Mann, den wir nach Yucatán entsandt haben, um unsere neuen Plantagen

zu inspizieren, ist erfolglos zurückgekehrt. Er ist von Rebellen überfallen worden und sah sich gezwungen zu fliehen. Ich werde heute Abend mit ihm essen und mir den Bericht dieses Versagers anhören müssen.«
»Dann bleibe ich wach, bis du kommst.«
»Tu das nicht, mein Herzchen. Wenn es spät wird, schlafe ich vielleicht in der Calle Tacuba.« Er küsste sie auf die Nase. »Und jetzt frag mir kein Loch mehr in den Bauch, sondern sei ein braves Mädchen, das sich schlafen legt und geduldig wartet.«
Sie rollte sich zusammen, und er stand auf und deckte sie zu.
»Kannst du mir nicht etwas hierlassen, Liebster? Etwas von dir, das hier bei mir bleibt, während ich mich nach dir sehne?«
»Und was soll das sein?«
Auf ihrem Nachtkasten lag eine kleine Schere. Die schnappte sie sich, schnitt ihm rasch eine Strähne von der Schläfe und ließ das holzschwarz glänzende Haar wie einen Schatz durch ihre Finger gleiten.
»Bist du verrückt geworden? Soll ich mich zum Narren machen, weil du mir das Haar verschnitten hast?«
Mit fliegenden Griffen bemühte sie sich, ihm das Haar über die beraubte Stelle zu ordnen. »Dein Haar ist nicht verschnitten. Du bist genauso schön wie vorher. Nein, noch schöner.«
Er wollte ihr böse sein, musste aber lachen.
»Jetzt habe ich etwas von dir«, erklärte sie stolz. »Und ich will noch etwas. Sag mir ein einziges Mal, dass du mich liebst.«
Hätte er sie brüsk abgewehrt wie in der Vergangenheit, so hätte es sie nicht überrascht. Aber er setzte sich noch einmal auf das Bett und strich ihr sachte über Stirn und Wange. »Das kann ich ja nicht, kleine Josefa Alvarez. Aber wer weiß – wenn ich ein Mensch wäre, der einen anderen lieben könnte,

vielleicht hätte ich dann dich verrückte kleine Kreatur geliebt.«
All das Geziere, mit dem er sich drum herumwand, fand sie rührend, und es machte ihr nichts aus. Er hatte ihr gesagt, was sie hören wollte: Sie war seine Frau. Die einzige, die er lieben konnte. Darüber schlief sie ein.

Auf die Nacht der Seligkeit folgte das Elend hinter den schwarzen Vorhängen.
Als Jaime am ersten Abend nicht wiederkam, vermisste sie ihn, aber sie zehrte noch von den gerade verklungenen Wundern. Auch noch am zweiten Tag und ein wenig am dritten. Dann nicht mehr. Am fünften Tag war sie vor Sorge krank, und am siebten Tag hielt sie es nicht mehr aus. Ehe sie in der verdunkelten Wohnung den Verstand verlor, zog sie los, um ihren Liebsten zu suchen. Vor dem Nationalpalast, wo sie ihn immer wieder getroffen hatte, wartete sie, doch dann bekam sie Angst, sie könnte dem Mann, der nicht ihr Vater war, begegnen, und floh. Ziellos zog sie durch die Straßen, an den Orten vorüber, an denen sie zusammen gewesen waren. Dann wieder packte sie Sorge, er sei inzwischen womöglich nach Hause gekommen, und sie griff den nächsten Mietwagen auf, um in ihre dunkle Wohnung zurückzufahren.
Zwei Wochen wartete sie schon vergeblich auf ihn, und die Straßen der Stadt waren mit Palmwedeln, Blumen und lebensgroßen Puppen für die Feiern der Karwoche geschmückt, als sie ihn in der Calle Tacuba abfing. Sie hatte sich nicht in die Straße getraut, aus Furcht, Martina oder Tomás in die Arme zu laufen, doch die Sehnsucht hatte gesiegt. Kaum sah sie ihn, warf sie sich ihm an die Brust und brach in Tränen aus, für die sie sich schämte. Erst jetzt fiel ihr ein, dass sie in diesen Tagen des Wartens so gut wie nichts gegessen und noch weniger geschlafen hatte.

»Was ist denn los?«, fragte er, befreite sich und wies auf den Herrn, der zwei Schritte hinter ihm stehen geblieben war. »Benimm dich doch.«
»Du hast mir so gefehlt, Liebster. Und ich habe mich so schrecklich um dich gesorgt.«
»Nun, jetzt weißt du ja, dass ich mich bester Gesundheit erfreue«, sagte er, strich sich den Rockärmel sauber und wandte sich an seinen Begleiter. »Ich muss mich entschuldigen, Don Fernando. Gehen Sie schon ins Haus, ich komme gleich nach.«
»Ich wollte dich nicht stören, Liebster.«
»Und warum tust du es dann?«
»Weil du plötzlich fort warst!«, brach es aus ihr heraus. »Von einem Moment zum andern einfach nicht mehr da.« Als sie seinen leicht angewiderten Gesichtsausdruck bemerkte, fügte sie hastig hinzu: »Bitte lass uns nicht streiten, Liebster. Ich weiß, du hattest furchtbar viel zu tun, und ich will ja auch keine Last für dich sein. Sehen wir uns heute Abend? Wir könnten zum Essen ausgehen, oder ich sage Elvira, sie soll uns in der Wohnung etwas richten.«
»Ich esse heute Abend auf einer Gala im Außenministerium.«
»Soll ich mitkommen?«, rief Josefa. Der Mann, der nicht ihr Vater war, würde sich dort nicht hinwagen. Er würde sich nirgendwo mehr hinwagen, und wenn doch, war Jaime da, um sie zu beschützen.
Er hob die rechte Braue, gab Josefa einen kurzen Blick und ließ sie wieder sinken. »Nein«, sagte er. »Jetzt geh nach Hause, tu mir den Gefallen.«
»Aber, Liebster, wann sehe ich dich denn?«
Er überlegte, schien im Geiste Daten zu überfliegen. »Am Karfreitag«, sagte er endlich. »Zur Feier im Jockey Club. Ich hole dich ab.«

»Aber in den Jockey Club dürfen doch nur Herren!«, rief sie. »Karfreitag ist eine Ausnahme«, versetzte er. »Da kommt, was will.« Er küsste ihr wie einer beliebigen Bekannten die Hand und war verschwunden, ehe sie ihm hinterherzurufen vermochte, dass es bis zum Karfreitag noch sechs Tage waren, die sie auf keinen Fall ohne ihn überleben konnte.
Sie musste sie überleben. Während alles, was in der Hauptstadt Beine hatte, sich den Umzügen zum Palmsonntag und zu jedem Tag der Karwoche anschloss, kauerte Josefa hinter den schwarzen Vorhängen und starrte durch einen Spalt auf das farbenfrohe Spektakel. Ganze römische Armeen marschierten aufstampfend über das Pflaster, die riesigen Puppen, die Jesus und seine Jünger darstellten, wurden Zügen von in Weihrauch gehüllten Priestern und Messdienern vorangetragen, Gesänge füllten die Luft, und immer endete alles in Tanzen und Singen und in Menschen, die sich in die Arme fielen. Trommelwirbel und Flötentöne hallten durch Tage und Nächte, doch in Josefa war eine Stille, die erstarren ließ. War je ein Mensch so alleine wie am Rand eines Festes, zu dem er nicht geladen war?

Am Morgen des Karfreitag rissen donnernde Schüsse sie aus dem unruhigen Schlaf. Josefa stürzte ans Fenster, schob den Vorhang beiseite und sah eine Reihe aneinandergehängter Waggons, die offenbar nicht von Pferden, sondern von zahllosen Menschen durch ihre Straße gezogen und geschoben wurden. Anders als an den Tagen zuvor johlten die Versammelten nicht, sondern bewegten die Wagen, die ein wenig den Waggons der Eisenbahn glichen, schweigend. Auf den Wagendächern waren wiederum lebensgroße Figuren befestigt, die sämtlich Judas darstellten, den Verräter, der den Heiland seinen Häschern ausgeliefert hatte.

Nach wenigen Schritten verhielt der gesamte Zug, und mit einem Knall wie Kanonendonner explodierte der Judas auf dem vordersten Wagen. Mit den Fetzen des zerrissenen Verräters wirbelten die Münzen und Süßigkeiten durch die Luft, mit denen er gefüllt gewesen war. Unbeschreiblicher Jubel brach los, als sich die Massen auf die Gaben stürzten.
Mit dem Judas auf dem zweiten Wagen wiederholte sich das Schauspiel. Den weithin hallenden Explosionen nach wurden überall in der Stadt Judasfiguren in die Luft gesprengt, um wie beim Piñata-Schlagen Geschenke unters Volk zu bringen. Noch sind die Leute nüchtern, dachte Josefa, aber nachher, wenn sie getrunken haben, muss man aufpassen, dass sie nicht übereinanderstürzen und sich verletzen. Sie schenkte sich ein Glas Champagner ein. An die Judasse konnte sie nicht länger denken, denn all ihre Gedanken mussten jetzt Jaime gelten, den sie an diesem Abend endlich wiederhaben würde.
Auf El Manzanal hätte sie an diesem Tag Schwarz getragen und ihr Haar für den Kirchgang mit einem Schal bedeckt. Hier trug sie die Haare kunstvoll frisiert und ein Kleid in Grün, wie Jaime es liebte. Er wollte sie nie in etwas anderem sehen. Sie hatte sich etliche Kleider gekauft, ein Vermögen für Kleider hinausgeschleudert, weil sie nie sicher war, welches seinen erlesenen Geschmack treffen würde. Von dem, was sie für heute ausgewählt hatte, versprach sie sich jedoch seinen Beifall. Es war eines der allerneuesten Modelle, bei denen die Damen die schmalen Ärmel wie zufällig von den Schultern glitten, um makellose Haut zu entblößen. Der weite Rock schleifte ein gutes Stück über den Boden, und die Seide glänzte wie die Oberfläche eines Waldsees. Um den Hals würde sie dazu ihr Collier tragen. Jaimes Liebesgabe.
Es war fünf Uhr, als Jaimes Wagen vorfuhr. All die Stunden zuvor hatte Josefa mit Warten zugebracht. Sie bekam keinen

Kuss und kein Kompliment für ihr Kleid, und außerdem saßen sie nicht allein im Wagen. Zwei Herren, deren Namen sie gleich wieder vergaß, fuhren mit ihnen und redeten die ganze Zeit über Probleme mit dem Rebellenstaat in Yucatán, den bewaffneten Heidenkriegern, die Plantagen überfielen und weiße Herren als Sklaven verschleppten. Als sie Jaime wenigstens flüchtig über die Wange streichen wollte, drehte er sich weg und bemerkte pikiert: »Es ist Karfreitag, Josefa.«
Das Haus des Jockey Clubs, des vornehmsten Clubs in der Stadt, in den nur auserwählte Mitglieder Einlass fanden, stand an der Ecke der Calle Plateros. Es war von vornehmlich jungen Leuten in auf den Leib geschnittenen Gesellschaftsanzügen und pompösen Roben umlagert. Alles starrte nach oben. Als Josefa es nicht tat, sondern weiterhin Jaime anstarrte, tippte ihr einer der Herren auf den Arm. »Darf ich die Aufmerksamkeit der Baronin in Grün auf die Attraktion des Tages lenken?«
Josefa folgte seiner Weisung und sah über ihren Köpfen ein gewaltiges Luftschiff schweben, wie sie es auf Zeichnungen in den Magazinen ihres Bruders, aber noch nie in Wirklichkeit gesehen hatte. Unwillkürlich wich sie zurück, weil es doch nicht möglich war, dass dieses Gebilde in der Luft blieb und nicht jeden Augenblick auf sie herunterkrachte.
»Mach dich nicht lächerlich«, raunte Jaime und zog sie wieder unter die schlackernde Gondel, die unter dem Ballon befestigt war. »Geschmacklose Volksbelustigungen hat man in dieser Stadt nun einmal hinzunehmen. Erzähl mir nicht, du seist nicht daran gewöhnt.«
Josefa erzählte ihm gar nichts. Sie hatte das Gefühl, in einem Traum gefangen zu sein, der in Wahrheit nicht zu ihr, sondern zu einem fremden Schläfer gehörte.
Die Gestalten, die in der Gondel saßen, hatte sie zunächst für lebende Menschen gehalten. Auf den zweiten Blick erkannte

sie, dass es vier Judasfiguren waren, die sich alle unterschieden – ein Judas in Gestalt eines Straßensängers, einer als Bettler, ein Butterhändler, der auf einem Schwein ritt, und ein Indio, der bis auf seine Baumwollhosen nackt war. »Gehen wir hinein?«, wurde Jaime von einem ihrer Begleiter gefragt. »Sichern wir uns einen Platz auf dem Balkon, ehe das Spektakel richtig losgeht.«
Hintereinander schlängelten sie sich durch das Getümmel zum Eingang. Wäre Josefa auf der Straße zurückgeblieben, Jaime hätte es vermutlich nicht einmal bemerkt.
Dafür bemerkte Josefa, als sie in den geschmückten Saal trat, dass die Gespräche verstummten und gleich darauf viel leiser wieder aufgenommen wurden. »Sieh an, die grüne Baronin«, hörte sie in ihrem Rücken eine Frauenstimme zischeln.
Eine andere lachte schier hysterisch auf, und eine hohe Männerstimme bekundete: »Wäre ich der Vater, dann wüsste ich, was ich täte – dazu bräuchte ich mitnichten ein europäischer Baron zu sein.«
»Aber aussehen wie eine Mestizin tut sie nicht, das müssen Sie zugeben.«
»Ach was, aussehen – schau dir Don Porfirio an, der hat das Pudern in Mode gebracht.«
Alles lachte.
»Und Dolores de Vivero?«
»Don Teofilo selbst sagt, es ist nichts dran.«
»Und wenn doch?«
»Ay Dios mio, Dickerchen.« Eine der Frauen lachte und klatschte einem der Männer ihren Fächer auf den Bauch. »Hast du dir angeschaut, was für entzückend schlanke Hüften Benito Alvarez im Kummerbund noch immer hat? Da sehen wir Frauen über die Farbe doch gern mal hinweg.«
Alles brüllte vor Lachen. Josefa presste sich die Hände auf die Ohren und floh auf den Balkon. Hier waren vor allem Paare

versammelt, deren Damen sich kichernd und winkend über die Brüstung lehnten. Die Gondel des Luftschiffs, in der die vier scheußlichen Judasfiguren saßen, wirkte zum Greifen nah.
Einer der Herren, mit denen sie gekommen waren, reichte Josefa einen grünen, gezuckerten Cocktail. »Nett, Ihre Bekanntschaft zu machen«, sagte er und beglotzte ihre entblößte Schulterlinie wie ein Kind den Rüssel eines Ameisenbären.
»Wo ist Jaime?«, fragte Josefa.
Mit einer Kopfbewegung wies ihr Gegenüber in einen Winkel unter der rot-weiß-grün gestreiften Markise. Dort stand Jaime mit einer brünetten Dame im hochgeschlossenen Kleid. Sie tranken Champagner aus hohen Flöten, hoben beide zugleich die Gläser und stießen diskret, fast unhörbar miteinander an.
»Jaime!«, rief Josefa, viel zu verstört, um sich zu besinnen.
Schön wie selten und ein wenig träge wandte er den Kopf.
»Was gibt es denn? Ist dieses grüne Gift nicht nach Ihrem Geschmack?«
Wieder lachte irgendwer, aber Josefa hörte nur eines: Er sprach sie an wie eine Fremde!
»Ich muss mit dir reden«, stammelte sie. »Liebster, wenn ich dich irgendwie verärgert habe, wenn du böse auf mich bist…«
Jemand packte sie am Arm. »Das ist genug jetzt, Señorita. Sie sollten sich nicht noch tiefer erniedrigen.«
Sie fuhr herum. Der Mann – wie alle hier ein elegant gekleideter Weißer – führte sie resolut von Jaime fort in die andere Ecke des Balkons. »Lassen Sie mich los! Was wollen Sie von mir?«
»Die Leute haben Langeweile«, erwiderte der Mann, der hager, fast kahlköpfig und hochgewachsen war. »Sie suchen ein Opfer, das ihnen die halbe Stunde bis zur Sensation des

Abends vertreibt. Ich versuche Sie daran zu hindern, sich als dieses Opfer anzubieten.«
»Was geht das Sie an?«
»Nicht viel. Aber ich gehöre zu den zahllosen Menschen, die Ihren Vater schätzen, und ich gehe davon aus, dass er im Zweifelsfall für meine Tochter dasselbe täte. Sie sollten übrigens dieses Glas besser nicht bis zur Neige leeren. Wenn der schöne Andalusier es wirklich wert ist, dass Sie sich um seinetwillen betrinken, hole ich Ihnen Champagner. Zumindest ist Ihnen morgen nicht ganz so jämmerlich übel davon.«
Josefa war bereits jetzt zum Speien übel, andernfalls hätte sie den Mann, der ohne Federlesens ihre Gläser austauschte, in die Schranken gewiesen. »Wer sind Sie überhaupt?«, herrschte sie ihn an.
Der Mann vollführte eine knappe Verbeugung. »Eduardo Devera, Chefredakteur von *El Tiempo*. Nicht eben die weltbewegendste Zeitung dieser Stadt, aber immerhin eine von denen, die noch zucken und atmen.«
Eduardo Devera. Es schien eine Ewigkeit her zu sein, dass ihr Vater – der Mann, der nicht ihr Vater war – diesen Namen erwähnt hatte. Ihre Arbeit fiel ihr ein, ihre leidenschaftliche Schrift über ein Entwässerungsprojekt, das Kindern das Leben retten sollte. Kindern wie jenem kleinen Jungen, dem sie ihren Armreif geschenkt hatte. War das wahrhaftig sie gewesen? Josefa schwankte.
»Ist Ihnen nicht wohl? Hören Sie, ich kann Sie gerne nach Hause bringen. Ich kann auch jemanden verständigen, wenn Sie das wollen.«
Josefa kämpfte gegen das Schwindelgefühl und schüttelte den Kopf. »Das mag sehr aufmerksam von Ihnen sein, aber ich brauche keine Hilfe. Ich bin mit Don Jaime hier. Don Jaime Sanchez Torrija.«

»Sind Sie das?« Aus runden Eulenaugen sah der hagere Mann auf sie hinunter. »Ich fürchte, er ist aber nicht mit Ihnen hier. Und auch wenn es mir um Sie mehr als um alle anderen leidtut – Sie sind wahrhaftig nicht die Einzige, der es derart ergeht.«
Josefa zwang sich, die Schultern zu straffen. »Ich weiß nicht, wovon Sie reden.«
»Von Don Jaime, dem schönen, bösen Andalusier oder auch dem prächtigen Truthahn der Nacht. Ich bin ja nun kein liebliches Mädchen in prangenden Jugendjahren, sondern ein Zausel, dem der Bart schon grau wird, aber dass ein derart erlesenes Exemplar eine Dame mit Haut und Haar gefangennimmt, kann sogar ich verstehen. Darf ich Ihnen einen Rat geben? Betrinken Sie sich eine Nacht lang, weinen Sie eine zweite, und dann vergessen Sie ihn. Er ist in der Tat ein Schöner, unser Andalusier. Und eine Art von Charisma, die nie aus Wassern ohne Tiefe kommt, besitzt er auch. Aber er ist ein bisschen wie ein edles Vollblutfohlen, das jemand zu früh und zu brutal gebrochen hat. Er hat noch immer ein Exterieur und Gangarten, nach denen man sich die Finger lecken möchte, aber das zerbrochene Herz ist tückisch. Er schnappt nach der Hand, scheut vor dem Zaum zurück und bricht der nächsten Reiterin, die sich ihm anvertraut, das Genick.«
Josefas Herz schlug in harten Sprüngen, die ihr weh taten. »Ich weiß nicht, wovon Sie reden«, wiederholte sie mit größter Anstrengung. »Jaime Sanchez Torrija ist mein Verlobter. Ich gehe davon aus, dass Sie ehrenwerte Gründe hatten, sich in unser Gespräch zu mischen, aber jetzt ziehen Sie sich bitte zurück und lassen uns unseren Frieden.«
Eduardo Devera trat einen Schritt zur Seite und sah aus seinen Eulenaugen auf sie hinab. »Arme Kleine«, sagte er. »Arme kleine Josefita. Sollten Sie später auf meine Hilfe zurückgrei-

fen wollen, scheuen Sie sich bitte nicht, mich aufzusuchen. Ich denke, ich werde wohl oder übel noch eine Stunde in dieser illustren Manege verbringen müssen.«

Erneut verbeugte er sich und verließ den Balkon. Ein Teil von ihr verlangte danach, ihn zurückzurufen und sich nach Hause fahren zu lassen. Wo aber war sie zu Hause, wenn Jaime nicht mit ihr kam? Gegen die Übelkeit trank sie Champagner. Ein Schrei der Begeisterung erschreckte sie. Gleich darauf folgte ein zweiter, und dann brach die Horde Mädchen an der Brüstung in frenetischen Applaus aus.

Unwillkürlich schob sich Josefa näher an die Brüstung und sah, dass das Luftschiff sich entfernte, wobei es leicht im Abendwind tänzelte. Es schwebte nur ein kurzes Stück weit, auf die nächste Straßenecke an der Calle Francisco zu, wo drei Häuser ein enges Dreieck bildeten. Dort auf einem der Balkone standen Männer, die an Seilen beim Lenken halfen, und der knappe freie Platz darunter war schwarz vor Menschen. Keine schönen, weißen, elegant gekleideten Menschen, wie sie sich auf den Balkonen zum Zuschauen scharten, sondern dunkelhäutige Menschen in Lumpen, die entdeckt hatten, dass die vier Judasfiguren – der Sänger, der Bettler, der Butterverkäufer und der indianische Barbar – mit Ketten aus Münzen behängt waren. Über den Dächern ging in Rot, Violett und Zinnober die Sonne unter. Die Todesstunde des Heilands war gekommen, und auf einen Schlag läuteten alle Glocken der Stadt.

Im selben Atemzug übertönte donnerndes Getöse das Läuten. Gleichzeitig explodierten alle vier Judasfiguren und versprühten ihren Reichtum – eine Unzahl von Münzen, die wie ein Hagelsturm auf die wartende Menschenmasse niederging. Von einer einzigen dieser Münzen konnte jeder der Männer vermutlich eine Woche lang seine Kinder füttern oder eine

Nacht lang Pulque, Balsam der Wehmut, saufen. Es waren aber beileibe nicht nur Männer, die an der Ecke der Calle Francisco auf den hagelnden Segen gewartet hatten, es waren ebenso Frauen und etliche Kinder, und der schmale Platz war schon, solange sie unbewegt standen, viel zu klein für sie gewesen.

»Nicht!«, hörte Josefa sich schreien. »Die Leute trampeln sich dort unten ja tot!« Das Schreien war sinnlos, denn die Judasse waren ja längst explodiert, die Münzen ließen sich nicht im Fallen halten, und die Menschen würde niemand hindern, übereinanderzutaumeln, zu drängen, zu stürzen und Schwächere unter sich zu begraben. Die Mädchen, die in ihren Rüschenkleidern an der Brüstung standen, klatschten in die Hände und stießen spitze Laute der Erregung aus.

Josefa presste sich die Hände auf die Ohren und schrie. Ihre Augen, die sie hätte zukneifen wollen, blieben weit aufgerissen auf das Schlachtfeld gerichtet.

»Komm weg hier. Hör auf, wie am Spieß zu brüllen.« Als ein Arm sie von hinten umfing und zurückzog, bemerkte sie als Erstes zwei Dinge – seine Stimme und seinen Geruch. Balsam inmitten von Entsetzen. So wie sie sich vor Grauen schütteln wollte, so schüttelte auch er sich. Jaime. »Widerlich. Zwischen den Barbaren da draußen und denen hier oben ist kein Unterschied.«

Er zog sie kurzerhand zurück in den Saal, die Treppe hinunter und aus einem Hinterausgang hinaus in den Patio. Haltlos weinend hielt sie sich an ihm fest, presste ihr Gesicht gegen seine Brust und hörte sein Herz schlagen. »Liebster, mein Liebster«, schluchzte sie, »bitte tu doch etwas. All die Menschen, die Kinder, sie trampeln sich tot.«

»Und was bitte sollte ich tun?« Er drehte den Kopf weg und spuckte auf den Boden. »Mich auch zertrampeln lassen? Das einzig Gute ist, dass diese Herde von idiotischen Barbaren es nicht besser verdient, wenn sie sich in eine solche Falle locken lässt.«

Josefa weinte auf und bekam von all den Worten, die sie sagen wollte, keines heraus.

Er stieß sie grob zur Seite. »Nimm dich gefälligst zusammen.«

Dann rannte er durch die Tür, durch die sie gekommen waren, ins Gebäude zurück. Es war das erste Mal, dass Josefa ihn rennen sah, die schwarzen Schöße des Gehrocks fliegend. Atemlos vom Weinen jagte sie ihm hinterher.

Er durchquerte den unteren Saal, stürmte zur Vordertür hinaus auf die Straße und rannte auf den Tumult zu, auf das gigantische Menschenknäuel, das sich am Boden wälzte. In der Mitte der Straße blieb er stehen und brüllte aus Leibeskräften: »Hier ist mehr davon, ihr Hohlköpfe. Mehr.«

Aus seinem Rock zog er seine Börse und schleuderte den Inhalt – einen Hagel von Münzen – aufs Pflaster. Einen Augenblick lang sah es aus, als würde nichts geschehen, als hätten die Rasenden, ineinander Verkeilten ihn nicht gehört. Dann aber lösten sich die ersten aus dem Knäuel. Die, die zuoberst lagen, rannten los, um nach dem neuen Geldsegen zu schnappen, und gaben damit andere frei. Der Ansturm warf Jaime zu Boden, doch er wand sich gerade noch schnell genug unter den Körpern hinweg, sprang auf und wich zurück. Dort, wo Männer aufgesprungen waren, gelang es Frauen, ihre Kinder zu befreien und zu fliehen. Es war das Klügste, was Jaime hatte tun können. Das Einzige. Sie hatte ihn immer geliebt, vom ersten Augenblick an, aber nie so ohne Grenze wie jetzt.

Es dauerte lange, ehe er zu ihr zurückkam, sie ohne ein Wort beim Arm nahm und hinter das Haus zu den Wagen führte. Sein Kragen und seine Hemdbrust hingen regelrecht in Fetzen, sein schwarzes Haar war zerrauft, und über seinem Wangenknochen prangte leuchtend rot eine Schürfwunde. Josefa hatte ihn nie so schön gesehen. Sie wollte ihm alles sagen, ihn mit zärtlichen Worten, die er tausendmal verdiente, überfluten, aber ausgerechnet jetzt versagte ihr die Stimme. So zart, wie sie konnte, streichelte sie ihn, um seinem verletzten Gesicht keinen Schmerz zuzufügen.

»Lass das jetzt, Herzchen«, sagte er müde und verständigte sich durch Gesten mit seinem Kutscher. Der zog sich ein Stück weit zurück und zündete sich eine Zigarette an.

Josefa reckte sich auf Zehenspitzen und presste ihre Lippen auf den klopfenden Puls an Jaimes Hals. Ich habe es immer gewusst, wollte sie ihm sagen, indem sie ihre Zunge seine Haut liebkosen ließ. Du bist nicht nur äußerlich schön, sondern ebenso im Inneren. Deine Augen sind wie Carmens Honig, und deine Seele ist genauso golden. Wer übel über dich redet, tut es nur, weil er nichts von dir weiß.

Seine Hände umfassten ihre Wangen und hoben ihr Gesicht.

»Es ist genug. Reiß dich endlich zusammen. Mein Kutscher bringt dich nach Hause.«

»Kommst du nicht mit?«

»Nein, ich komme nicht mit. Und ehe du mich fragst, ich komme auch morgen nicht und auch nicht am Ostersonntag. Ich komme gar nicht mehr, kleine Josefa Alvarez. Du kannst in der Wohnung bleiben, bis der Monat abgelaufen ist, aber danach ist sie weitervermietet. Am besten, du ziehst in deine eigene Wohnung zurück.«

Sie wollte das, was er sagte, nicht verstehen. Es passte nicht. Es gehörte in den falschen Traum, den ein Fremder mit ihrem eigenen vertauscht hatte. »Liebster.«

»Bitte hör auf«, sagte er. »Deine Litaneien waren auf ihre Art possierlich, aber irgendwann konnte ich sie alle im Schlaf herbeten.«

»Aber ich habe dir doch deine Wünsche erfüllt. Ich habe alles getan, was du wolltest – auch meinem Vater gesagt, dass ich ihn nie mehr wiedersehen will und dass er nicht mein Vater ist!«
Er hob ihr Kinn und hauchte ihr einen Kuss auf die Nase. »Das letzte Kunststück, erinnerst du dich? Ich habe dir gesagt, wenn du es aufgeboten hast, gehe ich ohnehin.«
»Aber es ist doch nicht das letzte«, schrie sie gellend und wie von Sinnen. »Ich tue noch mehr, noch viel mehr, ich tue alles für dich!«
Mit hartem Griff verschloss er ihr den Mund. »Was willst du denn jetzt noch für mich tun, Herzchen? Etwa mir verraten, wer der Geist des Pinsels war?«
»Tomás«, platzte es aus ihr heraus, sobald seine Hand ihre Lippen freigab. Dann schlug sie sich entsetzt auf den Mund. Irgendwo in der Stadt explodierte donnernd eine Judasfigur. »Liebster, ich wollte nichts sagen, es tut mir leid ...«
Schallend lachte er auf und brachte sie zum Schweigen. »Du wolltest nichts sagen? Dass der kleine klecksende Verehrer der Geist des Pinsels ist, wolltest du mir nicht sagen, und dir tut leid, dass er dafür jetzt nach Yucatán kommt und unter der Peitsche leiden lernen muss wie der Heiland am Karfreitag? Arme, kleine Josefa Alvarez. So versessen warst du darauf, deine Kunststücke vorzuführen, und am Ende hast du nicht nur dich selbst, sondern deine ganze Schar von traurigen Clowns mit deinen Messern beworfen.«
Er zog den Schlag auf und stieß sie förmlich in die Kutsche. Noch ehe sie sich auf den Sitz gerappelt hatte, winkte er den Kutscher heran und wollte sich zum Gehen wenden. Zitternd, weinend und würgend schlang Josefa die Arme um ihre Knie. Erst als vor der Tür des Clubhauses ein Licht aufflammte, wurde ihr bewusst, dass es völlig dunkel geworden war.

»Señor Sanchez Torrija?«, rief eine Stimme durch die Nacht. Dann klopften eilige Schritte übers Pflaster. »Don Jaime Sanchez Torrija?«

»Was gibt es denn noch?«, fragte Jaime und blieb widerwillig vor dem Hausdiener stehen.

Der Mann verbeugte sich dreimal tief und schlug über seiner Brust das Kreuz. »Mein Beileid, Señor, mein zutiefst empfundenes Beileid. Es kam ein dringendes Telegramm aus Querétaro. Schlechte Nachrichten, Señor, noch dazu ausgerechnet am Karfreitag. Gott, der Herr, erbarme sich der armen Seele – Ihr Herr Vater, der Comandante Felipe Sanchez Torrija, ist auf tragische Weise ums Leben gekommen.«

VIERTER TEIL

◇◇◇◇◇◇◇◇◇◇◇◇◇◇◇◇◇◇◇

*Auf der Reise
von Querétaro nach Mexiko-Stadt,
von Mexiko-Stadt nach Yucatán
Mai 1889*

»Wie ein solcher Strom, vor aller Welt unerkannt,
Wie ein solcher Strom, dessen eingekerkerte Wellen
Von dichter Dunkelheit umgeben rollen – so seid ihr,
O dunkle, schweigsame Ströme meiner Seele.
Wer hätte je den Kurs gekannt, den eure Wasser
einschlagen?«

MANUEL GUTIÉRREZ NÁJERA

28

Als der Zug sich mit einem heftigen Rucken in Bewegung setzte, rief Anavera »Halt!« und stürzte ans Fenster. Erst langsam, dann immer schneller entschwand die gläserne Bahnhofshalle mit den winkenden Menschen. Anavera war so verblüfft, dass ihr ein völlig grundloses Lachen entfuhr. Wie war das möglich, wie konnte dieser Zug einfach mit ihr an Bord losrollen? Sie war doch nur eingestiegen, um dem Mann zu zeigen, dass sie vor nichts zurückschreckte – um ihn von der Reise abzuhalten, nicht um mit ihm zu fahren.
Sie drehte sich um und sah ihn hinter sich stehen. Auf seinem Gesicht zeichnete sich dieselbe Verblüffung, die vermutlich in ihrem zu lesen war, und auch ihm entfuhr ein schnaubendes, verrücktes Lachen.
»Was tun wir jetzt?«, platzte Anavera heraus. Bis eben hatte sie auf diesen Mann eingeschrien und hätte ihm alles Böse der Welt zufügen wollen, aber jetzt schien er der Einzige, der ihr helfen konnte.
»Was Sie tun, weiß ich nicht, und ich lege auch keinen Wert darauf, es von Ihnen zu hören«, erwiderte er. »Ich jedenfalls fahre nach Veracruz.«
»Nach Veracruz?« Sooft ihr Vater den Namen dieser Stadt aussprach, wurde er zum Zauberwort. Er war dort aufgewachsen, war dort ihrer Mutter begegnet und hatte sie inmitten der vom Krieg zerrissenen Stadt geliebt. »Aber ich dachte, Sie fahren nach Yucatán!«

»Wie töricht sind Sie eigentlich?« Der Mann stöhnte. »Glauben Sie wirklich, man könnte in diesem verfluchten Land in einen einzigen Zug steigen und am anderen Ende behaglich wieder aussteigen – selbst wenn das andere Ende in einem Höllenreich voller Riesenechsen, wucherndem Dschungel und abergläubischen Barbaren liegt?«

»Wenn ich töricht bin, tut es mir leid«, versetzte Anavera. »Sie allerdings sind unverschämt, was mir an Ihrer Stelle noch weit mehr leidtäte.«

Er sah sie an, als hätte er nicht richtig verstanden. Dann schürzte er die Lippen. »Und was würde ein Mann, der nicht unverschämt wäre, Ihrer Ansicht nach in meiner Lage tun?«

»So schlecht erzogen können Sie gar nicht sein, dass Sie das nicht selbst wissen«, schoss sie zurück.

Verwundert beobachtete Anavera, was mit seinen Schultern geschah. Unter dem schwarzen Seidenstoff seines Rocks wölbten sich die Muskeln eisenhart hervor. Seine Wange zuckte, dann hatte er sich wieder in der Gewalt. »Und Sie meinen, ich muss mir von einer Indio-Göre, die mich auf einem Bahnhof angefallen hat und jetzt als blinder Passagier in einem Zug fährt, Mängel in meiner Erziehung vorwerfen lassen? Das sagen Sie mir allen Ernstes ins Gesicht?«

»Wohin denn sonst? Außerdem habe ich Sie nicht angefallen. Sie zu berühren hätte mich geekelt. Ich habe Sie lediglich aufgefordert, Ihren Verpflichtungen nachzukommen, wie ein Ehrenmann es täte.«

»Und ausgerechnet Sie verstehen etwas vom Verhalten von Ehrenmännern?«

»In der Tat«, erwiderte Anavera. »Ich bin von einem aufgezogen worden.«

Höhnisch verzog er den Mund. »Ach, Sie sprechen von unserem Lieblingsbarbaren, von dem kleinen indianischen

Schmutzfinken, der sich an adligen Töchtern vergreift, weil er seinen Hosenlatz nicht geschlossen halten kann. Da, wo ich herkomme, kommen wir derlei Ehrenmännern mit einem Riemen aus Hartleder bei.«

Sie hatte gewusst, dass er es sein musste, der die abscheulichen Gerüchte gestreut hatte, sie hatte gewusst, dass er der Teufel in Person war. Es hätte nichts geben dürfen, das sie an diesem Mann noch aus der Fassung brachte. Dass aber jemand es wagte, in solchen Worten von ihrem Vater zu sprechen, trieb ihr Tränen des Zorns in die Augen. Ihr blieb überhaupt nichts anderes zu tun, und dass sie in einem Zug voller Menschen standen, spielte ebenso wenig eine Rolle wie das, was ihr Vater sie über das Schlagen von Menschen gelehrt hatte. Sie holte aus und versetzte ihm eine schallende Ohrfeige, die ihm den Kopf zur Seite schleuderte.

Ihr Vater hatte gesagt, es bekomme einem Menschen übel, einen anderen zu schlagen, aber damit hatte er unrecht. Es tat unglaublich gut. So gut, dass sie die schmerzende Hand hob, um diesem Widerling dieselbe Medizin gleich noch einmal zu verpassen. Eine für jeden von ihnen, auch wenn Ohrfeigen für alles, was er verbrochen hatte, tausendmal zu mild waren – eine für Josefa und eine für den Vater, eine für Tomás, für den armen Miguel und für sie selbst.

Im nächsten Augenblick hatte sie seine Hände um den Hals. Dicht vor den ihren flackerten seine Augen in völlig maßloser Wut. Anavera wollte schreien, doch ihre Stimme erstickte, als seine entsetzlich starken Daumen sich auf ihre Kehle drückten. Er bringt mich um, gellte es durch ihren Kopf. Er ist von Sinnen, er presst mir das Leben aus! Ihr wurde schwarz vor Augen. Gleich darauf konnte sie wieder atmen, beugte sich vornüber und rang keuchend nach Luft. Seine Hände hatten sie losgelassen. Sie taumelte zurück und verlor das Gleichgewicht.

Erst als er nach ihr griff, um sie aufzufangen, wurde ihr bewusst, dass er die ganze Zeit über seine Handschuhe nicht ausgezogen hatte. »Verdammt«, fluchte er leise zwischen den Zähnen, »können Sie nicht auf Ihren Füssen stehen?«
Anavera, die in seinen Händen vor Entsetzen schwankte, schüttelte den Kopf.
»Das habe ich befürchtet«, knurrte er. »Kommen Sie.«
Sie wollte sich gegen seine Hände, die ihr Angst machten, wehren, doch ihr fehlte die Kraft. Während er sie über den Gang manövrierte, bemerkte sie, dass sich in den Türen der Abteile die neugierigen Gesichter der Reisenden drängten. Das Klatschen der Ohrfeige hatte ihnen zweifellos verraten, dass sie hier draussen ein pikantes Schauspiel versäumten. Hatte er sie deshalb losgelassen? Weil Zeugen kamen und ihm zusahen, wie er eine Frau erwürgte? »Nicht so grob, chica!«, rief ihr ein junger, studentisch gekleideter Mann hinterher. »Mit zarten Küssen zähmt man uns, nicht mit harten Hieben.« Grölendes Gelächter folgte.
Sanchez Torrijas Sohn zog die Tür eines Abteils auf und stiess Anavera hinein. Gott sei Dank waren alle Sitze leer. Er warf die Tür wieder zu und schob zwei Riegel vor. Anavera liess sich in eins der dicken samtweichen Polster fallen und gab sich der Schwäche hin, bis ihr Atem sich beruhigt hatte und der Schwindel nachliess.
Dann setzte sie sich auf und betastete noch immer fassungslos ihre Kehle. Sie schmerzte nicht mehr und erschien ihr unverletzt. Felipe Sanchez Torrija musste so gestorben sein, durchfuhr es sie. Einer der zahllosen Menschen, die er gequält und gedemütigt hatte, hatte die Kontrolle über sich verloren, den Hals seines Peinigers gepackt und erst losgelassen, als es zu spät war. Von Sanchez Torrijas Sohn kam kein Laut. Sie sah, dass er sich ihr gegenüber in den am weitesten entfernten Winkel gesetzt hatte.

»Sie haben versucht mich zu töten!«, fuhr sie ihn an.
Er sagte nichts, sondern starrte sie nur mit seinen flackernden Augen an. Die Augen sind zu hell für das Gesicht, stellte sie fest, als wäre das von irgendeinem Belang. Vermutlich waren diese wirren Gedanken eine Nachwirkung des Schreckens. Noch verrückter war, dass sie fand, er wirke genauso erschüttert und erschöpft, wie sie sich fühlte.
»Sie haben versucht mich zu töten«, sagte sie noch einmal, vielleicht, um selbst zu begreifen, was ihr geschehen war. »Ich kann Sie dem Zugaufseher melden, ich kann ihn auffordern, Sie am nächsten Bahnhof der Polizei zu übergeben.«
»Sehr glaubwürdig.« Seine Stimme klang rauh. »Ein zerrupftes Barbaren-Balg ohne Fahrkarte beschuldigt den Herrn des Sanchez-Torrija-Vermögens, sie behelligt zu haben.«
»Ich habe Zeugen.«
»Aha, also Zeugen haben Sie.« Josefa hatte behauptet, er sei der schönste Mann der Welt, doch sein Lächeln war abgrundtief hässlich. »Falls es Ihnen entgangen sein sollte, Sie befinden sich hier in der ersten Klasse, nicht im Viehwagen, in dem Sie sonst zu reisen pflegen und in den man Sie auch verfrachten wird, sobald man entdeckt, dass Sie für diese Reise nicht bezahlt haben. Hier findet sich zweifellos niemand, der Ihrem hysterischen Geschwätz Gehör schenken wird.«
»Ich bin nicht hysterisch!« Anavera sprang auf. Mit dem Zorn kehrte auch ihre Kraft zurück. »Ich bin kein Barbaren-Balg, und wir reisen in keinem Viehwagen, auch wenn wir nicht so verzärtelt sind, dass wir auf Reisen vergoldete Spiegelchen und Samtpolster brauchen.«
»Sie sind kein Barbaren-Balg?« Er hob eine Braue, was sie irritierte, weil ihr Vater es genauso machte. »Sagen Sie bloß, Sie hat der arme Hahnrei auch nicht gezeugt? Immerhin sehen Sie ihm aber ähnlich, so dass es sich leichter als bei der

grünäugigen Baronin vertuschen lässt.« Mit erhobener Hand schoss Anavera auf ihn zu, doch ehe sie zuschlagen konnte, richtete er sich in voller Größe vor ihr auf und packte ihre Gelenke. Seine Hände in Handschuhen waren wie Eisenklauen, und vor Schmerz entfuhr ihr ein Laut. »Wenn Sie noch einmal versuchen sollten, mich zu schlagen, können Sie nach Ihren Zeugen schreien. Dann bringe ich Sie um.«
Brüsk ließ er ihre Hände los. So dicht stand sie vor ihm, dass sie seinen Atem spürte und seinen Duft wahrnahm. Was in seinen Augen flackerte, mochte tatsächlich Mordlust sein. Anavera rauschte das Blut in den Ohren, aber sie musste ihm zeigen, dass sie keine Angst vor ihm hatte. Sie versuchte daran zu denken, wie sie als Kind ihrem Vater bewiesen hatte, dass sie ein Pferd reiten konnte, das er für zu gefährlich hielt. Sosehr sie im Inneren zitterte, verlangte sie sich Ruhe ab wie am Zügel eines scheuenden Hengstes. Wenn sie es jetzt nicht wagte, war es ihm gelungen, sie einzuschüchtern, und sie war verloren wie ein abgeworfener Reiter, der sofort wieder aufstieg oder nie. Sie hatte hier einen Sieg zu erringen – für Josefa, für ihren Vater und für Tomás.
Im Bruchteil eines Herzschlags glaubte sie wahrzunehmen, wie er erstarrte, wie die starken Muskeln seiner Schultern sich wiederum verkrampften. Den Augenblick nutzte sie, hob die Hand und schlug ihn über die Wange. Dann drehte sie sich um und ging ohne Eile zurück an ihren Platz.
Diesmal hatte ihr Vater recht, es bekam einem Menschen übel, einen anderen zu schlagen, auch wenn der Schlag dieses Mal kaum der Rede wert gewesen war. Statt ihn anzusehen, starrte sie auf ihre Hände im Schoß. Das Seltsamste war, sie hatte so viel Angst vor ihm gehabt, und jetzt hatte sie überhaupt keine mehr. Selbst als mehrere Geräusche laut wurden, blieb sie unbewegt in ihrem Polstersessel sitzen, blickte nur auf und sah,

dass Sanchez Torrijas Sohn sich erhoben hatte und die Abteiltür entriegelte. Einer der uniformierten Stewards, die in den Zügen mitfuhren und vermutlich auch Fahrkarten kontrollierten, steckte den Kopf in den Türspalt. »Haben Sie alles zur Zufriedenheit vorgefunden, Señor? Wünschen Sie eine Reservierung für den Speisewagen, oder soll im Abteil serviert werden?«

»Bringen Sie mir eine Flasche von dem Wein, den mein Bote deponiert hat«, erwiderte Sanchez Torrijas Sohn müde. »Ansonsten nur eine Karaffe Wasser und Kaffee. Was die Dame wünscht, fragen Sie sie selbst.«

Anavera fuhr zusammen. Würde man sie jetzt, wie Sanchez Torrijas Sohn behauptet hatte, aus dem Abteil zerren und in einen Viehwagen werfen? So oder so musste sie sich dem, was sie verzapft hatte, stellen. »Ich bitte um Verzeihung«, sagte sie und stand auf. »Ich weiß, es klingt nicht sehr glaubhaft, aber ich hatte nicht vor, mit diesem Zug zu fahren. Bitte gestatten Sie mir, am nächsten Bahnhof, an dem wir halten, auszusteigen und zurück in die Hauptstadt zu fahren. Mein Name ist Anavera Alvarez, Gouverneur Alvarez ist mein Vater. Selbstverständlich wird meine Familie dafür sorgen, dass der Eisenbahngesellschaft der Schaden erstattet wird.«

Der Mann musterte sie vom Scheitel bis zur Sohle und wieder zurück. »Der nächste Halt ist Veracruz«, brummte er und zog eine Uhr aus seiner Westentasche. »Laut Fahrplan in vierzehn und einer Viertelstunde.« Dann wandte er sich an Sanchez Torrijas Sohn. »Von welchem Schaden spricht die Dame?«

Mit seinen verkrampften Schultermuskeln stand Sanchez Torrijas Sohn bei der Tür. »Vergessen Sie's«, sagte er zu dem Steward, ehe er Anavera anbellte: »Wollen Sie etwas zu essen bestellen?«

Anavera schüttelte den Kopf.

»Bringen Sie ihr etwas Leichtes«, befahl er dem Mann, »Käse, eine kalte Suppe, Obst.« Mit einer unwirschen Drehung des Kopfes wies er ihn hinaus, und der Mann verschwand.
Sanchez Torrijas Sohn schob die beiden Riegel wieder vor.
»Aber ich habe doch keine Fahrkarte«, sprudelte es aus Anavera heraus.
Seine Schultern waren zu verkrampft, um sie zu zucken. Stattdessen zuckte er eine Braue. »Ich habe alle Plätze gekauft. Wenn ich mich fünfzehn Stunden lang in einen Zug setze, will ich nicht Volk neben mir haben, das schmatzt, schlürft und schnarcht oder in einem fort inhaltsleere Fragen stellt.«
Wider Willen musste Anavera ein Lachen unterdrücken. Seine Menschenverachtung war empörend, doch auf der Fahrt aus Querétaro hatten sie und ihre Mutter ein Abteil mit Leuten geteilt, die unentwegt die genannten Geräusche von sich gaben. Was aber bedeutete das, was er gerade gesagt hatte? Dieses wie ein kleiner Prunksaal ausgestattete Abteil mit der gepolsterten Tür zwischen den Sitzen gehörte samt und sonders ihm. Er hätte sie dem Kontrolleur ausliefern können, wie er jede Gelegenheit nutzte, um anderen Schaden zuzufügen. Doch er hatte es nicht getan. Kurz darauf kam der Steward, brachte ihm eine dunkle Flasche Wein und schob einen Servierwagen mit verschiedenen Silberschüsseln und Platten vor Anavera hin.
Ihr war schwach zumute. Zum ersten Mal, seit sie in diesem Abteil saß, wagte sie einen Blick zum Fenster, der ihr endlich klarmachte, wie vertrackt ihre Lage war. Von der Landschaft, die draußen vorbeiflog, war nichts mehr zu sehen. Unbarmherzig raste der Zug in die Schwärze der Nacht. Aus dieser würde er erst in vierzehn Stunden wieder auftauchen, und dann befände sie sich in Veracruz, meilenweit weg von den

Menschen, die zu ihr gehörten. Allein mit einem Ungeheuer, das ihren Liebsten an den Galgen bringen und ihre Schwester dazu treiben wollte, ihr Leben wegzuwerfen.
In Gedanken versunken schenkte Sanchez Torrijas Sohn sich Wein in sein Glas und starrte in die schwarzrote Oberfläche. Jäh musste Anavera an ihren Vater denken, der Wein auf solche Weise betrachtete, ehe er davon trank.
Als würde er ihren Blick auf sich spüren, fuhr er zusammen und hob den Kopf. »Wollen Sie das Essen nicht? Dann lasse ich es zurückgehen, ehe es anfängt zu stinken.« Er griff nach der Klingelschnur.
»Bitte«, entfuhr es Anavera, »könnte ich ein Glas von dem Wein haben?« Wie konnte sie diesen Menschen auch noch um etwas bitten? Aber die Vorstellung, den dunklen Wein, den ihr Vater liebte, im Mund zu spüren, war einen Moment lang allzu verlockend gewesen.
Er tat etwas Merkwürdiges, geradezu Komisches. Stand auf, ging zu ihrem Servierwagen und griff nach einem der Wassergläser. Den Wein, der sich in seinem Glas befand, schüttete er in das Wasserglas um und wischte danach mit einer schweren Damastserviette das Weinglas peinlich sauber. Dann erst schenkte er es erneut halbvoll und stellte es ihr auf den Wagen.
»Danke«, sagte Anavera, weil sie es so gelernt hatte: Man bedankte sich immer. Bei jedem. »Es ist deine eigene Würde, die du bewahrst, wenn du sie anderen nicht absprichst«, hatte ihr Vater ihr beigebracht.
In seinen Augen blitzte Überraschung auf und verlosch.
Anavera trank von dem Wein, der nach Trost und sonnenwarmer Erde schmeckte, lehnte sich ins Polster zurück und bemerkte, wie unendlich erschöpft sie war. Sie brauchte jemanden, den sie um Rat fragen konnte, aber niemand war da. Wie

um alles in der Welt war sie in diese Lage geraten, in einen Nachtzug nach Veracruz – Auge in Auge mit ihrer aller Feind? Mit Sanchez Torrijas Sohn. Mit Tomás' Henker. Mit dem Mann, den ihre Schwester liebte.

29

Es hatte zwei Wochen gedauert, ehe alles so weit geordnet war, dass Anavera und ihre Mutter die Reise in die Hauptstadt antreten konnten. Die Rurales versuchten die Arbeiter auf Sanchez Torrijas Besitz, aber auch die Bewohner von El Manzanal mit ihren Befragungen zu tyrannisieren, doch jetzt, da Sanchez Torrija sie nicht mehr aufstachelte, wurden die Mutter und Xavier mit ihnen fertig. Ohnehin erfolgte kurz darauf telegraphisch die Anweisung des Sohnes, über den Fall seines Vaters solle in der Hauptstadt entschieden werden. Von jenem Sohn hatte Tomás behauptet, er sei um vieles grausamer als sein Vater: »Felipe Sanchez Torrija ist ein menschenverachtender Satan. Jaime Sanchez Torrija ist ein menschenverachtender Satan mit Methode.«
Jetzt aber war Felipe Sanchez Torrija tot, und auch wenn das Land und seine Menschen in tiefen Zügen aufzuatmen schienen, blieb die Tatsache bestehen, dass jemand ihn getötet haben musste. »Señor Sanchez Torrija wird sich gedulden müssen«, sagte die Mutter, der sich die Sorge inzwischen tief ins Gesicht gegraben hatte. »Auch wenn er tot ist. Dieses eine Mal geht unsere Familie vor.«
Sie ließen den Rancho in der Obhut von Xavier und den Frauen zurück und brachen endlich auf. Als sie im Morgengrauen das Haus verließen, kam Abelinda im Morgenrock hinausgerannt. Es war das erste Mal, dass sie seit dem Tod

ihrer Kinder ihre Wohnung verließ. Sie war nur noch ein Schatten ihrer selbst.
»Wenn du Miguel besuchen kannst«, flüsterte sie Anavera zu, »bitte sag ihm, dass ich ihn liebe und dass es mir unendlich leidtut. Ich wünschte, ich hätte die Kraft, ihn freizugeben für eine Frau, die ihm Kinder schenken kann.«
Anavera war so erschüttert gewesen, dass ihr nicht einmal eine Erwiderung eingefallen war.
Sie und die Mutter waren nicht in der ersten Klasse gefahren, sondern in der vollbesetzten zweiten, und mussten auf den Gang, sooft sie allein miteinander reden wollten.
»Ich wünschte, ich hätte dich daheim lassen können«, sagte die Mutter. »In Sicherheit. So wie Vicente.«
»Ich bin drei Jahre älter als Vicente«, entgegnete Anavera. »Und ihn kannst du auch nicht mehr lange irgendwo lassen, wo er nicht sein will. Ich möchte Josefa sehen, Mamita, ich möchte zumindest versuchen mit ihr zu sprechen. Und ich habe das Gefühl, dass Tomás mich braucht, so wie du das Gefühl hast, dass Vater dich braucht. Hättet ihr Kinder gewollt, die gehorsam auf eure Erlaubnis warten, hättet ihr uns strenger erziehen müssen. Vermutlich wünschst du dir das manchmal.«
»Nein«, erwiderte die Mutter und umarmte sie. »Ich habe Angst um dich, weil mir die Hauptstadt gerade so geheuer erscheint wie eine Katze, die über mein Grab läuft. Und ich habe entsetzliche Angst um Josefa, aber wenn ich auf etwas in meinem Leben stolz bin, dann darauf, wie wir euch erzogen haben. Oder auch darauf, wie ihr uns erzogen habt. Genau weiß ich es nicht, nur, dass es schön war.«
»Es ist immer noch schön«, sagte Anavera und betete heimlich, dass sie damit recht hatte.
Die Beklommenheit wich, als sie in den Bahnhof von Mexiko-Stadt einfuhren und Anavera Onkel Stefan am Gleis ste-

hen sah. Zwar wunderte sie sich, wo der Vater und Tomás steckten, doch den Vetter ihrer Mutter, der immer wirkte, als würde er sich gern vor dem Leben verkriechen, mochte sie schrecklich gern. So schüchtern, wie er ihnen zuwinkte, schien es, als wäre die Welt noch heil. Gleich darauf, als sie mit den Koffern auf dem Bahnsteig standen, zerbrach sie.
»Ich weiß, ihr seid gerade erst angekommen«, druckste Stefan nach einer verhaltenen Begrüßung herum, »aber es ist wirklich dringend, dass ich so schnell wie möglich mit dir spreche, Kathi.«
»Und warum sprichst du dann nicht mit mir?«, fragte die Mutter und boxte ihn in die Rippen. Es war der letzte heitere Satz, der ihr über die Lippen kam.
»Es wäre gut, wenn wir allein … ich meine, wenn Anavera vielleicht …« Ehe er ausgesprochen hatte, unterbrach er sich: »Außerdem würde ich gern rasch von diesem Bahnhof runter. Martina wollte auch kommen, und ich würde lieber erst mit dir sprechen, bevor du sie triffst.«
»Aber wir können doch nicht ohne Benito gehen«, rief die Mutter, als er mit ihren Koffern losziehen wollte. »Ich habe ihm unsere Ankunftszeit telegraphiert, er ist bestimmt gleich hier.«
Für Stefans Flucht war es ohnehin zu spät. »Kaaathi! Anaveriiita!«, tönte es über den Bahnhof, und durch die Menschenmenge drängelte Martina auf sie zu, ihren breitkrempigen Hut in der Hand, um zu winken. Gleich darauf riss sie Anavera und die Mutter in die Arme und drückte sie, dass Anavera die Rippen knackten. »Es ist so gut, euch zu sehen«, sagte sie. »Auch wenn der Anlass der denkbar scheußlichste ist, den man sich vorstellen kann.« Über die Schulter der Mutter warf sie Stefan einen Blick zu. »Wolltest du mir entwischen, oder warum stehst du mit den Koffern herum?«

»Ja, das wollte ich«, erwiderte Stefan ehrlich.
»Und was soll das nützen?«, fauchte Martina und ließ Anavera und die Mutter los. »Meinst du, dadurch, dass wir es vor uns herschieben, wird für Kathi irgendetwas leichter?«
»Martina, wir wissen doch gar nicht ...«
»Und ob wir wissen!«, fuhr Martina ihn an. »Soll Kathi es von den Klatschbasen dieses Hexenkessels erfahren, weil ihre Freunde zu feige sind, es ihr zu sagen?«
»Wenn ihr euch weiterstreiten wollt, statt mir zu erzählen, was eigentlich los ist, dann tut das«, mischte die Mutter sich ein. Bleich war sie schon seit Wochen, jetzt aber hatte ihr Gesicht jede Farbe verloren. »Ich warte in der Zwischenzeit auf Benito, und dann würde ich gern irgendwo essen gehen. Mir hängt der Magen in den Kniekehlen.«
»Dass Benito sich hierherwagt, bezweifle ich«, versetzte Martina mit kalter, fremder Stimme. »Und falls er doch kommen sollte, gehe ich.«
»Martina, ich bitte dich«, bemühte sich der arme Stefan um Schlichtung. »Wir können doch Benito nicht schneiden, wir müssen über das alles reden ...«
»Ich kann ihn schneiden, bis er im Grab liegt«, hackte Martina ihm ins Wort. »Was du kannst, musst du selbst wissen – ob du zu deiner Base hältst, die nichtsahnend Haus und Hof gehütet hat, oder zu dem Mann, der sie schamlos mit einem Mädchen betrügt, das seine Tochter sein könnte.«
»Komm doch wenigstens weg von diesen Menschenmassen«, murmelte Stefan, der purpurrot angelaufen war.
»Warum sollte ich?«, konterte Martina. »Es weiß doch ohnehin die ganze Stadt.«
»Ruhe!«, schnitt die Stimme der Mutter durch das Wirrwarr von Geräuschen. Sie trat Martina gegenüber und stemmte die Hände in die Seiten. »Ich verlange, dass du mir auf der Stelle

sagst, was mit meinem Mann ist«, erklärte sie und sah so totenbleich, wie sie war, der anderen ins Gesicht. »Keine Beschimpfungen, keine Verleumdungen, nur das, was meinem Mann hier geschehen ist.«

»Nichts«, erwiderte Martina geradezu höhnisch. »Jedenfalls nicht viel angesichts der Ungeheuerlichkeit seiner Tat. Alle Welt hat erwartet, dass der Conde ihn fordert, dass die Stadt ihn ächtet und dass Don Perfidio ihn fallenlässt, aber wie es aussieht, kommt er mit einem Klaps auf die Finger davon…«

»Martina!«

Martina senkte den Blick zu Boden. »Er hat ein Verhältnis mit der fünfundzwanzigjährigen Tochter des Conde del Valle de Orizaba. Nicht erst seit gestern, schon mindestens seit dem letzten Sommer. O Kathi, Süße, es tut mir so leid. Wenn du willst, nehme ich ihn mir vor. Ich verpasse ihm die Prügel seines Lebens, ich reiße ihm jedes Haar einzeln aus – ach, ich würde alles tun, wenn es dir nur etwas helfen würde.«

»Du tust gar nichts«, sagte die Mutter, »hast du verstanden? Du tust nichts mit meinem Mann. Ist jetzt vielleicht einer von euch so freundlich, mir zu sagen, wo ich ihn finde?«

Sie sah von einem zum anderen. Stefan zuckte mit den Schultern, und Martina tat es ihm gleich. »Er erscheint zu seinen Sitzungen und treibt sich wie üblich mit Don Perfidio herum, aber wohin er danach geht, weiß keiner von uns. Zu seiner Geliebten wohl. Obwohl die Geliebte angeblich ja bei dir in Querétaro auf Erholungsreise ist.«

Sie lachte schrill auf, doch die Mutter schien gar nicht hinzuhören. »Nun gut«, sagte sie, »dann gehe ich ihn eben suchen. Seine Wirtin Doña Consuelo wird mir hoffentlich weiterhelfen. Stefan, kannst du Anavera und unser Gepäck mit zu euch nehmen? Und kann einer von euch Josefa wissen lassen, dass wir da sind?«

»Das mache ich«, rief Anavera schnell. »Das mit Josefa überlass mir.«

»Du willst doch wohl diesem Lumpen nicht nachlaufen«, protestierte Martina.

»Dieser Lump ist mein Mann«, erwiderte die Mutter. »Er war mein Leben lang gut zu mir, und ich finde, damit hat er sich zumindest das Recht verdient, sich zu verteidigen. Außerdem ist es sehr leicht, einen Mann zu lieben, der gut zu dir ist. Aber wie sehr du ihn liebst, spürst du, wenn du auf einmal für möglich hältst, er könnte schlecht zu dir sein.« Es war erstaunlich, dass sie das konnte – weinen und dabei ruhig weitersprechen. Anavera hätte sie gern umarmt, aber für den Moment schien ihre Mutter unantastbar. »Macht es dir etwas aus, ein paar Tage bei Onkel Stefan zu bleiben?«, fragte sie Anavera. »Ich glaube, ich kann im Augenblick nicht klar denken. Ich kümmere mich um dich und um Josefa, sobald ich wieder weiß, wo vorne und wo hinten ist.«

»Um mich brauchst du dich nicht zu kümmern«, antwortete Anavera. »Und um Josefa auch nicht. Das erledige ich. Kümmere du dich um dich und um Vater. Nimm dir so viel Zeit, wie du brauchst.« Sie hatte die ganze Zeit über wie versteinert stillgestanden, während ihr zwei Gedankenfetzen immer wieder durch den Kopf rasten: Es ist nicht wahr, es kann ja nicht wahr sein. Und gleich darauf: Es muss der Sohn von Sanchez Torrija sein, der dahintersteckt.

Die Mutter war gegangen, und Martina hatte in ihrer üblichen Art darauf beharrt, Anavera und Stefan zu sich zum Essen einzuladen. Von dieser Nacht an überschlugen sich jedoch die Ereignisse in so rasendem Tempo, dass Anavera sie kaum noch geordnet bekam. Sie hatte sich darauf gefreut, endlich Tomás zu sehen und ihn um die Aufklärung dieser hanebüchenen Geschichte zu bitten. »Warum ist er eigentlich nicht

mitgekommen?«, hatte sie Martina gefragt, während sie zu dritt den Bahnhof verließen.
»Ja, warum ist er eigentlich nicht mitgekommen?«, wiederholte Martina und blieb abrupt stehen. »Jetzt, da du es sagst, frage ich mich das auch. Er musste noch einmal in die Akademie, war aber wild entschlossen, dich abzuholen, und hatte am Zócalo noch einen verwelkten Riesenstrauß Lilien gekauft. So weit ist es also schon gekommen mit uns, dass wir in dieser auf den Kopf gestellten Welt die eigenen Kinder vergessen.«
Vor dem Palais kam ihnen Felix entgegen, Felix, die Frohnatur, die nichts aus der Ruhe bringen konnte. Seine Lippen zitterten, und er stammelte nichts als den Namen seines Sohnes. »Tomás.« Immer wieder »Tomás«.
Das Haus war voller Leute, die sich gegenseitig Mezcal einflößten und alle durcheinanderredeten. Es dauerte eine Weile, bis Anavera erfasste, was geschehen war. Die Polizei war in die Akademie eingedrungen, hatte Tomás von seiner Staffelei weggezerrt und verhaftet.
»Wo ist er jetzt?«
»Im Belem-Gefängnis«, presste Felix heraus. »In dieser Folterkammer.«
»Aber was wird ihm denn vorgeworfen? Er hat doch überhaupt nichts getan!«
»Sie werfen ihm vor, der Geist des Pinsels zu sein«, erwiderte Felix tonlos.
»Der Geist des Pinsels«, stotterte Anavera ungläubig. »Aber er hat mir doch gesagt …«
»Mir hat er auch so einiges gesagt«, bekannte Felix. »Und ich Trottel habe alles geschluckt. Ich nenne mich Maler, ich unterrichte junge Künstler, aber die Linienführung meines eigenen Sohnes erkenne ich nicht.«

Martina stand mitten im Raum und presste die Hände auf den Mund, aus dem dennoch erstickte Laute drangen. Felix ging zu ihr. »Wir brauchen Benito«, sagte er.

Ohne die Hände vom Mund zu nehmen, schüttelte Martina den Kopf. »Benito hilft uns nicht.«

»Himmel und Hölle, hör endlich auf, aus Benito ein Monster zu machen!«, brüllte Felix sie an. »Verdammt, Martina, ein Mann ist nun einmal nicht zum Heiligen geboren, und einer verführerischen jungen Nymphe widersteht so schnell keiner. Aber das macht aus uns doch keine Schweine, die die Kinder ihrer Freunde im Stich lassen! Benito ist mein Freund, er hat Miguel bisher vor dem Schlimmsten bewahrt, und ich hole ihn mir jetzt zu Hilfe, damit sie mir meinen Sohn nicht in die Hölle schicken!«

Martina, sonst nie um eine scharfe Antwort verlegen, sagte nichts, sondern schluchzte auf. Felix umarmte sie, und eine kleine Weile weinten sie zusammen. Irgendwer zog los, um den Vater zu suchen, fand jedoch nur die Mutter, die ihn ebenfalls vergeblich gesucht hatte. Die ganze Zeit über jagten Anavera wie vorhin auf dem Bahnhof Gedankenfetzen durch den Kopf, derweil ihr Herz bis in die Kehle schlug: Warum hat mir Tomás nichts gesagt, warum hat sich Tomás mir nicht anvertraut? Und gleich darauf: Es muss der Sohn von Sanchez Torrija sein, der dahintersteckt – anders kann es nicht sein.

Es wurde zur fixen Idee, die sich in ihr festbiss: Sie musste diesen teuflischen Sohn von Sanchez Torrija irgendwo auftreiben und ihn zwingen, Tomás wieder freizugeben.

»Benito hat für uns keine Zeit, er ist bei seiner Geliebten«, rief die schluchzende Martina.

»Nicht doch«, erwiderte der Freund, der auf Suche gegangen und mit der Mutter zurückgekommen war. »Er ist bei Don Perfidio. Den jetzt zu stören würde Tomás mehr schaden als

nützen. Wir haben im Nationalpalast eine Nachricht hinterlassen. Im Moment bleibt uns nichts, als abzuwarten.«
Das Warten war das Schlimmste. Schlafen konnte niemand. Sobald die Sonne aufging, fuhren Martina und Felix zum Belem-Gefängnis, um zu versuchen Tomás zu sehen. Am Boden zerstört kehrten sie zurück.
»Tomás wird nicht nur beschuldigt, der Geist des Pinsels zu sein«, krächzte Felix ohne Stimme und Ausdruck. »Diese Schweine im Belem behaupten, er hat Felipe Sanchez Torrija ermordet, und wenn kein Wunder geschieht, wird er dafür gehängt.«
»Das ist doch Unsinn!«, schrie Anavera in das Stimmengewirr, das sich erhob. Dann verstummte sie. War es wirklich Unsinn? Wie oft hatte Tomás gedroht, einen der beiden Sanchez Torrijas zu töten? Aber hatte er ihr nicht versprochen, vernünftig zu bleiben und ihr gemeinsames Leben nicht aufs Spiel zu setzen? Betroffen starrte sie in ihre leeren Hände. Er hatte es ihr versprochen, aber als Geist des Pinsels hatte er dieses Leben Nacht für Nacht aufs Spiel gesetzt. Das Vertrauen, ihr davon zu erzählen, hatte er nicht aufgebracht.
In der Nacht, in der Sanchez Torrija ermordet worden war, hatte sie vor Übermüdung wie eine Tote geschlafen. Hätte Tomás ihr Zimmer verlassen, um sich hinüber ins Haus ihres Feindes zu schleichen, hätte sie nichts davon bemerkt. Sanchez Torrija hatte ihn mit der Peitsche geschlagen, und nicht jeder Mann besaß die Kraft, solche Verletzung seiner Würde auszuhalten. Sanchez Torrija hatte ihm seine Paradieswelt auf El Manzanal zerstört, und letzten Endes hatte er die Schuld daran getragen, dass Anavera ihre Hochzeit abgesagt hatte.
Aber brachte man deswegen einen Menschen um?
Es kam ihr vor, als hätte ihr jemand Gift geradewegs in die Seele geträufelt. Tomás war ihr Verlobter, ihr Liebster, ihr

Freund seit Kindertagen. Wie konnte sie an ihm zweifeln? Das haben die Sanchez Torrijas uns getan, hämmerte es in ihrem Kopf, der Tote genauso wie sein lebender Sohn.
Wieder zog eine Gruppe von Freunden los, um den Vater zu suchen, während die anderen wie Tiere im Haus herumstreiften. Die Sonne ging schon unter, als die Suchenden zurückkehrten. Der Vater war nicht bei ihnen. Doch zum ersten Mal zeichnete sich in Gesichtern und Stimmen so etwas wie Hoffnung ab. »Don Benito sendet seine Grüße«, rief der kleine Zeichner José Posada. »Er hat Tomás besuchen dürfen, und gemessen an den Umständen geht es ihm gut.«
Das Raunen der Erleichterung war so nachhaltig, dass es eine Weile dauerte, bis Felix sich mit seinen Fragen Gehör verschaffen konnte. »Hat Benito etwas zur Verhandlung gesagt? Es wird doch eine Verhandlung geben, und Benito wird ihn doch vertreten? Sie können meinen Jungen nicht einfach so ohne Verhandlung aburteilen – nicht wahr, das können sie nicht?«
»Benito lässt sagen, ihr sollt für den Augenblick versuchen euch zu beruhigen, so gut es eben geht«, antwortete ein anderer aus der Gruppe, ein hagerer, fast kahlköpfiger Mann mit runden Augen. »Vorerst geschieht nichts. Er hat versucht eine Freilassung auf Kaution zu erwirken, aber dagegen verwahrt sich natürlich der prächtige Truthahn der Nacht.«
»Verdammt, was ist denn das für eine Rechtsprechung?«, fuhr Felix auf. »Unterliegen wir eigentlich noch der Justiz oder nur noch dem verdammten Truthahn der Nacht?«
»Wir unterliegen mit Wohl und Wehe dem Willen des Präsidenten«, erwiderte der Hagere. »Und der allein entscheidet, wem er Zugeständnisse macht und wem nicht. Der schöne andalusische Truthahn ist immerhin der Sohn des Getöteten und als dessen Erbe nun einer von Don Porfirios wichtigsten

Geldgebern. Aber in der ganzen Misere gibt es auch ein Gutes. Der Andalusier bricht in den nächsten Tagen auf, um seinen Besitz in Yucatán zu inspizieren. Er kann sich also um den Fall seines Vaters nicht kümmern. Das verschafft uns Zeit.«

»Zeit, darauf pfeife ich!«, rief Felix. »Aus Yucatán kommt das Dreckschwein frühestens in sechs Wochen zurück. Woher weiß ich, ob mein Junge sechs Wochen in dieser Seuchenhölle von Gefängnis überlebt? Diese Maya, die da unten mit ihren sprechenden Kreuzen das noble Volk in Angst und Schrecken versetzen – können die ihm nicht die Kehle durchschneiden und sein giftiges Blut den alten Göttern zu saufen geben?«

»Die Idee hat ihren Reiz«, gestand der Hagere zu. »Die Mägen der alten Götter dürften Kummer gewohnt sein, wobei ich die Einwohner von Chan Santa Cruz eigentlich für Christen hielt. Aber wie auch immer – für die Zwischenzeit hat der Präsident Benito ein Zugeständnis gewährt. Tomás ist in eine Einzelzelle verlegt worden, ihr dürft ihm zu essen bringen, wenn es auch an der Pforte abgegeben werden muss, und er wird nicht misshandelt.«

Noch einmal erfolgte das erleichterte Raunen, in das Anavera einstimmte. Dabei hämmerten die Gedanken in ihrem Kopf weiter. Ich muss diesen Andalusier oder Truthahn oder wie immer sie ihn nennen aufhalten, bevor er nach Yucatán fährt. Er muss Tomás freigeben. Er ist an allem schuld.

Martina rieb sich die Augen und schniefte. »Nicht zu fassen, dass Don Perfidio sich von Benito noch etwas sagen lässt«, murmelte sie, zumindest ein wenig erlöst.

»Don Perfidio ist ein größenwahnsinniger Tyrann«, beschied sie Felix. »Aber ein Idiot ist er nicht, weshalb er kaum seinen fähigsten Kopf für ein Kavaliersdelikt in die Wüste schicken wird. Außerdem ist er ein Mann und weiß somit, dass es einen

Mann nicht zum Schwein macht, wenn er gelegentlich einer süßen Versuchung erliegt. Schweine sind die, die unsere Zeitungen verbieten und unsere Kinder in Gefängnisse werfen. Benito ist unser Freund. Das hat er gerade bewiesen, und alles andere ist mir egal.«

»Felix!«, schrie Martina. »Hast du vergessen, dass das Opfer dieses Kavaliersdelikts deine Base Kathi ist und dass sie mitten im Raum steht?«

»Felix hat recht«, mischte sich jäh Katharina ein und trat vor. »Wenn mein Mann mich betrügt, ist es eine Sache zwischen ihm und mir. Euch geht es nichts an. Es mag einen üblen Ehemann aus ihm machen, aber es macht aus ihm keinen üblen Freund. Und wenn ich ihn verlasse, geht es auch allein ihn und mich und unsere Kinder an, nicht euch. Ich werde von keinem von euch verlangen, dass er Benito die Freundschaft aufkündigt, um zu mir zu halten. Wenn ihr mich im Augenblick nicht braucht, dann gehe ich jetzt zu ihm, um das, was uns betrifft, zu regeln. Irgendwann wird er ja in seine Wohnung zurückkommen. Anavera, du kümmerst dich um Josefa, ja?«

»Bleib doch hier«, rief Martina. »Benito wird ja wohl herkommen, sobald er kann.«

»Das bezweifle ich«, entgegnete Katharina. »Du hast eine sehr deutliche Art, jemandem klarzumachen, dass er in deinem Haus nicht erwünscht ist. Damals, als ich bei dir in Ungnade gefallen war, hätte ich gewiss alles lieber getan, als mich hierherzuwagen.«

Damit ging sie und hörte nicht mehr, was der Hagere zu der völlig verstörten Martina sagte. »Natürlich kommt Benito her, um euch von Tomás zu berichten«, versicherte er und legte den Arm um sie. »Nicht einmal von dir ließe er sich das verbieten. Aber heute Abend kann er nicht kommen, Martina. Es ist nämlich etwas geschehen, das uns allen Hoffnung machen sollte – Miguel ist frei.«

In dem Jubel, der ausbrach, löste sich ein Teil der Anspannung.

»Das ist die beste Nachricht des Tages«, bekundete Felix tapfer, obwohl ihm Tränen in den Augen standen. »Wenn Miguel es schließlich überstanden hat, bekomme ich meinen Jungen auch zurück.«

Dass Tomás' Lage ungleich heikler war, weil es um viel mehr als ein paar aufrührerische Artikel ging, mochte ihm in diesem Augenblick niemand sagen. Stattdessen berichtete der Hagere, dass der Vater Miguel ins Hospital Nuestra Señora de la Luz gebracht hatte. »Er ist sehr schwach, aber so, wie es aussieht, weder schwer verletzt noch an einer Seuche erkrankt. Benito will lediglich sichergehen.«

»Er hätte ihn herbringen sollen«, sagte Martina mit der Spur eines Lächelns. »Schließlich bin ich Ärztin und habe ihn auch schon einmal zusammengeflickt.«

Der Hagere streichelte ihr den Arm. »Du brauchst deine Kraft jetzt für dich. Wie wäre es, wenn du versuchst ein bisschen zu schlafen? Und du auch, Felix.«

Schlafen wollte niemand, aber nach und nach erklärten sich alle bereit, sich zumindest ein wenig auszuruhen. Alle bis auf Anavera. So müde sie war, drängte es sie, sich endlich auf den Weg zu Josefa zu machen. Nicht nur, weil sie es der Mutter versprochen hatte und weil sie selbst ihre Schwester sehen wollte, sondern auch, weil Josefa und Sanchez Torrijas Sohn einander liebten, so irrwitzig diese Vorstellung auch war. Wenn es einen Weg zu ihm gab, dann führte er über Josefa. Sie ließ sich von Martina die Adresse nennen, aber die verbot ihr, so spät noch aufzubrechen. »Josefa lässt dich nicht ein, Süße. Und mir genügt es, dass ich um das Leben eines Kindes fürchten muss – dass du mitten in der Nacht dort allein auf der Straße stehst, kommt nicht in Frage.«

Also wartete Anavera eine furchtbare, ruhelose Nacht ab, ehe sie sich im Morgengrauen auf den Weg machte. Schon bald schalt sie sich eine dumme Gans, weil sie in der Riesenstadt losgezogen war wie daheim auf dem Lande. Der Weg zu der Wohnung, die Josefa mit Sanchez Torrijas Sohn teilte, war endlos, und Geld für einen Mietwagen hatte sie nicht eingesteckt. Als sie nach einem gehörigen Fußmarsch endlich das schmale Haus aus der Kolonialzeit erreichte, wurde ihr im Magen flau. Würde sie ihm dort begegnen – Sanchez Torrijas Sohn, ihrem Feind? Anavera hatte nie im Leben einen Feind gehabt.

Er sollte ihr Tomás zurückgeben und die Beschuldigung widerrufen. Nach der Gesetzeslage würde Tomás wegen der Wandmalereien verurteilt werden, aber dieser Mann, der mit seinem Geld alles kaufen konnte, besaß die Macht, ihn aus der Grube zu retten, in die er ihn gestürzt hatte.

Und er sollte ihr sagen, was es mit den ekelhaften Gerüchten auf sich hatte, die er über ihren Vater verbreitete.

In der Eingangshalle des Hauses gab es eine Loge, in der eine Concierge vor sich hin döste. Als Anavera ihr Josefas Namen nannte, schüttelte sie lediglich den Kopf. Anavera überwand sich und nannte den Namen von Sanchez Torrijas Sohn. Wieder schüttelte die Concierge den Kopf, schien aber schließlich Mitleid zu haben und ließ sich zu einer Erklärung herab: »Señor Sanchez Torrija gehört das Haus, das ist richtig, aber er wohnt nicht hier. Das kleine Elfchen hat er bis zum letzten Ersten hier wohnen lassen, dann hat er die Wohnung einem seiner Verwalter überlassen, und die Kleine musste gehen.«

»Ja, aber wo sind sie denn hin?«

»Wo ist wer hin?«

»Meine Schwester – Josefa Alvarez und Señor Sanchez Torrija.«
Die Concierge zuckte mit den Schultern. Im selben Moment kam ein dunkel verbrannter Weißer mit einem Strohhut die Treppe hinunter.
»Sie suchen Señor Sanchez Torrija?«, fragte er. »Mein Name ist Fernando Sentiera, ich arbeite für ihn. Seine Adresse darf ich Ihnen nicht nennen, denn das schätzt er überhaupt nicht, und ich habe mir bereits durch mein Versagen in Yucatán schlechte Karten bei ihm eingehandelt. Aber vielleicht kann ich ihm zumindest etwas ausrichten?«
»Ich suche meine Schwester!«, rief Anavera. »Josefa Alvarez. Sie muss vor Ihnen in der Wohnung gewohnt haben.«
Fernando Sentiera ließ die Mundwinkel hängen. »In der Tat, das hat sie«, sagte er. »Ihr Tafelklavier steht ja noch da, und vor ein paar Tagen war schon einmal ein Mädchen, eine gestrandete Ausländerin, hier und hat nach ihr gefragt. Aber in welches Nestchen die bedauernswerte grüne Baronin sich verkrochen hat, weiß ich so wenig wie Sie.«
»Die grüne Baronin?«
Damit begann der zweite Teil des Wirbelsturms aus Ereignissen, die Anavera schließlich in einen Nachtzug nach Veracruz katapultiert hatten, ohne dass sie begriff, wie ihr geschah. Fernando Sentiera, der offenbar ein gutherziger Mensch war, hatte erkannt, dass sie wenig mehr als nichts wusste, und war mit ihr in den Patio gegangen, um ihr ein paar Zusammenhänge zu erklären. Jedes Wort, das sie vernahm, bestärkte sie in ihrem Entschluss: Sie musste Josefa um jeden Preis finden. Wie es aussah, war ihre Schwester mutterseelenallein in der Stadt und brauchte dringend einen Menschen.
Auf einem Botschaftsempfang hatte sie ihrem Vater ins Gesicht geworfen, er habe kein Recht mehr an ihr, denn sie sei

nicht seine Tochter, sondern die eines Tiroler Barons. Seither galt sie der feinen Gesellschaft als die »grüne Baronin«, die sie mit Hohn und Spott überschüttete. »Ihr Vater hat auch sein Fett wegbekommen. In diesen Kreisen lässt man sich nicht ungestraft einen Bastard unterschieben, und wer den Schaden hat, braucht für den Spott nicht zu sorgen«, erklärte Sentiera. »Aber eine Tochter, die ihren Vater öffentlich demütigt, löst weit größere Empörung aus – umso mehr, wenn der Vater ein Volksheld ist.«

Sich einen Bastard unterschieben lassen – so also sprach man von der Freude, die ihr Vater an Josefa gehabt hatte, der Wärme und Zärtlichkeit, mit der er sie aufgezogen hatte. Anavera hätte wütend auf ihre Schwester sein sollen, aber sie fühlte sich von Mitleid übermannt. Sanchez Torrijas Sohn musste die scheußliche Tat von ihr verlangt haben. Und danach hatte er sie erbarmungslos verlassen, wie er es mit Scharen von Frauen vor ihr getan hatte.

»Aber er liebt sie doch!«, rief Anavera.

»Pah, lieben.« Fernando Sentiera lächelte bedauernd. »Ich verdiene mein Brot bei ihm und sollte so nicht sprechen, aber Don Jaime weiß überhaupt nicht, was das ist. Ich habe schon für seinen Vater gearbeitet, und der wusste es auch nicht. Weiber hatte er ständig im Haus, aber geliebt hat er von denen keine. Und die schöne, überzarte Adelstochter, die er gegen den Willen ihrer Familie geheiratet hatte, schon gar nicht. Dass sie an seinen Affären, an den ewigen Demütigungen zerbrach, hat ihm Vergnügen bereitet, und dass sein kleiner Sohn dabei zusah, vermutlich auch. Als sie sich schließlich das Leben nahm, wurde ihm der Junge lästig. Also hat er ihn gepackt und übers Meer verfrachtet, zu Verwandten, bei denen er wohl kaum willkommen war.«

»Sein eigenes Kind?«, stammelte Anavera.

Fernando Sentiera nickte. »Einen Sechsjährigen. Dass der Sohn in seinem Menschenhass noch verbitterter geworden ist als der Vater, kann im Grunde nicht verwundern. Von der Familie hält man besser Abstand, Señorita. Die Männer der Sanchez Torrijas haben dort, wo bei unsereinem ein lebendiges Herz klopft, einen Klumpen aus der Jade, die dem Jungen so sehr gefällt.«

Anavera wollte nur eines, ihre Schwester finden. Zu Martina ging sie besser nicht zurück, denn dort wäre sie aufgehalten worden. Also waren die deutschen Verwandten in der Calle Caldena ihre einzige Hoffnung. Sie dankte Fernando Sentiera, der ihr noch einen sorgenvollen Blick sandte, und war schon unterwegs.

Die Haushaltswarenhandlung, die die Familie Hartmann vornehmlich mit exportierten Waren aus Europa betrieb, war an diesem Morgen spärlich besucht. Hinter der Theke im Verkaufsraum stand ein übernächtigter Onkel Stefan, der nicht mehr wusste als Anavera. »Ich kann nicht fassen, dass wir Josefa einfach so verloren haben«, sagte er. »Sie wollte ja keinen von uns sehen, und dann ist so viel passiert, dass niemand mehr versucht hat einen Zugang zu ihr zu finden.«

In ihrer Erregung hatten weder der Onkel noch Anavera bemerkt, dass jemand an den Ladentisch getreten war. Das junge Mädchen wirkte so dünn und durchscheinend, dass seine Füße vermutlich beim Auftreten kein Geräusch verursachten. Zerzaust und abgerissen, wie sie war, handelte es sich bei ihr wohl kaum um eine Kundin. »Sie wollen wissen, wo die Josefa ist?«, fragte sie in einem merkwürdig rollenden, schwer verständlichen Deutsch. »Wenn Sie es sich ein bisschen was kosten lassen, bringe ich Sie hin.«

»Woher wissen denn Sie das?«, fuhr Onkel Stefan auf. Dann wandte er sich an Anavera: »Ich habe dir ja gesagt, es ist einfach zu viel passiert. Darüber wollte ich übrigens mit deiner Mutter sprechen, aber ich fürchte, ihr wächst derzeit alles über den Kopf.«

»Wo die Josefa ist, weiß ich, weil mich die Gruberin dafür bezahlt hat, sie zu finden«, platzte das zerzauste Mädchen frech dazwischen. »Das heißt, sie bezahlt mich nicht einmal, sie wirft mir ein paar Bröcklein hin, damit ich nicht verhungere.«

Onkel Stefan stöhnte. »Wir haben Ihnen doch Geld dafür gegeben, dass Sie sich von Josefa fernhalten, bis wir mit der Mutter des jungen Mädchens gesprochen haben.«

»Aber Sie sprechen ja nie mit ihr«, trumpfte das Mädchen auf. »Die Gruberin kann nicht mehr warten, die ist besessen, das begreifen Sie nicht. Sie hat bald ein Jahr lang nichts anderes im Kopf gehabt als ihren Neffen, und als sie gehört hat, dass der Neffe eine Nichte ist, wollte sie in einen der versumpften Kanäle springen. Aber seit sie das Mädchen gesehen hat, ist alles anders. Das Mädchen hat ihr Herz gewonnen, sagt sie, weil sie aussieht wie ihr kreuzvermaledeiter Valentin. Und ihren Namen mag sie auch. Josefa Valentina Gruber, hat sie gesagt, das ist ein feiner Tiroler Name. Sie will nur noch das Mädchen. Weil sie von Ihnen Geld genommen hat, fühlt sie sich verpflichtet, ihr Versprechen zu halten. Sie ist ja eine von den Vornehmen und legt Wert auf solche Sachen. Deshalb begafft sie bisher ihre Josefa nur von weitem, aber lange hält sie das nicht mehr aus. Dem Mädchen geht's nicht gut, sagt sie, es muss hier weg. Nach Tirol, wo die Straßen sauber sind und ihre wahre Heimat liegt, sagt sie.«

»Wer sind Sie?«, rief Anavera, ehe Stefan ein Wort herausbringen konnte.

»Franzi«, erwiderte das Mädchen trocken. »Ich bin niemand. Aber die Gruberin ist die Tante von der Josefa, nach der Sie suchen.«

»Ich bin Josefas Schwester«, sagte Anavera.
Wahrlich wie vom Donner gerührt starrte das Mädchen Franzi sie an. »Das ist nicht möglich«, stammelte sie.
Vielleicht begriff Anavera in diesem Augenblick zum ersten Mal, was es bedeutete, dass ihr Vater tatsächlich nicht Josefas Vater war. Aber dafür hatte sie jetzt keine Zeit. Um das alles würde sie sich sorgen, wenn sie mit Josefa gesprochen und Sanchez Torrija gefunden hatte – wenn Josefa und Tomás in Sicherheit waren. »Bitte«, sagte sie zu Onkel Stefan, »kannst du Fräulein Franzi bezahlen, damit sie mich zu Josefa führt? Ich gebe dir das Geld zurück, sobald ich kann. Ach, und kannst du meiner Mutter ausrichten, dass sie sich um mich keine Sorgen machen soll? Ich bleibe bei Josefa, solange sie mich braucht.«
Widerstrebend zahlte Onkel Stefan Franzi ein paar Münzen aus der Ladenkasse aus. »Bist du dir sicher, dass du das Richtige tust?«, fragte er Anavera. »Sollte nicht jemand mit dir gehen?«
»Nein, das muss ich allein schaffen«, sagte sie. »Ich kann von Glück sagen, wenn Josefa überhaupt mit mir spricht. Wenn wir als Horde über sie herfallen, lässt sie uns gewiss nicht einmal durch die Tür.«
Eine gute Stunde liefen sie erst durch breite Avenuen, dann durch ungepflasterte Gassen, ehe Franzi vor einer heruntergekommenen Mietskaserne in einem Viertel namens Carmen haltmachte. Anavera war Armut nicht fremd, doch das Elend, das sie in diesen Straßen erlebte, erschien ihr unendlich trostloser als alles, was sie aus Querétaro kannte. »Es ist nur halb so schlimm, wie es aussieht«, beteuerte Franzi, die ihre Gedanken offenbar erriet. »Die Wohnungen sind alle trocken, es gibt meistens sauberes Wasser, und ab und an trägt auch jemand die Müllberge ab. Da sollten Sie's einmal weiter im Os-

ten sehen, wo wir gehaust haben, bevor mir Felice Hartmann über den Weg gelaufen ist. Der Müll stank zum Himmel und der Schlamm bis zum Hals. Dagegen ist's hier wie im Paradies, und wenn ich hier eine Wohnung für mich hätte, ich tät mich nicht beklagen.«
Anavera konnte sich dennoch nicht vorstellen, dass Josefa, ihre elegante, auf Stil und feine Manieren bedachte Schwester, in solch einer Gegend lebte.
»Ich lass Sie jetzt dann alleine«, sagte Franzi. »Fräulein brauchen Sie mich übrigens nicht zu nennen. Aber zu ein bisschen Trinkgeld sag ich nicht nein.«
»Es tut mir leid«, bekannte Anavera, »ich bin eine trottelige Pomeranze, die ohne einen Centavo aus dem Haus gelaufen ist. Ich gebe Ihnen etwas, wenn wir uns wiedersehen.«
»Das sagen sie alle«, bemerkte Franzi resigniert und trollte sich.
Anavera holte tief Luft und machte sich auf den Weg in das hohe, verfallene Haus.
Josefa wohnte in einem einzigen Zimmer mit einem trüben Fenster auf einen Hof, in dem nichts wuchs. Halb hatte Anavera damit gerechnet, auf ihr Klopfen keine Antwort zu erhalten oder hinausgeworfen zu werden. Josefa aber zog die Tür auf, rief »Verita, du« und fiel ihr um den Hals. Behutsam schob Anavera sie ins Zimmer und schloss hinter sich die Tür. Dann hielt sie sie an sich gedrückt und ließ sie weinen, bis das wilde Schluchzen langsam verebbte.
Ihre schöne Schwester sah furchtbar aus. Ihr Kleid wirkte schmutzig und stand in grobem Kontrast zu dem prachtvollen Jadeschmuck, den sie um den Hals trug. Das Gesicht war bleich und aufgedunsen, das Haar glanzlos, der Leib bis auf die Knochen abgemagert. »Ich kann nicht essen«, entschuldigte sie sich. »Ich gebe alles gleich wieder von mir.«

»Aber Jo, warum wohnst du denn hier?«, rief Anavera entgeistert.
»Ich habe kaum noch Geld«, murmelte Josefa, ging zu einem abgewetzten Sessel, ließ sich hineinfallen und nahm ein Stück Stoff, das über der Lehne hing, in die Hände. »Ich weiß auch nicht, wo es geblieben ist. Wir sind ins Kasino gegangen, dann habe ich Kleider gebraucht und dann die Geschenke für Jaime – es ist mir einfach so durch die Finger geronnen.«
»Aber du hast doch eine Wohnung, in die du gehen kannst. Du hast doch eine Familie.«
Josefa schüttelte den Kopf. »In meine Wohnung gehe ich nicht mehr zurück, denn da würde ich die anderen treffen. Martina, Tomás – ich kann ihnen allen nie wieder unter die Augen kommen. Mir ist niemand geblieben, nur Jaime.« Sie drückte das Stück Stoff in den Händen und begann wieder zu weinen.
»Ich bin dir geblieben«, sagte Anavera. »Ich habe dir geschrieben, aber du hast es nicht für nötig gehalten, mir zu antworten.«
Josefa stand auf, schleppte sich zu einem wackligen Tisch, auf dem ihr altes Tagebuch lag, und zog etwas heraus. Anaveras Brief. Ungeöffnet. Mit der anderen Hand hielt sie noch immer den Stoff umklammert, von dem Anavera jetzt sah, dass es der bunte Rebozo war, den sie als Kind besessen, aber nie gemocht hatte. Es war keine sehr gekonnte Arbeit. Ihre Mutter war als Weberin genauso unbegabt wie sie, Anavera. Sie lief zu Josefa und schloss sie in die Arme.
»Ach, Jo, du darfst doch solchen Unsinn nicht denken. Wir alle vermissen dich furchtbar. Komm zurück zu uns. Lass das hier hinter dir.«
Josefa weinte und schüttelte heftig den Kopf. »Jaime kann ich nicht hinter mir lassen. Ohne ihn will ich nicht mehr leben.«

Anavera musste an Abelinda denken, die ohne Miguel nicht mehr leben wollte. Wenigstens sie würde ihren Liebsten bald zurückbekommen. Und wenn sie selbst Tomás nicht zurückbekäme? Wie konnte sie der Schwester sagen, sie solle den teuflischen Mann, der sie so tief verletzt hatte, vergessen? Würde sie selbst Tomás vergessen, wenn man ihn ihr nahm?
Sie erhielt keine Gelegenheit, Josefa irgendetwas zu sagen, denn diese schluchzte auf, warf den Kopf in den Nacken und schrie: »Bitte hilf mir, Verita! Du musst ihn mir zurückholen – ich habe doch sein Kind in mir!«
Der Schrecken traf tief, und er löste sich nicht. Martina hatte recht, die Welt war auf den Kopf gestellt. Auf der einen Seite standen Abelinda und Miguel, die sich sehnlichst ein Kind wünschten und keines bekommen würden. Und auf der anderen stand Josefa, die sich die Augen aus dem Kopf weinte, weil sie eines erwartete, dessen Vater sie im Stich ließ.
Anavera hatte noch nie einen Menschen gesehen, der so bitterlich um einen anderen weinte, nicht Elena um ihren Acalan und nicht einmal Abelinda um ihre Kinder und Miguel. Für Stunden saß sie mit der weinenden Josefa in den Armen auf dem zerschlissenen Sessel und wünschte, sie hätte etwas tun können, um diesen Taifun der Traurigkeit aufzuhalten. Josefa riss sich selbst in Fetzen, ließ kein gutes Haar an sich. Sie nannte sich hässlich, plump und töricht, langweilig und schlecht erzogen. Sie sei des wundervollen Mannes, den sie hatte lieben dürfen, nicht würdig, schrie sie, und zuletzt nannte sie sich einen Judas und eine Barbarin.
Eine Unsinnschwätzerin bist du, dachte Anavera. Und es ist der Teufel, der dir das angetan hat, dieser verdammte andalusische Truthahn, der deiner nicht würdig ist. Der Schwester all das zu sagen nützte nichts. Josefa war taub vor Schmerz,

und je länger Anavera ihr schreckliches Weinen mit anhörte, desto klarer wurde ihr, dass es nur einen Weg gab, um beiden – Josefa wie Tomás – zu helfen: Sie musste diesem Sohn von Sanchez Torrija gegenübertreten und ihn dazu bringen, sich seiner Verantwortung zu stellen. Vielleicht war sie einfältig, vielleicht hatte das Leben in einer Familie, in der Reden als Allheilmittel gehandelt wurde, sie blind für die Wirklichkeit gemacht. Da ihr aber keine Wahl blieb, konnte sie es zumindest versuchen.

»Hör zu, Jo«, sagte sie, »wie lange weißt du schon, dass du ein Kind bekommst?«

»Ich hätte es längst wissen müssen. Ich hatte schon ewig kein Blut mehr, aber darauf gekommen bin ich erst, als Jaime fort war und ich überhaupt kein Essen mehr bei mir behalten konnte.«

»Also weiß er nichts davon.«

Verzweifelt schüttelte Josefa den Kopf. »Ich wollte es ihm ja sagen, ich bin überall hingefahren und habe auf ihn gewartet, aber er lässt mich nicht an sich heran. Ich habe ihn zu sehr verärgert. Jetzt bin ich so schwach, dass ich die Treppe nicht mehr hinunterkomme, wie soll ich es ihm denn jetzt noch sagen? Wenn er es wüsste, er würde mir doch endlich verzeihen und wieder zu mir kommen. O Verita, ich halte das alles nicht aus. Bitte hol ihn mir zurück!«

»Das werde ich«, sagte Anavera und streichelte Josefas verschwollenes Gesicht. »Jo, hast du noch irgendwelches Geld hier? Gib es mir. Ich muss Lebensmittel und frisches Wasser für dich kaufen, und dann brauche ich einen Wagen, um zurück in den Westen zu fahren. Dort weiß ich jemanden, der mir helfen kann. Und du tu mir bitte einen Gefallen. Sobald du die Kraft dazu findest, lass der Mutter eine Nachricht zukommen, nur ein kurzes Telegramm. Wenn du willst, schick

es an Martinas Adresse, aber lass sie nicht ohne ein Zeichen von dir.« Anavera nahm ihr den Rebozo aus den Händen und strich über das ungleichmäßige Gewebe.
»Die Mutter ist auch hier?«
Anavera nickte. »Sie hat etwas mit Vater zu klären, sonst wäre sie augenblicklich zu dir gekommen. Dieses eine Mal braucht sie ihre Kraft für sich. Sie darf sich nicht noch um uns beide sorgen.«
Josefa richtete sich auf. »Mein Vater ist er nicht«, stieß sie heraus. »Und damit du es weißt, er hat eine junge Geliebte, eine weiße Grafentochter. Während er mir erzählt hat, er kämpfe um Miguel und um die Entwässerung der Slums, lag er mit dieser Frau in ihrem verlotterten Bett.«
»Das kannst du doch nicht glauben, Jo.« Die Verachtung in Josefas Stimme erschreckte Anavera mehr als die Worte.
»Und warum nicht? Weil dein verdammter Vater ein Heiliger ist?«
»Nein, natürlich nicht, aber ...«
»Frag, wen du willst. Jeder weiß es.«
»Ich frage ihn«, erwiderte Anavera mühsam beherrscht. »Aber nicht jetzt.«
So gut sie konnte, versorgte sie Josefa mit den nötigsten Lebensmitteln, umarmte sie zum Abschied und versprach ihr noch einmal, ihr den Mann, den sie bis zum Wahnsinn liebte, zurückzubringen. Von ihrer eigenen Sorge – Tomás' Verhaftung – sagte sie ihr nichts.
Während sie mit einem Mietwagen zu der Wohnung am Paseo de la Reforma fuhr, fragte sie sich, wie sie Josefa ein derart leichtsinniges Versprechen hatte geben können. Aber sie hatte es gegeben. Sie musste es einlösen. Wenn dieser Unmensch für sein Kind nicht aufkommen wollte, dann sollte er es ihrer Familie sagen und die Konsequenzen tragen. Ihre Schwester

war kein billiges Flittchen, das jemand wegwerfen durfte wie eine aufgerauchte Zigarettenkippe.

Sie hatte Glück und traf Fernando Sentiera noch an. »Wäre ich jünger, hätte ich fast zu hoffen gewagt, Sie kämen um meinetwillen, nicht des schönen Andalusiers wegen«, sagte er.

»Warum denn das?«, fragte Anavera erstaunt.

»Sie sind schön«, erwiderte er schlicht. »Wenn Ihnen das noch niemand gesagt hat, wird es Zeit. Und Ihre Familie sollte besser auf Sie aufpassen und Sie nicht allein in der Dämmerung herumlaufen lassen. Soll ich Sie nach Hause bringen?«

»Sie müssen mir helfen«, beschwor ihn Anavera. »Ich muss um jeden Preis Señor Sanchez Torrija sprechen. Ich weiß, Sie haben mir erklärt, er schätzt so etwas nicht, aber bitte sagen Sie mir trotzdem, wo ich ihn finde.«

»Das klingt, als ginge es um Leben und Tod.«

»Darum geht es«, erwiderte Anavera.

»Ich würde Ihnen sehr gern helfen«, sagte Sentiera mit ehrlichem Bedauern, »aber ich fürchte, Sie kommen zu spät. Señor Sanchez Torrija nimmt heute Abend den Zug und reist auf seine Plantagen nach Yucatán. Sie wissen, was dort los ist, nicht wahr?«

»Kaum«, gab Anavera zu.

»Der Krieg der Kasten ist noch lange nicht zu Ende«, erklärte ihr Sentiera. »Und der Staat der Maya-Rebellen mit ihren sprechenden Kreuzen macht Schule. Im Grenzland gibt es etliche Dörfer, die sich ebenfalls als freie Maya-Siedlungen betrachten und die weißen Herren mit aller Erbitterung bekämpfen. Es kommt zu Überfällen und Verschleppungen, und gemunkelt wird von Versklavung und Menschenopfern. Ich wäre selbst um ein Haar das Opfer eines solchen zornentbrannten Rebellentrupps geworden und ginge nicht für alles Gold der Welt noch einmal dorthin zurück. Aber für Señor Sanchez Torrija

macht genau das den Reiz aus. Das Einzige, was diesen Mann halbwegs bei Verstand hält, ist ständige Herausforderung.«
Anavera hatte Schwierigkeiten, richtig zuzuhören. Durch ihren Kopf hallte das Wort Yucatán, und mit Schrecken fiel ihr ein, was Martinas hagerer Bekannter gesagt hatte. Mindestens sechs Wochen lang würde Sanchez Torrijas Sohn von der geheimnisvollen, kaum erschlossenen Halbinsel nicht zurückkommen. »Er darf nicht abreisen!«, rief sie jäh. »Bitte, Señor, könnten Sie mich zum Bahnhof fahren? Ich weiß, ich benehme mich fürchterlich, aber irgendwann werde ich einen Weg finden, mich bei Ihnen zu bedanken.«
»Sie benehmen sich ziemlich reizend«, erwiderte Sentiera. »Und das ist Ihr Glück, denn ansonsten würde ich Ihnen diese aberwitzige Bitte abschlagen.«
So war sie auf den Bahnhof gelangt. Beim Anblick der wogenden Menschenmassen sank ihr der Mut. Wie sollte sie hier einen Einzelnen ausfindig machen, den sie zu allem Unglück nie zuvor gesehen hatte? Es musste eine Himmelsmacht sein, die ihr zu Hilfe kam. Sie stand auf den Stufen, die hinunter auf die Gleise führten, starrte hilflos in die Menge und entdeckte ihn. Einen hochgewachsenen, schwarzhaarigen Mann in einem Cape, wie es auf diesem Bahnhof Hunderte geben musste – und dennoch hegte sie keinen Zweifel daran, dass es dieser war, nach dem sie suchte. Der schöne Andalusier. Der Teufel. Der prächtige Truthahn der Nacht. Vielleicht erkannte sie ihn von Posadas Karikatur, vielleicht war tatsächlich eine Himmelsmacht am Werk. Der Mann bemühte sich auffällig, zu den übrigen Reisenden Abstand zu halten, und ging drei Schritte vor seinem Kofferträger. Eindeutig strebte er auf einen der wartenden Züge zu. Anavera rannte los.
Sie schoss an ihm vorbei, und in dem Moment, in dem er den Zug besteigen wollte, verstellte sie ihm den Weg. »Ich bin

Anavera Alvarez«, rief sie außer Atem, »Josefas Schwester, Benito Alvarez' Tochter.«

Er blieb stehen und betrachtete sie. »In der Tat«, sagte er, »das ist nicht zu übersehen.«

Dann schwieg er und betrachtete sie weiter, bis Anavera so unbehaglich zumute war, dass sie herausplatzte: »Sie müssen mit mir kommen. Meine Schwester bekommt von Ihnen ein Kind.« Ganz kurz glaubte sie in seinen hellen Augen Erschrecken zu erkennen. Dann warf er den Kopf zurück und lachte auf. Anavera, der Josefas Weinen noch in den Ohren hallte, verspürte schon in diesem Moment den Wunsch, ihn zu schlagen. Sie hatte klug vorgehen wollen, aber dazu war sie zu durcheinander und erregt. Ohne Beherrschung schleuderte sie ihm alles ins Gesicht, erst Josefas Elend, dann das von Tomás, der kein Mörder war, sondern einer der feinsten Männer, die sie kannte. »Was hätten Sie getan, wenn man Ihren Freund zu Unrecht ins Gefängnis geworfen hätte? Tomás hat niemanden verletzt, niemanden angegriffen, er hat nur mit seinen eigenen Mitteln gegen die Verletzung der Pressefreiheit protestiert.«

Was sie alles gesagt hatte, wusste sie nicht mehr. Erst als die Worte ihr ausgingen, schwieg sie. Sanchez Torrijas Sohn sah sie noch immer an, als wäre er nicht ganz sicher, was für einer Gattung sie angehörte. »Sehr unterhaltsam«, bemerkte er endlich. »Und jetzt lassen Sie mich bitte vorbei, denn ansonsten verpasse ich meinen Zug.«

»Ich habe Ihnen doch gesagt, Sie können mit diesem Zug nicht fahren!«

»Ich habe es zur Kenntnis genommen«, erwiderte er. »Gehen Sie mir aus dem Weg.«

Als sie seiner Aufforderung nicht nachkam, schob er sie kurzweg mit dem behandschuhten Handrücken beiseite und bestieg den Zug. Sein Cape streifte über ihr Gesicht. Zorn pack-

te sie. Sie sprang hinter ihn in den Zug und riss ihn am Cape zu sich herum. »Haben Sie denn überhaupt kein Gewissen?«, schrie sie.
»Fragen Sie meinen Diener, ich führe über mein Gepäck nicht Buch«, sagte er.
Gleich darauf setzte sich der Zug mit einem Ruck in Bewegung. Unaufhaltsam wie ein Blitzstrahl schoss er mit Anavera an Bord aus der Bahnhofshalle.

30

Martina hatte recht, die ganze Stadt sprach davon. Katharina hätte an Josefa, Tomás, Anavera und den halben Rest der Welt denken sollen, aber es gab nur eines, an das sie zu denken vermochte, wieder und wieder: Mein Mann betrügt mich. Mein Mann, den ich mit allem, was mich ausmacht, liebe, liebt eine andere als mich.
Die starken Säulen, auf denen ihre Welt gestanden hatte, waren zerbrochen, und ihre Welt kugelte haltlos durch ein leeres Universum.
Sie kannte ihn ihr Leben lang. Sechs Jahre alt war er gewesen, als ihr Vater ihn und seinen Bruder in Dienst genommen hatte, und in ihrer Erinnerung hatte sie ihn vom ersten Tag an geliebt. Gab es irgendetwas, das er für diese Liebe nicht getan hatte? Er hatte sich halbtot prügeln und um ein Haar erschießen lassen, und als es ihrer Familie endlich gelungen war, sie zu trennen und Mexikos atemberaubende Weite zwischen sie zu legen, hatte er sie weitergeliebt. Fünfzehn Jahre lang. Er war durch einen Fluss in eine von Feinden belagerte Stadt geschwommen, um sie zu befreien, obwohl er wusste, dass sie dort mit einem anderen lebte. Sie hatte vor ihm gestanden und

gedacht: Wie habe ich jemals annehmen können, ich wäre in der Lage, einen anderen zu lieben? Wie völlig absurd ist das? Nur dieser ist mein. Er hatte sie mit Valentins Kind im Bauch in seine Arme genommen, in sein Haus und in sein Leben, und seither hatte er sie Tag für Tag so innig, so voller Feuer und so beständig geliebt, dass ihre Verletzungen heilten.
Es machte stark, so geliebt zu werden. Es erfüllte mit Zuversicht und einem tiefen Vertrauen ins Leben – und mit einer Freude am eigenen Körper, die noch anhielt, wenn der jugendliche Glanz und die Spannkraft verlorengingen.
Verdammt, Benito, dachte sie, weißt du wirklich nicht, wie kostbar und selten es ist, zwanzig Jahre lang miteinander glücklich zu sein? Sie hatten Kinder bekommen, waren ständig von Menschen umgeben und hatten doch nie aufgehört, ein Paar von Verschwörern zu sein, die eine entlegene Insel und ein zärtliches Geheimnis teilten. Den Zauber und das Lachen der Nacht! Wie konnte ein Mann fähig sein, das wegzuwerfen? Nicht irgendein Mann, sondern der eine, den sie bis in sein Innerstes zu kennen glaubte.
Sie hatte seine Integrität gekannt, sein Gewissen, das ihm nicht die kleinste Verfehlung durchgehen ließ und manchmal so gnadenlos auf ihn einschlug, dass sie ihn vor sich selbst in Schutz nehmen musste. Und derselbe Mann hatte die Frau, die ihm vertraute, bald ein Jahr lang feige und hinterhältig belogen? Die Nacht vor Weihnachten fiel ihr ein, ihre innige Nähe, seine Verzweiflung über Miguels Schicksal und ihr Versuch, ihm Mut zuzusprechen. Sein Körper unter ihrem, auf der Korbliege in der Sala, seine Schultern, Hüften, seine langen Beine, die sich um sie schlangen, seine wendige Schönheit, nach der sie noch immer verrückt war. Ihr Blick fiel auf ihre Hände, auf Runzeln, Furchen und dunkle Flecken. Alt, dachte sie, nicht mehr gewollt, beiseitegeworfen, obgleich die

Spuren, die die Jahre hinterlassen hatten, Spuren ihres gemeinsamen Lebens waren.

Felix hatte unrecht, es war kein Kavaliersdelikt, den Menschen, dessen leuchtende Jahre man geteilt hatte, zu ersetzen, sobald das Licht schwächer und die Tage kürzer wurden. Es machte kein Schwein aus Benito, denn sie war keine Frau, die ihr Leben lang ein Schwein geliebt hatte. Aber die Tat war schweinisch. Sie mochte ihre Liebe zu ihm nicht zerstören, doch wie war es um ihre Achtung bestellt? Und wie um ihr Glück? Sie musste sich Einhalt gebieten, um nicht tränenblind stehen zu bleiben, sondern weiterzugehen.

Wer das Mädchen war, war nicht schwer herauszufinden, und es versetzte ihr einen zusätzlichen Stich. Sie kannte Don Teofilo seit Jahren. Er gehörte zu den Männern, die Porfirio Diaz unterstützt hatten, als er noch als Speerspitze der liberalen Bewegung galt und für Freiheit, Fortschritt und Verfassungstreue eintrat. Er hatte auch Benito unterstützt und in ihm nur den hochtalentierten politischen Denker gesehen, nie den Sohn eines erschossenen Verbrechers, der einem erniedrigten Volk entstammte. Benito hatte nicht nur Katharina betrogen, sondern auch diesen Mann, einen Vater wie ihn selbst, der ihm nie anders als voll Respekt begegnet war.

Dass sie ihn aufsuchte, mochte ihn noch tiefer demütigen, aber nachdem sie eine Nacht lang vergeblich in Benitos Wohnung gewartet hatte und einen Tag lang ziellos in der Stadt herumgeirrt war, fiel ihr nichts anderes mehr ein. Der Conde bat sie ohne Federlesens in sein Haus, seine so verwunschen wirkende Casa de los Azulejos, und sagte: »Ich hatte gehofft, Sie würden sich an mich wenden.«

»Ich will offen sein«, sagte Katharina. »Zu allem anderen fehlt mir die Kraft. Ich komme, weil ich meinen Mann suche. Und weil ich wissen muss, ob es wahr ist.«

Der Conde nickte. Er konnte nicht mehr als zehn Jahre älter sein als sie und Benito, sah aber aus wie ein Hundertjähriger.
»Darf ich Ihnen etwas sagen, Señora?«
»Natürlich.«
»Ich bilde mir ein zu wissen, wie Sie sich fühlen, denn ich habe mich ähnlich gefühlt. Ich habe geglaubt, ich könnte es nicht überleben. Aber ich habe es überlebt. Ich habe nicht gedacht, dass ich mich das einmal würde aussprechen hören, doch es ist die Wahrheit: Ich bin froh, Ihren Mann nicht erschossen zu haben. Was er getan hat, wiegt schwer, und ob ich ihm je verzeihen kann, weiß ich nicht. Ich muss ihm aber zugutehalten, dass er tut, was er versprochen hat – nicht feige flüchten, sondern so gut wie möglich für seine Tat einstehen. Und darf ich Ihnen noch etwas sagen, auch wenn es verrückt klingt? Die Folgen von alledem sind auf einmal nicht halb so schlimm, wie ich sie mir ausgemalt habe. Sie bedeuten nicht, dass das Leben nicht weitergehen kann. Das hilft Ihnen nicht, habe ich recht?«
Trotz allem musste Katharina lächeln. »Ich bin noch nicht so weit wie Sie. Aber doch, zu wissen, dass man irgendwie damit leben lernt, hilft.«
Er nahm ihre Hand. »Ihr Mann hat ein übles Verbrechen begangen, und ich wünsche mir, dass er die Strafe dafür in aller Härte erleiden muss. Aber er ist kein übler Mensch. Wenn Sie es in sich haben, ihm zu verzeihen – glauben Sie nicht, Sie dürften es nicht tun.«
»Ich danke Ihnen«, sagte Katharina. »Wären Sie bereit, mir zu sagen, wo Ihre Tochter lebt? Bitte glauben Sie, ich werde sie nicht behelligen und ich spreche ihr keine Schuld zu. Ich hoffe lediglich, meinen Mann dort zu finden.«
Don Teofilo verschwand in einem Nebenzimmer und kehrte mit einer Karte zurück, auf der eine Adresse im Bezirk Guerrero notiert war. »Bitte behalten Sie sie für sich. Dolores

wünscht eine Zeitlang völlige Ruhe, was in ihrer Lage wohl begreiflich ist.«

Dolores. War das der Name, den Benito ihr ins Ohr flüsterte, wenn er sie nach der Liebe noch einmal in die Arme zog? Oder hatte er einen eigenen Namen, einen Liebesnamen in Nahuatl, für sie wie für Katharina? »Selbstverständlich«, sagte sie zu Don Teofilo und stand auf. »Ich bin Ihnen zu tiefstem Dank verpflichtet. Und ich wünsche Ihnen und Ihrer Tochter das Beste.«

Der Tochter hätte sie gern die Cholera an den Hals gewünscht. Warum konnte sie es nicht drehen und wenden wie Felix und der »verführerischen Nymphe« die Schuld geben, warum musste Benito der Schuldige sein?

»Doña Catalina«, sagte der Conde leise. »Nur eines noch. Ihr Mann hat gesagt, wenn wir es so wollten, könnte das Kind auf Ihrem Gut in Querétaro aufwachsen, und auf den ersten Blick schien mir das der einzig gangbare Weg zu sein. Ich kann mir vorstellen, was das von Ihnen verlangt hätte, und weiß das Angebot umso mehr zu schätzen. Aber wir werden es nicht annehmen. Dolores will, dass das Kind bei ihr bleibt, und ich ... ich will es auch.«

»Das Kind?«

»Vidal«, sagte Don Teofilo und klang beinahe stolz. »Mein Enkelsohn.«

Katharina taumelte und streckte den Arm aus, um sich an der Wand zu fangen, ehe sie stürzte. Das Kind. Vidal. Die Tochter des Conde hatte ein Kind von Benito. Einen Bruder von Katharinas eigenen Kindern. Und Benito hatte, ohne sie zu fragen, beschlossen, den Jungen auf El Manzanal, wo ihre Kinder groß geworden waren, aufzuziehen. Im Grunde ist es nur gerecht, dachte sie zynisch. Ich habe ihm Josefa angehängt, und nach all diesen Jahren zahlt er es mir heim.

»Ist Ihnen nicht wohl, Señora?«
Sie straffte den Rücken. »Bitte entschuldigen Sie. Es ist schon wieder vorbei.«
Er verbeugte sich und küsste ihr die Hand. »Sie haben in Ihrem Leben viel Mut bewiesen, Doña Catalina. Und auch wenn Sie sich jetzt entwürdigt fühlen – ich habe selten eine so würdevolle Frau erlebt wie Sie.«
Ihr fiel alles schwer, die Straße entlangtaumeln, einen Mietwagen anhalten. Jeder Schritt auf dem Pflaster, jedes Räderrollen bildete ein höhnisches Echo auf immer gleiche Silben: Benito hat einen Sohn. Benito hat mit Dolores de Vivero einen Sohn. Sie musste an ihren eigenen Sohn denken, an das Leuchten in Benitos Augen, als er sich über sie beugte und mit zitternden Fingern seinem neugeborenen Sohn über die Wange strich. An das Teleskop, das Benito seinem kleinen Jungen unter der Dachluke aufgestellt hatte, und an Vater und Sohn, die in der Nacht auf den Dachboden stiegen, um in die Sterne zu schauen. An die große Hand über der kleinen, die Vicente half, das Rohr auszurichten. Es war zu viel. Sie ließ die Tränen laufen und scherte sich nicht um die Blicke des Mietkutschers, als sie ihn bezahlte. Was konnte es ihr noch anhaben, was irgendein fremder Mann von ihr dachte?
Die Wohnung lag im zweiten Stock einer Villa aus der Zeit der französischen Besatzung. Die Fassade hatte bessere Tage gesehen, doch die Halle war sauber, luftig und hell. Katharina stieg die ersten Stufen der gewundenen Treppe hinauf, als oben eine Tür schlug. Gleich darauf kam Benito ihr entgegen. Sein schwarzes Haar war noch immer nicht völlig weiß, sein Rücken noch immer gerade, seine Schultern straff, sein Rock wie angegossen und in seinen Hüften jene sehnige Beweglichkeit, wie um die steifen Kleider unwillig abzuschütteln. Sein Gesicht eine Liebeserklärung ans Leben. Und seine Augen,

jedes Leuchten, jedes Lachen darin, eine Liebeserklärung an sie. Jedes Mal, wenn sie ihn länger als ein paar Tage nicht gesehen hatte, war ihr derselbe Gedanke durch den Kopf geschossen: Beneidet mich, aber ihr könnt ihn nicht haben. Dieser herrliche Mann ist mein.
Sie würde es nie wieder denken.
Er blieb stehen. »Katharina.«
Sie blieb auch stehen. »Warum sagst du nicht Ichtaca zu mir? Ist das auf einmal nicht mehr genehm?«
»Weil mir Josefa gesagt hat, ich soll in einer zivilisierten Sprache sprechen«, antwortete er. Dann sah er die Nässe auf ihren Wangen und eilte die restlichen Stufen hinunter, bis er vor ihr stand. So nah, dass sie nur die Hand hätte heben müssen, um seine Wange zu berühren. Um ihn zu schlagen oder zu streicheln. Aber keins von beidem half.
»Ich konnte nicht zum Bahnhof kommen«, sagte er. »Porfirio wollte noch einmal über Miguel sprechen. Es liegt an mir, hat er gesagt. Entweder er schickt ihn nach Yucatán oder er lässt ihn gehen.«
»Und er wusste, dass ich an diesem Abend komme?«
Benito nickte.
»Wie geht es Miguel?«
»Er ist schwach und braucht Pflege. Aber die Ärzte sagen, wir können ihn morgen nach Hause holen.«
»Und Tomás?«
»Tomás ist bemerkenswert tapfer und im Augenblick keinen Schikanen ausgesetzt. Aber seine Lage sieht böse aus. Die Rurales haben in Querétaro etliche Zeugen aufgetrieben, die gehört haben, dass er Felipe Sanchez Torrija töten wollte.«
»Ihm darf nichts geschehen!«
»Nein«, sagte Benito mit kaum hörbarem Beben in der Stimme. »Wir erlauben nicht, dass ihm etwas geschieht.«

Er ist kein Schwein, dachte Katharina, und ich werde nie ein Schwein in ihm sehen können. Sie wollte sich ein Herz fassen und das erste Wort hinter sich bringen, doch ihre Kehle verweigerte sich. Nur die Tränen strömten.
»Ich liebe dich«, sagte er.
In dem leeren Treppenhaus schienen die Worte von allen Wänden zu hallen. Sie wollte sie ihm verbieten, aber nicht einmal dazu besaß sie die Kraft. Sie wollte ihm sagen, dass sie ihm kein Wort glaubte, aber sie glaubte ihm. Ich liebe dich auch, Benito, und ich war immer stolz darauf, so klug gewählt zu haben. Warum zum Teufel hast du unserer Liebe das angetan?
So, wie er es immer tat, wenn sie weinte, vergaß er, dass er ein Taschentuch in der Brusttasche trug, und hob die bloße Hand, um ihr die Tränen vom Gesicht zu streicheln. Dann verhielt er, und seine Augen fragten sie um Erlaubnis. Das Weinen wurde immer schlimmer, und ihr Nicken geriet völlig hilflos. Tränen wegstreicheln hatte keinen Sinn mehr. Er legte die Arme um sie und barg ihr nasses Gesicht an seiner Brust, wiegte sie, begrub sein Liebesflüstern in ihrem Haar. Irgendwann fand sie ihre Stimme wieder und sprach, ohne sich aus seinen Armen zu befreien, doch auch ohne ihn zu berühren.
»Willst du mich verlassen, Benito?«
Ihre Wange auf seiner Brust spürte die rasende Kraft, mit der sein Herz schlug.
»Bitte verlass mich nicht«, sagte er.
»Und wenn ich nicht damit leben kann?«
Er war Anwalt, Politiker, ein brillanter Redner. Unter ihrer Wange zu spüren, wie er schluckte und um Worte rang, tat ihr beinahe weh.
»Ich habe dein Vertrauen verspielt«, sagte er endlich. »Ich kann dich nicht bitten, mir noch etwas zu glauben.«

»Doch«, erwiderte sie. »Doch, das kannst du, und du kannst mich auch bitten, dir zu verzeihen. Ich kann dir nur nichts versprechen.«
»Bitte verzeih mir«, sagte er. »Und bitte glaub mir, dass ich mir keinen anderen Rat wusste. Ich habe mich so schwach gefühlt wie nie in meinem Leben. Was immer ich tat, es konnte nur das Falsche sein.«
Willst du, dass ich dich bemitleide?, blitzte es in ihr auf und entfachte ihren Zorn. Aber das hatte er nie gewollt, er hatte bei keinem Menschen je um Mitleid gebuhlt. In dieser ganzen Misere musste es etwas geben, das sie nicht verstand. Wieder kamen ihr Tränen, und ihre Knie gaben nach. Seit wie vielen Stunden sie nicht mehr geschlafen hatte, wusste sie nicht zu zählen.
»Komm mit nach oben«, sagte er. »Du musst dich hinsetzen.« Er wartete ihre Antwort nicht ab, sondern führte sie die Treppe hinauf. Mit jedem Schritt wurde ihr die Ungeheuerlichkeit ihrer Lage stärker bewusst. Völlig entkräftet hing sie in den Armen ihres Mannes und ließ sich in die Wohnung seiner Geliebten eher tragen als führen. Erst jetzt bemerkte sie die schwere Seide seines Rocks, die steife Hemdbrust und das Plastron. Er hatte zu irgendeiner Verpflichtung mit dem Präsidenten gehen wollen. Statt einen Schlüssel zu zücken, klopfte er an. »Meine Frau ist gekommen«, sagte er, als die Tür sich einen Spaltbreit öffnete.
Die junge Frau zog die Tür weit auf. Sie trug ein loses weites Hauskleid, und das Haar fiel ihr offen auf die Schultern. Selbst in einem Saal voller schöner Menschen wäre sie noch auffällig schön gewesen. In einem Arm trug sie den schlafenden Säugling. Aus dem gemusterten Tuch ragte ein dichter pechschwarzer Schopf, wie Anavera und Vicente ihn gehabt hatten. »Guten Abend, Señora«, sagte sie schüchtern und höf-

lich. »Danke, dass Sie gekommen sind. Darf ich Sie um etwas bitten?«
Katharina brachte kein Wort heraus.
»Bitte lasten Sie, was Ihnen angetan worden ist, mir an, nicht Ihrem Mann.«
»Das kommt nicht in Frage«, sagte Benito, der Katharina in die Wohnung führte und ihr half, sich in einen Sessel zu setzen. »Ich gehe dir Wasser holen.«
»Du bleibst hier«, sagte Katharina, und zu ihrer eigenen Verblüffung klang ihre Stimme fest. Benito verhielt in der Bewegung und stand still.
»Nicht«, bat das Mädchen. »Lassen Sie Ihren Zorn an mir aus, nicht an ihm. Er hat lange genug den Kopf hingehalten und eingesteckt, was andere verdienen.«
»Das ist in Ordnung, Dolores«, fuhr Benito sie an. Seine Augen blitzten. »Ich kann durchaus selbst entscheiden, was ich tue, und allein dafür einstehen.«
Katharina sah von ihrem Mann zu dem jungen Mädchen Dolores und von ihr zu dem Kind an ihrer Brust. Bilder von Säuglingen blitzten vor ihrem geistigen Auge auf. Nicht nur die schwarzen Schöpfe ihrer eigenen Kinder, sondern auch die des Zwillingspaares, das Abelinda zur Welt gebracht hatte. Wieder sah sie das Mädchen an, das ihren Blick geradezu flehend erwiderte, und dann ihren Mann, einen Strafverteidiger, dem es nicht gegeben war, die Stimme zu seiner eigenen Verteidigung zu erheben, schließlich wieder das Kind und dann noch einmal ihren Mann, den sie bis in sein Innerstes kannte. Alle Teile fielen an ihren Platz und ergaben das komplette Bild. »Es ist Miguel, nicht wahr?«, fragte sie. »Sie sind Miguels Geliebte, und Ihr kleiner Junge ist sein Sohn.«
Benito senkte den Kopf, verschränkte die Hände im Rücken und sagte nichts.

Das Mädchen sagte: »Ja. Ja, natürlich.« Sie machte eine Pause und küsste hastig den Schopf des Kindes. »Wir haben uns bei der Zeitung kennengelernt«, fuhr sie fort. »Bei *El Siglo*. Ich wollte schreiben, und in Miguel fand ich einen Redakteur, der nicht der Ansicht war, Frauen hätten Erben zu gebären, Hemden zu besticken und ansonsten die Hände im Schoß zu falten. Wir genossen unsere Arbeit miteinander, und als die schwarzen Wolken begannen sich um *El Siglo* zusammenzubrauen, verschweißte uns das noch fester. Eine Zeitlang verausgabten wir uns mit allen Kräften für den Kampf für unsere Zeitung. Und ehe wir uns versahen, verausgabten wir uns füreinander.« Sie machte noch eine Pause, um den Kopf des kleinen Jungen mit den Lippen zu berühren. Dann fügte sie schnell hinzu: »Wir waren entschlossen, vernünftig zu sein und uns zu trennen, doch binnen zweier Tage geriet uns die Lage völlig aus der Hand. Miguel wurde verhaftet, und ich musste begreifen, dass ich ein Kind von ihm bekam.«
Katharina rieb sich die schmerzenden Augen. Es war so, wie Abelindas dunkelste Angst es ihr prophezeit hatte. In der großen Stadt hatte der scharfsinnige, begabte Miguel ein Mädchen gefunden, das ihm anders als die kleine Provinzlerin das Wasser reichen konnte. Und obendrein hatte nicht die Provinzlerin, sondern die Schöne aus der Stadt Miguel einen Sohn geboren. Vidal. Der Lebendige. Unvermittelt schrie sie Benito an: »Dieser Bengel bricht seiner Frau das Herz, und du, statt ihn durchzuprügeln, ziehst los und hältst deinen Kopf für ihn hin?«
Benito wandte ihr sein Gesicht zu. »Glaub mir, ich hätte ihn ziemlich gern durchgeprügelt. Aber das hilft nicht gegen Liebe. Zumindest hat es vor vierzig Jahren in Veracruz nicht geholfen.«
Sie wollte ihn zur Ordnung rufen, ihm den Vergleich verbieten, aber die Erinnerung übermannte sie. »Ich prügle ihn tot«,

hatte ihr sanfter, liebevoller Vater gebrüllt. »Wenn er meine Tochter noch einmal anrührt, prügle ich ihn tot.« Die Narben trug Benito noch immer, aber er hatte nicht aufgehört, seine Liebste anzurühren.
»Falls es dich beruhigt, die Vollzugsbeamten unseres Staates haben es an meiner Stelle erledigt«, sagte Benito hart. »Und du kannst sicher sein, sie sind darin besser als ich.«
»Benito!«
Kaum merklich fuhr er zusammen. »Du hast in allem, was du mir vorwirfst, recht«, sagte er dann. »Ich habe dich und die Kinder verraten und belogen, ich habe euch vernachlässigt und mit euren Sorgen allein gelassen – für Miguel.«
»Und für die Entwässerung der Slums«, mischte das Mädchen Dolores sich ein. »Für die Freiheit von Presse und Rede, für die Restaurierung von Wohnhäusern und die Festlegung bezahlbarer Lebensmittelpreise …«
»Hör auf«, fiel Benito ihr ins Wort.
»Sag du es mir«, forderte Katharina ihn auf, aber sie schrie ihn nicht mehr an. »Warum hast du mir nichts davon erzählt? Du hast nicht uns allein gelassen, sondern vor allem dich. Weißt du, wie weh das tut – zu sehen, wie du dich geschunden und innerlich zerrissen hast, und ausgeschlossen zu bleiben? Dir nicht helfen zu dürfen?«
Über seinen starken Rücken lief das Zittern, mit dem er sich selbst überwand. »Bitte hilf mir, Ichtaca«, sagte er leise. »Ich kann nicht mehr.«
»Komm her zu mir.«
Er nahm den Abstand mit drei Schritten, ging vor ihr in die Knie und begrub seinen Kopf in ihrem Schoß. Einen Augenblick zögerte sie, dann schob sie die Hände unter den Stoff des Rocks und schloss sie um seine Schultern, die vor Anspannung noch immer zitterten. Das Mädchen Dolores ver-

ließ auf leisen Sohlen den Raum. »Als du ihn im Gefängnis besucht hast, hat Miguel dir das alles anvertraut, nicht wahr? Und dann hat er dich gebeten, dich um Dolores zu kümmern, so wie damals dein Bruder dich bat, dich um seine Liebste Inez zu kümmern. Was noch, Benito? Hat er dir das Versprechen abgenommen, keinem Menschen etwas von seinem Verhältnis zu Dolores zu sagen?« Sein Schweigen war ihr Antwort genug. »Er hätte das nicht von dir verlangen dürfen«, sagte sie hart. »Und du hättest dich nicht daran halten dürfen. Abelinda hat uns auch gebeten, über den Tod ihrer Kinder zu schweigen, aber ich habe es dir trotzdem erzählt, weil ich fand, du habest ein Recht darauf. Hatte ich nicht dasselbe Recht, Benito?«

»Ich wollte nicht, dass du Miguel verachtest«, erwiderte er gepresst.

»Und stattdessen durfte alle Welt dich verachten, ja? Ist das deine Auffassung von Gerechtigkeit? Um einem Schuldigen die verdiente Strafe zu ersparen, verurteilst du einen unbescholtenen Mann dazu. Ich möchte nicht wissen, was Martina dir alles an den Kopf geworfen hat.«

»Ich auch nicht«, murmelte er kleinlaut in ihrem Schoß.

Wie von selbst lösten ihre Hände ihren harten Griff und begannen ihm über die Schultern zu streicheln. »Sieh mich an«, befahl sie ihm. »Verteidige dich.«

Benito hob den Kopf. »Das kann ich ja nicht.«

»Du musst«, sagte sie. »Erklär es mir.«

Sie sah, dass er sich die Lippe zerbissen hatte wie als Junge. Und wie als Junge fuhr er sich ins Haar und zerraufte es. »Miguel war so verzweifelt«, sagte er endlich. »Du kannst dir das Elend in diesem Gefängnis nicht vorstellen – und Miguel ist nicht dafür gemacht.«

»Ist irgendein Mensch dafür gemacht, Benito?«

»Nein«, gestand er ein. »Aber manche halten es besser aus als andere. Tomás ist ruhig, besonnen, man kann mit ihm reden, Strategien planen und darauf vertrauen, dass er sich daran hält. Miguel war kurz davor, den Verstand zu verlieren. Er hatte furchtbare Angst, dass, wenn der Conde von seinem Verhältnis mit Dolores erfahren würde, dies sein Todesurteil wäre. Und damit hatte er recht. Der Conde ist Porfirios wichtigster Geldgeber. Hätte Porfirio Wind davon bekommen, dass Miguel dessen Tochter entehrt hat, hätte er kurzen Prozess mit ihm gemacht.«

»Aha. Und was wäre, wenn er kurzen Prozess mit dir gemacht hätte?« Als er den Kopf senken wollte, schlug sie ihn hart unters Kinn und hinderte ihn. »Was wäre, wenn Porfirio dich zur Verantwortung gezogen hätte? Oder wenn der Conde dich gefordert hätte? Hast du darüber überhaupt nachgedacht?«

»Nein«, gab er zu. »Ich habe die Kontrolle über die Lage verloren. Es war, als säße ich in einem lecken Boot, und während ich auf der einen Seite versuchte ein Loch zu stopfen, riss auf der anderen ein neues auf.«

Katharina nickte. »Das ist kein Wunder, oder? Wenn ein Boot überladen ist, nützt kein Leckstopfen mehr, dann sinkt es. Und deines war schon voll bis zum Rand, ehe diese Flutwelle mit Miguel dich überrollte. Wer von euch hat sich diesen aberwitzigen Plan eigentlich ausgedacht – du, Dolores oder Miguel?«

»Was für einen aberwitzigen Plan?«, fragte er verstört.

»Den Wahnsinn, dich statt Miguel als Dolores' Liebhaber auszugeben.«

»Na hör mal«, erwiderte er empört. »Natürlich hat sich überhaupt keiner von uns solchen Quatsch ausgedacht. Ich habe mich ein paarmal mit Dolores getroffen, um ihr Nachricht von

Miguel zu bringen. Dann bemerkte sie, dass sie schwanger war, und brauchte bei ein paar Schritten Hilfe, weil man einer Frau allein ja nicht einmal gestattet, eine menschenwürdige Wohnung zu mieten. Dass wir zum Gesprächsthema der Stadt geworden waren, habe ich erst bemerkt, als das Gerede schon bis zu Porfirio gedrungen war. Wie die Leute auf eine derart hanebüchene Idee gekommen sind, bleibt mir allerdings ein Rätsel. Ich bin ein verheirateter Mann im Alter ihres Vaters ...«

Etwas durchfuhr sie. Sie sandte ihm einen blitzenden Blick und versetzte seiner Wange einen Klaps. »Ein verdammt unwiderstehlicher Mann im Alter ihres Vaters bist du. Glaube nur ja nicht, dass ich dich noch einmal allein in dieser Stadt lasse. Das hast du verspielt, mein Lieber. Strafe muss sein, von jetzt an bleibe ich bei dir und bewache dich.«

Ungläubig sah er zu ihr auf. »Das ist aber keine Strafe, Ichtaca.«

»Das hoffe ich«, erwiderte sie. »Du hast ja keine nötig, sondern erteilst sie dir immer selbst, und härter als dein Gewissen könnte ich ohnehin nicht sein. Dein Leben wirst du trotzdem ändern müssen. Es brennt in diesem Land, und ich weiß selbst, wie schwer es ist, dabeizustehen, ohne mit einem Eimer Wasser von einem Brandherd zum anderen zu jagen. Aber an allen Enden gleichzeitig löschen kannst du nicht, mein Liebling. Das konntest du als junger Mann nicht – und sosehr es dich kränken mag, du bist kein junger Mann mehr.«

»Das kränkt mich nicht«, rief er geradezu begeistert, und in seinen Augen sah sie das vertraute Funkeln. Er beugte sich über ihre runzligen, altersfleckigen Hände und übersäte sie mit Küssen. »Ich bin mit Vergnügen ein alter Mann, solange ich nur meine schöne junge Frau behalten darf und sie noch manchmal mein Liebling zu mir sagt, auch wenn sie bitterböse auf mich ist.«

»Ach, Benito.« Sie musste lachen und weinen zugleich und konnte mit keinem von beidem aufhören. »Warum hältst du nur mein Herz so völlig nackt in deinen Händen, dass es jede Berührung von dir tausendfach spürt?«
Sehr sachte legte er seine beiden Hände auf ihr Herz. »Weil an dem Schlag von deinem Herzen mein Leben hängt«, sagte er.
Sie schloss die Hände um seinen Nacken, zog ihn zu sich und küsste ihn auf die Lippen. Er küsste sie wieder, hinreißend, voll verhaltenem Feuer und so, dass er dafür einen Orden verdiente, viel mehr als für das Sprengen von Brücken und den Durchbruch in feindliche Linien. Sie küssten sich lange und bei weitem zu schamlos dafür, dass sie nicht mehr jung waren und sich in einem fremden Haus befanden. Die Küsse halfen ihnen zu begreifen, dass sie einander nicht verlieren würden, nicht ohne einander einer Welt gegenübertreten mussten, die sie zunehmend weniger verstanden.
Gegen die Schwäche half es nicht. Katharina wünschte, sie hätte sich irgendwo mit ihm verkriechen, ihn erst reichlich grob und dann reichlich zärtlich lieben und hinterher stundenlang in seinen Armen schlafen dürfen. »Und was tun wir jetzt?«, fragte sie schicksalsergeben, als sie sich voneinander lösten. »Hetzen wir wieder los und schütten unsere paar Tropfen Wasser auf unsere Flächenbrände? Du musst zu Porfirio, nicht wahr? Du wirst dich umziehen müssen, denn ich habe dich zerrauft wie einen Landstreicher.«
Er unterdrückte ein Stöhnen. »Wir haben eine Sitzung der Científicos wegen des Entwässerungsprojekts. Aber vor allem muss ich zu Felix und Martina, um ihnen von Tomás zu berichten. Wenigstens ist Martina mein Landstreicher-Aufzug egal. Ich bin sicher, sie würde mich gern noch weit wilder zerraufen.«

»Sie soll sich hüten, dir ein Haar zu krümmen«, bemerkte Katharina warnend. »Wenn eine dir die Leviten liest, mein Liebster, dann ich.«
Benito verzog den Mund zu einem schiefen Grinsen. »Muss das wirklich sein? Von ihr kann ich es wegstecken, aber von dir ...«
Sie drückte ihm den Kopf herunter und küsste ihn auf den Nacken. »Ich bin ja schon fertig mit dir, du schlimmer Mann. Was soll ich denn tun? Ja, ich bin dir bitterböse, weil du dich in solche Gefahr gebracht hast und weil du nicht auf dich achtest, sondern dich verausgabst, bis du zusammenbrichst. Aber ich sehe ja selbst, dass du mit dem Rücken zur Wand stehst. Es brennt schon wieder, nicht wahr? In Querétaro ist es dasselbe, und wenn jetzt Sanchez Torrijas Sohn sein Erbe antritt, wird wohl alles noch furchtbarer als zuvor.«
Er richtete sich halb auf und stützte den Kopf in eine Hand. »Ich bin nicht sicher«, sagte er. »Ja, es hat den Anschein, als würde Jaime Sanchez Torrija seinen Vater an Grausamkeit übertreffen, und ohne Zweifel ist er der Klügere von beiden, aber ich habe ihn einmal mit Josefa gesehen und gedacht: Bei all seinem Gehabe ist er im Grunde nicht viel älter als unsere Kinder – genauso unsicher und genauso bedürftig. Wir können doch einen so jungen Menschen noch nicht zum Teufel stempeln. Wenn jemand sich fände, dem er erlaubte, ihm diese fürchterlich verkrampften Schultern zu klopfen, würde er womöglich den Mut aufbringen, einen anderen Weg einzuschlagen.«
»Und derjenige soll ausgerechnet unsere Josefa sein?«, rief Katharina entsetzt.
Jäh schwiegen sie beide und starrten sich an. »Um Gottes willen, Josefa«, murmelte Benito. »Wir müssen uns um sie kümmern. Aber mich lässt sie keine halbe Meile weit an sich heran.«

Katharina nickte. »Anavera ist zu ihr gegangen, und ich frage mich die ganze Zeit, wie sie wohl zurechtgekommen ist.«
»Anavera wird ihr guttun«, sagte Benito mit einem unüberhörbaren Anflug von Stolz. »Anavera ist verlässlich und stark.«
»Ja, das ist sie, aber sie ist genau wie du. Sobald jemand an einer Last schleppt, hält sie die Schultern hin und lässt sich den ganzen Packen aufladen, auch wenn er ihr hundertmal zu schwer ist. Ich weiß nicht, ob ich aus diesem Sessel noch einmal aufstehen kann, aber ich muss unbedingt zu Josefa gehen und sehen, ob es ihnen beiden gutgeht …«
»Das mache ich«, ertönte die Stimme des Mädchens Dolores von der Seitentür her. Den kleinen Jungen hatte sie offenbar zum Schlafen in seinen Korb gelegt. Als Katharina und Benito protestieren wollten, schnitt sie ihnen das Wort ab. »Keine Widerrede. Es ist höchste Zeit, dass ich etwas von meiner Schuld abtrage, und ich bin in Josefas Alter. Vielleicht fällt es ihr leichter, mit mir zu sprechen. Mit Champagner begossen haben wir uns jedenfalls schon einmal.« Ermutigend lächelte sie. Dann wurde sie mit einem Schlag wieder ernst. »Außerdem sage ich ihr endlich die Wahrheit, damit sie begreift, was für ein immenses Unrecht sie ihrem Vater zufügt. Und meinem Vater und Martina von Schweinitz sage ich sie auch.«
»Aber Miguel«, fuhr Benito auf.
Dolores schüttelte den Kopf. »Dass du deine Ehre opferst, erlaube ich keinen Tag länger. Miguel ist jetzt frei, und er und ich müssen allein zurechtkommen. Keine Sorge, mein Vater wird ihn nicht erschießen. Auch wenn nichts so ist, wie er es sich für seine Tochter erträumt hat, hat er doch etwas, das viel überwältigender als alle Träume ist – Vidal, einen Enkel. Für uns wird das Leben weitergehen.«
»Und für Miguels Frau?«, warf Katharina ein.

»Ich schicke Miguel zu ihr zurück«, antwortete Dolores. »Mehr kann ich nicht tun.«

Katharina nickte. Mehr konnte sie nicht tun. Miguel würde für das, was er getan hatte, teuer bezahlen. Er würde die Laufbahn als Journalist, die er geliebt hatte, gegen das stille Leben in Querétaro tauschen und auf seine Geliebte wie auf sein Kind verzichten müssen. So wie Katharina ihn kannte, würde er es auf sich nehmen, und wenn sie sich Zeit ließen, gab es vielleicht für alle Beteiligten einen Weg, zurechtzukommen.

»Ich fahre zum Schweinitz-Palais und sage wegen Tomás Bescheid«, wandte sich Dolores noch einmal an sie. »Außerdem bitte ich meinen Vater, Ihren Mann bei Porfirio Diaz zu entschuldigen, und dann besuche ich Ihre Tochter. Und Sie nehmen bitte Ihren Mann und schleifen ihn in ein Hotel, in eines, wo Sie es schön haben und wo kein Mensch Sie findet. Und am besten bleiben Sie mindestens drei Nächte.«

»Das können wir nicht wirklich tun, oder?«, platzte Benito mit einer Spur seliger Hoffnung in der Stimme heraus. »Was ist mit Vidal?«

»Der kann ein paar Stunden bei seinem Großvater bleiben«, versetzte Dolores, ehe sie sich wieder Katharina zuwandte. »Darf ich Sie noch um einen Gefallen bitten, Señora? Bringen Sie bitte Ihrem Mann bei, dass Jaime Sanchez Torrija kein fehlgeleiteter kleiner Junge ist, den ein paar väterliche Klapse auf den rechten Teil schon zur Besinnung bringen werden, sondern die niederträchtigste, gefährlichste Bestie, die in diesem Land herumläuft. Machen Sie ihm irgendwie klar, dass dieses eiskalte Schwein vor nichts zurückschreckt. Ansonsten bricht Sanchez Torrija einem von Ihnen das Genick, und das möchte ich auf keinen Fall.«

Benito stand auf und strich sich nachlässig die Kleider glatt. Dann gab er Katharina die Hand und zog sie voll Sehnsucht

zu sich. »Danke, Dolores«, sagte er, fischte aus der Innenseite seines Rocks eine Schachtel und hielt sie dem Mädchen hin. »Könntest du das Josefa geben, auch wenn sie es in den Kanal wirft? Ich habe es ihr versprochen.«
»Natürlich.« Dolores steckte die Schachtel ein. »Und zu danken habe nur ich. Ich wünsche Ihnen beiden eine gute Nacht.«
»Wir Ihnen auch«, sagte Katharina. »Alles Gute für Sie und Vidal.«
An der Tür drehte Benito sich noch einmal um und sandte Dolores einen seiner undurchschaubaren Blicke. »Josefa war übrigens eine glänzende Schülerin«, bemerkte er scheinbar beiläufig. »Sag ihr, sie soll dir eins ihrer naturwissenschaftlichen Bücher borgen und eine Heilige Schrift dazu. Menschen sind keine Bestien, Dolores, sondern die Krone der Schöpfung. Und Schweine sind hitzig, nicht eiskalt.«

31

Gebrüll riss Jaime aus dem Schlaf. Nacken und Schultern schmerzten, und er fühlte sich nicht im mindesten erholt. Gleißendes Sonnenlicht stach ihm in die nur halb geöffneten Augen. Im Nu sprang er auf, ging zum Fenster und zog den verrutschten Vorhang wieder zu. Die Lichtmenge, die die Sonne verschüttete, war ungeheuerlich. Der Vorhang hielt ihr nicht stand. Sie mussten kurz vor der Stadt sein, die in seinen Augen die scheußlichste der Welt war – Veracruz.
Hier war er als Sechsjähriger auf ein Schiff nach Spanien gezerrt worden, und hierher war er mehr als zwanzig Jahre später zurückgekehrt. Solange sein Großvater gelebt hatte, der Vater seiner Mutter, hatte die Familie ihn in ihrer Stadtresidenz wohl oder übel dulden müssen. Gewollt hatte ihn der

Großvater so wenig wie die Übrigen, aber ein Marquesado de Canena y La Loma wies keinen Sohn seiner Tochter aus dem Haus, einerlei, wie missraten der Enkel war. Jahr um Jahr hatte Jaime sich vorgenommen, die demütigende Rolle des unerwünschten Verwandten nicht länger zu spielen, sondern zurück nach Mexiko zu reisen, in die Barbarei, in der er zumindest eines besaß – den Platz des Erben. Das Recht des einzigen Sohnes, dem alles zufallen würde, und wenn sein Vater sich hundertmal im Grab umdrehte und in das Holz seines Sarges biss.

Vielleicht tat er das jetzt. Sich im Grab umdrehen und ins Holz des Sarges beißen. Jaime gönnte es ihm. Damals war er der Erniedrigung zum Trotz in Sevilla geblieben, bis sein Großvater gestorben war und sein Vetter Juan ihn mehr oder weniger vor die Tür gesetzt hatte. Dafür hasste er sich bis heute. Es war die Aussicht, in diese Stadt zurückzumüssen, die ihn gehindert hatte, beizeiten und aus eigenen Stücken zu gehen. Nach Veracruz. In die glühende, nach Verwesung stinkende Kloake, in der Seuchen und Verbrechen grassierten und sonst nichts gedieh. Jaime konnte förmlich spüren, wie die Nähe der Stadt ihm auf der Haut kribbelte. In Veracruz mochte man sich alle Stunde das Hemd vom Leib schälen und sich den Schweiß und den Dreck mit frischem Wasser hinunterspülen, man konnte trotzdem nicht sauber bleiben. Der Dreck griff um sich und klebte fest wie die verkommenen Sitten.

Jäh schreckte Jaime aus den verhassten Gedanken, weil etwas anderes in sein Bewusstsein drang – der Zug fuhr nicht mehr. Er stand still. Das Gebrüll war verstummt und dem steten Gemurmel vieler Stimmen gewichen, aber die schwere Lokomotive gab nicht länger ihr bemühtes Keuchen dazu ab, und kein Rad pfiff und knirschte mehr auf den erhitzten Schienen.

Mit einem Schlag war Jaime hellwach. Die Erinnerung traf ihn härter als das sengende Licht – er war nicht allein. Er hatte mit schmerzendem Nacken in seinem Sitz geschlafen, weil hinter der Polstertür, in seinem Schlafbereich, das Mädchen schlief. Die Kreatur. Die Tochter des Barbaren. Jaimes Schultern verkrampften sich.

Wo immer sie waren und aus welchem Grund sie stillstanden, er würde diesen Kerlen Beine machen und sofortige Weiterfahrt verlangen. Von Veracruz würde er binnen einer Stunde in den nächsten Zug umsteigen und das Mädchen los sein. Die Kreatur, verbesserte er sich. Sie sah aus wie dem Barbaren aus dem Gesicht geschnitten, die gleichen hohen, scharfen Wangenknochen, die gleichen Züge wie aus Jade geschliffen, die Haut schimmernd und dunkel und die Augen unerträglich, als würde sich die Glut dieses Blicks durch die eigene Netzhaut bis ins Hirn bohren. Jaime trat vor den Spiegel, ordnete notdürftig sein Haar und streifte den abgelegten Rock über. Er hasste es, Menschen gegenüberzutreten, ehe er gewaschen und rasiert war, aber der Waschtisch stand im von der Wand abgetrennten Bereich, dort, wo das Mädchen schlief.

Was hatte sie ihm gestern ins Gesicht geworfen? Ihre Schwester bekomme ein Kind von ihm. Jaime verbiss sich ein Lachen. Hätten alle Frauen, die dergleichen behauptet hatten, tatsächlich ein Balg zur Welt gebracht, dann müsste Mexiko-Stadt vor seinen Bastarden wimmeln. Stattdessen gab es keinen einzigen. Die, die sich wie die Ratten vermehrten, waren andere.

Sein Vater hatte einmal zu ihm gesagt: »Ich hatte gehofft, aus meinem Samen sprießt nichts und die Linie geht mit mir zu Ende. Aber ein einziges Mal hat der verfluchte Funke doch Feuer gefangen, und das Ergebnis könnte schlimmer nicht sein.«

Jaime hatte denselben Wunsch. Mit ihm sollte die verfluchte Linie enden, und er war sicher, dass er es anders als sein Vater erreichen würde. Aus seinem Samen spross nichts, was erfreulich war, denn ohne Menschen wäre die Erde ein nahezu erträglicher Ort. Und wenn das hündische Elfchen tatsächlich einen Bastard im Leib hatte, so war es gewiss nicht seiner. Er wollte eben die Tür entriegeln, um einen Steward zu rufen und sich über den Stillstand zu beschweren, als von neuem Gebrüll einsetzte. Es war kaum verklungen, da öffnete sich die Polstertür in den Schlafbereich, und in der Öffnung stand das Mädchen. Wirr und glänzend hing ihr das Haar, das sie gestern in einem kindischen Zopf getragen hatte, über Gesicht und Schultern. So dichtes Haar, das ihr zudem bis in die Taille reichte, war nicht recht menschlich. Sie hatte etwas von den tückischen Zaubergestalten an sich, die den Legenden der Barbaren nach in den Wäldern ihr Unwesen trieben. Ihre Kleider waren vollkommen zerknittert. So, wie er sie gestern Abend ins Bett getragen hatte, nachdem sie auf dem Sitz in Schlaf gefallen war, musste sie die Nacht hindurch geschlafen haben.

»Bitte entschuldigen Sie«, stammelte sie verstört.

Wofür entschuldigte sie sich? Dafür, dass sie ihm sein Bett gestohlen hatte, oder dafür, wie sie ihn gestern behandelt hatte? Brennende Scham trieb seine Schultern in einen schmerzhaften Krampf. »Sie sollten sich frisch machen. Wir müssen jeden Augenblick in Veracruz einfahren.«

»Aber wir fahren doch gar nicht!«

»Sie merken auch alles«, höhnte er. »Ich war gerade im Begriff, mich deswegen zu beschweren.« Ohne sie länger zu beachten, öffnete er die Tür und trat hinaus auf den Gang. Passagiere drängten sich an den Fenstern und tuschelten erregt miteinander. Bemüht, Berührungen zu vermeiden, bahnte

Jaime sich seinen Weg, bis er einen der Stewards entdeckte, um den sich ein Ring aus aufgebracht schnatternden Reisenden gebildet hatte. Ohne hinzusehen, stieß er zwei von ihnen aus dem Weg. »Darf ich fragen, was dieser endlose Stillstand soll?«, herrschte er den Steward an. »Ich bin Jaime Sanchez Torrija. Ich habe um zehn einen Anschlusszug nach Villa Hermosa zu bekommen.«
»Das wird leider nicht möglich sein, Señor«, stammelte der Steward, der den Kopf zwischen die Schultern geduckt hatte. »Sosehr ich es bedaure, der Zugführer hat einen Anfall von Schwäche erlitten und kann nicht weiterfahren. Es ist uns gelungen, die Postkutsche anzuhalten, die unser Büro in Veracruz verständigen wird. Bis Ersatz eintrifft, werden wir jedoch leider hier warten müssen.«
»Zum Teufel, haben Sie keinen anderen, der diesen verdammten Zug fahren kann?«
»Leider nein, Señor.«
»Wo sind wir hier?«, schrie Jaime auf den Mann hinunter. »In einem zivilisierten Land oder mitten im Urwald, unter yucatekischen Bastarden, die sprechende Kreuze anbeten?«
»Lassen Sie doch den Mann in Frieden.« Jaime fuhr herum und sah, dass das Mädchen – verwahrlost und ungekämmt – ihm gefolgt war. »Glauben Sie etwa, er hat den Zugführer absichtlich außer Gefecht gesetzt?«
Dankbar reckte der Steward seinen Schildkrötenkopf wieder aus der Höhle der Schultern. »Wahrlich nicht, Señorita linda. Es hat einen unglückseligen Zwischenfall gegeben. Leider wird diese Strecke in letzter Zeit häufig von unglückseligen Zwischenfällen heimgesucht.«
»Was für einen unglückseligen Zwischenfall gab es denn?«
»Es ist uns ein Mann vor den Zug gefallen, Señorita lindissima.«

»Unterlassen Sie diese Vertraulichkeiten!«, fauchte Jaime. Das Mädchen mochte aussehen wie eine Zigeunerin, aber es befand sich in seiner Gesellschaft, und es mit Zweideutigkeiten zu bedenken war ein Affront. »Ich verlange augenblicklich eine Möglichkeit der Weiterreise. Meinetwegen einen Reisewagen, und meinetwegen bezahle ich dafür, auch wenn ich die Eisenbahngesellschaft für den Schaden verklagen werde.«
»Ich bedaure, Señor«, nuschelte die Schildkröte. »Leider können wir Ihnen keinen Wagen auftreiben, und wenn Sie alles Geld der Welt dafür zahlen würden.«
Ehe er dem Kerl die passende Erwiderung geben konnte, vernahm er neben sich die Stimme des Mädchens. »Ihr Benehmen ist furchtbar ungezogen. Haben Sie nicht gehört? Es ist ein Mann vor den Zug gefallen. Er ist gestorben, ja?«
Die Schildkröte bekreuzigte sich, und das Mädchen tat dasselbe. »Ja, Señorita. Der Zugführer hat gebremst, und wir haben versucht ihn unter den Rädern der Lokomotive hervorzuziehen. Leider aber war das nicht möglich. Der Zugführer hat dann, weil die Passagiere unruhig wurden, versucht über ihn hinwegzufahren.«
»Mit dem ganzen Zug über den Toten?«, fragte das Mädchen erschrocken.
Die Schildkröte nickte. »Dabei hat ihn dann leider der besagte Schwächeanfall übermannt. Er fiel wie ein Stein vom Sitz und liegt nun in Ohnmacht, weshalb kein Weiterfahren möglich ist.«
»Und wegen einer solchen Lappalie halten Sie einen Zug an?«, wütete Jaime, dem beim Gedanken an den auf den glühenden Schienen festgefahrenen Leichnam übel wurde. »Welcher Idiot bringt es überhaupt fertig, mitten in der Wildnis ausgerechnet vor einen Zug zu fallen?«

»Es war einer der Gleisarbeiter, Señor.« Die Schildkröte tippte sich an die Mütze.

»Gleisarbeiter? Auf einer befahrenen Strecke?«

»Die Gleisarbeiter machen neuerdings auf beinahe allen Strecken Schwierigkeiten, Señor. Sie sagen, sie können von dem, was ihnen gezahlt wird, nicht leben, zumal sie, sobald die Arbeit an einem Streckenabschnitt beendet ist, entlassen werden.«

»Ja, was soll man denn sonst mit ihnen machen? Sie durchfüttern?«

»Ich bin kein Gleisarbeiter, Señor«, erklärte die Schildkröte mit komischer Würde. »Ich kann Ihnen nur sagen, dass diese Protestler uns in letzter Zeit ständig etwas auf die Schienen werfen, Baumstämme, Tierkadaver, sogar ausgewachsene Felsbrocken. Wenn da ein Zugführer nicht schnell genug reagiert, kann das einen Zug zum Entgleisen bringen. In jedem Fall aber muss das Gut erst einmal von den Schienen entfernt werden, was leider zu Verspätungen führt.«

»Wollen Sie sagen, die Gleisarbeiter haben aus Protest einen ihrer eigenen Kameraden auf die Schienen gestoßen?«, rief das Mädchen.

»Nein, Señorita. Wir müssen wohl annehmen, dass der arme Sünder verzweifelt genug war, um selbst sein Leben dem Zug zum Fraß vorzuwerfen.«

»Herrgott, kann man in diesem verfluchten Land nicht eine einzige Reise antreten und ohne Unbill sein Ziel erreichen?«, fuhr Jaime dazwischen.

»Leider nein, Señor«, erwiderte die Schildkröte betrübt. »Und ich befürchte, das ist keineswegs der schwerste Fluch, mit dem unser armes Land geschlagen ist.«

Jaime wollte zu einer Erwiderung ansetzen, doch das Mädchen packte ihn beim Gelenk. Mich fasst nur an, wem ich es

gestatte, wollte er sie anherrschen, doch stattdessen starrte er fassungslos auf ihre Hand hinunter. Braun wie eine Affenklaue war sie, dabei aber auffallend schlank und schön geformt. So wie die des Barbaren. Fester, als es gewöhnlich einer Frauenhand möglich war, umspannte sie sein Gelenk und grub die Finger schmerzhaft in sein Fleisch. »Es ist jetzt genug, Señor Sanchez Torrija«, wies sie ihn wie einen dummen Jungen zurecht. »Ihre Eltern sind tot, dafür gebührt Ihnen mein Mitleid. Können Sie nicht trotzdem daran denken, wie zumindest Ihre Mutter sich schämen würde, wenn sie wüsste, wie Sie sich im Angesicht eines Todesfalls betragen?«
Sein Großvater hatte dasselbe gesagt: Kannst du nicht einmal daran denken, wie deine arme Mutter sich für dich schämt?
Jaime riss sich los und hob die Hand, um das Mädchen zu schlagen. Ohne Grund erstarrte er in der Bewegung. Das Mädchen stand still und sah vollkommen furchtlos zu ihm auf. Er ließ die Hand sinken.
»Kommen Sie«, sagte sie in merkwürdigem Ton. »Ich glaube, Sie sollten sich ausruhen. Sie haben sich zu sehr aufgeregt.«
Wieder fasste sie ihn ums Gelenk, strich aber diesmal zuerst die Manschette seines Hemds herunter, so dass ihre Finger seine Haut nicht berührten. Dann ging sie ihm voran den Gang entlang.
Jaime konnte nicht glauben, dass er ihr schier willenlos folgte.

32

Gegen Abend, nach Stunden, in denen sich das kleine Abteil mit geradezu greifbaren Schwaden von Hitze gefüllt hatte, war der Zug weitergefahren. Anavera hatte geglaubt, sie ertrüge es nicht, auf ihrem Platz sitzen zu bleiben, während die Räder über den Toten hinwegrollten, bis von einem Menschenleib und einem Menschengesicht nichts mehr übrig war. Sanchez Torrijas Sohn, der den ganzen Tag über Eiswasser getrunken hatte, entkorkte jäh eine Flasche seines Weins und füllte zwei Gläser. Als er ihr eines reichte, sah sie, dass seine Hand so sehr zitterte wie ihre.

»Danke«, krächzte sie. Über das Rot des Weins hinweg hielten ihre Blicke sich aneinander fest, während sie starr saßen und das Rattern der Räder aushalten mussten. Sanchez Torrijas Sohn war so wenig menschlich, wie ein Mensch nur sein konnte. In diesen Augenblicken aber war sie froh, überhaupt einen Menschen bei sich zu haben.

Kurz darauf nahm der Zug Fahrt auf, und eine gute Stunde später rollten sie in Veracruz ein. Aus dem Fenster zu sehen, die Stadt zu begrüßen, in der ihre Mutter geboren war, blieb ihr verwehrt. Sanchez Torrijas Sohn bestand darauf, die Vorhänge geschlossen zu halten.

Was sollte sie tun, wenn sie den Bahnhof erreichten? Sie musste ihn dazu bewegen, mit dem nächsten Zug zurückzufahren. Fuhr heute Abend überhaupt noch einer? Sie fragte ihn danach.

»Heute Abend fährt überhaupt kein Zug mehr«, knurrte er. »Weder für Sie noch für mich.«

»Und morgen früh?«

»Morgen früh fahre ich nach Villa Hermosa. Was Sie tun, ist Ihre Sache, nicht meine.« Dann besann er sich und hob die Hände. »Nein, keine Sorge, das Geld für die Rückfahrt gebe ich Ihnen. Auch das für ein Hotel für die Nacht. Ich gebe Ihnen so viel Geld, wie Sie wollen, wenn ich Sie damit nur endlich los bin.«

»Sie werden mich nicht los«, sagte Anavera. Dieser Wahnsinn durfte nicht umsonst gewesen sein. Sie konnte nicht mit lee-

ren Händen den endlosen Weg zurückfahren, ohne einen Schimmer Hoffnung für Josefa und Tomás. »Es sei denn, Sie fahren mit mir in die Hauptstadt zurück und übernehmen die Verantwortung für das, was Sie dort angerichtet haben. Danach sind Sie mich los. Glauben Sie mir, selbst als Schwägerin werde ich froh sein, wenn ich Sie so selten sehen muss wie irgend möglich.«
»Als Schwägerin?« Diesmal klang sein Lachen eher verblüfft als hämisch. »Sie glauben also allen Ernstes, ich würde die Tochter eines Barbaren heiraten, nur weil sie wie hundert andere behauptet, ich hätte ihr einen Bastard gemacht?«
Sie wollte sich nicht wieder aufregen, denn es war sinnlose Kräftevergeudung. Sie würde diesen Mann nicht bessern. Wenn es überhaupt jemand konnte, dann war es Josefa, die ihn liebte. Tatsächlich fiel es ihr leicht, gelassen zu bleiben. Seine Beleidigungen hatten sich abgenutzt, und stattdessen fiel ihr auf, wie merkwürdig sie waren. »Sie haben meine Schwester geliebt«, sagte sie ruhig. »Sie haben mit ihr gelebt und sie in den Armen gehalten, und daraus ist Ihr gemeinsames Kind entstanden. Deshalb müssen Sie sie heiraten. Weil es das ist, was Ehrenmänner tun. Wie meine Schwester mit Ihnen glücklich werden soll, weiß ich beim besten Willen nicht. Aber wie ein Mann mit Josefa glücklich werden soll, weiß ich. Josefa ist ein durch und durch famoses Mädchen. Sie können Ihrem Schöpfer danken.«
Das Schnauben und Fauchen, mit dem der Zug zum Stillstand kam, unterbrach sie, und im Durcheinander der folgenden Stunden kamen sie nicht dazu, das Gespräch fortzusetzen. Sie schienen in einer fremden Welt gelandet zu sein, in einer flimmernden Tropennacht, die nach Gewürzen, überreifen Früchten, frischem Schweiß auf Menschenleibern und nach dem Meer roch. Anavera hatte es nie gesehen, aber daran, dass der

salzige, geradezu sämige Geruch zum Meer gehörte, hegte sie keinen Zweifel. Das Menschengewimmel auf dem Bahnhof schien bunter, dichter, rätselhafter als in Mexiko-Stadt. Sie hatte nicht gewusst, dass es Menschen in so vielen verschiedenen Hautfarben gab, so viele Sprachen, die sich zu einem Singsang mischten, so viele Ziele und Absichten, die Arm und Reich, Jung und Alt, Händler, Reisende, Bettler, Polizisten und Diebe zwischen den Gleisen vereinten.
Sanchez Torrijas Sohn war von diesem Bahnhof überfordert. Anavera musste es in die Hand nehmen, eine Agentur zu finden, die ihnen Zimmer für die Nacht vermieten würde. Dass er es hasste, wenn Menschen gegen ihn prallten oder ihn unvermittelt berührten, hatte sie bereits beobachtet, doch hier musste sie ihn regelrecht steuern, so verschreckt wand er sich durch die Massen. Auch wagte er nicht, seine Koffer einem Träger anzuvertrauen, sondern schleppte sie selbst. Dieser Mann, der sich zum Feind so vieler Menschen aufschwang, bewegte sich hier mit einer Vorsicht, als wäre er in der ganzen Stadt von Feinden umringt. Erst jetzt fiel ihr auf, wie seltsam es war, dass ein Weißer seines Standes ohne Diener reiste.
Die Hotelagentur riss sich kein Bein aus, um dem Erben des Sanchez-Torrija-Vermögens ein Zimmer anzutragen. Durch die Verspätung etlicher Züge sei so gut wie alles belegt. Lediglich ein Zimmer in Hafennähe, kurz hinter dem Malecon, könne man ihm bieten. Sein Schimpfen und Zetern nützten ihm nichts. Er musste das Pensionszimmer in dem verrufenen Viertel schließlich nehmen, wenn er nicht auf der Straße nächtigen wollte.
»Ich brauche ein zweites Zimmer für die Dame.«
Der Mann, der hinter der Theke ein Magazin mit Karikaturen studierte und in dicken Schwaden rauchte, zuckte mit den Schultern. »Zwei hab ich nicht. Sie nehmen dieses oder keines – liegt ganz bei Ihnen, Señor.«

Es gab Schlimmeres. Sie hatten bereits eine Nacht gemeinsam in einem Zugabteil verbracht und hatten es überlebt. »Ich finde einen Platz auf dem Gang«, versicherte sie ihm. »Auf jeden Fall nehme ich Ihnen nicht wieder Ihr Bett weg – nur waschen würde ich mich furchtbar gern.«

»Die werden uns das verdammte zweite Zimmer schon geben«, bellte er, und sie brachen auf.

Die nächtliche Stadt war ein dunkles Geheimnis, ein Irrgarten aus miteinander verzahnten Straßenblöcken, flachen Dächern zwischen himmelhohen Palmen, weißen Fassaden und schwarzen Ruinen, im Schlaf wispernd unter einer Glocke aus schwüler Luft. Gehüllt war die verwahrloste Schöne in ein Duftgemisch nach süßen verwelkten Blumen und rohem verdorbenem Fisch. Die Gasse, an deren Ende die Pension lag, war so schmal, dass ihr Mietwagen sich nicht hineinzwängen konnte. Sie mussten den unebenen Weg zu Fuß gehen. Unter der blakenden Laterne entdeckte Anavera einen Straßenhändler, der gerade sein Tuch und seine Waren zusammenpackte. Als sie sah, was er feilbot, vergaß sie vor Freude ihre Lage. »Geröstete Kürbiskerne«, rief sie. »O bitte, Sie müssen mir Kürbiskerne kaufen.«

»Warum muss ich?«

Auf einmal kam sie sich dumm vor und ließ die Arme hängen. »Meine Mutter taucht sie in Kichererbsenmus«, antwortete sie. »Sie sagt, das sei das köstlichste Essen der Welt.«

Er hob eine Braue und sandte ihr einen mehrdeutigen Blick. Dann ging er und kaufte dem Mann die in Packpapier gewickelten Kürbiskerne und einen Tiegel mit Kichererbsenmus ab. »Hier, nehmen Sie. Wenn Sie sich an dem Zeug vergiften, geben Sie nicht mir die Schuld.«

Die winzige alte Frau, die die Pension offenbar allein betrieb, hatte kein zweites Zimmer, das sie Sanchez Torrijas Sohn für all sein Geld zur Verfügung stellen wollte. »Sie nehmen das

eine«, bestimmte Anavera eilig. »Ich habe Ihnen doch gesagt, es macht mir nichts aus, auf dem Gang zu schlafen.«
»Hören Sie auf, dumm zu schwatzen«, fuhr er sie an. »Jetzt gehen Sie schon, legen Sie sich schlafen. Ich suche mir ein anderes Hotel. Morgen früh hole ich Sie ab und nehme Sie wieder mit zum Bahnhof.«
Im Licht der funzeligen Gaslampe sah sie, wie erschöpft er war. Mit seiner Art, ständig gegen jede Gegebenheit anzukämpfen, hatte er sich völlig verausgabt. »Kommen Sie wenigstens mit und teilen meine Kürbiskerne«, entfuhr es ihr. Zwar zögerte er und blieb lange unschlüssig stehen, letzten Endes aber war er zu verblüfft, um abzulehnen.
War dies die seltsamste Nacht ihres Lebens?
Er nannte das Zimmer, in dem es nicht mehr als ein schmales Bett, einen Stuhl und einen Waschtisch gab, eine Dreckshöhle, sie fand es durchaus erträglich und musste über ihn lachen. »Meine Tante Xochitl sagt, wer sich ständig aufregt, stirbt jung«, erzählte sie.
»Und kann einem etwas Besseres passieren?«, fragte er.
Anavera dachte an Coatl, an Abelindas Kinder und an den Mann, der sich vor den Zug geworfen hatte, und musste nicht mehr lachen.
»Hat es Ihnen die Sprache verschlagen?«
»Nein«, erwiderte sie und legte den Tiegel und das Päckchen auf dem Boden aus. Da die Lampe nicht funktionierte, zündete sie eine Kerze an. »Ich überlege nur, ob Sie wirklich ein solcher Idiot sind oder ob Sie mir leidtun sollten.«
Er schnaufte. »Glauben Sie, ich will von Ihnen Mitleid?«
»Nein«, sagte Anavera. »Also sind Sie ein Idiot. Jetzt setzen Sie sich hin und essen Kürbiskerne. Das zumindest werden Sie ja tun können, ohne sich aufzuregen, ohne irgendwen zu beschimpfen oder Ihre Schultern zu verkrampfen, dass mir

allein vom Hinschauen jeder Muskel aufjault.« Er stand wie vom Donner gerührt, und Anavera hielt es nicht mehr aus. Sie trat vor ihn hin, legte ihm die Hände auf die Schultern und drückte ihn nieder. »Es ist gar kein Krampfen nötig«, sagte sie, als ihre Finger die Härte ertasteten. »Ich tue Ihnen nicht weh, und Sie haben so viel Stoff auf den Schultern, dass Sie meine Finger gar nicht spüren.«
»Was bringt Sie auf die Idee ...«
»Scht«, machte sie. »Mund halten und Kürbiskerne essen. Und wenn Sie sich nicht trauen, weil Sie sich vor Kürbiskernen fürchten, machen Sie eben erst einmal eine Flasche von Ihrem göttlichen Wein auf.«
»Den Wein mochten Sie?«, fragte er geradezu eingeschüchtert. »Frauen verstehen für gewöhnlich nichts vom Wein, sondern schlürfen lieber giftgrünes Zeug aus mit Zucker beschmierten Gläsern.«
»Mein Vater kauft solchen Wein«, erwiderte Anavera. »Er sagt, er sei das ehrlichste alkoholische Getränk der Welt. Er sieht so aus, wie er schmeckt, er duftet, wie er wärmt, und er macht einen Rausch, der die Welt nicht auslöscht, sondern nur in schmeichelnde Seide hüllt. Und am nächsten Morgen schlägt er einem nicht zur Strafe den Schädel ein, er gibt sich mit ein bisschen Druck auf die Stirn zufrieden, den man ohne allzu viel Gejammer aushalten kann.«
Alles hatte sie erwartet, aber nicht, dass Sanchez Torrijas Sohn lachen musste. »Und Sie?«, fragte er. »Finden Sie das auch?«
»Ich habe nicht viel Erfahrung mit alkoholischen Getränken«, gab sie zu. »Aber ich mag, dass er so sehr nach Erde schmeckt. Das hört sich dumm an, ich meine, er schmeckt nicht, als wären Krümel darin oder sogar Würmer, aber ...«
»Ich weiß, was Sie meinen«, sagte er ruhig. Und dann erzähl-

te er ihr von den weißen Kalkhängen im Norden Spaniens, von dem Wein, der sich durch seine Erde regelrecht kämpfen musste und der deshalb ihre Kraft in sich trug. Zum ersten Mal nach dem ganzen Geschimpfe und den menschenverachtenden Reden begriff Anavera, warum Josefa behauptet hatte, seine Stimme sei schön. Als er fertig war, schwieg sie noch eine Weile, um den Worten nachzulauschen, nahm ihm dann die Flasche ab und öffnete sie.

Sie hatten keine Gläser, nur einen silbernen Reisebecher aus einem Fach seines Koffers. »Haben Sie gern in Spanien gelebt?«, fragte sie.

»Ich habe überhaupt nicht gern gelebt«, antwortete er. »Das Leben stinkt mir zu sehr. Aber ich mochte Spanien gern.«

»Und ich mag, wie Sie das gesagt haben.«

»Warum?«

»Weil es so klang, wie es sich in meinem Kopf anhört, wenn ich an Querétaro denke.«

Sie goss den Wein in den Becher und hielt ihn dann zwischen ihnen hoch. Irgendwann wurde der Arm ihr schwer, und sie mussten lachen, weil keiner von ihnen sich entschließen konnte, als Erster zu trinken.

»Die Dame zuerst«, sagte er. »Immerhin gehört es sich so.«

»Und Sie sind sicher, dass das auch für Gelage auf Zimmerböden mit einer wenig damenhaften Barbarentochter gilt?«

Etwas musste die drückende Luft von Veracruz mit ihm gemacht haben, denn er kämpfte schon wieder gegen ein Lachen. »Wollen Sie jetzt meinen Wein beleidigen, indem Sie ihn schal werden lassen, oder wollen Sie ihn trinken?«

Sie trank und gab ihm den Becher. Der Wein war noch besser als im Zug.

»Und jetzt beweisen Sie mir Ihren Mut und essen einen Kürbiskern.«

Er schüttelte sich. Als sein sonst so penibel gekämmtes Haar ihm in die Stirn fiel, sah er geradezu menschlich aus. »Ich fürchte mich nicht, aber mein Wein tut es.«
Etwas hatte die drückende Luft von Veracruz auch mit Anavera gemacht. Übermütig tauchte sie einen der großen grünlichen Kerne erst in den roten Wein, dann in das gelbweiße Mus der Kichererbsen. »Jetzt ist es Mexikos Fahne, jetzt müssen Sie es essen«, rief sie und schob ihm den Kern zwischen die Lippen. Er fuhr so heftig zusammen, dass es ihr augenblicklich leidtat. »Bitte entschuldigen Sie, ich wollte Sie nicht erschrecken.«
Mit dem Kern zwischen den Lippen wirkte er hilflos und ein wenig komisch. Noch immer unsicher holte er ihn mit der Zunge ein, ließ ihn im Mund kreisen und schluckte ihn. »Keine Ursache«, sagte er dann. »Wie ich sehe, kann man es überleben.«
»Versuchen Sie bloß nicht zu leugnen, dass Sie mehr wollen«, sagte Anavera und hielt ihm das Päckchen mit den Kernen hin. Sein halbes Lächeln, als er danach griff, wirkte beinahe verlegen.
»Sie müssen sie eintauchen.«
Er schüttelte den Kopf.
»Mögen Sie keine Kichererbsen? Alle Welt mag Kichererbsen!«
Jäh senkte er den Blick wie ihr Vater, wenn er sich für etwas schämte. »Ich mag das Mus nicht an meinen Fingern haben«, murmelte er. »Die Vorstellung ist mir widerlich.«
Um ein Haar hätte Anavera lauthals herausgelacht. Dann besann sie sich eines Besseren, stand auf und fand in dem Fach des Koffers, aus dem er den Becher geholt hatte, einen silbernen Löffel. Wortlos hielt sie ihm den hin. Er sah auf, und ihre Blicke trafen sich.

»Danke.«

Sie schüttelte den Kopf und wandte sich ab, damit er essen konnte, ohne sich beobachtet zu fühlen. Eine Weile schwiegen sie. Die Luft, die das Atmen schwermachte, schien sich ein wenig aufzufrischen, und der Wein besänftigte die hochgepeitschten Sinne.

»Warum streiten wir uns eigentlich nicht?«, entfuhr es ihm.

Die Frage war gut. Anavera überlegte. »Weil wir hier fremd sind«, vermutete sie. »Weil es in der Fremde guttut, wenigstens eine vertraute Stimme zu hören, die nicht schimpft.«

»Ich bin überall fremd«, sagte er.

»In Spanien auch?«

Er zögerte. »Ja«, sagte er dann, »in Spanien auch.«

Sie schenkte Wein in den leeren Becher und reichte ihn diesmal ihm zuerst. »Bei dem nicht, oder?«

Das Licht der Kerze, das auf seinem Gesicht tanzte, nahm seinen Zügen die Härte. »Nein«, sagte er und trank.

»Darf ich Sie noch etwas fragen?«

»Fragen Sie schon, ich muss ja nicht antworten.«

»Warum nennen Sie meinen Vater einen Barbaren?«

Aufrichtig erstaunt blickte er auf. »Tun das denn nicht alle? Vielleicht tuscheln sie es aus Höflichkeit hinter vorgehaltener Hand, aber die ändert ja nichts daran, dass zwischen den Angehörigen der zivilisierten europäischen Völker und den kulturlosen Ureinwohnern Welten liegen. Ich weigere mich lediglich, mich in solche Höflichkeit, die in meinen Augen Heuchelei ist, zwingen zu lassen.«

»Das meinte ich nicht«, erwiderte Anavera. »Danach, warum Sie meinen Vater beleidigen, brauche ich Sie nicht zu fragen. Das weiß ich selbst, und mein Vater hat von klein auf gelernt, damit umzugehen. Aber es ist die falsche Beleidigung. Man nennt einen Indio einen Wilden, selbst wenn er zwei Univer-

sitätsabschlüsse und einen Doktorgrad vorzuweisen hat. Ein Barbar dagegen ist ein Mann, der nicht Griechisch spricht.«
»Wie bitte?«
»Das Wort Barbaros ist griechisch«, erklärte Anavera. »Es bedeutet Fremder, und die Griechen der Antike bezeichneten so alle Leute, die nicht ihre Sprache, sondern ein ihnen unverständliches Kauderwelsch sprachen.«
»Woher wissen Sie das?«, stieß er verdattert heraus.
»Von meinem Vater«, erwiderte Anavera. »Meine Mutter sagt, er ist ein wandelnder Schwamm. Einerlei, wo er hinkommt, er saugt überall irgendetwas auf, das außer ihm kein Mensch wissen will.«
»Aber nach Griechenland wird er ja wohl kaum gekommen sein.«
Anavera lachte. »Auch wenn es Sie empört, es ist einem Wilden, den Sie Barbaren nennen, nicht verboten, die Wiege der abendländischen Kultur zu betreten. Meine Eltern waren einen ganzen Winter über in Europa. Josefa war ein Säugling. Mich haben sie von dort mitgebracht.«
Seinem Gesichtsausdruck nach hatten ihre Handvoll Worte sein gesamtes Weltbild aus den Angeln gehoben. Sie füllte den Becher nach. Als er irgendwann sprach, sah er den Wein an, nicht sie. »Mein Großvater hat alle Mexikaner Barbaren genannt«, sagte er langsam. »Er war der Ansicht, es gebe unter den hier geborenen Weißen keine reinrassigen Europäer. Einen Tropfen Indio-Blut müsse jeder haben.«
»Ist denn Ihr Vater auch in Spanien geboren?«, fragte Anavera verwundert. Sie hatte Sanchez Torrija für einen gebürtigen Mexikaner gehalten.
»Nein«, erwiderte dessen Sohn, den Blick auf die Oberfläche des Weins gesenkt. »In Mexiko. Irgendwo in einem Provinznest.«

»Dann hätte Ihr Großvater ja auch Ihren Vater für einen Barbaren mit Indio-Blut halten müssen«, entfuhr es ihr, ehe ihr klarwurde, was sie da sagte.
Er ließ den Wein im Becher kreisen und sah ihm dabei zu. »Ja, das musste er«, erwiderte er.
Sie begriff. Deshalb hatte Fernando Sentiera zu ihr gesagt, der übers Meer verfrachtete Sechsjährige sei bei seinen Verwandten nicht willkommen gewesen. In den Augen des adelsstolzen Großvaters war die Tochter eine Mesalliance eingegangen, und als der Sohn aus dieser Ehe ihm zur Erziehung gesandt wurde, hatte er es ihm zu spüren gegeben. Sechs Jahre – so alt war ihr Vater gewesen, als seine Mutter ihn und seinen Bruder Fremden in den Dienst gab, weil sie ihre Söhne anders nicht durchgebracht hätte. Anavera konnte sich unmöglich vorstellen, im Alter von sechs Jahren aus der Geborgenheit ihres Heims herausgerissen und in die Obhut von Leuten gegeben zu werden, die einen nicht als Kind, sondern als Feind betrachteten. Als ein Geschöpf, das man beugen und erniedrigen musste, damit es einem nicht über den Kopf wuchs.
Gern hätte sie sich entschuldigt, denn sie hatte nicht die Absicht gehabt, an eine Wunde zu rühren, doch ihr war klar, dass sie es damit noch verschlimmert hätte. Instinktiv streckte sie die Hand aus, um seine zu berühren, dann fiel ihr ein, wie sehr er Berührungen hasste. »Wollen wir versuchen zu schlafen?«, fragte sie sacht. »Wenn es Ihnen nichts ausmacht, lege ich mich hier auf den Boden.«
»Wenn es Ihnen nichts ausmacht, lege ich mich auf den Boden«, sagte er. Seine Stimme klang müde und traurig.
»Sind Sie sich sicher?«
»Wenn ich mir nicht sicher wäre, würde ich keine solchen Vorschläge machen. Ich warte vor der Tür, bis Sie fertig sind.

Blasen Sie die Kerze aus. Ich brauche kein Licht.« Abrupt drehte er sich um und verließ den Raum. Dass er zurückkam, hörte sie nicht mehr, denn sobald sie sich, nachdem sie gewaschen war, niederlegte, schlief sie ein.
Als sie anderntags aufwachte, lag er bäuchlings auf den Steinfliesen, in Hemd und Hosen, ohne Kragen und mit schlafverwirrtem Haar. Es war, als ob seine Schutzlosigkeit, der entblößte Nacken, von der Magie der Nacht noch etwas bewahrte. Doch jener Rest verflog, sobald er erwachte.

Sie mussten zum Bahnhof rennen, weil ihr Wagen in den engen Gassen im Verkehr stecken blieb. In der schwülen Hitze kostete jeder Atemzug Kraft, und Sanchez Torrijas Sohn beschimpfte die Stadt und das Leben, weil er fürchtete, einen weiteren Zug zu verpassen. Er würde ihn verpassen, schwor sich Anavera, er würde mit ihr zurückfahren. Dass es unmöglich war, ihn zur Räson zu bringen, glaubte sie längst nicht mehr. Er war kein Teufel, nur ein schwieriger, selbstsüchtiger, unleidlicher Mensch, der an irgendeinem losen Zipfel zu packen sein würde.
»Ich stelle Ihnen einen Wechsel aus«, rief er ihr zu, während sie in die bis zum Bersten vollgestopfte Bahnhofshalle hasteten. »Kommen Sie damit zurecht?«
»Ich bin zwar auf einem Rancho geboren, aber ich bin keine Kuh«, erwiderte Anavera. »Wenn ich muss, komme ich mit allem zurecht. Ihren Wechsel brauche ich nicht. Sie müssen mit mir zurückfahren.«
Mitten im Lauf blieb er stehen. »Können wir mit dem Unsinn nicht aufhören? Wenn Ihre Schwester Ihnen erzählt hat, ich hätte ihr die Ehe angetragen, dann lügt sie. Ich habe nie etwas getan, um diese Überzeugung in ihr zu erwecken, sondern immer offen bekannt, dass ich nichts als ein Abenteuer wün-

sche. Das können Sie gern verdammen, wenngleich Sie es Ihrem griechisch sprechenden Barbarenvater zugestehen. Aber, um die Wahrheit zu sagen, ich habe Ihre Schwester nicht gezwungen, sich darauf einzulassen. Ich habe sie nicht einmal gedrängt. Wenn Sie es genau wissen wollen, nichts davon war nötig, und das Gegenteil träfe weit eher zu.«

»Ich wollte es nicht genau wissen«, stieß Anavera heraus und musste die Hände verschränken, weil sie entschlossen war, ihn nicht noch einmal zu ohrfeigen. »Warum gefallen Sie sich nur so unendlich gut darin, abscheuliche Dinge über Menschen zu sagen, die Ihnen nichts getan haben?«

Statt einer Antwort kämpfte er sich weiter gegen die Menschenströme vor. Am Fahrkartenschalter hatte er mehr Glück als gestern bei der Zimmervermittlung. Der Beamte überschlug sich geradezu vor Unterwürfigkeit und versprach, dem Erben des Sanchez-Torrija-Vermögens ein Abteil im Zug nach Villa Hermosa zu reservieren. Für Anavera buchte er eine Fahrt erster Klasse in die Hauptstadt. »Ihr Zug geht erst um vier«, sagte er und schob ihr den Fahrschein zusammen mit dem Wechsel in die Hand. »Bleiben Sie nicht in dieser fürchterlichen Bahnhofshalle. Suchen Sie sich am besten eine Kapelle und warten Sie dort bis zur Abfahrtzeit. Essen können Sie im Zug, dort wird man Ihnen auch den Wechsel einlösen.«

Während er sprach, war er weiter in Richtung Gleis geeilt, wo sein Zug bereits wartete – drei kümmerliche, staubbedeckte Wagen, denen mehrere Fensterscheiben herausgebrochen waren.

»Tun Sie nicht so, als würden Sie sich um mich Sorgen machen«, fauchte Anavera, die es mit der Angst zu tun bekam. Was, wenn er in diesen Zug einstieg und davonfuhr? Wenn alles umsonst gewesen war und sie für Josefa und Tomás nicht das Geringste erreicht hatte?

Vor der Tür blieb er stehen und streckte die Hand nach dem Griff. Anavera packte seinen Arm mit beiden Händen und versuchte ihn wegzureißen. Sie war stark, gewohnt, einen Hengst zu reiten, aber gegen den kraftvoll gebauten Mann kam sie nicht an. Als sie schließlich entkräftet loslassen musste, hätte er einsteigen können, doch er drehte sich zu ihr um.
»Hören Sie, ich kann in gewissen Grenzen akzeptieren, dass Sie glauben, Sie hätten zu dieser unglaublichen Aufführung ein Recht. Ich bin bereit, die ganze Sache zu vergessen, aber sie muss jetzt ein Ende haben. Sie können nicht von mir verlangen, dass ich eine Frau heirate, die ich nicht heiraten will – und auch nicht, dass ich den Mörder meines Vaters lebend davonkommen lasse.«
»Tomás ist kein Mörder!«
»Ich weiß. Ihr Liebster Tomás kann kein Wässerchen trüben und verteidigt nur seine zu Unrecht geschundenen Freunde. Nun gut. Ich verspreche Ihnen, ich werde aus Villa Hermosa telegraphieren und an höchster Stelle darauf dringen, dass der Fall Ihres engelhaften Verlobten nicht zur Verhandlung kommt, ehe ich zurück bin. Wenn es so weit ist, werde ich mich persönlich dafür einsetzen, dass der Prozess auf dem Boden des Gesetzes durchgeführt wird. Seine Vertretung wird ja wohl Ihr Wunder wirkender Vater übernehmen? Da Ihr Herzensgeliebter unschuldig ist, müssten Sie sich damit doch eigentlich zufriedengeben.«
»In diesem Gefängnis werden Menschen gefoltert!«, schrie sie ihn an.
»Ach was, gefoltert. Ein paar erzieherische Stockhiebe und der eine oder andere Tritt sind doch keine Folter.«
Ein Trupp junger Soldaten drängte an ihnen vorbei in den Zug, der ein pfeifendes Signal zur Abfahrt von sich gab. Sanchez Torrijas Sohn befreite sich und stieg ihnen nach. Anavera

hallten seine Worte im Ohr. Die Vorstellung, dass Tomás geschlagen und getreten wurde, während sie den Schuldigen entkommen ließ, war unerträglich. Sie hielt den Türgriff in den Händen, als der Zug anfuhr, und mit einem Satz sprang sie auf den Tritt. Hätte Sanchez Torrijas Sohn sie nicht gepackt und mit aller Kraft nach oben gezogen, wäre sie niedergeworfen und zerschmettert worden.

33

Die Hoffnung hatte Josefa neue Kraft verliehen. Von der Milch und dem Käse, die Anavera ihr hingestellt hatte, konnte sie sogar ein wenig zu sich nehmen, doch mit jedem Tag, an dem Anavera nicht mit Nachricht von Jaime zurückkam, schwand die Hoffnung und mit ihr die Kraft. Was war geschehen? Hatte Anavera sie getäuscht, hatte sie über ihrem Geturtel mit Tomás vergessen, was sie Josefa versprochen hatte? Aber Anaveras Sorge war ihr so aufrichtig erschienen, und wenn sie ehrlich zu sich war, war Anavera ihr Leben lang aufrichtig gewesen. Versprechen, die sie nicht halten konnte, hatte sie nie gegeben. Die heilige Anavera war die Gute unter den Töchtern, die, die nicht fähig war, etwas Schlechtes zu tun.

Aber wenn Anavera nicht die Schuldige war, dann musste es Jaime sein, und das war unerträglich, so viel hielt sie nicht aus. Er musste zu ihr zurückkehren, sie hatte doch alles getan, was er sich wünschte. Und sie bekam sein Kind. Alle Männer wünschten sich Kinder. Sobald er erfuhr, dass sie ihm ein Kind schenken würde, musste er doch zu ihr eilen. Sie würde ihm verzeihen, ohne dass er darum bat. Was immer ihn umgetrieben hatte, es würde vergessen sein, sobald er durch die Tür trat.

Der Lärm in der Mietskaserne trieb sie zum Wahnsinn. Das Geklapper von Absätzen, die Treppe hinauf und hinunter, das Geschrei und Gezänk, Geräusche von Schlägen und noch mehr Geschrei. Jaime musste sie hier herausholen. Für das Kind war die Umgebung Gift. Auch die stickige, stinkende Luft war Gift für das Kind, und dass Josefa sich nicht vernünftig ernährte, machte nichts besser.
Am vierten Tag hielt sie es nicht länger aus und beschloss, sich nach draußen zu schleppen. Wenigstens Luft schnappen, die Straße auf und ab gehen, ehe die Enge des Zimmers sie erstickte. Als sie ihr Haar kämmte, erkannte sie kaum ihr Gesicht. Eine kranke, gealterte Frau sah sie an.
Im Treppenhaus war es wie üblich fast dunkel. Deshalb erkannte sie die Gestalt, die ihr entgegenkam, erst, als sie fast vor ihr stand und ihren Namen rief. »Doña Josefa? Ay Dios mio, ist Ihnen nicht wohl?« Sie hielt ihr den Arm hin, um sie zu stützen. Es war Dolores de Vivero. Die schöne Geliebte ihres Vaters. »Kommen Sie ins Freie«, sagte sie und drängte sie kurzerhand mit sich. »In dieser Luft würde mir auch zum Speien übel werden.«
Tatsächlich wurde es vor der Tür ein wenig besser, ihr Kreislauf fand sein Gleichgewicht, und sie konnte wieder sicher stehen. »Was wollen Sie?«, herrschte sie die andere an, so heftig ihr bisschen Kraft es ihr erlaubte.
»Sie besuchen. Ich habe Ihnen damals meine Karte gegeben und Sie gebeten, mich aufzusuchen, wenn Sie Hilfe brauchen. Und Sie wissen ja, wenn der Berg nicht zum Propheten kommt...«
Sie trug ein Kleid aus grünem Samt. Grün wie Seerosenblätter. Wie dunkle Jade. Kam sie, um Josefa mitzuteilen, dass Jaime jetzt ihr Geliebter war? Sie hatte ihr den Vater genommen und nahm ihr jetzt den Liebsten, das Einzige, was ihr noch gehörte. Und das Einzige, was sie wollte.

»Na kommen Sie, gehen wir ein Stück«, sagte Dolores de Vivera. »Ich lade Sie in ein Café ein, wenn wir irgendeines finden. Sie sehen aus, als müssten Sie dringend etwas essen, und mir ist auch flau im Magen. Was meinen Sie, was es für Mühe gekostet hat, Sie ausfindig zu machen.«
»Ich esse nichts mit Ihnen. Und ich gehe mit Ihnen nirgendwohin.«
»Und warum nicht? Weil ich kein braves Mädchen war und mit der Liebe nicht bis nach der Trauung gewartet habe? Sollte uns das nicht einen? Nein, ich weiß, Sie wollen mit Abschaum wie mir nichts zu tun haben, weil das Gift, das Ihnen Jaime Sanchez Torrija eingeträufelt hat, prächtig seine Wirkung tut und Ihnen versichert, ausgerechnet Ihr Vater, der Anstand in Person, betrüge Ihre Mutter mit mir.«
»Jaime brauchte mir nichts einzuträufeln!«, schrie Josefa, der die Wangen brannten und die verhassten Tränen in die Augen schossen. »Ich habe Sie gesehen!«
»Tatsächlich? Und was haben Sie gesehen? Einen verdammt feinen Mann, dem es zum Verhängnis wird, dass er ein bisschen mehr Gefühl hat als die, die sich unbeteiligt durch ihr Leben schlängeln. Einen Mann, der ein Mädchen in die Arme nimmt, weil es vor Verzweiflung nicht mehr ein und aus weiß und dringend eine Umarmung braucht. Ist es das, was Sie gesehen haben? Ein Mädchen, das nicht den Mut hat, den eigenen Vater um Hilfe zu bitten, und einen Mann, der sich ein bisschen wie ihr Vater fühlt? Oder eher wie ihr Schwiegervater, weil ihm sein Patensohn, den das Mädchen liebt, fast so nahesteht wie ein eigenes Kind.«
Was erzählte ihr die Frau? Josefa glaubte kein Wort zu begreifen, weil sich alles in ihr gegen den Sinn der Worte sträubte. In Wahrheit aber hatte sie längst begriffen, und jedes Teil fügte sich ein und passte. Miguel. Ihr Vater hatte sich um diese Frau

gekümmert, weil Miguel, ihr Geliebter, im Gefängnis saß, und sie, Josefa, die missratene der Töchter, hatte wieder einmal Unrecht getan. Schemenhaft blitzte die Szene in der amerikanischen Botschaft vor ihr auf. Diesmal würde über ihre Tat kein Schwamm gewischt werden. Was sie ihrem Vater zugefügt hatte, war unverzeihlich.
Als sie schwankte, wollte sie sich fallen lassen und das ganze Elend endlich vergessen. Dolores de Vivero fing sie auf und hielt ihr eine flache, mit Samt bezogene Schachtel entgegen. »Mein Vater ist übrigens tief verletzt darüber, dass ich ihn nicht um Hilfe gebeten habe«, sagte sie. »Der Ihre schickt Ihnen das hier.«
Josefa hielt die Schachtel umklammert, ohne sie zu öffnen. Sie konnte nicht einmal mehr weinen, schwankte noch immer und sah Dolores de Vivero nicht an. Stattdessen blickte sie an ihr vorbei und entdeckte, als hätte sie Halluzinationen, dass ein höchst denkwürdiges Gespann auf sie zugestürmt kam. Vorneweg rannte ein spindeldürres, verwahrlostes Geschöpf, dem sie erst im Näherkommen ansah, dass es weiblichen Geschlechtes war, und hinterdrein hastete eine ältere Dame, die ein festgestecktes Hütchen auf den Locken trug und über ihrem Kopf mit einem Schirm fuchtelte.
»Lassen Sie sofort die Dame los!«, schrie das Mädchen in einem fürchterlichen Spanisch. Außer Atem blieben die beiden vor ihnen stehen. »Sie hat Ihnen doch deutlich gezeigt, dass sie mit Ihnen nichts zu tun haben will«, schimpfte das keuchende Mädchen weiter in dem schrecklichen Spanisch auf Dolores de Vivero ein. Es war wahrhaftig zum Gotterbarmen dürr. Aus den verschlissenen Ärmeln ihrer Bluse ragten Arme wie kahle Zweige. Die Frau hingegen war teuer, wenn auch auf völlig veraltete Weise gekleidet und ordentlich genäht. Sie war das Rennen offenbar nicht gewohnt und rang röchelnd nach Luft.

»Könnten Sie mir bitte erklären, was Sie von uns wollen?«, fragte Dolores de Vivero.
»Nein, kann ich nicht«, erwiderte das Mädchen keck. »Dazu muss ich erst die Gruberin fragen, denn die hat mir gesagt, was ich Ihnen zuschreien soll. Sie hatte eine Höllenangst, Sie tun ihrer Josefa was an.«
Die Frau, auf die sie ungeniert mit dem Finger zeigte, verstand sichtlich kein Wort. Stattdessen trat sie auf Josefa zu wie auf ein Kunstwerk oder ein Naturwunder, zupfte schüchtern an ihrem Ärmel und flüsterte auf Deutsch: »Josefa. Josefa Valentina. Gelobt sei Gott, dass ich dich endlich bei mir habe.«
»Wer sind Sie?«, stammelte Josefa und rückte unwillkürlich von der Frau, deren Finger nach ihr griffen, ab.
»Die Gruberin«, antwortete statt ihrer das Mädchen. »Ihre Frau Tante.«
Die Frau ließ Josefas Ärmel los, holte aus und verpasste dem dürren Mädchen eine Ohrfeige, die in Josefas Ohren wie ein Peitschenschlag hallte.

34

Gestatten, Otto Bierbrauer«, sagte der kleine Mann. »Bitte entschuldigen Sie, dass ich Sie belästige.« Sein Spanisch war stark akzentuiert, aber fehlerfrei.
Anavera hatte an einem der zerbrochenen Fenster gestanden, in der Hoffnung, das bisschen Fahrtwind möge ihr Gesicht und ihr Gemüt kühlen. Aber der Zug zockelte viel zu langsam durch die unglaubliche Farbenpracht der Landschaft, um die vor Hitze wabernde Luft zu bewegen. Außerdem hätte es sowieso nichts genutzt. Nicht einmal der gefürchtete Sturm-

wind El Norte hätte der Glut in Anaveras Innerem Kühlung verschafft.

Sie war aus dem Abteil geflüchtet, weil sie den Streit mit Sanchez Torrijas Sohn nicht länger ertrug. Dabei war nicht einmal das, was er aussprach, um sie zu verletzen, das Schlimmste, sondern das, was sie aussprach. Sie hatte ihn nicht noch einmal ins Gesicht geschlagen, wie sie es sich vorgenommen hatte, doch sie wünschte, sie hätte es getan. Es wäre weniger grausam, weniger tückisch gewesen als das, wozu sie sich hatte hinreißen lassen. Er hatte weiter über Josefa geredet wie über ein Flittchen, das sich ihm an den Hals geworfen hatte, und über Tomás wie über einen notorischen Verbrecher, der besser totgepeitscht als gehängt gehörte. Er hatte es sich selbst zuzuschreiben, und doch entschuldigte nichts das, was Anavera zu ihm gesagt hatte.

»Mich wundert nicht, dass Ihr Großvater Sie einen Barbaren genannt hat«, hatte sie ihm entgegengeworfen. »Die meisten Leute bezeichnen mit diesem Wort einen Menschen, der ohne die Hemmschwellen von Kultur und Erziehung blindwütig und grausam ist.«

Es spielte keine Rolle, dass Sanchez Torrijas Sohn es nicht besser verdiente. Was sie, Anavera, getan hatte, war unanständig und widerlich. Wenn einem ein Mensch seine verletzliche Flanke gezeigt hatte, hieb man ihm nicht mit einer Klinge hinein. Sie schämte sich. Und der Zug, der sich an Grün, Rot und Gelb in erschütternder Leuchtkraft vorbeischleppte, entfachte nicht genug Wind, um die Hitze der Scham zu kühlen.

Und dann war der kleine Mann gekommen, hatte über beide Backen gestrahlt und ihr erklärt, er heiße Otto Bierbrauer. Er erinnerte Anavera an eine Zeichnung in einem Kinderbuch, das Onkel Stefan ihr geschenkt hatte: Wie der Schneemann in jenem Buch schien Otto Bierbrauer aus zwei Kugeln zu bestehen, eine für den Leib und eine für den Kopf, und die obere war vollkommen kahl. In der kahlen Kugel saßen quicklebendige Äuglein, die durch Brillengläser blitzten. »Sie müssen wahrhaftig üble Dinge von mir denken, weil ich Ihnen seit unserer Ankunft mit den Augen folge.«

Anavera hatte überhaupt nichts über Otto Bierbrauer gedacht, sie hatte nicht einmal bemerkt, dass er existierte, so sehr hatte der Kampf mit Sanchez Torrijas Sohn sie vereinnahmt. Jetzt dachte sie auch nicht viel, nur: Dieser freundliche Kugelmensch hat alles mitbekommen. Er muss uns beide für Barbaren halten.

»Bitte unterstellen Sie mir keine unlauteren Absichten«, fuhr Otto Bierbrauer fort, wobei er die dicken Händchen vor der mächtigen Leibesmitte faltete. »Auch der Herr Verlobte soll bitte keinerlei Affront vermuten. Ich betrachte Sie sozusagen aus wissenschaftlichem Interesse. Ich bin Völkerkundler. So wie Sie, Señorita, stellt man sich in meinen Breitengraden die Töchter der Aztekenkönige vor – diese Schönheit, dieses Ebenmaß, dieser stolze Kampfgeist in der Haltung des Kopfes. Und diese Klugheit und Bildung im Blick, die der Europäerin derselben Epoche noch gänzlich fremd war.«

Anavera, so tief beschämt und verzweifelt sie sich fühlte, musste sich auf die Lippe beißen, um nicht loszuprusten. Sie wollte Otto Bierbrauer auf sein feuriges Kompliment eine freundliche Antwort geben, brauchte jedoch Zeit, um sich zu sammeln.

»Oh, ich befürchte, die Prinzessin der Azteken spricht kein Spanisch«, mutmaßte Otto Bierbrauer. »Was stattdessen? Ich hoffe, nicht Mayathan. Ich weiß, Teobald Maler spricht dieses bemerkenswerte Idiom fließend, aber mein kleiner Geist beißt sich daran die stumpfen Zähne aus.« Ein Lächeln überzog sein Gesicht wie ein plötzlicher Lichteinfall. »Wie wäre es mit der lingua franca des gesamten Lebensraums?«, fuhr er zu Anaveras Verblüffung in einem Kauderwelsch fort, das zweifellos Nahuatl sein sollte. »Ist mir mit diesem Versuch mehr Glück beschieden?«

»Ich schlage Deutsch vor«, sagte Anavera und verblüffte ihn damit nicht weniger als er sie.

Er war reizend, fand Anavera. Eine vom Himmel gesandte Erlösung. Nachdem er seiner Begeisterung über die Deutsch sprechende Aztekenprinzessin Luft gemacht hatte, kam er verlegen auf sein Anliegen zu sprechen. Die drei Waggons seien hoffnungslos überbucht, wie Anavera unschwer erkennen konnte. Den gestrigen Zug, in dem er einen Sitzplatz reserviert hatte, habe er aufgrund einer verspäteten Ankunft seines Schiffs verpasst, und in diesem sei kein einziger Platz mehr zu vergeben gewesen. »Nun ist Stehen ja gesund«, bekundete er tapfer, »nur hält die Länge meiner Beine dem Gewicht meines Leibes nicht ganz stand, so dass es nach der sechsten Stunde doch ein wenig qualvoll wird. Zwar liegt es einem Ästheten wie mir wahrhaftig fern, mich einem so schönen Paar wie Ihnen beiden zur Last zu machen, aber Ihr Abteil scheint das einzige, in dem noch ein Plätzchen frei wäre. So kam mir der Gedanke, ob es wohl möglich wäre, für eine ganz kleine Weile den übermüdeten Beinen eine Pause zu gönnen?«

»Sie kommen zu uns«, entschied Anavera ohne Federlesens. Sie war von neuem außer sich. Weil Sanchez Torrijas Sohn keine Menschen um sich ertrug, hatte dieser Mann, der sein Vater hätte sein können, sechs Stunden in der Gluthitze stehen müssen. »Holen Sie Ihr Gepäck. Wir haben Platz genug und einen edlen nordspanischen Wein.«

Der Schneemann strahlte.

»Das ist Señor Otto Bierbrauer, Völkerkundler aus München«, stellte Anavera kurz darauf die beiden Männer einan-

der vor. »Herr Bierbrauer, das ist Señor Sanchez Torrija, unterwegs zu seinen Plantagen in Yucatán.« Wie Sanchez Torrijas Sohn mit dem Vornamen hieß, wusste sie, aber es widerstrebte ihr, diesen Namen in den Mund zu nehmen.
»In Yucatán!«, rief Otto Bierbrauer hingerissen. »Dann nehmen Sie von Villa Hermosa doch sicher einen Reisewagen?«
Da Anavera keine Antwort geben konnte, bellte Sanchez Torrijas Sohn schließlich: »Was wohl sonst? Wollten Sie uns ein paar Flügel zum Verleih anbieten?«
Otto Bierbrauer warf den Kugelkopf zurück und klatschte sich auf den Schenkel. »Wie scharfsinnig! Mein humoriger Freund, da haben Sie mich aber wirklich bei einer Eselei ertappt.« Er war eine Wohltat. Kurz darauf öffnete er seine Reisetasche, entnahm ihr ein Paar nahezu armdicker gesottener Schweinswürste und begann, nachdem er ihnen beiden vergeblich davon angeboten hatte, sie in schmatzenden Bissen zu verspeisen.
Das angewiderte Gesicht, das Sanchez Torrijas Sohn zog, war viel mehr als Gold wert. Der arglose Wissenschaftler hatte dem Widerling eine Parade verpasst, ohne die geringste Tücke an den Tag zu legen.
Der Zug ruckelte stetig langsamer durch eine Kette von Tälern und hielt ständig an. Während Anavera und Sanchez Torrijas Sohn hellwach und schweigend vor sich hin schwitzten, hielt Otto Bierbrauer schnarchend sein Nickerchen. Als er wieder zu sich kam, riss er den von Sanchez Torrijas Sohn mit einer Halstuchnadel festgesteckten Vorhang auf und erging sich in hingerissenen Hymnen: »Diese Farben, dieses Leuchten! Sehen Sie doch nur, meine Herrschaften! Hat die Welt irgendwo ein solches Feuerwerk aufzubieten, solche Kraft, solche Herrlichkeit in einem Sonnenuntergang? Als hätte ein ganzer Götterhimmel sein flüssiges Rotgold in dieser einen

Ebene verschüttet! Dass Natur so sein kann und dass man als kleiner Erdenwurm dabeistehen darf – ist das nicht mehr, als eine Menschenbrust fassen kann?«

»Schließen Sie auf der Stelle den Vorhang«, knurrte Sanchez Torrijas Sohn, aber der kleine Münchner, der sich an der Flut der Rottöne berauschte, hörte ihn gar nicht.

Anavera hatte kein Recht, ihren Widersacher weiter zu provozieren, aber sie hatte eine Grenze überschritten, und dahinter ritt sie der Teufel. »Señor Sanchez Torrija würde Ihnen sicher gern seinen erlesenen Rotwein kredenzen«, sagte sie und hangelte nach dem Koffer in der Gepäckablage, in dem sie die letzten beiden Flaschen wusste. »Er ist lediglich schüchtern. Lassen Sie mich für ihn die Einladung aussprechen.«

»O wie zünftig, ein geteiltes Picknick!«, rief Otto Bierbrauer. »Einen Speisewagen gibt es ja wohl nicht, also behilft sich der Findige selbst. Darf ich meinen gewürzten Käse beisteuern? Heute früh in Veracruz frisch erworben, wenn auch ob der Wärme nicht mehr ganz taufrisch.« Der milchige Käse, den er aus mehreren Schichten Packpapier wickelte, stank schlimmer als die Füße von einem Dutzend Vaqueros. Das Gesicht von Sanchez Torrijas Sohn sah jetzt aus, als stünde er kurz davor, sich unter Schmerzen zu winden. Dass Anavera sich mit Otto Bierbrauer gegen ihn verbündete, war so gehässig wie das, was sie am Morgen getan hatte, aber die Zügel, um sich im Zaum zu halten, waren ihren Händen entglitten.

Otto Bierbrauer hingegen lag jegliche Bosheit fern. Er lobte in vollen Zügen den Wein, pries die Großzügigkeit seines Gastgebers und schwärmte von der Landschaft, die bald darauf in Blau- und Grauschattierungen schimmerte und dann im Schwarz verschwand.

Irgendwann sagte er zu Sanchez Torrijas Sohn: »Sie kennen sich gewiss aus, da Sie vom Schicksal Begnadeter doch Land

in Yucatán besitzen. Erinnern Sie sich? Ich stellte vorhin die dümmliche Frage nach dem Reisewagen, und das nicht ganz ohne Hintergedanken. Dürfte ich wohl erfahren, in welche Richtung des mannigfaltigen Yucatán Sie und Ihre bezaubernde Aztekenprinzessin unterwegs sind? Und falls Ihre Route und meine halbwegs übereinstimmen – wäre es wohl denkbar, einen Reisewagen zu teilen?« Da Sanchez Torrijas Sohn keine Antwort gab, sprach er sogleich weiter: »Ich darf mich erklären? Mir wird das ungeheure Privileg zuteil, mich Herrn Teobald Maler, vielleicht dem bedeutendsten Maya-Forscher unserer Zeit, auf seiner jüngsten Expedition nach Chichén Itzá anzuschließen. Damit wird für mich ein Traum wahr, auf den ich mein Leben lang hingearbeitet habe. Dennoch bleibe ich letztendlich ein armer Tor auf seiner ersten Reise in die verwunschene Tiefe der neuen Welt. Und man hört ja so vieles, das dem unbedarften Reisenden droht. Um wie viel wohler wäre mir daher ums Herz, zwei so wohlerzogene, kultivierte Landeskundige wie Sie als Reisebegleiter an meiner Seite zu wissen.«
Es dauerte eine Weile, bis Sanchez Torrijas Sohn begriff, dass er die Antwort nicht schuldig bleiben konnte, ohne eine Grobheit sondergleichen zu begehen. »Ich fahre nach Valladolid«, knurrte er schließlich.
»Ah, Valladolid, das ist Musik in meinen Ohren!«, rief der kleine Münchner und hob den Becher mit dem Wein, den lediglich er und Anavera teilten. »Lassen Sie mich beweisen, dass ich meine Hausarbeit erledigt habe. Von Villa Hermosa nehmen wir einen der Linienwagen ins legendenumwobene Mérida, den wir uns in der Tat teilen könnten. Und von dort geht es dann getrennt im zweirädrigen Karren durch den Dschungel, bis an die Grenze des freien Maya-Staates Chan Santa Cruz. Für Sie nach Valladolid und weiter auf Ihr Schloss,

über dessen Schwelle Sie Ihre Schöne tragen werden. Und für mich nach Chichén Itzá, ins Paradies jedes Völkerkundlers, dem das Herz für Mittelamerika schlägt.«

Sanchez Torrijas Sohn hätte sich empört gegen den geteilten Reisewagen wehren können. Noch empörter hätte er die Behauptung von sich weisen können, die dunkelhäutige Barbarin sei seine Braut. Aber der Überschwang des Bayern verschlug ihm offenbar die Sprache. »Was zum Teufel ist Chichén Itzá?«, war alles, was er herausbekam.

Jetzt war Otto Bierbrauer in seinem Element, vergaß den Weinbecher weiterzureichen und würde so schnell nicht aufhören zu reden. »Was das wundersame Chichén Itzá, die Stadt am Brunnen des Itzá-Volkes, alles gewesen sein könnte, beginnen wir gerade erst zu erahnen«, holte er aus. »Ob es sich uns je ganz erschließen wird, steht in den Sternen, die die Maya mit so viel Akribie und Weisheit studierten. Die großartigen, noch zu weiten Teilen vom Dschungel überwucherten Steinbauten von Chichén Itzá dürften die Überreste der größten Siedlung darstellen, die die Maya jemals erbaut haben. Ich bin, wie gesagt, noch nicht dort gewesen und hoffe, dass meine alten Augen vor diesem Wunder nicht erblinden. Aber die Lektüre von Teobald Malers Schriften genügt, um vor dem schieren Ausmaß in Ehrfurcht zu erstarren. Sie dürfen nicht vergessen, die Maya kannten weder das Rad, noch besaßen sie Packtiere. Wer sie deswegen primitiv schimpft, kann Chichén Itzá, das mit der bloßen Hand errichtete Atlantis, nie gesehen haben.«

»Und warum sind diese Kulturen dann nicht mehr vorhanden, sondern von höherstehenden überrollt worden?«, versetzte Sanchez Torrijas Sohn.

»Oh, dem ist durchaus nicht so«, antwortete Otto Bierbrauer. »Die Gründung des Staates Chan Santa Cruz, der beharrlich

seine Bastion hält, ist nur der deutlichste Beweis dafür, dass die Maya sich nicht aufgegeben haben. Unabhängige Maya-Siedlungen, die sich dem Staatsgefüge Mexikos nicht zugehörig fühlen, soll es im Grenzgebiet überall geben. Diese Gruppierungen werden durch den Bestand von Chan Santa Cruz und von der Macht des sprechenden Kreuzes in ihrer Entschlossenheit gestärkt. Mit allen Mitteln kämpfen sie darum, bleiben zu dürfen, was sie immer waren – ein eigenes Volk.«
»Mit allen Mitteln, pah!«, stieß Sanchez Torrijas Sohn heraus. »Mit Verbrechen, meinen Sie wohl, Entführungen, Überfälle, an Fenstergitter genagelte Christen, das sind schwerlich Beweise, die eine Kultur für ihre Größe erbringt.«
»Bravo, mein wohlgestalteter Freund!«, applaudierte der Münchner. »Sie sind scharfzüngig und nicht leicht unterzukriegen. Natürlich haben Sie recht. Dass wehrlose Reisende überfallen und versklavt oder gar grausam abgeschlachtet werden, zeugt nicht von Größe, sondern höchstens von Verzweiflung und angestautem Hass. Vergessen Sie aber die Jahrhunderte nicht, in denen dieses Volk – wie das aztekische Ihrer schönen Prinzessin – in bestialischer Weise unterdrückt worden ist. Unter solchen Bedingungen bilden sich nie die edelsten Eigenschaften eines Volkes heraus, sondern stets die, die am ehesten zum Überleben taugen.«
Ehe Sanchez Torrijas Sohn mit einem neuen geknurrten Konter auffahren konnte, platzte Anavera auf Deutsch dazwischen: »Bitte, Herr Bierbrauer, erklären Sie mir Chan Santa Cruz und das sprechende Kreuz? Jeder redet davon wie von den Dämonen der Wälder, aber was dahintersteht, scheint kein Mensch zu wissen.«
»Das ist das Beängstigende an Dämonen, nicht wahr?« Otto Bierbrauer sandte ihr ein charmantes Lächeln, ehe er sich Sanchez Torrijas Sohn zuwandte und ins Spanische wechselte.

»Ihre Braut fragt mich nach der Geschichte des sprechenden Kreuzes, das schließlich den freien Staat der Maya hervorgebracht hat. Sie können sich glücklich schätzen, eine so wissbegierige Gefährtin für sich gewonnen zu haben. Sie ist Ihnen gewachsen. Bei ihr können Sie sicher sein, dass sie Sie nicht nur für Ihren Reichtum und für Ihre allerdings bemerkenswerten Augen liebt.«

»Verdammt, beantworten Sie von mir aus ihre Frage, aber lassen Sie mir meinen Frieden«, brach es aus Sanchez Torrijas Sohn heraus.

»Sehr gern«, erwiderte Otto Bierbrauer unbeeindruckt und wandte sich an Anavera. »Der Krieg der Kasten ist Ihnen ein Begriff, meine schöne Aztekin?«

Anavera zuckte mit den Schultern. »So wird der Kampf der Maya-Völker Yucatáns gegen ihre Unterdrückung genannt – gegen den Verkauf ihres Landes und Bedingungen, unter denen kein menschenwürdiges Leben mehr möglich war«, zählte sie das Wenige, das sie wusste, auf. »Sie haben verblüffende Siege errungen und letztlich sogar Valladolid erobert, doch am Ende unterlagen sie, weil Mexiko dem damals unabhängigen Yucatán zu Hilfe kam.«

Otto Bierbrauer nickte anerkennend. »Oder weil sie an den fliegenden Ameisen in der Luft erkannten, dass die Regenzeit gekommen war und sie zurück in ihre Dörfer mussten, um ihre Felder zu bestellen. Wer weiß das schon? In jedem Fall war das nicht das Ende der Geschichte, denn kurz darauf erschien über einem Cenote, einem der schillernden Wasserlöcher, die sich in eingestürzten Kalksteinhöhlen bilden, über Rotalgen und Seerosen, über Sumpfschildkröten und silbrigen Kärpflingen das sprechende Kreuz.«

»Heidnischer Aberglaube«, zischte Sanchez Torrijas Sohn in seine Faust, aber der Münchner hörte ihn dennoch.

»Ich meine nicht, mein zorniger Freund«, sagte er. »Denken Sie zum Beispiel an die heilige Johanna von Orleans – die göttliche Allmacht, die auf mystische Weise einem Volk in Bedrängnis neuen Mut schenkt, ist doch dem christlichen Glauben kein unbekannter Gedanke.«

»Aber diese Propheten des sprechenden Kreuzes waren doch Betrüger«, fuhr Sanchez Torrijas Sohn auf. »Wie kann ein in einen Baum geritztes Kreuz zu sprechen beginnen, und weshalb sollte es einen Haufen geschlagener Krieger auffordern, gegen eine Übermacht noch einmal zu Felde zu ziehen? Nichts als Humbug und Menschenfang ist das. Einer der selbsternannten Propheten wurde sogar als Bauchredner entlarvt.«

»Und erbarmungslos zu Tode gequält«, ergänzte Otto Bierbrauer. »Sie haben ja recht. Aber was ist mit den Reliquien und Prophezeiungen unserer eigenen römischen Kirche? Was sagen Sie beispielsweise zum Allerheiligsten Grabtuch von Turin? Nehmen wir einmal an, es handle sich tatsächlich um eine Fälschung – hätte es dann nicht immer noch Scharen von verzweifelten Menschen Mut zugesprochen? Und hätte es dann nicht seine Berechtigung?«

»Doch!«, rief Anavera.

Otto Bierbrauer lächelte. In den Augen von Sanchez Torrijas Sohn flackerte blanke Wut. »Und das würden Sie auch noch sagen, wenn eine der Rebellengruppen im Namen dieses verdammten Kreuzes uns überfallen und verschleppen würde?«, spuckte er aus. »Wenn diese Verbrecher sich im Rudel an der Dame, die Sie so bewundern, verlustieren würden?«

Eine Zeitlang herrschte erschrockenes Schweigen. Otto Bierbrauer fasste sich als Erster. »Das war nicht galant, mein Freund«, tadelte er. »Wäre Ihre Schöne mit Ihnen so streng wie das Mädchen, dem ich in meiner Jugend zugetan war, dann müssten Sie jetzt auf Ihren Knien Abbitte leisten.«

»Ich verzichte darauf«, schnaubte Anavera.
»Oho«, bemerkte Otto Bierbrauer. »Oho.«
Sanchez Torrijas Sohn hatte genug. Wortlos erhob er sich und verließ das Abteil. Der kleine Münchner sah ihm nachdenklich hinterher. »Wollen Sie ihm nicht nachgehen?«, fragte er Anavera nach einer Weile. »Der arme Kerl tut mir leid. Einen kleinen Dämpfer hatte er wohl verdient, aber wir beide haben es übertrieben.«
»Er ist nicht mein Verlobter«, sagte Anavera statt einer Antwort.
»Das dachte ich mir«, erwiderte Otto Bierbrauer. »Aber er wünscht es sich von ganzem Herzen.«
»Eher wünscht er sich die Cholera!«
Otto Bierbrauer lächelte. »Sie sind ja noch strenger als die Schöne meiner fernen Jugend. Bitte quälen Sie ihn nicht allzu lange. Er mag den stählernen Helden spielen, aber es war ja nicht mehr mit anzusehen, wie er versuchte bei Ihnen einen Punkt zu landen, und sich eine Abfuhr nach der anderen einfing. Zeigen Sie sich gnädig, schöne Prinzessin.«
Seinen Irrtum zu korrigieren hätte zu viel Zeit erfordert, und Anavera ging zu viel anderes im Kopf herum. Deshalb zwang sie sich lediglich, sein Lächeln zu erwidern. »Ich bin übrigens mitnichten eine Prinzessin. Mein Vater ist Gouverneur von Querétaro und gegen jede Art von Königtum.«
»Ich wette, er ist der Sohn einer langen Reihe von Aztekenfürsten«, erwiderte Otto Bierbrauer behaglich gähnend, und kurz darauf schlief er ein.
Etwa eine halbe Stunde später hielt der Zug an. Anavera öffnete das Fenster und sah hinaus in die schwarzblaue, duftende, wispernde Nacht. Sie standen in einer engen, für die Schienen künstlich geschaffenen Senke, und gleich hinter dem Hang ragten steile, bewaldete Berge auf. In der Schwärze des

nächtlichen Waldes blitzten silberne Streifen wie Glasfäden, die sich erst nach längerem Hinsehen als schmale Wasserfälle entpuppten. Von weit her erreichte sie das Echo ihres Plätscherns. So aufgewühlt Anaveras Inneres war, so lauernd und in Erwartung schien die Natur.
Sanchez Torrijas Sohn klopfte wahrhaftig an, ehe er sein eigenes Abteil betrat. Er sah den schlafenden Münchner und dämpfte seine Stimme zum Flüstern. »Ich dachte, ich lasse Sie wissen, dass wir vor der Frühe nicht weiterfahren. Der Zugführer ist eingeschlafen.«
Als Anavera keine Antwort gab, zog er den Kopf aus dem Spalt und schloss die Tür.

35

Die Wohnung war ein Stück vom Himmelreich. Sie war ihr Haus, das Zuhause, von dem Franzi ihr Leben lang geträumt hatte. Dabei hätte sie von den vier weiten, lichtdurchfluteten Zimmern nur ein einziges gebraucht, und auf die zierlichen Balkone mit ihren Säulen, Markisen und Blumenkästen hätte sie zur Not ganz verzichtet. Die Einrichtung war unbeschreiblich – die weichen Betten, die Sessel und die Chaiselongue, dazu die Küche voller blank polierter Gerätschaften! Und fast noch schöner war das Drumherum – die stille Straße, der Vorgarten voller zarter Blüten und das blitzsauber gewienerte Treppenhaus.
Dass sie selbst ein solches Heim nie besitzen würde, wusste Franzi. Sie hatte endgültig aufgehört zu träumen, als sie beim Versuch, ihre Schiffspassage an sich zu nehmen, hatte feststellen müssen, dass die Gruberin gar keine Passage für sie gebucht hatte. Auf Therese und Valentin Gruber waren die bei-

den einzigen Passagen ausgestellt. Die lästige Franzi hatte die Frau wie einen nicht mehr benötigten Koffer zurücklassen wollen, um mit ihrem nicht existenten Neffen in die Heimat zu reisen. Für Menschen wie Franzi gab es keine Schleichwege ins Paradies, dafür sorgten die, die es besaßen. Sie würde nehmen, was sie bekommen konnte, und jeden Augenblick in der himmlischen Wohnung auskosten, das schwor sie sich. Stehlen würde sie jedoch nichts, nicht einmal als Souvenir. Die Wohnung gehörte dem Mädchen Josefa, und lieber wäre Franzi verhungert, als Josefa etwas Böses anzutun. Stattdessen hätte sie alles getan, um Josefa vor jeglichem Unheil zu beschützen. Die Gruberin hatte verzweifelt nach einem Menschen gesucht, den sie lieben konnte. Und Franzi hatte einen gefunden. Mitten auf der Straße und wie üblich vollkommen grundlos hatte die Gruberin sie geohrfeigt. Vielleicht wollte sie ihr nicht einmal Schmerz zufügen, sondern sah in Franzi eben ein Ding, das dabeistand, damit sie jedes Mal, wenn sie überreizt war, draufhauen konnte. Aber das Mädchen Josefa sah Franzi nicht so. Hatte sie eben noch geschwankt, als würde sie jeden Moment zu Boden stürzen, so schoss sie jetzt schwungvoll herum und riss Franzi vor der Gruberin zurück. »Sind Sie von Sinnen?«, brüllte sie die Gruberin an wie der wildeste Fasskutscher von Brixen. »Lassen Sie sofort die Kleine in Frieden. Was hat sie Ihnen denn getan, und überhaupt, was fällt Ihnen ein, einen Menschen zu schlagen, der so viel schwächer ist als Sie?«
In diesem Augenblick flog Franzis Herz dem Mädchen Josefa zu. Und sie, der so etwas nie zuvor geschehen war, hegte nicht den mindesten Zweifel daran, dass diese Übergabe ihres Herzens endgültig war.
Josefa zog sie zu sich und legte ihr ihre kühle Hand auf die Wange. Was sie mit der Gruberin stritt und was die spanische

Dame, die Dolores hieß, dazu sagte, bekam Franzi kaum mit. In ihren Ohren hallte kein schrillender Ton mehr, sondern ein Singen.

Irgendwann entschied die Dame Dolores, dass sie alle in eine Cantina zum Essen gehen würden, wofür Franzi von Herzen dankbar war. Dolores war so, wie sie aussah – steinreich, doch im Gegensatz zu den übrigen Reichen kein bisschen geizig. Ohne langes Gefackel bestellte sie mehr oder weniger alles, was das kleine Lokal zu bieten hatte. Josefa aß fast gar nichts, Dolores wenig mehr, und die Gruberin pickte mit Misstrauen an den fremdländischen Speisen. Den Löwenanteil verspeiste Franzi, der alles köstlich schmeckte. Als nichts mehr übrig war, fragte Dolores, ob sie satt sei, und Franzi erwiderte: »Nein.« Da winkte sie dem Wirt und bestellte scharfen bröckligen Käse, gebrannte, zwischen Oblaten gefüllte Milch und eine dunkle köstliche Creme, die bitter und süß zugleich schmeckte. Dazu Kaffee, den Franzi zwar nicht mochte, den sie aber trotzdem aus dem winzigen Tässchen trank, wobei sie einen Finger vom Henkel wegspreizte.

Zum Abschluss gab es ein Glas voll sahnigem, klebrigem Likör. Die Gruberin rührte ihres nicht an, weil sie fürchtete, es könne Gift darin sein, und Josefa schob ihres hinüber zu Franzi. »Sie können meines haben, wenn Sie wollen. Mir wird schlecht davon. Ich bekomme ein Kind.«

Wie zuvor schon mehrmals, wenn das Kind Erwähnung fand, schlug die Gruberin die Hände vors Gesicht und brach in Wehklagen aus: »Das darf doch nicht sein, das darf einfach nicht sein. Jetzt habe ich meine Josefa endlich gefunden und bin zu spät gekommen. Meine Josefa ist geschändet, und ich habe sie nicht beschützen können.«

Josefa tat Franzi entsetzlich leid. Sie saß verloren auf ihrem Stuhl, als würde sie unter dem Geheule der Gruberin kleiner, und hielt mit zitternder Hand die Schachtel umklammert, die sie schon die ganze Zeit über keinen Augenblick lang losließ.

»Würden Sie sich jetzt vielleicht beruhigen?«, fragte Dolores die Gruberin einigermaßen patzig. »Was ist so tragisch daran, ein Kind zu bekommen? Andere Leute bekommen Gelbfieber und wieder andere die geheime Zensurbehörde an den Hals.«

Franzi hätte beinahe losgelacht, aber dann hatte sie auf einmal Mitleid mit der Gruberin, die noch nicht einmal ein Wort der Schimpfkanonade verstand. Es war mehr als komisch – seit ihr Herz Josefa zugeflogen war, fühlte sie sich stark genug, mit der Gruberin Mitleid zu haben. »Bei uns in Tirol ist ein Kind ohne Vater eine Schande«, erklärte sie Dolores. »Wenigstens in den Kreisen von der Gruberin.«

»Bei uns in Mexiko auch«, erwiderte Dolores gelassen. »Aber die meisten Kinder werden ja trotzdem groß, und in den Kreisen, zu denen Ihre Gruberin und ich gehören, müssen sie auch ohne Väter keinen Hunger leiden.«

»Mein Kind hat einen Vater«, murmelte Josefa.

Wenn es keinen hat, könnte es mich haben, dachte Franzi sehnsüchtig, obwohl der Gedanke vermessen war und sie Kinder nicht einmal mochte. Als eine Art Tante, als Dienstmädchen, als irgendwas, wenn sie nur bei Josefa und dem Kind hätte bleiben dürfen. Die Gruberin war nicht recht gescheit – warum war sie nicht froh? Sie hatte sich so sehr dieses Mädchen gewünscht, das schließlich auch ein Bankert war, wie man es nun drehte oder wendete, und jetzt bekam sie noch eines dazu und musste nicht einmal eine weitere Schiffspassage kaufen.

»Vater oder nicht und Kind oder nicht«, sagte Dolores, »als Erstes sollten wir dafür sorgen, dass Sie aus dieser Vecindada herauskommen. Die ist für Sie genauso ungesund wie für ein eventuelles Kind.«

Die Gruberin stieß Franzi gegen den Ellbogen. »Was wird geredet?«, fragte sie. »Wenn es meine Josefa betrifft, muss ich es wissen, dann geht es mich als Erste an.«

Statt Franzi meldete Josefa selbst sich zu Wort, die sich erst jetzt der Gruberin bewusst zu werden schien: »Sie sind also wirklich meine Tante?«, fragte sie leise. »Die Schwester von ... meinem Vater?«

Die beiden Verwandten sahen staunend einander in die Augen, und zum ersten Mal war die Gruberin still und hörte auf, wegen des Likörs, des scharfen Essens oder des unerwünschten Kindes vor sich hin zu greinen. Endlich nickte sie und sagte: »Ja, Josefa. Ich bin Therese, die älteste Schwester deines Vaters. Valentin war mein Liebling. Mein Ein und Alles. Von allen jungen Offizieren der Kaiserjäger war er der fescheste und der schneidigste, und wer ihn sah, der hat ihn geliebt.«

Der Gruberin liefen Tränen über ihre Runzelwangen, aber diesmal gab sie keine Geräusche von sich, sondern wischte mit ihrem zerdrückten Taschentuch in den Tränen herum, obwohl sowieso immer wieder neue kamen. »Du bist sein Ebenbild, Josefa. Dasselbe Haar wie reifer Weizen, dieselben grünen, wunderschönen Augen. Er wäre so stolz auf dich gewesen, dein Vater. So stolz.«

Josefas reizendes Gesicht veränderte sich. Sie hatte so verzweifelt gewirkt, dass es Franzi das Herz zusammengezogen hatte, doch jetzt trat auf ihre Züge geradezu ein Leuchten. Nur ihre Hand zitterte weiter und hielt die Schachtel umklammert. »Und er, mein Vater – er war wirklich ein Baron?«

Die Gruberin nickte. »Genauer gesagt, er wäre nach dem Tod unseres Onkels der achte Baron von Tschiderer geworden. Aber das Schicksal schlug ohne Gnade zu, und uns war nicht vergönnt, jenen Tag zu erleben. Valentin starb vor dem Onkel und liegt in der Fremde verscharrt, und mein armer Veit, dein Vetter, der den Titel erbte, ruht nun auch schon in kalter Erde. Nur der Gustl ist übrig. Der schluderige Gustl, der auf nichts ein Anrecht hat.« Die Tränen strömten. »Ach Josefa, meine Josefa. Hätte ich gewusst, dass du lebst, hätte man es für nötig befunden, mir Nachricht zu senden, ich hätte nie gestattet, dass dein Erbe dem Gustl in die Hände fällt. Ich hätte dich nach Hause geholt. Aus diesem Pfuhl des Elends und der Sünde fort.«

»Was wird hier eigentlich geredet?«, fragte Dolores auf Spanisch.

Da Josefa vollauf damit beschäftigt war, die Gruberin anzusehen, übersetzte Franzi.

»Würden Sie Ihrer Gruberin etwas ausrichten?«, fragte Dolores anschließend. »Josefa ist keineswegs in einem Pfuhl aus Elend und Sünde aufgewachsen, sondern auf einem großen Rancho, eigentlich einer Hacienda, in einem fruchtbaren Land, das Querétaro heißt. Sie hat eine Erziehung erhalten, die sich hinter der keines Adligen zu verstecken braucht, und hat Eltern, die sie über alles lieben.«

Statt zu übersetzen, platzte Franzi heraus: »Aber die Gruberin hat doch gesagt, die Katharina Lutenburg hat einen von den Affenmenschen geheiratet, weil kein anderer sie mit dem Kind genommen hätte!«

»Katharina Lutenburg hat Benito Alvarez geheiratet, weil sie keinen anderen wollte«, erwiderte Dolores ruhig. »Ihr Mann ist Gouverneur von Querétaro und gehört zum Beraterstab des Präsidenten. Dass allerdings dunkelhäutige Menschen, wenn man nicht an sie gewöhnt ist, ein wenig wie Affen wirken, kann ich nachvollziehen. Auf mich wirken blonde, blasse Menschen auch immer wie Weißkäseleiber auf Beinen, aber

ich versichere Ihnen, das legt sich, wenn man länger hinschaut.«
Jetzt war es um Franzi geschehen – sie zupfte an ihrem ausgefransten blonden Haar und lachte lauthals los. Natürlich hatte Dolores recht – auf die Affenmenschen wirkte sie bestimmt genauso merkwürdig wie die Affenmenschen auf sie. Und dass Josefa von guten Menschen erzogen worden war, merkte man ihr an, denn ansonsten wäre sie sicher selbst kein so guter Mensch geworden.
Franzi lachte nicht nur, weil der Vergleich so treffend war, sondern auch, weil sie noch nie so glücklich gewesen war wie in diesem Augenblick. Nicht nur, weil sie so satt war wie im ganzen Leben nicht, sondern auch, weil sie mit den drei Frauen in diesem Lokal saß wie ein Mensch unter Menschen. Nicht als Franziska Pergerin, die Hurentochter, sondern als Franzi, ein Weißkäse-Mädchen, das mit ein paar Bekannten zum Essen ging. Mit ein paar Bekannten! Es war nicht zu fassen. Aber das Glück an diesem Tag hatte für Franzi noch lange kein Ende.
Nach etlichem Hin- und Herübersetzen kam nämlich die Gruberin auf ihr eigentliches Thema zu sprechen. Sie wollte Josefa mit nach Tirol nehmen. Jetzt sofort. Damit verstörte sie die arme Josefa endgültig. »Aber ich kann doch hier nicht weg!«, rief sie. »Ich will sehen, wo mein Vater gewohnt hat, ich will jede Einzelheit über ihn wissen, aber ich kann doch nicht von Jaime fort, ich muss bei Jaime bleiben.«
»Ich kann nicht warten«, sagte die Gruberin bitter. »Ich habe all meine Mittel in diese Suche nach dir gesteckt, und nun ist mir nichts mehr geblieben. Die Familie der Lutenburg, die mir deine Existenz verschwiegen hat, hielt es immerhin für angebracht, mir die Übersiedlung in eine bescheidene Pension zu ermöglichen, aber auch dort ist das vorausbezahlte Geld inzwischen aufgebraucht. Ab morgen habe ich kein

Dach mehr über dem Kopf. Deshalb musste ich mich dir heute endlich zu erkennen geben, auch wenn die Familie der Lutenburg mich daran ja weiterhin hindern wollte.«
»Nennen Sie doch meine Mutter nicht die Lutenburg«, rief Josefa. »Sie heißt Katharina Alvarez, alle Welt nennt sie Kathi.« Dann griff sie mit der Hand, die nicht die Schachtel umklammerte, über den Tisch nach den Händen der Gruberin. »Sie dürfen nicht abreisen«, flehte sie geradezu. »Ich habe Sie doch gerade erst gefunden. Hören Sie, das mit Ihrer Pension ist überhaupt kein Problem. Ich habe eine Wohnung nicht weit von der Alameda. Sie ist groß und schön und sauber, und kein Mensch wohnt darin. Sie müssen sie nehmen und bleiben. Sie müssen.«
Groß und schön und sauber, und kein Mensch wohnte darin. Für Franzi klang es, als würde der Geistliche von der Kanzel über das Paradies predigen. Es gab von neuem ein endloses Hin und Her, bei dem Dolores beharrte, Josefa solle aus ihrem ungesunden Zimmer ebenfalls in die schöne saubere Wohnung umsiedeln, und außerdem sei sie auf diese Weise Tag und Nacht mit ihrer neu gewonnenen Tante zusammen. Josefa hingegen beteuerte, sie könne ihren Eltern, die sie in der Wohnung finden würden, nie wieder unter die Augen treten, was Dolores für Unsinn erklärte. Letzten Endes landete Josefa wieder bei jenem Menschen namens Jaime und weinte, sie könne nicht in der Wohnung leben, weil Jaime sich weigerte, dort einen Fuß hineinzusetzen. Franzi sah ihre Felle davonschwimmen und wünschte den unbekannten Jaime dorthin, wo der Pfeffer wuchs.
»Also schön«, gab Dolores schließlich nach. »Dann bleiben Sie eben nur die ersten paar Tage mit Ihrer Verwandten in der Wohnung, und ich lasse Jaime Sanchez Torrija eine Nachricht zukommen. Sobald er sich meldet, können Sie ja dann zu ihm

übersiedeln. Allerdings ist mir zugetragen worden, die Festtagsstimmung in der Stadt rühre daher, dass er sich für mehrere Wochen nach Yucatán davongemacht hat.«
»Nach Yucatán?«, fragte Josefa, die immer schwächer wirkte und sich dringend ausruhen musste. »Nein, nein, nein, nach Yucatán wollte er zwar, aber er ist nicht gefahren.«
Dolores beließ es dabei, auch wenn Franzi glaubte, ihren Blick deuten zu können. Ihr war nur daran gelegen, Josefa so rasch wie möglich in der sauberen Wohnung unterzubringen, und darin hatte sie Franzis Unterstützung. Als Nächstes plärrte die Gruberin noch, sie habe kein Geld und müsse von irgendetwas schließlich leben, und als Dolores versicherte, Josefas Eltern würden sicher gern für sämtliche Kosten aufkommen, schrie Josefa auf Spanisch: »Bitte nicht, Señorita Condesa! Bitte sagen Sie meinem Vater auf keinen Fall, dass ich Geld brauche – auf gar keinen Fall.«
»Müssen Sie Ihren Vater unbedingt noch weiter ächten?«, fragte Dolores traurig. »Wofür denn jetzt noch? Dafür, dass er kein Tiroler Baron ist?«
»Er hätte meiner Tante schreiben müssen, dass es mich gibt«, antwortete Josefa mit winzig kleiner Stimme. »Außerdem will ich nicht noch mehr Geld von ihm nehmen – ich bin doch nicht sein Kind.«
»Das sieht er anders, aber meinethalben bleiben Sie dabei«, entgegnete Dolores.
Einem dieser vielen Väter, die sich um Josefa streiten, könnte ich mich als Ersatz anbieten, dachte Franzi bitter und mutlos. Dann aber schlug Dolores vor, sämtliche Kosten für den Haushalt in der schönen, sauberen Wohnung zu übernehmen. »Wenn Ihr Vater es mir nicht zurückzahlen darf, dann eben der hochedle Grande Jaime Sanchez Torrija«, erklärte sie spöttisch, und damit – Franzi versprach allen Him-

meln und Heiligen auf ewig Dank – war Josefa einverstanden.
So waren sie wirklich und wahrhaftig in der schönen, sauberen Wohnung mit den vier Zimmern und den zwei Balkonen, mit den Daunendecken, den Vorhängeschlössern und den riesigen weichen Betten gelandet. Den schönsten Satz sprach Josefa aus, als sie gerade erst angekommen waren. Sie öffnete die Tür zu einem der lichtdurchfluteten Zimmer, wies auf das Bett, auf dem eine mit Rosen bestickte Überdecke lag, und sagte: »Vielleicht möchten Sie dieses Zimmer nehmen, Franziska? Es hat das Fenster zur Straße, aber wenn Sie lieber zum Hof hinaus schlafen wollen ...«
Franzi konnte sich nicht erinnern, wann sie zum letzten Mal geweint hatte, doch statt Josefa Antwort zu geben, brach sie in Tränen aus.
Sie besaß ein eigenes Zimmer. Ein Bett und zwei Sessel, so viele Daunendecken, wie sie sich nur wünschen konnte, und an der Tür einen Riegel und ein Schloss. Dabei würde sie beides nicht einmal brauchen, denn in der Wohnung gab es keine Männer. Nur Frauen.
Die Zeit im Paradies würde enden. Aber Franzi würde jeden Augenblick, den sie andauerte, auskosten, damit die Erinnerung für den Rest des Lebens genügte. Dennoch konnte sie nicht verhindern, dass eine winzige Stimme in ihr so beharrlich flüsterte wie damals in Veracruz: Ich gehe hier nie wieder weg. Wäre der Gott auf dem weißen Gipfel nahe gewesen, so hätte sie zu ihm gebetet. Dolores ging noch einmal los, um Lebensmittel zu bestellen und zu veranlassen, dass ihr Gepäck aus der Pension und aus Josefas Mietskaserne herübergeschickt wurde. Als sie zurückkam, hielt sie einen Strauß tiefblauer Lilien im Arm und füllte damit die Vasen in der Wohnung. Der Duft war überwältigend. »Was mir eben noch eingefallen ist«, sagte sie zu

Josefa. »Ihre Schwester Anavera – ist sie nicht noch bei Ihnen in der Vecindada? Vielleicht sollten wir ihr eine Nachricht schicken und sie herbestellen, damit sie sich nicht wundert, wenn die Cargadores wegen des Gepäcks eintreffen.«

»Anavera?«, fragte Josefa ohne Verständnis.

»Ja, Ihre Mutter sagte mir, Ihre Schwester sei zu Ihnen gegangen, um sich um Sie zu kümmern.«

»Aber das ist doch schon vier Tage her!«, rief Josefa entsetzt. »Anavera ist gegangen, um Jaime von dem Kind zu erzählen, damit er nicht nach Yucatán fährt, sondern endlich wieder zu mir kommt. Seitdem habe ich sie nicht mehr gesehen. Ich weiß ja selbst nicht, warum das alles so eine Ewigkeit dauert. Ich habe das Gefühl, ich halte es nicht länger aus.«

»Einen Augenblick«, unterbrach Dolores, und Franzi sah, dass an ihrer Stirn eine Ader pochte. »Ihre Schwester ist vor vier Tagen zu Ihnen gekommen – und dann ist sie gegangen, um Jaime Sanchez Torrija daran zu hindern, nach Yucatán zu fahren? Ihre Schwester, die mit Tomás Hartmann verlobt ist – und sie ist seither nicht zurückgekommen?«

»Was hat denn Tomás damit zu tun?«, fragte Josefa.

»Ich muss Ihre Schwester finden«, sagte Dolores, griff nach ihrer Mantilla und war schon an der Tür. »Sofort, ehe Ihre armen Eltern bemerken, dass sie verschwunden ist, und sich dafür steinigen. Tomás Hartmann sitzt im Belem-Gefängnis, über ihm schwebt ein Todesurteil. Ihre Schwester wird versucht haben, diesen Unmenschen zu Mitleid zu bewegen, und was er daraufhin mit ihr gemacht hat, male ich mir besser nicht aus. Auch wenn Sie nichts davon hören wollen und mich wieder mit Champagner bewerfen – er hat Sie missbraucht, um Ihren Vater zu Fall zu bringen. Und da Ihr Vater immer noch nicht in die Knie gegangen ist, dürfte sein nächster Schlag auf Ihre Schwester zielen.«

36

Auf dem Bahnhof von Villa Hermosa wurde Otto Bierbrauer seine Reisetasche gestohlen. Darin befunden hatten sich die Reste seines Wurstvorrats, seine Reisepapiere und die Börse mit all seinem Geld. Sanchez Torrijas Sohn war losgezogen, um sich um ein Hotel sowie um den Reisewagen für den nächsten Morgen zu kümmern, und Anavera, der die Kleider am Leib klebten, hatte den Bahnhof verlassen, weil sie dringend ein wenig Wasser brauchte. Als beide zurückkamen, fanden sie den liebenswerten kleinen Münchner völlig aufgelöst vor. Eine Horde junger dunkelhäutiger Männer war über ihn hergefallen und mit seiner Tasche geflüchtet.
»Das also sind die zivilisierten Erben der Hochkultur, für die Sie sich so ereifern!«, brüllte Sanchez Torrijas Sohn ihn an.
Otto Bierbrauer sah aus, als hätte er am liebsten den kugeligen Kopf eingezogen. »Dass Sie sich unter diesen Umständen von mir als Reisegefährten trennen wollen, ist mir selbstredend verständlich«, murmelte er.
»Haben diese Verbrecher Ihnen auch noch den Verstand gestohlen?«, brüllte Sanchez Torrijas Sohn weiter. »Sie kommen jetzt mit ins Hotel und rücken uns nicht mehr von der Seite, verstanden? Morgen früh fahren wir nach Mérida, wo es verschiedene europäische Konsulate gibt. Sollte man Ihnen dort nicht helfen können, muss eben Ihr Bekannter, dieser Maler oder wie er heißt, in seinem Heidentempel einspringen.«
»Señor Maler hilft mir sicher gern aus dieser scheußlichen Verlegenheit«, erwiderte Otto Bierbrauer. »Aber wie soll ich bis nach Chichén Itzá denn überhaupt kommen?«
»Ja wie denn wohl? Im zweirädrigen Karren durch den Dschungel, wie Sie ja die Freundlichkeit hatten, mich zu belehren. Ich lasse meinen Wagen einen Umweg machen.« Otto

Bierbrauer schnappte nach Luft, um sich zu bedanken, aber Sanchez Torrijas Sohn brüllte gleich weiter: »Ach hören Sie doch auf. Was soll ich denn sonst tun? Sie hier stehenlassen?« Dann schoss er herum und brüllte statt des Münchners Anavera an: »Und für Sie gilt dasselbe! Was soll ich mit Ihnen machen? Sie in diesem Verbrechernest allein in einen Zug setzen?«

Anavera wusste keine Antwort, denn sie hatte sich dieselbe Frage draußen am Brunnen auch schon gestellt. Auch wenn sie das stille fremde Villa Hermosa keineswegs als Verbrechernest empfand, war die Vorstellung, den endlosen Weg allein zurückzureisen, bedrohlich. Sie war nie ein ängstliches Mädchen gewesen, doch als junge Frau allein solche Fahrt anzutreten, hieße, das Schicksal geradewegs herauszufordern.

»Ich muss Sie mitnehmen«, brüllte Sanchez Torrijas Sohn weiter. »Morgen früh gehen Sie gefälligst aufs Amt und telegraphieren Ihrem Vater, damit ich mir den nicht auch noch auf den Hals hole. Ob Telegramme in diesem Busch überhaupt befördert werden, dürfen Sie mich nicht fragen, aber zumindest versuchen müssen Sie es.«

Triefend vor Hitze, die auch am Abend nicht nachließ, machten sie sich auf den Weg. Insektenschwärme umschwirrten sie und ließen sich nicht wegschlagen, doch die Stadt fand Anavera schön. Zwischen den gelblichen Fassaden der Häuser, den Bogen, Höfen und Türmen erstreckten sich freie Räume, in denen Palmen aufragten und leuchtend rote Flammenbäume blühten. Das Hotel lag über einer Reihe von Arkaden mit Geschäften. Es war gut durchlüftet, verfügte über einen schattigen Patio und bot jedem von ihnen ein geräumiges Zimmer mit Moskitonetz und eigenem Bad. Ehe sie sich auf dem Gang trennten, um sich vor dem Abendessen zu erfri-

schen, konnte Anavera sich eine Spitze nicht verkneifen. »Sie brauchen übrigens nicht so zu brüllen, wenn Sie einmal in Ihrem Leben etwas Nettes tun«, sagte sie zu Sanchez Torrijas Sohn und ließ ihn stehen.
Das Abendessen ließ er im Hof servieren, wo es luftig und angenehm war. Es gab ein seltsames Gericht aus gestockten, sauer eingelegten Würsten und Hühnerfleisch, das Anavera und Sanchez Torrijas Sohn zu schwer war, Otto Bierbrauer aber köstlich schmeckte. Er hob sein Glas mit weißem einheimischem Wein, der dick wie Honig floss. »Auf meinen Wohltäter«, sagte er. »Meinen Lebensretter. Ich wünschte, es gäbe auch etwas, das ich für Sie tun könnte.«
»Sie können«, blaffte Sanchez Torrijas Sohn. »Hören Sie mit diesem Gefasel auf und reden Sie lieber wieder von Ihren Sprechkreuzen, Stufenpyramiden oder was Sie sonst dauernd von sich geben.«
»Aber für mich können Sie etwas tun«, rief Anavera, zuerst nur um die Kränkung abzufedern, dann aber, weil es einfach aus ihr heraussprudelte: »Zeigen Sie mir Chichén Itzá. Bitte lassen Sie mich die Stadt der Maya sehen.«
Otto Bierbrauer kratzte sich den kahlen Schädel, wo ein Insektenstich sich zur mächtigen Beule auswuchs. »Ich weiß nicht recht, meine tollkühne Aztekenprinzessin. Ganz ungefährlich ist die Sache nicht. Das Gebiet ist ja nicht völlig erschlossen, es liegt abseits jeglicher Zivilisation ...« Dann hielt er inne, und sein Mondgesicht verzog sich zum Lächeln. »Aber natürlich haben Sie recht – welcher Mensch, dem ein Herz in der Brust schlägt, könnte sich eine so einzigartige Gelegenheit entgehen lassen?«
Sie stießen an und zwinkerten einander zu. Sanchez Torrijas Sohn war nicht gefragt worden, und Anavera zog es vor, ihn nicht anzusehen.

Vor der Abfahrt am nächsten Morgen kauften sie Kleidung, die sich für die Weiterreise eignete, Hemden, Hosen oder Röcke aus leichtem grobem Leinen und Tropenhüte mit Moskitoschleiern. Anavera war heilfroh, ihr Kleid, das ihr unrettbar verschwitzt vorkam, loszuwerden. Noch froher war sie, das Telegramm aufzugeben, auch wenn ihr selten etwas schwerer gefallen war als der Text. »Musste dringend verreisen, Erklärung später, bitte keine Sorgen«, füllte sie schließlich in das Formular. »Bin wohlauf und liebe Euch. Anavera.«
Natürlich würden die Eltern sich dennoch Sorgen machen, aber zumindest wussten sie, dass sie in guter Verfassung und von niemandem entführt worden war.
Anschließend begaben sie sich zu der Station vor der Stadt, von der die Linienwagen aufbrachen, um ins geheimnisumwitterte Herz der Halbinsel Yucatán vorzudringen. Anaveras eigenes Herz schlug so heftig, dass ihr in der Hitze der Schweiß ausbrach. Worauf hatte sie sich eingelassen? Kaum wusste sie selbst noch, wie sie in diese Lage geraten war. Die Bilder der letzten Tage, die ihr wie Wochen oder Monate erschienen, verliefen ineinander. Nur eines wusste sie: El Manzanal und ebenso Mexiko-Stadt lagen unendlich weit von ihr entfernt.
Als sie Sanchez Torrijas Sohn in Hemd und Hosen aus dem leichten, dünnen Stoff sah, durchfuhr sie etwas wie ein Schrecken. Ohne den schwarzen Rock, der ihn wie eine zweite Haut umgab, erschien er ihr geradezu nackt. Schutzlos wie an dem Morgen in Veracruz. Aber nicht nur das. Sie konnte ihm nicht ins Gesicht sehen, aus Angst, der Blick könnte ihr abgleiten, dorthin, wo das Hemd am Hals offen stand. Die Vorstellung, endlose Stunden mit ihm in dem engen Reisewagen zu verbringen, war auf einmal beängstigend und ließ sie noch mehr schwitzen.

»Warum starren Sie mich an?«, fragte er. »Habe ich mir das Gesicht beschmiert?«
Ihr war nicht bewusst gewesen, dass sie ihn anstarrte. Sie hatte geglaubt, das Gegenteil zu tun. Er hatte sich nicht beschmiert, nur sein Haar hatte ein wenig von der strengen Ordnung verloren. Die Sonne fing sich darin wie auf dunklem poliertem Holz.
Otto Bierbrauer saß bereits in dem vor zwei mickrigen Schecken gespannten Wagen und streckte den Kopf zum Fenster hinaus. »Ich sage dem Fahrer Bescheid, er soll noch etwas warten«, rief er. »Lassen Sie sich ruhig Zeit. Sie beide hatten ja, seit ich mich Ihnen aufgedrängt habe, keinen Augenblick für sich allein.«

37

Die Farbe, die ihn einschloss, war Grün. Schleppend langsam zockelte ihr Karren voran, und mit den Fangarmen eines Kraken schien das Grün nach ihm zu greifen. War es möglich, einem Wald beim Wachsen zuzusehen, ihn zu durchqueren und dabei das Maultier treiben zu wollen, weil der Wald auf den Karren zuwuchs, ihn zu überwuchern und unter sich zu begraben drohte? Nirgendwo hatte Jaime je eine Natur von solcher Gewalt erlebt. Die Nacht in Mérida, der weißen Stadt der Kolonialbauten und schattigen Bogengänge, erschien ihm wie ihre letzte Berührung mit dem sicheren Ufer. Jetzt trieben sie hinaus auf ein offenes Meer, dessen Wellen nicht blau und durchscheinend waren, sondern grün und undurchdringlich, eine Untiefe, die nicht preisgab, was im nächsten Moment aus ihr hervorschießen mochte.

An tödlichem Getier gab es hier alles, was der wüsteste Alptraum einem vorgaukeln mochte. Nicht nur giftige Nattern und Baumschlangen, sondern noch giftigere Frösche, nicht nur Spinnen, sondern auch Skorpione, nicht nur tückische Affen und Wiesel, sondern auch Langschwanzkatzen und vermutlich Jaguare. Dazu träge lauernde Leguane, die aussahen wie die Drachen in Büchern, mit denen man Kindern den Schlaf vergällte. Jaime hatte nie am Leben gehangen. Manchmal, wenn er sich vorgestellt hatte, ein betrogener Ehemann oder Vater fordere ihn zum Duell, hatte der Gedanke an die schnelle Kugel keinen Schrecken, sondern eine Art von Süße besessen. Ein Ende von Leere und Langeweile, von Ekel und Entblößung. Die Vorstellung, von einem dieser Alptraumgeschöpfe niedergerissen und zerfleischt zu werden, ehe der grüne Dschungel die verbleibenden Knochen überwucherte, drehte ihm hingegen den Magen um.
Wo sie nicht tödlich war, war die Natur aufdringlich, sinnlich, unausweichlich. Sie roch nach Nässe und Erde, nach dem Zerfall der zu Zelten gefächerten Blätter und den Blüten, die groß wie Kindsköpfe mitten im Grün prangten. Man konnte nicht den Mund öffnen, ohne den Pelz auf der Zunge zu schmecken, der auch durch die zu dünnen Kleider drang, sich auf die Haut legte und sämtliche Poren verstopfte. Keine Pflanze, kein Baum, kein Strauch stand für sich allein, eines spross über das andere, rankte und schlängelte sich, saugte der Wirtspflanze nach Parasitenart die Kraft aus. An vielen Stellen wurde das Gewirr so dicht, dass der Indio, der ihren Maultierkarren lenkte, abspringen und mit der Machete eine Schneise hineinschlagen musste. Hatten sie die durchquert, so mochte Jaime sich nicht umdrehen, aus Angst zu entdecken, dass der Tunnel im Grün sich bereits wieder hinter ihnen schloss.

Der Dschungel schwieg keinen Herzschlag lang still. Vögel, die nie in Grau oder Braun daherkamen, sondern in Farben, deren Grellheit in den Augen schmerzte, stießen Schreie in die feuchte Luft, die nach Lust und Gier klangen, nach dem Willen, zu erobern und die eigene Art zu mehren, ehe das Grün sie verschlang. Grillen zirpten, bis dicht an den Karren schwirrten Motten und Schmetterlinge, Melipona-Bienen, Moskitos und gemeine Fliegen. Auf der Vielfalt der Stämme und Blattformen klebten Käfer, Termiten und Ameisen in Baumnestern, Heuschrecken und Gottesanbeterinnen, die ihre männlichen Gespielen nach der Paarung verspeisten.
Hätte er sich nicht mit aller Kraft gegen solche Geistesverwirrung gewehrt, wäre es ihm vorgekommen, als hätten sie vor der Kathedrale San Ildefonso in Mérida auch Abschied von der christlichen Religion genommen und sich in die Hände dämonischer Götter begeben. Götter, die in der Verborgenheit des Dschungels ihren eigenen Untergang überlebt hatten und auf ihre Gelegenheit warteten. Götter, die von ihren Gläubigen forderten, dass sie sich mit dem Stachel eines Rochens Zungen, Lippen und Geschlechtsteile durchbohrten, um ihr Blut, ihre Lebenssäfte der göttlichen Unersättlichkeit zu opfern.
Jaime mochte Grün. Die kühle Glätte von Jade hatte er geliebt, das Schillern der Oberfläche, die von Haut so weit entfernt wie nur denkbar war. Jetzt war er sicher, er würde das Material in seinem Haus nicht länger ertragen.
Das Mädchen neben ihm, die Aztekin, wie der Bierbauch sie nannte, tat etwas, das die wenigsten Menschen konnten. Sie sah und schwieg. Für gewöhnlich stießen Menschen, die behaupteten, von etwas fasziniert zu sein, spitze Laute in Form von »Ah« oder »Oh« aus, gaben unentwegt Worte wie »wundervoll«, »atemberaubend« und »erstaunlich« von sich oder

schwatzten mit ihren Sitznachbarn über wundervolle, atemberaubende, erstaunliche Ereignisse ihrer Vergangenheit. Auch der Bierbauch gehörte jener Zunft an. Das Mädchen aber saß still und hielt den Kopf ins Grün gereckt, sah es mit unermüdlichen Augen an. Sie hatte die immense Haarfülle unter ihren Hut gesteckt, und wenn Jaime sich in ihre Richtung wandte, sah er die zwei schmalen geraden Sehnen, die sich von ihrem Nacken bis zum Ansatz des Haars abzeichneten. Nur ein einziges Mal drehte sie sich zu ihm um und sagte leise: »Können wir bitte einmal anhalten? Ich möchte gern etwas von Nahem sehen.«

Jaime befahl dem Indio, das Maultier zu zügeln, sosehr es ihm vor dem Stillstand graute. Das Mädchen aber ging unerschrocken in die Hocke, öffnete den niedrigen Schlag und ließ sich in das Gewirr aus Ranken, Farnen und Gestrüpp nieder. »Geben Sie Obacht, meine Schöne!«, rief der Bierbauch. »Das giftige Gewürm bevölkert den Boden wie die Luft.«

Das Mädchen drehte sich um und sandte dem Bierbauch ein Lächeln. »Keine Sorge, ich bin vom Land, auch wenn mein Querétaro geradezu karg wirkt gegen dies.«

Sie tat genau das Richtige, prüfte mit einem Stock das dornige Unterholz, ehe sie den nächsten Fuß aufsetzte. So ging sie drei Schritte zurück, hob ein paar grasgrüne Wedel an und legte darunter ein Nest schmaler feiner Blätter im Grün von Pinien frei. Mit dem Kopf wies sie auf die einzelne weiße Blüte, die sich aus der Geborgenheit des Nestes wagte. Schützende Blütenblätter um eine Glocke, die wie aus zartem weißem Glas gesponnen schien. Der Tropfen Sonne, der durch das grüne Dach drang, fiel geradewegs darauf.

»Nicht zu glauben«, rief der Bierbauch. »Einfach erstaunlich. Wie bedauerlich nur, dass ich mein botanisches Nachschlagewerk samt meiner Reisetasche verloren habe.« Diesen Verlust bedauerte er bei jeder erstaunlichen Pflanzengattung, die ihnen auf dem Weg begegnete.

»Es ist eine Vanillenorchidee«, sagte das Mädchen so leise, als könnte die Vanillenorchidee von Lärm zerspringen. Mit ihrem tastenden Stock und ihren eleganten Schritten schlich sie sich zum Wagen zurück. »Danke«, flüsterte sie, und der Karren fuhr wieder an.

Die Fahrt dehnte sich. Mit jeder Meile lastete die Hitze schwerer. Was man trank, schwitzte man sofort wieder aus. Durchnässter Stoff klebte, umschloss die Formen ihrer Körper, verriet die Farbe ihrer Haut. Tauchten sie einmal aus der grünen Höhle auf, um über freies, leeres Land zu fahren, so tat sich kurz darauf eine neue auf und vereinnahmte sie.

Warum hatte er sich darauf eingelassen, den Bierbauch zu seinen verdammten Maya-Pyramiden zu bringen? Hätte er die gerade Strecke nach Valladolid eingeschlagen, so würden sie jetzt auf abgeholztem Land zwischen geraden Reihen von Henequen-Agaven ihres Weges fahren. Was hatte ihn getrieben? Die Herausforderung? Der Zwang, keine Angst zu zeigen? Die Sucht nach dem Abenteuer?

Die Luftschichten zitterten. Das Mädchen saß wiederum aufrecht und zeigte ihm die geraden Sehnen seines Halses bis zu dem dunklen Haar, das unter dem Hut hervorschaute. Er hatte sie loswerden wollen, aber sie klebte an ihm wie das Moos an den Stämmen der Zedern und Kapokbäume. Dabei wahrte sie Abstand zu ihm wie sonst kaum ein Mensch. Etwas musste er an sich haben, das Menschen wie Parasitenpflanzen dazu trieb, ihre Finger nach ihm auszustrecken, ihre Hüften an ihm zu reiben, ihm mit bloßen Händen auf die Schultern zu patschen. Der Bierbauch tat es auch. Aber das Mädchen nicht. Zum Ausgleich hatte sie ihn beleidigt, ihm in die Ohren gebrüllt und ihn lächerlich gemacht. Sie hatte in seinem Innersten herumgewühlt und es gewagt, ihn zu schlagen. Ihn zu ohrfeigen wie ein Kind ohne Würde. In der Erinnerung verkrampften sich seine Schultern. Um ein Haar hätte er sie erwürgt.

Ein wenig fühlte er sich in ihrer Nähe wie inmitten des wuchernden, schreienden, duftenden Grün. Etwas musste er tun, um die Oberhand zurückzugewinnen, sich als Herr der Lage behaupten. Was ihm aber zu tun blieb, fragte er sich seit Tagen und Nächten vergeblich.

Mehrmals hatte er mit dem Gedanken gespielt, mit ihr umzugehen, wie er für gewöhnlich mit Frauen umging, die seinen Frieden störten – sie zu verführen und wegzuwerfen. Dabei hatte er Verführung nicht einmal nötig. Frauen warfen sich ihm an den Hals, ohne dass er einen Finger krümmte. Die kleine Kreatur, ihre Elfen-Schwester, war darin die Schlimmste gewesen, auch wenn sie etwas Putziges an sich hatte, das ihn beinahe berührt hätte. Diese warf sich ihm nicht an den Hals, was einen gewissen Reiz darstellte. Außerdem war die andere nicht die Tochter des Barbaren. Des Griechisch sprechenden Wilden. Was immer Jaime auf dem Ball nach dem Unabhängigkeitstag in dessen Augen gesehen hatte, und auch wenn der Kerl durchaus so töricht sein mochte, den Bastard eines anderen Mannes zu lieben – diese musste er mehr lieben. Diese war sein Fleisch und Blut.

Das verdammte Volk in der Hauptstadt hatte aus irgendwelchen schwülstigen Gründen sein Herz an ihn gehängt. Er war sein Talisman, sein Vorzeige-Wilder. Es hatte ihm den Skandal um die Tochter und sogar die Affäre mit Dolores de Vivero verziehen, und er stand immer noch aufrecht in seiner Unverwüstlichkeit. Würde ihn dies in die Knie zwingen? Die dunkle Tochter, die sein Ebenbild war, verführt und zerbrochen, ohne Aussicht auf eine halbwegs akzeptable Heirat?

Die Schwierigkeit war nur, sie war sein Ebenbild. Sein Fleisch und Blut. Im Äußeren keine Mestizin, sondern eine vollblütige Wilde. Jaime hatte es nie auch nur für denkbar gehalten, den Körper einer Frau zu umarmen, die seiner eigenen Art nicht entstammte. Die ihm fremd war. Barbaros. Er starrte auf ihren hochgereckten Hals. Wenn er sich überwand und sie nahm, um ihren Vater zu treffen – würde er sie danach hinter sich lassen und weitergehen können, wie er es immer tat? Oder würde etwas von ihr an ihm bleiben und ihn verändern? In der Hitze schauderte er. Eine tiefhängende Ranke streifte wie die Spitze eines Fingers seine Stirn.
Sie drehte sich um. Ihr Blick war ruhig, ohne Lächeln. Er wollte sich abwenden, und vielleicht wollte sie es ebenfalls. Sie wandten sich beide nicht ab. Ihre Augen, die sich an dem Grün vollgetrunken hatten und erschöpft waren, hielten sich aneinander fest. Irgendwann begann der Wald sich zu lichten, wenngleich das dichte Unterholz weiter unter den Rädern knirschte, als würden Knochen zermahlen. Der hohe, betörende Ton eines Flötenregenpfeifers schwebte über den anderen Geräuschen.
Der Indio langte nach hinten und tippte dem Bierbauch, der mit dem Rücken zu ihm saß, auf die Schulter. Der Bierbauch drehte sich um und brach in eine lange Folge seiner begeisterten Jubellaute aus. Der Wortschwall, der für gewöhnlich darauf folgte, blieb jedoch aus. Stattdessen versuchte er sich aufzurichten, um besser sehen zu können, was den Karren ins Schwanken brachte. Der Indio zügelte das Maultier, bis es stillstand, und Jaime und das Mädchen wandten die Köpfe.
Durch die grüne Wand, die Löcher und Risse bekommen hatte, schimmerte Gestein. Mitten in die Übermacht der Natur hatten Menschen eine Stadt geschlagen. Auch wenn sie seit Jahrhunderten verlassen, wenn ihr Volk zu Staub zerfallen

war, stand sie noch immer hier, wie von überirdischen Kräften geschützt. Die zerfallene Plattform auf der Spitze der Pyramide überragte die Kronen der Kapokbäume.
»Chichén Itzá«, murmelte der Bierbauch. »Die Stadt am heiligen Brunnen.«

38

Anavera hatte jegliches Zeitgefühl verloren. Im ersten Morgengrauen waren sie aus Mérida aufgebrochen, und seither musste die Erde sich etliche Male um sich selbst gedreht haben. Hinter ihr, in den Nebeln, die aus dem grünen Dickicht stiegen, verschwand ihre Vergangenheit, verschwanden die Menschen, die irgendwo auf sie warteten. Nur das, was vor ihr lag, war noch übrig – Chichén Itzá.
Ihr Fahrer, ein junger Mazehual, der nur gebrochen Spanisch sprach, weigerte sich weiterzufahren. »Du gehen zu Fuß«, sagte er. »Ich warten. Karren machen zu viel Lärm.«
Wen fürchtete er aufzuwecken? Die Götter, die in den Nischen und Kammern zwischen den moosbewachsenen Steinen schliefen? Otto Bierbrauer war bereits aus dem Karren gehüpft und gab emsig Erklärungen zu dem ab, was sie gleich zu sehen bekommen würden. Zum ersten Mal zerrte seine Redseligkeit Anavera an den Nerven. Sie wünschte, er würde schweigen und sie ohne Erklärung lassen. Sie wünschte, sie müssten weder dem Archäologen Teobald Maler noch den anderen Forschern, die er auf der Stätte vermutete, begegnen. Sie wollte allein sein mit Chichén Itzá. Still und allein.
Sanchez Torrijas Sohn sprach kein Wort, als er ihr die Hand hinhielt, um ihr vom Karren zu helfen. Er trägt keine Handschuhe, bemerkte sie. Seine Hand war übersät von feinen wei-

ßen Narben. Ohne sie zu ergreifen, sprang sie ab. Otto Bierbrauer, dem offenbar auffiel, dass er auf sein Reden keine Erwiderung erhielt, verstummte endlich. Schweigend machten sie sich zu dritt auf den Weg durch das Dickicht, das sich mit jedem Schritt lichtete. Als glitte Vorhang um Vorhang beiseite und gäbe mehr von dem Geheimnis frei. Überreste von Mauern, von Moosen und Farnen umwuchert, ruhten zwischen Büschen und Baumstämmen. Aus einem weiß blühenden, nach Harz duftenden Guajakstrauch ragte der Stumpf einer Säule. Immer schütterer wurde der Wald, immer häufiger erstreckten sich freie Flächen dazwischen, auf denen nur Niederholz und Kräuter wuchsen. Jede dieser Flächen musste einst bebaut gewesen sein, davon kündeten die steinernen Trümmer, die überall durch die Vegetation schimmerten. Sie waren hintereinander gegangen, Otto Bierbrauer voran, Anavera in der Mitte und Sanchez Torrijas Sohn zum Schluss. Als sie jedoch aus einer Art Höhle aus Geäst auf den größten der freien Plätze traten, drängten sie sich jäh zueinander. Vor ihnen erstreckte sich ein riesiges, in Stein gepflastertes Feld. Wenn auch Baumwurzeln die Fugen zwischen vielen Pflastersteinen aufgebrochen hatten und andere gänzlich von Pflanzensporen überwachsen waren, ließ sich das Ausmaß der Anlage unschwer erkennen. Das gesamte Feld musste von einer Mauer umgeben gewesen sein, von der jetzt nur noch Reste standen.
»Das tödliche Spiel«, raunte Otto Bierbrauer. »Es war wohl dem baskischen Pelota ähnlich, doch wie es genau gespielt wurde, wissen wir nicht. Nur dass eine der beiden Mannschaften am Ende sterben musste.«
»Warum?«, fragte Sanchez Torrijas Sohn tief und beinahe unhörbar.
Otto Bierbrauer wandte sich ihm zu. »Wir vermuten, dass das Spiel aus einem der uralten Mythen hervorging«, erklärte er,

diesmal ohne die Stimme zu erheben. »Die heroischen Zwillingsbrüder Huhnapu und Xbalanke erregten durch ihr Spiel mit einem Gummiball den Zorn der Götter. Zur Strafe wurden sie in die tiefste der neun Unterwelten gelockt und sollten dort auf immer gefangen bleiben, doch durch ihren Mut und ihre Klugheit gelang es ihnen, die Götter zu überlisten. Auf der Flucht aber wurde Huhnapu der Kopf abgerissen, und die Rache der Götter war grausam. Sie benutzten den Kopf, um vor den Augen des entsetzten Xbalanke nun ihrerseits Ball zu spielen. Xbalanke weigerte sich jedoch, das Schicksal seines Bruders hinzunehmen. Er pflückte von seinem Feld einen Kürbis und brachte es fertig, diesen gegen Huhnapus Kopf auszutauschen. Damit hatte er sein Spiel gewonnen. Wer aber das ewige Spiel um Fruchtbarkeit und Tod verliert, dessen Kopf fordern die Götter ein.«
Fruchtbarkeit und Tod, hämmerte es in Anaveras Kopf. Fruchtbarkeit und Tod.
»Die Mannschaft, die das Spiel verlor, wurde geopfert?«, fragte Sanchez Torrijas Sohn.
»Wir nehmen es an«, erwiderte Otto Bierbrauer. »Wir schließen es aus dem *Popol Vuh*, dem Buch des Rates, einem unschätzbaren Dokument aus dem 16. Jahrhundert, das uns von den Mythen der Maya erzählt.«
Bange sah Anavera aus dem Augenwinkel hinüber zu Sanchez Torrijas Sohn. Bitte lass ihn nicht in Geschrei über Menschenopfer und kulturlose Wilde ausbrechen, betete sie stumm. Aber Sanchez Torrijas Sohn brach in kein Geschrei aus. Behutsam, als würde er sich fürchten, den Fuß aufzusetzen, ging er über das Spielfeld, blieb einmal stehen und ließ sich auf die Knie nieder, um den Boden zu berühren. War hier ein Mensch gestorben, ein Opfer erbracht worden, um die Götter zu beschwichtigen, damit sie Fruchtbarkeit austeilten,

nicht den Tod? Wusste der Stein, der älter als ein Jahrtausend war, noch etwas vom einst vergossenen Blut? Als sie Sanchez Torrijas Sohn folgte, bemerkte Anavera, dass sie die Füße mit ebenso viel Vorsicht aufsetzte wie er. Schritt um Schritt, mit geduckten Köpfen, bewegten sie sich auf die Pyramide zu.
Von Bäumen umstellt, erwartete sie das höchste Bauwerk, das Anavera je gesehen hatte. Auch auf den Stufen, die an allen vier Seiten in die Höhe führten, wuchsen Bäume und Sträucher, und auf der untersten sonnte sich ein beinlanger Leguan, doch der steinernen Macht der Pyramide hatte nichts etwas an. Wie war es möglich gewesen, unter der sengenden Sonne diese gewaltigen Steine hierherzuschleppen? Auf bloßen Schultern, ohne Maultiere und Wagen, wie hatten Menschen, die kein Rad kannten, diese Wucht aufeinander aufgetürmt?
»Sie schlafen hier, nicht wahr?«, flüsterte Anavera Otto Bierbrauer zu, weil sie fürchtete, ihre Stimme sei ihr versiegt. »Die alten Götter der Maya, an die niemand mehr glaubt?«
Der kleine Völkerkundler blickte zu ihr auf, als verstünde er nicht. Anavera schlug die Hand vor den Mund und hoffte, dass Sanchez Torrijas Sohn, der drei Schritte vorausging, nicht gehört hatte, wie sie sich lächerlich machte. Aber er hatte sie gehört. Er hielt inne und wandte den Kopf. In dem, was in seinen goldbraunen Augen stand, glaubte sie gespiegelt zu sehen, was in ihr selbst tobte. Einen Moment lang wartete er, dann wandte er sich zurück und ging weiter, bis er zwischen zwei Palmen am Fuß der Pyramide stehen blieb.
Anavera schloss zu ihm auf und wünschte sich jäh, ihn zu berühren, um im Schatten des Wunders nicht allein zu sein.
»Wollen Sie nach oben steigen?«, fragte Otto Bierbrauer schwer atmend. »Für meine kurzen Beine ist es nicht zu schaffen, aber so schlank und rank, wie Sie beide gewachsen sind, sollte es Ihnen ein Leichtes sein.«

Geradezu entsetzt schüttelte Anavera den Kopf, doch das sah Otto Bierbrauer nicht, und über schlafende Götter wollte sie kein Wort mehr sagen.
»Nein«, sagte Sanchez Torrijas Sohn.
»Es ist aber ungefährlich«, beteuerte Otto Bierbrauer. »Und der Blick muss herrlich sein. Alfred Maudsley, der britische Archäologe, soll im letzten Jahr dort oben sogar kampiert haben.«
»Nein«, wiederholte Sanchez Torrijas Sohn. »Von Santa María de la Sede muss der Blick auch herrlich sein. Trotzdem möchte ich nicht, dass irgendwelche Neugierigen ihr aufs Dach steigen und dort ihr Picknick abhalten.«
»Oho«, murmelte Otto Bierbrauer leise. »Ich verstehe.«
»Was ist Santa María de la Sede?«, fragte Anavera.
»Die Kathedrale von Sevilla«, antwortete Sanchez Torrijas Sohn und wagte sich noch einen Schritt näher. Vor einem steinernen Schlangenkopf, der am Fuß einer der Treppen aus blühendem Gesträuch herauswuchs, ging er in die Knie. Er berührte ihn nicht, doch seine Blicke schienen ihn abzutasten.
»Kukulkan«, erklärte Otto Bierbrauer. »Der mächtige Schöpfergott der gefiederten Schlange. Ihm ist die Pyramide geweiht, und ihm galten die Opfer, die dort oben in der Höhe erbracht worden sind.«
Der Schlangenkopf sah aus, als würde der alte Gott von den verlorenen Zeiten seines größten Glanzes träumen.
»Wir haben ihn auch«, entfuhr es Anavera. »Bei uns heißt er Quetzalcoatl.«
Sanchez Torrijas Sohn blickte zu ihr auf, weder spöttisch noch überheblich, nur fragend und zutiefst verunsichert.
»Nein, wir opfern ihm nichts mehr«, sagte sie. »Wir bewahren nur seine Geschenke, Mais und Amarant, damit wir am

Leben bleiben, und Tanz und berauschende Getränke, damit wir das Leben lieben.«
»Sagen Sie noch einmal seinen Namen«, bat er.
»Quetzalcoatl. Schlange mit den Quetzal-Federn. Wind, der den Regen bringt.«
Er streckte die vernarbte Hand aus, berührte kurz und zart den Kopf des Schlangengottes Kukulkan und zog sie wieder zurück.

Für Stunden, die sie nicht zählten, wanderten sie zwischen den Ruinen der versunkenen Stadt umher. Über den Mauern der verfallenen Paläste flatterten Schmetterlinge, und auf den Dachsteinen der Tempel sonnten sich Geckos. Eines aber fiel ihnen erst auf, als sie in einer der besser erhaltenen Tempelkammern eindeutige Spuren menschlichen Aufenthalts entdeckten. Auf dem Boden fanden sich Reste einer Feuerstelle, Eierschalen und Hühnerknochen verrieten, was dort verzehrt worden war, und in der Ecke lag ein vergessenes Kleidungsstück.
»Hier hat wohl Teobald Maler bei seiner letzten Expedition sein Lager aufgeschlagen«, sagte Otto Bierbrauer und ließ sich völlig abgekämpft auf eine umgestürzte Säule plumpsen. Sein Gesicht war krebsrot und schweißbedeckt. »Ich frage mich aber, wo er jetzt steckt. Er muss doch auch Leute bei sich haben, Zeichner, Fotografen, Helfer. Mir kam es vor, als wäre dieser ganze Zauberort menschenleer.«
»Er ist menschenleer«, sagte Sanchez Torrijas Sohn.
»Sie meinen also, die Forscher kampieren hier irgendwo in der Nähe? Vermutlich im Wald?«
»Vermutlich«, stimmte Sanchez Torrijas Sohn zu. »Wir finden sie besser schnell, denn die Sonne sinkt schon. Aber ausruhen müssen Sie sich trotzdem.«

Otto Bierbrauer nickte verlegen. »Ich fürchte, ich kann keinen einzigen Schritt mehr gehen, und die Zunge hängt mir bis auf den Bauch. Aber was ist denn mit Ihnen – wenn es jetzt dunkel wird, kommen Sie ja heute nicht mehr weiter!«
»Nein«, bestätigte Sanchez Torrijas Sohn. »Uns wird nichts übrigbleiben, als die Nacht hier zu verbringen.«
»Das tut mir von Herzen leid«, bekannte Otto Bierbrauer. »Ich brocke Ihnen wirklich nur Schwierigkeiten ein.«
Sanchez Torrijas Sohn warf einen Blick hinüber zur Pyramide und sagte: »Nein, nicht nur.« Dann öffnete er den Proviantbeutel und entnahm ihm die Tortillas, die gesalzenen Pistazien und die getrockneten Bananen- und Guavenscheiben, die sie in Mérida gekauft hatten. Er schob Otto Bierbrauer alles hin und gab ihm eine der beiden Feldflaschen. »Trinken Sie die leer«, meinte er und gab Anavera die andere. »Ich gehe und suche eine Wasserstelle, an der wir sie auffüllen können.«
Dankbar trank Anavera. Das lauwarme Wasser war eine Erlösung. Einen Rest liess sie in der Flasche und gab ihn Sanchez Torrijas Sohn. »Sie auch«, sagte sie.
»Ich bin sicher, dass Sie, wenn Sie sich hinter dem grossen Tempel in den Wald schlagen, früher oder später den heiligen Cenote erreichen«, erklärte Otto Bierbrauer, der nicht mehr ganz so elend aussah und seine Lebensgeister wiederfand. »Jedenfalls, wenn mich die Erinnerung an meine Karte, die mir ja leider abhandenkam, nicht täuscht.«
»Den heiligen Cenote?«
»Das Wasserloch, nach dem dieser Ort benannt ist. Es heisst, das Volk der Itza habe in diesen tiefen natürlichen Brunnen Jungfrauen als Opfer geworfen. Oh!« Er patschte sich auf den Mund. »Das hätte ich jetzt besser nicht gesagt, oder? Aber keine Sorge, sprechende Kreuze gibt es dort gewiss nicht.«

Den nächsten Patscher erhielt Sanchez Torrijas Sohn, der neben ihm stand, auf den Schenkel. Er zuckte zusammen, sagte aber nichts. Seine Augen flackerten.
»Ich komme mit«, hörte Anavera sich sagen.
Er hob die Hände. »Sie sollten sich ausruhen.«
»Ich komme mit«, wiederholte sie und sah ihm an, dass er erleichtert war. Sie war es auch und wusste nicht, warum. Seite an Seite zogen sie los.
Sie hatte ihn auf Bahnhöfen, auf den Gängen der Züge und im Gewimmel in Veracruz beobachtet. Jetzt sah sie, wie er den Blättern und Ranken des Urwalds auswich, als wären sie menschliche Hände, und wie seine Schultern sich verkrampften. Ich hätte ihn niemals schlagen dürfen, durchfuhr es sie. Es war grausam. Für ihn ist die kleinste Berührung Schlag genug. Mit viel mehr Kraftaufwand als nötig erkämpfte er ihnen den Weg, den Otto Bierbrauer ihnen beschrieben hatte. Gut möglich, dass der kleine Münchner, der schließlich zum ersten Mal hier war, sich irrte. Aber er irrte sich nicht.
Ihre Kleider trieften vor Schweiß, als sie die Lichtung mit dem heiligen Cenote erreichten. Tief im bewachsenen Kalkgestein ruhte das Wasserloch. Sumpflilien und Seerosen sprossen auf dem spiegelnden Grün der Oberfläche, und darüber schwirrten handtellergroße Libellen. Es war leicht begreiflich, warum dem Volk der Itza dieser Ort als heilig galt, so schön und verborgen und verzaubert, wie er war. Als Anavera niederkniete, um zu trinken, sah sie eine rotwangige Schildkröte zurück ins Wasser schlüpfen. Neid auf das Tier erfasste sie.
Sanchez Torrijas Sohn kniete sich in einigem Abstand ans Ufer und beugte sich vor, um das klare Wasser in seine Hände zu schöpfen und dann die Flaschen zu füllen. Sie wollte ihm nicht zusehen, aber sie hätte sich so wenig abwenden können

wie vorhin von Kukulkans Pyramide. Er spritzte sich Wasser auf Brust und Gesicht und schüttete dann den Inhalt einer Flasche über seinen Rücken. Als er ihren Blick bemerkte, hob er ihr die andere Flasche entgegen. Sie ging zu ihm und tat es ihm nach.
Das nasse Hemd umschloss seinen Rücken, zeichnete die Wirbel des Rückgrats und die Schulterblätter nach. Die Muskeln der Schultern waren noch immer verkrampft. Der Anblick tat ihr weh. Ehe sie sich anders besinnen konnte, hatte sie ihm die Hände auf die Schultern gelegt wie in dem Hotel in Veracruz. Nur waren dort seine Schultern unter Schichten von Stoff verborgen gewesen, während ihre Finger heute unter dem dünnen Leinen Muskeln und Sehnen ertasteten. Sachte fuhr sie ihm über die Verhärtungen. Reglos hielt er still. Irgendwann stand er auf und zog sie mit sich in die Höhe.
Sie standen einander gegenüber, so dicht, dass sie die fiebrige Wärme seines Körpers wahrnahm und glaubte seinen Herzschlag zu spüren. So aufgepeitscht wie ihren eigenen. Sein Atem traf ihr Gesicht. In seinen langen Wimpern hingen Wassertropfen, und die Augen darunter brannten. Alles Licht, das die spiegelnde Wasserfläche gefangen hatte, schien mit einem Schlag zu verlöschen, die Hitze wich, und dann brach der Himmel auf. Mit ohrenbetäubendem Geprassel ergoss sich der Regen über ihnen. Wie um sie zu schützen, schlossen sich seine Arme um ihre Taille, und ihre Arme schlossen sich um seinen Hals. Sie reckte den Kopf, er senkte den seinen, und ihre Lippen prallten aufeinander. In ihrem Kopf waren keine Worte. Nichts war darin. Nur der Kuss.
Solange der Regen stürmte, küssten sie sich. Pressten die nassen Leiber, so fest sie konnten, aneinander. Wasser aus seinem Haar rann über ihr Gesicht und vermischte sich mit dem

Wasser aus ihrem. Sie bemerkte nicht einmal, dass sie Atem schöpfte. Als der Regen schwächer wurde, erfasste sie Angst, dass die Welt zerspränge, wenn der Kuss zu Ende wäre. Als aber der Regen sich gänzlich gelegt hatte und ihre Lippen auseinanderglitten, umfasste er ihr Gesicht mit den Händen und hielt es fest. Seine Finger streichelten in winzigen Kreisen ihre Wangen, und seine Lippen formten lautlos ihren Namen. Silbe um Silbe. »A-na-ve-ra.«
Noch immer war in ihrem Kopf kein Wort wie Reue oder Schuld. Es war, als gäbe es außer ihnen keinen Menschen, niemanden, den sie verletzen konnten, niemanden, dem sie etwas schuldeten.
»Jaime«, sagte sie.
Er zog sie noch fester an sich, küsste ihr die Lider, die Lippen und die Linie des Kiefers und stöhnte dunkel auf. Sie verstand ihn und küsste ihm den Hals, strich das nasse Hemd beiseite und küsste seine Schulter entlang. Sie wollte mehr. Alles. Sie wollte ihn lieben.
Seine Augen stellten eine Frage, ehe seine Hände an ihrem Hals hinunterglitten und begannen ihre Bluse zu öffnen. Zur Antwort küsste sie ihn hart, grub ihre Zähne in den festen Muskel seiner Brust.
»Anavera. Anavera.«
»Jaime.«
Keine Liebesworte. Nur ihre Namen zwischen fassungslosen Atemzügen.
Dann brach das Geschrei los, so plötzlich wie zuvor der Regen. Vier Männer auf einmal sprangen hinter Jaimes Rücken, packten ihn an Hüften und Schultern und rissen ihn aus ihren Armen.

39

Dolores hatte es ihr gesagt, Jaime war nicht mehr in der Stadt. Er war nach Yucatán gefahren, wie er es vorgehabt hatte, und wo Anavera war, wusste kein Mensch. Wenn Anavera mich betrogen hat, wenn sie nie vorhatte, Jaime zurückzuholen, ist es nur gerecht, dachte Josefa. Ich habe ihr ihren Liebsten genommen. Wird Tomás gehängt oder stirbt er im Gefängnis, so ist es meine Schuld. Ich habe ihn verraten.
Sie war krank vor Schwäche und stand aus dem Bett kaum mehr auf. Ohne Franziska wäre sie vielleicht gestorben. Franziska tat alles für sie, wusch sie, wechselte ihr verschwitztes Bettzeug, brachte ihr in kleine Bissen geschnittenes Essen und bettelte so lange, bis Josefa einen oder zwei davon schluckte. Sie hielt ihr die Tante vom Leib. Um der Tante gegenüberzutreten und die perfekte Nichte zu spielen, die sie so gern für sie sein wollte, besaß sie nicht die Kraft.
»Lass sie nicht zu mir«, beschwor sie Franziska. »Leg das Schloss immer vor.«
»Sie hat ihren Neffen gepflegt«, wandte Franziska ein. »Der hatte das Bluten und war nicht mehr als ein Skelett, sah viel schlimmer aus als du. Sogar der Herr Doktor hat sich gefürchtet, aber der Gruberin hat's nichts ausgemacht.«
Josefa bestand dennoch darauf. Sie wollte der Tante, die das Ebenbild ihres Vaters in ihr sah, nicht hässlich und elend gegenübertreten. Die Tante hatte ihr eine Fotografie des Vaters in der Uniform der Kaiserjäger geschenkt. Schön und voll Stolz sah der fremde Vater ihr entgegen. Sie wollte seiner würdig sein, wollte diesen prächtigen, heldenhaften Vater nicht enttäuschen.
Auch einen Besuch ihrer Eltern lehnte sie vehement ab. Therese und Valentin Gruber waren jetzt ihre Familie. Sie konnte

nicht beide behalten. Vor allem aber durften ihre Eltern nie erfahren, dass sie es gewesen war, die Tomás dem Henker ausgeliefert hatte. Für die Eltern wäre es besser, wenn sie aus ihrem Leben verschwand und sie vom Verrat ihrer Tochter nichts ahnten. Irgendwann würde sie auch die Kraft finden, den schief gewebten Rebozo und die mit Samt bespannte Schachtel von ihrem Nachttisch wegzuräumen. Sie nahm Franziska das Versprechen ab, die Eltern nicht in die Wohnung zu lassen.

Nach einer Woche kam Dolores wieder, setzte sich zu Josefa aufs Bett und sagte: »Ich habe noch eine schlimme Nachricht für dich. Du musst jetzt stark sein. Das ist, wie wenn man eine Wunde ausbrennt – es tut scheußlich weh, und eine Narbe bleibt übrig, aber je gründlicher man es macht, desto vollkommener ist man hinterher den Ärger los. Deine Schwester hat ein Telegramm geschickt. Es gab ein paar Probleme bei der Übermittlung, weil El Norte die Leitungen beutelt, aber letztlich ist es doch noch eingetroffen. Die Suchaktion kann abgebrochen werden. Deine Schwester ist in Yucatán. Alles deutet darauf hin, dass sie mit Jaime Sanchez Torrija gefahren ist.« Zuerst ergab die Nachricht für Josefa überhaupt keinen Sinn. Dann aber fuhr Dolores fort: »Du musst es jetzt begreifen, Josefa. Es ist so, wie ich es vermutet habe. Jaime Sanchez Torrija hat dich nie geliebt, Kleines, keinen einzigen Augenblick lang. Er hat dich benutzt, um deinen Vater so tief zu verletzen, wie er nur konnte. Er hat gut gezielt, dein Vater hat dich verloren, aber wie er darunter leidet, sieht dieser Verbrecher nicht. Er sieht nur, dass Benito Alvarez noch immer nicht am Boden liegt, dass er das Entwässerungsprojekt nicht aufgegeben hat und als Gouverneur nicht zurückgetreten ist. Also muss er noch einmal zuschlagen. Mit deiner Schwester Anavera als Waffe.«

Josefa wollte sich vor den Worten verschließen, wollte schreien, nichts davon sei wahr, und dann nach Franziska rufen, damit sie Dolores wie die Übrigen von ihr fernhielt. Aber es hatte keinen Zweck. Die Illusion war zu Ende. All die Dinge fielen ihr ein, die Jaime von ihr verlangt hatte, der besessene Hass, mit dem er von ihrem Vater gesprochen hatte, und sie begriff, dass Dolores die Wahrheit sagte. Jaime hatte sie nie geliebt. Sie hatte den Mann ihres Lebens nicht nur verloren, sondern nie besessen. Und jetzt tat er dasselbe Anavera an, die schon den Schmerz um Tomás ertragen musste.
»Du bist ein nettes Mädchen, weißt du das?«, fragte Dolores. »Eins, das eingreift, wenn Stärkere Schwächere schlagen, und eins, das so schreiben kann, dass Menschen aufhorchen und Fragen stellen. Du bist viel zu schade für einen gefühllosen Widerling wie Sanchez Torrija, auch wenn du das jetzt nicht hören willst. Glaub mir, ich habe selbst einmal versucht mit ihm zu flirten, weil ich hoffte, dadurch etwas für Miguel zu erreichen, aber ich bin geflüchtet wie ein Weißflankenhase. Ich finde den Kerl nicht zum Aushalten. Menschen, die kein Herz haben, haben auch nie viel Verstand, und wenn sie sich noch so aufblasen. Seine Hülle mag verlockend anzusehen sein, doch sie ist gänzlich hohl.«
»Woher weißt du, wie ich schreibe?«, presste Josefa heraus.
»Von deinem Vater«, erwiderte Dolores. »Er reicht seit Jahren jede Zeile von dir in der gesamten liberalen Bewegung herum. Du wärst mit diesem Mann nie glücklich geworden. Er ist einer von denen, die ihre Frauen verprügeln, wenn die es wagen, eine eigene Meinung zu äußern, und er hätte dir ganz gewiss nie erlaubt, für eine Zeitung zu schreiben.«
Josefa hatte für keine Zeitung mehr schreiben wollen. Sie hatte Jaime gewollt. Sonst nichts. Unwillkürlich fuhren ihre Hände auf ihren Bauch. »Ich bekomme doch sein Kind«,

murmelte sie schwach. Die Vorstellung, dass ihr Kind seinen Vater so wenig bei sich haben würde, wie sie den ihren gehabt hatte, dass er es nie mit seinen schönen Augen ansehen und beim Namen nennen würde, war schmerzhafter als alles andere.
»Ich habe auch eines bekommen«, sagte Dolores. »Und weißt du was? Ich bereue das Leid, das ich anderen Menschen zugefügt habe. Sonst nichts. Dass ich meinen kleinen Jungen bei mir habe und ihn in aller Liebe aufziehen darf, ist keine Tragödie, sondern ein Glück. Mein Vater hat heute Morgen, als ich ihm den Kleinen brachte, gesagt: ›Wenn die anderen zetern, es sei eine Schande, lass sie reden. Die kennen ja unseren Vidal nicht.‹«
Josefa bewunderte Dolores für ihre Tapferkeit. Dolores hatte Miguel verloren, wie sie Jaime verloren hatte, aber sie trug es, ohne zu verzweifeln. Dolores konnte Miguel unmöglich so sehr geliebt haben, wie Josefa Jaime liebte. Niemand konnte das. Viele Frauen verloren ihren Geliebten und heirateten einen anderen. Auch ihre Mutter hatte das getan. Sie aber würde niemals dazu fähig sein.
»Josefa …«
Sie riss sich zusammen und blickte auf. Dolores war so nett zu ihr, und das alles war schließlich nicht ihre Schuld.
»Deine Eltern sind in unglaublicher Sorge um deine Schwester. Dein Vater will nach Yucatán fahren und Sanchez Torrija stellen, und deine Mutter weiß nicht, wie lange sie ihn noch daran hindern kann. Deine Eltern sind auch in unglaublicher Sorge um dich. Es würde ihnen sehr helfen, wenn du ihnen erlauben würdest, dich zu sehen.«
Heftig schüttelte Josefa den Kopf. »Ich kann nicht, Dolores. Bitte versuch mich zu verstehen. Ich kann ihnen einfach nicht gegenübertreten.«

»Nicht einmal deiner Mutter?«
Diesmal reichte es nur noch zu einem leichten Kopfschütteln. Dabei aber entstand hinter ihrer Stirn ein Plan. Es war die einzige Lösung, der einzige Weg, am Leben zu bleiben, denn sterben durfte sie nicht. Sie hatte kein Recht, ihrem Kind sein Leben zu nehmen. Sie konnte ihnen allen nie wieder unter die Augen treten, am wenigsten Anavera, der sie ihre Liebe zerstört hatte und die jetzt versuchte sich zu rächen. Mit dem Verrat, den sie an Tomás verübt hatte, durfte sie nicht hierbleiben, nicht einmal, wenn sie es gewollt hätte. Ohne Jaime aber hatte sie auch keinen Grund mehr zu bleiben. Sie würde mit Therese Gruber nach Tirol gehen. Vielleicht wäre das von Anfang an das Beste gewesen. Sie sah nicht aus wie eine Mexikanerin. Sie trug ein Erbe in sich, das unter den Menschen, die ihre Freunde und Verwandten sein wollten, immer fremd bleiben würde.
»Bist du dir sicher, Josefa?«
Josefa nickte und kämpfte gegen den Druck in ihrer Kehle.
»Du bist sehr lieb, Dolores, aber ich kann nicht anders.«
»Ich bin nicht lieb«, sagte Dolores, »ich mag dich gern, du dummes Ding. Und ich komme wieder, verlass dich darauf.«
Damit ging sie.
Erleichtert zog Josefa den Rebozo und die Schachtel zu sich ins Bett und weinte, bis ihr die Augen brannten. Dann legte sie alles wieder ordentlich auf den Nachttisch und spritzte sich kaltes Wasser ins Gesicht, um sich einigermaßen zu Verstand zu bringen. Sie kämmte sich das Haar, zog ein sauberes Nachthemd und ihren Morgenrock an und kniff sich in die Wangen, so dass sie ein wenig Farbe annahmen. Dann rief sie nach Franziska.
Die kam mit hochrotem, mehlverschmiertem Gesicht und einem Teller voll merkwürdig riechendem Gebäck. »Ich habe

dir Pinzen gebacken!«, rief sie. »Die Gruberin würde dafür durchs Feuer gehen, also dachte ich mir, vielleicht magst du sie auch und wir bekommen endlich ein bisschen Speck auf deine Rippen. Obwohl das Naschwerk, das ihr hier habt, viel besser schmeckt, wenn du mich fragst.«
Franziska kommt ja mit nach Tirol, durchfuhr es Josefa, und sie fühlte sich nicht mehr so völlig allein. »Ich werde mir Mühe geben«, sagte sie. »Tust du mir bitte noch einen Gefallen, Franziska? Könntest du die Tante bitten, kurz zu mir zu kommen? Ich müsste sie in einer wichtigen Sache sprechen.«
»Sie wird vor Freude ein Tänzchen aufführen!«, rief Franziska. »Wenn ich mit der Nachricht komme, ist sie vielleicht sogar einmal nett zu mir.«
»Sie schlägt dich doch nicht mehr?«, rief Josefa erschrocken. »Du musst es mir sagen. Wenn sie dich schlägt, will ich sie nicht mehr in meiner Wohnung haben.«
»Nein«, sagte Franziska nachdenklich. »Sie tut's nicht mehr. Aber wenn sie's täte, wär's ja halb so wild. Wirf sie nicht aus deiner Wohnung, ich bitte dich. Jetzt, wo ich dich getroffen habe und Dolores, versteh ich sie sogar. Sie ist so allein. Ich glaub, wenn's einem so übel ergeht wie der Gruberin, dann muss man einfach einem andern ein paar Ohrfeigen geben, damit es einem nicht allein so übel ergeht. Und von den paar Ohrfeigen wird man ja nicht krank wie vom Alleinsein, stimmt's?«
»Ich weiß nicht«, erwiderte Josefa. »Mir hat nie jemand Ohrfeigen gegeben.«
»Wirklich nicht?«, fragte Franziska ungläubig. »Nie?«
»Doch, einmal. Meine Großmutter, als ich acht Jahre alt war.«
»Und warum?«
»Weil ich zu ihr gesagt habe, mein Vater ist ein Kaiser und ich bin eigentlich eine Prinzessin und müsste in einem Kaiser-

schloss leben, nicht in einem Pferdestall.« Sie hatte es nie jemandem erzählt, so sehr hatte sie sich geschämt.
Franziska aber lachte laut los und warf die Arme um sie. »Das stimmt ja auch!«, rief sie. »Der Bruder von der Gruberin war zwar ganz bestimmt kein Kaiser, aber du bist mein auf Rosen gebettetes Prinzesschen. Und eine Großmutter, die hätte ich auch gern gehabt. Selbst wenn sie mir die Ohren langgezogen hätte.«
Wenn Josefa an Großmutter Ana dachte, fiel ihr immer nur ein, dass diese Anavera und Vicente mehr geliebt hatte als sie. Jetzt musste sie auf einmal daran denken, wie die Großmutter mit ihr in der Küche gesessen und ihr gezeigt hatte, wie man Mais verlas. Korn um Korn. Die uralte Hand bei der kleinen. Dabei hatte sie mit ihrer brüchigen Stimme ein Kinderlied gesungen, das »Spring, spring, spring, kleiner Gimpel« hieß, »deine Liebste kommt ja ins Nest«. Immer wieder von vorn, weil Josefa dieses eine Lied so sehr mochte.
»Sprichst du jetzt mit der Tante, Franziska?«, fragte Josefa, drückte sie an sich und ließ sie wieder los.
»Alles, was das Prinzesschen wünscht! Aber du – für dich bin ich die Franzi. Die Franziska kennt nur die Gruberin.« Damit hüpfte sie wie ein kleiner Kobold davon.
Kurz darauf erschien die Tante. Sie hatte schon den Mund geöffnet, um sich in Entsetzen über Josefas Zustand zu ergehen, doch Josefa kam ihr zuvor. »Ich will mit Ihnen nach Tirol gehen«, sagte sie. »Ich habe noch ein wenig Geld auf meinem Konto, das alle Kosten decken müsste. Morgen früh gehe ich zur Bank und hebe es ab. Meinen Sie, wir könnten sehr schnell abreisen?«
»Ja, Kind, ja, Kind«, stammelte die Gruberin, ehe sie sich halbwegs fasste und erklärte: »Ich muss die Passagen im Büro der Schifffahrtsgesellschaft bestätigen und den Namen Valentin in

Josefa ändern lassen. Weil sie offen gebucht sind, hängt alles davon ab, wann man uns auf einem Schiff einen Platz geben kann. Obendrein müssen wir dann noch in dieses grauenhafte Veracruz. Wird das in deinem Zustand denn zu schaffen sein?«
»Es geht mir viel besser«, log Josefa. »Ich will so schnell wie möglich von hier fort. Dass mein Kind Ihnen nicht willkommen ist, ist mir bewusst – darf ich dennoch mit ihm in Tirol bei Ihnen leben?«
»Aber Josefa! Wie kannst du denn daran zweifeln?«, rief die Tante. »Dass es nicht deine Schuld ist, weiß ich doch. Lange genug war ich schließlich selbst in diesem sittenlosen Land und habe mit eigenen Augen gesehen, wie es hier zugeht. Das mit dem Bankert ist natürlich nicht einfach, aber wenn wir dich im Haus verbergen, bis es geboren ist, dann wird es schon gehen.«
»Und hinterher?«, fragte Josefa beklommen.
Die Tante winkte ab. »Hinterher sagen wir einfach, die Franziska hat sich in Mexiko schwängern lassen. Bei einer wie der erwartet doch kein Mensch etwas anderes, und alles, was sie dafür verlangt, ist eine Passage auf dem Zwischendeck.«

40

A navera?«
»Ja.«
»Kannst du nicht schlafen?«
»Nein.«
»Ich wünschte, du könntest«, sagte er. »Ich wünschte, ich könnte etwas dafür tun.«
Sie lagen beide auf dem Rücken und starrten im Licht des Feuers das Reetdach an. Er lag auf diese Weise, weil die Män-

ner ihm über Nacht die Hand- und Fußgelenke an ein Gerüst auf dem Boden fesselten. Sie hingegen hätte sich bewegen können, aber sie blieb so liegen wie er. An der Tür der Hütte saß ein Mann auf Wache. Hätte Anavera an Jaimes Fesseln gerüttelt, weil sie zu eng saßen und ihm die Gelenke aufschürften, wäre der Mann aufgesprungen und hätte über ihnen seinen Stock geschwungen.
Zweimal hatte sie es versucht, und beide Male hatte der Mann Jaime geschlagen, nicht sie. Erst auf die Schultern, dann wütend über die Brust, dass ein blau-rotes Mal blieb. »Fass den verdammten Dzul noch einmal an, und ich schlage ihn auf den Kopf«, hatte der Wachmann gesagt. Zu Anavera, nicht zu Jaime. »Und ich höre nicht mehr auf, bis ihm das Blut aus seinem Dzul-Schädel quillt.«
Jaime konnte sie nicht berühren, weil er gefesselt war, und sie konnte ihn nicht berühren, weil ihm dafür Schläge drohten. Aber sprechen konnten sie. Die ganze Nacht. Niemand störte sich daran.
»Anavera?«
»Ja.«
»Ich wünschte, ich könnte etwas tun, damit du schlafen kannst.«
»Was würdest du denn tun?«, fragte sie. »Sag's mir. Vielleicht hilft es.«
Lange schwieg er. Dann sagte er leise: »Ich würde mich auf die Seite drehen und dich zu mir ziehen. Ich würde meinen Mund dort hinlegen, wo dein Hals aus deiner Schulter wächst. Wenn du mich lässt.«
»Ich lass dich«, sagte Anavera und musste vor Verzweiflung lachen. »Aber davon kann ich nicht schlafen. Ich würde dich gern küssen, Jaime. Überallhin.«
»Ich habe das nicht verdient, dass du mich küsst, nicht wahr?«

»Nein. Nicht oft. Aber manchmal schon.«
»Wofür?«
»Für das, was du über die Kathedrale von Sevilla gesagt hast. Ich habe mir den Namen gemerkt. Santa María de la Sede.«
»Quetzalcoatl«, sagte er.
Sie wandten einander nicht die Köpfe zu, aber sandten sich ein Lächeln in Gedanken. Dann schwiegen sie wieder und hörten einer den anderen atmen.
Es war ihre siebte Nacht in dem Dorf. Wenn eine vorbei war, zogen sie mit einem kleinen Ast eine Furche in den Hüttenboden. Um nicht zu vergessen, wie viele es waren. Um Menschen zu bleiben.
Die Männer, die sie überfallen hatten, hatten sie zurück nach Chichén Itzá geschleppt. Dort hatten weitere Männer gewartet, die Otto Bierbrauer überwältigt und gefesselt hatten. Der kleine Mann zitterte am ganzen Leib, schnappte pfeifend nach Luft und brachte kein Wort heraus. Was ihre Entführer mit ihnen vorhatten, hatten sie ihnen unterwegs erklärt. Sie waren Cruzoob, Kämpfer für das Heilige Kreuz, auch wenn sie nicht aus Chan Santa Cruz stammten, sondern aus einem unabhängigen Dorf unweit des heiligen Cenote. Sie kämpften an der Seite des Maya-Staates gegen die Dzulob, die weißen Yucatecos, die Ausbeuter. Ihre Gefangenen würden sie ihrem Tatich, dem Obersten ihrer Siedlung, übergeben.
Sie brauchten Sklaven, um Land für Felder abzuholzen, denn die dünne Erde ließ sich nicht länger als drei Sommer nacheinander bebauen. Zum selben Zweck hatten die Dzulob jahrhundertelang Sklaven gebraucht, und wenn die Kräfte der Sklaven verbraucht waren wie die Kraft der dünnen Erde, hatten sie sie liegen und sterben lassen.
»Seid ihr Tiere?«, hatte Jaime gebrüllt. »Der alte Mann kann kein Feld abholzen. Lasst ihn gehen!«

Dafür hatten sie ihn mit ihren Fäusten niedergeschlagen. Als sein Kopf aus dem Knäuel der Männer wieder auftauchte, blutete seine Stirn, und er brüllte nicht mehr. »Ich bin Jaime Sanchez Torrija«, sagte er. »Ich besitze zwei große Plantagen hinter Valladolid, zwei Silberminen und weiteres Land auf der anderen Seite von Mexiko. Ihr braucht nicht nur Sklaven, ihr braucht auch Geld für Waffen und um eure Soldaten zu ernähren. Meine Leute zahlen euch jedes erdenkliche Lösegeld für uns. Lasst den alten Mann laufen und aus Mérida ein Telegramm an meinen Verwalter schicken. Er wird jede Forderung erfüllen, die ihr ihm stellt.«
Schier endlos hatten die Cruzoob miteinander beratschlagt, doch letzten Endes ließen sie sich überzeugen. Sie befahlen Otto Bierbrauer, ihre Forderungen zu notieren, und wiesen ihn an, den Boten mit dem Geld zum heiligen Cenote zu schicken, wo ihn jemand erwarten würde. Dann ließen sie den kleinen Mann, der am Ende seiner Kraft war, seines Weges taumeln. Ob er es geschafft hatte, sich zu ihrem Karren durchzuschlagen, oder ob ihr Fahrer gar derjenige gewesen war, der sie an die Cruzoob verraten hatte, würden sie womöglich nie erfahren. Auf sich gestellt war Otto Bierbrauer in der Dichte des Waldes verloren, aber daran wollte Anavera nicht denken. Ihre einzige Hoffnung bestand darin, dass Otto Bierbrauer wohlbehalten in Mérida angekommen war. Daran mussten sie sich festhalten.
Als sie das von Dickicht umgebene Dorf erreichten, war bereits eine tiefe, sternenklare Nacht aufgezogen. Ein einziger Ziegelbau stand inmitten der Chozas, der reetgedeckten Lehmhütten. Darin wurde, wie sie inzwischen wussten, das Allerheiligste aufbewahrt – ein Kreuz, das in Chan Santa Cruz gesegnet worden war und damit an der Macht des sprechenden Kreuzes Anteil hatte. Auf dem Dorfplatz brannte

eine Fackel, und aus allen Hütten liefen Männer zusammen. Einer von ihnen, ein wie aus Draht gebauter Mann mittleren Alters, war der Tatich, der Anführer, der den Übrigen gebot. In Mayathan redeten ihre Entführer auf ihn ein, während Jaime und Anavera, von mehreren Männern gehalten, vor ihm stillstehen mussten.
»Was sagen sie?«, flüsterte Jaime Anavera zu.
»Woher soll ich das wissen?«
»Aber du verstehst doch …«
»Nahuatl«, fuhr sie ihm patzig ins Wort, »nicht Mayathan. Verstehst du Griechisch, weil du aus Spanien kommst?«
»Nein«, flüsterte er kleinlaut. »Ich bin ein Barbar.«
In dem Augenblick hatte sie ihn geliebt. Sie hatte Todesangst, sie war in der erbärmlichsten Lage ihres Lebens, und irgendwo, in einer weit entfernten Stadt, saß ihr Verlobter dieses Mannes wegen im Gefängnis. Dennoch dachte sie völlig nüchtern und ruhig: So also ist es, einen Mann zu lieben. Nicht weil es gut ist, nicht weil alle Welt es erwartet, sondern weil man es tut.
Als die Beratung zu Ende war, packten zwei der Männer Jaime bei den Armen, um ihn fortzuschaffen. Zwei andere stießen Anavera in den Rücken, so dass sie dem drahtigen Tatich entgegenstolperte. Der fasste sie mit einer Hand ums Gelenk, wandte sich zum Gehen und wollte sie mit sich zerren.
Als Anavera begriff, was das Geschehen bedeutete, erstarrte ihr die Stimme, und ihr Blut wurde kalt. Sie konnte nicht einmal schreien. Doch statt ihrer schrie Jaime. Da er hinter ihr stand, sah sie nicht, mit welchen unglaublichen Kraftreserven er sich losriss, zu ihr rannte und sie aus der Hand des Tatich in seine Arme zog. Nur die Arme spürte sie. Und die Wärme.
»Wie könnt ihr dem Mädchen etwas antun?«, brüllte er. »Sie ist keine Weiße, sie ist an nichts schuld. Wenn ihr sie schändet,

ist es so, als wenn ihr eure eigenen Schwestern schänden würdet!«

Der Tatich gab ein Handzeichen, und seine Männer stürzten auf Jaime los. Mit den Fäusten schlugen sie ihn zu Boden und prügelten haltlos auf ihn ein. Ohne weiter darauf zu achten, trat der Tatich vor Anavera hin und sah ihr in die Augen. Sein Gesicht war so schmal wie sein Körper, seine Augen bitter, hungrig und verletzt. »Ich bin Iacinto Camay«, sprach er auf sie hinunter, »Hüter des Kreuzes und Herr dieses Dorfes. Mein Haus ist das beste in der Siedlung. Willst du mit mir in mein bequemes Haus gehen und gut zu essen bekommen?«

Anavera verstand seine Frage. Sie schüttelte den Kopf.

»Du bist dumm«, sagte Iacinto Camay. »Wärst du meine Tochter und gingst mit einem Dzul, ich würde dich ersäufen. Aber eine Frau, die mich nicht will, will ich auch nicht. Wir werden euch dreißig Tage geben, in denen ihr für uns arbeiten könnt. Wenn die Leute von deinem Dzul bis dahin jemanden mit dem Geld zum heiligen Cenote geschickt haben, lassen wir euch laufen. Wenn nicht, seid ihr bis dahin ohnehin am Ende, aber wir sind gnädiger als die Dzulob. Wir lassen euch nicht langsam verrecken, sondern schneiden euch die Hälse durch.«

Als die Männer sie in die Hütte stießen, war Jaime bereits auf das Gerüst gefesselt, sein Gesicht verschwollen von den Schlägen. Niemand befahl Anavera, wohin sie sich legen sollte, also legte sie sich an seine Seite.

»Danke«, hatte sie gesagt. Als er nichts erwiderte, hatte sie weitergesprochen: »Ich hätte nicht gewagt, mich zu wehren, ich habe geglaubt, ich müsste es ertragen oder sterben. Du hast es mir erspart. Dafür kannst du meinen Dank ruhig annehmen, auch wenn du es nicht gewohnt bist, weil bisher nie jemand Grund hatte, sich bei dir zu bedanken.«

Er überwand sich. »Ohne mich wärst du nicht in diese Lage geraten«, sagte er.
Ihm zu widersprechen war sinnlos. Sie hatten sich bisher jede Wahrheit an den Kopf geworfen und würden sich jetzt keine Lüge glauben. »Ohne dich hätte ich Chichén Itzá nicht gesehen«, sagte sie. »Ohne dich geht nicht mehr, Jaime. Für ohne dich ist es immer irgendwann zu spät.«
Darauf etwas zu sagen hatte er in dieser Nacht nicht fertiggebracht. Aber sie war sicher, seinen Atem lächeln zu hören.
In einer der folgenden Nächte dachte sie überwach und wirr vor Todesangst und Verlangen: Vielleicht sollte man das mit allen Liebenden der Welt tun – sie Seite an Seite fesseln, ihnen verbieten, einander zu berühren, damit sie lernen, miteinander zu sprechen. Nacht für Nacht.
»Sagst du mir, warum du Angst vor Licht hast, Jaime?«
»Ich habe keine Angst vor Licht.«
»Warum ziehst du dann Vorhänge vor Fenster und klammerst sie mit Nadeln zu?«
»Ich weiß nicht. Weil das, was im Haus geschieht, niemanden angeht. Weil man Türen und Fenster schließt und Vorhänge zuzieht, ehe man in seinem Haus etwas tut.«
»Hast du das so gelernt? In Sevilla, im Haus deines Großvaters?«
»Ja.«
Mehr fragte sie ihn nicht. Sie dachte an die Narben auf seinen Händen und wollte nicht wissen, was dieser Großvater hinter den Vorhängen in seinem Haus getan hatte. Wie er seinen Barbarenenkel dafür bestraft hatte, dass ihm der Ehemann der Tochter nicht genehm gewesen war.
Die Tochter war in der Fremde, in Mexiko, gestorben, als ihr Sohn sechs Jahre alt gewesen war.
»Jaime, kannst du mir von deiner Mutter erzählen?«

»Nein«, sagte er.
Das genügte.
»Und von deinem Vater?«
»Von meinem Vater weiß ich nichts. Nur dass er Frauen ins Haus holte, bis meine Mutter weinte. Und dass er wollte, dass seine Linie mit ihm endet. Ich habe mir immer vorgenommen, ihm den Gefallen nicht zu tun.«
»Und du hast ihn nie gefragt, warum er so etwas zu dir sagt?«
»Anavera«, sagte er, »können wir von etwas Schönerem reden?«
»Von was?«
»Von dir.«
»Ich bin vom Land. Da gibt es nicht viel zu reden. Ich kann schwierige Pferde zureiten und beim Conquian betrügen.«
Er lachte. »Ich weiß nicht, wie man das spielt, Conquian.«
»Das macht nichts«, erwiderte sie. »Ich betrüge dich und gewinne sowieso.«
»Wenn wir hier herauskommen, bringst du es mir dann bei?«
»Vielleicht«, sagte sie.
Dann schwiegen sie. Was sein würde, falls sie hier herauskamen, war ein gefährliches Terrain, auf das sie sich kaum je wagten. Tief im Inneren wussten sie beide, dass nichts sein würde. Dass nichts sein durfte. Dass man sich aus Schuld und dem Leid von anderen kein Haus bauen konnte. Sie hatten nur dies. Die Stunden von dreißig Nächten, um sich mit Worten und Schweigen zu lieben. In den Morgenstunden schliefen sie ein. Wenig später erwachte Anavera von dem Tappen, mit dem die Frauen vor den Häusern Tortillas flach klopften. Es war ein friedliches Geräusch, eines, das klang, als fände das Leben eines Tages in seine Ordnung zurück.
Im ersten Tageslicht kamen Männer, die Jaime zum Abholzen des Feldes holten und Anavera ein Frühstück aus Maisgrütze

brachten. Sie hatte nichts zu tun, und niemand hinderte sie, zwischen den Hütten herumzulaufen oder den Frauen beim Maisschälen oder Hühnerrupfen zu helfen. Nur über den Saum des Dorfes, dorthin, wo die Felder lagen, durfte sie nicht.

Überraschend häufig suchte Iacinto Camay ihre Gesellschaft.

»Du bist schön«, sagte er zu ihr. »Das weißt du, nicht wahr? Und du bist die Tochter eines bedeutenden Mannes, das sieht man deiner Haltung an. Du hättest die Auswahl unter den Männern deines Volkes. Warum wirfst du dich als Hure für einen Dzul weg?«

»Wohl weil ich es will.«

»Der Dzul heiratet dich nicht. Er macht dir einen dicken Bauch und geht zurück zu seinen blassen Weibern.«

»Ich weiß«, sagte Anavera und nahm einen Maiskolben zum Schälen aus dem Korb.

»Du sprichst nicht mit jedem, was? Hältst du mich für einen ungebildeten Bauern, der deiner Unterhaltung nicht wert ist?«

»Nein.«

»Warum behandelst du mich dann so von oben herab? Weil du glaubst, wir sind Bestien, die unschuldige Menschen quälen? Wir sind Männer, die für ihr bisschen Leben kämpfen, solange man sie noch lässt. Meinst du, wir wissen nicht, dass euer Präsident Soldaten schicken und Dörfer wie unseres dem Erdboden gleichmachen wird, sobald seine Macht auf sicheren Säulen steht? Wir werden einmal nichts haben, auf das unsere Söhne stolz sein können, als diese paar Jahre, in denen wir uns behauptet haben. Sind wir Bestien, weil wir uns daran festhalten?«

»Nein«, sagte Anavera und riss die feinen Häute von dem Kolben.

»Außerdem ist der Kerl, von dem du dich entehren lässt, alles, nur nicht unschuldig. Ich weiß, wer der ist. Auf seinem Land werden Menschen geschunden, bis sie ihren Peinigern tot vor die Füße fallen. Strafgefangene, Schuldknechte, denen der Jefe politico das letzte Hemd vom Leib gerissen hat. Der verdammte Dzul verdient alles, was er hier einstecken muss. Und tausendmal mehr.«

»Das weiß ich«, sagte Anavera und musste die Fäuste ballen, um den Schmerz auszuhalten. »Nein, er ist nicht unschuldig. Und Sie sind keine Bestien.«

»Ich könnte dich laufenlassen«, sagte Iacinto Camay.

»Ja, das könnten Sie.«

»Aber ohne den Dzul willst du nicht gehen?«

Anavera überlegte. Sie wollte gehen. Sie wollte leben. El Manzanal wiedersehen, ihre Freunde und Verwandten. Auf Aztatl in einen nebligen Morgen reiten und ihm hinterher einen Apfel zwischen seine samtigen Lippen schieben. Sie besaß Kraft genug, sich in eine Siedlung durchzuschlagen, wo Menschen ihr helfen würden, wo sie ihrem Vater eine Nachricht senden konnte. »Nein«, sagte sie. Es war Wahnsinn, aber sie hatten nichts als die Stunden von dreißig Nächten, von denen sieben schon ausgegeben waren.

Abends, wenn die Männer Jaime von der Arbeit zurückbrachten, durften sie zusammen essen, Pozole, Suppe aus Mais und ein wenig Huhn. Seine Hände blieben gefesselt, aber so, dass er den Löffel halten konnte. »Bitte sieh mir nicht zu«, sagte er.

Anavera setzte sich so hin, dass sie ihn beim Essen nicht sah. Irgendwann hielt sie es nicht mehr aus und fragte: »Jaime, darf ich dir bitte doch zusehen?«

»Musst du?«

»Ich glaub.«

Als sie sich zu ihm zurückdrehte, hielt er den Kopf tief gesenkt. Sein Hemd hing in Fetzen, sein schwarzes Haar war grau vom Staub. »Ich bin zu feige dazu«, sagte er. »Ich bin es gewohnt, dass alle Welt mich einen schönen Mann nennt.«
»Ich habe dich nie so genannt«, entgegnete Anavera. »Und ich habe dich auch nie für einen schönen Mann gehalten. Also macht es nichts aus.«
Er hob den Kopf und lachte, ein wenig verlegen, ein wenig gekränkt, doch vor allem dankbar. »Du bist schön«, sagte er. »So wie Chichén Itzá. So, dass ich es mit meinen zu kleinen Augen nicht sehen konnte.«
»Deine Augen sind überhaupt nicht klein. Du hast nur die Vorhänge vorgezogen.« Mit einem Finger tippte sie an die zu langen Wimpern über seinem rechten Auge. Der Wärter sprang auf und schwang den Stock, aber diesmal schlug er nicht zu.
Wie sein Tag verlaufen sei, fragte sie ihn nur einmal. Leicht gequält verzog er den Mund und meinte: »Du gönnst es mir, oder? Ich fürchte, ich habe es nicht besser verdient.«
»Ach was«, sagte sie und konnte ihn nicht länger ansehen. »Wer wird davon, dass er bekommt, was er verdient, schon ein besserer Mensch?«
Eine Weile war nichts zu hören als das Schaben ihrer Löffel in den Holzschüsseln, ohne dass einer von ihnen aß. »Anavera«, sagte er dann, »kann ein guter Mensch einen schlechten lieben?«
Anavera sah in den gelblichen Brei in ihrer Schüssel, in den sie mit dem Löffel Kreise malte. »Gib mir Zeit. Lass mich darüber nachdenken.«
»Du brauchst es mir gar nicht zu sagen«, erwiderte er. »Ich glaube, ich habe vor der Antwort Angst.«
Es vergingen noch fünf Tage. Keine Nachricht traf ein, und der Gesandte kehrte Abend für Abend ohne Geld vom hei-

ligen Cenote zurück. Das Feld war fertig abgeholzt, und am nächsten Morgen sollte das Holz verbrannt werden, doch dann fiel stundenlang Regen und durchnässte die Stämme, so dass sie auf Wochen nicht brennen würden. Die Männer waren übler Laune. Als die Wächter am Abend Jaime brachten, wirkte er erschöpfter als je zuvor. Er war zu groß für den Eingang der Choza und musste sich ducken, um einzutreten. Als er es langsamer als gewöhnlich tat, stieß ihm einer der Wächter den Stiel seiner Spitzhacke in den Rücken. Jaime krümmte sich nach vorn, fing sich ab und blieb stehen. Der Mann sah, dass er weder taumelte noch weiterging und stieß noch einmal zu. »Wird's bald, du Dreck? Geh voran, oder hättest du gern eins mit der anderen Seite?«
Jaime blieb stehen. Der Mann stieß ein drittes Mal zu.
Anavera sah nur die Spitze der Hacke, das scharfe, blitzende Metall. »Herrgott, komm doch rein!«, schrie sie. »Willst du, dass er dich umbringt?«
»Das kann ich doch nicht«, erwiderte Jaime. »Ich kann mich doch nicht vor dir so würdelos betragen.«
»Natürlich kannst du«, schrie Anavera rasend vor Angst, denn sie hatte entdeckt, dass Iacinto Camay hinter die Wächter getreten war. »Komm verdammt noch mal in die Hütte, du Idiot!«
Der Wächter stieß Jaime in den Rücken und beschimpfte ihn mit einer Flut von Worten in Mayathan. Jaime blieb stehen und sah in Anaveras Augen.
»Ruhe!«, rief Iacinto Camay auf Spanisch und schob sich an Jaime vorbei. Er war nicht ganz so groß und wesentlich schmaler gebaut. »Du machst, was dir gesagt wird, hörst du, Dzul?« Er packte eine Haarsträhne über Jaimes Schläfe und zog sie in die Höhe. »Wenn das Mädchen dabei ist, erst recht.

Dem Mädchen werden wir zeigen, dass wir dich Gehorsam lehren können.«
Jaime bewegte den Kopf nicht. Der Tatich zog, bis das Haar samt den Wurzeln ausriss. Anavera schrie auf.
»Auf die Knie«, sagte Iacinto Camay. »Hier vor mir. Küss mir die Füße, Dzul.«
»Tu, was er sagt«, schrie Anavera. »Es ist doch gleich vorbei, tu um Gottes willen, was er dir sagt.«
»Ich kann nicht«, entgegnete Jaime.
Iacinto Camay ohrfeigte ihn. »Auf die Knie.«
Jaime stand still.
»Bringt ihn weg«, sagte Iacinto Camay. »Zum Mahagonibaum. Gebt ihm drei Dutzend für den Anfang, und sorgt dafür, dass er an jeden einzelnen bis an sein Lebensende denkt. Wenn ihr fertig seid, sehen wir weiter.«
Schreiend sprang Anavera dazu, wollte erst den Tatich von Jaime fortreißen und dann Jaime packen und nicht gehen lassen. Einer der Männer stieß sie zu Boden. Jaime brüllte vor Zorn und wollte ihr zu Hilfe springen, doch die Wächter schleiften ihn davon.
Iacinto Camay baute sich über ihr auf. »Du bleib hier«, sagte er.
»Nein«, schrie sie, weinte und umklammerte mit beiden Armen seine Beine und presste den Mund auf einen seiner Schuhe. »Bitte nicht. Ich tue alles, was Sie von mir wollen.«
»Komm doch zu dir«, sagte Iacinto Camay. »Weißt du, was dieser Kerl von deines- und meinesgleichen sagt? Dass wir mit dem Rücken besser hören als mit den Ohren. Ich habe einen Mann hier, der auf seinem Land zum Krüppel gepeitscht worden ist. Jetzt soll dieser Menschenschinder uns einmal zeigen, wie gut er selbst mit seinem Rücken hört.«
»Nein«, schrie Anavera weiter und konnte nicht aufhören, vielleicht auch, damit sie nichts als ihre eigenen Schreie hörte.

»Steh schon auf«, sagte Iacinto Camay und tätschelte ihr unbeholfen den Kopf. »Ich mag nicht, dass du dich erniedrigst. Kannst du mich nicht um etwas anderes bitten als um die Haut von dem verdammten Dzul?«
»Nein«, sagte Anavera wieder und presste die Lippen auf seinen anderen Schuh.
Iacinto Camay fluchte, ergriff ihre Haare und riss ihr den Kopf in die Höhe. »Hör zu, ich kann dieses Schwein nicht ungeschoren lassen, und wenn du noch so sehr bettelst. Keiner meiner Männer, die unter seinesgleichen gelitten und ihre Brüder und Freunde verloren haben, würde es begreifen, verstehst du das nicht?«
»Doch.« Anavera konnte vor Tränen kaum noch sprechen. »Bitte schlagen Sie ihn nicht. Bitte lassen Sie ihn mir. Ich verspreche Ihnen, er tut niemandem mehr weh.«
Sie hörte den Tatich seufzen, dann spürte sie wieder seine Hand auf ihrem Kopf. »Du bist unsäglich, weißt du das? Aber meinetwegen, wenn du jetzt endlich aufstehst, lasse ich ihn billig davonkommen. Er kassiert seine drei Dutzend, davon wird er nicht sterben. Dann kannst du ihn wiederhaben, auch wenn ich dir lieber jeden Mann aus diesem Dorf schicken würde.«
Anavera nahm ihre Kraft zusammen und stand auf. Sie konnte noch immer nicht aufhören zu weinen, doch sie schrie nicht mehr. »Ich will nach draußen«, sagte sie zu Iacinto Camay.
»Du willst dir das ansehen?«
»Ja«, antwortete sie. Sie wollte nichts weniger als das. Aber sie fand, sie hatte keine Wahl.
»Weißt du, warum ich dir in allem deinen Willen lasse?«, fragte er wütend. »Weil ich deinen Vater achte, wer immer er ist. Weil ich nicht will, dass du deinem Vater sagst, du seist hier anders behandelt worden als eine Fürstentochter.«

»Danke«, sagte Anavera. »Mein Vater ist Benito Alvarez, der Gouverneur von Querétaro. Ich werde ihm sagen, dass Sie mich behandelt haben, wie er Ihre Tochter behandeln würde.«
»Wenn die Leute von deinem Dzul zahlen.«
»Ja, wenn sie zahlen.«
»Ansonsten schicke ich dich allein zurück.«
»Nein«, sagte Anavera und trat an ihm vorbei aus der Hütte. Sie brauchte all ihre Beherrschung, um nicht die Hände auf die Ohren zu pressen, während sie durch das Dorf ging. In ihrem Rücken spürte sie die Blicke der Frauen, während sie in die Richtung ging, aus der das entsetzliche Schnalzen der Peitsche kam.
Der Mahagonibaum stand hinter der letzten Choza, zwischen zwei blühenden Feldern. Er war tot, kein Blatt mehr an seinen Zweigen, das wertvolle Holz verdorrt. Der Ast, an den Jaimes Hände gefesselt waren, war so morsch, dass er ihn mit einer Bewegung hätte abbrechen können. Aber das hätte ihm nichts genutzt, und er hätte es nicht getan. Sein Rücken war breit und kraftvoll, nur in der Taille schmal. Schön, dachte Anavera und weinte. Die Schnur der Peitsche traf die verkrampfte rechte Schulter und pflügte die Haut auf, zog eine blutrote Furche. Der Mann, der ihn schlug, rief eine Zahl auf Mayathan.
Sie wollte seinen Rücken nicht ansehen, sondern nur sein Gesicht, das er zur Seite gedreht hielt. Aber zuzusehen, wie sein Gesicht sich verzerrte, war nicht weniger schlimm. Die Kiefer spannten sich, bis sie unnatürlich heraustraten, und als die Peitsche ihr Zerstörwerk getan hatte und an seinen Beinen hinunterglitt, lief ihm Blut aus dem Mundwinkel. Er zerbeißt sich die Zunge, dachte Anavera. Dieser dumme Mann zerbeißt sich die Zunge, weil er glaubt, er ist ohne Würde,

wenn er schreit. Die lederne Schnur, die ihr unglaublich schwer vorkam, traf von neuem und schleuderte seinen Oberkörper nach vorn. Sie wollte nichts davon sehen und sah alles – die Beine, die kämpften, um nicht einzubrechen, die steinharten Muskeln von Rücken und Schultern, die verschlungenen, gefesselten Hände und das vor Schmerz verzerrte Gesicht.
Der Mann mit der Peitsche sah nichts. Er schlug wieder zu. Und wieder und wieder.
»Warum tust du dir das an?«
Anavera fuhr herum und sah Iacinto Camay hinter sich stehen. »Es ist genug jetzt«, schrie sie ihn an. »Wer oder was wird besser davon?« Dann lief sie das letzte Stück Weges hinauf, an dem Peiniger vorüber, der im letzten Augenblick die Peitsche herunterriss. »Schluss!«, schrie sie so wild, dass ihr die Stimme brach, griff nach der Fessel um Jaimes Gelenke und versuchte sie aufzuknoten. Sie ließ sich nicht lösen. Aber der Ast brach ab.
»Anavera«, stöhnte Jaime kaum verständlich. »Du darfst das nicht ...«
»Du hältst den Mund«, schrie sie ihn an und schlang die Arme um ihn, drückte ihn an sich, ohne sich darum zu scheren, ob sie seine Schmerzen verschlimmerte. »Du törichter, vernagelter Mann hältst jetzt den Mund.«
Sie zwang ihm den Kopf herunter, presste ihr Gesicht an seines und weinte, bis er das Bewusstsein verlor und ihr aus den Armen zu Boden glitt.

41

»Wenn die ganze Welt sich wie Idioten benimmt, kannst du es nicht auch noch tun«, sagte Katharina. »So leid es mir tut, Benito.« Es tat ihr wirklich leid. Vor allen anderen hätte diesmal er das Recht zu idiotischem Benehmen gehabt, und etwas in ihr wollte dasselbe tun wie er – nach Yucatán fahren. Diesen Sohn von Sanchez Torrija packen und mit den Fäusten ins Gesicht schlagen, bis er ihre Tochter herausgab. Aber Yucatán war ein riesiges Land, und auf seiner Plantage war Sanchez Torrija nach allem, was sie wussten, nicht eingetroffen. Porfirio Diaz persönlich hatte sich eingeschaltet und von höchster Stelle Telegramme versandt. »Ich möchte dich gelegentlich in meiner Pfeife rauchen«, hatte er zu Benito gesagt. »Und ich weiß, dass du in mir den Diktator erkennst, der ich in fünf Jahren zu sein gedenke. Aber ich bin immer noch dein Freund.«

Porfirio, Martina und Felix, der Conde de Vivero, Eduardo Devera mit seiner Belegschaft von *El Tiempo* – die halbe Stadt stürzte sich in die Suche nach Anavera. Festzustehen aber schienen nur zwei Dinge: Die beiden waren tatsächlich nach Yucatán gefahren. Und Anavera war Sanchez Torrija freiwillig gefolgt.

»Du weißt selbst, dass es sinnlos ist«, sagte Katharina und umarmte ihn. »Bleib bei mir, Liebling. Ich weiß, du hältst es nicht aus, und ich halte es auch nicht aus, aber solange du hier bist, können wir wenigstens zusammen den Verstand verlieren.«

»Ich bringe ihn um«, murmelte Benito. »Du glaubst mir nicht, oder? Aber ich bringe ihn um.«

Sie streichelte seine Wange. »Doch«, sagte sie. Sie hatte ihrem Vater geglaubt, als er gedroht hatte, Benito umzubringen, und um ein Haar hätte ihr Vater es getan. Aber Benito war kein Unmensch gewesen, der skrupellos ein Mädchen zerstörte, sondern der Mann, der sie so zärtlich und voller Achtung liebte, wie ein Vater es sich für seine Tochter nur wünschen konnte. Am Ende hatte ihr Vater sie zum Altar geführt, und ehe er sie übergab, hatte er die Arme um Benito gelegt. »Du passt mir auf meine Kathi auf«, hatte er gesagt, und als sie aus der Kapelle kamen, wartete dort ein Spalier aus Apfelbäumchen, die er aus seiner norddeutschen Heimat hatte einschiffen lassen.

Ihre Tochter Anavera hingegen war buchstäblich unter die Wölfe gefallen. Und ihre Eltern konnten seit Tagen nichts tun, als tatenlos abzuwarten.

»Willst du einen Mezcal?«

»Nein.«

»Ich auch nicht«, erwiderte Katharina.

Ehe er noch etwas sagen konnte, klopfte es, und Doña Consuelo, die nie taktvoll auf Einlass wartete, riss die Tür auf. »Da ist diese Dame für Sie«, knurrte sie. Allen Erklärungen zum Trotz weigerte sie sich standhaft, ihr Misstrauen Dolores gegenüber abzulegen.

»Sie soll hereinkommen«, rief Katharina schneller als Benito. Dolores, sonst die stilistische Vollkommenheit in Person, sah aus, als wäre sie in den gefürchteten Windsturm El Norte geraten. »Benito!«, rief sie, »Doña Catalina! Sie müssen kommen! Die arme Franzi hat es nicht länger ausgehalten und mir erzählt, dass sie heute Abend abreisen. Señora Gruber, Franzi und Josefa – sie nehmen den Nachtzug nach Veracruz.«

Mehr brauchte sie nicht zu sagen. Was Veracruz bedeutete, wussten sie beide nur zu gut. Das Meer. Die Schiffe nach Europa.

»Ich habe meinen Wagen unten«, rief Dolores auf der Treppe. In der Kutsche verglichen sie Uhren und Fahrpläne. Ihnen

blieb eine Stunde. Wohl zum ersten Mal in seinem Leben befahl Benito einem Kutscher, seine Pferde mit der Peitsche zu treiben.
Wie üblich quoll der Bahnhof vor Menschen über. »Ich bleibe hier«, sagte Dolores am Eingang. »Wenn Sie mich brauchen, bin ich da.« Zögernd griff sie nach Benitos Arm. »Vielleicht sollten Sie allein gehen, Doña Catalina. Es tut mir so leid, Benito, aber ich glaube, sie kann dich im Augenblick nicht ertragen. Sie hat sich in den Gedanken verbissen, du hättest ihr den Vater gestohlen.«
Katharina sah, wie ihr Mann, dem man nachsagte, die Ruhe selbst zu sein, alle Muskeln spannte, wie der ewig beherrschte Zorn an die Oberfläche wallte und wie er den Mund öffnete, um ihm endlich Luft zu machen. Die Halssehnen, die Halsschlagadern, die Muskeln der Kiefer, alles schwoll zum Bersten. Was immer er jetzt verlangte, sie musste es ihm gewähren, konnte nicht von ihm fordern, dass er wiederum stillhielt. Einen Herzschlag später hatte er den Kampf gegen sich selbst gewonnen, und alles sackte in sich zusammen, die Anspannung wie der geballte Zorn. »Geh, Ichtaca«, sagte er tonlos. »Ich warte hier mit Dolores.«
Katharina rannte.
Der Zug nach Veracruz war noch nicht eingefahren, doch Scharen von Reisenden warteten bereits am Gleis. Etliche von ihnen standen neben Stapeln von Überseegepäck. Auch Josefa. Ihre Tochter, nach der sie sich krank gesehnt hatte, wirkte viel schmaler, dürrer und bleicher als bei ihrem Abschied auf El Manzanal. Bei ihr standen ein zotteliges weißblondes Mädchen, das die kleine Heldin Franzi sein musste, und eine Dame im dunklen Reisekostüm. Valentins Schwester. Katharina musste innehalten und Luft holen, weil die Vergangenheit jäh so machtvoll und mit den Händen greifbar war.

Letzten Endes aber zählte nur eines – das geliebte Geschöpf, das kein Relikt ihrer Vergangenheit, sondern ein junges Mädchen mit dem Recht auf eine Zukunft war. »Josefa!«, brüllte sie über den Bahnhof. »Josefa, bleib hier!« Josefa fuhr herum, und Katharina rannte, stieß die Wartenden aus dem Weg und streckte die Arme aus, um ihre Tochter an sich zu ziehen. Vorsorglich schob Franzi Valentins Schwester beiseite. Josefa jedoch wich zurück, und Katharina blieb mit leeren Armen vor ihr stehen. Sie hatte ganz anderes und viel Klügeres zu ihr sagen wollen, aber sie sagte: »Du gehst zu weit. Du kannst doch nicht, um uns zu bestrafen, dein Leben zerstören.«
Josefa versuchte so schwach, wie sie war, sich in die Brust zu werfen, und tat Katharina unendlich leid. »Woher weißt du überhaupt, dass ich hier bin?«, fuhr sie auf.
»Ich habe es Dolores gesagt«, opferte sich die tapfere Franzi. »Bitte sei mir nicht gar so böse, Josefa. Ich hätt's nicht getan, wenn ich nicht gedacht hätte: So gern willst du gar nicht fort. Du glaubst nur, dass du's musst.«
Aus dem Augenwinkel sah Katharina, wie Valentins Schwester ausholte. Ehe ihre Hand die Wange des Mädchens traf, fing sie sie am Gelenk. »Lassen Sie das gefälligst bleiben! Franzi hat das einzig Richtige getan. Dafür verdient sie wahrhaftig keine Ohrfeigen.«
»Nein«, stimmte Josefa zu. »Ich weiß, du hast es gut gemeint, Franzi. Aber du verstehst nichts davon. Ich gehe dahin, wo ich hingehöre – zu meinem Vater.«
»Davon verstehe ich wirklich nichts«, murmelte Franzi traurig. »Ich habe ja keinen, noch nicht einmal einen, der tot ist.«
»Zum Teufel noch mal!«, schrie Katharina. »Dein Vater ist kein bisschen tot, er sitzt da draußen vor der Halle in einer Kutsche und ist krank vor Angst um dich. Nicht der Mann,

der dich gezeugt hat, nein. Aber der, der sich die Augen nach dir ausweint in der Nacht, wenn er glaubt, dass ich ihn nicht höre. Was wirfst du ihm eigentlich vor? Dass er dich geliebt hat? Dass er mit dir auf den Knien wach saß, damit ich schlafen konnte? Dass er darauf bestand, dich mit nach Europa zu nehmen, weil er überzeugt war, er könne ohne dein Geschrei und deinen regelmäßigen Stuhlgang keine drei Tage überleben? Du meinst also, ich hätte einen anderen Vater für dich wählen müssen, einen adligen Weißen mit einem lückenlosen Stammbaum? Nun, liebe Tochter, dann tut es mir für dich leid. Ich habe diesen gewählt, weil ich ihn geliebt habe, und ich finde, darauf hatte ich verdammt noch mal ein Recht.«
»Aber was ist denn mit *meinem* Vater?«, schrie Josefa, der die Tränen über das blasse Gesicht strömten. »Wie konntest du denn meinen Vater so einfach vergessen – und woher weißt du ...«
»Woher weiß ich was?«
»Dass mein ... dass dein Mann meinen Vater nicht getötet hat?«
Nach dem Haufen Frauen, die in saftigstem Deutsch aufeinander einkeiften, hatten vermutlich längst sämtliche Reisende die Köpfe verdreht. Jetzt aber herrschte jäh tiefes Schweigen.
»Wer behauptet so etwas?«, brachte Katharina endlich heraus.
»Jaime Sanchez Torrija«, erwiderte Josefa tonlos.
Der Mann war nicht nur der Teufel, er war schlimmer. Wenn Benito nicht ging, um ihn umzubringen, würde sie es tun. Darüber, dass Benito nicht bei ihr war, war sie auf einmal froh. Sie würde Josefa die Wahrheit sagen. Endlich die Wahrheit. »Ich muss einen Augenblick mit meiner Tochter allein sprechen«, wandte sie sich an Franzi. »Wären Sie so nett, mit Frau Gruber ein Stück beiseitezugehen?«

Valentins Schwester protestierte mit fuchtelnden Armen, aber Franzi zwinkerte Katharina zu und schob die Gruberin mit überraschenden Kräften von dannen.

»Sie muss das nicht hören«, sagte Katharina zu Josefa. »Valentin war ihr Bruder, und sein Andenken soll ihr von mir aus heilig bleiben. Benito wollte, dass auch dir sein Andenken heilig bleiben darf. Sooft ich dir die Wahrheit sagen wollte, hat er mich angefleht: Lass es uns für uns behalten. Mein kleines Mädchen soll damit nicht leben müssen. Ich habe darauf bestanden, dir zu sagen, dass Benito nicht dein Vater ist, weil ich selbst furchtbar gelitten habe, als ich als Erwachsene erfuhr, dass ich nicht das leibliche Kind meiner Eltern war. Benito hat das akzeptiert. Aber die Wahrheit über das, was damals passiert ist, erschien ihm immer zu schmerzhaft für dich. Daraus hat er sich einen feinen Strick gedreht, nicht wahr? Die Tochter, die er so dringend beschützen wollte, ächtet ihn, weil sie ihn für den Mörder ihres Vaters hält. Ich bettle nicht für ihn, denn das haben weder er noch ich nötig. Aber ich sage dir die verdammte Wahrheit, denn das lasse ich nicht auf ihm sitzen.«

»Mamita«, murmelte Josefa kaum hörbar.

Katharina spürte, wie ihre Lippen zitterten. Sie trat auf Josefa zu und schloss sie in die Arme. »Ich saß in einem Hotel in Santiago de Querétaro, als ich erfuhr, dass ich mit dir schwanger war«, sprach sie mit geschlossenen Augen in Josefas Haar. »Maximilians Truppen hatten den Krieg so gut wie verloren, die Stadt war von Juárez' Armee umstellt. Jeder wusste, binnen Tagen würde es ein großes Schießen geben. Und ein großes Sterben. Es war nicht Valentins Schuld – ich selbst hatte darauf bestanden, ihn zu begleiten. Als ich aber begriff, dass ich ein Kind bekam, wollte ich nur noch aus der Stadt hinaus und mein Kleines in Sicherheit bringen.«

Dass Valentin zu ihr gesagt hatte, es würden sich nach dem Krieg schon Wege finden, den unerwünschten Bankert loszuwerden, brauchte Josefa nicht zu wissen. Es war in ihrem Herzen begraben. Die Jahre mit Benito und den Kindern hatten auch diese Wunde geheilt.
»Ich habe ihn rufen lassen – von einer Sitzung seiner Heeresleitung weg. Ich wollte, dass er mich aus der Stadt schaffen lässt, damit seinem Kind nichts geschieht, aber er fand, sein Kaiser sei wichtiger. Er habe für Frauen und Kinder keine Zeit, und ich solle selbst sehen, wie ich fertig würde. Ich kannte in der Stadt keinen Menschen. Dass oben auf dem Hügel mit der gegnerischen Armee Benito stand und sich nach mir sehnte, habe ich nicht gewusst. Auch nicht, dass er seine Einheit verließ, um durch den Fluss in die Stadt zu schwimmen und mich herauszuholen. Die entscheidende Schlacht, in der dein Vater starb, hat er nicht mitgemacht, denn er ist nicht mehr in den Krieg zurückgekehrt. Er fand, die heulende Frau in seinen Armen, die darum kämpfte, ihr Kind nicht zu verlieren, sei wichtiger. Er kann deinen Vater nicht getötet haben. Ich bin sein Alibi.« Eine Zeitlang hielten sie einander nur fest, weinten zusammen und schöpften ein wenig Kraft. »Fahr nach Tirol«, sagte Katharina dann. »Es ist dein Recht, Valentins Land und seine Familie kennenzulernen, und wenn du dich dort mehr daheim fühlst als hier, ist es natürlich auch dein Recht, dort zu bleiben. Aber fahr nicht, ohne Abschied zu nehmen. Was immer wir falsch gemacht haben, Josefa – du bist unser Kind. Wenn du von uns fortgehst, müssen wir dir wenigstens winken dürfen.«
Josefas Arme schlossen sich so fest um ihren Leib, dass ihr die Luft wegblieb. »Mamita«, schluchzte sie. »Ich bekomme auch ein Kind. Von Jaime Sanchez Torrija.«

Und auch das weiß jetzt der ganze Bahnhof, dachte Katharina resigniert und wunderte sich nicht einmal, dass sie sich kein bisschen aufregte. Sie wartete das Fauchen und Pfeifen, mit dem der Zug einfuhr, ab, ehe sie sagte: »Das scheint in unserer Familie zur Tradition zu werden. Und in zwanzig Jahren stehst du dann mit deiner Tochter an einem Gleis und versuchst verzweifelt ihr zu erklären, dass ihr Vater kein strahlender Held war und du keine böse Hexe, sondern nur ihre fehlbare Mutter. Wenn ich noch lebe, sag mir Bescheid – ich komme und stehe dir bei.«
Josefas Lächeln lebte keinen Herzschlag lang, dann verfinsterte sich ihre Miene, und sie würgte von neuem an Tränen. »Ich kann wirklich nicht bleiben«, wisperte sie. »Das mit dem Kind ist nicht das Schlimmste – und nicht einmal das, was ich dem Vater angetan habe.«
»Was ist denn das Schlimmste?«
Josefa schüttelte den Kopf. »Können wir zu Vater gehen? Ihr müsst das, was ich zu sagen habe, beide hören, und dann werdet ihr mich nicht mehr bei euch haben wollen.«
»Josefa! Josefa, unser Zug!« Keuchend und fuchtelnd stürzte Valentins Schwester auf sie zu und zerrte Franzi, die sie am Arm festhielt, mit sich. Josefa schmiegte sich an Katharina, wie um sich zu verkriechen.
»Sie nehmen einen anderen«, sagte Katharina knapp. »Kommen Sie mit zu meinem Mann. Wir haben etwas zu besprechen.«
»Aber dann verpassen wir doch das Schiff«, sagte Franzi, da Valentins Schwester zum Sprechen zu sehr außer Atem war.
»Das tut mir sehr leid für Sie. Ich verspreche, wir bezahlen Ihnen Passagen auf einem anderen.«
»Für mich braucht Ihnen das nicht leidzutun«, rief Franzi vergnügt. »Ich wollte hier sowieso nicht weg.«

Irgendwie gelang es ihnen, aufzubrechen und sich zu viert noch einmal durch die Menge zu schlagen. Als Josefa Benito am Eingang der Halle stehen sah, begann sie zu laufen, dass die Übrigen nicht nachkamen. Zwei Schritte vor ihm blieb sie stehen. »Ich muss dir sagen, warum Tomás im Gefängnis ist«, rief sie auf Spanisch, so dass zwar wenigstens Valentins Schwester kein Wort, der Rest der Menschenmenge dafür aber alles umso besser verstand. »Die Schuldige bin ich. Tomás hat mir anvertraut, dass er der Geist des Pinsels war. Und ich habe ihn am Karfreitag an Jaime Sanchez Torrija verraten.«
»Du armes Vöglein«, sagte Benito. »Ausgerechnet am Karfreitag. Und du hast wirklich gedacht, du bist schuld?« Als er die Arme öffnete, lief sie los und warf sich hinein. Er hielt sie und wiegte sich mit ihr. »Das hat Jaime Sanchez Torrija längst ohne dich gewusst«, raunte er ihr zu. »Außerdem hat Porfirio versprochen, Tomás für diesen Pinselspuk mit einer Geldstrafe davonkommen zu lassen. Das Verfahrene an der Sache ist der Mord an Felipe Sanchez Torrija. Aber den hat Tomás nicht begangen. Und wir werden nicht erlauben, dass man ihn dafür belangt.«
Josefa konnte nichts sagen. Zitternd klammerte sie sich an ihm fest, während die gewaltige Belastung von ihr abfiel. Sie braucht eine Wärmflasche und einen Kakao, dachte Katharina und kam sich zum ersten Mal wahrhaftig alt vor. Wenn sie doch nur beide Töchter wieder hier hätte, wenn sie ihre gesamte Familie einschließlich Tomás in einen Zug packen und mit nach Hause nehmen könnte, nach El Manzanal, wo zumindest im Augenblick nicht einmal ein Sanchez Torrija wütete.
»Wir zwei werden übrigens Großeltern«, sagte sie und küsste ihren Mann über den Kopf ihrer Tochter hinweg auf den Hals.

Benito blickte auf.

»Ich würde noch nicht anfangen, Rebozos zu weben«, bemerkte Dolores, die sich im Hintergrund gehalten hatte. »Manchmal täuscht man sich. Umso mehr, wenn man tief erschüttert ist und wochenlang kaum etwas isst. Apropos Essen, darf ich Sie alle einladen? Sie sehen aus, als würden Sie nicht gern jetzt schon auseinandergehen.«

Von der einen Tochter, die sie wiederhatten, wollte Katharina sich die ganze Nacht nicht trennen, und außerdem mussten sie sich dringend um Valentins Schwester kümmern. Einem Restaurant fühlte sie sich nicht gewachsen, und so war sie dankbar, als Benito vorschlug, in seiner Wohnung zu essen. Doña Consuelo würde fluchen, aber letzten Endes würde sie in ihrer Küche verschwinden und den zusätzlichen Verdienst gern einstreichen.

In der Kutsche saßen Josefa und Benito aneinandergeschmiegt, wie sie gesessen hatten, als Josefa ein Kind war. Schüchtern hielt Franzi ihr eine mit Samt bezogene Schachtel hin, die Katharina bekannt vorkam. »Das ist dir auf dem Bahnhof aus der Tasche gefallen«, sagte sie. »Willst du es jetzt, wo du deinen Vater wiederhast, nicht endlich aufmachen?« Josefa nahm die Schachtel, öffnete den Deckel, und Franzi entfuhr ein Laut. Auf dem Samtkissen lag ein Armreif aus massivem Gold, der einen letzten Strahl der Abendsonne fing und darin funkelte. »Kreuz sakra«, murmelte Franzi. »Wenn das meines wäre, ich würde es nie mehr abnehmen. Auch zum Schlafen nicht. Es ist viel zu schön dazu.«

Josefa fuhr mit dem Finger über die glatte Oberfläche. »Ja«, murmelte sie. »Es ist schön …« Dann fiel sie Benito wieder um den Hals und rief, als würde sie jeden Augenblick erneut zu weinen beginnen: »O Tahtli, du hast es nicht gravieren lassen, weil ich diese scheußlichen Dinge über die zivilisierte Sprache gesagt habe, nicht wahr? Du hast gedacht, ich will den Vers von Netzahualcoyotl nicht mehr darauf haben!«

»Gefällt es dir nicht?«, fragte Benito gelassen und küsste sie auf den Kopf. »Warum schenkst du es dann nicht Fräulein Franziska?«

Josefa zögerte nur einen Moment lang, dann hielt sie strahlend Franzi den Armreifen hin. »Hier, Franzi, für dich. Danke für alles.«

»Aber du kannst doch etwas so Schönes nicht mir schenken!«, stieß Franzi heraus.

»Und ob ich kann.« Vater und Tochter grinsten einander an wie zwei Verschwörer, gegen die kein Kraut gewachsen war.

In der Sala saß bei der inzwischen wutschäumenden Doña Consuelo ein Mann von geringer Körpergröße, der zum Ausgleich einen riesigen Bauch vor sich hertrug. Er hatte keinen Hut und litt bis über den kahlen Schädel an einem sich schälenden Sonnenbrand. Als sie zu fünft zur Tür hereinströmten, sprang er augenblicklich auf seine Füße. »Guten Abend, Señor y Señoras!«, rief er und verbeugte sich. »Gouverneur Alvarez? Bitte entschuldigen Sie, dass ich mit der Tür ins Haus falle, aber es geht wahrhaftig um Leben oder Tod. Gestatten Sie, dass ich mich in aller Kürze vorstelle? Otto Bierbrauer, Völkerkundler aus München. Soeben eingetroffen aus Yucatán.«

42

„Anavera?«
»Du sollst nicht sprechen«, fuhr sie ihn an.
»Ich muss.«
Anavera setzte sich auf. Es war heiß in der Choza, doch das Haar in seinem Nacken stand aufrecht, und über seine Schultern rannen Schauder. Sie nahm eins der Leinentücher und deckte es ihm über den Rücken. Er fuhr zusammen, als der Stoff die Wunden berührte, doch das Schaudern ließ ein wenig nach. Sie hatte die Männer, die ihn auf das Gerüst fesseln wollten, beschimpft und mit den Fäusten bedroht. Iacinto Camay hatte ihnen schließlich gesagt, sie sollten gehen, der Wachmann solle sich vor den Eingang setzen und sie für diese Nacht allein lassen. Anavera besaß nichts, das sie ihm auf die Wunden streichen, und nichts, das sie ihm gegen die Schmerzen geben konnte. Sie konnte nur bei ihm sitzen und ihn dort, wo sein Nacken nicht verletzt war, streicheln.
»Du musst jetzt überhaupt nicht sprechen«, sagte sie. »Dein Körper braucht Kraft. Versuch zu schlafen.«
»Ich kann nicht. Ich muss dir etwas sagen.« Seine zerbissenen Lippen waren angeschwollen, und seine Stimme kämpfte um jedes Wort.
»Dann sag es in drei Teufels Namen, aber nur, wenn du hinterher schläfst.«
»Es ist schlimm, Anavera.«
»Sag es, was immer.«
»Ich hätte dich beinahe getötet.«
»Das weiß ich«, sagte sie.
»Du hättest Angst vor mir haben sollen, aber du hattest keine.«
»Jaime«, sagte sie, »wenn du willst, dass ich dir verzeihe, mich aber nicht darum bitten kannst, dann hör auf dich zu quälen.

Vergiss es.« Sie streichelte sein Haar, er fing ihre Hand und küsste sie mit seinen zersprungenen Lippen.
»Anavera?«
»Was noch? Du hast versprochen, dass du schläfst.« Unerklärliche Angst befiel sie. Sein Körper war stark, er würde an dreißig Peitschenhieben nicht sterben, auch wenn sein Peiniger in gnadenloser Wut zugeschlagen hatte. Dennoch wünschte sie, neben ihm wach zu bleiben und ihn festzuhalten, damit nichts und niemand ihn ihr nahm.
»Ich kann nicht lieben, Anavera. Woher hast du nur diesen schönen Namen? Niemand heißt so. Nur du. Du hättest Camays Leuten erlauben sollen, mich totzuschlagen, meine einzige Anavera. Ich dachte, du wärst froh, dass mir endlich jemand gibt, was mir gebührt. Das, was man mit Bestien, die nicht lieben können, tut.«
»Vielleicht können Bestien nicht lieben, weil man ihnen das Lieben ausgeprügelt hat. Was glaubst du denn, Jaime? Hinterher prügelt man es ihnen wieder ein?«
Durch seinen Körper ging eine Bewegung. »Ich weiß es nicht«, sagte er kaum hörbar. »Ich habe nie lieben können, solange ich denken kann. Nur hassen. Alles andere in mir hat sich immer tot angefühlt.«
Ihre Hand in seinem Nacken hielt still.
»Hast du jetzt noch immer keine Angst vor mir?«
»Nein, du Dummkopf«, sagte sie traurig.
»In mir ist alles schwarz. Aber wenn ich es könnte, dann würde ich dich lieben.«
»Ich weiß, mein Liebling«, sagte sie und fuhr fort, ihn zu streicheln. »Ich weiß, und es ist mir genug.«
»Wenn wir hier herauskommen, sage ich dem Präsidenten, er soll deinen Verlobten freilassen. Meinen Vater hat nie gekümmert, wie ich lebte. Jetzt kümmert mich nicht, wie er starb.«

»Tomás hat ihn nicht getötet.«
»Wie auch immer, er kommt wieder frei.«
»Hast du denn dazu die Macht? Regelt der Präsident mit seinen paar Freunden, wer verurteilt wird und wer nicht? Gibt es keine Rechtsprechung mehr?«
»Sie ist käuflich«, sagte er. »Ein Gefallen gegen den anderen, zumindest solange kein klarer Beweis vorliegt. Mach dir keine Sorgen.«
Sie machte sich mehr Sorgen, als sie in Worten auszusprechen oder auch nur zu denken wagte. »Schlaf jetzt endlich«, herrschte sie ihn an.
»Nein.« Unvermittelt rührte er sich, legte die Arme um sie und zog sie zu sich herunter. »Ich will nicht, dass du ihn heiratest, Anavera. Ich will, dass du bei mir bleibst. Aber dazu habe ich kein Recht, nicht wahr?«
»Dazu haben wir beide kein Recht.« Es war zu viel, die Kraft ging ihr aus. Erschöpfung, Verzweiflung, Furcht und der übermächtige Wunsch, ihn in die Arme zu nehmen und zu lieben, tobten ohne Unterlass in ihr. »Nein, ich werde Tomás nicht heiraten. Aber meine Schwester bekommt ein Kind von dir.«
»Willst du das, Anavera? Dass ich deine Schwester heirate?«
Sie hatte nichts als das gewollt. Um zu erreichen, was er ihr in dieser Nacht anbot, war sie Tausende von Meilen gefahren und hatte einen Kampf ausgestanden, an dem sie jetzt zu zerbrechen drohte. Es war das Richtige. Das Gute. Das, was sie tun mussten, um ihre Welt wieder halbwegs ins Gleichgewicht zu bringen. »Ich will dich lieben«, sagte sie. Seine Hände begannen sie zu streicheln, ihren Hals, ihre Schlüsselbeine, in weichen Kreisen bis hinab auf ihre Brüste. Als er versuchte sie zu küssen, spürte sie, wie er sich vor Schmerzen verkrampfte, und schob ihn sachte zurück. »Wir müssen vor-

sichtig sein«, erklärte sie. »Ich halte es nicht aus, dir noch mehr weh zu tun.«
»Ich glaube, ich habe noch nie eine Frau vorsichtig geliebt.«
»Das macht nichts«, erwiderte sie und küsste seine Augen. »Du kannst ja sowieso nicht lieben, nur hassen, Jaime. Lass es mich tun, ja?«
Sie liebten sich. Sie durfte ihn nicht umarmen, und er durfte sie nicht küssen, er musste still auf seiner Seite liegen bleiben, und zu alledem durften sie kein Geräusch von sich geben. Dennoch war es alles, was sie gewollt hatte, alles, was sie brauchte, es hatte nie etwas Süßeres, etwas mit mehr Zauber in ihrem Leben gegeben. Kein junges, wildes Pferd, das sie um jeden Preis reiten wollte, kein morgendlicher Weg durch den Wald, wenn die Nebel aufrissen, keins der Feste auf El Manzanal und nicht die Liebe zu den Menschen. Nicht einmal Chichén Itzá. In dieser furchtbaren Nacht, auf dem Boden der Choza schlief sie in seinen Armen wie ein Kind. Das Tappen der Frauen, die Tortillas klopften, überhörte sie und wachte erst auf, als die Wachen Jaime zwangen, sie loszulassen.

Sie zogen keine Striche mehr in den Boden, um die Tage zu zählen. Dass jeder Tag einer war, der ihnen fehlte, wussten sie auch so. Iacinto Camay ließ Jaime am Morgen zu irgendwelchen sinnlosen Arbeiten holen, obwohl sein misshandelter Körper dringend der Schonung bedurfte. In der Nacht aber ließ er ihn nicht mehr fesseln. »Nur damit du es weißt«, sagte er zu Anavera. »Ich lasse ihn dir, weil dieser Dzul dich krank im Kopf gemacht hat und weil es ja nun auch nichts mehr ändert. Niemand wird kommen und Geld für euch bringen. Du kannst ohne ihn gehen oder mit ihm sterben.«

Sie beschloss, nicht darüber nachzudenken, ehe ihre Tage abgelaufen waren, ihn Nacht für Nacht zu lieben, als gäbe es keine Wahl.

Seine Wunden brachen tagsüber auf und entzündeten sich. Sie kämpfte verzweifelt dagegen an, wusch sie aus und verband sie, so heftig er dagegen protestierte, aber es half nicht. Als sie sich in der Nacht, die von den dreißig ihre letzte sein mochte, zu ihm legte, spürte sie, wie sein Körper glühte. Erschrocken wollte sie aufspringen und Hilfe holen, doch wer würde ihnen helfen? Sie war vom Land, sie wusste, dass Menschen an solchen Entzündungen schneller starben als Fliegen, wenn erst das Fieber kam.

Er hielt sie fest, erlaubte ihr nicht, sich von ihm zu lösen.

»Dieser Mann, Camay, hat mit mir gesprochen«, sagte er an ihrem Ohr. »Ich will nicht, dass du stirbst, Anavera. Ich will, dass du gehst und lebst.«

»Das ist meine Sache. Du hast Fieber, Jaime. Lass mich jetzt laufen und jemanden holen, der dir hilft.«

Mit verschorften Lippen küsste er ihr ganzes Gesicht. »Lauf nirgendwohin. Nicht jetzt. Erst morgen. Morgen geh und kämpf dich bis nach Hause durch. Du bist ein so schmales Mädchen, und in diesem schmalen Leib von dir steckt so viel Kraft. Du kannst es schaffen, meine liebste Anavera.«

»Glaubst du das?«, schrie sie ihn an. »Dass ich gehe und dich hier zurücklasse? Dass ich dir den Rücken zuwende und mich in den Wald schlage, und hinter mir liegst du und stirbst? Wie kannst du denn das von mir glauben?«

Sein Körper begann zu zittern, und seine Zähne klapperten so sehr, dass ihm das Sprechen schwerfiel. Sie musste alle Tücher um ihn wickeln, und zum Schluss umarmte sie ihn, auch wenn er sich bei jeder Berührung vor Schmerzen krümmte. »Ich habe so viel kaputtgemacht«, brachte er mühsam heraus. »Bitte lass

mich nicht dich kaputtmachen. Darf ich dir noch etwas sagen, Anavera? Weil es jetzt darauf doch nicht mehr ankommt?«
»Du kannst doch schon gar nicht mehr sprechen!«, rief sie.
»Bitte lass mich Hilfe holen!«
Er hielt sie umklammert. »Ich will es dir so gern sagen.« Seine Zunge schien geschwollen, und die Worte waren schwer verständlich. »Bitte.«
»Dann sag es.«
»Wenn wir hier herausgekommen wären, hätte ich deine Schwester bitten wollen, mir zu verzeihen. Mich für das Kind aufkommen und dann gehen zu lassen. Ich hätte deinen Vater gebeten, mir zu verzeihen und mir zu erlauben, um dich zu werben. Ich weiß nicht, wie man das macht. Ich hätte irgendwen finden müssen, der es mir erklärt, und ich glaube, ich kenne keinen einzigen Menschen, den ich mir nicht zum Feind gemacht habe. Doch. Otto Bierbrauer. Ich hätte Otto Bierbrauer gebeten, mir zu erklären, wie man um eine aztekische Prinzessin wirbt.«
Anavera, die seinen großen schlotternden Körper in den Armen hielt, war übel vor Angst. Sie küsste seine Schläfe, die Stelle, wo das Leben pochte, drückte immer wieder ihre Lippen darauf und wollte ihm alle Zärtlichkeit der Welt geben, um ihn im Leben zu halten. »Es ist ja gut, mein Liebling. Streng dich jetzt nicht mehr an, ich bitte dich.«
»Wenn ich alles getan hätte, wie Otto Bierbrauer es mir beigebracht hätte, Anavera ...«
»Dann wärst du mir auf die Nerven gegangen.«
»Hättest du mich trotzdem genommen?«
Sie drängte sich an ihn, hatte das Gefühl, dass die Glut des Fiebers und das Zittern auf sie übersprangen. »Einen Mann, der nicht lieben kann, Jaime?«
»Ich hätte es gekonnt«, sagte er und küsste sie. »Otto Bierbrauer hätte es mir beigebracht.«

Anaveras Gefühl nach lagen sie noch stundenlang wach und zitterten. Seine Atemzüge wurden kürzer und heftiger, und hin und wieder entfuhr ihm ein Stöhnen. Als der Morgen graute, glaubte sie, er sei für kurze Zeit eingeschlafen. »Stirb mir doch nicht«, sagte sie, »tu doch all den Unsinn, den du willst, aber stirb mir nicht.« Unendlich langsam löste sie sich aus seinen Armen und stand auf. Die Laken auf seinem Rücken waren von Blut und Eiter durchnässt. Am Eingang der Hütte stieß sie um ein Haar mit Iacinto Camay zusammen. »Bitte helfen Sie mir!«, schrie sie ihn an. »Mein Geliebter braucht einen Arzt. Er hat Fieber. Er stirbt!«
»Ich helfe dir nicht, deinen Dzul zu retten«, sagte Camay.
»Ich will nur, dass du ihn mir aus den Augen schaffst. Frag deinen Vater, ob er dir hilft. Er ist gekommen, um euer Geld zu bringen.«

FÜNFTER TEIL

Mexiko-Stadt
Sommer 1889

»Pflück die Blumen, solange es Blumen zu pflücken gibt,
Und vergib der Rose ihre dornige Schale.
Unsere Schmerzen gehen vorbei und verfliegen
Flüchtig wie Schmetterlinge mit dunklen Flügeln.«

Manuel Gutiérrez Nájera

43

Zweimal mannshoch ragte das Gitter vor ihr in den Himmel und trennte die Welt in zwei Hälften. Aber das Gitter würde nicht verschlossen bleiben.

Als sie Tomás am Ende des Hofs aus dem Tor treten sah, sprang sie unwillkürlich in die Höhe und winkte mit beiden Armen, wie seine Mutter es immer tat. Er entdeckte sie und winkte auch. Die Sonne des Vormittags blendete sie, und er war noch weit entfernt, doch sie glaubte um seinen Mund ein Lächeln zu erkennen.

Ein Wärter in Uniform war bei ihm, doch Tomás war nicht gefesselt. Er trug seine gewöhnliche Kleidung und das Bündel über dem Rücken, mit dem er so oft in Santiago de Querétaro aus dem Zug gestiegen war. Der Wärter blieb mit ihm stehen, händigte ihm ein paar Dinge aus und ließ ihn mehrere Papiere unterschreiben. Anavera wartete.

Seit Wochen schon hätte er auf freiem Fuß sein sollen. Noch aus Valladolid hatte ihr Vater in die Hauptstadt telegraphiert, dass Jaime Sanchez Torrija die Beschuldigung, Tomás habe seinen Vater getötet, nicht aufrechterhielt. In einer seiner unvorhersehbaren Launen hatte Porfirio Diaz jedoch darauf bestanden, dem Geist des Pinsels zumindest tüchtig auf die Finger zu klopfen, und hatte ihn zu weiteren vier Wochen Haft verdonnert. Wer aber wusste schon, ob das der wahre Grund war? Vielleicht war es letzten Endes doch nicht so einfach, wie Jaime geglaubt hatte, einen des Mordes Verdächtigen aus

einem staatlichen Gefängnis zu holen. In jedem Fall waren Tomás' Entlassungspapiere unverzüglich ausgestellt worden, nachdem am gestrigen Abend Xaviers Telegramm aus Querétaro eingetroffen war.
Anavera hatte Martina gebeten, ihn alleine abholen zu dürfen. War Martina die netteste Frau auf der Welt? »Ich habe mir gedacht, dass du sofort mit ihm sprechen willst«, hatte sie gesagt. »Alles andere wärst nicht du, Anaverita.«
»Es tut mir so leid.«
»Das weiß ich. Das wissen wir alle. Ich bin ganz unbeschreiblich traurig, mein Herz.«
»Ich auch«, erwiderte Anavera, und sie umarmten sich.
Martina und Felix würden mit ihren Freunden und einem großen Willkommensfest auf ihren Sohn warten. Dass Tomás nicht nach einem Fest zumute sein mochte, ließ Martina nicht gelten. »Wir können alle immer nur unser Bestes tun«, sagte sie. »Und mir ist mein Leben lang nichts Besseres eingefallen, als Fiestas zu feiern, um jemanden zu trösten.«
Damit hatte sie recht, und vermutlich gab es schlechteren Trost als ein Haus voller Menschen, die tanzten und Korken knallen ließen, weil sie den, der zurückgekommen war, so sehr vermisst hatten.
Der Wärter schüttelte Tomás die Hand, und Tomás verpasste ihm einen freundschaftlichen Klaps auf den Rücken. Er war wie seine Mutter. Er machte sich überall, in jeder Lage Freunde. Er war der netteste Mann auf der Welt. Einmal noch winkte er dem Wärter, dann schlenderte er mit seinen weltvergessenen Schritten auf Anavera zu.
Aus dem Pförtnerhaus trat ein weiterer Beamter und schloss das hohe Gitter auf. Anavera wollte Mut beweisen und den ersten Schritt tun, aber sie blieb stehen. Tomás blieb auch stehen. »Armadillo«, sagte er. Das Lächeln war auf sei-

nem Gesicht noch nicht angekommen, als es schon wieder erstarb.

»Willkommen«, murmelte Anavera. Dann zwang sie sich, durch den Spalt, den das Gitter ließ, in den Hof zu treten, und ehe sie nachdenken konnte, hatte sie ihn umarmt. »Willkommen in der Freiheit, Tomás. Ich bin so froh, dass du es hinter dir hast.«

»Aber böse bist du auch auf mich, oder?«

Sie schüttelte den Kopf. Vage erinnerte sie sich daran, wie enttäuscht sie gewesen war, weil er ihr wegen des Pinselgeistes nicht vertraut hatte, aber das schien eine Ewigkeit her zu sein und hatte keine Bedeutung mehr. »Es tut mir alles so leid, Tomás. Das, was du durchgemacht hast, und …«

»Und was?« Er hob ihr Kinn und sah ihr in die Augen. Seine Augen waren hellgrau, voller Leben und schön. Du wirst nicht weinen, hatte sie sich eingeschärft. Es kam ihr unanständig vor, so, als hätte sie dazu kein Recht. »Was ist los, Armadillo? Soll ich mich etwa freuen, endlich wieder draußen in der Welt zu stehen, während du ein Gesicht machst, als wäre das ein Grund zur Staatstrauer?«

»Es ist kein Grund zur Staatstrauer«, rief sie eilig. »Es ist ein Grund zur Freude, Tomás. Der allerschönste Grund.«

»Und was quält meinen liebsten Armadillo dann?«

Sag es, befahl sie sich. Sei kein Feigling. Erlaube ihm nicht, es dir leichter zu machen.

»Ich hab dich so lieb, Tomás.«

»Aber es reicht nicht«, beendete er ihren Satz.

Wie konnte sie das tun? Ihn mit dieser Nachricht überfallen, nachdem er drei Monate lang im berüchtigtsten Gefängnis des Landes gesessen hatte, und sich dann noch von ihm in die Arme nehmen und trösten lassen? Seine Hand strich ihr über den Kopf, das lange Haar hinunter, das sie wie so oft verges-

sen hatte, ordentlich zu flechten. »Es tut mir so leid«, stammelte sie. »Ich wünschte, es wäre anders, bitte glaub mir das.«
Er hörte nicht auf über ihr Haar zu streichen, als ob er davon Abschied nehmen wollte. »Ich glaube dir«, sagte er. »Du und ich, wir waren so perfekt, nicht wahr? Von klein auf zusammen, beide wohlgeratene Kinder von reizenden Eltern, beide voller Glauben an das Gute im Leben und in den Menschen. Ich war immer sicher, ich wäre mit dir glücklich geworden, und um ehrlich zu sein, ich bin es noch.«
»Ich auch«, erwiderte Anavera ehrlich.
»Aber dass es nicht reicht, habe ich schon vor Ostern gewusst, auch wenn ich es damals noch nicht wahrhaben wollte.«
»Wie konntest du das denn wissen?«, fragte sie verblüfft. »Ich habe es doch selbst nicht gewusst.«
»Ein Mädchen, das so verrückt nach einem Mann ist wie der Mann nach ihr, sagt seine Hochzeit nicht ab, und wenn die Welt in Flammen steht«, erwiderte er. »Dann erst recht nicht.«
Anavera musste an ihr Gespräch mit Vicente in der Dachkammer denken. Im Grunde hatte ihr Bruder ihr dasselbe gesagt.
»Da unten in dieser Zelle war ich an manchen Tagen selbst schon überzeugt, ich hätte den Vater von dem verdammten Lagartijo umgebracht«, sagte er. »Danach zumute war mir – nicht, weil er den Menschen, die ich liebte, das Leben zur Hölle machte, und auch nicht, weil er mich geschlagen und beleidigt hat, sondern weil er als Ausrede herhielt, damit du mich nicht heiraten musstest.«
»Tomás, so war es doch nicht!«
»Nein«, sagte er traurig und streichelte ihre Wange. »Du hast die Ausrede ja vor allem vor dir selbst gebraucht.«
»Du wärst das Beste gewesen, was mir hätte passieren können.«

Er zwang sich zu grinsen. »Womit du ohne Zweifel recht hast. Aber welche tollkühne Reiterin will schon ein Pferd, das tadellos unter dem Sattel geht, wenn sie stattdessen einen störrischen Bock haben kann? Nein, Armadillo, wer der störrische Bock ist, der mit der Liebe meines Lebens davongaloppiert, will ich nicht wissen. So weit bin ich noch nicht.«

Danke, dachte Anavera und atmete auf.

»Sag ihm von mir, wenn er dich schlecht behandelt, bringe ich ihn um.«

Sie presste ihm die Hand auf den Mund, ehe der Wärter am Pförtnerhaus den Kopf wandte. »O Gott, Tomás, hast du noch nicht lange genug in diesem Kasten gesessen? Ungefähr hundert Reisende auf dem Bahnhof in Querétaro haben ausgesagt, sie hätten gehört, wie du Don Porfirio beschimpft und gedroht hast, den Militärkommandanten umzubringen.«

Tomás befreite sich. »Don Perfidio wirst du ja nicht gerade zu meinem Nachfolger auserkoren haben«, bemerkte er.

»So schlimm kann es nicht sein, dazu hast du zu viel Geschmack.«

»Dein Wort in Gottes Ohr«, murmelte Anavera lahm.

»Und den sogenannten Militärkommandanten hat ja ein anderer bereits erledigt. Weißt du eigentlich, wer? Pedro, die Seele von Mensch, die mein Wärter war, hat heute früh erzählt, der Täter sei gefasst.«

»Ja, das ist er, aber wer es ist, weiß ich nicht«, log Anavera. Es war genug. Um von dem anderen Grauen zu erfahren, hatte er später noch Zeit, und sie wollte nicht die sein, die mit ihm darüber sprach. Sie wollte überhaupt nicht darüber sprechen. Es war zu erschütternd für Worte.

»Komm«, sagte sie, »deine Eltern warten. Ich habe den Wagen meines Vaters hier.«

»Lass mich raten. Den zum Selbstfahren?«
Anavera nickte und wies mit dem Kopf auf den Einspänner, der am Rand der Straße wartete.
»Und meine Mutter gibt eine Fiesta?«
»Sie war durch nichts auf der Welt davon abzubringen.«
Er legte den Arm um sie und setzte sich mit ihr in Bewegung.
»Mach dir nicht so viele Gedanken, Armadillo. Dass du niemandem weh tun, sondern alle Welt glücklich machen willst, weiß ich. Aber das liegt nicht in deiner Macht, kleines Gürteltier.«
Mit einem Seitenblick sah sie, dass in seinen Augen Tränen glänzten. Unendlich gern hätte sie ihm gesagt, wie großartig sie ihn fand, wie stark, wie menschlich und wie bewundernswert. Aber das nützte ihm nichts. Im schlimmsten Fall hätte es ihn sogar gekränkt. Er hatte recht, sein Glück lag nicht mehr in ihrer Macht und auch nicht mehr in ihrer Verantwortung.
»Kommst du mit zu Mutters Fiesta?«, fragte er.
»Wenn du willst, komme ich später«, erwiderte sie. »Ich muss erst noch mit Josefa sprechen.«
»Wie geht es Josefa?«
»Ich weiß es nicht«, antwortete sie wahrheitsgemäß. »Ich war verreist, ich habe sie seither noch nicht gesehen. Vater sagt, es geht ihr gut. Sie teilt sich ihre Wohnung mit einer Freundin und hat angefangen als Volontärin für Eduardo Devera von *El Tiempo* zu arbeiten.«
»Wo warst du denn verreist?«, horchte er auf.
»In Chichén Itzá«, antwortete sie, drehte den Kopf zur Seite und verfluchte sich, weil sie eine so völlig talentfreie Lügnerin war.
»Nun gut«, sagte er. Sie hatten ihren Wagen erreicht. Er legte ihr die Hände auf die Schultern und drehte sie zu sich herum.

»Auf Wiedersehen, mein liebster Armadillo. Nach Hause fahren musst du mich nicht, ich bin nicht krank und finde meinen Weg allein. Irgendwann, wenn es nicht mehr ganz so weh tut, frage ich dich, wo Chichén Itzá ist und was du dort gemacht hast.«
»Aber ich kann dich doch fahren!«
Er schüttelte den Kopf, küsste sie und wandte sich zum Gehen. »Grüß Josefa von mir. Und wenn sie will, bring sie heute Abend mit.«

44

Er hatte beim Sekretär des Mannes um einen Termin gebeten. Ihn in seinem Büro aufzusuchen schien ihm trotz allem angemessener, als Einlass in seine Privatsphäre zu fordern. Der Sekretär hatte versucht ihn abzuweisen – er habe keinen einzigen freien Termin mehr zu vergeben.
Ich bitte um Audienz, durchfuhr es Jaime. Beim König von Querétaro. Zugleich kam er sich vor wie als Junge, wenn er zur Abstrafung antreten musste. Versuchsweise bewegte er die Schultern, die sich zu seiner Überraschung nahezu geschmeidig rollen ließen.
»Würden Sie dem Gouverneur trotzdem meine Karte bringen?«, bat er den Sekretär. »Ich brauche nicht lange, keine Viertelstunde, und es macht mir nichts aus zu warten.« In Wahrheit machte es ihm allerdings etwas aus, und die Behauptung passte zu ihm in etwa so gut wie ein Preisbulle an ein Fortepiano. Aber daran wie an so vieles würde er sich gewöhnen müssen, und wichtig war nur, dass er es heute noch hinter sich brachte. Er hatte sein Wort darauf gegeben. Er wollte, dass sein Wort eines Tages etwas galt.

Der Sekretär kam zurück und warf Jaime einen mehrdeutigen Blick zu. »Der Gouverneur lässt bitten«, sagte er, öffnete die Tür zur Treppe und ließ Jaime allein.

Der Raum war groß, hatte etwas Weites an sich und riesige geöffnete Fenster. Der Schreibtisch, der am anderen Ende stand, war auch groß, aber dermaßen unter Stapeln von Papieren und Büchern begraben, dass dem Mann dahinter kaum Platz blieb. Er stand auf, als Jaime eintrat. »Guten Morgen«, sagte er, stellte aber keine der üblichen Fragen, was ihm die Ehre verschaffe oder womit er dienen könne, sondern hob lediglich eine Braue.

Die Ähnlichkeit verblüffte Jaime nicht nur, sie nahm ihm förmlich den Atem. Anavera kann ohne Sorge alt werden, durchfuhr es ihn. Ihrer Schönheit hat die Zeit nichts an.

»Möchten Sie zu mir?«, fragte Anaveras Vater. »Oder haben Sie sich in der Tür geirrt?«

Andere Menschen murmelten in solchen Augenblicken irgendwelche hastigen Entschuldigungen. Händeringend wünschte sich Jaime, es wäre ihm gegeben, nur ein einziges Mal zu tun, was andere Menschen taten.

»Ich wollte zu Ihnen, Señor Gobernador.«

»Bitte«, sagte Anaveras Vater und wies auf den Sessel vor dem Schreibtisch.

Jaime ging bis dorthin, blieb aber kurz hinter der Sessellehne stehen. Anaveras Vater setzte sich ebenfalls nicht, wirkte aber völlig entspannt. Jaime gönnte es ihm.

»Wenn Sie es erlauben, würde ich gern etwas mit Ihnen tun, das mein Coronel im Krieg mit mir getan hat«, sagte er plötzlich.

Etwas in Jaime begehrte auf, doch er zwang es nieder. Dieser Mann hatte jedes Recht, ihn zu bestrafen. Er hatte sogar das Recht, ihn zu fordern – wenn er es ihm aberkannte, erkannte

er Anavera ab, was er sich mehr als alles wünschte. Mühsam nickte er.
»Können Sie bitte noch einen Schritt vortreten?«, fragte Anaveras Vater ruhig. »Und jetzt legen Sie die Hände auf die Sessellehne. Danke. Das ist alles.«
Fassungslos starrte Jaime ihn an.
»Ihnen zittern die Beine«, sagte er. »Wenn Sie sich partout nicht hinsetzen wollen, stützen Sie sich wenigstens auf der Lehne ab.«
»Und das hat ein Coronel im Krieg mit Ihnen gemacht?«, platzte Jaime heraus.
Anaveras Vater nickte. »Ich kann Ihnen auch etwas zu trinken anbieten, wenn Ihnen das lieber ist.«
»Das wäre nicht richtig«, erwiderte Jaime. »Ich habe kein Recht darauf, dass Sie es mir leichter machen.«
»Ach Gott«, sagte Anaveras Vater, »wer hat schon ein Recht auf irgendetwas?« Er stand wieder auf und ging zu einem Teewagen zwischen den Fenstern. Aus einer Karaffe füllte er zwei Gläser zwei Daumen breit mit einer kupfernen Flüssigkeit, trug sie zurück zum Tisch und schob ihm eines hin. »Hier, nehmen Sie. Machen Sie es mir leichter.«
»Was ist das?«
»Gift, Señor Sanchez Torrija«, erwiderte er und lächelte böse. »Gewonnen aus teuflischem Amarant und den sinnverwirrenden Fasern des Peyote-Kaktus.«
Jaime wehrte sich vergeblich, er musste grinsen. In dem Glas war, was er am wenigsten erwartet hätte – doppelt gebrannter Whisky einer einzigen Malzsorte. »Der ist ja exzellent!«, rief er aus.
»Möchten Sie die Adresse des Händlers? Ein Vetter meiner Frau importiert ihn aus Britannien für mich, damit ich hohen Besuch nicht mit Kaktusschnaps vergifte.«

Ihre Blicke trafen sich. Noch vor Monaten hätte Jaime im Brustton der Überzeugung behauptet, alle Indios – alle Barbaren, Wilden – hätten die gleichen Augen, schwarz und vollkommen undurchsichtig. Aber die Augen, die Anavera und ihr Vater hatten, konnte unmöglich ein anderer Mensch haben. Sie waren dunkel und offen, und auf einmal sah er hinter der Unantastbarkeit des Mannes das, was er bald ein Jahr lang wie ein Besessener dort gesucht hatte – den Schmerz. Die tiefe jahrzehntealte Verletzung.
Er wollte ihm jetzt sagen, was er Anavera versprochen hatte, doch im letzten Moment schreckte er wiederum davor zurück. Stattdessen sagte er ihm das andere. Zumindest den ersten Teil davon. »Ich bin gekommen, um mich zu bedanken, Señor Gobernador. Dafür, dass Sie mich gerettet haben. Und auch dafür, dass Sie Ihrer Tochter erlaubt haben, bei mir in Valladolid zu bleiben.«
»Mir blieb nichts anderes übrig, oder? Ich pflege meine Tochter nicht an den Haaren in einen Zug zu schleifen. Und gerettet hat sie der erstaunliche Herr aus München, der todesmutig bei der Pyramide ausharrte, bis Teobald Malers Expedition eintraf. Bedanken Sie sich bei ihm. Und bei Anavera.«
»Ja«, sagte Jaime.
Anavera war die vier Wochen, in denen er um sein Leben gekämpft hatte, in Valladolid geblieben, hatte bei irgendwelchen Leuten gewohnt, die ihr Vater aus dem Krieg kannte, und jeden Tag bei ihm im Spital verbracht. In seiner Erinnerung kam es ihm vor, als hätte nicht er um sein Leben gekämpft, sondern sie. Er hatte nie um etwas gekämpft. Nur gegen etwas. An irgendeinem Punkt hatte er begriffen, dass er um Anavera kämpfen wollte. Selbst dann, wenn er sich nicht die Spur einer Hoffnung ausrechnen durfte.

»Ich liebe Ihre Tochter, Señor Gobernador«, sagte er, schob den Sessel beiseite und ging in die Knie. Es war nicht leichter, als er befürchtet hatte, aber es brachte ihn zweifellos nicht um. »Ich verstehe, dass Sie das nicht glücklich macht, und ich erwarte nicht von Ihnen, dass Sie hier und jetzt eine Entscheidung fällen. Bitte erlauben Sie mir, um Ihre Tochter zu werben. Bitte geben Sie mir Gelegenheit, Ihnen zu beweisen, dass Sie mir Ihre Tochter anvertrauen können.«
»Und was könnte ich sonst tun?«, fragte Anaveras Vater. »Meine Tochter liebt Sie doch. Soll ich ihr das Herz brechen, oder soll ich es nicht besser Ihnen überlassen?«
»Ich weiß, wie unglaubhaft das klingt, aber davor, dem Herzen Ihrer Tochter Schaden zuzufügen, fürchte ich mich Tag und Nacht. Anavera und ich sind übereingekommen, dass wir uns Ihrer Entscheidung fügen. Wenn Sie nach dem, was vorgefallen ist, eine Verbindung zwischen uns für alle Zukunft ausschließen, werden wir uns nicht mehr wiedersehen.«
»Und das wollen Sie durchhalten?«
Jaime konnte darauf keine Antwort geben. Es war die Frage, die er selbst sich in einem fort stellte. Wie sollte er es durchhalten? Wie ließ man, wenn man einmal von einem Menschen berührt worden war, diesen Menschen wieder los? Warum brachte der verfluchte Schlangengott, der in der verborgenen Stadt Chichén Itzá vor sich hin träumte, die Menschen mit seinen Gaben dazu, das Leben zu lieben, wenn er sie ihnen hinterher aus den klammernden Fingern entriss?
Anaveras Vater griff über den Tisch nach einem der unzähligen Bücher und zog es zu sich. »Sie sind im katholischen Glauben erzogen worden, richtig?«
Die Frage verstörte ihn vollends. Von einem gewöhnlichen Schwiegervater hätte er sie sogar erwartet, aber nicht von einem ... Seine Gedanken stockten. Von einem Indio? Einem

Wilden? Barbaren? Wenn der Himmel ihm gnädig war, wenn er mehr Glück als Verstand hatte, dann würde dieser Mann eines Tages nichts anderes als ein gewöhnlicher Schwiegervater für ihn sein. Er blickte auf und nickte. »Ja, Señor.«
»Und hat man Sie zum Bibelstudium angehalten? Auch zum Studium des Alten Testaments?«
»Gelegentlich.«
»Schön«, sagte Anaveras Vater. »Dann ist Ihnen zweifellos die Geschichte von dem Mann namens Laban bekannt, der zwei Töchter hatte, aber nur einen Bewerber?«
Mir ja, dachte Jaime, aber dass sie dir bekannt ist, hätte ich nie vermutet. Beschämt nickte er.
»Erinnern Sie sich, was Jakob dem Laban anbot, damit er Rahel, die Jüngere, heiraten durfte?«
Jaimes Herz begann wie mit Paukenschlegeln gegen seinen Brustkorb zu trommeln. »Er bot ihm an, ihm sieben Jahre um Rahel zu dienen.«
Mit seinen schlanken braunen Händen schlug Anaveras Vater das Buch auf und las: »Und Jakob diente um Rahel sieben Jahre, und es kam ihm vor, als wären es einzelne Tage, so lieb hatte er sie.«
»Ich tue dasselbe!«, rief Jaime kämpferisch. »Mir wird jedes Jahr um Anavera wie eine einzelne Stunde sein.« Dann fiel ihm ein, wie die Geschichte weiterging. Laban hatte Jakob statt Rahel, die er liebte, Lea, die Ältere, gegeben, die er nicht lieben konnte. Noch einmal sieben Jahre hatte Jakob ihm dienen müssen, ehe er Rahel bekam.
Was wollte der Vater seiner Liebsten ihm sagen – dasselbe, was Anavera ihm gesagt hatte, dass nämlich Josefa ein Recht auf ihn hatte und dass sie nicht bei ihm bleiben konnte, wenn Josefa ihn nicht freigab? Er starrte auf den Boden, auf das rötliche Holz des Parketts und wagte nicht sich zu rühren.

»Sie haben mir um meine erste Tochter schlecht gedient«, traf ihn die dunkle Stimme wie ein Hieb in den Nacken. »Werden Sie mir um die zweite besser dienen? Sind Sie sicher, dass Sie das wollen?«

»Ja!«, rief er gegen das Hämmern seines Herzens, denn es war das Einzige, dessen er sich ohne die leiseste Spur eines Zweifels sicher war. »Ja, ich bin sicher, Señor Gobernador.«

»Dann stehen Sie bitte jetzt auf. Ich muss zu einer Fiesta.«

»Aber Sie haben doch all diese Termine!«

»Sie sind mein einziger Termin«, erwiderte Anaveras Vater ungerührt, erhob sich und nahm seinen Mantel vom Garderobenständer. »Ich gehe jetzt auf diese Fiesta, und morgen früh fahre ich nach Hause. Und Sie werden vermutlich Anavera sehen wollen. Wo sie ist, weiß ich allerdings nicht. Falls ich sie auf der Fiesta treffe, schicke ich sie zu Ihnen, einverstanden?«

»Sie schicken sie zu mir?«

»Stehen Sie auf«, sagte Anaveras Vater noch einmal. »Sie haben das jetzt lange genug geübt, und falls meine Meinung dazu von Belang ist, haben Sie sich sehr ordentlich geschlagen. Gehen Sie zu Anavera. Sie hat gestern Nacht eine traurige Nachricht erhalten und wird froh sein, wenn sie Sie bei sich hat. Außerdem werden Sie sich von ihr verabschieden wollen. Sie fährt morgen mit meiner Frau und mir nach Querétaro.«

Das durfte nicht sein! Er konnte nicht Anavera von ihm trennen – schon die drei Tage, seit sie aus Valladolid gekommen waren, hatte Jaime kaum ertragen. Er stand nicht auf, sondern beschwor ihren Vater, der vor ihm stand, noch immer auf Knien: »Darf ich Sie begleiten – nach Querétaro? Ich verspreche, ich nehme einen anderen Zug, ich wohne auf meinem eigenen Land und falle Ihnen nicht zur Last.«

»Sie fallen mir gewiss nicht zur Last, denn Sie kommen gar nicht mit«, erwiderte der andere ungerührt. »Bedauerlicherweise können Sie ja hier nicht weg.«
»Ich gebe meinen Posten bei der Zensurbehörde auf.«
»Das hoffe ich, weil Ihnen dafür keine Zeit bleiben wird. Ich komme nämlich nicht mehr zurück. Diese Stadt wächst mir über den Kopf, ich will mit meinen morschen Knochen noch einmal ein Pferd zureiten, und meine Frau möchte gern noch einen Winter in Europa verbringen.«
»Aber was wird aus Ihrer Arbeit hier?«
»Ich habe ja Sie«, beschied ihn Anaveras Vater und setzte seinen Hut auf. »Sieben Jahre – vergessen Sie es nicht. Sie übernehmen meinen Vorsitz im Komitee für das Entwässerungsprojekt.«
Wie von der Sehne geschnellt sprang Jaime auf die Füße und vertrat ihm den Weg. »Sie übergeben mir Ihr Entwässerungsprojekt? Dieses Projekt, für das Sie so gekämpft und weiß Gott wie viel auf sich genommen haben – das vertrauen Sie mir an?«
Noch einmal lächelte Anaveras Vater mit einer Spur von Bosheit, die ihm prächtig stand. »Ich traue Ihnen so weit, wie ich Sie werfen kann«, sagte er. »Und ich bin ein alter Mann, mit meiner Wurfkraft ist es nicht mehr weit her. Aber im Dunstkreis dieser Regierung wird mir ständig erzählt, heutzutage sei jeder käuflich. Also habe ich Sie gekauft. Nächstes Jahr im März soll das Projekt abgeschlossen sein. Setzen Sie auch nur den geringsten Teil daran in den Sand, vergessen Sie meine Tochter. Wenn dagegen das System steht und wie vorgesehen in der Lage ist, die Bezirke des Ostens auch während der Regenzeit trocken zu halten ...« Er ließ den Satz in der Luft hängen und suchte Jaimes Blick.
Jaimes Herz schlug ihm bis in den Hals. Nächstes Jahr im März, schlug es ohne Unterbrechung. Nächstes Jahr im März.

Der Vater seiner Liebsten schickte ihn nicht in die Wüste. Stattdessen gab er ihm etwas, das ihm freiwillig noch nie ein Mann gegeben hatte – eine Chance.
Jaime würde das andere auch noch sagen. Nicht nur, weil er es Anavera versprochen hatte, sondern weil er es wollte. »Ich möchte Sie um Verzeihung bitten, Señor Gobernador.« Dass er einen solchen Satz aus seiner eigenen Kehle jemals hören könnte, war ihm bis eben unvorstellbar erschienen.
»Das ist in Ordnung«, sagte Benito Alvarez schlicht. »Mit diesem pompösen Titel brauchen Sie sich übrigens nicht herumzuschlagen, auch wenn ich die Mühe zu schätzen weiß.« Er hielt ihm die Hand hin. »Auf Wiedersehen, Don Jaime. Mitnehmen kann ich Sie leider nicht, denn ich bin zu Fuß hier – meinen Wagen hat meine Tochter. Ich warne Sie. Meine Tochter ist ein wildes Mädchen, das Wagen stiehlt, Karten zinkt und sich einen schaumbefleckten Pegasos zum Reiten wünscht.«
»Ich weiß, was Sie meinen. Aber die Warnung kommt zu spät.« Jaime nahm seine Hand und erwiderte den Druck. »Auf Wiedersehen, Don Benito.«

45

Anavera hatte noch nie ein Pferd so erbarmungslos angetrieben. Nirgendwo in dieser Stadt gibt es süße Äpfel, leistete sie dem Braunen im Stillen Abbitte, aber ich schicke dir eine ganze Kiste aus El Manzanal. Ob um der stumm versprochenen Äpfel willen oder weil er eine Seele von Pferd war, schlängelte sich der Braune durch den dichten Verkehr, der noch dadurch beengt wurde, dass vom Zócalo in zwei Richtungen Straßen für Arbeiten gesperrt waren. Eine Hoch-

leitung wurde hier gelegt, an der demnächst eine Trambahn ohne Pferde entlanggeführt werden sollte. Aufschwung und Fortschritt hatte Porfirio Diaz den Mexikanern versprochen, und wer die Pfähle für die elektrische Beleuchtung sah, die im gesamten Westen hochgezogen wurden, der wusste, er meinte es ernst.
Solange man nicht auf der Schattenseite jenes Fortschritts stand, musste man Don Porfirio wohl Beifall spenden.
Als der tapfere Braune in scharfem Trab in die Calle Sebastian einbog, sah sie Jaime von der anderen Seite kommen. Zu Fuß, ohne Hut, in einem leichten hellgrauen Rock, in dem sie ihn lieber mochte als in Schwarz. Sie benahm sich wie eine, die nicht das Geringste von Pferden verstand, und obendrein gehörten Pferd und Wagen ihrem Vater. Dennoch hängte sie die Zügel über den Knauf, sprang ab und rannte ihm entgegen.
Unterwegs hatte sie sich gefragt, wie sie ihm begegnen konnte. Mit all dem Leid, das Tomás erlebte, das Elena erlebte, das ohne Frage Josefa erlebte – welches Recht hatten sie, sich in den Armen zu liegen, ausgerechnet sie, die so viel von diesem Leid verursacht hatten? Während sie jetzt rannte, vergaß sie nichts davon. In die Arme schloss sie ihn trotzdem, sobald sie vor dem Tor von Josefas Vorgarten zusammentrafen. Sie zog ihn an sich und küsste ihn auf den Mund.
Verdutzt hob er eine Braue. »Wofür war das? Ich habe dir doch noch gar nichts erzählt.«
»Weißt du das wirklich nicht?«
Er schüttelte den Kopf, und sie küsste ihn noch einmal. »Dafür, dass du hier bist.«
Sie hatte ihm gesagt, dass sie, wenn er sich dem Gespräch mit ihrem Vater stellte, mit Josefa reden und es ihm ersparen würde. Sie wollte ihm dieses eine erleichtern, wollte ihm zeigen,

dass sie seine Bemühungen schätzte und nicht von ihm verlangte, er solle von heute auf morgen ein anderer Mensch werden. Sie wollte keinen anderen Menschen. Nur einen, der sich auf sein Innerstes besann. Wenn sie sich irrte und der Mensch, den sie in ihm sah, nicht in ihm steckte, war sie selbst schuld und verdiente es nicht besser.
Aber sie irrte sich ja nicht. Er war hierhergekommen, weil er sich nichts von ihr abnehmen ließ. Weil er für das, was er getan hatte, einstand.
Um ihretwillen.
Vor Glück wurde ihr ein wenig schwindlig, und als sie sah, was mit seinem Gesicht passierte, wurde es noch schlimmer. Wie faszinierend, einen weißen Menschen zu lieben – er konnte so tief erröten wie Josefa.
Der Gedanke an Josefa brachte sie zurück in eine Welt, in der Glück und Leid so dicht verfilzt waren wie der Schweif eines Weidepferdes. »Ich spreche mit meiner Schwester«, sagte sie und gab ihm noch einen Kuss. »Dass du es tun wolltest, ist gut genug.«
»Dios mio, Anavera – deines Vaters Pferd!«
Er riss sich los, jagte die Straße hinunter und fing den Braunen, der von neuem in Trab gefallen war, kurz vor der Ecke ein. Mühsam wendete er das aufgebrachte Tier, führte es zu ihr zurück und pflockte es an.
»Woher weißt du, dass das Pferd meinem Vater gehört?«, fragte Anavera zerknirscht.
»Dein Vater hat mir erzählt, dass du ihm ständig den Wagen stiehlst.«
Sie sprang zu ihm und warf die Arme um ihn. »O Jaime, es ist gutgegangen? Du hast es geschafft?«
»Er hat mich geschafft«, erwiderte Jaime und lächelte. Er hat das schönste Lächeln der Welt, dachte sie. Wie ein befreites

Fohlen, das seine eigene Kraft spürt, weil nichts mehr es fesselt und duckt.
»Er war nicht hart zu dir, nicht wahr?«
»Doch«, sagte Jaime. Seine Augen glänzten. »Ich glaube, er ist der erste Mann, den interessiert, wer ich bin.«
Zart, mit der Fingerspitze, fuhr sie unter seinem Auge entlang. Verlegen senkte er den Kopf, und sie zog ihn an sich. »Ja, mein Liebling. Und daran, dass du ihn für dich gewinnen wirst, habe ich nicht den geringsten Zweifel.«
Leise lachte er. »Ich schon. Aber ich wollte ja um jeden Preis eine neue Herausforderung.« Dann wurde er ernst und nahm ihr Gesicht in die Hände. »Er hat mir gesagt, dass du morgen nach Querétaro fährst. Und dass du eine schlimme Nachricht bekommen hast.«
Sie sog sein Bild in sich auf, jeden einzelnen Zug. Dann nahm sie seine bloße Hand in die ihre und streichelte sie mit den Lippen. Traurigkeit griff nach ihr, auch wenn sie dem Glück nichts anhatte. »Ja, ich muss morgen nach Querétaro. Etwas Furchtbares ist dort geschehen. Es kann sein, dass ich lange bleibe.«
Er nickte und ließ ihren Blick nicht los. »Bleib, solange es nötig ist. Auch wenn ich toll vor Angst sein werde, du könntest dich in Querétaro fragen, warum du dich mit einem derart abscheulichen Kerl überhaupt herumschlagen sollst.«
»Weil er mir schmeckt«, sagte sie und biss ihn ins Ohr.
»Anavera ... wenn deine Schwester mich gehen lässt, darf ich dich dann besuchen kommen und dein Tal mit den Apfelbäumen kennenlernen?«
Und meine träumenden Götter, dachte Anavera. Die uns genauso segnen müssen wie der Herrgott in Santa María de la Sede. Nein, die alten Götter, die über dem Tal schliefen, forderten kein Blut von ihren Untertanen. Sie forderten gar

nichts mehr, nur zuweilen eine Erinnerung. Ein Flüstern, wie in Träumen. »Bitte komm mich besuchen«, sagte sie zu Jaime. »Ich will dir meinen schönen storchenbeinigen Andalusier vorstellen und meinen Bruder Vicente, der wie die Maya den Lauf des Lebens aus den Sternen liest.«
»Und sagst du mir auch, was für eine Nachricht du bekommen hast?«
Als sie zusammenzuckte, hielt er sie fest. Sie hatte vorhin mit Tomás nicht darüber sprechen wollen, aber sie wollte mit Jaime sprechen, und so war es gut. Sie lehnte den Kopf an seine Schulter. »Sie haben dir gesagt, dass der Mörder deines Vaters gestanden hat, nicht wahr?«
»Ja«, antwortete Jaime. »Aber um ehrlich zu sein, ich hatte solche Angst vor deinem Vater, dass ich an meinen überhaupt nicht mehr denken konnte.«
»Der Mörder ist Acalan«, sagte Anavera und ließ die Tränen laufen. »Ein junger, sanftmütiger Mann, den dein Vater ohne Ende gedemütigt hat. Irgendwann hat er sich vergessen und ist hingegangen und hat ihn erwürgt. Meine Base Elena hat ihn fünf Jahre lang geliebt.«
Er bettete ihr Gesicht an seine Schulter, streichelte ihr den Rücken und wiegte sie.
»Er wird gehängt«, sagte sie erstickt.
»Kann dein Vater nichts tun?«
»Er versucht es, aber er hat wenig Hoffnung.«
»Wenn ich euch helfen kann, lass es mich bitte wissen, Anavera. Ganz egal, wie das Gespräch mit deiner Schwester ausgeht.«
Noch einmal fuhr sie zusammen und schluchzte leise auf. Dann krallte sie beide Hände so fest in seine Arme, dass es ihm weh tun musste. »Ich kann das nicht, Jaime. Ein paar Wochen von dir getrennt sein, weil Elena mich braucht, ist er-

träglich – aber auf dich verzichten, wenn Josefa dich nicht freigibt, nicht.«
Sie erkannte sich selbst nicht wieder. Josefa bekam kein Kind, aber sie war an dem, was Jaime ihr angetan hatte, so krank geworden, dass sie hatte glauben müssen, sie bekäme eines. Anavera hatte versprochen, ihr den Geliebten zurückzubringen, und das hatte sie getan, doch hier stand sie und hielt, was ihrer Schwester gehörte, verzweifelt in den eigenen Händen. Ich wollte immer das Richtige tun, dachte sie, aber jetzt soll mir das Richtige gestohlen bleiben. »Ohne dich geht nicht mehr, Jaime«, sagte sie. »Für ohne dich ist es zu spät.«
Er küsste sie. »Für mich war es das immer, glaube ich. Trotzdem muss ich Josefa fragen, was ich ihr schulde, und einen Weg finden, die Schuld abzugelten. Andernfalls kann ich mich einer Frau wie dir nicht anbieten. Warte hier, hörst du? Ich gehe zu ihr hinauf.«
»Nein, ich gehe!«, rief sie, sosehr sie liebte, was er gesagt hatte. Wenn Josefa ihn sah, würde sie ihn behalten wollen, sie konnte ihn unmöglich gehen lassen.
»Nein, ich.«
Anavera krallte die Hände in seine Schultern. »Bitte lass es mich tun. Ich habe Angst, du kommst nicht zurück.«
Scheiben klirrten. Anavera und Jaime blickten zu gleicher Zeit in die Höhe. Oben waren die Fensterflügel aufgeworfen worden, und in der Öffnung erschienen Seite an Seite zwei Köpfe – der ihrer Schwester und der eines weißblonden, zotteligen Mädchens, das über beide Wangen strahlte. »Mit eurem Geschrei verärgert ihr uns sämtliche Nachbarn«, rief Josefa zu ihnen hinunter. »Wenn ihr euch nicht einigen könnt – weshalb kommt ihr nicht einfach beide?«

Glossar

Aaktum Höhle, heiliger Ort der Maya

Acolmiztli einer der Mexica-/Azteken-Götter der Unterwelt. Oft in der Gestalt eines Pumas dargestellt, bewachte er die Tore und hinderte die Lebenden daran, das Reich der Toten zu betreten.

Aguador Wasserträger in Mexiko-Stadt, der Gegenden ohne eigenen Brunnen mit Wasser versorgte

Atole Getränk aus Maismehl und Milch (oder Wasser)

Bambuco zweistimmige, zur Gitarre gesungene Serenade aus Yucatán

Barbacoa Fleischstücke, die in Agaven- oder Bananenblätter gewickelt und über einem mit Steinen und Holzkohle gefüllten Erdloch gegart werden

Buñuelos Hefeteiggebäck

Cachupin abfällige Bezeichnung für einen in Mexiko ansässigen Spanier

Cajetas gebrannte, zwischen Oblaten gefüllte Ziegenmilch

Campo de Honor Feld der Ehre; Austragungsort eines Duells

Capulin-Kirsche dunkelrote, beinahe schwarze Kirsche mit sehr süßem Fruchtfleisch

Cargadores Lastenträger

Cempoalxochitl leuchtend gelb blühendes, strauchartiges Heilkraut, auch »Blume der Azteken« genannt

Cenote mit Süßwasser gefülltes Kalksteinloch, zwischen fünfzehn und hundert Metern tief. Cenotes entstehen durch den Einsturz von Höhlen und dienten den Maya zur Trinkwasserversorgung.

Chalciuhtotolin Mexica-/Aztekengott der Seuchen, Plagen und tödlichen Krankheiten

Charreada traditionelles mexikanisches Pferdesportereignis, dem Rodeo ähnlich

Chayotes kürbisartiges Gemüse

Chilam Balam »Prophet des Jaguar« – Abschriften vorwiegend mythologischer und prophetischer Texte (16 Bücher) in der Maya-Sprache Yucatáns; wichtige Quelle zu Leben und Kultur der Maya, Ursprung ungeklärt

Choza Lehm- oder Steinhütte der Indios in Yucatán, ein rechteckiger, reetgedeckter Bau mit abgerundeten Ecken

Científicos »Wissenschaftler«; Gruppe von Intellektuellen, die Porfirio Diaz bei der Gestaltung seiner Regierung beriet. Die Mitglieder des Gremiums wurden nach seinem Gutdünken ausgewählt und waren allein ihm Rechenschaft schuldig.

Cilantro Koriander

Cipactli vorzeitliches Ungeheuer der aztekischen Mythologie. Die krokodilähnliche Kreatur war hungrig genug, um die Welt zu verschlingen, und hatte an jedem seiner Glieder ein mit Zähnen bestücktes Maul.

Cofraida dörfliche Institution, die die Kirche erhielt und ihren Mitgliedern Sakramente und religiöse Feiern finanzierte sowie kleine Renten auszahlte

Conquian mexikanisches Kartenspiel, Vorläufer der Rommé-Gruppe

Creole/Criollo in den Kolonien geborener Nachfahre spanischer Einwanderer

Cruzoob wörtlich »Kreuzler«: Maya-Kämpfer während des Kastenkrieges

Cura ortsansässiger Priester

Dia de los Muertos Totengedenktag am 1. November, der in Mexiko durch vielfältige Rituale, ein großes Essen für die Toten, Umzüge, Musik und Tanz auf ganz eigene Weise gefeiert wird

Dzul   abfällige Bezeichnung der *Mazehualob* für einen Weißen

Epazote   als Würze beliebtes, stark riechendes und nach Zitrone schmeckendes Teekraut

Faja   Schärpe; bei den Nahuas von Männern wie Frauen getragen

Gachupin   Nahuatl-Schreibweise: Cachopin; abfällige Bezeichnung für einen in Spanien, nicht in den Kolonien geborenen Spanier

Grito de Dolores   Ruf (u. a. »Viva Mexico!«), mit dem der Überlieferung nach Miguel Hidalgo am 16. September 1810 in der kleinen Stadt Dolores den mexikanischen Unabhängigkeitskrieg einleitete. Jedes Jahr in der Nacht vor dem Unabhängigkeitstag wird der Schrei von den Bürgermeistern der Städte aus Regierungsgebäuden wiederholt.

Gusanos   Würmer mit hohem Proteingehalt, die vor allem von der armen Landbevölkerung gesammelt und verzehrt wurden

Hacendado   Eigentümer einer Hacienda

Hacienda   großer landwirtschaftlicher Betrieb

Henequen   Faser der Agavenart Agave fourcroydes, wichtigste Nutzpflanze in Yucatán. Die Fasern – gemeinhin Sisal genannt – werden bündelweise zu Seilen oder zu Füllstoffen verarbeitet.

Hombres de bien   »Männer des Guten«; gebildete Weiße der Ober- und Mittelschicht

Huapanguera   große Gitarre mit fünf Doppelsaiten

Huipil   Bluse der Nahua-Frauen

Huitzilli   Nahuatl-Name des Kolibri

Huitzilopochtli   Schutzgott der Azteken / Mexica, Gott des Krieges und Manifestation der Sonne, bewaffnet mit der

Feuerschlange Xiuhcoatl, die er benutzte, um seine Brüder und Schwestern zu töten

Jarana   kleine Gitarre mit fünf Saiten

Jefe politico   Steuereintreiber in Yucatán

Kalodont   1887 von der Firma Carl Sarg eingeführte erste Zahncreme in Tuben

Kazike   mexikanischer Adliger oder Anführer mit Indio-Abstammung

Kukulkan   gefiederter Schlangengott der Maya, dem die Pyramide von Chichén Itzá geweiht ist; entspricht in seiner Bedeutung dem Quetzalcoatl der Mexica/Azteken

Lagartijo   kleine Eidechse; Spottname für die reichen Dandys, die in den Prachtstraßen von Mexiko-Stadt einherflanierten und so enggeschnittene Gehröcke trugen, dass sie sich wie Reptilien – Lagartijos – bewegen mussten

Latifundien   große Grundbesitztümer, deren Besitzer nahezu ausschließlich von Pachtzinsen lebten

Lecheros   Milchmänner

Lépero   Angehöriger der ärmsten Bevölkerungsschicht

Machete   starkes, 3 mm dickes Messer, das vor allem zum Schneiden von Zuckerrohr verwendet wurde, den mexikanischen Revolutionären jedoch auch als Waffe im Nahkampf diente

Maguey   Agavenart

Mantilla   leichtes über Kopf und Schulter tragendes Tuch, häufig vorne zu schließen

Mayathan   auf Yucatán gesprochene Sprache der Maya-Sprachfamilie

Mazehualob   Wort aus dem Nahuatl, das in die Sprache der Maya übernommen wurde. Seine ursprüngliche Bedeutung lautete »einfaches Volk«. Die abwertende Bedeutung, die es heute hat, besaß es im 19. Jahrhundert nicht, sondern war die Bezeichnung, die die Maya in Yucatán sich selbst gaben.

Melipona stachellose, Honig produzierende Biene, die von Mexiko bis Argentinien beheimatet ist

Metate steinerne Schüssel

Mezcal Agavenschnaps, nicht wie Tequila aus den Blättern der blauen Agave gebrannt

Milpa kleines Stück Land, um den Bedarf einer Familie zu decken

Molletes eine Art Sandwich, gefüllt mit Bohnen und Käse

Nahua größte indigene Bevölkerungsgruppe Mexikos

Nahuatl Sprache der Nahua

Nohoch Tatich »Großer Herr«; Hüter des Großen Kreuzes, Oberster Befehlshaber über die Cruzoob

Patolli Brettspiel der Azteken / Mexica, auch von anderen indigenen Völkern Mexikos gespielt. Die Rekonstruktion des Spiels ist nie ganz gelungen.

Piñata aus Pappmaché, Stoff oder Ton gefertigter Behälter, der mit Süßigkeiten oder kleinen Geschenken (auch Münzen) gefüllt und auf festlichen Anlässen von den Gästen zerschlagen wird

Polverones vor allem in der Weihnachtszeit beliebtes Gebäck mit Nüssen und Zimt

Popol Vuh Buch des Rates; aus dem 16. Jahrhundert stammendes Buch, das Religion und Mythen der Maya zusammenfasst

Posada traditioneller Umzug, der an den neun Tagen vor Weihnachten stattfindet, um die neun Schwangerschaftsmonate Marías nachzugestalten

Pozole Mais-Hühner-Suppe aus Yucatán

Pueblo von Indios bewohntes, relativ autonom geführtes Dorf

Pulque Agavenwein; nicht destilliertes, schaumiges Nationalgetränk Mexikos

Quechquemitl dreieckiges kurzes Cape, von Nahua-Frauen getragen

Rancho kleiner landwirtschaftlicher Besitz

Rebozo Umschlagtuch der Nahua-Frauen

Rurales Angehörige der Guardia Rural, einer berittenen, schwerbewaffneten Polizeitruppe, die die Landbevölkerung unter Kontrolle halten sollte; galt unter Porfirio Diaz als besonders effektiv und brutal

Sisal Hafen in Yucatán, zur Verschiffung von Henequen verwendet, weshalb sich das Wort Sisal für die Fasern, aus denen Seile und Füllstoffe hergestellt wurden, einbürgerte

Tahtli Nahuatl für Vater

Temazcalteci Aztekengöttin der Heilkunst, Göttermutter, Herz der Erde

Tezcatlipoca einer der vier Schöpfergötter der Azteken/Mexica, in vielen Darstellungen Rivale des Quetzalcoatl. Während jener für Harmonie und Leben steht, ist Tezcatlipoca ein Gott des Krieges und des Konflikts. Sein Name bedeutet »rauchender Spiegel«, seine Farbe Schwarz, und er wird häufig in Obsidian dargestellt.

Vaqueros Viehhirten, Viehtreiber

Vecindades Mietskasernen

Ya'axche Kapokbaum; bei den Maya heiliger Baum des Lebens

Yucatecos weiße Einwohner Yucatáns

Zócalo zentral gelegener, wichtigster Platz von Mexiko-Stadt

Personenverzeichnis

(historisch verbürgte Personen sind durch * gekennzeichnet)

El Manzanal / Querétaro

Katharina Alvarez Lutenburg
Benito Alvarez   ihr Mann, Gouverneur von Querétaro
Josefa   ihre Tochter von Valentin Gruber
Anavera   ihre eheliche Tochter
Vicente   ihr ehelicher Sohn

Xochitl Valera Alvarez   Benitos Schwester
Xavier Valera   ihr Mann
Donata   ihre älteste Tochter
Ernesto   Donatas Mann
Galatea   Donatas Tochter
Enrique   Sohn von Xochitl und Xavier
Elena   jüngere Tochter von Xochitl und Xavier
Acalan   Bauernsohn, Elenas Geliebter
Coatl   dessen Onkel
Teiuc und *Ollin*   Coatls Söhne

Carmen   Ximenes Benitos Ziehschwester
Miguel   ihr Sohn
Abelinda   Miguels Frau

Felipe Sanchez Torrija   Militärkommandant von Querétaro
Jaime Sanchez Torrija   sein Sohn, lebt in Mexiko-Stadt

Mexiko-Stadt

Stefan Hartmann   Katharinas Vetter
Felice Hartmann   seine Nichte
Marthe Lutenburg seine Tante, Katharinas Ziehmutter

Porfirio Diaz*   Präsident von Mexiko

Teofilo de Vivera   Conde del Valle de Orizaba
Dolores   seine Tochter

Martina Hartmann von Schweinitz
Felix Hartmann   ihr Mann
Tomás   ihr Sohn
Jose Posada*   Zeichner, Freund der Familie
Eduardo Devera   Chefredakteur von *El Tiempo,* Freund der Familie

Andere

Therese Gruber   Josefas leibliche Tante
Anndl   ihre Schwester
Gustl   ihr Schwager
Veit   ihr Neffe
Franziska Perger   ihr Dienstmädchen

Otto Bierbrauer   Völkerkundler aus München
Teobald Maler*   Archäologe aus Österreich

Iacinto Tamay   Tatich der Cruzoob-Siedlung bei Chichén Itzá

Übersetzungen von Textzeilen des mexikanischen Romanciers Agustin Yáñez sowie des mexikanischen Poeten Manuel Gutiérrez Nájera stammen von der Autorin und verletzen niemandes Urheberrecht.

CARMEN LOBATO

Im Land der gefiederten Schlange

Roman

Voller Hoffnung wandert die Familie der jungen Katharina in der ersten Hälfte des 19. Jahrhunderts nach Mexiko aus, um sich dort ein neues Leben aufzubauen. Doch Mexiko ist nicht das Land, in dem Milch und Honig fließen, und Heimweh und die schwierigen Lebensbedingungen machen ihren Verwandten das Einleben schwer. Katharina jedoch ist fasziniert von diesem Land, vor allem von dem jungen Benito, der sie in die Sagenwelt seiner Vorfahren einführt, in der er noch tief verwurzelt ist. Katharina, die nach Sicherheit und Geborgenheit sucht, beneidet Benito um dieses Zugehörigkeitsgefühl – vor allem da ein dunkles Geheimnis um ihre Herkunft sie zutiefst verstört ...

Absolut mitreißend!

KNAUR TASCHENBUCH VERLAG

TESSA WHITE

Die Insel der Orchideen

Roman

Schiffe aus aller Herren Länder, ein Gewirr von Stimmen, faszinierende Farben und berauschende Düfte – als die Schwestern Leah und Johanna 1856 in Singapur eintreffen, ahnen sie in ihrer Begeisterung nicht, dass die schillernde Löwenstadt ihr Schicksal bestimmen wird: Johanna nimmt den Antrag des jungen Geschäftsmannes Friedrich von Trebow an und übersieht die tiefen Gefühle, die ein anderer für sie hegt – ein folgenschwerer Fehler. Ihre wilde Schwester Leah verliert ihr Herz an einen jungen Chinesen, eine Beziehung, die nicht sein darf. Als man die Liebenden trennt, flieht Leah und begibt sich auf eine gefahrvolle Reise auf der Suche nach Anerkennung, Glück und nach sich selbst.

KNAUR TASCHENBUCH VERLAG

KATHERINE SCHOLES

Das Herz einer Löwin

Roman

Eigentlich hatte Emma nur vor, in Tansania an einer Safari teilzunehmen und der Missionsstation einen Besuch abzustatten, auf der ihre Mutter einst an einem tödlichen Fieber gestorben war. Doch dort begegnet sie dem charismatischen Massai-Arzt Daniel, und plötzlich scheint ihr ganzes bisheriges Leben in Frage zu stehen. Als sie dann auch noch auf die kleine Waise Angel trifft, wird ihr klar, dass sie bereits dem Zauber des schwarzen Kontinents erlegen ist. Sie beginnt, um das Mädchen zu kämpfen – und erkennt, dass sie Afrika nicht mehr verlassen will – genauso wenig wie Daniel …

KNAUR TASCHENBUCH VERLAG

ANNETTE DUTTON

Der geheimnisvolle Garten

Roman

Nach dem Tod ihrer Mutter stößt Natascha in deren Nachlass auf ein verwirrendes Dokument. Ihre Familie soll Aborigine-Vorfahren haben? Neugierig geworden, macht sie sich in Australien auf die Suche nach ihren Wurzeln. Sie ahnt noch nichts von jenem dunklen Geheimnis, das dem Leben der deutschen Auswanderin Helene Junker zu Beginn des 20. Jahrhunderts seinen Stempel aufdrückte – und das auch Nataschas Leben eine entscheidende Wende geben wird ...

KNAUR TASCHENBUCH VERLAG